KB268957

다이아몬드 슬리퍼

The Diamond
Slipper

다이아몬드 슬리퍼

제인 페더

나채성 옮김

콘나무

나 채 성

이화여대 사회사업학과 졸업. 역서로 『사로잡힌 신부』,
『사랑의 텍사스』, 『너무도 아름다운 사랑』, 『베르사유의 전설』,
『페가수스의 전설』, 『내 마음을 사로잡은 기사』,
『꿈결처럼 다가온 사랑』, 『내 품안의 이방인』, 『바이올렛』,
『내가 사랑한 악당』, 『당신 품에 안겨』, 『거부할 수 없는 유혹』 외 다수

다이아몬드 슬리퍼

초판 인쇄 / 2000년 9월 20일
초판 발행 / 2000년 9월 25일

지은이 / 제인 페더
옮긴이 / 나채성
펴낸이 / 한익수
펴낸곳 / 도서출판 큰나무

등록 / 1993년 11월 30일(제5-396호)
주소 / 120-837 서울시 서대문구 충정로 3가 3-95 2층
전화 / 02) 365-1845 · 1846   팩스 / 02) 365-1847
통신 / 천리안 큰나무북   e-mail / btreepub@chollian.net
홈페이지 / www.bigtreepub.co.kr

값 8,500원

ISBN 89-7891-102-1   03840

첫눈에 반한 사랑!
오직 그 사랑만을 가슴에 품고…….

　제인 페더의 이번 작품은 탄탄한 구성과 섬세한 묘사를 주무기로 삼는다. 화려한 베르사유 궁의 영광과 그 속에서 허영 가득한 삶을 이어나가는 왕실의 모습이 적나라하게 드러난다. 끊임없는 파티와 음악회, 오페라를 즐기며 살아가는 귀족들의 나날들이나, 쉴틈없이 움직여야 했던 하인들의 일상이나, 최대한 조여야 하는 코르셋과 엄청난 넓이로 퍼져나가는 치맛단, 또 그 속에 겹겹이 입어야 했던 속옷과 페티코트들에 관련된 옷차림에 대해서, 한 마디로 말하자면 18세기 프랑스 귀족들의 생활상이 꼼꼼하게 묘사되어 있다.

　이 책을 읽으며 베르사유 궁의 내부 지도가 머리 속에 그려질지도 모른다. 화려한 샹들리에가 수십 개씩 매달려 있는 오페라 하우스, 길게 늘어선 거울마다 눈부신 햇살이 반사되는 거울의 방, 마리 앙투아네트의 결혼식이 치러졌던 왕실 예배당, 미로처럼 수도 없이 길게 늘어져 있는 회랑, 국왕의 허락이 있어야만 차지할 수 있었던 귀족들의 숙소. 그 숙소 하나하나마다 별도의 부엌에 식당, 하인들의 잠자리까지 딸려 있다. 베르사유 궁 안의 귀족이나 하인들은 언제나 종종걸음쳐 다녀야 했다. 길고 긴 미로를 통과하여 목적지에 도달하려면 항상 분주하게 움직여야 했다.

이렇게 화려하고 어찌 보면 폐쇄적이기까지 한 궁궐 안에서, 주인공 레오와 코델리아의 사랑은 꽃을 피운다. 차지할 수 없는 사랑에 애를 태우면서, 그 사랑을 억누를 수 없어 괴로워하면서, 또한 다른 인간의 잔혹함에 몸서리를 치면서 그들의 사랑은 피할 수 없는 결말로 치달아간다. 결코 이루어질 수 없을 것만 같던 사랑도 찾고자 노력하는 자에게는 길이 열리는 법. 참을 수 없는 고통과 극한의 공포와 가슴 아픈 상처를 헤쳐나가면서 그들의 사랑은 점점 결실을 맺어간다.

사랑을 쟁취한 두 남녀에게 행복이 있기를…….

나채성

프롤로그

1765년 파리

"싫어요……. 제발, 그만해요."

여인의 마르고 갈라진 입술에서 숨결 같은 목소리가 새어나왔다. 여인은 입술에 닿은 은잔을 힘없이 밀어내려 했다.

"마셔야 해. 그래야 낫는 다오."

남자는 여인의 머리를 끌어안고 재촉했다. 마침내 여인이 저항할 기력을 잃은 채 두 눈을 감고 잔 속의 내용물을 받아 마셨다. 그 쌉쌀한 맛에 여자가 희미하게 신음했다. 그녀의 머리가 뒤로 툭 떨어지자 남자는 그녀의 머리를 베개 위에 내려놓고 그 아름다운 얼굴을 내려다보았다. 속이 들여다보일 만큼 투명한 피부였다. 그 순간 여자의 눈이 열렸다. 한동안 그 눈동자는 예전처럼 또렷하고 화사해 보였다.

그녀의 죽어 가는 시선이 남자를 향했다. 그런 다음 눈꺼풀이 닫히며 입술 사이로 힘겨운 흐느낌을 토해냈다.

남자는 침대 옆 테이블에서 와인잔을 들어 홀짝이며, 차가운 갈색 눈동자로 여자의 얼굴을 응시했다. 이제 오래 견디지 못하리라.

침대 커튼 너머에서 바스락 소리가 들렸다. 그는 커튼을 밀어내고 벽난로가 타오르는 따뜻한 방으로 들어갔다. 유모 한 명이 두 개의 요람을 흔들며 불가에 앉아 있었다.

"마님께 아기들을 보여드릴까요, 나리?"

남자는 요람 안의 맑은 푸른 눈동자 두 쌍, 장밋빛 뺨, 연분홍 담요 위에 움켜쥔 네 개의 조그만 주먹들을 들여다보았다.

'과연 이 아이들이 내 자식일까?'

그 해답은 영원히 알지 못하리라. 그리고 이젠 중요치도 않았다.

그가 입을 열었다.

"그래, 아이들이 위로가 될지도 모르지. 하지만 마님을 너무 피곤하게 하면 안 되네."

"물론입지요, 나리."

유모가 요람 속의 아기들을 안아 올리며 입을 맞추었다.

"자, 예쁜 아기씨들, 엄마가 보고 싶어하세요."

그녀가 침대로 아기들을 데려갔다.

공작은 와인을 들이키며 불 속을 응시했다.

채 몇 분이 지나기도 전에 유모가 아기들을 요람에 도로 눕혔다.

"마님께서 기력이 다하셨어요. 오늘밤을 넘기지 못하실 것 같습니다."

공작은 대꾸하지 않았다. 그저 임종을 지키기 위해 침대 커튼 안으로 돌아가 아내의 숨결에만 귀기울였다. 그 소리가 멎었을 때에도 그는 그 상태 그대로였다.

그가 침대 곁에 다가가 그녀에게 입맞추었다. 생명이 떠나 버린 육체에서 차가운 죽음의 맛이 느껴졌다.

그는 천천히 몸을 세우며 여자의 축 늘어진 오른쪽 손목을 들어올렸다. 거기 끼워져 있는 팔찌를 풀어내 어두운 램프 빛에 비춰 보았다. 어둠침침한 방 안에서 그 장신구가 충격적일 정도로 화려하게 반짝거렸다.

그는 주머니에 그 팔찌를 집어넣고 유모를 불러들였다.

1

금박 입힌 마차들과 호화롭게 장식한 말들, 파랑과 노랑의 베르사유 유니폼을 입은 장교들의 행렬이 궁전의 거대한 입구를 통과하여 드넓은 광장 가운데 멈춰 섰다.

"저 마차들 좀 봐!"

금발 머리의 소녀가 위층 창 밖으로 고개를 내밀며 옆의 친구에게 소리쳤다.

"날 프랑스로 데려가려고 온 거야. 어느 쪽 마차가 더 마음에 드니, 코델리아? 진홍빛, 아니면 파란색?"

"별로 달라 보이지도 않는걸."

레이디 코델리아 브란덴부르크가 대꾸했다.

"이 중에서도 제일 우스꽝스러운 건 듀포 후작이 프랑스 저 끝에서부터 여행해 온 것처럼 군다는 거야, 바로 한 시간 전에 빈을 출발했으면서."

"하지만 그게 의례적인 절차야."

마리 앙투아네트 공주가 책망조로 말했다.

"원래 저렇게 하는 거라구. 프랑스 대사는 베르사유에서 온 것처럼 빈에 들어와야 하는 거야. 프랑스 왕세자를 대신해서 찾아온 것민큼 공식적으로 청혼해야 해. 그럼 난 프랑스로 가기 전에 대리이과 결혼하는 거야."

"모르는 사람이 보면 네가 지난 삼 년간 왕세자와 약혼한 사이가 아니라 지금 막 청혼이 들어왔다고 생각하겠구나. 여제 폐하께서 대사의 청을 거절하시면 무슨 소동이 벌어질까?"

그녀가 장난스레 키득거렸지만, 옆의 친구는 농담을 받아들이지 못했다.

"그런 말 하지 마, 코델리아. 내가 프랑스 왕비가 되면 그런 무례를 용납해 줄 수 없어."

"너의 신랑이 겨우 열여섯 살인 걸 감안할 때, 왕비가 되려면 꽤 오래 기다려야 할걸."

코델리아는 왕족 친구의 호통에도 별로 개의치 않았다.

"흥! 넌 아무것도 몰라! 왕세자비가 되면 난 베르사유에서 가장 유명하고 추앙받는 중요한 레이디가 될 거라구."

앙투아네트는 진홍빛 드레스 자락을 펄럭이면서 방안을 춤추며 돌아다니기 시작했다. 그녀의 멋들어진 슬리퍼가 흠잡을 데 없이 완벽하게 미뉴에트의 스텝을 밟아나갔다.

코델리아는 흘깃 뒤돌아보고 뜰에 펼쳐진 광경으로 관심을 돌렸다. 어차피 앙투아네트는 타고난 춤솜씨를 자랑할 만한 기회를 절대 놓치지 않았다.

"저 사람 누굴까?"

코델리아의 목소리가 갑작스런 관심으로 날카로워졌다.

"누구? 어디 있는 사람?"

앙투아네트가 다시 창가로 다가와 코델리아를 옆으로 밀쳐냈다. 친구의 새카만 머리카락과 그녀의 금발 머리가 놀라운 대조를 이루었다.

"저기, 하얀 말에서 내리는 남자 말이야. 리피차너종인 것 같아."

"맞아, 틀림없어. 근사하다."

두 소녀는 열성적인 승마광들이었기 때문에 한순간 말 탄 사람보다는 말의 종에 더 관심이 쏠렸다.

그 남자는 승마용 장갑을 벗으며 주위를 둘러보았다. 키가 크고 날렵한 몸매, 짙은색 승마복 위로 진홍빛 선이 그려진 짧은 망토를 걸치고 있었다. 타인의 시선을 알아챈 듯 그가 궁전의 뽀얀 황토색 외벽을 올려다보았다. 한 걸음 물러나서 손으로 햇살을 가리며 다시 위를 쳐다보았다.

"들어와. 저 남자가 우릴 봤어."

앙투아네트가 말했다.

"그게 어때서? 우리는 그냥 쳐다보기만 할 뿐이야. 그나저나 저 남자 꽤 잘생긴 것 같지 않니?"

코델리아는 여전히 그 자리에 남아 있었다.

"몰라. 어서 들어오라니까. 그런 식으로 쳐다보는 건 법도에 어긋나. 엄마가 아시면 뭐라고 하시겠니?"

마리아 테레지아 여제가 자신의 딸과 그 친구가 비천한 여자들처럼 창 밖을 내다본 걸 아셨을 때 무어라 말씀하실지는 충분히 짐작할 수 있었다. 하지만 앙투아네트가 팔을 잡아끌고 있음에도 불구하고 코델리아는 어쩐지 무언가에 사로잡혀 버린 것만 같았다.

그 남자가 계속해서 그녀를 올려다보았다. 장난기가 발동한 코델리아는 손을 흔들며 입맞춤을 날려보냈다. 한순간 그가 움찔하는 듯하더니 웃음을 터트리며 자신의 손가락을 입술에 갖다 댔다.

"코델리아!"

경악한 앙투아네트가 외쳤다.

"그런 식으로 행동하면 나 혼자 나가 버릴 거야. 넌 그 남자가 누군지도 모르잖니.”

“말 관리인쯤 되겠지. 다시 만날 일도 없을 텐데, 뭐.”

그녀는 창턱 위의 꽃병에서 노란 장미 여섯 송이를 빼내어 가능한 한 몸을 내밀고 밑으로 휙 던졌다. 꽃들이 남자의 주위로 노란 구름처럼 떨어지며 그 중 하나가 어깨의 망토 자락에 내려앉았다. 그가 그것을 집어 코트의 단춧구멍에 조심스레 꽂았다. 그런 다음 깃털 달린 모자를 벗어 과장스럽게 절을 해 보이고는 창 밑의 궁전 안으로 사라져 갔다.

코델리아가 깔깔거리며 창가에서 떨어져 나왔다.

“아휴, 재미있어.”

문득 그녀의 눈살이 살짝 찌푸려졌다.

“평범한 말 관리인이 리피차너종을 탈 리는 없어, 그렇지 않니?”

앙투아네트는 여전히 기분이 좋지 않았다.

“그렇겠지. 어쩌면 베르사유의 고관한테 장난친 건지도 모른다구. 그 사람은 널 부엌 하녀쯤으로 생각했을 거야.”

코델리아가 어깨를 으쓱였다.

“중요한 사람은 아닐 거야. 하여튼 가까이에선 날 알아보지도 못할 걸.”

“어떻게 모를 수가 있겠니? 너처럼 그렇게 새까만 머리카락은 없단 말이야.”

“그럼 가루분을 좀 발라야겠네.”

코델리아는 크리스털 그릇에서 포도 한 알을 집어 올려 입 안으로 쏙 집어넣었다. 선반 위의 은시계에서 구슬 같은 차임 소리가 울려 퍼졌다.

“맙소사, 지금 몇 시야? 날아가지 않으면 늦어버리겠어.”

그녀가 놀라 소리쳤다.

“뭐에 늦는다는 거야?”

코델리아는 잠시 어울리지 않게 심각한 표정을 지어보였다.

"네가 프랑스로 가기 전에는 말해줄게, 앙투아네트."

그녀가 앵초빛 노란 치맛자락을 휘날리며 방에서 달려나갔다.

앙투아네트는 시무룩하게 입술을 삐죽 내밀었다. 코델리아는 자신들의 우정이 끝나간다는 게 슬프지도 않은 모양이었다. 왕세자와 결혼해서 프랑스로 가게 되면, 오스트리아 궁전과 관련된 모든 것을 남겨두어야 한다는 것이 베르사유의 요구 조건이었다. 그녀는 시녀들이나 소지품, 심지어 옷가지들조차 가져갈 수 없게 되어 있었다.

쓸쓸하게 포도알을 우물거리며 그녀는 코델리아의 비밀이 무엇일까 생각해 보았다. 언제나처럼 활기와 장난기가 넘치긴 하지만, 요즘에는 몇 시간씩 의문을 남기며 어디론가 사라지곤 했으며 가끔 심각한 문제에 골몰하는 듯한 분위기를 풍겼다. 두 가지 모두 그녀의 성격과는 어울리지 않는 일들이었다.

친구의 불만을 잘 알면서도 코델리아는 궁전 동편을 향해 서둘러 종종걸음쳤다. 누구에게도 이 일을 고백할 수는 없었다. 너무 위험한 비밀일 뿐만 아니라, 그녀는 그걸 말할 입장이 아니었다. 크리스티앙의 생계가 달린 문제였다. 여제의 궁정 음악가인 폴리그니에게 의탁하고 있는 크리스티앙의 처지로서는 지금의 위치를 잃는다는 건 여제의 후원까지도 사라진다는 것을 의미했다. 제자의 작품을 훔쳤다고 공개적으로 폴리그니를 비난하게 되면 바로 그런 일이 벌어지리라. 그러므로 그 비난은 누구도 반박할 수 없게끔 이루어져야 했다.

코델리아는 인적이 드문 복도를 지나 육중한 나무문을 통과하여 긴 회랑으로 들어섰다. 회랑에는 묵직한 태피스트리 칸막이들이 늘어서 있었고 그녀는 세 번째 칸막이 뒤로 숨어 들어갔다.

"어디 있었어? 왜 제 시간에 오지 않은 거야, 코델리아?"

크리스티앙의 갈색 눈동자와 입술이 걱정으로 인해 긴장되었고 안색도 창백해 보였다.

"미안해. 프랑스 대사 행렬이 도착하는 걸 보느라고 늦었어. 신경질 부리지 마, 크리스티앙. 나한테 좋은 생각이 있어."

"벌벌 떨면서 여기 숨어 있는 게 얼마나 끔찍한지 알아?"

그가 굵은 눈썹을 찡그리며 격하게 속삭였다.

"좋은 생각이란 게 뭔데?"

"익명으로 전단을 작성해서, 폴리그니의 최근 오페라가 사실은 제자 크리스티앙의 작품이었다고 알리는 거야. 어때?"

"하지만 그걸 어떻게 증명하겠어? 익명의 비난을 누가 믿어주겠어?"

"거기에 너의 악보 원본을 싣는 거야. '진실의 입'이나 그런 류의 사인을 덧붙여서. 차이를 알 수 있도록 폴리그니의 작곡법도 함께 실어야겠지. 그 정도면 소문이 시작되기에 충분할 거야."

"하지만 소문이 나기도 전에 스승님이 날 궁전에서 쫓아낼 거야."

"넌 지나치게 비관적이야!"

코델리아가 조심성 없이 목소리를 높였다.

"가끔은 내가 왜 너한테 이렇게 신경을 쓰는지 알 수 없다니까."

그가 수줍은 미소를 지었다.

"우리가 친구니까 그렇지."

코델리아는 짐짓 짜증난다는 듯이 신음을 흘렸다. 그녀와 크리스티앙 퍼코씨는 5년 동안 친구로 지내왔다. 물론 비밀스럽게. 궁정의 경직된 위계질서하에서 비천한 음악가의 제자와 여제의 대녀이자 공주의 소꿉친구인 코델리아와의 우정은 상상할 수도 없는 것이었다.

"잘 들어."

그녀가 다급하게 크리스티앙의 길고 날렵한 음악가적인 손을 그러쥐었다.

"폐하는 공평하신 분이야. 가끔 풀먹인 옷깃처럼 뻣뻣하시긴 하지만, 항변 기회도 주지 않고 널 쫓아내실 분은 아니야. 우린 폴리그니가 움직이기 전에 그분한테 그 글과 증거를 보이기만 하면 돼. 폴리그니

의 허를 찌르는 게 중요하다구. 그에게 핑계거리를 만들 시간을 주면
안 돼.”

그의 손을 꼭 잡은 채로 그녀가 발끝을 들어 그에게 가볍게 입맞춤
했다.

“용기 잃지 마, 크리스티앙. 우리가 이길 거야.”

크리스티앙이 그녀를 끌어안았다. 한때는 단순한 우정 이상의 것을
느낀 적도 있었으나, 순진한 실험을 해보고 나서 그들은 서로 연인 사
이가 될 수 없다는 판단을 내렸다. 그렇다 해도 그는 그녀의 나긋나긋
한 몸과 향기를 느끼는 게 참으로 좋았다.

코델리아가 고개를 빼내며 음악가의 굶주린 갈색 눈동자에 미소지
어 보였다. 그녀의 손이 그의 금발 머리를 쓰다듬었다.

“난 네가 참 좋아, 크리스티앙. 어쩔 땐 앙투아네트보다 더 좋아하
는 것 같기도 해.”

그녀가 잠시 당혹스레 눈살을 찌푸렸다. 지금까지 두 명의 절친한
친구들에 대한 감정을 저울질해 본 적은 없었다. 하지만 이내 본래의
성격대로, 중요치 않은 문제는 그냥 떨쳐 버리려 고개를 흔들었다. 그
녀를 필요로 하는 친구를 실망시키지 말아야 한다는 것만 생각했다.

“증거를 찾아봐. 얘기는 나중에 하자. 이제 난 가봐야 해.”

크리스티앙이 두 손을 풀어내며 무기력하게 쳐다보았다.

“얘기할 때마다 구석에 숨어들 필요가 없다면 얼마나 좋을까. 어렸
을 때가 훨씬 편했어.”

“하지만 우린 더 이상 어린애들이 아니야. 날 주의 깊게 지켜보는
사람들도 많고. 게다가 폴리그니를 공격하는 데 성공했을 때 내가 관
련된 게 아닐까 의심하는 사람이 있으면 안 돼. 난 그때 가서 널 위해
여제님께 청을 드리거나…… 아니면 앙투아네트에게라도 부탁해 볼
거야.”

그녀는 자신의 낙관론이 그에게로 주입되기를 바라며 그의 손을 지

그시 잡아주었다. 크리스티앙은 너무나 예민해서 쉽게 무너져 버릴 수 있었다. 물론 그의 천재성 때문임은 알지만 다소 짜증스러운 건 부인할 수 없었다.

"이젠 가봐야겠어. 넌 5분쯤 기다렸다가 나와."

그녀가 다시 그에게 입맞춰주고 나서 칸막이 뒤에서 빠져 나왔다. 크리스티앙에게 쾌활함과 오렌지꽃 향기의 여운을 남긴 채.

코델리아는 긴 회랑으로 되돌아나와 치맛단을 정리하며 아무 일도 없었던 척 태연하게 돌아섰다. 그 순간 리피차녀를 탔던 남자의 모습이 눈에 들어왔다.

벽에 걸린 사냥 그림을 물끄러미 쳐다보던 그가 시선을 돌렸다. 아까와 마찬가지로 장식 주름 잡힌 셔츠 위로 진홍색 선이 그려진 승마용 망토를 걸치고 있었다.

"이런, 이런. 꽃을 던져주신 아가씨로군. 어디서 불쑥 나타나신 거요?"

코델리아는 그 경쾌한 금빛 눈동자 밑에서 평생에 처음으로 어찌할 바를 몰랐다. 갑자기 심장이 빠르게 고동쳐댔다. 크리스티앙과의 은밀한 만남이 들켰을지도 모른다는 두려움 때문이라고 자신에게 중얼거렸지만, 왠지 그 일은 별로 걱정스럽지 않았다. 손바닥에서 땀이 나고 정신이 혼란스러워지는 건 다른 이유 때문이었다.

"입이 얼어붙었나?"

그가 곧게 뻗은 검은 눈썹을 치켜올리며 물었다.

"저 뒤에서……."

마침내 코델리아는 입을 열 수 있었다.

"옷매무새를…… 좀 가다듬느라고……. 고리가 풀렸거든요."

그녀는 다시 침착을 되찾으며 도전적인 시선을 그에게 던졌다, 거짓말이라고 말하려면 해보라는 듯이.

"그렇군요."

레오 보몬트가 호기심에 찬 시선으로 그녀를 쳐다보았다. 저 칸막이 뒤에서 무슨 일이 벌어졌든 간에 옷매무새와는 관계가 없으리라. 고리가 풀어진 것만으로 저렇게 양심의 가책 어린 표정이나 붉은 홍조는 생겨나지 않는다. 그가 칸막이 쪽을 흘깃 쳐다보았다. 그의 눈 속에는 알만하다는 듯한 웃음기가 서려 있었다. 은밀한 만남이었겠지.

"그렇군요."

그가 다시 재미있다는 듯 중얼거렸다.

"실망스럽소. 당신의 키스가 전적으로 나만을 위한 것인 줄 알았는데."

코델리아는 침을 꿀꺽 삼키며 자신도 모르게 혀끝으로 입술을 축였다. 어떻게 된 거지? 왜 당신이 상관할 바 아니라고 말하지 못하는 거야? 그녀는 그가 칸막이 뒤를 들여다보지 못하도록 여기 남아 있는 것뿐이라고 자신에게 되뇌었다.

"당신은 누구죠?"

그의 신경을 분산시킬 의도로 일부러 무례한 어조를 골랐다.

"키어스턴 자작이 인사드리겠습니다."

그는 그녀의 무례함을 강조하려는 듯이 대단히 예의바르게 고개 숙였다.

영국 자작이라고. 그럼 말 관리인이 아니었어. 코델리아는 입술을 잘근잘근 깨물었다. 그의 시선이 그녀의 청회색 눈동자를 붙들어 놓았다. 가까이서 본 모습은 멀리 창가에서의 관찰이 정확했음을 알려주었다. 이제 그녀는 더욱 꼼꼼히 살펴보았다. 키가 크고 날씬하다. 넓은 이마와 V자 형의 이마선, 그녀와 거의 맞먹을 정도로 까만 머리카락이 목덜미에서 주머니 가발로 감싸져 있다. 가운데 홈이 패인 턱 위쪽에 길게 그려진 입술은 당혹스러울 만큼 관능적이었다.

맙소사! 무슨 생각을 하는 거야? 그녀의 마음이 한순간 칸막이 뒤에 움츠려 있을 크리스티앙에게로 날아갔지만, 그 영상은 이 영국인 자작의 단호한 시선과 자신의 들뜬 흥분 때문에 이내 흐릿해졌다.

"키스를 좋아한다는 사실에도 불구하고, 당신이 꽃 따는 여자나 응접실 하녀가 아닌 것은 알겠소."

그가 그녀의 우아한 드레스와 목에 걸린 은 펜던트, 머리에 묶이 진주 달린 리본을 살피며 부드럽게 입을 열었다.

코델리아는 발그레한 얼굴로 어색하게 중얼거렸다.

"우리 사이의 사소한 일은 발설하지 않으시리라 믿어요."

그의 입술이 살짝 뒤틀렸다.

"하지만 당신이 날 맞아준 방식은 대단히 유쾌했소."

"꽃을 던진 건 현명하지 못한 행동이었어요. 제가 가끔 엉뚱하긴 하지만, 그건 그냥 장난이었어요. 무례하게 굴려던 건 아니었어요……."

"난 전혀 불쾌하지 않았다오, 그걸 증명해 보일 수도 있소. 아까의 약속을 지킬 마음이라오."

그가 코델리아의 턱을 붙잡더니, 그녀가 그의 의도를 알아차리기도 전에 입술을 내리덮었다. 차갑고 유연하면서도 단호한 입술이었다.

코델리아는 충격과 분노로 고개를 빼내는 대신, 강하게 밀고 들어오는 혀에 입술을 열어주며 그의 체취를 탐욕스럽게 들이켰다. 그의 손이 그녀의 엉덩이를 움켜잡아 자신에게로 끌어올렸다. 그의 몸에 찰싹 밀착되자 그녀의 숨결이 거칠어졌다. 뜨거운 정열의 파도가 이성을 집어삼키며 온몸이 필사적인 갈망으로 가득 찼다. 그녀는 그의 아랫입술을 깨물며 두 손으로 그의 머리를 움켜잡았다.

레오가 뒤로 물러났다. 그녀를 내려다보는 그의 눈에서 서서히 정열이 사그라들었다.

"맙소사. 당신은 대체 어떤 여자요?"

그가 나직하게 중얼거렸다.

야성적인 정열이 가라앉은 후 자신이 한 짓을 깨닫자, 코델리아의 얼굴에서 핏기가 사라졌다. 자신이 무슨 짓을 했는지는 알았지만 이유는 알 수 없었다. 그녀의 몸은 여전히 불길에 휩싸여 있었고 두 다리가 부들거렸다. 뭐라 웅얼거리며 그녀가 휙 돌아서서 치맛단을 모아 쥔 채 대리석 바닥에 톡톡톡 구두굽 소리를 남기며 회랑을 달려나갔다.

레오는 당혹스레 고개를 흔들었다. 저 매력적이고 장난스런 아가씨와 시작했던 작은 놀이가 이상하게 변해 버렸다. 그는 순진한 키스에 정신을 잃어버리는 풋내기가 아니었다. 그런데 저 여자가 누구이든 간에 그 고삐 풀린 정열로 강렬한 마법을 뿌려냈다. 방금 전 깨물렸던 아랫입술을 살며시 매만져 보았다. 그런 다음 그는 머리를 절레절레 흔들며 돌아섰다.

그녀가 튀어나왔던 칸막이를 슬쩍 쳐다보았다. 아마도 그 정열의 파도에 희생양으로 떨어진 젊은 사내가 숨어 있으리라. 그는 가볍게 나무틀을 두들겼다.

"이젠 나와도 되오."

그리고는 숨어 있는 연인이 도망갈 수 있도록 손님들의 객실 쪽으로 걸음을 옮겨갔다. 그의 눈썹이 한껏 찌푸려져 있었다.

발자국 소리가 사라지고 나자 크리스티앙이 모습을 드러냈다. 그는 회랑 주위를 둘러보았다. 코델리아의 모습은 보이지 않았다. 무슨 일이 벌어졌던 걸까? 그들의 말소리가 들리긴 했지만 정확한 내용은 들을 수 없었다. 그런데 그후에 긴 침묵이 이어졌다, 대리석에 질질 끌리는 발소리와 옷감 스치는 소리만이 가득한 침묵. 다음 순간 코델리아의 다급한 발소리가 들렸다. 도대체 무슨 일이 있었을까? 그 남자는 누구였을까? 그 자가 코델리아에게 무슨 짓을 했던 걸까?

젊은 음악가 또한 인상을 한껏 찌푸린 채로 자신의 초라한 방을 향해 걸어갔다.

제복 입은 남자 하인 하나가 객실 응접실에서 레오를 기다리고 있었다.

"키어스턴 경, 폐하께서 부르십니다. 지금 브란덴부르크 대공과 함께 계십니다. 절 따라오시지요."

레오는 궁전 복도로 하인을 뒤따라갔다. 6년 전 합스부르크가의 먼 친척으로서 가문을 위해 오스트리아 여제에게 개인 면담을 요청했던 적이 있었으므로 이 궁전의 복잡한 미로는 익히 알고 있었다. 대개의 영국 명문가가 그렇듯이, 보몬트 가도 대륙에 인맥과 친척들이 있었으므로 이 왕가에서 언제라도 환영받을 수 있었다.

하지만 지난 3년간 레오는 베르사유의 궁궐에서 대부분의 시간을 보냈다. 오로지 자신의 쌍둥이 여동생 엘비라의 아이들을 지켜보기 위해 미카엘 폰 작센 공작과 친분을 유지하는데 바친 시간이었다.

"키어스턴 자작, 이 역사적인 사건에 당신이 참여하게 되어 기쁘군요."

여제가 상냥하게 그를 맞이했다. 마리아 테레지아는 53세의 미망인이자 열여섯 명의 아이를 둔 어머니로서, 예전의 아름다움이 많이 쇠해 있었다.

"이건 비공식적인 접견이랍니다. 우린 코델리아 브란덴부르크와 미카엘 폰 작센 공작의 결혼에 대해 논의하고 있었어요."

레오는 예비 신부의 삼촌인 브란덴부르크 공작에게 사교적인 표정으로 인사를 전했다.

"제 매제가 조카따님과의 결혼에 절 대리인으로 세웠습니다. 대공. 기껍게 받아주시길 바랍니다."

"아, 물론이오."

프란츠 브란덴부르크 대공이 독사의 엄니처럼 날카로운 이를 드러내며 미소지었다.

"그 결혼 계약서를 검토해 봤는데, 모든 것이 잘 정리되어 있더군요."

그는 만족스러운 듯 두 손을 비볐다. 코델리아의 값이 대단히 높았음에도 불구하고, 베르사유의 프로이센 대사인 미카엘 폰 작센 공작은 깎으려는 시도조차 하지 않았다.

레오가 간단하게 고개를 끄덕였다. 미카엘은 상속자를 낳아줄 만한 젊은 처녀를 두 번째 아내로 맞아들일 결심이었다. 때가 되면 딸들을 결혼 시장에 내다팔 수 있을 터이지만, 그들은 상속자가 될 수도 없고 작센가의 이름을 이어갈 수도 없었다. 여제의 대녀인 코델리아가 가장 적당한 신부감이었다. 열여섯의 나이로, 사회적으로 필요한 것들을 잘 교육받았으면서도 세상 때가 묻지 않은 경험 없는 처녀임이 분명하니까.

매제의 두 번째 신부감에 대해서 레오가 관심 갖는 점은 쌍둥이 조카딸들의 계모로서 뿐이었다. 그 아이들은 이제 어머니의 부드러운 손길이 필요한 나이였다. 그들의 아버지는 자식들을 늙고 빈곤한 친척의 손에 맡겨놓았을 뿐 별다른 관심을 보이지 않았다. 게다가 편협한 사고방식의 루이즈 드 네브리는 엘비라의 자식들을 교육시키고 행복하·게 해주기에 전혀 적합치 않았다.

갑자기 레오는 가슴 속에 통증이 찾아드는 걸 느꼈다. 그의 두 손이 주먹을 틀어쥐며 턱도 굳어졌다. 쌍둥이 여동생의 급작스런 죽음을 생각할 때마다 견딜 수 없는 긴장과 분노가 치밀어 올랐다. 엘비라는 너무나 헛되이 갑작스레 죽어버렸다. 결혼이 그녀를 바꿔놓았다. 언제나 입가에 머물던 웃음도 자주 볼 수 없었다. 하지만 1765년 2월 그가 로마로 출발할 때, 그녀는 예전처럼 아름답고 생기 넘치는 모습을 보여주었다. 작별인사를 하던 그 푸른 눈동자를 그는 아직도 기억할 수 있었다. 그녀의 눈 속에 담겼던 그림자에 대해서는 작별을 슬퍼하는 것이려니 생각했었다. 그들은 서로 멀리 떨어져 있는 걸 항상 싫어했으니까.

그런데 바로 일 주일 후에 그녀가 죽었다. 이제 그는 엘비라의 모습을 떠올릴 때마다 그 눈 속에 숨어 있던 그림자를 기억했다. 몇 개월 동안이나 은근하게 자리잡았던 그림자, 때때로 억지로 지어보이던 웃음, 전에는 볼 수 없었던 특이한 표정도 기억났다. 거의 공포에 가까운 표정이었다. 하지만 그 문제를 물어보았을 때 엘비라는 웃어넘겼고 그녀가 죽을 때까지 그는 아무것도 짐작하지 못했다. 이제는 그것밖에 생각할 수가 없는데.

"키어스턴 경?"

그는 화들짝 정신을 차렸다. 여제가 자신에게 말하고 있었다.

"코델리아가 미카엘 공작과 결혼하게 되면 내 딸과 같이 베르사유에 갈 수 있다고 장담하셨지요?"

사실 그 확언은 왕의 애인인 마담 뒤 바리에게서 나온 것이었으나, 그녀의 말이 왕의 말과 동일시된다는 것은 누구나 알고 있었다.

"그렇습니다, 폐하. 프랑스의 국왕께서도 공주께서 왕세자와 결혼함으로써 전에 알던 모든 것을 뒤에 남겨 놓아야 하는 일이 어렵다는 걸 이해하고 계십니다."

"내 딸은 프랑스를 자신의 조국으로 받아들일 거예요. 자신의 의무를 잘 알고 있지요. 순종적인 아이랍니다."

마리아 테레지아가 결연하게 고개를 끄덕였다.

"그리고 물론 코델리아도 마리 앙투아네트와 같이 간다는 것과, 바람직한 결혼이 성사됐다는 걸 알면 기뻐할 거예요. 그 애와 애길 해보셨나요, 대공?"

그녀가 미소지으며 프란츠에게 시선을 돌렸다.

대공이 어깨를 으쓱였다.

"그럴 필요가 있겠습니까? 코델리아도 순종의 미덕을 알고 있습니다. 이제 그 애에게 자신의 행운을 알려줘야겠군요."

행운이라고? 레오의 얼굴에는 아무 표정도 나타나지 않았다. 이 사람들은 미카엘이 얼마나 딱딱한 성격의 소유자인지 알기나 할까? 열여섯 살 소녀가 이 일을 행운으로 생각할지는 다소 의심스러웠다. 엘비라와 결혼할 때처럼 경직되어 있지는 않다 해도, 첫번째 부인의 죽음이 미카엘의 성격을 어느 면에서는 어둡게 만들었을 것이었다.

"제 조카딸은 미카엘 공작의 대리인과 결혼하여 베르사유까지 왕세자비 전하와 동행할 것입니다. 자작, 당신이 에스코트하는 것으로 아는데."

"그렇습니다, 대공. 저의 영광이지요."

레오가 살짝 고개 숙이며 대답했다. 하지만 잡담이나 재잘거리는 아가씨들과 함께 하는 여행이 이 얼마나 지루하고 힘들지 생각하니 속으로는 한숨이 나올 지경이었다.

"코델리아에게 즉시 알려야겠군요. 레이디 코델리아를 모셔오너라."

여제가 시종에게 지시를 내리자 그 하인은 절을 올리고 재빠르게 물러갔다.

"결혼 잔치가 시작되기 전에 이 문제를 매듭지읍시다. 우리 모두 진심으로 기뻐할 수 있도록 최선을 다할 생각이에요."

코델리아는 눈앞에 놓인 라틴어 책을 내려다보았다. 문장이 제대로 읽히지 않을 뿐더러 문법조차 머릿속에 들어오지 않았다. 지금껏 해석할 때 한 번도 막힌 적이 없었던 코델리아가 머뭇거리자 베르몽 신부는 당혹스러워했다. 코델리아는 열성적으로 철학, 역사, 수학을 열성으로 대했으며 라틴어 공부 또한 무척이나 즐거워했다. 산만하다고까지 말할 수 있는 앙투아네트와는 달리, 코델리아는 명석하고 영리한 제자였다. 그런데 오늘만은 그렇지가 못했다.

그녀는 한기와 열기를 동시에 느꼈다. 영국 남자와의 만남을 생각할 때마다 그녀의 마음은 당혹스럽고 혼란스러웠다. 그녀의 몸은 얇은 모슬린 드레스를 뚫고 전해지던 남자의 느낌을 되새겼고, 입술은 그의 차가우면서도 유연하던 입술을, 그녀의 혀는 그 남자의 입술 감촉을 기억해 냈다. 죄의식이나 수치심이 생겨나야 마땅함에도 불구하고 오히려 자극적인 쾌감만을 갈망할 뿐이었다.

그녀는 앙투아네트의 금발 머리를 흘깃 쳐다보았다. 책의 여백에 낙서를 해대며 새하얀 손으로 입술을 가려 교묘하게 하품을 숨기고 있었다. 봄 햇살이 가득한 날 방 안에 있는 것을 얼마나 따분해 하는지 알 수 있었다.

앙투아네트도 이런 묘한 떨림을 느낀 적이 있을까? 단연코 없었으리라. 그런 적이 있었다면 가장 친한 친구 코델리아에게 그 불가사의한 느낌을 고백했을 테니까.

문에서 노크 소리가 들려왔다. 앙투아네트가 졸음을 몰아내려 눈을 깜박이며 자세를 고쳐 앉았다. 코델리아는 문가에 서 있는 하인을 별다른 호기심 없이 쳐다보았다.

"폐하께서 레이디 코델리아를 부르십니다."

"어머니가 왜 널 부르실까?"

앙투아네트가 눈살을 찌푸리며 물었다.

"왜 나를 빼고 만나시려는 거지?"

"글쎄."

코델리아는 조심스럽게 깃펜을 닦아 압지 위에 올려놓았다. 뜻밖의 부르심이긴 해도 여제를 기다리게 할 수는 없었다.

"먼저 일어나겠습니다, 신부님."

그녀가 신부에게 예의를 갖춘 다음 문으로 걸어갔다. 하인이 공손하게 그녀를 여제의 접견실로 안내해갔다, 그녀가 그 길을 모르는 것도 아닌데.

접견실에 들어서면서 그녀의 시선은 재빠르게 방안의 사람들을 살폈다. 여제의 의자 뒤에 그 영국인 자작이 서 있는 것을 보자 그녀의 몸에 충격과 놀라움의 전율이 흘러내렸다. 서둘러 눈을 내리깔며 여제에게 절을 올리느라 자작의 표정을 알아볼 기회는 없었다. 그녀의 삼촌이 통풍에 걸린 다리를 발받침대에 올려놓고 은색 지팡이를 붙잡은 채 인사를 받았다.

레오는 침착을 되찾으려 안간힘 쓰며 옆으로 몸을 돌렸다. 바보처럼 실실대는 아가씨가 아닌 장난스럽고 도전적이며 관능적인 젊은 아가씨. 결혼하기 전의 엘비라와 비슷한 이 여자가 코델리아 브란덴부르크라니!

"코델리아, 너의 삼촌께서 가장 유익한 결혼을 성사시키셨단다."

여제가 서론없이 단도직입적으로 말했다.

"미카엘 폰 작센 공작은 베르사유 궁의 프로이센 대사야. 넌 그의 아내로서 궁궐에서 살게 될 테고 마리 앙투아네트의 옆에 머물 수 있을 거야."

코델리아는 정신이 반쯤 빠진 상태여서 그 말을 곧바로 이해하지 못했다. 그녀도 앙투아네트와 마찬가지로 결혼하게 된단 말인가? 함께 프랑스로 가게 된다는 말인가? 꿈만 같았다. 삼촌의 독재적인 규율과 오스트리아 궁정의 구속에서 벗어날 수 있다. 그 대신 동화 속 같은 화려한 베르사유 궁전에서 살게 된다.

"공작의 친족인 키어스턴 자작께서 대리인으로서 너와 결혼할 거다. 네 결혼식은 왕세자와 공주와의 대리 결혼식 전날이다."

그녀의 삼촌이 단조롭고 독선적인 어조로 말하고 있었다.

코델리아가 꿈꾸는 듯한 눈빛으로 레오를 응시했다.

"당신이…… 당신이 내 남편이로군요."

무슨 말을 하는지 의식하지도 못한 채 그 말이 그녀의 입 밖으로 터져 나왔다.

"대리인이란다, 얘야……. 대리인."

여제가 날카롭게 수정해 주었다.

"네 남편은 미카엘 폰 작센 공작이다."

"네……. 물론 그렇죠."

하지만 코델리아는 여제의 말을 귀담아듣지도 않았다. 자작을 바라보자 흥분된 조류가 혈관 속으로 용솟음쳤다. 그 근원이 어디인지는 표현할 수 없었다. 그저 그녀의 마음과 몸 속에 존재하는 이딘가에서 부글부글 샘솟는 것 같은 뿐이었다. 그건 황홀하고 이상하고 두렵기까지 한 감각이었다.

그녀가 레오에게 미소지어 보였다. 그녀의 눈 속에 담긴 관능이 너무나 노골적이어서 레오는 방안의 다른 사람들이 알아챌까 두려울 지경이었다. 그가 한 걸음 앞으로 나서며 주머니에서 무언가를 꺼내들었다.

"미카엘 공작이 보내는 약혼 선물이오, 레이디 코델리아."

그는 억양 없는 목소리를 유지하며 시선을 외면한 채로 작은 꾸러미를 건네주었다.

"그 안에 공작의 초상화도 있을 거요."

그는 그녀의 시야 밖으로 재빠르게 물러났다.

코델리아가 납작한 벨벳 상자를 열어 얇은 종이를 풀어냈다. 황금과 진주 장식이 달린 팔찌를 꺼내어 창문으로 스며드는 빛줄기에 비춰 보았다. 보석 박힌 장식들이 산들바람에 살랑거렸다.

"아주 예쁘구나."

여제가 기분좋게 칭찬해 주었다.

레오가 눈살을 찌푸렸다. 중요한 게 아니라고 생각했으므로 공작의 약혼 선물을 살펴보지 않았었다. 하지만 지금 그의 눈에 들어온 그 팔찌는 쌍둥이를 낳았을 때 엘비라가 남편으로부터 선물 받았던 팔찌였다. 그의 입술이 가늘어졌다. 미카엘이 아무리 돈주머니 끈을 졸라맨다 하더라도 죽은 아내의 물건을 새신부에게 건네준다는 것은 대단히 무정한 행위인 것 같았다.

"이것 보세요, 다른 장식도 있어요! 너무나 섬세한 세공이에요."

코델리아가 작은 다이아몬드가 박힌 슬리퍼를 집어 들었다. 그녀의 손바닥 위에서 다이아몬드들이 화려하게 빛을 뿜었다.

"저를 위해 특별히 준비한 건가 봐요."

"세공업자에게 그 팔찌와 장식품을 보내면 다이아몬드 슬리퍼를 같이 끼워줄 거다."

마리아 테레지아가 씩씩하게 말했다.

"그건 테이블에 내려놓고 미카엘 공작의 초상화를 살펴보렴."

코델리아는 마지못해 팔찌를 내려놓고 상자에 들어있던 작은 원형 꾸러미를 풀어냈다. 액자 안에서 장래 남편감이 그녀를 쳐다보고 있었다. 그 납작한 이미지만으로 사람을 평가하기란 쉽지 않았다. 돌출된 눈썹 밑의 연한 눈동자, 얄팍하게 뻗은 입술, 툭 튀어나온 턱. 머리는 가루분을 뿌린 가발로 가려져 있었다. 유머감각은 없어 보였다, 심각해 보이기까지 했다. 하지만 그녀의 삼촌도 그런 성격이었으므로 코델리아는 별달리 신경 쓰지 않았다. 나이 들었다는 점만 제외하면 눈에 띄는 신체적 결함은 없었지만 젊음이 피어오르는 나이가 아닌 건 분명했다. 그러나 장래 남편감의 단점이 그 하나뿐이라면, 코델리아는 자신의 의사와 상관없이 가문의 필요에 의해 팔려 가는 다른 여자들보다 운이 좋은 셈이었다.

그녀의 시선이 키어스턴 자작에게로 향했다. 이 남자는 결혼했을까? 묘한 흥분이 다시 끓어올랐다. 그녀가 무의식적으로 그에게 한 걸음 다가섰다. 하지만 그는 재빨리 뒤로 물러나며 날카로운 경고의 시선을 던져 그녀를 제지했다.

"이 초상화는 언제 그린 건가요?"

그녀가 다소곳하게 물었다.

"지난달에 그린 거요."

자작이 대답했다.

"그렇군요. 공작께서도 저의 초상화를 갖고 계신가요?"

"물론이지."

그녀의 삼촌이 성마르게 입을 열었다.

"몇 달 전에 보내드렸다. 미카엘 공작이 생김새도 모르면서 결혼신청을 했을 것 같으냐?"

"물론 그렇겠죠."

코델리아가 중얼거렸다.

"당연히 난 그 사람을 남편으로 맞아야 하는 거겠죠."

독백과도 같은 소리였으나 레오는 그 말을 알아들었다. 그녀의 강렬한 눈빛에 불편한 상황임에도 불구하고 그의 입술이 살짝 위로 올라갔다.

"키어스턴 자작이 베르사유까지 널 에스코트해 주실 거다."

대공이 바닥에 쿵 지팡이를 내려쳤다. 질녀의 말을 듣지는 못했으나, 코델리아를 잘 아는 그로서 분명 건방진 내용이었으리라 짐작한 것이다.

"절 에스코트해 주신다니 대단히 감사합니다."

코델리아가 새치름히 예의를 갖췄다.

"전 폐하와 제 삼촌의 희망에 순종해야 하지요."

그녀의 시선이 자작의 눈과 마주쳤고, 그는 다시 한 번 그 청회색 눈동자에서 불타는 정열에 움찔해야 했다. 이 여자는 대체 어떤 여자인가? 관능이 깨어나기 시작한 순진한 여자일까? 아니면 태어날 때부터 그런 류의 피를 타고난 여자일까?

이제 곧 그 해답을 알게되리라는 소름끼치는 확신에, 그의 목덜미 솜털들이 쭈뼛 일어섰다.

2

크리스티앙은 여제의 접견실 밖 복도에 초조하게 숨어 있었다. 코델리아가 저 안에 들어가 있음은 알고 있었다. 궁궐 전체에 소문이 무성했다. 먹이를 쫓는 표범보다도 더 빠르게 하인들의 입을 타고 소문이 이어졌으며, 그 말끝마다 레이디 코델리아의 이름이 들먹여졌다. 분명한 건 아무것도 없었지만, 프랑스 대표단의 도착이 공주뿐 아니라 레이디 코델리아의 미래와도 관련되어 있다는 점에는 대체로 의견이 일치되었다.

우묵하게 들어간 창가에서 크리스티앙은 쉼없이 손톱을 잘근거렸다. 사람들이 드나드는 복도에서 드러내놓고 얘기할 수 없다는 건 알았지만 코델리아에 대한 걱정과 호기심이 더 컸다. 아까 회랑에서 그녀와 어떤 남자 사이에 특별한 일이 벌어졌었다. 그 일에 대해서, 그리고 그 일이 지금 벌어지고 있는 일과 어떤 관계가 있을지 알고 싶어 미칠 지경이었다.

접견실 문이 열리며 승마복을 입은 키 큰 남자가 나타났다. 그 남자가 잠시 무표정하게 복도에 서 있었다. 그가 누구인지 알지 못했으나, 크리스티앙은 그 개암나무빛 눈동자의 번득임에 이끌려 하마터면 그리로 걸어나갈 뻔했다. 갑자기 그 남자의 눈썹이 당혹스레 찌푸려지며, 눈동자의 빛도 사색적으로 바뀌었다. 그런 다음 긴장했던 입술선이 풀어지고 매력적인 미소가 떠올랐다. 혼자 미소지으며 그는 성큼성큼 복도를 걸어갔다. 크리스티앙을 알아차리지도 못한 채 진홍빛 선이 그려진 짧은 망토를 휘날리며 사라져 갔다.

그 남자에게는 왠지 모를 카리스마가 느껴졌다. 자석과 같은 힘을 소유한 듯했다. 하지만 크리스티앙은 그 의문을 떨쳐내고 자신의 원래 목적을 되새겼다. 여제께서 지나치게 오랫동안 코델리아를 붙잡고 있었다. 다음 순간 프란츠 브란덴부르크 대공이 힘겹게 지팡이를 짚으며 평소의 습관처럼 험상궂은 인상으로 접견실을 빠져 나왔다. 그 또한 음악가를 쳐다보지도 않고 통로를 걸어갔다. 하인 한 명이 반쯤 달리듯이 그 뒤로 종종걸음쳤다. 하지만 코델리아의 모습은 여전히 나타나지 않았다.

크리스티앙은 몸을 돌려 창 밖 뜰을 내려다보았다. 공주를 데려가기 위해 준비중인 마차들과 말들로 북적거렸다.

가볍게 퉁기는 듯한 발소리가 들리자 그의 시선이 다시 복도 쪽으로 향했다. 마리 앙투아네트가 어머니의 방을 향해 춤추며 다가서고 있었다. 앙투아네트는 어디서건 걷는 법이 없었다.

공주가 허락을 받아 접견실 안으로 들어갔다. 도대체 무슨 일 때문에 여제께서 두 소녀를 호출하신 것일까? 혹시 코델리아와 자신의 만남이 누군가에게 들키고 만 건 아닐까? 크리스티앙은 걱정스레 복도를 걸어다니기 시작했다.

여제의 접견실에서는 마리 앙투아네트가 기쁨의 눈물을 글썽이며 친구를 끌어안고 있었다.

"믿을 수가 없어. 너하고 함께 가게 되다니. 이제 난 혼자가 아니야.”

“프랑스 국왕은 아주 사려가 깊으신 분이란다, 애야.”

그녀의 어머니가 두 소녀의 뒤엉킨 손을 바라보며 자비롭게 미소지었다. 그 우정에 마음이 흡족했다. 공주보다 한 살이 많고 더 현명한 코델리아가 자신의 딸에게 가끔 좋은 영향을 끼친다는 사실 때문이었다. 비록 코델리아의 활기가 탈선으로 이어지는 경우도 있긴 했지만, 결혼과 베르사유 궁전에서의 무거운 책임감이 두 아이의 감당 못할 생기를 억눌러 주리라 믿어 의심치 않았다.

“이게 신랑 초상화야? 어디 좀 보자.”

앙투아네트가 작은 그림을 들어 비판적으로 살펴보았다.

“늙은이네.”

“무슨 망언이냐!”

여제가 호통을 쳤다.

“공작은 아직 한창 나이야. 궁궐에서 부와 영향력을 쥐고 있는 사람이다.”

“그 자작이 미카엘 공작과 어떤 관계인가요? 공작의 누이와 결혼했었나요?”

코델리아는 그 질문이 대단히 합리적일 뿐더러 대답에는 별 관심도 없다고 자신에게 되뇌었다.

“미카엘 공작이 자작의 여동생과 결혼했던 거야. 불행히도 그녀는 몇 년 전에 쌍둥이 딸들을 남긴 채 세상을 떠났단다.”

‘하지만 그 남자가 다른 여자와 결혼했을 수도 있어. 그런데 왜 키어스턴 자작이 머리에서 떠나지 않는 걸까? 그 사람이 결혼했든 말든 나하고 무슨 상관이람?’

코델리아는 열심히 자신을 질책해 보았지만 별다른 효과가 없었다.

“어머나, 그럼 넌 금방 엄마가 되겠네!”

앙투아네트가 발끝으로 빙글 스텝을 밟으며 외쳤다.

“마음에 드니, 코델리아?”

아무도 말해주지 않은 또 한 가지 사실이로군. 코델리아는 놀라움으로 그 정보를 받아들였다. 자신이 알지도 못하는 어린애들의 엄마 노릇을 할 수 있다고 누가 말할 수 있을까? 그녀는 누구의 엄마도 될 준비가 되어 있지 않았다, 이제 막 날개를 펼치기 시작한걸.

“노력해 봐야지.”

여제가 받아들일 만한 대답은 그것뿐이었다.

“옷에다 그 초상을 달고 다녀야 해. 나처럼 말이야.”

앙투아네트가 자신이 달고 있는 왕세자의 초상을 가리켜 보이고는 능숙하게 코델리아의 옷에 공작의 초상화를 달아주었다. 뒤로 물러나서 자신의 솜씨를 살펴보고 나서 만족스럽게 고개를 끄덕였다.

“이젠 너도 약혼한 거야, 나처럼.”

“자, 나가들 보거라. 오늘밤 무도회 준비를 해야지.”

마리아 테레지아가 다정한 미소를 지어보였다.

“너희 둘 다 아주 아름다울 거야……. 섬세한 새들처럼.”

그녀가 금발 머리와 검은 머리를 토닥이며 입을 맞췄다.

앙투아네트가 코델리아의 팔짱을 끼며 접견실 밖으로 나섰다.

“굉장해. 너무너무 행복해. 입 밖에 내어 말하지는 않았지만 솔직히 나 많이 무서웠어. 하지만 이젠 하나도 두렵지 않아. 우린 베르사유를 매료시킬 거야. 모두들 빈에서 온 아름다운 두 마리 새의 발치에 무릎을 꿇을 거야.”

그녀가 팔짱을 풀어내고 춤추듯이 복도를 걸어갔다. 코델리아는 너무나 혼란스러워서 앙투아네트처럼 활기차게 행동할 수 없었으므로 천천히 뒤따라갔다.

“코델리아!”

크리스티앙이 그녀의 팔을 움켜잡아 구석으로 끌어들였다.

“무슨 일이야? 어떻게 된 거야? 회랑에서 같이 있었던 남자는 누구야?"

코델리아는 흘깃 뒤돌아보았다. 집사장이 모퉁이를 돌아서 여제 방으로 다가오고 있었다.

"나 결혼하게 됐어."

그녀가 속삭였다.

"그리고 그 남자는 키어스턴 자작이었어. 그 사람이 내 대리 남편이야. 하지만 여기선 얘기할 수 없어. 자정에 온실로 나와. 그때쯤 나도 무도회장에서 빠져 나갈 수 있을 거야. 너의 문제를 해결할 수 있는 완벽한 해결책이 떠올랐어."

그가 반박하려 하자 그녀는 재빨리 그의 입술에 손가락을 올리고 그의 뺨에 입을 맞추었다. 그런 다음 다시 얌전하게 복도를 걸어나갔다. 크리스티앙은 집사장과 그녀 사이에 정중한 인사말이 오가는 것을 들은 후 잠시 더 기다렸다가 숨어 있던 곳에서 빠져 나왔다.

코델리아는 언제나 멋진 생각이 있다고 말한다. 하지만 결혼해서 빈을 떠나게 된 이 마당에 어떻게 그의 문제를 해결해 줄 수 있단 말인가? 더욱이 크리스티앙은 이제 곧 가장 좋은 친구를 잃어버리게 될 것이다.

프랑스 왕세자와 공주와의 결혼을 축하하는 잔치가 대무도회장에서 열렸다. 높은 창들이 횃불이 밝혀진 아래쪽 정원으로 열려 있어, 회랑의 금테 두른 거울 속으로 색색의 분수에서 뿜어져 나오는 물보라가 내비쳤다.

코델리아는 가발 쓴 젊은 남자와 빙글빙글 춤을 추면서도 연신 시간을 확인했다. 보통 때 같으면 춤추는 게 즐거웠겠지만, 오늘밤은 집중할 수가 없었다. 방금 전에 크리스티앙의 독주회가 끝났다. 폴리그니는 제자의 솜씨가 모두 자신의 가르침 덕인 양 관대하게 고개를 끄덕거렸고, 여제는 손님들을 즐겁게 해준 공을 치하하여 폴리그니에게 묵직한 돈주머니를 건네주었다. 천재들을 후원하는 것이 왕실의 의무이긴 했지만, 손님들에게 그걸 인정받는다는 것은 대단히 만족스러웠다. 여제는 폴리그니가 그 돈을 크리스티앙에게 얼마쯤 나눠주리라 생각하겠지만, 코델리아는 그에게 단 한푼도 돌아가지 않으리라는 걸 잘 알고 있었다.

지금 크리스티앙은 적당히 춤도 추고 칭찬을 받아들이며 후원받는 남자가 해야 하는 방식대로 사교성 있게 회랑을 돌아다니고 있었다. 폴리그니의 처우에 분개한다는 내색은 전혀 드러내지 않았다.

궁궐 사람들 전체가 레이디 코델리아가 베르사유의 프로이센 대사와 결혼할 것이며 앙투아네트 공주 혼자서 새로운 인생을 맞지 않아도 된다는 사실에 다행스러워했다. 하지만 크리스티앙은 씁쓸했다. 파리는 아주 먼 곳이었다. 5년 전 온실에서 분개하며 울고 있는 어린 소녀를 만난 이래로 그녀는 그의 가장 좋은 친구였다. 그의 자신감을 북돋아주며 폴리그니가 그를 깎아내리고 조롱하고 이용할 때에도 항상 믿음을 보여주었던 친구. 코델리아와 같이 있을 때면 자신이 정말 천재라 믿을 수 있었는데.

코델리아는 사람들 앞에서 크리스티앙을 모른 체 하는 데에 언제나 능숙했다. 하지만 키어스턴 자작에 대해서는 그렇게 신중해지지 않았다. 그녀의 시선이 끊임없이 그 남자를 따라다녔다. 그는 누구에게도 춤을 신청하지 않고 프랑스와 오스트리아의 대신들과 어울려 대화를 나누었다. 그에게 시선을 보내는 여자들에게도 별로 개의치 않는 듯했다. 연회색 실크 정장과 까만 줄이 그려진 조끼, 풍성하게 주름 잡힌 크러뱃(남자들이 목에 묶는 스카프 같은 것), 가루분을 바르지도 않고 회색 리본으로 동여맨 까만 머리카락은 여자들의 시선을 사로잡기에 충분했다.

저 남자가 결혼했을까? 애인이 있을까? 그녀는 그에 대한 생각을 멈출 수 없었다……. 그를 바라보는 것도 그만둘 수 없었다. 그 두 가지 질문이 쉴없이 머리 속을 맴돌며, 흡사 열병에 걸린 사람처럼 추웠다 더웠다 하며 그 어떤 것에도 집중할 수가 없었다. 댄스 파트너는 그녀의 무신경하고 퉁명스럽기조차 한 태도에 두 번 다시 춤을 신청하지 않았다.

코델리아는 알아차리지 못했지만, 사실 레오도 그녀만큼이나 유심히 그녀를 살피고 있었다. 외면적으로 엘비라와 닮은 점은 없다. 엘비라는 금발 머리에 조각 같은 얼굴이었고, 이 여자는 뽀얀 피부에 푸른 빛과 회색빛을 넘나드는 깊은 눈동자를 지녔다. 하지만 그 두 여자에게 공통되는 점이 있었다. 남자를 미치게 만드는 정열과 관능. 결혼하기 전 엘비라도 구슬 같은 웃음소리와 태연스레 머리를 매만지던 손짓으로 뭇 남자들의 가슴을 녹여버렸다. 당연히 미카엘 공작은 그녀의 첫 남자가 아니었다. 엘비라처럼 생기발랄하고 세련된 스무 살의 여자에게 그 외에 어떤 것을 기대할 수 있겠는가. 그녀는 미카엘이 한 번도 과거에 대해 물은 적이 없노라고 주장했다, 자기 남편은 세상을 잘 아는 남자이며 아내가 처녀이길 기대하지도 않았다고. 하지만 때때로 레오는 그 말의 어디까지가 진실인지 의심스러웠다. 비록 미카엘이 늘 사교적이고 예의바른 모습을 보여왔지만 그 이면에 다른 모습이 숨겨져 있으리라는 느낌이 전해졌던 것이다.

레오는 샴페인을 홀짝이며 공작의 두 번째 신부감이 우아하지만 별 열의 없이 춤추는 모습을 지켜보았다. 코델리아의 눈이 자작의 시선과 마주쳤다. 순간적으로 그녀의 뺨에 홍조가 번지며 입술이 살짝 벌어지고 눈동자도 반짝거렸다.

그는 홱 돌아서 버렸다. 맙소사, 저 여자가 무슨 짓을 하는 거야? 처음에는 태피스트리 칸막이 뒤에 있던 불쌍한 영혼을 꼬드기더니, 이젠 그에게 수작을 걸어보려 한다. 맙소사!

시계가 자정을 울리자 손님들은 샴페인과 새끼 거위 요리, 젤리에 담근 메추리, 종달새 혀, 연어 디저트, 게 파이가 기다리고 있는 식당으로 천천히 나아갔다.

레오는 회랑에 남아서 음울하게 정원을 내다보았다. 창틈으로 빠져 나간 불빛이 잔디와 자갈길로 스며들었다. 술잔을 기울이는 동안, 그의 뒤에서는 부드러운 음악이 연주되며 식당 쪽에서 웃음소리와 식기 부딪히는 소리들이 간간이 들려왔다.

정원으로 연결된 돌계단에 사람의 형체가 나타났다. 그 여자가 테라스 끝쪽의 횃불을 지나쳐갈 때 까만 머리가 불빛 아래 드러났다. 아이보리색 드레스를 우아하게 살랑거리며 오솔길로 접어들어 재빠르게 온실 쪽으로 걸어갔다.

한밤중에 남몰래 빠져 나가다니, 저 여자가 무슨 짓을 하려는 거지? 레오는 창턱에 술잔을 내려놓고 성큼성큼 밖으로 나섰다. 또 다른 밀회를 가지려는 거라면 미카엘의 대리인으로서 그 일을 막아야 하는 것이 그의 임무였다. 약혼한 여자는 더 이상 나비를 쫓는 어린애처럼 돌아다녀서는 안 된다.

아이보리색 윤곽이 온실의 어둠 안으로 사라지는 것을 보며 그는 더욱 발걸음을 빨리했다.

향긋한 향내가 나는 온실 안에서, 코델리아는 망설임 없이 세 번째 통로로 걸어갔다. 푸근한 날씨임에도 화로에 불이 지펴져 있어, 그 따스함이 희귀한 난초들과 이국적인 과일나무, 무성한 포도 덩굴들을 감싸주고 있었다.

"크리스티앙? 어디 있어?"

통로 끝에 도착하자 주위를 둘러보면서 그녀가 속삭였다.

"여기야."

크리스티앙의 창백한 얼굴이 야자수 나무 뒤에서 나타났다.

"그게 정말이야? 네가 프로이센의 공작과 결혼하기 위해 프랑스로 간다는 게?"

"그래."

　　그녀가 부드럽게 말했다.

　　"너도 같이 가자. 베르사유에서 새로운 후원자를 찾아, 더 이상 제자가 아닌 진짜 음악가가 되는 거야. 내가 결혼 선물로 널 풀어달라고 폐하를 설득할 수만 있으면, 넌 폴리그니의 손에서 풀려나게 될 거야."

　　"하지만 폐하께서 허락하신다 해도, 난 돈 한푼 없는데 어떻게 프랑스까지 갈 수 있겠어?"

　　"왜 항상 안 되는 쪽으로만 생각하는 거야?"

　　코델리아가 성마르게 말하며 작은 주먹으로 그의 팔을 때렸다.

　　"어떻게든 해봐야지."

　　크리스티앙은 여전히 의심스러운 표정이었지만, 코델리아의 문제로 주제를 돌렸다.

　　"이 사람이 네 신랑이야?"

　　마치 불결하거나 해로운 물건인 것처럼 그가 손끝으로 작은 초상화를 건드렸다.

　　"그래, 이걸 달고 다녀야 한대."

　　그걸 들어올려 그녀도 내려다보았다.

　　"내가 이 사람을 좋아하게 될까?"

　　크리스티앙은 더 자세하게 초상화를 살펴보았다.

　　"완고할 것 같아. 하지만 그림이라서 그런지도 모르지."

　　그녀를 안심시키기 위해 서둘러 덧붙였다.

　　"그림에서는 언제나 실제보다 가라앉아 보이잖아."

　　"글쎄."

　　이번에는 코델리아가 의심스런 표정을 지었다.

　　"이 사람이 날 좋아할지 모르겠어."

　　"당연히 좋아할 거야. 어떻게 널 싫어하는 사람이 있을 수 있겠어?"

　　그가 힘주어 그녀를 끌어안았다.

　　"네가 많이 보고 싶을 거야."

그녀가 그의 가슴에 대고 중얼거렸다.

"그렇게는 안 될걸. 우린 같이 갈 거니까."

"둘 다 미쳤소?"

크리스티앙이 놀라 소리를 내지르며 펄쩍 뒤로 물러났다. 코델리아의 머리 너머로 키어스턴 자작의 희미한 얼굴이 드러나 보였다.

"이보다 더 어리석고 무모한 행동은 없을 거요. 레이디 코델리아는 약혼한 몸이오. 궁전에 경비병과 장교와 손님들이 가득 들어차 있는데, 여기서 키스하고 끌어안고 있다니 이 무슨 짓들이오!"

코델리아가 그를 바라볼 때마다 생겨나던 묘한 영향은 그 부당한 비난을 들으며 분노로 바뀌어갔다.

"우린 그런 짓을 한 게 아니에요. 더구나 이 일은 당신이 상관할 바도 아니구요."

크리스티앙이 정신을 수습하려 애쓰는 동안 그녀가 먼저 입을 열었다.

"난 당신 남편의 대리인이오. 그러니 당신의 일은 나와 대단히 상관이 있소, 레이디. 이렇게 방종하고 어리석은 행동은 묵과할 수가 없소. 들키면 무슨 일이 벌어질지 생각이나 해 보았소?"

두 남녀를 바라보며 그의 성난 목소리가 점차로 수그러들었다.

"한심하고 어리석은 아이들이로군."

그가 말문이 막혀 있는 크리스티앙에게 시선을 돌리며 좀더 상냥하게 말했다.

"이제 당신은 가보시오. 코델리아에게 호의를 베풀고 싶다면, 그녀가 출발할 때까지 마주치지 않도록 조심하시오. 그게 두 사람을 위해 더 수월할 거요."

그가 미소지으며 젊은이의 어깨를 두들겨 주었다.

"첫사랑이 가슴 아프다는 거 아오. 하지만 곧 괜찮아질 거요."

크리스티앙은 멍하니 키어스턴 자작이리라 짐작되는 남자를 쳐다보았다. 하지만 이 남자가 무언가 잘못 짚었다는 건 분명했다. 그가 헛기침을 하며 입을 열었다.

"물론 난 코델리아를 사랑합니다. 친한 친구니까요. 하지만 당신이 말하는 그런 뜻으로 사랑하는 건 아닙니다."

코델리아도 시큰둥하게 동의했다.

"맞아요. 우린 그저 친구로서 얘기하고 있었을 뿐이에요."

"한밤중에 어두운 온실에서 서로 부둥켜안은 채로 친구로서 얘기한다는 거요? 그런 말을 누가 믿겠소?"

레오가 코웃음쳤다.

"박쥐만큼이나 눈이 어두우시군요. 크리스티앙은 그냥 날 껴안았을 뿐이에요."

"난 이만 가보는 게 좋겠어."

크리스티앙이 레오의 불신을 알아차리고 단호하게 말했다.

"우린 그런 사이가 아닙니다, 하지만 여기에 오지 말았어야 했다는 건 맞습니다. 여제의 대녀가 비천한 음악가와 친구라는 건 가당치도 않지요."

그가 조용히 말하고는 뻣뻣하게 고개 숙여 인사한 다음 떠나갔다.

레오의 분노는 사그라들었다. 젊은이의 침착한 태도가 꽤 믿을 만했다. 자신이 잘못된 결론을 내린 것일 수도 있었다. 하지만 미카엘의 약혼녀가 예전처럼 마음대로 행동할 수 없다는 사실만은 변하지 않았다. 그가 코델리아에게로 시선을 돌려, 어둠 속에 조용히 서 있는 그녀에게 손가락을 까닥거렸다.

"이리 오시오, 레이디."

코델리아가 흐릿한 불빛 속으로 걸어나왔다. 그를 응시하면서 그녀의 분노는 다시 이상한 감각으로 바뀌고 있었다. 어둡고 향긋한 공간에 그들 둘만이 남았다. 온몸의 혈관을 타고 머릿속까지 부글부글 끓어오르는 이 혼란을 떨쳐낼 수 있는 방법은 하나밖에 없을 것 같았다.

"나에게 키스해 주시겠어요, 아까 오후에 했던 것처럼?"

"뭐, 뭘 해달라고?"

"나에게 키스해 줘요."

그녀가 인내심 있게 되풀이했다.

"아주 중요한 일이에요."

"맙소사, 믿을 수가 없군!"

코델리아는 아무 말도 없이 그에게 한 걸음 다가섰다. 그는 뒤로 물러나고 싶었다. 그런데 눈에 보이지 않는 실에 묶여 버린 듯 꼼짝도 할 수 없었다. 그녀의 열기와 달콤한 향내가 느껴졌다. 그녀가 커다랗게 반짝이는 눈으로 조용히 그를 올려다보았다.

"부탁이에요."

그녀가 그의 얼굴을 감싸안아 자신에게로 끌어내렸다.

왜 뿌리치지 못하는 거야? 왜 이런 짓을 그만두게 하지 못하는 거야? 그런데 어찌된 일인지 그는 그녀의 정열에 저항하지 못했고 자신의 충동도 억제하지 못했다. 그의 두 손이 그녀의 목을 끌어안아 그곳의 거칠게 고동치는 맥박을 느꼈다. 그녀의 입술이 열리며 그의 입 속으로 혀를 들이밀었다. 볼 안쪽을 핥아대고, 촉촉한 혀의 아랫부분과 그의 입술 위로 그 혀가 움직여 다녔다. 낮은 네크라인 위로 솟아오른 젖가슴이 그의 손길을 애타게 기다리고 있었다. 그의 손이 목덜미를 쓸어 내려가 그 부드러운 언덕에 닿았다. 손가락 하나가 옷 속으로 파고들어 젖꼭지를 찾아내자 그것이 단단하게 오똑 일어섰다. 그녀의 굶주린 입술이 그를 중심부까지 뒤흔들어놓으며 그 자극적인 달콤함으로 그의 혀를 사로잡았다.

초인적인 의지력으로, 그는 그녀가 쳐놓은 거미줄에서 빠져 나왔다. 그녀의 향기와 맛과 나긋나긋한 몸으로 쳐놓은 거미줄에서.

"이럴 수는 없소! 그만하시오!"

그는 그녀를 밀쳐내고 그녀의 낙인이 찍힌 얼굴과 입술을 손으로 문질러댔다.

"나한테 무슨 마법을 거는 거요?"

코델리아가 고개 저으며 나지막이 속삭였다.

"마법이 아니에요. 당신을 사랑해요."

"말도 안 되는 소리."

그는 침착을 되찾으려 안간힘 썼다.

"당신은 버릇없고 무모한 어린애요."

"아뇨. 아니에요. 이렇게 누군가를 사랑해본 적이 없어요. 아, 크리스티앙을 사랑한다고 생각한 적이 있긴 했지만 그건 일 주일도 가지 않았어요. 당신한테처럼 이런 식으로 키스받고 싶은 느낌은 한 번도 없었어요. 난 내 감정을 알아요."

그녀의 목소리와 눈동자와 미소에 견고한 확신이 담겨 있었다. 그녀는 크림 접시를 손에 넣은 고양이처럼 자신만만하고 만족스런 표정이었다.

레오는 허탈한 웃음으로 그녀의 자신감을 깨뜨려줄 방법을 필사적으로 생각하며 웃어젖혔다.

"당신은 아무것도 몰라, 아가씨. 아무것도 몰라. 자신이 이해하지도 못하는 감정에 빠진 모양인데, 그건 부부간의 침실에서나 일어나야 할 일이오. 이제 곧 당신도 알게 될 거요. 모든 게 내 탓이오. 당신한테 키스하지 말았어야 했소."

"제가 키스한 거예요. 하고 싶어서."

그녀가 간결하게 정정했다.

그는 이마로 흘러내린 머리카락을 쓸어 올렸다.

"잘 들으시오, 코델리아. 이 모든 일은 내 잘못이오. 아까 회랑에서 당신을 놀리지 말았어야 했소. 내가 불장난을 치고있다는 걸 알지 못했던 거요. 이제는 사랑 어쩌구 하는 망상을 접어두시오. 당신은 미카엘 폰 작센 공작의 아내가 될 거요. 그게 당신 운명이오. 그걸 받아들이지 못한다면 당신만 상처 입을 뿐이오.”

코델리아가 긴 머리카락을 귀 뒤로 넘겼다.

“당신 결혼하셨어요?”

“아니.”

그는 별 생각 없이 대답했다.

“애인이 있으세요?”

“뭐, 뭐가 있냐구?”

그는 한순간 할 말을 잃어버렸다.

“애인 말이에요. 현재 애인이 있으신가요?”

“내가 폭발해 버리기 전에 여기서 나가는 게 좋겠소, 코델리아.”

“폭발하면 어떻게 될지 궁금한 걸요.”

그녀가 장난스레 말하다가, 그가 한 걸음 위협적으로 다가서자 재빨리 물러났다.

“어머나, 심사가 꼬이셨군요. 음, 지금 당장 대답할 필요는 없어요. 좀더 생각할 시간을 드린 다음에 다시 물어볼게요.”

그녀가 키스를 날려보내고는 돌아서서 어둠 속으로 사라져갔다. 그는 번득이는 아이보리색 옷자락을 지켜보며 우두커니 서 있었다. 그녀의 향기만이 육체에서 떨어져 나온 듯 그의 주위를 감돌았다.

3

창유리에 빗방울이 내리치면서, 차가운 외풍이 벽난로의 불길을 흔들어 놓았다. 미카엘 폰 작센 공작은 펜을 내려놓고 불 앞으로 두 손을 내밀었다. 파리의 4월이 언제나 새싹 돋는 나무들과 살랑거리는 봄꽃들만의 계절은 아니었다. 가끔씩 몰아치는 비바람은 겨울날만큼이나 싸늘했다.

그가 다시 펜을 집어들고 가죽 장정한 일기장에 글을 적어 내려갔다. 20년 동안 그는 단 하루도 일기를 거른 적이 없었다. 그날의 사건이나 의미 있는 생각들을 꼼꼼하게 기록해 두었다.

날짜를 적고 나서 모래를 뿌려 잉크를 말린 다음 일기장을 덮었다. 그 일기장을 들고 창 밑의 커다란 상자로 다가가 열쇠로 청동 자물쇠를 열었다. 그는 자신이 방에 있을 때조차 그 상자를 잠가두었다. 그 안에는 너무나 많은 비밀, 위험스런 내용들이 담겨 있었다. 묵직한 뚜껑을 열어 각각의 연도가 기록되어 있는 다른 일기장들 옆에 그 일기장을 끼워 넣었다. 그의 손이 일기장 책등 부분에 적힌 연도를 훑어나갔다. 1765년의 일기장을 끄집어내 2월 6일자 페이지를 펼쳤다. 그 페이지는 단 한 줄의 내용뿐이었다.

'오늘 저녁 6시 30분, 엘비라가 간음의 대가를 치렀다.'

공작은 일기장을 덮어 상자 속에 되돌려 놓았다. 뚜껑을 쿵 내려 잠그고 열쇠를 다시 주머니 안에 집어넣었다. 장작 하나가 쇠살대 안에서 타오르며 방안의 침묵을 도드라지게 했다. 사실 이런 밤 시간이면 온 집안이 다 조용했다. 그는 코냑을 홀짝이며 타오르는 불길을 응시하다가 불현듯 일기를 쓰던 탁자로 되돌아갔다.

서랍을 열어 진주가 박힌 액자를 꺼냈다. 미소짓는 젊은 아가씨의 모습. 새카만 고수머리가 그녀의 얼굴을 감싸주었다. 싱싱한 피부, 커다란 청회색 눈동자, 살짝 들린 코가 꼬마요정 같은 분위기를 풍겼다.

레이디 코델리아 브란덴부르크. 방년 16세. 오스트리아 여제의 대녀, 대공의 조카딸. 흠잡을 데 없는 가문에 꽤 보기 좋은 외모이다…….
엘비라와 닮은 점은 없었다. 그의 시선이 벽난로 위의 초상화로 올라갔다. 쌍둥이를 낳은 직후의 엘비라가 헐렁한 진홍빛 겉옷을 걸치고 긴 의자에 기대어 앉아 있었다. 아이를 낳은 후 더욱 풍만해진 젖가슴이 레이스 달린 보디스 위로 솟아올랐다. 풍성한 벨벳 주름이 엉덩이의 곡선을 감쌌고 그녀의 한 손이 나른하게 무릎 위에 놓여 있었다. 그 손목에서 아이들을 낳은 기념으로 남편에게 선물 받은 팔찌가 반짝거렸다. 화가는 그 팔찌의 정교한 디자인을 잘 그려놓았다. 한 줄기 햇살이 진홍빛 드레스를 배경으로 한 팔찌 위에 화사하게 내리비쳤다. 엘비라는 미카엘이 익히 잘 알고 있는 미소를 짓고 있었다, 그를 광기로 몰아대던 그 미소. 너무나 도전적이고 단호한 미소. 그가 그녀를 한없이 두렵게 만들었을 때조차 그녀는 그런 미소를 지어 보였었다.

저 여자한테 얼마나 많은 애인이 있었을까? 저 여자가 얼마나 여러 번 그를 배신했을까? 지금까지도 그 의문은 살찐 구더기처럼 그의 영혼을 헤집어댔다. 엘비라가 더 이상 반항적으로 그를 조롱할 수 없는 지금조차도.

그는 다시 손에 들고 있는 초상을 내려다보았다. 예전에는 엘비라를 무작정 탐했었지만, 다시 그런 약점을 노출시키지 않으리라. 후계자를 얻어야 하기 때문에, 그리고 잠자리에 여자가 필요했기 때문에 이 여자를 데려오는 것이다. 게다가 이 싱싱한 아가씨는 그의 정력을 불러 일으키고 쾌락까지도 그의 소유가 되게 하리라. 또한 그녀는 쌍둥이들을 키우는 데에도 쓸모가 있을 것이다. 그 애들에게 가정교사보다 더 세심한 손길이 필요하다는 레오의 말은 옳았다. 공작 자신은 그들에게 아무런 관심이 없었으나, 완벽한 신부감이 되도록 여자로서의 의무를 가르칠 필요는 있었다. 그는 이미 쌍둥이의 약혼자들을 물색하는 중이었다. 네 살이면 그런 계약을 맺기에 너무 이른 것도 아니었다. 앞으로 10년 안에는 결혼식을 치르지 못할 테지만, 현명한 남자라면 미리미리 준비해 두어야 했다.

아이들의 삼촌에게는 아직 이런 계획을 언급하지 않았다. 어차피 레오가 상관할 일도 아니었다, 그는 자신이 상관해야 할 일이라고 생각하는 것 같지만. 레오는 마치 자신이 애들 어머니라도 되는 듯 쌍둥이에게 헌신적이었다. 여동생의 죽음에 그는 무척이나 상심했었다. 로마에 있던 그는 엘비라가 죽었다는 소식을 접하고는 곧바로 파리에 도착했고, 장례식을 치르자마자 프랑스를 떠나버렸다. 일 년간의 애도 기간 동안 그가 무엇을 했는지 어디에 있었는지에 대해서는 한 마디도 들은 적이 없었다.

미카엘은 코냑을 다시 한 모금 들이켰다.

레오가 쌍둥이에게 집착하는 것이 귀찮기는 했지만 그의 우정으로 얻을 수 있는 것에 비하면 대수롭지 않았다. 레오는 대단히 쓸모가 많은 친구였다. 궁궐 사람들과 친분이 두터울 뿐만 아니라, 특별한 목표를 성취하려 할 때 가장 영향력 있는 관계자가 누구인지를 정확히 알고 있었다. 타고난 외교관이라고도 말할 수 있었다. 그는 즐거운 말동무, 솜씨 좋은 카드 게임 친구, 열성적인 사냥꾼, 맹렬한 승마광이기도 했다.

그리고 결혼식의 자질구레한 일처리를 그에게 맡긴 것도 탁월한 선택이었다. 미카엘은 피식 미소지었다. 재혼하겠다는 말을 했을 때 레오가 얼마나 기뻐했는지 떠올랐다. 그는 여동생의 자리가 없어진다는 원망은커녕, 쌍둥이에게 엄마가 생긴다는 것과 친구의 외로움이 끝났다는 것만을 기뻐했다.

그래, 레오 보몬트는 대단히 괜찮은 사내이다……. 잘 속아주기만 한다면.

"오, 코델리아, 피곤해 죽겠어!"

앙투아네트가 한숨을 쉬며 의자에 털썩 쓰러졌다.

"의전과 선례에 대한 말들을 얼간이처럼 듣고 서 있자니 너무나 지겨워. 내가 왜 이런 바보 같은 짓을 견뎌야 하는 거지?"

그녀는 피곤하다는 불평이 무색하게 다시금 발딱 일어섰다.

"내가 오스트리아의 왕위 계승권을 포기한다는 걸 왜 모든 사람 앞에서 선언해야 하는 거야? 그렇게 될 게 뻔하잖아? 게다가 나보다 요제프와 레오폴트와 페르디난트와 막시밀리안의 계승권이 더 앞선다구."

코델리아는 토실토실한 배 하나를 와삭 깨물었다.

"이 정도를 지겹다고 하면 프랑스에 가서 어쩌려고 그래? 진짜 결혼식은 지금보다 두 배쯤 더 거드름을 피우면서 거행될 텐데."

"그걸 지금 위로라고 하는 거니?"

앙투아네트가 우울하게 의자에 앉았다.

"넌 좋겠다, 결혼식에 간섭하는 사람들이 없어서."

"그래, 얼마나 큰 행운이겠니. 마리 앙투아네트 공주와 프랑스 왕세자의 그림자에 가려 결혼한다는게."

코델리아가 시큰둥하게 대꾸했다.

"어머나! 네 결혼식이 너무 조용해서 속상한 거야? 네 기분을 상하게 하려던 건 아니었어. 이렇게 중요한 시기에 관심 가져주는 사람이 없다는 건 정말 끔찍하겠구나."

코델리아가 웃음을 터트렸다.

"아니, 전혀 끔찍하지 않아. 난 다른 관점도 있을 수 있다고 말한 것뿐이야. 사실 시선 집중 대상이 된다는 건 전혀 달갑지 않아."

그녀가 남은 배 꽁지를 은접시에 던져놓고 손등으로 입을 닦았다.

"그 팔찌 찾아왔구나."

앙투아네트가 햇살에 반짝이는 황금빛을 알아차렸다.

"응, 그런데 정말 이상해."

코델리아가 눈살을 찌푸리며 팔찌를 풀어냈다.

"처음 봤을 때는 몰랐는데, 자세히 보니까 입에 사과를 물고 있는 뱀 모양이지 뭐야. 이것 좀 봐."

그녀가 팔찌를 건네주자 앙투아네트는 조심스럽게 손바닥에 올려놓았다.

"아름다워. 하지만 뭐랄까…… 좀……."

"사악하다? 혐오스럽다?"

앙투아네트가 몸서리를 치며 진주 사과를 입에 넣은 뱀의 머리를 만져보았다.

"조금 그래. 아주 오래된 것 같아."

그녀가 다시 한 번 몸서리치며 팔찌를 돌려주었다.

"중세시대 거야. 세공업자 말로는 13세기 성시집에서 말고는 이런 걸 본 적이 없대. 그렇게 오래된 거면 장식품이 세 개 달려 있어야 하는데 이상하지 않아? 슬리퍼를 셈하지 않는다면 두 개뿐이잖아. 다이아몬드 슬리퍼는 공작이 나한테 준 거니까."

"세월이 흐르면서 어딘가에서 없어졌나 보지."

"그럴까?"

코델리아는 빨간 루비가 박힌 은 장미와 섬세하게 세공된 에메랄드 백조를 매만져 보았다.

"원래 누구 거였을까? 어디서 흘러 들어온 걸까?"

"가치 있는 물건인 모양이야."

"그래."

코델리아가 동의하며 손목에 다시 팔찌를 걸었다.

"마음 한구석에서는 이걸 차고 싶기도 하고 다른 한편으로는 차기 싫기도 해. 잔인한 느낌이잖아. 하지만 난 이 슬리퍼가 마음에 들어. 무도회장으로 향하는 신데렐라가 생각나거든."

친구의 황당해하는 표정을 바라보며 그녀가 키득거렸다.

"내가 왕자에게 구출되는 거지 소녀가 아닌 건 알아. 하지만 우린 베르사유로 갈 거야. 모두들 동화 속 궁전이라고 말하는 곳 말이야. 이 엄격한 규율에서 벗어나게 될 테고, 삼촌은 다시 날 못살게 굴지 못할 거야. 우린 마음만 먹으면 밤새도록 춤을 출 수 있어. 부엌 아궁이의 재를 청소할 필요도 없다구……. 어머나, 지금 몇 시야?"

그녀가 화들짝 놀라며 소리쳤다.

"난 왜 항상 늦어버리는 걸까?"

예배당 시계가 부드러운 울림으로 정오를 알렸다.

"그게 유행인 줄 아나보지."

앙투아네트가 까르르 웃으며 대꾸했다.

"이번에는 무슨 일에 늦은 거야?"

"12시 15분에 예배당에서 대리 결혼식 예행연습을 하기로 했어. 지각하지 않으려고 했는데. 다 이 팔찌 때문이야."

코델리아가 과일 바구니에서 배 하나를 움켜쥐고 문으로 달려갔다.

"크게 문제될 건 없어. 펠릭스 신부님은 내가 제 시간에 오리라고는 생각지 않으실 테니까."

"너의 남편은 다를걸."

앙투아네트가 손거울에 자신의 모습을 비춰보며 중얼거렸다.

코델리아는 씨익 미소지었다.

"대리 남편 말이야 아니면 진짜 남편?"

"당연히 미카엘 공작이지. 자작은 대용품일 뿐이야."

"오, 그렇지 않아. 레오 보몬트를 대용품으로 생각할 수는 없는걸."

그녀가 친구에게 경쾌한 키스를 날려보내며 떠나갔다.

이틀 전 온실에서 만났을 때 이후로 그녀는 자작을 단 한 번 보았다. 이상하게도 거리를 유지하는 게 마음에 들었다.

깊은 비밀이라도 간직한 듯이 그를 생각하고 그의 영상을 떠올렸다. 그 영상은 꿈을 꿀 때나 깨어 있을 때에도 쉼없이 찾아들었다. 멀리서 그를 바라보며 벼락을 맞은 것처럼 그를 향한 특별한 사랑을 느꼈을 때도 반쯤은 꿈 속을 헤매는 듯한 상태였다.

이제 그녀는 진짜 살아 있는 그 남자를 다시 만나기 위해 준비했다. 그의 곁에 있으면서 그의 열기와 체취를 맡게 된다는 생각에 그녀의 몸이 노래를 불렀다. 그녀의 귀는 간절히 그의 목소리를 듣고 싶어했고 그녀의 눈은 그의 모습을 만끽하고 싶었다. 오늘 오후에 그 남자가 미카엘 공작의 대리인으로 그녀의 옆에 서게 될 것이다.

그녀가 문을 열고 향이 피워진 예배당 안으로 들어갔다.

"늦어서 죄송합니다, 신부님."

제단 앞에서 초조하게 왔다갔다하는 그의 모습을 보기도 전에 그녀는 직감적으로 레오 보몬트의 존재를 알아차렸다. 심장이 목까지 튀어 올라왔다.

"용서하세요, 자작님. 제가 당신을 기다리게 했군요."

"펠릭스 신부님께 당신이 시간 교육을 제대로 받지 못했다는 말을 들었소."

레오가 무미건조하게 한 마디 했다.

"그게 예의에 어긋난다는 건 알아요."

그녀가 눈동자를 반짝이며 그에게 다가갔다.

"하지만 오늘 세공업자가 팔찌를 갖고 왔거든요. 앙투아네트와 함께 팔찌의 아름다움에 감탄하느라 시간의 흐름을 잊어버렸답니다."

그녀가 그의 손을 붙잡았다.

그는 그 손을 빼내고, 대신 그녀의 손목을 붙잡았다. 제단 위의 장미 창에서 스며드는 햇살이 그 손목에 닿았다. 언제나처럼 팔찌의 정교한 디자인이 그의 마음을 혼란스럽게 만들었다. 이브를 유혹했다가 나중에 배신해 버린 뱀.

때때로 그는 엘비라가 이브의 화신이며 미카엘이 그런 의도로 선물을 고른 게 아닐까 하는 생각이 들었다. 애초에 미카엘이 선물했던 하트형 비취는 사라지고 없었다. 아마도 새신부에게 건네기 전에 떼어버렸으리라.

문득 그는 자신의 손 밑에서 고동치는 코델리아의 맥박을 의식했다. 그녀의 피부가 뜨거웠다. 그녀의 얼굴에 너무나 자극적이고 화사한 미소가 떠올랐다. 그녀의 눈은 기쁨어린 흥분으로 가득 차 있었다. 그는 불에 데인 것처럼 그녀의 손목을 떨어뜨리며 그 불타는 초대에 대항하려 두 눈을 질끈 감았다.

"이제 당신도 도착했으니 할 일을 끝냅시다. 난 이런 일에 낭비할 시간이 없소."

그가 무뚝뚝하게 제단 쪽으로 돌아섰다.

"신부님, 시작하시지요."

신부님이 열성적으로 동의하며 앞으로 나섰다.

"오래 걸리지 않을 겁니다. 두 사람이 예식에 익숙해지도록 연습하는 것일 뿐이지요."

코델리아가 레오의 옆으로 다가서서 고개를 갸우뚱하며 그를 올려다 보았다.

"화내지 마세요. 기다리게 한 건 정말로 미안해요."

"내 옆에 그렇게 가까이 다가설 필요 없소."

그가 나지막하게 잘라 말하며 옆으로 움직여갔다.

코델리아는 상처받은 표정이었다.

"실례지만, 잘못된 일이라도 있나요?"

적당한 문구를 찾던 신부님이 기도서에서 시선을 들었다.

"아닙니다."

레오가 한숨을 쉬며 고개를 내저었다. 그리고는 옆에 선 존재를 무시하려 애쓰며 똑바로 앞을 쳐다보았다. 파리까지의 긴 여행 동안 어떻게 이 여자를 감당한단 말인가? 아니, 어떻게 이 여자에게 손대지 않고 견딜 수 있을까라는 질문이 옳을 것이다.

예행연습은 짧게 끝났다. 자작의 성마름과 레이디 코델리아의 산만한 집중력을 알아차린 펠릭스 신부가 일사천리로 진행해 나간 덕분이었다. 10분 후에 신부가 안도하며 성경책을 덮었다.

"이게 전부입니다. 물론 축사가 5분 정도 걸릴 거고 회중에게 선포하는 순서도 있을 겁니다. 예식을 치르기 전에 고해성사를 하도록 하세요, 레이디 코델리아. 그래야 신성한 상태로 결혼 서약을 할 수 있습니다."

"자작님은요?"

"대리 결혼식이기 때문에, 키어스턴 자작은 그럴 의무가 없어요."

레오가 입을 열었다.

"괜찮으시다면 전 이만 가보겠습니다."

펠릭스 신부가 축복의 말을 전하고 나서 성물실 안으로 사라졌다.

"잠깐만요!"

코델리아는 치맛자락을 모아 쥐고서 성큼성큼 걸어나가는 자작의 뒤를 따라잡았다.

"아직 가지 마세요."

그녀가 그의 팔을 잡아 작은 예배당 안으로 끌어당겼다.

"고해성사를 하지 않아도 되니 얼마나 좋으시겠어요."

예행연습 내내 쥐고 있었던 배를 한 입 베어물며 그녀가 씨익 미소 지었다.

"난 고백하러 갈 때 내 죄를 잘 잊어버리는 편이랍니다."

그녀의 전염성 강한 웃음에 레오도 미소짓지 않을 수 없었다.

"선별적인 기억력도 때로는 도움이 되지."

그는 오동통한 배살을 베어무는 하얀 이에서 눈을 떼어내지 못했다.

"사랑도 죄로 간주될 수 있는지 모르겠군요. 어쩌다가 당신을 사랑하게 됐는지 모르지만, 그냥 그렇게 됐어요. 하나님이 그 일로 노여워하시지는 않겠죠?"

"코델리아!"

레오가 붙잡혀 있는 팔을 획 잡아뺐다.

"당신은 자신이 무슨 말을 하는지도 모르고 있소. 게다가 지금 턱으로 배즙이 흘러내리고 있다구."

"내가 무슨 애길 하는지는 알고 있어요."

코델리아가 단호하게 대꾸하며 주머니를 뒤져보았다.

"어머나, 손수건을 놓고 왔나보네."

투덜거리며 레오가 자신의 손수건을 꺼내어 그녀의 턱을 닦아주었다.

"이제 헛된 망상은 던져버리시오, 코델리아. 내 말 알아들었소?"

"알아들었어요. 하지만 헛된 망상이라고 생각지 않는 걸요."

그녀가 고요한 미소를 지어 보였다.

"내일 밤 호프부르크 예배당에서 당신은 내 남편이 되는 거예요."

"대리인이오! 대리 남편이라구!"

그는 필사적으로 두 손을 내두르며 소리쳤다.

"그래요. 음, 그게 사소한 문제죠."

그녀가 배 꽁지를 버릴 만한 곳을 찾아보다가 어깨를 으쓱이며 주머니 속으로 밀어 넣었다.

"모르시겠어요, 레오? 이건 진짜 의미 있는 예식이에요. 난 그걸 분명히 알아요. 장애물이 있긴 하겠지만, 우리가 넘지 못할 건 아무것도 없어요."

"당신 제정신이요?"

그는 무기력하게 그녀를 바라보았다.

"아뇨. 나에게 키스해 줘요. 그럼 내 말뜻을 알 수 있을 거예요."

"오, 안 되지."

그가 두 손을 들어올리며 뒤로 물러났다. 이 여자는 이브였다. 그를 향해 뻗어오는 손목에서 뱀 팔찌가 번쩍거렸다.

"키스해 줘요."

저음의 달콤한 목소리, 그녀의 눈동자가 사이렌의 마법처럼 그를 홀려댔다. 벌어진 입술이 그녀의 비밀스런 입구를 연상시켰다. 스테인드 글라스 창으로 밀려드는 햇살이 그녀의 얼굴에 닿으며 우유빛의 뽀얀 목으로 황금 빛줄기를 흘려보냈다.

"키스해 줘요, 레오."

그의 두 손이 그녀의 얼굴을 감아쥐었다. 그녀의 입술을 찾아내고픈 충동이 다급하게 밀려들었다. 그의 입술이 전에 키스했을 때의 기억으로 노래하는 듯했고, 그녀는 관능적인 기대감으로 그를 응시하고 있었다. 그의 손가락이 그녀의 뺨으로 깊이 파고들었다. 그녀의 안에, 아니면 그의 안에 악마가 들어 있었다. 어떤 악마이든 간에 물리쳐야 했다. 그는 그녀의 몸을 꿰뚫어 영혼까지 파악하려는 것처럼 그녀를 내려다보았다.

갑자기 그의 두 손이 떨어져 내렸다. 성큼성큼 걸어나가는 그 뒤로 문이 세차게 쾅 닫혔다.

코델리아는 실망스레 입술을 깨물었다.

마치 약속된 무언가가 이유도 없이 멀어져 버린 것처럼 공허한 느낌이었다. 하지만 자신이 느끼는 것을 그도 느끼고 있으리라 확신했다. 그들은 서로 연결되어 있었다. 그긴 그녀가 무시해 버리거나 의심을 품을 수 없는 확신이었다.

4

레오는 지루했다. 하지만 저녁 내내 그의 사교적인 태도와 편안한 대화와 미소를 보았던 사람들은 전혀 짐작하지 못하리라. 그는 무엇보다도 가장무도회를 싫어했다. 파리나 런던에서라면 그저 예의상 가면만 착용한 채 평소의 복장을 입었을 터이지만, 이곳 빈에서는 외국의 손님이었으므로 초대해 준 주인의 뜻을 거스르지 말아야 했다. 그래서 지금 그는 자주색 테두리가 둘러진 토가를 걸쳐 로마 상원의원으로 차려 입었다. 하지만 한 손가락에 무심히 매달려 있는 가면이 이 무도회에 대한 지루함을 증명하고 있었다.

이쪽 저쪽으로 발을 옮겨가며 그는 시간을 확인했다. 자정에 모두들 가면을 벗어내고 나면, 일찌감치 자리를 피해 평상복으로 갈아입을 생각이었다.

건성으로 잡담을 들어가면서 남몰래 코델리아의 모습을 찾아보았다. 그녀는 연푸른색 페티코트 위에 하늘색 호박단 드레스를 입고 있었다. 새까만 머리가 새하얀 어깨 위에 돌돌 말려 진주 핀으로 고정되었고,

별다른 할 일이 없을 때면 습관적으로 손목의 팔찌를 만져대곤 했었다.

그는 그녀를 바라보지 않으려 노력했다. 하지만 그 노력은 여지없이 실패해 버렸다. 그녀가 넓디넓은 테이블 너머로 몇 번의 시선을 보내왔지만, 그는 화려한 샹들리에나 그들 사이에 펼쳐진 크리스털 술잔이나 반짝이는 식기들을 보는 척 딴청을 피웠다.

그럼에도 불구하고 그녀에게 끌린다는 건 부인할 수 없었다. 그녀에게는 생명력이 넘쳐흘렀다. 테이블에 동석한 사람들도 그 경쾌함과 웃음소리에 동화되었고 그녀는 모든 사람의 한가운데서 반짝이는 것 같았다. 그 모습이 또다시 엘비라를 연상시켰다. 엘비라와 같이 있는 사람들은 평소보다 더욱 재치가 넘치고 더 멋지고 보였다. 미카엘조차도 결혼 초기에는 그런 영향을 받은 적이 있었다.

아멜리아와 실비에게 가끔씩 엘비라의 모습이 엿보이긴 했다. 하지만 그들은 아이들의 생기를 짓눌러주고 똑바로 의무를 가르치라는 주인의 명을 받든 퉁명스런 가정교사의 손아귀 안에서 위축되어 있었다.

얼굴이 경직되는 걸 느끼며 레오는 애써 무도회장으로 관심을 되돌렸다. 옆에 선 사람에게 무성의한 대화를 지속하며 그의 눈은 여전히 코델리아를 찾아 헤맸다. 저녁 식사 후에 옷을 바꾸어 입었을 테지만, 그녀가 어떤 식으로 변장했든 알아볼 수 있을 것 같았다. 코델리아의 특징은 그 무엇으로도 가려지지 않을 것이었다.

동료의 관심이 다른 손님에게로 옮겨가자, 레오는 그 기회를 틈타 곳곳에 배치된 소방대원들과 부딪히지 않으려 조심하며 무도회장을 걸어다녔다. 펌프스(끈 없는 가벼운 신발)를 신은 8백 명의 소방대원들이 수천 개의 양초들을 지켜보며 창의 우묵한 곳에 배치되어 있었다. 자리잡았다. 오스트리아의 여제가 비상사태를 대비하여 벨베데레 궁전 뜰 근처의 임시 건물에다 비상용 침대와 비상약품과 의사들을 준비시켰다는 말도 들은 바 있었다. 사소한 일에까지 집착하는 전형적인 군주의 모습이었다.

카드릴을 추는 무리들을 둘러보다가 그의 발걸음이 멈춰 섰다. 그의 시선이 허벅지와 종아리로 착 달라붙은 바지 차림의 형체에 고정되었다. 튜닉이 엉덩이까지 내려오긴 했지만, 움직일 때마다 튜닉자락이 흔들려 작고 동그란 엉덩이를 살짝살짝 보여주었다.

까만 가면이 눈과 코를 가리고 있었음에도, 레오는 즉시 코델리아라는 걸 알아차렸다.

'도대체 무슨 게임을 벌이는 걸까?'

그는 입술을 오므려 속으로 휘파람을 불며, 여제와 그 자녀들과 귀족들이 앉아 있는 연단 쪽을 흘깃 쳐다보았다. 여제께서 자신의 대녀가 이렇게 엄청난 차림새인 것을 짐작이나 할까? 프란츠 대공이 통풍에 걸린 무릎 때문에 무도회에 참석하지는 않았다 해도 지극히 위험한 짓인 건 분명했다. 코델리아는 근처 주위에 사람들의 시선을 끌어당기고 있었다.

그녀는 지독히도 자극적이었다. 내일 대리 결혼식이 거행되고 나면 미카엘에게 인도할 때까지 그가 그녀를 맡아야 했다. 그녀가 관습을 모욕하지 않도록 확인하는 것이 그의 책임이었다. 프랑스로 여행하는 동안 엄격하게 에티켓을 유지하도록 하여 이런 장난을 용납치 말아야 하리라, 그것이 얼마나 매력적인 장난이든 간에.

또한 그녀는 대단히 매력적이었다. 그는 불만스레 눈살을 찌푸리면서도 마음이 흔들리는 것을 어쩔 수 없었다.

음악 소리가 사그라들며 우아한 춤이 끝났다. 코델리아는 파트너에게 미소지어 보인 다음, 복장 덕택에 자유로운 움직임으로 무도회장을 걸어다녔다. 그녀가 찾고 있는 인물이 레오라는 건 분명했다. 그 고양이처럼 날렵하고 우아한 동작을 응시하는 그의 등줄기로 전율이 흘러내렸다. 등에 걸린 화살통으로 보아, 사냥의 여신으로 분장한 모양이었다. 그녀는 자신이 끌어당기고 있는 시선을 의식하지 못하는 듯했다. 걸음걸음마다 따라붙는 속삭임, 충격과 부러움이 담긴 시선과 대개의 호색스런 음탕한 시선들을.

이런 모습을 본다면 미카엘이 발작을 일으키리라. 하지만 레오는 충격적인 상태에서도 웃어젖히고 싶었다. 완전히 미쳤군. 세상에서 가장 내키지 않는 일이 있다면 바로 그녀의 장난을 부추기는 것일 텐데. 휴, 어쩌자고 이런 책임을 맡아 버렸을까? 하지만 물론 그가 예상했던 건 소심하고 순종적인 아가씨였다. 그런데 이 여자는…….

그는 그녀에게 시선을 고정시킨 채로 성마르게 그녀 쪽으로 걸어갔다. 그녀가 젊은 음악가 크리스티앙 옆을 지나며 슬며시 그의 팔을 건드리는 것 같았다. 한순간 그의 눈앞을 남자의 등 하나가 가렸고 시야가 다시 트였을 때 사냥의 여신은 모습을 감춰 버린 뒤였다.

그는 멈춰 서서 주위를 둘러보았다. 안뜰로 이어진 문을 향해 열심히 걸어가는 젊은 음악가의 모습이 보였다.

또 다른 밀회인 모양이군. 레오는 천장으로 눈을 한 번 굴린 다음 재빨리 음악가의 뒤를 쫓았다.

밤공기가 살을 에는 듯 차가웠다. 까만 벨벳 같은 하늘을 배경으로 별들이 수정처럼 반짝거렸다. 수많은 양초들과 사람들의 뜨거운 열기로 가득했던 무도회장에 있었던 터라, 얇은 토가만 걸친 레오는 밖으로 나서면서 몸서리를 쳤다. 무도회장에서부터 벨베데레 궁의 중앙 건물까지 빨간 카펫이 깔려 있고 통로에 횃불들이 밝혀졌다. 사냥감의 흔적이 보이지는 않았지만, 레오는 궁전 쪽으로 이어진 길로 걸어갔다. 거대한 현관 홀이 부자연스러울 정도로 조용했다. 홀을 가로지르던 하인 한 명이 로마인 복장을 한 레오를 살피며 머뭇거리는 듯하더니 자정을 알리는 소리가 들리자 다시금 걸음을 재촉했다.

웅장한 계단 왼편의 작은 방에서 코델리아의 다급하면서도 흥분한 목소리가 들려왔다. 그는 인기척도 없이 방안으로 들어섰다. 두 사람이 점잖게 거리를 유지한 채 창가에 서 있다는 사실에 일단은 안심이 되었다. 순수한 우정이라는 그들의 주장을 완전히 믿는 것은 아니었지만, 연인끼리의 밀회처럼 보이지는 않았다.

코델리아가 그의 존재를 감지하고 빙글 돌아섰다.

“어머나! 당신이군요.”

“도대체 그런 차림으로 무얼 하는 거요?”

“저도 똑같은 말을 하고 있었습니다.”

크리스티앙이 금발 머리를 쓸어 넘기며 중얼거렸다. 중세 음유시인으로 가장한 특징 없는 옷차림이었다.

“너무 충격적이야, 코델리아. 폐하께서 아시면 어쩌려고 그래? 너희 삼촌은 어떻고! 무슨 호령이 떨어질지 생각이나 해봤어?”

코델리아가 쾌활하게 대꾸했다.

“삼촌은 알지 못하실 거야. 폐하도 마찬가지고. 아는 사람은 앙투아네트뿐인데, 그녀는 날 배신하지 않아.”

“코델리아, 넌 정말 못말려.”

“이리 오시오, 코델리아.”

레오가 그녀의 손을 잡아 벽거울 쪽으로 이끌었다.

“자신을 한 번 보고, 지금 어떤 모습인지 말해보시오.”

코델리아는 고개를 갸우뚱하며 자신의 모습을 살펴보았다. 대답이 분명한데 무얼 더 말하라는 걸까.

“사냥의 여신으로 분장한 나죠.”

“아니, 대단히 도발적이고 자극적인 차림새의 당신이오.”

“하지만 이건 가장무도회예요. 익명성을 이용해서 약간의 충격적인 차림을 하는 것도 재미의 일부라구요.”

“당신은 아직 어린 나이일 뿐더러 충분히 현명하지도 못하오. 남자를 흥분시킬 만큼 충분히 성숙하지도 못하고.”

“내가요? 내가 당신을 흥분시키나요?”

할 말을 잃어버린 레오 대신, 크리스티앙이 소리쳤다.

"코델리아!"

"내가 먼저 말한 게 아니야. 내 모습에 흥분되니, 크리스티앙?"

"아니……. 글쎄, 그럴 수도 있겠지."

그가 머리를 긁적거렸다.

"어쨌든 충격적인 건 사실이야, 코델리아. 넌 폐하의 대녀이고 곧 결혼하게 될……."

"바로 그 점이 중요하오."

레오는 정신을 수습하며 간신히 입을 열었다. 그녀의 어깨를 잡아 다시 한 번 거울 쪽으로 돌려세웠다.

"당신 자신을 보시오, 코델리아. 이 모습이 남자에게 어떤 영향을 미치는지 모르는 거요? 무도회장의 모든 남자들이 침을 흘려대고 있는데 당신은 꿈 속의 순진한 요정처럼 활기차게 돌아다니고 있단 말이오. 당신 남편이 무척이나 불쾌해할 거요."

그의 손 밑에 놓인 어깨에서 활기가 다소 빠져 나갔다. 그녀는 한숨을 내쉬었다.

"대체 왜들 그러는 거예요? 모두가 변장을 하고 있는데다 내 정체를 아는 사람은 앙투아네트뿐인데. 자정이 지나면 난 사라질 거고 아무도 눈치채지 못할 거예요. 게다가 나를 보면서 침 흘리는 사람은 보지 못했다구요."

"그나마 그 점이 당신의 교양을 지켜주었소. 당신이 그 결과까지 계산에 넣었다면 그야말로 한심한 여자였겠지."

코델리아가 휙 고개를 돌려 창 밖을 내다보았다. 호통 듣는 일에 익숙하긴 하지만 이런 식으로, 더구나 크리스티앙에게까지 비난받는다는 건 견디기 힘들었다.

"잘못이었는지도 모르겠군요."

그녀의 목소리가 웅얼웅얼 새어나왔다.

"그러니까 이제 그만 좀 하세요. 지금은 더 중요한 일을 의논해야 해요."

"개인적인 일?"

레오가 눈썹을 들어올리며 물었다.

코델리아는 까만 가면 사이로 터키석 같은 눈을 번득이며 그를 응시했다.

"당신도 우리 일에 끼워드릴게요. 어쩌면…… 당신이 우릴 도와줄 수 있을지도 모르겠어요."

"아."

그의 눈썹이 거의 이마선까지 올라갔다.

"코델리아, 그건 좀……."

크리스티앙이 머뭇머뭇 입을 열었다.

"우릴 도와주실 거죠, 그렇죠?"

그녀가 레오의 드러난 팔뚝에 한 손을 올렸다. 그의 따뜻한 살결에 손가락이 스치자, 그녀의 눈이 커다래지며 놀라는 표정이 나타났다. 레오가 즉시 팔을 잡아뺐다.

"가서 옷부터 갈아입으시오."

그는 최대한의 노력으로 목소리를 안정시켰다.

"그런 차림새로는 어떤 얘기도 듣지 않겠소."

"그럼 여기서 좀 기다려 주실래요? 금방 돌아올게요."

"당신이 없는 동안 난 크리스티앙과의 친분을 쌓아보겠소."

그가 차갑게 대꾸했다.

"좋아요."

그녀가 문 쪽으로 뱅글 돌아섰다.

"크리스티앙, 폴리그니와의 상황에 대해서 설명해 드려. 내가 돌아와서 계획을 말해줄게."

레오는 그녀의 뒷모습을 바라보며 고개를 저었다.

"아무래도 평정을 되찾기 위해 샴페인이라도 마셔야겠군."

그가 문 옆의 줄을 잡아당겨 하인을 호출했다.

"코델리아가 가끔 그런 상황을 만들긴 하지요."

크리스티앙이 수줍게 미소지었다.

"그녀는 에너지와 아이디어가 넘쳐흘러요. 가끔 저도 정신을 못 차릴 정도죠."

레오는 힘없이 미소지을 뿐 대꾸하지 않았다. 문 앞에 나타난 하인에게 명령을 전달하고 나서 그가 말했다.

"자, 이제 상황을 설명해 보시오, 크리스티앙."

코델리아는 벨베데레 궁에 거주할 때마다 머무는 작은 방으로 달려 올라갔다. 쉰브룬에 있는 방만큼 우아하거나 크지는 않지만, 호프부르크 궁전 방처럼 비좁지도 않았다. 하지만 여제의 일정을 따라 거주지를 옮기는 데 익숙해 있기 때문에 코델리아는 어느 곳이나 다 마음 편했다.

줄을 잡아당겨 하녀를 부른 다음 그녀가 튜닉을 머리 위로 벗어내며 옷장으로 달려갔다.

"맙소사! 도대체 무슨 옷을 입은 거예요, 아가씨?"

몇 분도 지나기 전에 마틸드가 문 앞에 나타났다. 한때 코델리아의 유모였고, 지금도 여전히 어린아이를 보살피듯 코델리아를 꾸짖기도 하고 위로를 전해주며 의사 역할까지 도맡아하는 소중한 사람이었다.

"대공께서 뭐라고 하시겠어요? 폐하께서는 또 뭐라고 하실까요?"

남들이 복도를 지나다 보기라도 할까 두려운 것처럼 그녀가 황급히 문을 닫았다.

"오, 잔소리는 제발 참아 줘, 마틸드."

코델리아는 튜닉을 벗어 바닥으로 떨어뜨렸다.

"이걸 아는 사람은 앙투아네트뿐이야. 그녀도 재밌겠다고 했어. 하지만 지금은 갈아입어야 해."

그녀가 바지를 벗어내며 옷장 안을 살폈다.

"귀까지 덮어버리는 자루 같은 옷을 만들어야 할까봐! 그럼 그 잘난 척하는 키어스턴 자작도 만족스러워하겠지!"

셔츠마저 벗어 던지며 그녀는 원래의 용기를 되찾아 씨익 웃었다.

"그게 무슨 말이에요?"

마틸드는 냉큼 달려와 여기저기에 버려진 옷가지들을 집어 올렸다.

"그런 장난을 혼내줄 사람이 있으면 그거 아주 잘된 일이죠."

코델리아는 대답하지 않고 잔가지 무늬의 드레스를 골라들었다.

"이걸 입어야겠어. 건초자루만큼이나 매력적이네. 끈 좀 묶어 줘, 마틸드."

그녀가 침대 기둥을 붙잡고 돌아서자 마틸드는 코르셋 끈들을 힘껏 잡아당겼다.

"됐어. 고마워."

그녀는 허리춤에 손가락을 올리며 만족스레 고개를 끄덕였다.

"아기를 갖게 되면 허리가 산처럼 부풀어오르겠지? 자, 스타킹은 어디 있어?"

마틸드는 말없이 스타킹을 건네주었다. 어차피 코델리아의 몰아치는 방식을 처음 대하는 것도 아니었다.

"숄."

코델리아가 페티코트와 드레스 안으로 발을 집어넣으며 소리쳤다.

"가슴이 요만큼도 보이지 않을 만큼 아주 얌전한 숄이 필요해."

마틸드는 체념한 듯 고개를 흔들며 하얀 숄을 내밀었다. 코델리아가 드레스 목선에 그것을 고정시켰다.

"아참, 내 머리. 이 리본을 풀어버리면 헝클어질 텐데."

그녀가 리본을 풀어 까만 곱슬머리를 늘어뜨렸다.

"빨리 빗겨 줘. 나의 천사님."

마틸드는 까만 머리카락이 반짝거릴 때까지 열심히 빗겨주었다.

“멋쟁이 마틸드. 당신이 없으면 난 아무것도 못할 거야.”

코델리아가 하녀의 목을 끌어안고 쪽 입을 맞췄다.

“기다리지 말고 자. 옷 벗는 건 나 혼자서 할게.”

그녀가 부채를 집어들고 폭풍우가 휩쓸고 지나간 듯한 흔적을 남기며 방에서 달려나갔다.

현관 홀로 이어진 대리석 계단을 오르는 동안 무도회장에서는 여전히 음악소리가 울려 퍼지고 있었다. 코델리아는 숨을 가다듬을 틈도 없이 서둘러 아까의 방으로 들어서며 문 앞의 횃불 밑에 멈춰 의도적으로 아주 공손하게 예의를 올렸다.

“제 옷차림에 대해서 아무런 반대도 없으실 거라 믿어요, 키어스턴 경.”

그녀가 눈을 들어올리자 횃불빛이 까만 홍채 안에서 반짝였다.

“대단히 진보했다고 말해야겠군요, 아가씨.”

레오가 침착하게 고개를 숙였다.

“재봉사에게 술탄의 하렘 여자들이 입는 그런 옷을 주문할까 생각 중이에요. 몸 전체를 휘감고 머리에까지 베일을 쓰는 옷 있잖아요. 그럼 다른 사람들이 내 눈밖에 볼 수 없을 거예요. 그 정도면 괜찮을까요? 그건 절대 유혹적이거나…….”

“그만 좀 하시오, 코델리아!”

그는 웃음기를 숨기려 눈을 내리깔았다. 코델리아는 말총으로 옷을 해 입는다 해도 유혹적일 것이다. 하지만 그런 말을 해줄 마음은 없었다.

“내가 유혹적인가요, 나리?”

그녀는 새침한 시선을 들어올려 아양떠는 듯이 속눈썹을 팔락거렸다.

“코델리아!”

아까와 마찬가지로 크리스티앙이 먼저 놀란 소리를 외쳤다. 그는 그녀가 이런 식으로 행동하는 걸 한 번도 본 적이 없었다.

"샴페인을 너무 마신 거 아냐?"

그녀는 레오에게 시선을 고정시킨 채로 고개를 흔들었다.

"어때요, 내가 유혹적인가요, 나리?"

"여러 가지 면에서. 대개는 유쾌하다고 할 수 없겠지."

"농담 한 번 해본 거예요."

사실은 농담이 아니었다. 이 남자의 옆에 있을 때면 왠지 마음 속의 악마가 튀어나오는 걸 어쩔 수 없었다.

"당신은 유머감각이 없는 사람이군요. 그런 게 있었다면 그렇게 지루하고 상상력이 부족해 보이는 옷을 입지도 않았겠죠."

레오는 거울 속의 자기 모습을 흘깃 바라보았다.

"이 옷이 뭐 잘못됐소?"

"지루해요. 나 같으면 당신한테 로마 군단 옷을 입혔을 거예요……. 짧은 토가와 찰싹 달라붙은 레깅스, 무릎까지 올라오는 레이스 엮은 샌들. 그럼 적어도 지루하진 않았겠죠. 아, 머리에 금박 입힌 월계수관도 괜찮았을 거예요. 아주 매력적일 텐데."

레오는 그녀가 만들어준 자신의 이미지를 상상하느라 잠시 허를 찔렀던 데다가, 크리스티앙이 슬쩍 웃고 있는 것을 보자 더더욱 화가 치밀었다.

"코델리아는 탁월한 패션감각을 지녔어요."

크리스티앙이 입을 열었다.

"쉔브룬 극장의 왕실 연극 의상은 그녀가 직접 디자인하죠. 오늘밤 복장이 충격적이긴 해도 탁월한 감각이었다는 건 인정해야할 겁니다."

레오는 다시 거울 속 자신의 모습을 쳐다보며 정말 대단히 지루한 차림이라고 생각했다. 로마 군단식 차림이었으면 훨씬 독창적이고 흥미로웠을 텐데.

맙소사! 다음에는 또 무슨 생각을 하게 될까?

"그녀가 비둘기장 속의 플라밍고만큼이나 눈에 띄었다는 건 분명하
오."

그가 음울하게 한 마디 했다.

"자, 이젠 눈앞의 문제를 얘기해볼까? 폴리그니가 크리스티앙의 작
품을 훔친 거라면 그건 분명히 밝혀져야 할 사항이오."

"그래요. 하지만 그렇게 되면 크리스티앙은 여기 남아 있을 수 없을
테고 폐하의 후원도 받을 수 없게 될 거예요. 폴리그니는 친구들도 많
고 영향력이 크거든요."

"내가 그렇게 말했을 때는 비관론자라고 야단쳤으면서."

크리스티앙이 투덜거렸다.

"그 문제를 좀더 생각해 봤어."

코델리아가 샴페인 병이 놓인 테이블로 걸어갔다.

"저도 좀 마실 수 있을까요?"

"안 되겠는데."

레오가 자신의 잔을 홀짝이며 대꾸했다.

"상관없어요. 크리스티앙한테 달라고 하면 되죠."

그녀는 크리스티앙의 손아귀에서 술잔을 빼앗아 들었다.

"내가 생각한 계획은 이래요. 우리가 빈을 출발하는 날 전단을 작성
해서 폴리그니의 기만 행위를 폭로하는 거예요."

레오의 시선이 날카로워졌다. 크리스티앙도 같이 떠난다는 뜻인가?

"내가 변명하는 것처럼 보이지 않을까?"

크리스티앙이 술잔을 받아들어 마셨다.

"그럴 수도 있지만, 명백한 증거가 있을 때는 괜찮아."

그녀가 다시 술잔을 빼앗아 들었다.

"최소한 소동이라도 일어날 거고, 그 소식이 파리까지 번지겠지. 그
럼 거기 도착했을 때 이미 넌 유명인사가 되어 있을 테니 권세 있는
후원자를 찾기 어렵지 않을 거야. 네가 천재인 건 누구나 알고 있어.

설사 모른다 해도 곧 알게 될 거야, 네가 연주를 시작하자마자. 어떻게 생각하세요, 키어스턴 경?”

레오는 흥미롭게 두 사람을 지켜보고 있었다. 그들 사이의 편안함은 연인 같은 분위기가 아니었다. 오히려 그 자신과 엘비라의 관계를 연상시켰다.

언제나 그렇듯이 엘비라를 생각할 때마다 문득 쓰라린 슬픔이 밀려들었다. 그가 술병을 들어 다시 잔을 채웠다.

자작의 눈에 갑작스레 그림자가 깃드는 것을 알아차리며 코델리아는 크리스티앙을 흘깃 바라보았다. 하지만 크리스티앙은 눈앞의 일에만 골몰해 있었다.

“혹시 내 남편이 크리스티앙을 후원해 줄 수는 없을까요?”

자작이 와인을 들이키고 그림자에서 벗어난 느낌이 들었을 때 그녀가 물었다.

“처음에만요. 적당한 후원자에게 소개하기 위해서 말이에요.”

레오는 턱을 만지작거리며 생각에 잠겼다. 아무리 천재라 해도 가난한 음악가를 받아들이는 것은 미카엘에게 어울리는 일이 아니었다.

“희망을 걸지 않는 게 낫겠소.”

크리스티앙이 낙담한 표정을 지었다. 하지만 코델리아는 계속 물고 늘어졌다.

“하지만 내가 결혼 선물로 부탁하면 어떨까요? 그리 무리한 청도 아니잖아요.”

레오가 웃음을 터트렸다.

“친애하는 아가씨, 신부는 처음 만나자마자 신랑 앞으로 걸어가 결혼 선물을 조를 수 없는 거요.”

“그렇긴 하군요.”

그녀가 우울하게 중얼거렸다.

“게다가 난 여행할 돈이 없어.”

크리스티앙이 다른 문제를 지적했다.

"나한테 돈이 있으니까 그건 문제가 안 돼. 내가 빌려줄게."

"너한테 그런 신세 지고 싶지 않아, 코델리아."

"어머나! 웬 자존심이람. 나중에 돈 많이 벌어서 그때 갚으면 되잖아. 하지만 우선은 파리에서 후원자를 찾아야 하는데. 어쩌면 국왕이…….."

그녀가 슬쩍 레오를 쳐다보았다.

"그건 안 될 거요. 국왕이 관대한 분이긴 하나 그분의 시선을 끄는 게 쉽지는 않소."

코델리아는 입술을 깨물었다. 해결책이 또 하나 있긴 한데 그런 제안을 해도 될까? 물론 안 될 건 없었다. 도전하지 않는 자는 얻는 것도 없는 법이다. 하지만 크리스티앙이 있는 앞에서 말하는 건 적당치 않았다.

"샴페인을 마셔서 그런가? 목이 마르네. 레모네이드 좀 마셨으면 좋겠어."

그녀가 말하자 예상했던 대로 즉시 크리스티앙이 발벗고 나섰다.

"내가 갖다 줄게."

그가 샴페인 잔을 내려놓고 방에서 걸어나갔다.

코델리아는 그 술잔을 집어들어 홀짝이며 이 민감한 문제에 어떻게 접근해야 할지 궁리했다.

"샴페인 때문에 목마르다고 하지 않았던가."

레오는 테이블에 기대어 팔짱을 낀 채로 비꼬듯이 그녀를 쳐다보았다.

"당신한테 조용히 부탁하고 싶은 게 있어요."

"골칫거리가 임박했다는 느낌이 드는 건 왜일까?"

그가 손을 뒤로 뻗어 자신의 술잔을 집어들었다.

"당신이 크리스티앙의 후원을 맡아주시겠어요?"

레오가 두 눈을 질끈 감았다.

"제발요. 어려운 일도 아니잖아요?"

그녀가 한 걸음 다가서서 그의 팔을 붙잡았다.

"크리스티앙은 정말 천재예요. 당신도 알게 될 거예요."

그는 눈을 뜨고 그녀를 바라보았다. 당장에 그 행동을 후회했다. 그녀는 발그레해진 뺨으로 하트 모양의 얼굴 주위에 머리를 헝클어뜨린 채 그를 올려다보고 있었다. 그의 시선이 깊이 패인 보조개와 관능적인 입술에 고정되었다. 그녀가 성마르게 머리를 쓸어 귀 뒤로 넘기자, 그의 눈동자는 납작하게 자리잡은 자그마한 귀로 떨어졌다. 뽀얀 귓불이 이로 애무해 달라고 애원하는 듯했다.

"제발요. 나에겐 아주 중요한 일이에요. 크리스티앙은 여기서 재능을 낭비하면 안 돼요. 천재를 제대로 대접해 줘야 한다구요!"

"내가 어찌 감히 천재를 세상에서 내몰 수 있겠소?"

그의 입술이 자신도 모르게 미소를 그렸다.

"당신은 공중에 나는 새와 바다의 물고기라도 끌어낼 수 있을 거요, 코델리아."

그녀의 눈동자가 반짝거리는 순간 그는 다시 한 번 크게 실수했음을 알았다.

"내가 정말 그럴 수 있을까요?"

그녀의 하얀 이가 아랫입술을 살짝 깨물었다.

그가 그녀의 얼굴을 감싸쥐고 격하게 입술을 내렸다. 저항할 수 없도록 두 사람을 다그치는 광기를 벌하려는 것처럼 격렬하게. 그의 혀가 그녀의 입술을 벌려 그 안을 탐험하며 약탈했다. 마치 그녀의 몸을 뚫고 들어가 그 속의 완고하고 저항할 수 없는 영혼을 관통하려는 듯했다. 치밀어오르는 욕구를 자제하려 안간힘을 쓰며 그의 손에 더욱 힘이 들어갔다.

그런데 믿을 수 없게도, 그녀가 웃음을 터트렸다. 촉촉하고 달콤한 숨결로 혀를 내밀어 그의 혀를 애무했다. 그녀의 손이 움직이는가 싶더니, 그의 엉덩이로 뻗어와 자신의 몸으로 더욱 끌어당겼다.

레오가 두 손을 떨구며 화들짝 물러서서, 그녀의 달뜬 얼굴과 미소 짓는 입술, 꿈꾸는 듯한 눈동자를 응시했다.

"여기서 나가야겠소."

코델리아는 그 자리에 선 채로 헝클어진 머리카락을 가다듬었다.

"당신은 날 사랑하지 않나요, 레오? 조금이라도?"

그는 야만적인 욕설을 내뱉으며 그녀를 밀쳐내고 성큼성큼 나가 버렸다.

코델리아는 손톱을 깨물으며 남아 있었다. 최소한 아니라는 말은 하지 않았어. 하지만 습관적으로 본능을 따른 그녀의 행동이 실수인지도 모른다. 어쩌면 그는 베르사유 궁의 세련된 게임에 익숙해져 있어 솔직하게 싫다는 말을 못하는 건지도 모른다. 그녀는 그런 게임의 방식을 알지 못했다. 자신 이외의 다른 사람이 되는 법을 알지 못했다.

머리가 복잡해서 잠들 수 있을 것 같지도 않고, 너무나 혼란스러워 다른 사람들과 대화할 수도 없을 터이기에 그녀는 바로크식 정원으로 걸음을 옮겼다. 차가운 밤공기가 뜨거운 뺨을 식혀주었다. 아직 남아 있는 정열의 여파로 인해 몸이 부들거렸다. 그 남자가 두려웠던 순간이 있었다, 그 사람이 모든 이성을 잃어버릴 만한 폭풍우로 그녀를 휩쓸어 버릴 것 같은 감각이 느껴졌던 순간.

그녀는 몸 속 깊은 곳이 요동하는 것을 느끼며 부르르 몸을 떨었다. 그 힘의 고삐가 풀어져 버렸을 때는 어떻게 될까, 그것이 궁금했다.

5

코델리아는 벌써 백 번도 넘게 신랑의 초상을 살펴보고 있었다. 그 표정 없이 침착한 얼굴을 들여다보면 그 남자의 본질을 파악할 수 있을 것처럼. 하지만 헛된 노력이었다. 그녀 자신의 초상화 또한 비슷하게 그려졌다 해도 그녀의 본래 모습을 포착하지는 못했으리라. 미카엘 공작도 그녀만큼이나 불안해하고 있을까?

시계가 다섯 번의 종소리를 울렸다. 한 시간만 있으면 그녀는 대리인을 통해 이 액자 안의 남자와 결혼하게 될 것이다. 아직 결혼이나 아내, 어머니라는 자리를 받아들일 자신이 없었다. 미지의 세계로 눈을 감은 채 나아간다는 생각에 불안감만 커져갔다.

마틸드가 은색 드레스를 한아름 안아들고 다급하게 나타났다.

"어서요, 아가씨. 시간이 없어요. 6시 5분 전에 삼촌을 만나러 내려가셔야 해요."

그녀는 숨을 헐떡이며 드레스를 침대에 내려놓았다. 진주를 은색 실로 촘촘히 꿰어 박아놓아 코델리아 자신의 몸무게만큼 될 듯한 드레스였다.

코델리아는 초상화를 내려놓고 일어났다. 두 번째 결혼식 때 입을 드레스는 이미 파리로 가져갈 상자 속에 꾸려져 있었다.

그녀는 겉옷을 벗은 다음 마틸드가 코르셋을 죄어주고 거대한 치마테를 고정시켜 주는 동안 가만히 서 있었다. 그 고래뼈로 만든 치마테가 너무나 넓어 궁전의 가장 큰문이 아니고는 죄다 옆으로 돌아서서 들어가야 할 판이었다. 그녀가 여섯 개의 페티코트 중 첫번째에 발을 들였다.

20분 후에야 마침내 정식 드레스를 입을 수 있었다. 머리는 이미 몇 시간 동안 단장해서 가루분을 뿌린 후였다. 온 몸이 비치는 큰 거울을 들여다본 그녀는 자신과 아무런 상관도 없는 한 여자를 발견했다. 화장을 하고 가루분을 뿌린 인형, 너무나 높은 구두와 제대로 걸을 수도 없을 만큼 묵직하고 뻣뻣한 드레스를 걸친 인형. 예복을 몇 번 입어본 적은 있었지만 아무리 여러 번 입는다해도 그 불편함은 여전할 것이다.

그녀가 호프부르크 궁전의 당당한 살롱으로 들어섰을 때 프란츠 브란덴부르크 대공은 지팡이에 몸을 의지한 채 시계를 확인하고 있었다.

"늦었어. 시간 안 지키는 건 참을 수가 없다."

코델리아는 예의를 갖추며 아무런 변명도 하지 않았다. 정확히 6시 4분 전이었지만 삼촌은 일분도 한 시간과 똑같이 취급했다.

"가자."

그가 문으로 절룩거리며 나아갔다.

"키어스턴 자작을 기다리게 하는 건 용서할 수 없는 무례다. 그런 책임을 떠맡다니 관대하기도 하지. 여기서 더 실수를 저질러서는 안 돼."

문앞에 도착해서야 그가 뒤늦게 팔을 내밀었다.

"이렇게 귀찮은 일을 대신해 주는 걸 보면 미카엘 공작의 아주 친한 친구인 모양이야. 물론 빚을 진 상태가 아니라면. 그럴 가능성도 있지.
제정신을 가진 사내라면 이런 짐을 자원해서 떠맡을 리 없거든.”

그 심술궂은 목소리가 이어지는 동안 코델리아는 입을 꾹 다물고
있었다. 삼촌에게 다른 무엇을 기대할 수 있겠는가. 그에게 이 조카딸
은 어서 다른 사내에게 넘겨버려야 할 짐일 뿐인데.

마리 앙투아네트의 결혼식은 내일 궁궐 사람 전체가 들어갈 수 있
는 아우구스틴 교회에서 거행될 예정이었다. 코델리아의 결혼식은 승
마학교 옆의 작은 고딕 양식 예배당에서 치러졌다. 손님이 많지는 않
았으나, 예식의 형식은 철저하게 지켜졌다.

프랑스 대표단들뿐만 아니라 왕실이 전원 참석했다. 대공은 지팡이
를 쿵쿵 내치며 통로로 조카딸을 이끌어나갔다. 성 스테픈 주교가 제
단 앞에 서 있었다.

‘자작은 어디 있지?’

코델리아는 어둑한 예배당을 은근슬쩍 둘러보았다. 날이 저물어 스
테인드 글라스 창문으로 햇살 한 줄기 스며들지 않았다. 그녀의 남편,
대리인이든 아니든 그 사람이 제단 앞에서 기다리고 있을까? 그 점을
걱정하는 사람은 없는 것 같았다. 다행스럽게도 그녀의 삼촌은 더 이
상 주절거리지 않고 제단 쪽으로 전진해 나갔다.

그들이 도착하자, 대신 한 명과 대화하고 서 있던 키어스턴 자작이
돌기둥의 그림자 속에서 모습을 드러냈다. 이제서야 결혼식을 기억해
낸 사람처럼 지독히도 태연스런 모습이었다. 코델리아 자신은 이렇게
뻣뻣한 웨딩 드레스에다 가루분까지 뿌린 인형이 되었는데, 이 남자는
이 결혼식을…… 그녀를 무심하게 대접한다는 것이 원망스러웠다. 이
건 진짜 결혼식이었다. 법적으로나 종교적으로나 이 결혼이 우선이었
다. 파리에서 치르게 될 결혼식은 아무런 가치도 없었다.

그가 그녀의 옆으로 다가와, 코델리아를 무시한 채 대공에게 고개를
숙였다. 그의 무관심한 태도와는 달리, 옷차림은 그녀만큼이나 공식적

이었다. 은빛 당초무늬를 수놓은 군청색 정장. 가발로 머리를 가린 다음 땋아 늘인 머리는 군청색 실크로 감싸고 그에 어울리는 실크 리본으로 위와 아래부분을 동여맸다. 레이스 달린 크러뱃과 그의 긴 손가락, 그리고 구두의 은 버클 위에서 다이아몬드들이 반짝거렸다.

그녀는 그의 모습이 심각하고 위협적으로 보인다고 생각했다, 하지만 아주 아름다웠다. 조금 전의 원망이 스르르 풀어졌다. 그의 날렵한 몸매와 날카롭게 각진 광대뼈와 관능적인 입술이 강하게 의식되었다. 길게 뻗은 까만 속눈썹이 하얀 가발과 놀라운 대비를 이루었다. 그녀의 맥박이 고동치며 장갑 속의 손바닥에 땀이 배었다.

주교의 목소리가 아련하게 들려왔지만, 그 의미는 전혀 이해할 수 없었다. 그녀의 삼촌이 평소보다 더 큰 목소리로 안도감을 표시하며 그녀를 인계해 준 것도 거의 알아차리지 못했다. 레오 보몬트가 이 여자, 코델리아 브란덴부르크를 아내로 맞아들이겠다고 대답하는 순간만이 또렷하게 각인되었다. 그녀는 미카엘 폰 작센 공작의 이름을 마음 한켠으로 밀어 넣은 채 흥분과 기대감에 들떠올랐다. 다른 남자와 결혼하는 제단 앞에서 이런 환상을 갖는 건 어리석었다. 하지만 그 사실조차도 그녀의 환상에 먹구름을 드리우지는 못했다.

진짜로 키어스턴 자작과 결혼하는 거라면 어떨까? 키어스턴과의 결혼을 서약한다는 마음으로 그녀가 열성적으로 대답하자 모든 사람들, 심지어 주교조차도 촛불 너머로 그녀를 빤히 쳐다보았다.

레오의 입술이 딱딱하게 굳어졌다. 코델리아가 무슨 생각을 하는지 충분히 짐작이 갔다. 그녀는 그를 사랑한다고 선언하는 것이다. 어린애 같은 환상이라고 몇 번이나 주입시켰는데도 코델리아는 자신의 확신을 쉽사리 떨쳐내지 못하는 것이다.

하지만 그 또한 그녀가 뿌려대고 있는 영향력을 떨쳐내기가 쉽지 않았다. 그의 의지력과 깊이 뿌리박힌 확신, 이성적인 생각들도 아무런 도움이 되지 않았다.

주교가 결혼 반지에 축복을 내린 다음 작은 금반지 상자를 그들에
게 돌려주었다. 그건 진짜 신랑과 함께 하는 두 번째 결혼식에 끼워질
예정이었다.

"모든 게 잘 끝났소."

하객들이 예배당 밖 높은 돌담이 둘러쳐진 중세풍 안뜰로 나섰을
때, 프란츠 대공이 만족스레 선언했다.

"당신이 맡은 이 임무에 기쁨이 있기를 바라겠소, 키어스턴 경."

그는 수년간의 성가신 보호자 역할을 떨쳐내는 것처럼 손수건을 흔
들어댔다.

여제에게 축하인사를 듣던 코델리아가 상처 입은 시선으로 삼촌을
처다보았다. 아무리 삼촌의 부족한 애정을 감안한다 해도 그 말은 너
무나 야박했다.

마리아 테레지아가 그녀의 어깨를 토닥여 주었다.

"넌 언제나 사랑스러웠단다, 코델리아. 널 내 아이처럼 생각했어. 너
와 마리 앙투아네트가 계속해서 친구로 지내게 되어 정말 한시름 놓았
단다."

코델리아는 뻣뻣한 드레스가 허락하는 한도 내에서 넘어지거나 균
형을 잃지 않을 만큼 깊이 절을 올렸다.

"그 동안 폐하가 보여주신 애정에 감사드립니다. 이 은혜를 어떻게
갚을 수 있을지 모르겠어요."

마리아 테레지아가 미소지으며 자작에게 시선을 돌렸다.

"여행하는 동안 이 아이가 작센 공작부인으로서 합당하게 궁궐생활
을 할 수 있도록 잘 가르쳐 주세요, 키어스턴 경. 이곳과는 여러모로
다르리라 생각합니다."

레오가 고개 숙였다.

"최선을 다하겠습니다, 폐하."

미카엘의 아내를 보살피는 책임말고도 그것 또한 그의 손에 떨어진

임무였다. 어쩌자고 이렇게 복잡한 일을 맡겠다고 나서버렸을까. 하지만 그 당시 코델리아가 이런 여자라는 걸 알았더라면 당연히 이 일에 동의하지 않았을 것이다. 하지만 제정신을 지닌 남자가 어떻게 코델리아 같은 여자를 상상할 수 있었겠는가?

미카엘이 어떤 반응을 보일까? 그는 군주와 아버지와 남편에게 다 소곳하게 순종하는, 흠 없는 가문의 순진한 아가씨를 기대했으리라. 그런데 이제 곧 이 코델리아와 결혼하게 되었음을 발견하게 될 것이다.

"리본 묶을 때는 가만히 있어야지, 아멜리아. 계속 들썩거리지 말거라."

"네, 마담."

실비가 쌍둥이 자매와 눈을 마주치며 키득거렸다.

"오늘 대체 왜 그러는 거니?"

아이들의 가정교사인 루이즈 드 네브리는 필요 이상으로 힘껏 실비의 머리카락을 묶었다. 이 아이들이 무엇 때문에 이리도 재미있어하는지 알 수가 없었다. 아침에 깨어났을 때부터 그들은 은밀한 비밀을 간직한 것처럼 사소한 일에도 낄낄대고 있었다. 아무리 심한 잔소리도 소용없었다. 그녀는 자주색 리본을 단단히 동여맨 다음 아이를 밀어냈다.

"다음은 실비, 이리 오너라."

"네, 마담."

아멜리아가 웃음을 참으려 입술을 오므린 채 앞으로 나섰다. 이름 바꾸기는 두 소녀들의 가장 재미있는 놀이 중 하나였다. 유모가 들이 닥치기 전에 깨어날 때면 그들은 얼른 침대를 바꿔 그날 하루 종일 아멜리아가 실비로, 실비가 아멜리아가 되어 지냈다. 물론 누구도 그 사실을 알아차리지 못했다.

마담 드 네브리는 공작이 구별할 수 있도록 아멜리아에게는 자색 리본을, 실비에게는 녹색 리본을 묶었다. 그런 다음 소녀를 돌려세워 살펴보았다.

"경박하게 굴지 말거라."

소녀가 웃음을 참으려 안간힘 쓰는 것을 보며 그녀가 호통쳤다.

"점잖치 못할 뿐만 아니라 바보 같아 보인다. 도대체 뭐가 그리도 재미있는 거니?"

그녀는 짙은색의 벽, 떡갈나무 바닥과 듬성듬성하게 가구들이 자리 잡은 공부방을 둘러보았다. 수업하는 동안 바깥의 어떤 소음도 들리지 않도록 창문도 굳게 닫아놓았다. 웃을 만한 소재는 아무것도 없었다. 정확히 언제나의 모습 그대로였다.

"공작님께서 기다리시겠다. 손에 잉크가 묻은 거니, 실비?"

아멜리아가 두 손을 내밀었다. 그 손에는 잉크만이 아니라, 손톱 깨무는 습관을 방지하기 위한 쓴맛의 노란 약도 칠해져 있었다. 손톱 깨무는 것은 아멜리아가 아니라 실비의 습관이었다. 하지만 실비가 그날 아침 평상시처럼 손톱을 깨물어댔을 때 유모는 그 모습을 보지 못했다.

"너희 아버지가 어떻게 생각하시겠니! 육아실에 가서 당장 씻고 오너라."

가정교사가 시계를 올려다보며 걱정스레 입술을 깨물었다. 일 주일에 한 번씩 공작과 대면하는 시간에 늦어서는 안 되었다.

루이즈는 각진 얼굴에 듬성듬성한 회색 머리를 커다란 가발 안으로 숨겨놓은 마른 체구의 여자였다. 작센 가의 먼 친척뻘 되는 노처녀로, 공작의 호의에 의지하고 살 수밖에 없는 처지였다. 공작은 그녀가 자신의 딸들을 교육시키리라 기대하겠지만, 그다지 많은 교육을 받지 못한 그녀로서는 깊이 있는 공부를 가르칠 능력이 없었다. 그 대신 소녀들은 오랫동안 머리를 꼿꼿이 들고 자세 고정용 등받이를 한 채 앉아 있어야 했다. 궁궐의 엄격한 법도대로 예의를 갖추는 것이나 재빠르게 종종걸음치는 법들을 배웠다. 그들이 넓은 치마를 입고 다리도 없이 움직이는 것처럼 나아가는 모습은 두 개의 태엽인형과도 같아 보였다. 그녀기 부족하나마 자신의 솜씨로 클라비코드(피아노의 전신)의 기본을 가르치려 애써 보았지만, 두 아이들은 특별한 흥미나 재능을 나타내지 않았다. 루이즈는 그것이 가르치는 방식 탓이라고는 미처 생각지 못했다.

아이가 속돌로 손가락을 박박 문지른 다음 돌아와서, 가정교사에게 두 손을 내보였다.

"손을 더럽히는 건 너답지 않구나. 공책보다 손에 더 많이 잉크를 묻히는 건 아멜리아잖니."

루이즈가 말하자, 옆에 서 있던 다른 아이가 짧게 웃음을 터트렸다. 그녀는 의심스레 두 소녀를 바라보았다.

"그만들 하거라! 안 그러면 아버지께 보고할 거야."

소녀들이 슬쩍 시선을 교환하더니 아주 얌전해졌다. 아버지를 만나는 것은 일 주일에 단 한 번 10분씩이었지만, 누구의 권위가 더 강력한지에 대해서는 의심의 여지가 없었다. 미카엘 공작 앞에 설 때마다 마담 드 네브리의 얼굴이 창백하게 질리며 무릎이 후들거린다는 점, 그리고 예정된 시간이 닥치기 전이면 평소보다 더 야단법석을 떨며 잔소리해댄다는 걸 익히 알고 있었다.

"가자, 내려갈 시간이야."

루이즈가 아이들을 문 밖으로 몰아댔다. 공부방이 저택의 가장 위층 처마 밑에 위치해 있었으므로, 그들은 하인들이 사용하는 낡은 카펫과 벽지가 장식된 뒷계단 층계참을 세 개나 지나야 했다.

마지막 계단 밑에서 루이즈가 다시 한 번 아이들을 점검하며 녹색 리본과 비뚤어진 옷매무새를 고쳐주었다.

"말하라고 할 때만 말해야 해. 나리께서 질문하실 때만 대답해야 하고. 알겠니?”

아이들이 고개 숙여 알았다고 중얼거렸다. 그런 규칙을 굳이 일러줄 필요는 없었다. 아버지는 그들의 인생에서 아주 멀리 떨어져 있는 존재였으므로, 명령 없이 함부로 입을 연다는 것은 상상할 수도 없었다.

루이즈는 자신의 치마와 머리 덮개를 가다듬고 나서 저택의 웅장한 홀로 연결된 문을 통과해 갔다. 아이들은 생기를 잃어버린 채 머리를 똑바로 들고 등을 꼿꼿이 세운 자세로 걷는 데에만 정신을 집중했다. 일 주일에 한 번씩 그 집의 중앙부에 들르긴 하지만 실수하지 않으려는 데만 신경 쓰느라, 그들은 주위를 둘러볼 여유가 없었다. 그저 작은 발 밑으로 지나가는 대리석이나 카펫의 예쁜 빛깔들이 희미하게 뇌리에 남을 뿐이었다.

제복을 입은 하인이 절을 올렸다. 명령할 때 말고는 하인에게 아는 체하지 말아야 한다고 배웠으므로 그들은 무시하고 지나쳐갔다. 또다른 하인이 육중한 문을 열어주며 주인님께 방문객을 알렸다.

“아멜리아와 실비 아가씨, 마담 드 네브리입니다.”

아이들은 바닥에 시선을 고정시키면서, 눈앞에 넓게 펼쳐진 카펫과 살롱 끝부분에 있는 아버지의 존재를 의식하며 안으로 들어갔다. 이 방안은 모든 것들이 거대했다. 벽에 배치된 장식 탁자는 그들의 머리 높이까지 올라왔고, 소파와 의자들도 거인용으로 만들어진 듯했다. 그런 의자에 앉으려면 바둥거리며 기어올라야 할 것이었다. 하지만 앉으라는 말을 듣지 못할 것이므로 그런 걱정을 할 필요도 없었다.

미카엘 공작이 그들에게 고개를 끄덕여 보였다. 그는 궁궐에 드는 정복 차림으로 무언가를 손에 든 채 벽난로에 기대어 서 있었다. 정교하게 말린 가발 밑으로 딸들을 바라보는 눈동자가 날카로웠다.

“보고하시오, 마담.”

아이들이 숨을 죽였다. 때때로 마담은 그들이 잊어버렸거나 지적받지도 않았던 사소한 문제들을 늘어놓곤 했다. 또 어떤 때는 별다른 일이 없었노라고 보고하기도 했다. 그러면 공작은 만족스레 고개를 끄덕이며 나가보라고 지시했다.

마담이 예의를 갖추어 전했다.

"아멜리아가 여전히 필기체를 익히지 못했습니다. 실비는 가끔 음악 연습에 소홀합니다."

미카엘이 눈살을 찌푸렸다. 녹색 리본을 단 아이가 실비일까, 아멜리아일까? 얌전하게 카펫을 바라보고 있지만 아이들의 두 손은 팽팽하게 주먹쥐어져 있었다. 그들은 너무나 작아 보였다. 그 작은 존재들이 각기 독립된 개성을 지닌 사람이라는 것이 놀라웠다. 아마 성격도 많이 다르리라. 사실 그런 성격 따위는 아무런 상관도 없지만.

"다른 건?"

"가끔 경박하게 굴기도 합니다."

아이들은 미동도 없이 서 있었다.

뻣뻣하게 표정 없이 서 있는 두 개의 인형이 어떻게 경박해질 수 있을까? 미카엘은 놀랐다. 하지만 다른 중요한 일이 있었으므로 사소한 죄 정도는 묵과해 주기로 했다.

"그런 결점은 아이들 어머니가 고쳐줄 거요."

그가 말했다.

루이즈는 마치 벼락이라도 맞은 표정이었다.

"뭐…… 뭐라고 하셨습니까, 공작님? 아이들…… 아이들 어머니라구요?"

아멜리아와 실비도 한순간 두려움을 잊어버리고 커다래진 눈으로 아버지를 쳐다보았다. 새파란 눈동자와 장밋빛 입술과 자그마한 코가 드러났다. 엘비라의 모습. 공작은 그 아이들에게서 자신과 닮은 점을 발견할 수 없었지만 어차피 아버지로서의 역할에도 관심 없었다. 아들이었다면 많이 달랐을 테지만, 딸들은 단지 현명하게 사용해야 할 돈과 같은 존재였다. 이 아이들이 엘비라처럼 아름답게 자라난다면 그는 이득이 많이 남는 결혼을 성사시킬 수 있을 것이다.

"하…… 하지만 우리…… 우리 어…… 어머니는 돌아가셨는데요."

쌍둥이가 똑같이 더듬거리며 중얼거렸다.

"친어머니는 그렇지. 하지만 곧 새어머니가 생길 거다. 이걸 보거라."

그가 성마르게 대꾸하며 작은 초상화를 내밀었다.

아멜리아가 손가락이 덫에 걸릴까 두려운 것처럼 재빠르게 그걸 받아들었고, 두 소녀는 그 얼굴을 응시하며 아무 말도 하지 않았다.

루이즈는 발 밑의 땅이 꺼지는 느낌이었다. 이 집에 여주인이 생긴다는 건 가정교사에게 나쁜 소식이었다. 새로운 공작부인에게 사근사근하게 굴어야 할 테고, 아이들에 대한 권위도 많이 위협받게 될 것이다.

"축하드립니다, 공작님."

그녀가 굳은 자세로 인사를 올렸다.

"곧 결혼하시는 건가요?"

"빈에서 이미 대리 결혼식이 치러졌소. 지금 키어스턴 자작이 왕세자비와 함께 공작부인을 이리로 모셔오는 중이오."

그가 손을 내밀자, 아멜리아는 공손하게 초상화를 돌려주고 나서 즉시 카펫으로 시선을 내리깔았다.

루이즈는 원망과 분노가 얼굴에 드러나지 않도록 애썼다. 공작이 그녀에게 미리 알려주지 않은 것은 그다지 놀랍지 않았다. 하지만 키어스턴 자작까지 한 마디도 하지 않았다니. 아이들을 끔찍이도 위하는 분이 이렇게 중요한 일을 가정교사에게 언급하지 않았다는 것이 진심으로 놀라웠다. 그 초상화를 보고 싶은 마음이 간절했지만, 그렇게 되지는 않았다. 공작이 곧바로 주머니 안으로 넣어 버린 것이다.

"이젠 나가보시오."

작은 소녀들이 절을 올리고 방에서 물러났다. 문 밖으로 나서며 두 소녀가 슬그머니 손을 맞잡았다. 그들의 뒤로 가정교사가 어색하게 절을 올린 후 따라나왔다. 공부방에 도착할 때까지 누구 하나 입을 열지 않았다. 하지만 공부방 안에 들어서자마자 아멜리아가 깡충깡충 뛰어 냈다.

"아주 예쁜 여자였어."

"그래, 진짜 공주처럼."

실비도 춤추듯이 움직이며 동의했다.

"레오 삼촌도 돌아오신대."

"당장 그만두지 못하겠니!"

마담의 얼굴이 심하게 일그러져 있었다.

"천박한 시골 애들처럼 춤추고 뛰어대지 말아라."

소녀들이 다소곳하게 명령을 따랐지만, 그들의 눈은 여전히 반짝거렸다. 이번에는 자신들이 가정교사를 이겼다는 것을 알았다. 마담은 새로운 공작부인의 초상화를 보지 못했고 그것 때문에 아주 화가 나 있을 터였다.

"그녀는 까만 머리였어요, 마담."

실비가 상냥하게 말했다.

루이즈는 새 공작부인이 몇 살이나 되어 보이는지를 묻고 싶었다. 하지만 아이들에게 그런 질문을 하여 체면을 떨어뜨릴 수는 없었다. 집사장이 알고 있을 것이다. 무슈 브리옹은 언제나 누구보다 먼저 새로운 소식을 알고 있었다. 그에게 부탁하는 것이 내키지는 않았지만, 어쩔 수 없는 상황이었다.

"잠자리에 들 시간이다."

그녀가 선언했다.

소녀들은 정확한 시간을 말할 수는 없어도, 너무 이르다는 것쯤은 알았다. 아직 해가 저물지도 않았고 저녁 식사도 하지 않았다. 그들이 놀란 눈으로 가정교사를 쳐다보았다.

"품위 없이 행동한 벌이야. 얌전치 못하게 웃는 것도 용납할 수 없
다. 빵과 우유를 먹고 나서 즉시 침대에 눕도록 해."

그들은 항의해 봤자 상황만 더 나빠질 뿐이며, 가정교사의 울분을
참아내야 하리라는 것도 알았다. 차라리 침대에 눕는 편이 나으리라.
그럼 이 놀라운 사건에 대해, 그들의 인생으로 들어오게 될 예쁜 여자
에 대해서 마음놓고 얘기할 수 있을 테니까.

게다가 레오 삼촌이 함께 온다고 했다. 몇 주 동안이나 삼촌을 만나
기 못했기에, 그들은 우중충한 일상에서 맛볼 수 있는 한 줄기 햇살이
무척이나 그리웠다.

6

"잘 가거라, 사랑하는 딸아. 오스트리아에서 천사가 찾아왔다는 소리를 듣도록 프랑스 국민들에게 성심을 다하거라."

마리아 테레지아가 슬피 우는 딸을 마지막으로 끌어안았다. 합스부르크 가 사람들과 오스트리아의 대신들, 최고 계급의 귀족들이 모두 이 어머니와 딸의 마지막 만남을 지켜보기 위해 모여 있었다.

"가엾은 앙투아네트."

코델리아가 눈물을 삼키며 속삭였다.

"이렇게 많은 사람들 앞에서 작별해야 하다니 너무 안됐어요. 그녀는 어머니를 무척 사랑해요. 그분 없이 어떻게 견딜 수 있을까요?"

키어스턴 자작은 대꾸하지 않았다. 그 또한 이 장면에 가슴이 아팠다. 프랑스의 새로운 왕세자비는 자신이 다시 어머니를 보지 못하리라는 것을 알 것이며, 열다섯 살도 지나지 않은 소녀에게 이건 비참한 이별일 것이다. 하지만 국제적인 외교에 개인적인 감상이 자리잡을 여지는 없었다. 이 결혼이 오스트리아와 프랑스 사이의 동맹을 더욱 굳건히 해줄 것이다.

앙투아네트는 하염없이 눈물을 흘리며 자신을 새로운 세상으로 데려가기 위해 기다리고 있는 마차를 향해 움직여갔다. 그 옆으로 어린 동생의 감정에 아랑곳하지 않는 듯한 요제프 황제가 대동했다. 코델리아와 같은 마차를 탈 수 있게 해달라고 애원해 보았지만, 여제가 그녀의 청을 받아주지 않았다. 오스트리아의 공주는 공식적인 절차를 거쳐 출발해야 했으며 왕족의 의무를 다할 수 있는 강하고 성숙한 여인으로 사람들의 눈에 비쳐져야 했다.

마차가 뜰 밖으로 움직여 나가는 동안, 앙투아네트는 구석에 기대어 앉아 손수건으로 얼굴을 가린 모습이었다. 잠시 후 그녀가 눈물 젖은 얼굴을 내밀어 멀어져 가는 자신의 집을 뒤돌아보았다. 요제프가 그녀의 어깨를 잡아 안으로 끌어들였다.

"그녀의 오빠는 전혀 위로를 못 해주는군요. 너무 딱딱하고 형식적이에요."

코델리아가 한 마디 했다.

"멜크에 도착하면 당신이 그녀와 같이 있을 수 있소."

레오가 말했다.

"당신도 이제 작별인사를 하는 게 좋겠소."

그녀의 삼촌인 프란츠 대공보다 오히려 여제가 더 다정하게 작별인사를 전해주었다. 마리아 테레지아는 자신의 모습이 담긴 은 로켓을 선물하며 따뜻하게 그녀를 포옹했다. 하지만 프란츠 대공은 차갑게 고개를 까닥이며 남편에게 순종하라는 말을 했을 뿐이었다.

'두 번 다시 삼촌을 만나지 못하더라도 눈물 한 방울 흘리지 않을 거야.'

코델리아가 작센 가의 문장이 새겨진 마차로 다가가며 결심했다.

"당신 삼촌은 매너가 좀 거칠군. 감정을 표현하는 게 어색한 모양이오."

레오가 위로했다.

코델리아는 그의 도움을 받아 마차 안으로 들어서며 중얼거렸다.

"그 사람을 위해서 변명해 줄 필요 없어요. 우린 서로에게 아무런 애정도 없어요."

그녀의 얼굴은 무표정했지만, 눈에는 슬픔이 어려 있었다.

"부모님은 내가 어렸을 때 천연두로 돌아가셨어요. 그분들이 살아 계셨더라면 작별이 아주 힘들었겠죠. 하지만 지금 난 어서 빨리 떠나고 싶을 뿐이에요."

그녀는 치맛자락을 양쪽으로 활짝 펼치며 호화로운 마차의 진홍빛 벨벳 좌석에 내려앉았다. 그녀의 경직되었던 표정이 다소 풀어졌다.

"베르사유는 사람들이 말하는 것처럼 정말 동화 같은 궁전인가요?"

"순진한 사람들만 그렇게 말하지."

"난 그렇게 순진하지 않아요."

그가 유쾌하지 않은 웃음을 지으며 마차 안으로 들어왔다.

"당신은 순진하오. 궁전 생활의 어두운 일면에 대해서는 아는 바가 없지. 하지만 그런 환상을 유지하고 싶다면 마음대로 하시오. 곧 깨져 버릴 뿐이겠지만."

그는 허리춤의 검을 정돈하며 그녀의 치렁치렁한 치맛자락을 밟지 않기 위해 조심스레 맞은편 자리에 앉았다.

"아마 저한테 놀라게 되실 걸요."

코델리아는 그의 어른인 척하는 말투가 마음에 들지 않았다.

"당신이 무엇을 하든 날 놀라게 할 것 같지는 않군."

그는 공간이 제한된 마차 안에서 싸움을 벌이거나 충동적인 정열에 휘말리지 않으리라 결심하며 상냥하게 대꾸했다. 빈을 떠난 후에는 이 여자 혼자 마차를 점유하도록 하고 자신은 말을 탈 생각이었다.

마차가 출발했다. 코델리아는 고개를 내밀어 뒤따라오는 행렬을 바라보았다. 짐과 하인들을 실은 마차들이 줄을 이었다. 마틸드는 행렬 뒤쪽에서 코델리아의 짐들을 지키며 여행할 것이다. 기병대 한 무리가 행렬을 호위했고, 산들바람에 나부끼는 깃발들, 말들에 장식된 마구들 위로 햇살이 내리비쳤다. 행렬의 꼬리에는 자작의 말과 똑같은 리피차너종인 그녀의 말 루세트를 포함한 예비 말들이 이끌려왔다.

"크리스티앙은 당신 하인들과 같이 여행하나요?"

"아마 그럴 거요."

"내일 거리에 전단이 뿌려질 때 폴리그니의 얼굴을 볼 수 있다면 얼마나 좋을까. 파리라도 돼서 성벽에 달라붙고 싶은 심정이에요."

그녀가 가볍게 부채를 흔들며 키득거렸다.

레오는 아무 말도 하지 않았다. 폴리그니처럼 영향력 있는 사람을 끌어내리려면 진실의 힘만으로는 부족하다는 것이 그의 생각이었다. 하지만 적어도 그 남자는 당혹스러운 지경에 빠질 것이다. 더구나 자신이 가장 신뢰하던 제자에게 배신을 당하지 않았는가.

"폐하께선 아주 자비로우셨어요. 크리스티앙을 풀어주신데다 금화 주머니까지 주셨답니다."

상대방의 침묵에는 아랑곳하지 않고 코델리아가 말을 이었다.

"흐음."

"멜크까지 얼마나 멀죠?"

"50킬로미터."

자작이 기분좋게 말할 분위기가 아닌 것은 분명했다. 날이 저물어서야 멜크의 베네딕트 수도원에 도착하게 될 터인데, 이리저리 튕겨오르는 마차 안에서 지독히도 과묵한 동료와 50킬로미터를 여행해야 한다는 건 전혀 내키지 않았다.

"화나는 일이라도 있으신가요?"

그녀는 천진하고 애원하는 듯한 미소를 만들어 보였다.

"지루한 여행 동료가 되지 않도록 열심히 노력할게요."

"당신의 노력이 지나쳐서 그 반대 효과를 나타낼까봐 심히 걱정스럽소."

그는 등을 기대고 팔짱을 낀 채 반쯤 감은 눈으로 그녀를 바라보았다. 까만 머리를 위로 틀어올려 매혹적인 벨벳 머리덮개를 쓰고 바람막이 삼아 어깨에 숄을 걸친 모습이었다. 마차 창턱에 놓인 동그란 손목도 눈에 들어왔다. 마차가 움직일 때마다 손목 팔찌에 매달린 작은 다이아몬드 슬리퍼가 살짝살짝 문에 부딪혔다.

"꽤나 무뚝뚝하시군요. 좋아요, 내가 조용히 앉아 있길 바라신다면, 그렇게 해드리겠어요."

코델리아는 입술을 꼭 다물고 두 손을 무릎에 올려놓으며 레오의 위쪽 나무 천장만을 뚫어져라 노려보았다.

그 괴상한 자세에 레오는 미소짓지 않을 수 없었다.

"당신은 꽤나 신경에 거슬리는 여자요."

"어머나, 무슨 말씀이세요! 전 당신이 바라는 여행 동료로서의 임무를 수행했을 뿐인데, 신경에 거슬린다고 비난하시다니요."

"내가 언제 그런 여행 동료를 바란다고 했소?"

"말하거나 웃지도 않고 전혀 재미있는 오락을 제공하지 않는 뻣뻣하고 못생긴 인형을 원한다고 하지 않았던가요?"

"설사 내가 그런 동료를 바란다고 해도, 당신이 그 이상형에 접근할 것 같지는 않소."

그가 나른한 미소를 지었다.

"그 자리에 얌전히 앉아서 평범한 대화만 이어간다면, 나도 반대하지는 않을 거요."

코델리아가 인상을 찡그렸다.

"평범한 건 아주 따분해요. 하지만 나한테 좋은 생각이 있어요."

그녀가 손가방을 뒤져 자부심 어린 감탄사를 외치며 주사위 한 벌을 끄집어냈다.

"보세요. 다 준비해 왔다니까요. 주사위 놀이하면서 시간을 보내면 돼요. 도박하는 건 아주 재밌어요."

그녀는 능숙한 솜씨로 주사위를 이리저리 굴렸다.

레오가 눈썹을 치켜올렸다. 도박은 런던의 세인트 제임스 궁전뿐 아니라 대륙의 모든 궁전 가신들에게 떨쳐내기 어려운 유혹이었다. 하룻밤 사이에 막대한 재산이 사라지기도 했다. 미카엘 공작도 예외는 아니었지만 그는 주사위보다 카드를 더 좋아했다. 그러나 그가 자신의 아내가 도박하는 것을 관대하게 받아들여 줄지는 의심스러웠다. 하지만 어쩌면 그녀의 도박이란 게 약간의 푼돈만을 거는 것일 수도 있었다.

"높은 숫자가 나오는 쪽이 이기는 거예요."

그녀가 두 손으로 주사위를 굴리며 열성적으로 말했다

"얼마 거실래요?"

"3에퀴(화폐 단위)."

그는 기꺼이 그녀의 기분을 맞춰주기로 했다.

"애개! 그건 어린애들 장난이잖아요. 4루이(화폐 단위)로 해요."

이것으로 코델리아가 푼돈의 도박꾼이 아니라는 게 확실해졌다.

"그런 액수를 감당할 수 있겠소?"

그녀의 눈동자가 분연히 번득거렸다.

"절 모욕하지 마세요, 자작님."

그가 평화를 요청하듯 두 손을 들어올렸다.

"모욕할 뜻은 아니었소. 당신이 개인적인 자금을 쥐고 있는지 확실치 않았던 거요."

코델리아는 손가방 안에서 묵직한 돈주머니를 꺼내들었다.

"난 동전과 지폐를 합쳐서 5백 루이를 갖고 있어요. 삼촌의 결혼 선물이에요. 조카딸에게 의무를 다하지 않았다는 말을 듣기 싫었던 거겠죠."

그녀가 냉소적인 미소를 지었다.

"어차피 어머니의 토지에서 나온 내 돈이긴 하지만, 삼촌은 언제나 은혜를 베푸는 척한답니다. 내 남편이 이런 문제에 인색하지 않게 굴었으면 좋겠어요. 어머니한테 물려받은 내 재산을 계속 유지하고 싶어요."

레오가 눈살을 찌푸렸다. 미카엘이 신부의 토지를 몰수하지는 않겠지만 감독체제 없이 그대로 내줄 것 같지도 않았다.

"여자가 재산을 다루는 건 관례가 아니오. 당신 남편이 관대하게 배당금을 줄 것으로 믿소."

"내 돈인데 무슨 배당금을 받아요! 불공정한 일이에요."

레오가 어깨를 으쓱였다.

"그럴지도 모르지. 하지만 세상이 그렇게 돌아가는데 한 여자의 힘으로 바뀌지는 않을 거요."

"그렇게 확신하지는 마세요."

코델리아는 짜증을 마음 구석으로 밀어내며 다시 주사위를 던졌다.

"자, 시작해 볼까요? 평평한 곳이 없으니까 당신 옆자리로 던질 수밖에 없겠어요. 어차피 우리 둘 다 불리한 건 마찬가지잖아요."

그녀가 앞으로 몸을 기울이자, 숄이 흘러내리며 동그란 젖가슴 사이의 깊은 계곡이 드러났다. 그의 얼굴과 너무나 가까운 머리에서 그녀의 향기가 풍겨왔다. 그녀의 부드러운 뺨이 그의 시선을 끌어당겼다.

주사위가 구르고 나자, 그는 시선을 돌릴 곳이 생긴 게 너무나도 다행스러웠다.

"4하고 6이에요."

코델리아가 승리에 찬 미소를 지으며 뒤로 물러나 앉았다.

"이보다 더 잘 나올 수 있을지 두고 보자구요."

레오는 체념한 채로 주사위를 던졌다. 3과 2가 나왔다.

"우와! 내가 이겼어요."

그녀가 주사위를 모아들이고는 판돈을 받아내려 손을 내밀었다.

레오가 주머니에서 4루이를 꺼내어 건네주자, 그녀는 고소해 죽겠다
는 표정으로 그 돈을 받아 챙겼다. 웃어 버릴 수밖에 없는, 어린애 같
은 모습이었다.

"품위 없는 승리자로군. 당신은 좀처럼 지지 않을 것 같소."

"난 거의 지지 않아요."

그녀가 잘난 척하며 다시 주사위를 던졌다.

"우리 5루이로 판돈을 올릴까요?"

주사위 놀이는 시간을 보내기에 비교적 적당할 뿐만 아니라, 이길
때마다 코델리아가 흥분하는 모습을 보는 것도 부인할 수 없는 즐거움
이었다. 사실 계속해서 돈을 따내는 쪽은 그녀였다.

뒤늦게야, 레오는 그녀의 승리가 행운이라고 하기에 너무 잦다는 것
을 알아차렸다. 그런 의심이 처음 들었을 때 그녀는 이미 20루이를 받
아 챙긴 후였다. 그는 그녀가 주사위 던지는 모습을 유심히 지켜보았
다. 그녀의 손동작이 어딘가 좀 달랐다. 언뜻 볼 때는 무심히 넘길 만
한 손목 비틀기였지만, 그는 계속해서 지는 것이 지루해지기 시작했
다.

"와! 내가 또 이겼어요! 5루이 나한테 빚지셨어요, 자작님."

그녀가 변함없는 표정으로 손을 내밀었다.

"글쎄, 과연 그럴까."

그는 옆자리에 떨어진 주사위를 모아들이며 천천히 말했다. 그가 시
선을 들어올리자 코델리아는 사뭇 걱정스런 표정으로 내밀었던 손을
거둬들였다.

그녀에게 시선을 고정시킨 채로 그가 손바닥 안에서 주사위를 굴렸
다. 그녀의 뺨에 빨간 홍조가 번지는 듯하더니 그녀의 시선이 무릎으
로 떨어졌다.

"이게 나한테 불리하게 만들어진 것 같은데……. 그렇지 않소?"

"어떻게 그런 비난을 할 수 있어요?"

그녀는 뺨을 빨갛게 물들이며 아랫입술을 깨물었다.

"당신이 속임수를 썼잖소!"

그가 주사위를 그녀의 무릎으로 던졌다.

"어떻게 된 건지 설명하시오."

"어차피 돈은 다 돌려줄 생각이었어요."

"그리 믿어지지 않는군. 자, 설명해 보시오."

"좋아요. 하지만 이건 아주 작은 속임수에요. 모르는 사람은 알아차릴 수도 없죠. 당신도 몰랐죠, 그렇죠?"

"내가 그걸 알았으면, 20루이까지 잃지도 않았겠지."

코델리아가 앞으로 깊숙이 몸을 기울여 주사위를 집어들었다.

"모퉁이가 깎여 있어요. 끝부분을 탁 치면 항상 6이나 4만 나오게 된다구요. 매번 이기는 것은 아니지만 거의 항상 이기죠."

그녀가 너무 가까이에 있었다. 그녀의 향기, 가슴의 깊은 계곡, 한밤중 같은 까만색의 곱슬머리가 그의 머리를 빙글빙글 돌게 만들었고 그녀가 고개를 들어 사파이어처럼 화사하게 눈동자를 반짝이자 그의 숨은 막혀왔다.

"그냥 재미 삼아 해본 거예요."

사과와 변명을 담은 목소리였다.

"우리가 진지하게 게임한 것도 아니잖아요."

"가짜 돈으로 게임한 것도 아니지. 코델리아, 만약 남자가 그런 속임수를 썼다면 채찍질을 해주었을 거요."

"결투가 아니구요?"

잠시 현재의 곤경을 잊어버린 코델리아가 놀란 표정을 지었다.

"난 그런 자에게 내 칼의 명예를 더럽히지 않소."

"아."

그녀가 다시 입술을 잘근잘근 깨물다가 손가방으로 손을 넣었다.

"여기 있어요. 당신 돈."

그녀가 그의 손바닥에 동전을 쏟아 부었다.

"교활한 짓인 줄은 알았지만, 꼭 이기고 싶었어요. 진짜로 할 때는 이런 짓 안 해요."

그녀의 목소리가 너무나 우울하고 비통하게 들렸으므로, 레오의 짜증은 다시 웃음기로 부서져 버렸다. 이 여자에게 일 초 이상 화를 낸다는 건 아무래도 불가능한 모양이었다.

"경고 하나 해주겠소. 만약 베르사유 살롱에서 이런 속임수를 쓰다가 들키게 되면 당신은 추방당할 거고 왕세자비조차도 당신을 돕지 못할 거요."

그가 한 마디 한 마디를 강조했다.

"그리고 남편에게 그런 불명예를 씌우게 되면, 남편은 당신을 수녀원에 가둬버릴 권리가 있소."

"하지만 난 그런 짓 하지 않아요!"

코델리아는 그런 처벌을 받을 거라는 말보다 그가 그 정도로 자신을 어리석게 여긴다는 사실이 더욱 공포스러웠다.

"가족들하고 게임할 때만 이런 장난을 친다구요. 앙투아네트도 마찬가지에요. 가끔은 대공들을 이길 수 있는 방법이 이것뿐인 걸요. 그 사람들이 이겼을 때는 얼마나 밉살스럽게 구는지, 사정없이 벌을 매긴다구요."

"나도 내 몫의 벌을 매길 생각이오."

그가 손가락으로 자신의 입술을 톡톡 건드리며 생각에 잠긴 듯 말했다.

"어머나."

그녀는 대뜸 달콤한 흥분에 사로잡혀 몸을 내밀었다.

"나한테 어떤 벌을 내리실 건가요?"

레오는 그 즉시 자신의 실수를 알아차렸다. 경계심을 늦출 때마다 질척한 구렁텅이에 빠져 버리고 마는 건 왜일까. 그녀의 입술이 초대하는 듯이 살짝 벌어지며 분홍빛의 혀가 너무나도 자극적으로 입술을 핥았다. 코델리아는 벌을 내리겠다는 말에도 전혀 긴장하지 않았다.

그가 관심 없는 듯이 뒤로 물러나 앉았다.

"별로 재미없군."

머리를 뒤로 기대고 눈은 감은 다음 잠드는 일에만 온 정신을 기울였다.

코델리아가 눈살을 찌푸렸다. 눈앞의 남자가 정말로 잠들었다고 여겨지지 않았다. 그녀는 한숨을 내쉬며 무언가 아주 중요한 것을 찾는 것처럼 손가방 안을 부스럭부스럭 뒤졌다. 그런 다음 목표를 이룬 것처럼 콧노래를 흥얼거리며 발장단을 맞추었다. 그래도 자작은 움직이지 않았다.

그녀가 창 밖으로 지나가는 풍경을 내다보았다.

"세상에, 우리 행렬을 보려고 모여든 사람들 좀 봐요. 어머나, 사슬을 매단 곰이 춤추고 있네. 아주 슬퍼 보여요, 불쌍하기도 해라. 어머, 저건 또 뭐야, 사람들이 소매치기를 쫓아가고 있어요…… 생강빵 가게가 있네. 장이 열렸나 봐요, 간이매점에다 구경거리들이 가득한 게……."

그녀가 여전히 졸고 있는 레오에게 시선을 돌렸다.

"이 안보다 바깥이 훨씬 재미있겠어."

이쯤에서 레오는 포기하고 눈을 떴다.

"혹시 당신 목을 비틀어 버리고 싶다고 말한 사람 없었소?"

"내가 알기로는 없어요."

그녀가 발랄하게 대꾸했다.

"하지만 당신, 그렇게 자는 척하다니 정말 밉살스러워요. 피곤에 지쳤다면 나도 가만있었을 거예요. 하지만 그런 게 아니잖아요. 게다가 난 당신에게 물어보고 싶은 것도 많다구요."

"진지한 질문이오?"

그가 의심스레 물었다.

"그럼요. 여제께서 이번 여행을 하면서 나한테 베르사유의 법도를 가르쳐 주라고 하셨잖아요. 앙투아네트한테는 노아이유 백작 부인이 있지만, 나한테는 당신뿐인 걸요."

"좋소."

어차피 시간을 보낼 만한 거리가 필요하긴 했고, 그 정도 대화라면 안전하고 쓸모 있을 것도 같았다.

"무얼 알고 싶소?"

"아, 아주 여러 가지죠. 하지만 우선 다른 내기 하나 더 해요……. 아니, 주사위나 돈내기 말구요."

그의 표정이 바뀌는 걸 알아차리며 그녀가 재빨리 덧붙였다.

"훨씬 더 중요한 거. 멜크에 도착하는 시간 알아맞추기. 더 근사치로 맞추는 사람이 이기는 거예요."

"판돈은 뭐요?"

레오는 한 번 겪어봤으면서도 왜 자신이 또다시 말려들고 있는 건지 알 수가 없었다.

"내가 이기면, 내일 이 답답한 마차 대신 말을 탈 수 있게 해줘요."

"반대로 내가 이기면?"

"당신 마음대로."

"그거 구미가 당기는군."

그가 턱을 매만졌다. 그의 대답을 짐작하지 못하는 코델리아는 걱정스레 그 모습을 지켜보았다.

"좋소. 내가 이기면, 당신은 하루 종일 날 괴롭히지도 말고 자극하지도 말아야 하오."

"내가 그럴 거라고 생각하시는 거예요?"

그녀의 눈에 상처가 드러났지만 그는 외면해 버렸다.

"노골적인 아양도 안 되고 속임수도 안 되오. 내 옆에서는 완벽하게 얌전해야 하고 말을 걸 때만 대답하는 거요. 동의하겠소?”

코델리아가 입술을 잘근거렸다. 그다지 내키지 않았지만 별달리 선택의 여지가 없었다. 자신이 이기기만을 바래야 할 것이었다. 그녀가 어깨를 으쓱였다.

“그럼, 각자 시간을 적어서 도착할 때까지 보관해 두기로 해요.”

그녀가 손가방에서 연필과 작은 수첩을 꺼내 그에게 내밀었다.

레오는 주저 없이 시간을 적은 다음 그 페이지를 찢어 주머니 안으로 밀어 넣었다.

코델리아는 연필과 수첩을 받아들고 한껏 인상을 찌푸린 채 연필 끝을 깨물며 계산에 몰두했다. 이미 여행해 온 시간이 얼마나 될까. 중간에 휴식이나 말을 바꾸기 위해서 멈춰야 할 테고 모두 의전 절차를 거쳐야 할 테니, 시간이 걸릴 것이다.

“수학을 좋아하지 않았던 모양이지?”

레오가 사근사근하게 미소지으며 물었다.

“그 반대예요. 내가 좋아하는 과목 중 하나죠.”

그녀는 더 이상의 계산을 포기하고 종이 위에 시간을 적어 넣었다.

“됐어요. 이젠 두고 보자구요.”

그리고는 그 종이를 손가방 안에 집어넣었다.

“이제 물어볼 게 있으면 물어보시오.”

“당신 여동생이 언제 세상을 떠났어요?”

그런 질문을 예상치는 못했지만, 이해할 수 있을 만한 질문이었다.

“4년 전이오. 아이들이 9개월 됐을 때.”

그는 무표정한 얼굴로 대답했다.

“무슨 병으로 죽었어요?”

“그게 베르사유 궁의 생활과 관련이 있소?”

그의 목소리가 차가워지며 입술도 굳어졌다.

“미안해요. 그 얘기를 하는 게 고통스러우신가요?”

그녀가 무엇을 알겠는가. 그렇게 생동감 있게 반짝이던 생명이 하룻 밤 사이에 헛되이 사라졌다는 걸 생각할 때마다 댐을 무너뜨릴 듯한 이 분노의 물줄기를 그녀가 어찌 알겠는가. 그는 애써 긴장을 풀어내 며 첫번째 질문에만 대답해 주었다.

"열병이었소……. 순식간에 생명을 집어삼키는."

코델리아는 이제 진지하고 부드러워진 표정으로 입을 열었다.

"그녀를 많이 사랑하셨나요?"

"엘비라에 대한 내 감정은 당신의 새로운 인생과 아무 관련도 없 소."

그는 더 이상 이 얘기를 하고 싶지 않았다. 여동생에 대해서 말하는 걸 견딜 수 없었다. 미카엘과 있을 때조차 그 주제에는 언제나 암묵적 인 침묵으로 일관했었다.

"엘비라. 예쁜 이름이네요."

코델리아는 그의 말을 귀담아 들은 것 같지 않았다.

"나이 차이가 많았었나요?"

'쉽게 포기하지 않을 모양이군.'

"우린 쌍둥이였소."

그가 짤막하게 대꾸했다.

"어머. 쌍둥이는 아주 특별한 정신적 끈을 지녔다고 하던데, 정말 그런가요?"

"그렇게들 말하지. 이젠 베르사유에 대해 얘기할 수 있겠소?"

"당신 여동생이 쌍둥이를 낳은 걸 보면 그게 가문의 유전인가 봐요. 당신도 결혼하면 쌍둥이 아빠가 될지 모르겠군요. 결혼하고 싶어한 적 있어요?"

"그건 우리 대화의 주제가 아니오. 계속 물어보고 싶다면 적절한 질 문들을 고르시오."

"부적절한 게 뭐가 있다고 그래요? 난 그저 관심과 우정을 표시했을 뿐이에요.”

그녀가 눈살을 찌푸렸다.

레오는 그녀가 진정으로 그런 것인지 의심스러웠지만 그 해답을 알고 싶지도 않았다. 그가 아무런 반응도 보이지 않자 잠시 후에 그녀가 다시 입을 열었다.

“내 남편에 대해서 말해주세요. 그 사람은 어떤 남자인가요?”

최소한 이것만은 가장 적절한 질문이었다.

“활력이 넘치는 남자요. 사냥 솜씨가 아주 뛰어나서 왕의 총애를 받고 있소. 궁궐 생활을 즐기는 타입이니까, 당신도 퐁텐블로나 트리아농 같은 궁에 자주 머물게 될 거요. 왕실은 일년에 네다섯 차례 옮겨다니오. 폐하께서 한 곳에 너무 오래 머무는 것을 싫어하시거든.”

코델리아는 열심히 귀기울였다. 하지만 왕실의 여행보다는 남편에 대한 것이 더 궁금했다.

“그 사람, 좋아할 만한 사람인가요?”

그 질문의 중요성을 강조하려는 듯이 그녀가 앞으로 쑥 몸을 내밀었다.

레오는 태연스레 어깨를 으쓱이며 지나치게 가까워진 그녀와의 사이에 거리를 두었다.

“내가 어떻게 알겠소. 그를 좋아하는 사람들도 많지만, 적들도 있기는 하지. 누구나 그렇잖소.”

“친절한 사람인가요?”

코델리아가 그의 무릎에 한 손을 올렸다.

“아이들에게 잘 대해주나요?”

그는 냉정하고 무정한 아버지였다. 레오가 그들을 보살펴줄 의붓어머니의 필요성을 느끼는 이유 중의 하나가 그것이었다. 하지만 자신의 의견을 내세울 필요는 없으리라.

“아이들은 가정교사의 책임하에 있소. 그가 관여하는 일은 많지 않소.”

그건 그다지 놀랄 일도 아니었다. 그녀가 다른 질문을 하려 입을 열자 공중에 트럼펫 소리가 울려 퍼졌다.

“여기서 멈추려나 봐요. 다리를 좀 펼 수 있다면 좋겠는데.”

마차는 작은 마을의 한가운데 멈춰 섰다. 레오가 자갈 덮인 광장으로 뛰어내려 코델리아에게 손을 내밀어 넓은 치맛자락이 문을 빠져 나올 수 있도록 도와주었다. 그녀가 단단한 바닥에 내려서자마자 그의 손은 즉시 떨어져 나갔다.

코델리아가 그의 팔에 팔짱을 끼며 속삭였다.

“당신은 내 대리 남편이에요. 나를 버려진 개처럼 취급하면 안 된답니다.”

그가 날카롭게 그녀를 내려다 보았다. 예상했던 대로, 그녀는 노골적인 초대의 의미를 담아 미소짓고 있었다.

“얌전하게 행동하시오!”

그가 목소리를 낮춰 엄격하게 지시했다.

코델리의 미소는 더욱 환하게 번졌다.

“아직 내기에 지지도 않았는걸요, 자작님.”

그는 반응할 시간이 없었다. 마을 촌장이 나와 깊이 절을 올리며 환영의 인사를 올렸다. 왕세자비와 그녀의 오빠는 광장 중앙에 있는 차양이 드리워진 연단에 자리잡았고, 마을 처녀들이 음식과 마실 것을 나르는 동안 사방에서 찾아든 주민들이 위엄 있는 왕족의 존재를 호기심있게 쳐다보았다.

코델리아와 레오는 왕세자비의 수행원들에게 제공되는 여인숙으로 안내되었다. 작은 장소에 너무나도 많은 사람들이 밀려들어왔으므로 대화란 것 자체가 불가능했고 열기도 참을 수 없을 지경이었다. 코델리아는 손수건으로 이마를 닦으며 그의 팔을 풀어내고 문 쪽으로 몸을 돌렸다.

"잠시 실례해야겠어요."

"어디 가는 거요?"

"개인적인 볼일이 있어서요."

그녀가 장난꾸러기 같은 미소를 지으며 문을 통과해 갔다.

레오는 깊이 한숨을 내쉬며 맥주잔을 비웠다. 이 여자와 같이 23일 간을 견뎌야만 한다!

코델리아가 찾아간 곳은 다름 아닌 화장실이었는데 기다리는 사람들이 많았을 뿐만 아니라 고약한 냄새까지도 풍겨왔다. 무엇보다도 150센티미터 폭의 치마를 입은 여자를 위해 건축된 곳이 아니었다. 그녀는 방향을 바꾸어 아래쪽 들판으로 나아갔다. 방패막이가 되면서도 공기가 훨씬 상쾌한 블랙베리 덤불이 있었다. 비록 자신들 속에 나타난 특이한 생물에게 엄숙한 시선을 보내는 소들이 있긴 했지만.

그녀가 치마와 페티코트를 거추장스럽지 않게 조정했을 무렵 덤불 너머에서 바스락거리는 발자국 소리가 났다. 하필이면 이런 순간에 마을 일꾼이 나타날 게 뭐람! 그렇다고 당황해 할 필요는 없었다. 쉰브룬에 있는 대부분의 공공 화장실은 문이 달려 있지 않았고 칸막이를 쳐서 만든 복도 화장실도 사생활을 지켜준다고 할 수 없었다.

"코델리아, 여기서 뭐하는 거요?"

레오의 짜증스런 목소리가 아주 가까이에서 들렸다. 덤불 밑으로 그의 신발을 볼 수 있었다.

시골 농부에게 들키는 것과 키어스턴 자작에게 들키는 것은 차원이 달랐다. 그녀가 다급하게 입을 열었다.

"나 이 뒤에 있어요. 더 이상 가까이 오지 말아요."

"도대체 무슨…… 아!"

그의 목소리에 웃음기가 가득 들어찼다.

"이거 미안하오."

코델리아는 치맛자락을 내리고 문도 없는 화장실에서 빠져 나갔다.

"여기까지 따라오다니 대단히 비신사적이시군요."

"왕세자비 일행이 마차에 오르려 하시는데, 내 책임하의 사람을 신속히 찾아내려면 신사도를 챙길 여유가 없지. 왜 다른 사람처럼 마을 화장실을 이용하지 않은 거요?"

"다른 사람들이 이용하고 있으니까요."

그녀가 치마의 주름을 바로잡으며 대꾸했다.

"여자들은 대단히 불편해요."

그가 웃음을 터트렸다.

"무슨 말인지 알겠소. 자, 이젠 갑시다. 우리가 출발하지 않으면 우리 뒤의 행렬도 떠날 수가 없소."

그는 그녀에게 손대지 않겠다는 결의도 잊은 채 그녀의 손을 붙잡아 서둘러 이끌어갔으며 코델리아는 이 비정상적인 에스코트에 전혀 반대할 마음이 아니었다.

저녁 6시, 그들은 멜크의 웅장한 수도원에 도착했다. 작센 가의 마차가 도나우 강을 마주하고 있는 수도원 서문을 통과할 무렵, 왕세자비 일행은 이미 왕실의 거처로 들어선 후였다.

코델리아가 드레스에 고정된 예쁜 주머니 시계를 쳐다보고는, 손가방을 열어 접혀진 종이를 꺼냈다.

"당신은 몇 시로 적었어요?"

레오가 주머니에서 종이를 꺼내들며 자신 있게 미소지었다.

"6시 30분."

이렇게 복잡한 여행에서 30분 정도는 틀렸다고 말할 수도 없었다.

그런데 코델리아가 기쁨에 찬 환성을 터트렸다.

"난 6시 27분이에요. 이것 보세요."

그녀가 접힌 종이를 펼쳐 보였다.

"현실 세계에서는 무슨 일이든 정확한 시간에 일어나는 법이 없다는 걸 감안했죠. 내가 이겼어요."

“그래, 당신이 이겼군. 하지만 그렇게 환성까지 지를 필요는 없소.”

“그래도 내가 영리하긴 했잖아요.”

레오가 마차 밖으로 걸어나갔다.

“좋소, 당신은 내일 말을 탈 수 있소.”

그녀에게 손을 내밀며 그가 덧붙였다.

“난 마차 안에서 혼자 평화로운 하루를 즐길 수 있을 테고.”

그녀의 얼굴이 너무나 갑자기 구겨져 버렸다. 그것으로 그는 내기에 진 보상을 충분히 받았다.

“이렇게 답답한 마차 안에서 여행하고 싶단 말이에요?”

“방금 말한 대로, 평화롭고 조용할 거 아니오……. 아, 저기 당신을 안내해 줄 수도사가 오는군.”

레오는 자신을 코넬리우스 신부라 소개하며 미소짓는 수도사에게 그녀를 넘겨주었다.

“레이디의 하녀가 도착하는 대로 즉시 방으로 들여보내겠습니다.”

신부가 공손하게 건물 입구 쪽을 손짓했다.

“왕세자비 마마께서 레이디를 왕실 거처에 묵게 해달라는 요청을 하셨습니다.”

코델리아가 머뭇거리며 레오를 돌아보았다.

“내일 나와 같이 말 타지 않으실 건가요?”

“그건 내기의 일부가 아니었잖소.”

그는 이 사소한 복수의 순간이 즐거워지는 걸 어쩔 수 없었다.

하지만 코델리아가 당황하는 시간은 그리 길지 않았다.

“앞으로는 그런 부분도 확실히 정해야겠군요.”

그녀가 완벽한 예의를 갖추어 인사하고는 코넬리우스 신부와 함께 미끄러져 나갔다. 레오는 과연 자신이 이긴 것인지 아닌지를 고민하며 남아 있었다.

7

"나 너무나 불행해, 코델리아!"

10분 후, 코델리아가 왕세자비의 내실로 들어서자마자 앙투아네트는 친구의 품으로 몸을 날렸다.

"더 이상 견딜 수 없어."

"위엄을 지키거라, 앙투아네트."

요제프 황제가 이 상황을 난감해 하며 한 마디 했다. 그도 감정이 없는 남자는 아니었지만 어떤 상황에서건 자제하도록 훈련받았기 때문에 여동생의 감정 폭발이 당황스럽고 충격적인 모양이었다.

"진정해."

코델리아가 그녀의 등을 어루만졌다.

"익숙해지면 못 견딜 것도 없어. 프랑스 왕비가 될 거라며 흥분했던 때를 기억해 봐. 베르사유궁에서 군림할 생각을 해봐. 즐거운 일들만 생각해…… . 무엇이든 마음대로 할 자유가 생겼잖아."

앙투아네트가 몇 번쯤 딸꾹질을 하더니 서서히 흐느낌을 가라앉혔다. 마침내 그녀는 친구의 품에서 빠져 나가 힘차게 코를 풀었다.

"네 말이 맞다는 건 알아. 하지만 너무 힘들어. 다시 엄마를 보지 못할 거 아냐. 그리고 언니 오빠들도."

그녀는 손수건으로 코를 닦으며 용감하게 친착을 되찾아보려 노력했다.

"감정을 다스리도록 노력해 볼게. 하지만 오늘밤은 여기서 식사하고 싶어……. 코델리아 너하고 같이."

"맙소사, 그건 안 된다!"

요제프가 단박에 반대했다.

"넌 멜크 수도원의 호의를 받고 있는 중이야. 네가 나타나지 않으면 대단한 모욕으로 간주될 거다."

"하지만 난 아픈 상태예요!"

앙투아네트가 소리쳤다.

"아주 피곤해요. 몸 상태가 좋질 않다구요, 오빠."

"그건 핑계가 안 돼."

"폐하 말씀이 옳아."

코델리아가 친구의 손을 붙잡아 매만져 주었다.

"네가 나타나지 않으면 수도원장님께서 섭섭해 하실 거야."

그녀는 친구의 어깨에 팔을 두르며 침실 문을 향해 이끌어갔다.

"오늘밤 다이아몬드 목걸이를 걸면 어떨까? 프랑스 국왕이 보내주신 거 말이야."

두 여자가 방 안으로 사라졌고, 금세 코델리아의 활기찬 수다에 반응하는 앙투아네트의 목소리가 들려왔다.

요제프는 안도하며 한숨을 내쉬었다. 앙투아네트의 감정이 폭발할 때마다 코델리아는 언제나 그녀를 진정시키는 방법을 알고 있었다.

"식사시간 전에 왕세자비를 에스코트하러 다시 오겠다."

그가 시녀에게 말해두고 나서 평화를 찾아 자신의 방으로 떠나갔다.

한 시간 후 왕세자비는 거의 평소의 발랄함을 되찾았다. 코델리아가 열심히 프랑스 수행원들을 흉내내가며 앙투아네트의 기분을 풀어준 덕분이었다.

코델리아가 자신의 방으로 들어서자, 초조하게 기다리고 있던 마틸드가 목소리를 높였다.

"자작님이 에스코트하러 올 시간까지 30분밖에 안 남았어요. 8시에 준비해 두라고 연락하셨는데, 벌써 7시 30분이라구요."

다시 레오의 옆에 있게 될 거라는 생각에 코델리아의 가슴은 자동적으로 두방망이질쳤다.

"왕세자비를 좀 도와드렸어."

그녀는 장갑을 벗어 의자 위로 던졌다.

"저 옷은 입기 싫어, 마틸드. 혈색이 나빠 보인다구."

침대에는 칙칙한 노란빛의 호박단 드레스가 준비되어 있었다.

"말도 안 돼요. 아가씨는 혈색이 나빠 보인 적이 한 번도 없다구요. 수도원에서의 저녁 식사에는 저 옷이 잘 어울려요. 게다가 다른 것보다 가슴을 덜 드러내기도 하구요."

"난 가슴을 가리고 싶은 마음 없어."

코델리아는 옷장문을 활짝 열어젖혔다.

"여기가 수도원이라고 해도, 모두들 제일 멋진 옷을 차려 입을 텐데 나 혼자만 촌스럽게 보일 수는 없잖아."

마틸드가 쯧쯧 혀를 찼다. 독실한 신앙인으로서, 반쯤 벌거벗은 여자가 수도원을 돌아다닌다는 생각만으로도 불쾌한 모양이었다. 하지만 그녀가 코델리아에게 미치는 영향력이 광범위하다 해도, 옷 선택까지 이래라저래라 할 수는 없었다. 코델리아는 언제나 상황에 따라 자신에게 가장 어울리는 옷을 고르는 안목이 있었다.

"그럼 어서 서두르세요."

마틸드가 무시당한 옷가지를 거둬들였다.

“자작님에게 게으름 피웠다는 소리는 듣고 싶지 않아요.”

“그런 일 없을 거야.”

코델리아는 진홍빛 실크 드레스를 골라들고 거울 앞에서 대보았다.

“그 사람은 내가 지각하는 습관이 있다는 걸 알거든. 오늘밤 이걸 입어야겠어.”

“수도원에서 진홍색이라니요!”

코델리아의 여행복 드레스를 풀어주던 마틸드가 충격 받은 듯이 외쳤다.

“당신은 너무 고상하다니까.”

그녀가 빙글 돌아서서 유모의 두 뺨에 입을 맞추었다.

“추기경들도 빨간색을 입잖아, 안 그래? 그러니까 아주 적당한 색이라구.”

발밑에 떨어진 드레스 안에서 그녀가 걸어나왔다.

“씻을 시간이 있을까? 여행하느라 지저분해진 느낌이야.”

그녀는 세면대로 달려가 수건을 적셔 열성적으로 얼굴을 문질렀다. 그런 다음 젖가슴과 겨드랑이를 닦아냈다.

“그래도 가슴을 드러내놓고 수도원을 돌아다니는 건 점잖치 못해요.”

마틸드가 여전히 투덜거리며 라벤더향 물에 담근 손수건을 건네주었다.

“너무 경솔한 짓이라구요. 앉으세요, 머리 다듬어 드릴게요.”

코델리아는 경대 의자에 앉아 젖가슴 사이와 팔 아래쪽과 귀 뒤에 라벤더향 손수건을 톡톡 두들겼다.

“훨씬 나아졌어. 아까는 틀림없이 마구간지기 같은 냄새가 났을 거야.”

“가만히 좀 계세요!”

마틸드는 헝클어진 머리카락을 빗어내리고 능숙하게 꼬아서 목덜미에 붙잡아맸다. 귓가로 곱슬머리를 늘어뜨린 다음 뒷머리에 진주핀을 고정시켰다. 거울 속으로 자신의 작품을 점검하고 나서 그녀가 고개를 끄덕이고는 진홍빛 드레스를 가지러 갔다.

마틸드가 드레스를 입혀주면서도 어찌나 못마땅한 표정인지, 코델리아는 하마터면 굴복해 버릴 뻔했다. 하지만 진홍색이 자신의 피부에 잘 어울릴 뿐 아니라 지금 기분과도 딱 맞아떨어진다는 걸 알고 있었다. 코델리아는 지금 기대감에 들뜬 위험스런 느낌이었다. 혈관 속의 피가 뜨겁게 용솟음치는 것 같았다. 오스트리아 궁이란 엄격한 감옥에서 해방된 때문일까. 눈앞에 새로운 인생이 펼쳐진다는 기대감과 베르사유의 화려함이 기다리고 있다는 생각 때문일까.

문에서 나는 노크소리에 그녀의 시선이 문 쪽으로 향했고 마틸드가 서둘러 달려가 문을 열었다. 그 순간 코델리아는 이런 기분이 모두 레오 보몬트 탓이라는 걸 알아차리며 숨을 죽였다. 모든 건 사랑 때문이었다. 억제할 수도 걷잡을 수도 없는 사랑, 이해할 수도 포기해 버릴 수도 없는 사랑 때문이었다.

레오는 열린 문 앞에 서서, 자신의 앞에 드러난 눈부신 생명체를 바라보았다. 진홍색과 까만색의 조화, 사파이어처럼 화사하게 빛나는 눈동자, 하얀 이를 살짝 드러내며 벌어진 빨간 입술, 가느다란 목 위에 얹혀진 자그마한 머리. 목덜미와 어깨를 드러낸 네크라인 위로 봉긋한 젖가슴이 유혹적으로 부풀어 올랐다. 그녀의 허리는 너무나 가늘어서 그의 손으로 두 뼘밖에 안될 듯 싶었다. 지난 며칠 동안 그녀를 봐왔음에도, 마치 오늘 처음으로 만나는 기분이었다. 정열의 전류를 뿜어내는 위험스럽고 유혹적인 분위기가 그녀 주위에 팽배해 있어, 손을 대면 데어버릴 것 같았다.

"보시는 바와 같이 준비가 다 됐답니다, 자작님."

코델리아는 자신의 깊은 감정을 가벼운 농담조로 무마하며 절을 해 보였다.

"마틸드는 제 옷을 아주 못마땅해 해요. 하나님의 성소에서 진홍색을 입는 건 너무 대담하다더군요. 하지만 추기경들도 빨간 모자를 쓰잖아요. 당신은 어떻게 생각하시나요?"

그녀가 교태롭게 고개를 갸우뚱했다.

"당신 옷차림이 과도한 시선을 끌어당길 것 같지는 않소. 모두들 왕세자비와 황제를 바라보느라 정신없을 테니."

그의 대꾸는 꽤나 실망스러웠다.

"준비됐으면 이제 내려갑시다."

그는 그녀가 복도로 먼저 나설 수 있도록 옆으로 비켜섰다.

"무정하기도 하셔라. 하마터면 마음에 상처가 남을 뻔했어요."

코델리아가 그의 앞을 지나치며 중얼거렸다.

"하지만 그런 일은 일어나지 않았잖소."

그녀가 그를 흘깃 쳐다보았다.

"내가 시선을 끌고 싶은 사람은 당신뿐이기 때문이죠. 그렇게만 된다면 다른 사람들에게 보이지 않는 존재가 된다 해도 상관없어요."

레오는 잇새로 날카로운 숨을 들이켰다.

"그런 헛소리는 그만두시오, 코델리아. 나의 인내심이 바닥나기 시작했다는 점을 경고하겠소."

"전 내기에서 이겼답니다."

그녀가 평온한 미소를 지으며 그의 팔에 팔짱을 꼈다.

"그렇게 노려보지 말아요. 사람들이 신혼부부에게 안 좋은 일이 있었나 궁금해하겠어요."

수도원의 커다란 홀에 도착해 버렸기 때문에 그는 하고 싶을 말을 다할 기회를 갖지 못했다.

오빠와 수도원장 사이에 앉은 앙투아네트는 다소 창백하긴 했어도 침착해 보였다. 그 왕손들의 아래쪽 자리로 안내받으며 레오는 이를 갈며 이 고집스런 추파를 끝낼 수 있는 방법을 궁리하고 있었다. 식사하는 동안, 코델리아는 변함없이 햇살 같은 미소를 지으며 대화를 이끌어 나갔다. 그녀가 활기차게 모든 사람을 매혹시킨다는 사실이 레오를 더욱 분통 터지게 만드는 것 같았다. 수도원장조차도 식사가 끝났을 무렵 그녀의 손을 토닥이며 웃었을 정도였다.

사실 코델리아는 앙투아네트가 대화를 이끌 수 없으리라는 걸 알기 때문에 자신이 나섰던 것이었다. 그녀의 번득이는 재치 덕분에 왕세자비의 창백한 안색과 침묵을 알아차린 사람은 아무도 없었다.

"음악이 있어야겠군요."

두 번째 코스의 음식이 치워졌을 때 수도원장이 상냥하게 입을 열었다.

"음악은 소화에 도움이 된답니다."

코델리아는 왕실이 식사하는 연단에서 목을 쭉 내밀어 아래쪽 식탁들을 둘러보았다. 처음 자리잡았을 때는 크리스티앙을 찾지 못했지만, 지금은 멀리 떨어진 테이블에 앉아 있는 모습을 볼 수 있었다. 시선을 감지한 것처럼 그가 즉시 시선을 들어올렸고 그녀에게 건배하는 시늉을 해보였다. 코델리아에게는 왠지 그 모습이 길 잃은 소년처럼 느껴졌다. 열 살 때 폴리그니의 밑으로 들어가 지금껏 마리아 테레지아의 궁궐에서만 살았으니 그럴 만도 할 것이었다. 이제 코델리아와 앙투아네트처럼, 크리스티앙도 알지 못하는 미래를 향해 나아가고 있었다. 하지만 두 소녀들과 달리, 그에게는 확정된 길이 없었다.

그녀는 흘깃 레오를 곁눈질해 보았다. 그녀에게 그런 정해진 길이 없었더라면, 이 복잡한 감정을 풀어나가는 게 얼마나 간단했을까.

홀의 뒤쪽에서 그레고리오 성가가 울려 퍼져 그 소박한 선율이 거대한 공간을 가득 메우자, 사람들은 경건하게 침묵을 지켰다. 수도원장이 축복해 주기 위해 손님들을 예배당으로 초대했을 때까지 그 음악은 계속되었다.

"당신이 우리 종교에 익숙지 않을 줄 알았어요."

코델리아는 치맛단을 넓게 펼쳐 딱딱한 돌바닥에 무릎 꿇으며 입을 열었다. 어차피 여제나 최고 계급의 나이든 귀족에게만 쿠션이 허용되기 때문에 그녀의 무릎은 불편함에 익숙해져 있었다.

"로마에 있을 때 배웠소."

그가 자신의 자리에 무릎 꿇으며 침착하게 대꾸했다.

"당신을 사랑해요."

그녀가 속삭였다. 그런 말을 할 마음은 아니었는데, 그가 너무 가까이에 있어 리넨에 달라붙은 라벤더와 로즈메리 향기를 들이키는 순간 저절로 튀어나와 버렸다. 주위가 온통 그의 존재로만 가득 찬 것 같아 한순간 그녀는 주변 상황을 잊어버렸다.

레오는 해결책을 달라고 기도했다. 이 여자에게 어떻게 저항해야 할까? 기도하는 척 얼굴을 가리고 있는 손가락 사이로 그녀의 눈에 파란 불꽃이 깃들어 있음을 알았다. 그녀의 하얀 목덜미 곡선과 반짝이는 머리카락 사이에 빼꼼이 드러난 작은 귀, 재빠르게 오르락내리락 하는 젖가슴이 자꾸만 시선을 끌었다. 그녀가 다른 남자의 아내라는 점을 되새겨보아도, 지금 상황에서는 아무런 도움이 되지 않았다.

예배가 끝나자, 피곤한 여행객들은 각자의 잠자리를 찾아 떠나갔다.

앙투아네트가 코델리아에게 같이 동행해 달라고 청했다.

"많이 피곤하겠지만, 내가 잠들 때까지 내 옆에 좀 있어줄래? 나 아직도 비참한 기분이야."

그건 친구의 부탁이라는 형식을 취한 왕족의 명령이었다. 그것 또한 코델리아가 수년간의 궁궐 생활에서 익숙해진 부분이었다.

레오는 자신의 거처로 향했다. 옷시중을 들기 위해 하인이 기다리고 있었지만, 그는 신발과 코트만 벗기도록 지시하고 코냑을 한 잔 따르게 한 다음 하인을 내보냈다. 쇠살대 안에 불이 지펴져 있었다. 4월의 밤은 아직 추위를 머금었고, 수도원의 높은 돌담들은 한여름의 열기조차 전해주지 않을 듯 싶었다.

　레오는 셔츠를 벗고 불가에 앉아 체스판이 놓인 작은 탁자를 끌어들였다. 그리고 눈살을 찌푸린 채 일 주일 동안 해결하지 못한 복잡한 체스 배열에 골몰했다. 그것이 그의 마음을 가라앉혀줄 것이다. 머리 속의 엉킨 실타리를 풀어낼 수는 없다 해도, 뚜렷한 법칙을 지닌 체스 문제만큼은 풀 수 있으리라.

　코델리아는 왕세자비가 잠들 때까지 자리를 지키고 있다가, 커다랗게 하품을 하며 자신의 방으로 물러났다. 마틸드가 불가에서 졸고 있다가 비틀거리며 일어났다.

　"끈만 풀어줘. 나머지는 나 혼자 할게."

　코델리아가 또다시 하품하며 눈을 비비고는 마틸드가 드레스를 풀어주는 동안 머리핀을 빼냈다.

　"내일은 말을 타고 여행할 거야. 승마복 풀어놨어?"

　"내일 아침에 준비해 드릴게요."

　마틸드는 진홍색 드레스를 털어 옷장에 걸어놓았다.

　"일찌감치 출발할 거라더군요."

　그녀가 코델리아의 코르셋 끈과 치마테를 풀어주었다. 코델리아는 신발을 벗어내고 가터와 스타킹을 말아 내리자마자 신음하며 침대로 쓰러졌다.

　"가서 자, 마틸드. 이젠 내가 알아서 할게."

　"그러세요."

　마틸드는 굳이 반대하지 않았다.

　"아침에 여유있게 깨워드릴게요."

　그녀가 크델리아에게 입을 맞추고 나서 하인들의 숙소 쪽으로 종종걸음쳐 갔다.

　코델리아는 얇은 속옷 차림으로 침대에 누워 수놓인 침대 휘장을 응시했다. 이불을 덮을 기력조차 없었다. 벽난로 안에서 경쾌하게 타닥거리는 장작소리에 그녀의 눈꺼풀이 스르르 감겼다. 갑자기 그녀의 눈이 번쩍 뜨였다. 황급히 일어나 앉아 무슨 소리가 들린 건지 확인하려 주위를 둘러보았다.

생쥐 한 마리가 마루를 가로질러 벽의 틈새로 쏙 들어갔다. 코델리아는 화들짝 놀랐다.

잠시 벽의 틈새를 노려보던 그녀는 침대에서 벗어나 머리를 빗기 위해 화장대로 향했다. 빗지도 않고 잠들어 버리면 내일 아침에 형편없이 헝클어질 것이다. 고요한 방안에 장작 타는 소리와 시계침 째각거리는 소리만이 들려왔다. 이젠 너무나 피곤해서 잠들 수조차 없을 것 같았다. 불안하고 초조하기도 했다. 자신을 기다리고 있을 인생에 대한 질문들이 머릿속을 헤매 다녔다. 남편은 어떤 남자일까? 아이들은 또 어떨까? 그녀의 도착을 고대하고 있을까? 아니면 두려워하고 있을까?

점점 불안해지는 마음을 다잡을 수가 없었다. 너무 늦은 시간이고 피곤하기 때문일 거라고 자신에게 되뇌었다. 푹 자고 일어나면 내일 아침에는 평소처럼 활기를 되찾아 무슨 일이 닥치든 감당할 용기가 생기리라. 하지만 왠지 잠들고 싶은 마음이 싹 달아나 버렸다.

한쪽 벽에 늘어선 책장이 눈에 들어왔다. 언뜻 보기에 심란한 영혼을 달래줄 만한 책은 없는 것 같았다. 모두가 학구적인 제목인데다가 거의 라틴어와 그리스어로 된 책들이었다. 이곳의 수도사들은 손님들을 모두 학구적인 정신의 소유자로 예상했던 모양이다. 그녀의 손가락이 책등을 훑어가다가 카툴루스의 시집을 찾아냈다. 리비우스나 플리니우스보다는 그런대로 가볍게 읽을 만했다.

코델리아는 그 얇은 책을 꺼내어 페이지를 넘기며 책장에 기대어 섰다. 그런데 등 뒤의 벽이 움직이기 시작했다. 끼익 소리가 나며 빙글 안쪽으로 돌아갔다. 아주 괴상하고 이상한 느낌이었다. 게다가 너무 갑작스레 벌어진 일이라 반응할 겨를도 없었다. 그녀는 어느새 낯선 방에 들어서서 뻥 뚫린 벽면을 응시하고 있는 자신을 발견했다.

괴이한 끼익 소리에, 레오는 체스판에서 시선을 들어올렸다. 고개를 돌리는 순간 그의 입이 떡 벌어졌다. 맨발에 얇은 속옷만 걸친 코델리아가 그의 방에 서서 옆으로 돌아간 책장을 응시하고 있었다.

"어떻게…… 어떻게 이런 일이."

몸을 돌린 그녀는 그를 보고도 그다지 놀라지 않았다. 방금 전의 충격에 거의 얼이 빠진 것이다.

"어머나, 레오. 당신 방이 내 옆방이었군요. 저것 좀 보세요!"

그녀가 벽을 손가락질했다.

"저게…… 저게 저절로 열렸어요. 그냥 기대기만 했을 뿐인데. 맙소사, 저게 요술을 부렸다구요. 난 읽을 책을 찾던 중이었어요."

그녀가 자신의 말을 증명하려는 듯 카툴루스 시집을 흔들어 보였다.

레오는 천천히 정신을 되찾았다. 처음에는 코델리아가 일부러 수작을 부린 것이라는 생각이 스쳤지만, 그녀도 진심으로 놀라워하는 듯했고 이런 장치가 되어 있을 줄은 짐작도 못했을 것이다.

"당신 방으로 돌아가시오. 그럼 내가 벽을 닫아보겠소."

"어머나, 시시해라!"

그가 가장 두려워했던 대로, 그녀는 그의 방으로 더 깊숙이 들어왔다.

"이런 게 왜 여기 있는 걸까요? 흥미롭지 않아요?"

그녀의 머리가 검푸른 강물처럼 어깨위로 풀어져 내렸고, 그녀의 눈동자는 마치 검은 불꽃처럼 반짝거렸다.

"이게 무슨 목적으로 만들어진 걸까요?"

"아마 옆방으로 은밀하게 들어올 통로가 필요했나 보지."

그는 차갑고 절제된 목소리를 내려 노력했다.

"이젠 방으로 돌아가시오."

"밀회를 위해서였을까요?"

그녀는 평소와 같이 위험한 게임을 벌이는 것이 아니라, 진심으로 이 상황에 매혹된 것처럼 보였다.

"수도원에 이런 게 있다니 너무나 충격적이에요."

그녀가 다시 책장들 사이의 구멍을 돌아보았다.

"하지만 여기가 손님들의 거처이긴 하죠. 건축가가 왜 이런 걸 설계했을까요?"

그녀의 목소리에 웃음기가 흘러 넘쳤다.

"아마 수도사들도 자기들만의 비밀이 있었던 거겠죠."

"그렇겠지. 자, 이제 당신은 왔던 곳으로 돌아가시오."

"잠이 오질 않아요. 너무 흥분되기도 하고 걱정스럽기도 해요. 당신도 체스하고 있었던 걸 보면 잠이 오질 않았나 보죠? 어려운 배열을 풀고 있었던 거예요? 나도 그런 거 좋아해요. 하지만 우리 두 사람 다 깨어 있으니까, 게임이나 한 판 해볼까요?"

그녀가 체스판 위의 배열을 쓸어 버리고 말들을 다시 늘어놓기 시작했다.

"그걸 쓸어 버리면 어떡하오?"

레오가 엉겁결에 소리쳤다.

"어머, 죄송해요."

그녀가 흘러내린 머리카락 사이로 그를 올려다보았다.

"일부러 그런 게 아니구요, 당신이 게임하기로 동의한 줄 알았어요."

또다시 그는 그녀의 행동이 가식적인 게 아니라고 판단했다. 이 여자는 낯선 남자에게 꽃을 던져보냈던 충동적이고 원기왕성한 코델리아였다.

"난 동의한 적 없소. 당신이 대답할 시간도 주지 않았잖소. 어서 그걸 내려놓고 당장 방으로 돌아가시오."

그녀가 흑색 킹(장기의 장에 해당)을 배치하려 하자 그는 그녀의 손등을 찰싹 때렸다.

“아야.”

코델리아가 손을 문지르며 뾰로통해졌다.

“이렇게까지 할 거 없잖아요. 우리 둘 다 잠 못 이룰 바에는, 골치 아픈 문제에서 벗어날 만한 게임을 해보는 게 뭐가 어때요?”

그녀의 말이 합리적이긴 했다. 그리고 그녀의 당혹스러워하는 표정을 보면서 레오는 또다시 이 상황에서는 나오지 말아야 할 웃음이 터지려는 걸 느꼈다. 웃음과 함께 익숙한 욕망 또한 치밀어올랐다. 얇은 속옷 밑으로 그녀의 굴곡이 드러나 있었다. 그가 평정을 되찾으려 애쓰는 동안, 코델리아는 그의 일시적인 허점을 놓치지 않고 의자를 잡아당겨 체스판 앞에 털썩 앉았다. 백과 흑의 폰(장기의 졸에 해당)을 잡아 등 뒤로 감추고는 주물럭거리더니 두 주먹을 앞으로 쑥 내밀었다.

“어느 쪽을 고르실래요?”

그녀를 강제로 쫓아내기는 힘들 터이니, 그의 운명은 체스를 두는 것으로 결론지어 지는 것 같았다. 체스 한 판 두는 것쯤이야 무슨 피해가 있겠는가? 그가 체념한 채로 그녀의 오른쪽 주먹을 툭 건드렸다.

“흑이에요!”

그녀는 아까 주사위 놀이할 때와 똑같이 승리감에 찬 어조로 외쳤다.

“그럼 내가 먼저예요.”

그녀가 체스판의 하얀 쪽을 자신의 앞으로 돌리고는, 킹의 앞으로 폰을 두 칸 움직였다. 그런 다음 물러나 앉아 그를 바라보았다.

“특이한 시작이로군.”

그도 자신의 말을 움직여 맞대응했다.

“난 안전한 시작을 좋아해요”

그녀가 퀸의 폰을 앞으로 보냈다.

“일단 대세를 잡은 다음에 허를 찌르는 거죠.”

“그거 책에서 설명하는 방식인데. 날 놀라게 하는군, 코델리아!”

코델리아가 씨익 웃으며 그의 폰에 대항하여 퀸의 나이트를 움직였다.

그들은 말없이 게임을 계속했다. 레오는 그녀의 빈약한 옷차림에서 정신을 떼어내기 위해서 더 게임에 몰두했다. 그녀의 솜씨가 상당하긴 했지만, 그가 좀더 우세했다. 대개는 그녀가 무모한 모험을 시도하기 때문이었다.

코델리아는 아랫입술을 깨물며 체스판을 노려보았다. 방금 전의 모험이 실수였다는 걸 알았다. 퀸을 위험에서 벗어나게 하지 못한다면 다음 몇 수 만에 심각한 상태에 빠질 것이다. 폰으로 막을 수만 있다면……. 하지만 적당한 자리에 위치한 폰이 없었다.

"이게 무슨 소리죠?"

"무슨 소리?"

오랜 침묵을 깨뜨리는 그녀의 목소리에 놀라며 레오가 시선을 들었다.

"저쪽 구석에서요. 바스락거리는 소리가 들렸는데."

그녀가 방의 먼 구석 쪽을 가리키자, 레오가 고개를 돌렸다. 그의 시선이 체스판으로 돌아왔을 무렵, 그녀의 폰은 퀸을 보호하는 자리를 안전하게 꿰어차고 있었다.

레오는 단박에 알아차리지 못했다.

"생쥐였나보군."

그녀가 부르르 몸서리를 치고 나서, 자신의 룩(장기의 차에 해당)들을 연합시켰다.

"이렇게 하면 어떻게 하시겠어요?"

이제 눈살을 찌푸려야 할 쪽은 레오였다. 체스판의 무언가가 변했다. 자신이 기억하던 대로가 아닌 건 분명한데 확실히 집어낼 수가 없었다……. 다음 순간 그는 알아차렸다.

그가 천천히 탈선한 폰을 집어들고 시선을 들어올렸다. 코델리아의 얼굴이 금세 빨갛게 달아오르자, 어쩔 수 없이 웃음이 터지려 했다.

"속임수를 쓰려면 제대로 해야지."

그가 폰을 원래의 자리로 되돌려 놓았다.

"이 정도도 알아채지 못할 걸로 생각했다면 나의 지성을 모독하는 거요. 내가 장님인 줄 아시오?"

코델리아는 민망한 표정으로 고개를 저었다.

"사실 체스에서 속임수를 쓴다는 건 불가능하죠, 하지만 난 지는 게 정말 싫어요. 참을 수가 없어요."

"하지만 당신도 참아내는 방법을 배워야 할 거요."

그가 그녀의 룩들을 예전의 자리로 돌려놓았다.

"당신이 질 때까지 이 게임은 계속될 거요. 당신 차례요. 퀸을 잃을 수밖에 없을 거요."

코델리아는 험악하게 체스판을 노려보았다. 움직이는 방법은 한 가지뿐인데, 그건 퀸을 내준다는 의미였다. 퀸이 없으면 이길 확률은 전혀 없었다. 졌다는 걸 인정하는 수밖에.

"오, 좋아요. 당신이 이긴 걸로 해요. 더 이상 계속할 필요 없어요."

레오가 고개를 흔들었다. 까만 잉크로 쓰여진 글씨처럼 그녀의 생각들을 환하게 읽을 수 있었다. 코델리아는 전혀 품위 있는 패배자가 아니었다.

"계속해야 하오. 이제 당신 말을 움직이시오."

그녀가 퀸을 잡았다가 내키지 않는 듯 다시 손을 움츠렸다.

"쓸데없는 짓이잖아요."

"친애하는 코델리아, 당신이 이 게임을 끝까지 진행한다는 게 중요하오. 킹을 잃어버리고 패배를 인정할 때까지 계속해야 하오. 어서 하시오."

"알았어요, 알았다구요."

그녀는 그 작은 말을 움직이기 위해 온몸의 체중을 실어야 하는 것처럼 반쯤 일어난 자세로 손을 뻗었다. 그녀의 무릎이 탁자 끝에 걸리는 바람에 말들이 흔들거리며 쓰러지고 몇 개가 카펫으로 떨어져 내렸다.

"어머나, 어쩌면 좋아!"

그녀가 황급히 흔들리는 탁자를 붙잡았다.

"이 무슨 비열하고 형편없는 짓이오!"

레오가 격분하며 벌떡 일어나서 흐트러진 체스판 너머로 그녀의 어깨를 움켜잡아 흔들었다.

"일부러 그런 게 아니에요!"

코델리아가 소리쳤다.

"정말이에요. 실수였어요."

"지금 나더러 그걸 믿으라는 거요?"

그가 체스판 위로 그녀를 들어올리듯이 휙 잡아당겼다. 어떤 의도를 가지고 그런 것은 아니었으나, 한순간 그녀의 교활하고 유치한 행동에 화가 나서 견딜 수 없었다. 결백하다는 그녀의 항변에 더욱 분노가 치밀었다.

그런데 상황이 이상하게 꼬여버렸다. 그가 그녀를 흔들어대자 그녀는 소리를 쳐댔고, 그는 그녀의 항변을 중지시키려 입술을 내리덮었다. 그의 손은 그녀의 팔뚝을 움켜쥐었고, 그녀의 몸이 그에게 달라붙었다. 그녀의 입술은 그의 혀를 반갑게 맞아들였다. 그녀의 두 손이 움직여 본능적으로 그의 엉덩이를 당겨 안았다. 단단하게 부풀어오른 육체가 와 닿자, 그녀는 그의 입 속으로 혀를 들이밀어 이리저리 핥으며 다급하게 몸을 부벼댔다. 아무것도 생각할 수 없었다. 그저 원할 뿐이었다. 사타구니에서 휘몰아치는 욕망의 조류, 뜨겁게 내달리는 핏줄기와 격하게 고동치는 맥박만을 알 수 있었다. 예전에 느꼈던 모든 것은 이 거칠고 굶주린 욕망에 비하면 어린애 장난이었다.

레오는 정신을 차리려 필사적으로 애썼다. 하지만 손 안에 그녀의 몸이 느껴졌다. 그녀의 뜨거운 살갗이 더듬어가는 그의 손바닥을 불태우는 듯했다. 그의 손이 그녀의 형체와 곡선과 굴곡을 알아나갔다. 그가 옷 뒤의 느슨한 부분을 움켜쥐어 바짝 잡아당기자 그녀의 굴곡이 빠짐없이 드러났다. 하얀 천 밑으로 오똑 솟아오른 젖꼭지, 허벅지 사이의 거뭇한 부분도 모두. 정신을 차리려던 노력은 실패해 버렸다.

그녀가 숨을 헐떡거리며 정열과 욕망이 불타는 눈으로 그를 쳐다보았다. 그가 거칠게 그녀의 머리 위로 옷을 끌어올려 그녀의 맨살에 손을 갖다댔다. 그의 애무는 거칠고 다급했다. 그녀 또한 자신의 구석구석을 만져달라는 듯이, 자신의 몸에 흔적을 남겨달라는 듯이 그에게 열정적으로 몸을 밀어댔다.

그녀는 그의 몸에 눌려 체스판 위로 쓰러졌다. 쓰러진 체스말들이 등에 닿았지만 아픈 것도 느껴지지 않았다. 격한 욕망의 안개 속에서 헤매 다닐 뿐이었다. 이제 허벅지 사이를 애무하며 그녀의 중심부를 열어 정열의 민감한 봉우리를 찾아내는 그의 손길에 그녀는 엉덩이를 들썩거렸다. 뱃속에서 견딜 수 없는 파도가 휘몰아쳐 금방이라도 숨이 넘어갈 것 같았다. 다음 순간 온몸의 기력이 빠져 나가는 듯 절정의 황홀경에서 서서히 빠져 나오며 그녀는 자신의 흐느끼는 신음소리를 들었다.

그녀의 몸이 쾌감으로 바들거리는 동안 레오는 체스판 위에 드러누운 그녀를 끌어안고 있었다. 그녀가 눈을 뜨고 몽롱하게 미소지었을 때까지.

"나한테 어떻게 한 거예요?"

"이런, 맙소사!"

그가 그녀의 몸 밑에서 손을 빼내며 벌떡 일어섰다. 방종한 자세로 드러누워 있는 그녀를 내려다보며 그의 황금빛 눈동자가 검은빛으로 변했다.

"일어나시오!"

그가 거칠게 소리치며 그녀를 일으켜 세웠다.

"어서 옷 입으시오."

그가 바닥에 구겨져 있는 옷가지 쪽으로 그녀를 밀어냈다. 그녀가 옷가지를 집어드는 사이 체스말들로 인해 패인 흔적이 남은 그녀의 등을 볼 수 있었다.

"어떻게 이런 일이."

그는 아직까지 고통스러울 정도로 흥분해 있는 자신의 상태에 놀라워하며 중얼거렸다.

코델리아가 가슴 위로 옷을 부둥켜안고 돌아섰다.

"난 아직도 무슨 일이 일어난 건지 모르겠어요."

그녀의 눈동자에 몽롱한 만족감과 당혹감이 서려 있었다.

"우리가 방금……."

"아니, 그런 일은 일어나지 않았소. 하지만 지금 내가 한 짓만으로도 충분히 심각해. 제발, 방으로 돌아가시오. 날 혼자 내버려 두시오."

그녀는 더 이상 반항하지 않고 가슴 위에 옷을 움켜쥔 채로 뻥 뚫린 벽을 향해 걸어갔다. 그는 그녀의 동그란 엉덩이와 그 아래로 날씬하게 이어진 허벅지를 보지 않으려 노력했다. 하지만 그 노력 또한 실패했다.

책장 앞에서 그녀가 흘깃 뒤돌아보았다.

"정말로 체스판을 엎으려던 게 아니었어요. 진짜 실수였어요."

"상관없소."

그가 힘없이 중얼거렸다.

"나한테는 상관 있어요. 당신이 날 그렇게 경멸할 만한 여자로 생각하지 않았으면 좋겠어요."

선반 위에 한 손을 올려놓으며 그녀가 진심 어린 시선을 보냈다.

레오는 허탈하게 웃었다.

"오늘밤의 경멸할 만한 사건 중에서, 그건 생각할 가치도 없는 부분이오.”
　“그 일은 경멸할 만한 사건이 아니었어요.”
　그녀의 목소리가 나지막했다.
　“그렇게 황홀한 게 잘못일 리는 없어요.”
　레오는 눈을 감아버렸다.
　“자신이 무슨 얘길 하는지 모르는군. 어서 방에 들어가시오.”
　코델리아는 자신의 방으로 들어가 선반을 밀어 제자리로 돌려놓았다. 마틸드의 지혜가 필요했지만, 아침까지 기다려야 하리라. 그녀는 새끼 고양이처럼 힘없이 침대에 쓰러져 그 즉시 잠들었다.

8

하늘에 새벽빛이 번지기 시작했을 때, 마틸드가 뜨거운 물주전자를 든 하녀와 함께 코델리아의 방으로 들어왔다. 하녀는 물주전자를 경대 위에 올려놓고 이른 아침의 한기를 몰아내기 위해 불길을 다시 지폈다.

코델리아가 침대 휘장 뒤에서 잠들어 있는 동안, 마틸드는 승마복을 준비하고 어제 입었던 옷가지를 트렁크 안으로 갈무리했다.

"아가씨에게 커피를 가져다 드려. 공기가 쌀쌀하니, 뜨거운 게 드시고 싶을 거야."

하녀가 인사하고 방을 나서자, 마틸드는 침대 커튼을 걷어냈다.

"일어나세요, 아가씨. 첫 종이 벌써 10분 전에 울렸어요. 일곱 시에 아침식사하러 가셔야 해요."

코델리아는 잠시 멍하니 눈을 깜박이던 중 파도처럼 어젯밤의 기억이 되살아났다. 그녀는 눈을 부비며 마틸드를 처다보았다.

"나 사랑에 빠졌어."

"세상에, 설마 그 젊은 음악가는 아니겠지요!"

마틸드가 소리쳤다.

"착실한 청년이긴 하지만, 아가씨와 어울리지 않는다구요."

"크리스티앙이 아니야. 자작님 말이야."

코델리아가 침대 위로 다리를 꼬고 앉았다.

"세상에, 세상에!"

마틸드가 성호를 그었다.

"언제부터 그런 거예요?"

"그 사람을 처음 봤을 때부터. 분명 그 사람도 나한테 특별한 감정이 있을 거야, 하지만 그런 말을 하지 않아."

"당연히 그래야죠. 명예를 아는 남자라면 어떻게 다른 남자의 아내를 넘볼 수 있겠어요?"

마틸드는 흘러내린 회색 머리카락을 빳빳한 머리덮개 안으로 밀어넣었다.

"마틸드, 난 내 남편하고 결혼하고 싶지 않아."

나직하면서도 강한 어조였다.

"그런 말씀 마세요. 아가씨 어머니도 그렇고 아가씨와 같은 계급의 다른 여자들도 마찬가지예요. 모두가 마음이 아니라 가문의 이익을 위해 결혼하는 거예요."

"남자들의 이익이지."

코델리아의 쓸쓸한 대꾸에 마틸드는 반박하지 않았다.

"어머니가 아버지를 사랑하셨어?"

마틸드가 고개를 저었다.

"아뇨, 아가씨 어머니는 결혼 테두리 밖의 것들을 사랑하셨어요, 온 마음을 다해서. 하지만 수치스러울 만한 짓은 하지 않으셨어요."

마틸드가 경고하듯이 손가락을 들어올렸다.

"임종하실 때 다 고백하셨어요."

“하지만 불행했겠지?”

마틸드는 입술을 오므렸다가 마지못한 듯 한숨 쉬며 고개를 끄덕였다.

“그래요. 절망적이었죠. 하지만 자신의 의무를 잘 알고 계셨어요. 아가씨도 그래야만 해요.”

“어머니는 오스트리아 궁궐에서 사셨지. 거긴 자유가 없는 곳이야. 베르사유였더라면…….”

“아뇨, 그런 생각은 하지도 마세요.”

마틸드가 가로막았다.

“그런 생각은 뱀구덩이에 빠지는 것보다도 더 심각한 문제를 일으킬 거예요.”

“벌써 그런 상황인걸.”

코델리아는 천천히 발바닥을 마사지하기 시작했다.

마틸드가 험악해진 얼굴로 침대 끝에 내려앉았다.

“무슨 말씀이세요? 자작님과의 사이에 특별한 일이 있었던 거예요?”

“그렇기도 하고 아니기도 해.”

코델리아가 아랫입술을 깨물며 얼굴을 붉혔다.

“부부 침실에서의 일을 말하는 거라면 그런 일은 없었어. 하지만 그 사람이 날 만졌어……. 아주 친밀한 방식으로……. 그리고 나한테 아주 황홀한 일이 일어났어. 그런데 그게 뭔지는 잘 모르겠어.”

“하나님 맙소사!”

마틸드가 두 손을 들어올렸다.

“무슨 일이 있었는지 말해보세요.”

코델리아가 머뭇거리며 설명했다. 비록 마틸드가 자신을 갓난아기 때부터 보살펴 왔고 자신의 모든 비밀을 알고 있다고는 해도 얼굴이 뜨거워지는 걸 어쩔 수 없었다.

“우리가 멈추지 않았으면 어떤 일이 일어났을까?”

그것으로 그녀의 설명이 끝났다.

마틸드는 한숨을 내쉬었다. 이건 정열에 휩쓸려 순결을 잃는 것보다도 더 골치 아픈 상황이었다. 얼마나 정열적이든 간에 첫경험은 그다지 유쾌하지 않은 법이므로 다시 시도할 용기가 나지 않을 것이다. 하지만 쾌락을 맛보았다는 것은 전혀 다른 문제였다.

"아가씨, 세상에는 여자를 즐겁게 해주는 법을 아는 남자들이 있어요. 하지만 대개는 자기들 만족에만 더 신경을 쓰죠. 그 일은 없었던 일로 하고 잊어버리세요. 온화한 남편과 앞으로 낳게 될 아기들을 위해서 기도하세요. 그게 여자가 바랄 수 있는 최상의 인생이에요."

코델리아는 발을 툭 떨쳐내며 무뚝뚝하게 말했다.

"난 그런 말 믿지 않아. 당신도 속으로는 믿지 않을걸."

마틸드가 그녀의 얼굴을 감싸쥐었다.

"내 말 잘 들으세요. 아가씨에게 주어지는 것만 받아들이세요. 아가씨가 어머니처럼 헛된 소망 때문에 시들어가도록 두고 보지 않을 거예요. 아가씨는 강해요, 내가 그렇게 만들었어요. 가질 수 있는 몫만 받아들이고 불가능한 것은 잊어버리세요."

"엄마는 조금도 아버지를 좋아하지 않았어?"

"그분은 가질 수 없는 것을 찾아다니느라 너무 바빠서 나리에게 애정을 느낄 틈이 없었어요."

그녀의 얼굴에서 손을 풀어놓으며 마틸드의 표정이 단호하고 딱딱해졌다.

"난 아가씨에게 불가능한 것을 동경하라고 가르치지 않았어요. 가질 수 있는 것만 가지라고 가르쳤죠. 자, 이젠 일어나서 옷 입으세요. 꾸물거릴 시간 없어요."

코델리아가 침대에서 일어났을 때 하녀가 커피를 들고 다시 나타났다.

"오, 고마워. 얼마나 커피가 마시고 싶었는지 몰라."

그녀가 따뜻하게 미소지어 보이자, 하녀는 활짝 웃으며 커피 한잔을 따라 건네주었다.

하녀가 물러나간 후에 마틸드가 중얼거렸다.

"자작님이 그런 분이실 줄은 몰랐어요. 아가씨가 항상 갖고 싶은 걸 차지한다는 걸 알지 못했더라면 이해조차 못했을 거예요. 아주 명예로 우신 분 같았는데."

"그 사람은 아주 명예로운 남자야."

코델리아가 재빨리 레오의 변명을 해주며 커피를 들이켰다.

"나도 일부러 그런 게 아니었어, 그냥 그렇게 돼버린 거야. 그리고 그 사람은 중간에 그만뒀다구, 아주 힘들었을 텐데."

"그래요, '아주' 힘들었겠죠."

마틸드가 험악하게 중얼거렸다. 평소보다 코르셋을 더 바짝 죄어주 는 것으로 분을 풀어볼 생각이었다.

코델리아는 항의 한 마디 없이 견뎌냈다. 마틸드가 이렇게 화나 있 을 때면 마음대로 하도록 내버려두는 게 최선이었다. 그녀의 시선이 흘깃 책장 쪽으로 향했다. 다시 저걸 열 수 있을까? 어젯밤에 어떻게 열렸던 건지 정확히 알 수 없었다. 우연히 어떤 고리나 스위치를 건드 렸던 것일까? 아니면 책장에 기대기만 하면 열리는 걸까? 하지만 이젠 그 답을 알아내지 못하리라. 한 시간 내로 이곳을 떠나야 할 테니까.

"자, 다 됐어요."

마틸드가 코델리아의 목에 빳빳한 깃을 끼워 넣고는, 두 손을 휘두 르며 코델리아를 방에서 몰아냈다.

"어서 내려가세요."

코델리아는 그녀가 걱정스러워 하는 건지 화가 난 건지 판단할 수 없었다.

깊은 생각에 잠겨 복도로 나섰을 때, 바로 옆방에서 승마복을 입은 레오가 빠져 나왔다.

"안녕히 주무셨어요?"

그녀는 이상하게 수줍은 느낌으로 시선을 내리깔았다.

"잘 잤소?"

그의 표정은 음울했다. 눈에도 즐거운 기색 하나 없었고 입술은 딱딱하게 굳어 있었다. 그가 먼저 걸어가라는 식으로 간단한 손짓을 했다.

코델리아는 그녀답지 않게 말문이 막혀버렸다. 아침식사를 하는 동안에도 연신 그의 손을 바라보며 그 손이 자기 몸에 닿았던 순간을 생각하며 황홀해 했다. 왕세자비와 요제프 황제의 작별 행사를 지켜보아야 한다는 것이 그나마 정신을 분산시켜 주었다. 이제 요제프는 슈트라스부르크까지 가족 없이 여행해야 할 여동생을 남겨둔 채 빈으로 돌아가야 했다.

앙투아네트는 어머니와 헤어질 때처럼 비통해 하지는 않았지만 마지막으로 황제가 여동생을 마차까지 안내하는 순간만큼은 엄숙하기 그지없었다.

"오늘 당신도 말을 타실 생각이군요."

코델리아는 계단에서 인사했을 때 이후 처음으로 레오의 승마복을 가리키며 입을 열었다. 태연하게 말할 생각이었는데도, 어쩐지 자신의 목소리가 이상하게 들렸다.

"그렇소. 우린 마차 옆에서 달리게 될 거요."

그가 눈살을 찌푸린 채로 자신의 마부를 찾아보았다.

"왜 마음이 바뀌셨어요? 어제는 평화롭고 조용하게 마차에서 여행하겠다고 했잖아요."

그의 얼굴이 험악하게 일그러졌다.

"당신은 내 책임하에 있소. 그 사실이 아무리 한탄스럽다 해도, 난 당신을 보호해야 하오. 당신이 또 다른 사람의 인생을 비참하게 만들 거라면, 불쌍한 마부보다 차라리 내가 되는 게 나을 거요."

코델리아는 슬며시 레오를 살펴보았다. 눈 밑에 검은 그림자가 생긴 수척한 모습이었다. 양심의 가책에 시달려 한숨도 못 잔 사람처럼. 그런 죄책감 없이 아주 달고 깊이 잠들었던 자신이 조금은 민망한 마음이었다.

코델리아가 안장에 오르고 뱃대끈과 등자가 조정되는 동안, 레오는 자신의 말에 올라 기다렸다. 그녀의 리피차너 암말은 아름다웠다. 그녀가 같이 자라온 합스부르크 가 사람들과 마찬가지로 훌륭한 승마솜씨를 지녔을 터이니 안전을 걱정할 필요는 없으리라. 하지만 코델리아를 행렬에 붙여두는 일이 반드시 필요하리라는 점을 그는 간과할 수 없었다.

"말을 달리지는 못할 거요. 왕세자비의 마차를 앞지를 수 없으니, 지루한 여행이 되기 쉽소."

그가 말했다.

"행렬을 벗어나 들판으로 나갔다가 나중에 다시 합류하면 되잖아요."

"바로 그런 생각이 당신을 마부에게 맡겨놓을 수 없는 이유요."

그의 무뚝뚝한 말투에, 코델리아는 입술을 꾹 다물고 고삐를 모아들였다. 햇살이 점점 강해져 새벽 안개를 몰아낼 무렵 그들의 행렬은 도나우 강둑을 따라 굽이굽이 나아갔다. 레오가 한 마디도 하지 않았으므로 마침내 코델리아는 참을 수 없는 지경에 이르렀다.

"말 좀 하세요, 레오. 꼭 내가 무슨 잘못이라도 저지른 것 같은 기분이지만, 왜 그런 기분이 드는지 모르겠다구요."

"이해가 안 되는 모양이군. 어젯밤에 있었던 일은 용서할 수 없는 일이란 말이오. 내가 자제력을 잃어버렸소."

"내 남편을 배신했다고 느끼시는군요."

레오는 대꾸하지 않았다. 그렇게 간단한 문제가 아니었다. 그는 코델리아까지도 배신한 느낌이었다. 그녀가 그에게 보여주었던 신뢰를 그가 배반해 버린 것이다.

"난 내 남편에 대해서 아무것도 모르니까 그런 느낌은 안 들어요. 하지만 내가 당신을 사랑한다는 것만은 알아요."

그녀가 고삐를 움직이자, 암말이 고개를 쳐들고 경중경중 걸어갔다.

"계속 생각해 봤는데요,"

레오가 그 태연한 선언에 대항할 기력을 모으려 애쓰는 동안, 그녀가 망설이며 말을 이었다.

"내가 미카엘 공작과 결혼한다 해도, 당신 애인이 되지 못할 이유는 없을 것 같아요. 프랑스에서는 다들 그렇게 한다고 들었어요."

그가 날카로운 숨을 들이쉬며 말을 막으려 하자 그녀가 서둘러 덧붙였다.

"두 사람이 사랑하면서도 가문의 선택 때문에 결혼하지 못한다면, 은밀한 관계를 갖는다고 해서 욕할 사람은 없을 거예요. 국왕조차도 그렇게 하잖아요."

"그런 말은 누구한테 들었소?"

"앙투아네트의 사촌에게서요. 프랑스 남편들은 아내에게 이렇게 말한다더군요. '당신 마음대로 해도 좋지만 왕족과 하인들만큼은 멀리하시오.'"

그녀가 묻는 듯이 그를 쳐다보았다.

"정말 그런가요?"

"약간의 진실이 포함되었다고 해서 모든 게 다 진실은 아니오."

그가 건조하게 지적했다.

"하지만 그게 궁정의 방식이잖아요. 국왕도 왕비보다 더 가까이에 두는 애인이 있고 그 여자가 실세를 쥐고 있다던데요. 지난 20년간 마담 드 퐁파두르가 가장 중요한 인물이었죠. 지금은 마담 뒤 바리가 아닌가요? 국왕의 여자들이 모여 사는 곳도 따로 있다고 들었어요. 그 말이 사실인가요?"

“그렇소.”

그녀의 말이 반박할 수 없는 진실이었으므로 그는 수긍해 주었다. 코델리아는 오스트리아의 엄격한 궁궐 안에서 자란 여자 치고 대단히 많은 정보를 습득하고 있었다.

“그럼 문제될 것도 없잖아요. 난 당신의 애인이자 내 남편의 아내가 될 수 있어요.”

그녀의 푸른 눈동자가 진지하게 그를 바라보았다.

“베르사유를 일반 규칙이 적용되지 않는 마법의 장소로 생각하는 거요? 당신이 원하는 게 뭐든지 이루어질 수 있는 그런 곳으로 생각하는 거요?”

지금 그의 기분과 똑같이 성마른 목소리였다.

“그런 공상을 하는 건 받아들인다 해도, 혹시 내가 애인을 원하지 않을 거라는 생각은 해보지 않았소?”

“이미 애인이 있으신 거예요?”

“그게 문제가 아니잖소.”

그는 자신이 이 말도 안 되는 대화를 왜 계속해서 이어가고 있는 것인지 도대체 알 수가 없었다.

“그런 생각은 못했어요. 당신한테 애인이 있으면 어려움이 있긴 하겠군요. 다른 사람한테 상처 입히고 싶지는 않으니까요.”

“코델리아, 난 당신을 애인으로 삼고 싶은 생각이 조금도 없소. 그럴 생각도, 마음도 없소.”

그는 그 말을 끝내고, 눈앞의 기마부대가 일으키는 먼지 구름을 똑바로 노려보았다.

“아.”

그녀가 불편하게 침을 삼켰다.

“그럼 날 좋아하지 않는 거예요?”

그는 그녀에게 시선을 돌리지 않았다.

"나한테는 다른 문제들이 더 중요하오. 어젯밤에 당신의 순진함을 이용한 점은 진심으로 사과하겠소. 코냑을 너무 많이 마셨던 모양이오. 하지만 다시는 그런 일 없을 거요."

"하지만 난 다시 일어났으면 좋겠는데요. 너무 노골적이고…… 방종하게 들릴지는 모르겠지만, 사실이 그런 걸요. 마틸드가 그런 쾌락을 주고받을 줄 아는 남자는 드물다고 했어요. 그런 사람을 찾으면 잘 붙잡아야 한다는 뜻이 아닐까요……."

"마틸드가 대체 누구요?"

그가 간신히 말할 수 있는 것은 그것뿐이었다.

"내 유모예요……. 아니 어렸을 때 유모였구요, 어머니가 돌아가신 후로 쭉 날 돌봐줬어요. 어머니의 하녀였으니까 거의 비슷한 나이일 거예요. 마틸드는 모르는 게 없는 데다가 아주 현명해요."

"그녀에게 그 일을 고백했단 말이오?"

레오는 빳빳한 목깃 속으로 손가락을 집어넣어 느슨하게 풀었다. 갑자기 참을 수 없을 만큼 더웠다.

"나한테 무슨 일이 일어난 건지 알고 싶었어요. 당신한테 물어보아도 대답해 줄 것 같지 않았거든요."

"무슨 일이 일어난 건지 내가 정확히 말해주겠소."

그가 차갑게 입을 열었다.

"내가 자제력을 잃어버렸고, 다행히도 최악의 상황이 발생하기 전에 정신을 차릴 수 있었소. 당신은 이제 어젯밤 일에 대해서 잊어버리시오. 사랑이나 애인 어쩌구 하는 헛소리는 더 이상 하지 마시오. 지금부터는 내게 거리를 유지하시오. 알아듣겠소?"

그녀가 고개를 끄덕였다.

"알아들었어요."

"그럼 꼭 명심하시오."

그가 말 옆구리를 찔러 코델리아의 앞으로 달려나갔다.

그녀는 그의 옆으로 따라붙지 말아야 한다는 걸 알았다. 며칠 전이었다면 자신의 충동을 따라 그의 옆으로 달려갔을 테지만, 지난 며칠간 이런 일들에 대해서 좀더 알게 되었다. 그렇다고 낙담하지는 않을 것이다. 대단히 가치 없는 미덕이긴 했지만, 인내심을 발휘해 볼 작정이었다.

말을 타고 달린다는 사실에도 불구하고 오늘의 여행은 어제만큼이나 지루했다. 아니, 훨씬 더 지루했다, 레오의 등만 쳐다보며 묵묵히 말을 타야 했으니까. 휴식을 위해 멈추게 되면 그가 좀더 상냥해질지도 모른다고 희망했지만, 앙투아네트가 같이 점심을 먹자고 청해왔다. 레오는 그녀가 아양떠는 지방 관리들에 둘러싸인 왕세자비 옆에 자리잡는 것을 확인하고 나서 그 자리를 떠났으므로 그를 찾아보려던 코델리아의 노력은 헛수고였다.

레오는 마차와 말들과 짐마차들이 이어진 행렬을 따라 거닐었다. 혼란스런 생각에 골몰해 있느라 처음에는 자신의 뒤에서 들리는 여자 목소리를 알아차리지 못했다. 곧이어 여자의 목소리가 다시 들렸다.

"나리, 드릴 말씀이 있습니다."

그가 뒤를 돌아보았다.

성긴 회색 머리를 빳빳한 머리덮개 속에 찔러 넣은 큰 키의 여자가 그에게 예의를 갖추었다. 하지만 그녀의 태도에 비굴한 구석은 없었고, 오히려 조용한 위엄과 도전을 담아 그를 쳐다보고 있었다.

"전 마틸드라고 합니다, 자작님."

"결국 이렇게 되는 거로군."

그가 턱을 매만졌다. 코델리아의 유모, 어젯밤 일에 대해서 알고 있는 여자. 하지만 그녀의 솔직한 눈 속에서 어떤 판단의 흔적은 찾아낼 수 없었다. 그는 하인들의 의견에 좌지우지되는 타입이 아니었지만, 왠지 이 여자의 적은 되고 싶지 않다는 불편함이 마음을 스쳤다.

"코델리아 아가씨에 대해서 의논드리고 싶습니다."

그녀가 말했다.

무슨 말인지 모르는 척해 봐야 소용없을 것 같았다. 그가 조용한 곳으로 움직이자는 손짓을 했다.

"그녀가 어젯밤의 불행한 사건을 당신에게 고백했다고 하더군."

"전 저의 아가씨에게 일어나는 일을 거의 알고 있습니다, 나리."

"그렇다고 들었소."

"아가씨는 돌아가신 아가씨의 어머님과 아주 닮았습니다. 아가씨는 사랑할 때 마음을 다 바쳐서 사랑하지요. 사랑하게 되면 그 사랑이 평생 이어집니다."

"무슨 말을 하는 거요? 그녀는 미카엘 공작과 결혼한 몸이오."

레오가 나지막이 소리쳤다.

"네, 그분과 결혼했지만, 당신을 사랑하십니다."

"당신도 코델리아처럼 미쳐 버린 거요?"

레오는 승마채찍을 가시덤불 쪽으로 휘둘렀다.

"그녀가 어떤 감정을 가졌든, 현실은 원하는 쪽으로 바뀌지 않소."

마틸드가 현명하게 고개를 끄덕였다.

"저도 그렇게 말씀드렸어요. 하지만 아가씨는 마음에 안 드는 건 생각지도 않는 경향이 있지요."

"이 문제에 대한 내 감정 또한 그녀의 마음에 들지 않을 거요."

"그럼 이런 어리석음을 이어가지 않으실 생각이신가요?"

"물론이오. 난 고집스럽고 버릇없는 계집애가 아니거든."

"그렇다면 나리께서 자신을 잘 다스리시는 것이 최선일 겁니다. 아가씨는 당신에게서 멀어지려 하지 않을 테니까요."

그녀가 무뚝뚝하게 내뱉었다.

레오는 이 여자의 충고나 무뚝뚝한 태도에 화를 낼 수 없었다. 그 말이 틀림없는 진실이었으니까. 그는 열여섯 살짜리 코델리아보다 더 경험 많고 세상물정에 밝으며 훨씬 더 강했다. 이 상황을 다뤄야 할 사람은 바로 자신이었다. 그녀가 없다면 이 목표를 달성하기가 더 쉬울 것이라는 생각이 스쳐 지나갔다.

"난 그녀에게 상처 주지 않을 거요."

미틸드가 한참 동안 그를 쳐다보고 나서 말했다.

"네…… 네, 그러시리라 믿어요. 저의 아가씨한테 상처 주는 사람이 있으면 저에게도 똑같은 짓을 하는 것과 마찬가지니, 그렇게 하는 게 나을 겁니다."

갑자기 온화한 노파의 모습은 사라지고 고대의 지식과 위협에 도통한 존재가 눈앞에 버티고 선 듯했다.

레오의 머릿속에 마녀라는 단어가 떠올랐다. 이 여자는 자기 아가씨를 보호하는 평범한 유모가 아니었다. 남자가 알고 싶어하지 않는 것까지도 아는 여자였다.

"흐음, 그녀가 상처받지 않도록 당신이 잘 막아주길 바라겠소."

그가 거칠게 말하고는, 그 자리에서 떠나고 싶은 충동에 이끌려 성큼성큼 걸어나갔다.

왕세자비는 자신의 마차에 올라, 마차 안에서만 여행해야 하는 자신의 처지를 한탄했다.

"그렇게 자유로운 것도 아니야, 앙투아네트. 너의 마차를 앞지를 수 없기 때문에 엉금엉금 기어가야 하는걸."

코델리아가 마차 창 밖으로 고개를 내밀었다.

"가엾는 루세트는 자기가 왜 이렇게 얌전하게 굴어야 하는지 알지도 못할 거야."

"그래도 나보단 네가 낫잖아."

왕세자비의 투덜거림에, 코델리아는 상쾌한 웃음을 터트렸다.

"그럴 리가 있겠어. 네가 프랑스의 왕비가 된다는 사실을 잊었니?"

왕실의 마부가 채찍을 휘두르며 출발하려 하자, 그녀는 밖으로 빠져 나왔다.

"어서 갑시다, 코델리아. 사람들을 기다리게 하면 안되오."

레오가 그녀의 말고삐를 쥐고 뒤에 서 있었다.

"안장으로 올려주겠소."

그가 그녀의 발을 받쳐 말 위에 태워주었다. 그녀가 보내주는 화사한 미소에 그의 눈이 어지러웠다.

"이제 좀더 기분 좋게 여행할 수 있을까요? 아침에는 너무 외로웠어요."

기마부대의 뒤를 따르며, 그녀가 그의 말 옆으로 다가붙어 사근사근하게 물었다.

"기마부대 때문에 먼지를 다 뒤집어 쓰겠어요."

"옆쪽으로 달리면 괜찮을 거요."

그가 옆쪽으로 말을 움직였다. 마틸드와의 대화가 레오의 정신을 맑게 해주었다. 어젯밤 어떤 기적이 최악의 탈선을 막아주었다. 그가 자신의 욕망을 자제하지 못한다는 건 있을 수도 없는 일이었다. 그는 언제나 명예와 의지를 지닌 인물이었고, 그 점은 여전히 변하지 않았다. 지금 그의 책임은 코델리아를 보호하는 것이었다. 그녀는 버릇없고 고집스러운 어린애고, 자신은 그녀보다 12살이나 많은 성인이었다. 아저씨 같은 상냥함으로 이 상황에 대처해 나가리라. 코델리아를 혼자 내버려둬야 할 이유는 없었다. 자신의 자제력 부족 때문에 사교적인 성격의 여자를 외롭게 만드는 것은 공평하지 않을뿐더러 바람직한 행동 또한 아니었다.

"오늘 저녁 도착 시간에 대해서도 내기할까요?"

그녀는 다시 그의 옆에 있게 되었다는 기쁨을 드러내며 흘깃 쳐다보았다.

"이번에는 무얼 걸고 싶소?"

그의 말투는 마치 활기 넘치는 아이의 재롱을 받아주는 듯이 들렸다.

코델리아가 눈살을 찌푸렸다. 이런 말투는 화를 내는 것보다 더 지독히다. 그녀가 아무렇게나 어깨를 으쓱였다.

"글쎄요. 그냥 시간 보내는 방법일 뿐이죠. 하지만 별로 재미있을 것 같지도 않네요."

'아저씨 같은 상냥함이 마음에 들지 않는 모양이군.'

레오는 다시 부드럽게 입을 열었다.

"쇤브룬에서 무슨 과목을 공부했소?"

놀랍게도, 그 질문이 막아놓았던 수문을 열어 버린 모양이었다. 코델리아는 철학과 수학 이론, 독일과 프랑스 문학에 대해서 쉴새없이 정열적으로 재잘거리기 시작했다. 분명 평범한 여자들보다 더 많은 교육을 받았으리라. 그러나 레오는 미카엘이 새신부의 이런 측면을 어떻게 받아들일지 궁금해졌다. 엘비라가 언젠가 한 번, 미카엘이 자신의 학문을 뽐내는 여자들을 경멸하기 때문에 자신은 그의 눈에 띄지 않게 지적인 흥미를 추구하게 됐노라고 말한 적이 있었다. 그때는 별다른 생각을 하지 않았었지만, 많은 남자들이 학식있고 웅변적인 여자를 탐탁해 하지 않는 것이 일반적이었다. 물론 엘비라가 남편의 서재에 드나들고 파리의 다양한 살롱에 출입하며 지적인 욕구를 충족시키긴 했지만, 그녀는 코델리아보다 나이가 많았으며 더 교묘하고 세련된 방식을 알고 있었다. 과연 코델리아가 그런 현명한 방법을 재빠르게 습득할 수 있을까?

슈타이어에서 도나우 강의 지류를 건너기 위해 행렬이 멈춰 서자, 레오는 코델리아를 마부에게 맡기고 프랑스 대표단에게로 떠나갔다. 마차 하나만 간신히 지나갈 수 있는 나무 다리 위로 육중한 행렬이 이어지고 있었다. 코델리아는 강둑으로 자리를 옮겨 삐그덕거리 위로 다리로 위태롭게 흔들리며 굴러가는 마차들을 지켜보았다.

"코델리아?"

“크리스티앙!”

그녀가 기쁨의 탄성을 지르며 돌아섰다. 크리스티앙이 비쩍 마른 밤색 말에 올라앉아 있었다. 승마에 익숙지 않은지라 꽤 어색해 보였다.

“네가 찾아와주길 얼마나 기다렸는지 몰라. 난 행렬에서 이탈할 수가 없었거든. 그게 의전이래나 뭐래나.”

그녀가 코를 찡그렸다.

“어때? 불편한 건 없어? 내가 도와줄 일은 없고?”

“전혀 없어.”

크리스티앙이 서쪽 강 밑으로 침몰해 들어가는 빨간 태양을 쳐다보았다.

“아침에 빈에서 연락이 왔어. 휴가 보낸 편지야. 휴 알지? 바이올린 켜는 녀석 말이야.”

“그래, 그래. 뭐라고 쓰여 있었어?”

코델리아가 열성적으로 물었다.

“한 마디로 난리가 났대.”

크리스티앙이 만족스럽게 키득거렸다.

“사람들이 죄다 전단을 읽어보았대. 폴리그니가 해명했지만 사람들이 수군거리면서 손가락질했다는군. 여제께서는 아직 아무 말씀도 없으시지만, 곧 그를 내보낼 거라는 소문이 파다하대.”

“어머나, 멋져!”

코델리아가 두 손을 맞잡았다.

“그 소식이 파리까지 번지겠지? 그럼 넌 유명인사가 되는 거야.”

크리스티앙은 생각에 잠긴 표정으로 초조하게 말갈기를 매만졌다.

“나 빈으로 돌아갈까 생각중이야. 폴리그니가 궁궐에서 나가게 되면……”

그는 더 이상의 말을 잇지 않았다.

“그래, 궁정 음악가의 자리가 비면 폴리그니의 수제자 말고 그 자리에 누가 어울리겠어."

코델리아가 그의 손을 붙잡았다.

"원하는 대로 해. 난 너의 행복을 바랄 뿐이야. 하지만 네가 많이 그리울 거야. 특히나 지금처럼 복잡한 상황에서는."

"복잡하다니?"

"나, 키어스턴 자작을 사랑하게 됐어."

그녀가 거의 절망적인 한숨을 내쉬었다.

"그리고 어젯밤 그 일이 있은 후, 그 사람도 인정하지는 않지만 나와 같은 감정이 있는 것 같아서……."

"어젯밤에 무슨 일이 있었는데?"

크리스티앙이 불쑥 가로챘다.

코델리아의 얼굴이 금세 발그레해졌다.

"음, 사건이 좀 있었어. 내가…… 우연히 그의 방으로 들어갔거든, 그래서……."

"그자가 널 겁탈한 거야?"

갑자기 크리스티앙의 갈색 눈동자에 불길이 이글거렸다.

"아니, 아니. 그런 게 아니야. 하지만…… 상황이 묘하게 돌아갔어."

그녀가 수줍은 미소를 지으며 그를 쳐다보았다.

"자작이 너의 순결을 범한 거야? 만약 그렇다면 내가 그 자를 죽여버릴 거야."

"그러면 안 돼. 아니야. 그런 게 아니라고 했잖아."

크리스티앙이 당장이라도 말에서 뛰어내리려 하자, 그녀가 얼른 덧붙였다.

"내 마음이 좀 혼란스러울 뿐이야."

그때 강둑을 따라 다가오던 레오가 그들에게 말을 걸었다.

"안녕하신가, 크리스티앙. 코델리아, 이제 당신이 건널 차례요."

그는 크리스티앙의 옆에 말을 세우고 기분좋게 고개를 끄덕였다.

"여행하는데 불편한 점이 없으리라 믿네, 크리스티앙."

크리스티앙은 여전히 이글거리는 눈으로 레오를 노려보았다. 그의 창백한 얼굴에 붉은 기운이 치솟았다가 재빨리 사라졌다.

"네, 고맙습니다."

"크리스티앙이 우리 전단 때문에 벌어진 소동을 얘기해주던 참이었어요."

코델리아가 흥분하며 전해주었다.

"모든 게 우리 생각대로 됐대요. 그래서 지금 빈으로 돌아가 궁정 음악가의 자리에 앉아볼까 생각중이래요."

"더 이상은 그런 생각 안 해."

크리스티앙이 뻣뻣하게 선언했다.

"난 너하고 같이 있을 거야."

그가 험악한 시선을 던져 레오를 당황스럽게 만들고 나서 말을 돌려 떠나갔다. 평소에는 더없이 우아하던 몸놀림이 지금은 푸대자루처럼 말등에서 튕겨올랐다.

"왜 저러지? 뭘 잘못 먹었나?"

레오가 중얼거리며 코델리아의 말고삐를 잡아 다리 쪽으로 이끌어 갔다.

이유를 분명하게 알고 있는 코델리아는 애매한 대꾸를 중얼거리며 그의 손에서 고삐를 빼앗아 들었다. 레오는 어젯밤 일에 대해 누구에게도 알리고 싶어하지 않아 했다. 그러니 가장 절친한 사람에게 고백하고 싶은 그녀의 마음을 이해하지 못하리라.

9

미카엘 공작은 콩피에뉴 성에 배당된 자신의 방이 전혀 마음에 들지 않았다. 하지만 왕세자비를 위한 처소도 인부들의 게으름으로 인해 내일까지 완성되지 못할 것이기에, 자신의 초라한 거처를 불평하는 것은 적당치 않았다.

이 콩피에뉴 성에 마리 앙투아네트를 맞이하기 위해 국왕과 왕세자와 함께 나온 참이었다. 도착날짜가 아직 하루 남긴 했지만, 왕은 이것이 새로운 손자며느리의 명예를 높여주는 일이라고 결론 지었다. 국왕은 기분이 대단히 좋은 상태인 데다가, 미카엘 공작도 자신의 신부를 맞으러 나가고 싶어하리라 배려한 자신에게 흡족해 하는 듯했다. 공작은 초청의 형식을 빌린 그 명령을 황공하게 받아들였지만, 사실 그는 자신의 집에서 신부를 맞아들일 계획이었다. 여기까지 환영하러 나온다는 건 아무래도 지나친 성의를 보이는 것이었다. 열여섯 살짜리 여자에게, 남편이 많은 관심을 기울여준다는 환상은 심어주고 싶지 않았다.

하지만 어찌 되었든 그는 이곳에 도착해 있었고 내일 오후에는 국
왕과 대신들과 함께 14킬로미터를 달려 두 번째 아내를 맞아들여야
할 상황이었다.

그는 주머니에서 작은 초상을 꺼내어 보며 눈살을 찌푸렸다. 어려
보이는데도 불구하고 그 눈에 깃든 대담함이 본능적으로 불쾌했다. 도
전적인 자세로 고개를 들어올린 모습이 어떤 시련에도 굴하지 않을 듯
한 인상을 풍겼다.

미카엘의 인상이 더욱 찌푸려졌다. 그가 짜증스레 손가락을 툭 튕기
자, 공작의 짐을 정리하고 있던 하인이 재빨리 와인 한 잔을 주인의
손에 들려주었다.

미카엘은 초상에서 시선을 떼지 않은 채로 와인을 홀짝였다. 처음
보았을 때는 엘비라와 비슷하다는 느낌이 없었다. 그때는 그녀의 피부
색과 얼굴 모양만을 보았을 뿐이었다. 그런데 지금은 그런 확신이 들
지 않았다. 소녀의 표정에 불편할 정도로 낯익은 무언가가 있었다. 그
러나 엘비라가 결혼할 당시보다 더 어린 나이일 뿐더러 엄격한 오스트
리아 궁전에서 자란 소녀를 어떻게 화려하고 교태스러운 영국 여자와
비교할 수 있단 말인가? 감히 그의 평화를 파괴한 그 여자와 말이다.

그의 손가락이 술잔 목을 움켜쥐었다. 다시는 그런 일이 일어나지
않게 하리라. 아무 경험 없고 아직 틀을 갖추지도 않은 순진한 소녀를
데려다가 자신의 뜻에 맞도록 길들일 것이다. 혹시라도 엘비라와 비슷
한 성향을 보이기라도 한다면, 그때는 가차없이 짓밟아주리라. 남편에
게 충실하고 순종적이며 아내의 의무를 지킬 줄 아는, 자신의 본분을
알고 남편의 즐거움을 위해 헌신하는 그런 신부를 맞을 것이다.

"나리…… 나리, 손이!"

하인의 목소리가 그의 생각을 깨뜨렸다.

미카엘은 자신의 손을 내려다 보았다. 술잔 목이 부러져 그 파편이
살 속으로 파고들어가 있었다.

"빌어먹을!"

그가 욕설을 중얼거리며 술잔을 던졌다.

"붕대 가져와. 바보처럼 서 있지 말고."

"내일이면 콩피에뉴에 도착할 거요. 그곳에서 국왕과 왕세자께서 마리 앙투아네트를 기다리고 계실 거요."

레오의 표정은 무심함 그 자체였다. 콩피에뉴에서 38킬로미터 떨어진 수아송에 도착한 지금, 그는 코델리아를 강변 숙소의 침실로 데려다주는 참이었다.

"알아요."

코델리아는 머리카락 한 올을 손가락에 감았다가 입에 물었다. 여행이 채 하루도 남지 않았다는 사실에, 그녀의 활력이 썰물처럼 빠져 나가고 있었다.

여행하는 동안 레오는 유쾌하고 친절한 동료가 되어 주었다. 하지만 그의 태도는 삼촌뻘 되는 아저씨와 같았고 어떻게 해서든 코델리아와 둘만 있는 시간을 만들지 않으려 했다. 그녀가 그들의 미래와 관련된 얘기를 꺼내려 할 때마다 석상처럼 입을 다물고 자리를 피해 버리곤 했다. 그녀는 그의 곁에 있다는 것만이 가장 중요했으므로, 그의 말없는 지시에 따라 성실하게 행동했다. 가끔은 통찰력 있는 재치로 대화를 나누고 무게 있는 주제도 토론했으며, 말끝마다 사랑한다는 선언이 튀어나오지 않도록 열심히 자신을 억눌렀다. 남편과의 만남이 미래의 일이었을 때는 그렇게 잘 견뎌낼 수 있었다. 하지만 이젠 시간이 별로 없었다. 일단 남편의 손에 넘겨지고 나면 레오는 그녀에게 아무런 책임감도 갖지 않을 것이다. 그 생각만으로도 눈앞이 캄캄해졌다.

"당신 남편도 같이 나와 있을 것 같지 않소?"

"그럴지도 모르죠."

그녀는 머리카락 끝을 깨물어댔다. 지난 몇 시간 동안 그 생각이 한 번 이상 뇌리를 스쳤었다.

"하지만 그 사람이 파리에서 기다리고 있을 것 같기도 해요."

"그럴 수도 있지. 하지만 내 생각에는 그가 콩피에뉴에 있을 것 같소."

"정식 결혼식을 치를 때까지는 그 사람을 침실에 받아들이지 않을 거야."

머리카락을 깨물며 독백처럼 중얼거린 말이었다.

하지만 레오는 그 말을 들었고, 그 말로 그녀가 다른 남자의 소유라는 것을 절실히 깨달아야 했다.

"대단히 불유쾌한 습관이오."

그가 거칠게 그녀의 입술에서 침에 젖은 머리카락을 잡아뺐다.

"불유쾌한 생각을 할 때만 이래요."

"사람들 앞에서 그런 말을 하면 안 된다는 걸 모르오?"

그가 딱 잘라 말했다.

코델리아가 숨을 깊이 들이마셨다. 이번이 마지막 기회였다.

"레오, 당신이 날 애인으로 원하지 않는다는 거 알아요……. 아뇨……, 제발 내 말을 들어주세요."

그가 말을 가로막지 않도록 그녀는 애원했다.

"제발 내 말을 들어주세요. 이번 한 번만."

"내가 예상하는 말을 하려는 거라면, 그런 헛소리에는 귀기울이지 않겠다고 몇 번이나……."

"아뇨, 이건 헛소리가 아니에요. 난 공작과 정식으로 결혼한 상태가 아니에요, 대리 결혼식일 뿐이었어요. 아직 완성된 결혼이 아니니까, 분명 무효로 돌릴 수도 있을 거예요. 그렇지 않나요?"

"뭐라구?"

그가 믿을 수 없다는 듯이 그녀를 쳐다보았다.

"그 사람한테 결혼하고 싶지 않다고 말할게요. 모든 게 크나큰 실수였다고. 그 사람도 자기를 견딜 수 없어하는 여자와 결혼하고 싶지 않을 거예요."

"미쳤소? 당신은 이미 성 베드로 대성낭에서 교황의 집전하에 결혼한 거나 마찬가지로 미카엘과 정식으로 결혼한 상태요. 계약이 성립되었고 당신의 지참금도 벌써……. 도대체 당신 머릿속은 공상으로 가득찬 거요."

그가 가발을 쓰지 않은 검은 머리를 긁어댔다.

"불가능한 일은 아닐 거예요."

그녀가 고집스레 주장했다.

"그 대신 내가 당신 아내가 되는 것도 불가능한 일은 아닐 거구요."

"자, 이젠 내 말을 들으시오."

그가 그녀의 어깨를 부여잡고 잇사이로 내뱉었다.

"내 말을 명심하시오. 비록 당신이 세상에 남은 단 하나의 여자라 해도 난 당신과 결혼하지 않을 거요."

그는 그녀의 어깨를 흔들어가며 잔인한 말을 강조했고 그녀의 눈에 상처가 드러나며 모든 열정과 확신과 의지가 사라져가는 것을 지켜보았다.

"자신이 원하는 모든게 현실이 될 수 있다고 믿는 모양인데, 당신이 한 가지 잊은 게 있소. 당신의 공상에 다른 사람도 포함되어 있다는 것. 스스로의 의견과 소망을 갖고 있는 사람 말이오. 난 당신의 변덕스런 공상의 일부가 되고 싶지 않소. 알아듣겠소? 이 정도로도 못 알아듣겠소?"

그가 다시 그녀의 어깨를 흔들었다.

코델리아는 그 잔인한 거절에 어안이 벙벙해졌다.

"난…… 당신도 날 좋아하는 줄 알았어요."

그녀의 목소리가 울먹거리며 어느새 눈에 눈물이 그렁그렁해졌다.

레오는 욕설을 중얼거렸다.

"내가 당신을 좋아하든 말든 이 일과는 상관이 없소. 난 운명을 재조정하려는 당신의 변덕스런 생각에 엮이고 싶지 않단 말이오."

"내 친구로 남아줄 수도 없나요?"

그녀가 고통스럽게 물었다.

"크리스티앙처럼 모든 걸 털어놓을 수 있는 친구라도 되어줄 수 없나요?"

"크리스티앙에게 모든 걸 털어놓는다는 거요?"

"난 뭐든지 다 말해요. 우린 서로의 비밀을 알고 있어요."

레오가 질끈 눈을 감았다.

"멜크에서의 일도 말했겠군?"

그녀의 대답은 들을 필요도 없었다. 그 젊은 음악가가 슈타이어에서부터 계속해서 자신을 노려보지 않았던가.

코델리아는 아무 말 없이 물끄러미 그를 응시했다. 그녀의 눈이 고통스레 일그러져 있었다.

"빌어먹을!"

그는 거의 절망적인 기분이었다. 이렇게 쳐다보는 그녀의 시선을 견딜 수 없었다.

"내 친구로 남아주시지 않을래요?"

그녀가 다급하게 그의 팔을 붙잡았다.

"난 친구가 필요해요, 레오."

그녀에게 친구가 필요하리라는 건 확실했다. 결혼생활에 있어서나 베르사유의 힘겨운 가시밭길 생활에서나 의지할 사람이 필요하리라. 그건 그가 아무리 원한다 해도 거절할 수 없는 부분이었다.

"당신 친구로 남겠소."

그가 억양 없이 대답했다. 그런 다음 그녀의 방문을 열었다.

"잘 자요, 코델리아."

"안녕히 주무세요."

그녀가 고개 돌려 외면한 채 그의 옆을 지나쳐갔다.

마틸드의 예리한 시선은 코델리아의 창백하고 어두운 표정을 놓치지 않았다.
"이제 곧 공작님을 만나게 되겠군요."
"아마 내일쯤."
코델리아가 머리에서 핀들을 풀어내며 중얼거렸다. 그녀의 목소리에 꾹꾹 눌러참는 울음기가 묻어났다.
"하지만 결혼식 올릴 때까지는 그 사람을 받아들일 필요 없을 거야."
"네."
마틸드는 자신의 아가씨가 지금 대단히 연약한 상태라는 걸, 또 그 이유가 무엇인지도 어렵지 않게 짐작할 수 있었다. 자작이 코델리아의 희망에 치명적인 강타를 날렸던 것이리라. 마틸드는 위로나 동정으로 그 효과를 약화시킬 마음이 없었다. 이제 그녀의 임무는 코델리아에게 결혼 첫날밤을 준비시키는 것이다. 아가씨가 그런 육체적인 일에 전혀 무지하지는 않다는 걸 알았다, 키어스턴 자작이 필요 이상으로 가르쳐주었으니까. 이미 엎질러진 물을 속상해 해봤자 소용없는 일. 코델리아의 마음이 좀더 가라앉은 후 첫날밤에 대한 몇 마디 조언을 해주는 것이 그녀의 역할이다.
늘상 그랬던 것처럼, 그녀는 코델리아를 침대에 들여보내고 입을 맞춰주고 촛불을 끈 다음 조용히 방에서 빠져 나갔다.
홀로 남은 코델리아는 머리 위까지 이불을 뒤집어썼다. 어릴 적에 나쁜 일이 생길 때마다 눈앞을 가려버리면 나쁜 일도 사라질 것이라고 믿었던 그런 해결방식이었다. 하지만 그녀는 이제 어린애가 아니었고, 어린 시절의 도피방법도 더 이상 효과를 나타내지 않았다. 그 어두운 피신처에서조차 비참한 생각들이 또렷하게 자라나 더욱 더 절망스러웠다.

　레오 이외의 사람과는 결혼하고 싶지 않았다. 레오 이외의 다른 남자 손길을 받아야 한다는 생각만으로도 역겹고 끔찍했다. 어떻게 그 일을 견딜 수 있을까?

　그녀가 단호하게 이불을 걷어냈다. 자기 연민에 빠져봤자 도움될 것은 전혀 없다. 두렵지만 당면한 상황을 똑바로 바라보아야 한다.

　레오는 작센 공작을 좋아하지 않는다. 문득 그런 깨달음이 전해졌다. 어떻게 이런 생각을 하게 됐을까? 말로 내비친 적은 없었지만, 공작에 대해서 언급할 때마다 그의 눈동자가 그런 느낌을 전달했었다. 때때로 자신의 상상이 아닌지 의심스러울 정도로 재빠르게 사라지곤 했던 그 어두운 표정.

　레오의 여동생과 관련되어 있는 일일까? 혹시 공작이 폭군 같은 남자일까?

　결혼의 육체적인 행위보다 그 남자 자체를 두려워해야 하는 건 아닐까?

　그 경악스러운 생각에 코델리아는 자리를 박차고 일어났다. 그러나 레오가 공작의 좋지 않은 성향을 알고 있었다면, 분명 그녀에게 경고해 주었을 것이고, 이 결혼을 추진하는 데에 협력하지도 않았을 것이다. 자신의 양심에 반하여 그런 행동을 하기에 레오는 너무나도 명예로운 남자였다. 그 점은 누구보다도 그녀가 잘 알고 있지 않은가.

　코델리아는 다시 누워 깃털 이불 밑으로 몸을 말았다.

　처음에는 매혹적인 꿈을 꾸듯 이 여행을 시작했었다. 사랑의 환희로 인해 모든 것이 장밋빛으로 보였다. 그녀 앞에 베르사유의 황금 궁전과 자유와 기쁨으로 가득한 인생이 펼쳐진 것 같았다. 그런데 이제 새벽이 되어가면서 그 꿈은 산산조각났다. 일단 그 낯선 남자와 결혼하게 되면 그녀의 사랑은 결코 이루어지지 못하리라. 그녀는 더 이상 황홀한 꿈의 바다에서 헤매 다니지 않았다. 춥고 두려웠다. 빈을 출발한 후 처음으로 현실이 깨달아지며 안개 낀 호숫가에 홀로 서 있는 듯한 느낌이었다.

그녀가 옆으로 돌아누워 무릎을 끌어안으며 긴장을 풀어보려 애썼다. 잠을 자야 했다. 하지만 잠은 그녀를 피해갔다. 이리저리 뒤척거리는 동안, 그녀의 머릿속은 방황하는 생각들과 형체도 없는 두려움으로 가득했다. 앙투아네트도 이렇게 고통스럽고 불안한 심정일까? 어렸을 때 그랬듯이 한 침대에 누워서 은밀한 비밀과 꿈들을 속삭이며 이 밤을 함께 보낼 수 있다면 얼마나 좋을까.

새벽녘이 되어서야 그녀는 간신히 잠이 들었고 마틸드가 침대 커튼을 열어젖혔을 때는 피곤하고 우울하고 비참한 상태로 깨어났다.

"승마복을 꺼내 줘, 마틸드. 신선한 공기를 마셔야겠어. 그럼 잠이 깰지도 몰라."

그녀가 하품을 하며 침대 끝에 걸터앉았다. 온몸이 욱신거리고 피곤했다.

"잠을 못 잤어요?"

마틸드가 다정한 시선을 보내주었다.

"피곤하고 기운이 하나도 없어."

코델리아는 침대에서 뛰어내려 마틸드의 따뜻한 가슴에 얼굴을 묻고 두 팔로 그녀의 허리를 꼭 끌어안았다.

"나 무서워. 너무나 비참해."

마틸드가 그녀를 끌어안아 주며 머리를 쓰다듬었다.

"괜찮아요, 괜찮아요."

코델리아는 어렸을 때 자주 그러했듯이 유모에게 매달렸다. 그리고 언제나처럼 마틸드의 힘이 그녀에게로 주입되자 잠시 후에는 물기있는 미소나마 지어 보일 수 있었다.

"이젠 좀 나아졌어."

마틸드가 고개를 끄덕이며 그녀의 뺨을 토닥였다.

"현실이 생각하는 것처럼 나쁘지는 않아요. 풍년화 즙을 갖다드릴 테니까 눈 좀 문지르세요."

코델리아가 침대에 누워 뻑뻑한 눈에 수건을 문지르는 동안 마틸드가 은빛 레이스 달린 푸른 승마복을 준비해 주었다.

여전히 기운은 없었지만 조금 나아진 듯한 기분으로 마구간 뜰에 들어선 코델리아는 마부들의 작업을 지켜보고 있는 레오를 발견했다. 그녀가 다가가자, 그는 고개를 끄덕여 인사했다. 그녀보다도 더 잠을 못 이룬 사람처럼 창백하고 수척한 모습이었다. 이 사람도 그리 즐겁지만은 않은 하루인 모양이다. 하지만 어젯밤 그런 말을 들은 후로 더 이상 무슨 생각을 할 수 있겠는가? 그녀는 착각에 빠지려는 자신의 마음을 막아야만 했다.

"오늘 말 타고 여행하지 못할 이유는 없겠죠?"

부츠 위로 채찍을 탁탁 건드리며 그녀가 입을 열었다. 비참한 일 같은 건 전혀 없었던 것처럼, 그가 그런 끔찍한 말을 한 적이 없는 것처럼 행동하리라 결심했었다. 하지만 그녀의 목소리는 떨리고 있었고 울음이 목까지 치밀어 올랐다. 그의 눈을 똑바로 쳐다볼 수가 없었다.

"아침에는 괜찮소. 하지만 점심식사 후에는 마차에 타야 하오. 당신 남편은 당신이 위엄 있게 여행하기를 기대할 거요."

그가 무감각한 어조로 대꾸했다.

"그렇게 해야만 나의 지위에 어울린다는 건가요?"

레오에 대해서 생각지만 않는다면, 평범한 주제에만 신경을 집중시킨다면, 이 떨림도 사라지고 그녀의 목소리도 정상적으로 들릴 수 있으리라.

"아마 그렇겠지."

레오는 그녀의 뺨을 어루만져 주고 싶었다. 그 사랑스런 입술의 긴장을 풀어주고, 자신이 한 말을 부인함으로써 그녀의 불행을 지워주고 싶었다. 하지만 그건 미친 짓이었다. 지금 이대로 계속해야만 어젯밤의 잔인함이 헛되지 않을 것이었다.

"내 남편은 위신과 지위 같은 겉치레에 신경을 많이 쓰는 편인가요?"

그녀가 떠날 준비를 하는 수행원들을 둘러보았다.

"베르사유가 신경을 많이 쓰지."

이 사람이 일부러 질문을 피해 가는 것일까?

"내 남편은요?"

"아마 그럴 거요."

그가 안장 위로 훌쩍 뛰어올랐다.

"하지만 베르사유가 겉치레에 좌우된다는 점이 더 중요하오."

코델리아는 하인의 손에 발을 딛고 루세트 위로 올라탔다.

"공작이 평균 이상으로 그런 일에 신경 쓰는 타입인가요?"

레오는 문득 엘비라의 말을 기억해내며 눈살을 찌푸렸다. 그녀는 미카엘이 너무 딱딱한 격식주의자라고 불평했었다. 공작은 정해진 형식대로 진행되지 않는 것을 대단히 싫어했고 변함없는 격식을 존중했다. 레오가 더 자세히 묻자 엘비라는 그냥 웃어넘기고 주제를 바꾸었었다. 그 당시 그런 엘비라의 태도에 다소 당황했던 것이 기억났다. 사실, 그는 그녀와의 많은 대화에서 다소 당황스러웠었다. 엘비라가 했던 말 때문이 아닌 말하기를 꺼려하던 엘비라의 모습 때문에.

"레오?"

코델리아의 목소리가 들리자, 레오는 과거의 그림자들을 쫓아버리고 다시금 무뚝뚝하게 대답했다.

"모르겠소. 미카엘은 외교관이고 정치가요. 모든 규칙들을 따르며 외면적인 것에 많은 신경을 쓰지. 하지만 베르사유의 모두가 그렇다오. 당신도 곧 그렇게 될 거요."

코델리아는 더 이상 물어볼 마음이 나지 않았으므로, 그들은 긴장된 침묵 아래 말을 달렸다.

　점심식사 시간쯤 엔 강의 강둑에 펼쳐놓은 테이블 주위에 그 지역 주민들이 몰려들어 왕세자비와 그녀의 수행원들을 에워쌌다. 마리 앙투아네트는 목가적인 풍경과 소박한 분위기에 즐거워하며 코델리아를 자신의 테이블로 불러들여 쉼없이 재잘거렸다.

　앙투아네트는 잠 못 이룬 밤을 보낸 것 같지 않았을 뿐더러 그리 불안해 보이지도 않았다. 고향을 그리워하며 슬픔에 잠겼던 소녀는 사라지고, 자신의 지위를 아는 오만함과 어린아이 같은 즐거움으로 주민들의 관심을 만끽하는 공주가 되어 있었다.

　"우리, 사람들 사이로 걸어가면서 인사해 주자."

　앙투아네트가 밀밭색의 드레스를 펼치며 일어나서 코델리아의 팔에 팔짱을 꼈다.

　"이제 이 사람들은 내 백성들이니까, 백성들의 사랑을 받고 싶어."

　소박한 백성들은 장래의 왕비감을 기꺼이 받아들이며 마차로 돌아갈 시간이 되었을 때에도 그녀를 놓아주고 싶어하지 않았다.

　어느새 루세트는 안장을 내려 행렬 뒤쪽으로 이끌려갔고, 그 대신 작센 가의 문장이 새겨진 마차가 코델리아를 기다리고 있었다. 그녀가 마차 쪽으로 다가가는 도중, 크리스티앙이 군중들 사이에서 나타났다.

　코델리아의 얼굴이 환하게 밝아졌다. 크리스티앙에게라면 언제나 환영받을 수 있었다. 크리스티앙의 따뜻한 우정은 그녀만의 공상이 아니었다. 그녀가 치맛자락을 모아들고 그에게 달려갔다.

　"크리스티앙!"

　주위 환경도 잊어버린 채 그녀가 반갑게 입을 맞추었다.

　"파리에 가서 네가 어디에 묵어야 할지 생각해 봐야겠어."

　"코델리아, 사람들 앞에서 그런 애정 표현을 하면 안 된다는 거 모르오?"

　레오가 그들에게 다가서며 따끔하게 질책했다.

　"자네도 마찬가지야, 크리스티앙. 두 사람의 친밀한 우정을 사람들 앞에서 드러내서는 안 돼."

크리스티앙의 얼굴이 붉어졌다.

"우정의 한계가 어디인지는 잘 알고 있습니다."

"자작님, 파리에 도착하면 크리스티앙이 어디에 묵어야 할까요? 생각해 두신 곳이 있으신가요?"

코델리아가 재빠르게 질문했다.

"자작의 도움은 필요 없어, 코델리아. 내 일은 내가 알아서 할 수 있어."

크리스티앙이 뻣뻣하게 항의했다.

"하지만 거긴 낯선 도시인데다 키어스턴 경이 너의 후원자잖아. 이분이 널 도와주실 거야. 그렇죠?"

그녀가 커다란 청록색 눈동자로 그를 바라보았다.

"약속을 어기지는 않으시리라 믿어요."

그녀의 눈동자에 신뢰를 배신당한 충격과 괴로움 대신 성난 도전이 깃들어 있다는 것이 그는 다행스러웠다. 그가 그 도전을 무시하고 크리스티앙에게 침착하게 말했다.

"내가 깨끗하면서도 그리 비싸지 않은 하숙집을 소개해 주겠소. 자리잡을 때까지 거기서 지내면 될 거요."

레오가 마차 문을 열었다.

"어서 타시오, 행렬이 움직이고 있소."

그가 코델리아를 먼저 들여보내고 자신도 뒤따라 탔다.

코델리아가 창 밖으로 고개를 내밀었다.

"콩피에뉴에 도착하면 그때 다시 얘기하자, 크리스티앙."

그의 말이 행렬 뒤쪽으로 멀어지는 모습을 지켜보고 나서 그녀가 의자에 내려앉았다.

"그를 도와주실 거죠, 네?"

"그가 받아들인다면."

레오는 창 밖을 내다보았다. 어젯밤 잔인하게 굴어야만 했던 상황이
유감스러웠다. 하지만 이 순간 그것보다 더한 감정이 느껴졌다. 이런
기분이 들 줄은 몰랐다. 소중한 것을 빼앗긴 듯한 슬픔. 그는 코델리아
와 미카엘을 위해 할 일을 다했다. 그 무엇보다 힘겨운 일이었지만, 딱
한 번을 제외하고는 유혹에 저항했다. 이제 그는 그 유혹에서 완전히
벗어나게 될 것이었다. 코델리아를 남편에게 넘겨주는 순간부터 그녀
는 몸과 마음 모두 미카엘의 소유가 될 것이다. 그런데 그 사실이 지
독히도 유감스러웠다.

그들은 3시에 콩피에뉴 숲의 외곽 지역 마을에 도착했다. 왕의 수행
원 두 명이 그들을 기다리고 있다가 폐하께서 직접 나오실 거라고 알
려주었다.

"뜻밖의 명예로군. 국왕께서 이 정도까지 신경 쓰시는 경우는 혼치
않은데."

코델리아는 아무런 대꾸도 하지 않았다. 레오가 마차 밖으로 나서서
한 손을 내밀었다.

"나오시오."

코델리아는 스치듯이 그의 손을 잡았을 뿐이었다. 그녀가 땅으로 내
려서서 무의식적으로 턱을 치켜들고 주위를 둘러보았다.

용기를 끌어들이는 듯한 그 모습에, 그의 심장이 무너져 버리려 했
다.

"두려워하지 마시오. 생각처럼 나쁜 상황이 아니라오."

그가 부드럽게 다독여 주었다.

"그 사람과 결혼하고 싶지 않아요. 난 당신을 사랑해요, 레오."

그녀가 격렬하게 속삭였다.

"그만하시오!"

그가 날카롭게 소리쳤다.

"그런 말은 아무런 이득도 되지 않소."

코델리아는 입술을 힘껏 깨물었다. 그들이 마차 옆에 서서 국왕을 기다리고 있는 왕세자비와 수행원들 쪽으로 다가서자, 앙투아네트가 뒤를 돌아보더니 코델리아에게 살짝 인상을 찡그려 보였다. 코델리아가 반응할 용기를 내지 못했다는 것만 제외하면, 한순간 그들의 예전 관계가 되살아난 듯했다. 그때 말발굽 소리와 수레바퀴 굴러가는 소리들이 허공을 가득 메웠고, 왕세자비는 황급히 어깨를 쭉 펴고 똑바로 섰다.

북과 트럼펫, 오보에의 우렁찬 울림과 함께 근위병들과 보병, 기마병, 마차들이 줄줄이 이어진 거창한 국왕의 행렬이 마을의 작은 광장으로 들어섰다.

첫번째 마차에서 국왕과 함께 젊은 남자가 따라나와 어색한 표정으로 불안하게 주위를 둘러보았다.

"저 분이 왕세자신가요?"

코델리아가 잠시 자신의 비참한 심경에서 빠져 나와 레오에게 속삭였다.

"그렇소. 수줍음이 많으신 분이오."

코델리아는 참으로 매력 없는 남자라고 말할 뻔했으나 입을 굳게 다물고 눈앞의 광경에 시선을 집중했다. 앙투아네트가 무릎을 꿇고 인사하자, 국왕이 그녀를 일으켜 세워 따뜻하게 입맞추고 나서 자신의 손자에게로 이끌어갔다. 루이 오거스트가 수줍게 신부의 뺨에 입을 맞추자 환호와 박수갈채가 터져 나왔다.

미카엘 폰 작센 공작은 사람들 사이로 나아가면서, 잠시 자작의 옆에 선 젊은 여자를 관찰해 보았다. 기대했던 대로, 세련되고 우아한 차림새였다. 얼굴은 거의 퉁명스럽다 싶을 만큼 심각한 표정이었다. 그러나 지난번 결혼에서 경박함을 충분히 경험했던 만큼 그녀의 침울한 표정도 나쁘지는 않다고 생각했다.

"키어스턴 자작."

그가 처남에게 형식적으로 인사했다.

레오도 똑같이 정중하게 고개 숙였다.

"작센 공작. 새로운 작센 공작부인을 소개해 드리겠소."

코델리아가 절을 올렸다. 공작이 그녀의 손을 잡아 키스한 다음 그녀의 뺨에 가볍게 입을 맞췄다.

"이곳에 오신 걸 환영하오."

"고맙습니다."

코델리아는 그 외에 다른 어떤 대답도 생각나지 않았다. 공작은 초상화에서 본 것과 아주 흡사한 모습이었다. 못생겼다고 말할 수는 없었다. 가발로 숨겨진 머리 밑에 회색 눈썹이 뻗어 있었다. 몸매가 다소 울퉁불퉁하긴 했지만 보기 싫을 정도는 아니었다.

그녀는 애써 미소지으며 그의 연한 눈동자를 마주보자 갑자기 공작이 눈살을 찌푸리며 그 딱딱한 눈동자에 그림자가 스쳐갔다. 마치 마음에 들지 않는 것이라도 본 듯.

"오늘밤은 콩피에뉴에서 머물게 될 거요."

공작이 다정한 기색도 없이 단조롭게 약간의 비음 섞인 목소리로 말했다.

"우리 결혼식은 내일 저녁 파리에서 치러질 거요. 조용한 예식이 될 테지만, 레오, 당신이 참석해 준다면 기쁘겠소."

그가 자신의 처남에게 고개 돌려 미소지었다. 그 얇게 번지는 미소는 불쾌한 살모사의 혓바닥을 연상시켰다. 코델리아가 흘깃 레오를 쳐다보았다. 그의 표정이 경직되어 있었지만 그는 초대해 주어서 고맙다고 정중하게 대꾸했다.

코델리아는 또다시 레오가 공작을 싫어한다는 인상을 받았다. 어쩐지 그에게서 분노의 조류가 발산되는 것 같았다. 그녀가 두 남자를 번갈아 쳐다보았다. 미카엘 공작이 코담배 상자를 내밀자 레오는 감사인사를 하며 약간 집어들었다. 겉으로 보기에 그들의 태도나 이 풍경에 어색한 점은 전혀 없었다. 하지만 그 이면에 분명한 적대감이 감돌고 있었다.

왜일까? 틀림없이 엘비라와 관련되어 있으리라. 하지만 무엇 때문에?

레오는 작센 공작을 볼 때마다 치밀어오르는 감정의 분출을 억누르려 안간힘 썼다. 미카엘은 멀쩡히 살아 있고 엘비라는 죽었다. 레오는 여동생의 임종을 지키지도 못했고 그녀가 죽을 때까지 병에 걸렸다는 것조차 몰랐었다. 미카엘이 그녀를 살리기 위해 정말 최선을 다했을까? 그 질문이 계속해서 그를 괴롭혔다. 엘비라의 죽음은 너무나 급작스럽고 너무나 순식간이었다. 햇살 아래서 생명이 넘치는 모습으로 화사하게 서 있던 그녀가 한순간 관 속의 시체가 되어버렸다. 그런데도 자신은 여동생을 옆에서 지켜주지 못했고 그녀의 괴로움도 덜어주지 못했다. 과연 그녀를 구할 수 있는 최선의 방법이 다 동원되었는지도 여전히 알지 못한 채.

"마차로 돌아가야겠군."

공작이 마차 안으로 들어가는 왕족들을 가리켰다.

"마차에 내가 탈 만한 자리가 있겠소?"

그가 예의바르게 레오에게 물었다.

레오는 비통한 분노의 그림자를 밀쳐내고 햇살 비치는 오후로 되돌아왔다.

"당신에게 부인과 익숙해질 시간을 드려야겠지요. 난 말을 타고 가겠소. 안녕히 가시오, 코델리아."

코델리아는 그가 정말로 자신을 버리고 떠날 거라는 충격에 휩싸여 한동안 아무 말도 하지 못했다.

이윽고 그녀가 절을 올리고 그에게 손을 내밀었다. 그녀의 눈동자가 연약하게 커지고 목소리도 비참하게 흘러 나왔다.

"당신과 동행하는 것에 익숙해졌는데 당신 없이 앞으로 어떻게 해야 할지 모르겠군요. 콩피에뉴에서 다시 뵐 수 있을까요?”

“난 곧장 파리로 돌아갈 생각이오. 이제 당신 남편이 에스코트해 줄 터이니 나의 존재는 필요치 않소.”

그는 그녀의 쓸쓸한 분위기를 지워 버리려는 듯 단호하게 그녀를 바라보았다. 미카엘이 이상한 낌새를 알아채선 안 된다.

“그럼 여기서 그 동안 보호해 주신 것을 감사드려야겠군요.”

그녀가 정신을 차리는 것 같았다. 금방이라도 부서져 버릴 듯한 미소였지만, 그래도 미소짓는 얼굴이었다.

“나의 기쁨이었소.”

그가 그녀의 손을 들어올려 입맞추었다.

그의 입술이 장갑을 뚫고 들어와 그녀의 살갗을 불태웠다. 아주 잠깐 동안 그녀의 눈에서 흘러 넘치는 강렬한 사랑 때문에 그는 하마터면 고개를 돌려 버릴 뻔했다. 다음 순간 그녀는 남편의 팔을 붙잡고 몸을 돌렸다.

레오는 그들이 사람들 사이로 사라지는 모습을 지켜보다가 방향을 돌렸다. 마음이 텅 비어 버린 느낌이었다. 코델리아가 미카엘과 같이 있다는 사실을 견딜 수가 없었다. 그자의 손이 코델리아의 살결에 닿으며 그녀의 솔직한 관능을 불러일으킬 것을 생각하니 목으로 쓰디쓴 맛이 치밀어올랐다. 엘비라는 미카엘과의 부부관계에 대해서 한 마디도 언급한 적이 없었다. 그도 그런 정숙함을 존중해 주었지만 지나칠 정도로 솔직한 여동생답지 않은 그런 침묵이 이상했었다. 문득 그는 혹시나 미카엘의 부부관계에 심각한 문제가 있지 않았을까 하는 의문에 고통스러웠다.

“키어스턴 경.”

크리스티앙의 목소리에 그가 발길을 멈추고 돌아섰다. 이 순간 그는 젊은 음악가의 비난 따위를 듣고 싶은 마음이 아니었다. 하지만 크리스티앙은 레오만큼이나 비참하고 쓸쓸해 보였다.

"그녀가 괜찮을까요?"

머리를 헝클어뜨린 채 숨을 헐떡이면서 크리스티앙이 물었다. 그의 갈색 눈동자에 상심이 담겨 있었다.

"그녀는 남편과 함께 있소."

"그건 압니다. 하지만 그 남자가 어떤 남자냐구요?"

크리스티앙이 긴 손가락을 비틀어댔다.

"코델리아가 얼마나 특별한 여자인지 알아줄까요? 그녀의 가치를 알아볼 수 있을 만한 남자인가요?"

레오가 천천히 숨을 내쉬었다.

"그러길 바랄 수밖에."

다시 돌아서려다가 그는 문득 이 젊은이가 자신에게 의지하는 존재라는 것을 기억해냈다.

"파리에 도착하면, 생 오노레 가의 벨 에트왈로 가시오. 내 이름을 말하면 될 거요. 내가 하루 이틀 뒤 그곳으로 찾아가겠소."

"지금 콩피에뉴로 가시는 겁니까?"

"아니. 파리로 갈 거요. 나중에 봅시다, 크리스티앙."

그는 손을 흔들어 보이고는 성큼성큼 떠나갔다. 크리스티앙은 이제 급격히 텅 비어 가는 광장에 홀로 서 있다가 자신의 말을 찾으러 나섰다. 그는 콩피에뉴까지 따라갈 참이었다. 코델리아와 말할 수는 없다 해도 최소한 근처에 있어줄 수는 있었다. 그녀가 낯익은 얼굴들을 가장 필요로 할 때 버려두고 가 버리는 자작이 너무나 무정했다.

레오는 술집을 찾아들었다.

"와인!"

심부름꾼 소년이 카운터 뒤로 들어가 와인병과 놋쇠잔을 들고 되돌아왔다. 그는 시큰둥하게 고개를 끄덕여 보이고 잔을 채웠다. 단번에 쭉 들이켰다. 지금부터 술을 벗삼아 시간을 보내리라. 내일 코델리아의 결혼식 때 지끈거리는 두통을 안고 술기운으로 감각을 마비시킨 채 참석할 생각이었다.

　미카엘 공작은 코델리아를 마차 안으로 들여보낸 다음 따라 올라 허리춤의 검을 정돈하고 수놓은 코트 자락을 반듯하게 펼치며 자리에 앉았다.
　'까다로운 사람인가봐.'
　모든 것이 완벽하게 정돈되어 있어야 만족하는 자신과는 정반대의 그런 남자.
　"절 맞으러 나와 주시다니 친절하세요."
　얼음장 같은 침묵을 어떻게든 깨뜨리기 위해 그녀가 과감하게 입을 열었다.
　"별로."
　마침내 옷자락을 말끔하게 정돈하고 난 그가 고개를 들었다.
　"물론 평범한 경우였다면 난 파리에서 당신을 기다렸을 거요. 하지만 폐하께서 이번 여행을 즐거워하셨기 때문에, 나도 동행하는 것이 적당할 것 같았소."
　먼지만큼이나 메마른 대답이었다. 좀 더 다정하게 얘기해 줄 수도 있을 텐데. 그녀는 무릎 위에 놓인 자신의 손을 내려다보았다. 햇살 한 줄기가 손목의 팔찌에 닿은 것을 보며 그녀는 다시 한 번 노력해 보았다.
　"이렇게 아름다운 약혼 선물을 주셔서 감사드려요. 다이아몬드 슬리퍼가 아주 마음에 들어요."
　그녀가 손목을 내밀어 그에게 보여주었다. 작은 장식이 달랑달랑 춤을 추었다.
　"전 다른 장식들에 대해서 궁금해하곤 했답니다."
　그가 어깨를 으쓱였다.
　"그 역사에 대해서는 아는 바가 없소. 처음에 그걸 샀을 때……."

그가 불쑥 입을 다물었다. 원래 주인에 대해서 언급할 필요는 없으리라. 버리기에는 너무 고급스런 선물이었고 쓸데없이 낭비하는 걸 좋아하지 않았을 뿐이었다.

엘비라는 그 팔찌를 잘 끼고 다녔다. 쌍둥이를 낳았을 때 그걸 산 건 지금 생각하면 매우 경멸스러운 변덕이자 낭비였다. 그 당시 그 절묘한 디자인이 엘비라와 딱 어울린다고 생각했었는데, 그게 얼마나 옳았는지 증명되지 않았던가. 사과와 뱀 문양의 팔찌는 엘비라를 위해 만들어진 물건이었다.

탕녀, 사기꾼, 거짓말쟁이, 창녀.

그녀는 처음 그의 침대에 들었을 때도 창녀였고, 죽기 직전까지 창녀였다.

오랜 분노가 끓어오르자 그는 자제력이 생길 때까지 눈을 감았다. 이젠 다 끝난 일이다. 엘비라는 그 대가를 치렀고, 그는 새로운 아내를 맞아들였다.

그가 눈을 뜨고 앞의 여자를 살펴보았다. 이 여자에게도 대담함이 있었다. 아까 자신의 눈을 똑바로 쳐다볼 때 그걸 알아차렸다. 남편 앞에서는 시선을 내리깔아야 하는데도 불구하고 그녀는 전혀 마음에 들지 않는 도전적인 분위기로 그를 마주보았다. 하지만 아직 젊고 순진하다. 엘비라와는 전혀 다르지. 그녀의 그 못마땅한 허세를 그가 이제 곧 제거해 줄 것이었다.

코델리아는 그가 왜 말을 끝맺지 않았는지 궁금했지만 더 이상 묻지 않았다. 그의 얼굴이 어둡고 음침했다. 이 남자는 어떤 사람일까? 이제 곧 알게 되리라.

10

콩피에뉴에서 저녁시간이 끝나갈 무렵까지, 미카엘은 여전히 자신의 아내에 대해 판단을 내리지 못했다. 마리아 테레지아의 궁궐에서 자라난 젊은 아가씨에게 기대했던 대로의 비굴한 정숙함은 결여되었지만, 목소리는 부드럽고 어조도 상냥했으며, 신경에 거슬리거나 주제넘은 태도는 찾아볼 수 없었다.

또한 궁궐의 예법에도 편안하게 적응했다. 국왕에게 인사를 올릴 때에도 너무 대범하지 않고 소심하지도 않게 흠잡을 데 없이 우아했으며, 폐하께서도 그런 그녀를 미쁘게 받아들였다. 국왕의 눈에 든 왕세자비의 친구인 아내라면 매우 쓸모 있게 이용할 수 있으리라.

그는 일단 그녀를 좀더 알게 될 때까지 판단을 유보하기로 결정했다. 그는 늙은 공작부인과 얘기하는, 아니 그저 듣고만 있는 자신의 신부에게로 다가갔다.

"실례가 안 된다면 이제 아내를 데려가야겠습니다, 마담."

그 흐릿한 비음 섞인 목소리에 코델리아가 시선을 들었다. 한순간이 지겨운 상황에서 구출되었다는 안도감보다 이내 이것이 저녁 내내 그토록 두려워하던 일의 전주곡이라는 사실에 시선을 떨구었다. 이제 무슨 일이 일어날 것인가?

남편이 육체적인 관계를 요구하려 할까? 그와 키스한다는 생각만으로도 그녀는 몸서리가 쳐졌다.

"그럼요. 당신에게서 신부를 떼어놓을 수야 없지요."

공작부인이 부채를 쫙 펼치며 심술궂은 미소를 지었다.

"젊은 아가씨가 전성기를…… 약간 지난 남자에게 정력을 불러일으킨다는 걸 잘 안답니다."

미카엘은 아무런 표정도 없이 그저 고개를 숙였다.

"그럼 이만."

코델리아는 공작부인에게 인사를 올리고 나서 남편의 팔을 잡고 뒤로 물러났다.

"마녀 같으니!"

그녀가 내뱉었다.

"뭐라고 했소?"

미카엘은 자신의 귀를 믿을 수 없어하며, 혹시라도 들은 사람이 있는지를 확인하기 위해 주위를 둘러보았다.

"그 여자 마녀 같다구요."

코델리아는 남편의 충격을 알아차리지 못했다.

"그렇게 불결하고 사악한 말을 지껄이다니……."

"빈에서 그런 언어를 자주 사용했소?"

그가 싸늘하게 다그쳤을 때에야 코델리아는 자신의 실수를 알아차렸다.

"어머나."

아무래도 처음부터 상황이 꼬여버리는 것 같았다.

"용서하세요. 제가 좀 솔직한 경향이 있어서 그렇답니다."

그녀가 민망한 미소를 지었다.

"그건 자제하는 법을 배워야 할 습관이오."

그녀의 미소에도 그의 싸늘함은 흔들리지 않았다.

"그리고 공작 부인의 그런 심술이 베르사유에서 사소한 것에 불과하다는 것도 알아야 할 거요. 일일이 신경 쓰면 당신만 웃음거리가 될 뿐이오. 난 그런 아내를 견뎌내지 못하오."

예상치도 못한 호된 비난에 그녀는 놀라움과 충격을 숨길 수 없었다. 그를 멍하니 응시하는 그녀의 얼굴에서 서서히 미소가 사라져갔다.

미카엘은 그 모습을 만족스럽게 지켜보았다. 그녀의 청회색 눈동자가 꽤나 사랑스럽다는 생각과 함께 희미한 욕망이 일렁거렸다.

코델리아는 남편의 눈에 번지는 욕망을 알아차렸다. 소녀에서 여인으로 성숙하여 보낸 지난 일 년간 궁궐 젊은 대신들의 시선 속에서 경험한 그런 표정이었다. 하지만 남편의 그 욕망 어린 시선은 그녀를 몸서리치게 만들었다. 그 굶주림에는 무자비함도 함께 엿보였다.

"내 말 알아들었을 거요."

그가 말했다.

'아주 지나칠 정도로 잘 알아들었죠.'

코델리아가 고개를 끄덕였다.

"저에게 분명히 알도록 해주셨습니다."

"좋소. 내 말을 분명히 알아듣기만 하면 우린 조화롭게 살아갈 수 있을 거요. 자, 당신의 거처로 안내해 주겠소."

공작이 그녀의 팔을 잡아 자신의 팔 밑으로 끼워 넣었고, 코델리아는 그가 욕구를 충족시키려 할까봐 미칠 듯이 걱정스러웠다.

"카드 게임 안 하시겠소?"

살롱의 게임실에서 목소리가 들려왔다.

"오늘밤은 안 되겠소."

그가 짤막하게 대꾸했고, 아는 얼굴을 만날 때마다 가식적인 미소를 지어보이며 살롱을 통과해 나갔다.

"내일은 긴 하루가 될 거요. 폐하께서 파리의 왕실 예배당에서 결혼식을 올리라고 제안해 주셨소."

"조용한 결혼식이 될 거라고 하셨잖아요."

그녀는 자신의 떨리는 목소리와 공포를 그가 눈치채지 못하게 안간힘을 썼다.

첫날밤을 맞을 준비가 안 되었다, 적어도 오늘밤은.

"그렇게 될 거요. 키어스턴 자작과 몇 명의 친구들만 참석할 테니까."

"당신 딸들은요?"

"맙소사, 그 애들이 왜 거기 참석하겠소?"

그는 진심으로 놀라워하는 듯했다.

"그게 당연할 것 같아서 여쭤보았던 거예요."

아무래도 그녀가 또 다른 실수를 저지른 모양이었다.

"그 애들은 집에서 당신을 기다릴 거요."

공작이 코델리아의 방문을 열었다.

코델리아는 찡그린 얼굴이 드러나지 않도록 고개를 돌린 채 그의 옆을 지나쳐 들어갔다. 공작이 그녀의 뒤로 따라 들어와 문을 닫았다. 다시 그녀는 역겨움이 치미는 것을 느꼈지만 설마 마틸드 앞에서 무슨 짓을 하지는 않으리라.

코델리아의 드레스를 수선하고 있던 마틸드는 의자에서 일어나 새로운 주인에게 예의를 갖추었다.

"몸종인 모양이군."

"네, 마틸드라고 합니다. 레이디가 아기였을 때부터 모시고 있었습니다."

마틸드는 근심 섞인 비굴함으로 다시 절을 올렸다. 이 초라한 모습에서 레오에게 당당히 맞섰던 여자는 찾아볼 수 없었다. 하지만 그녀는 미카엘 공작의 환심을 사지 않으면, 당장에 쫓겨나고 만다는 것을 잘 알고 있었다.

"마틸드는 저의 유모였어요."

코델리아가 상냥하게 입을 열었다.

미카엘은 눈살을 찌푸렸다.

"당신에게는 궁궐의 방식을 잘 아는 몸종이 필요하오. 늙은 유모는 프로이센 대사의 아내를 시중들기에 적당치 않소."

코델리아가 재빨리 머리를 굴렸다.

"나리의 뜻대로 하셔야겠지요."

부드러운 굴종의 목소리를 내려 애썼다.

"나리가 저보다 잘 아실 테니까요. 하지만 마틸드는 마리아 테레지아 여제님의 총애를 받고 있어요. 가끔은 왕세자비를 수행하기도 했고 여제님의 말동무가 되기도 했답니다."

마리아 테레지아는 모든 궁궐에 정보망을 두고 있다고 알려져 있었다. 늙은 하녀를 처리하는 하찮은 문제 때문에 오스트리아 여제의 기분을 상하게 하는 것은 이득이 되지 않았다.

"그럼 두고 보기로 하지. 필요하다고 생각되면 당신을 위해 적당한 몸종을 고용하고, 그 유모는 세탁부나 침모 일을 맡기도록 하겠소."

코델리아는, 여전히 몸을 낮춘 채 무표정하게 남아 있는 마틸드를 흘깃 쳐다보았다.

"마틸드가 레이디의 하녀로서 부족함이 없다는 것을 아시게 될 거라 믿어요."

미카엘은 짜증스런 표정이었다.

"그 점은 내가 판단하겠소. 당신들 둘 다 베르사유에서 요구되는 일들을 잘 알지 의심스럽군. 사실 당신들이 그걸 어떻게 알겠소?"

그가 마틸드를 손가락질했다.

“마님의 잠자리를 준비하거라, 준비되면 나에게 알리도록.”

코델리아의 손바닥이 축축해졌다.

“서둘러라.”

그가 지시한 다음 방에서 떠나갔다.

“오늘밤은 준비가 안 됐어, 마틸드.”

코델리아가 불안한 걸음으로 방안을 돌아다녔다.

“그 남자의 손길을 도저히 참아낼 수 있을 것 같지 않아.”

“운명을 견뎌내셔야 해요, 다른 모든 여인들과 똑같이요.”

마틸드가 침착하게 대꾸했다.

“하지만 공작이 오늘밤 아가씨를 소유하지는 않을 거예요. 그는 규칙을 따르는 남자랍니다.”

그녀가 코델리아의 드레스를 풀어가기 시작했다.

“그걸 어떻게 알아?”

마틸드는 레이스 위로 바쁘게 손을 움직이며 어깨를 으쓱였다.

“내가 아는 건 아주 많아요. 하지만 이것만은 말해두죠. 그 남자를 조심해야 할 것 같은 느낌이 들어요.”

“어떤 면에서?”

마틸드는 사람들이 숨기려는 것들을 감지하는 데 뛰어난 능력이 있었고 그런 직감적인 통찰력은 언제나 코델리아에게 도움을 주었다.

“아직은 확실치 않아요. 비밀을 간직한 듯한 어둠이랄까……. 어쨌든 시간이 말해주겠지요.”

마틸드가 벗겨낸 드레스를 옷장으로 가져갔다.

그 정도로는 전혀 안심이 되지 않았지만, 코델리아는 더 이상 그 문제를 파고들지 않았다.

코델리아가 침대에 눕자, 마틸드는 머리맡으로 베개를 끼워주고 이불을 펼친 다음 레이스 달린 머리덮개를 바로잡아 주었다.

“그림처럼 예쁘군요.”

　문득 그녀의 눈살이 찌푸려졌다.

　"남자가 자기 식으로 밀고 나가려 한다면, 도살당하기 직전의 양이겠지만요."

　그녀가 독백처럼 중얼거리고는 공작에게 알리기 위해 방을 나섰다.

　혼자 남게 되자 코델리아는 다시금 불안해졌다. 흘러내린 머리카락 한 올을 입 속으로 집어넣고 빨아대며, 과연 마틸드가 미카엘 공작의 의도를 제대로 짚은 것인지를 고민했다.

　미카엘이 갈색 벨벳 실내복 차림으로 방에 들어왔다. 가발을 벗어내고 회색 머리를 목덜미에 묶은 채였다. 마틸드가 문 옆에서 망설이며 서 있었다.

　공작이 침대로 다가와 신부를 살피더니 놀랍게도 미소를 지었다. 또다시 코델리아는 살모사의 혀를 떠올리며 더욱더 불안해졌다. 자신이 머리카락을 빨고 있다는 걸 깨닫고는 그녀가 재빨리 젖은 머리카락을 귀 뒤로 넘겼다.

　"어린애 같은 습관이군."

　그가 침대 끝에 내려앉았다.

　"하지만 당신이 어리긴 하지."

　코델리아는 그에게 움츠러든 모습을 보이지 않으리라 결심하고 그의 눈을 마주보았다.

　미카엘이 한순간 미동도 하지 않더니 어깨 너머로 명령했다.

　"나가거라."

　문이 조용히 닫히고 나자, 미카엘은 두 손가락으로 코델리아의 턱을 붙잡고 자신의 입술로 이끌었다. 코델리아는 혐오감에 두 눈을 질끈 감아버렸다. 다음 순간 그의 입술이 주는 압력이 점점 증가되고 손가락의 힘도 거세어졌다. 그의 입술이 그녀의 이에 닿았다. 그의 혀가 그녀의 입술을 열어보려 노력했지만, 그녀는 온힘을 다해서 저항했다. 마침내 그의 입술이 떨어져 나갔다.

"순진하군, 그렇지?"

그는 만족감을 숨기지 않았다.

"하지만 좀더 기꺼이 남자의 욕구를 충족시키는 법을 배워야겠어."

그가 침대에서 일어나자 로브 밑으로 우뚝 솟아 있는 욕망이 드러나 보였다. 그는 허리춤에 두 손을 올리고 그녀를 내려다보았다.

'꽤나 매력적이군.'

불안감과 순진함이 그녀와 잘 어울렸다. 엘비라의 세련된 매력에도 비할 만하다. 게다가 싱싱한 피부와 검푸른 머리채, 그리고 젊은 향기는 엘비라가 죽은 후로 가끔씩 즐겨보았던 창녀들과 다른 신선함이 있었다.

"내일이 우리의 시작이오."

그가 문을 향해 천천히 걸어나갔다.

"아침에 봅시다. 우린 일찌감치 파리로 출발할 거요."

"폐하께서 며칠 동안 이곳에 머무신다고 들었는데요."

코델리아는 화들짝 마비된 충격에서 빠져 나왔다.

"하지만 우린 여기 남지 않아도 되오. 당신은 왕세자비의 수행원이 아니니 그녀의 시중을 들 필요가 없소. 당신 자신의 인생으로 떠나면 그만이지."

그의 뒤로 문이 찰칵 닫혔다.

코델리아는 그의 키스가 남긴 자취를 지우기 위해 필사적으로 입술을 문질러댔다. 그녀와 앙투아네트의 인생은 언제나 함께 얽혀 있었다. 아주 어렸을 적부터 그들은 기쁨과 괴로움, 모든 비밀을 함께 나누었다. 공주의 운명이 국가적으로 극히 중요한 의미를 지니는 데 반해 한 나라의 귀하신 몸이며, 그에 비하여 자신의 운명이 좀더 조용하고 개인적일 것이라는 건 알고 있었다. 하지만 지금 이 순간까지, 코델리아는 앙투아네트와 자신의 인생이 얼마나 서로 멀어지게 될지 완벽하게 이해하지 못했었다.

이제 그녀는 철저하게 혼자였다.

"오늘밤에 새어머니를 뵐 수 있을까요, 마담?"

실비는 습관적으로 손톱을 깨물다가 재빨리 퉤퉤 뱉었다. 흥분할 때면 손톱에 쓰디쓴 노란 약이 묻어 있다는 것을 잊어버리곤 했다.

"결혼식이 6시라고 하더구나."

루이즈가 대꾸했다.

"너희 아버지와 새어머니가 몇 시쯤 도착하실지는 모르지만, 아마 너희가 잠든 후가 될 거야. 공작부인께서 아침에 너희를 부르실 거다."

루이즈가 성경을 집어들었다.

"자, 그 솔기를 다 꿰매거라, 실비. 아멜리아, 테두리가 비뚤어졌구나. 풀어내고 다시 시작해라."

루이즈가 욥기를 큰 소리로 읽기 시작했다.

"그녀가 우릴 좋아할지 모르겠어."

아멜리아가 고개를 숙인 채 실밥을 풀어내는 데 정신을 집중하는 척하며 입술만 살짝 움직이면서 낮은 목소리로 자신의 쌍둥이에게 속삭였다.

"그렇지 않을 걸. 그 여자도 아빠와 똑같을 거야. 궁궐에 들어가느라 정신없겠지."

"뭐라고 했니, 실비?"

루이즈가 코안경 위로 날카로운 시선을 들어올렸다.

"아무 말도 안 했어요, 마담."

실비가 구겨진 옷감에 시선을 고정시킨 채 순진하게 고개를 흔들었다.

루이즈는 의심스레 두 소녀를 쳐다보았지만, 둘 다 고개를 숙인 채 작은 손으로 연신 실과 바늘을 움직이고 있었다.

"더 이상 아무 소리도 들리지 않길 바란다."

그녀가 다시 성경을 집어들었다.

아멜리아가 쌍둥이의 발을 지그시 눌렀다.

"마담, 레오 삼촌이 결혼식 후에 함께 오시게 될까요?"

"모르겠다."

아멜리아의 표정이 시무룩해졌다. 역시 이 가정교사는 레오 삼촌에 대한 얘기를 싫어한다.

루이즈의 입술이 오므라들었다. 그녀는 그 자작이 아이들을 너무 흥분시키고 버릇을 다 받아주는 것이 대단히 못마땅했다. 하지만 그런 일을 공작에게 보고할 때마다 가차없이 무시당했다. 그래서 공작에게 자작의 불평을 하는 게 자신의 역할이 아니라는 것을 깨달았고 키어스턴 경에게는 아이들에 대한 특별한 권위가 있는 모양이라고 받아들였다. 새로운 공작부인이 그런 잘못을 알아차리고 영향력을 행사해 주어야 할 텐데.

그녀의 입술이 더욱 오므라들었다. 집사장도 새로운 공작 부인에 대해서 특별한 언질을 듣지 못한 듯했다. 정말로 아는 것이 없든지, 아니면 일부러 그녀를 약올리는 것이리라. 새로운 공작부인이 예전의 마님보다 더 젊으며 오스트리아 귀족이라는 말밖에 들은 바가 없었다.

오스트리아 궁전은 형식과 예의에 대단히 집착하는 것으로 알려져 있었다. 마리아 테레지아는 자신의 영토를 엄격한 윤리 규범으로 다스리는 도덕적인 여자로서 방종함을 참아주지 않는다고 했다. 그런 분위기에서 자란 여자라면 틀림없이 교육적인 면에 있어서도 철저한 규율을 지키려 할 것이다. 그러니 분명 어린 소녀들을 권위를 존중하고 명예로우며 말해야 할 때만 말하고 자신들의 의무를 잘 이해하는 이상적인 여성으로 만들기 위한 자신의 노력을 제대로 평가해 주리라.

루이즈는 주인님의 새로운 아내를 상상해 보았다. 레이디의 모습에 대해 들은 바도 없고 초상화를 보지도 못했지만, 주인님의 취향을 잘 알기에 철저하게 성실하고 독실한 신앙심을 지닌 엄격한 여자이리라 확신했다. 아직 어린 나이라고 하니, 자신을 간섭하려 하지는 못할 것이다. 두 소녀들을 아기 때부터 가르친 가정교사에게 모든 걸 알아서 하라고 인정해 주는 장면도 어렵지 않게 상상할 수 있었다.

배부르게 저녁을 먹은 뒤인지라, 그녀의 머리는 점점 더 밑으로 처지고 성경을 읽던 목소리도 중간에서 멎어버렸다. 기분 좋은 상상과 식사 때 마신 와인 덕분에 몽롱한 졸음이 밀려들었다. 머리가 가슴으로 풀썩 떨어지자 그녀는 화들짝 자세를 바로잡았다. 그리고는 웃음을 참으며 앉아 있는 두 소녀를 매섭게 노려보았다.

루이즈는 헛기침을 하고 코안경을 고쳐 쓰고 나서 다시 성경을 읽기 시작했다. 소녀들이 성실하게 바느질을 하고 있었지만, 루이즈는 그들이 키득거림을 참아내고 있다는 것을 분명히 알았다. 하지만 더이상 무슨 말을 해봤자 지금의 위엄마저 잃을 뿐이었다. 시계가 여섯시를 알릴 때까지 그녀의 성경읽기는 단조롭게 이어졌다.

아멜리아와 실비가 시선을 들어올리며 서로 눈짓을 교환했다. 이제 결혼식이 열릴 시간이었다.

레오는 왕실 예배당 앞좌석에 자리잡았다. 오르간 소리의 시작으로 더 이상 주위 사람들과 대화하려 애쓸 필요가 없다는 것이 다행스러웠다. 모두 공작의 새신부에 대한 얘기뿐이었다. 하객들 중에서 신부를 본 사람이 한 명도 없었기 때문에 레오는 예배당에 도착한 순간부터 질문에 시달려야 했다.

그는 끊임없이 쑤셔대는 두통에 대항해 보려 눈을 감았다. 새벽이 될 때까지 줄곧 마셔댔던 독한 와인이 제 효과를 발휘했다. 잔인한 두통과 구토증세를 느껴 오늘 정오가 되어서야 잠자리서 일어날 수 있었다.

"여제의 음악가에 대한 스캔들이 터졌을 때 당신도 빈에 있었소, 키어스턴?"

통통한 얼굴의 카리락 공작이 향로의 향기를 부채질하며 뒷좌석에서 몸을 내밀었다.

"그 일과 관련된 제자가 파리에 왔다고 들었소."

레오는 둔해진 재치를 끌어내 보려 노력했다. 코델리아는 크리스티앙에 대한 책임을 그의 무릎에 확실하게 던져놓았다.

"네, 그에게 후원자가 생길 때까지 제가 보살펴 주기로 했지요."

카리락 공작은 언제나 자신을 예술가의 최고 후원자로 내세우고 싶어했다.

"그 젊은이는 재능이 있습니다. 일단 국왕께서 그의 음악을 들어보신다면 더 이상 후원자를 찾을 필요도 없을 겁니다."

"아하."

카리락은 늘어진 살 속에 박힌 자그마한 눈을 반짝이며 턱을 매만졌다.

"하지만 지금으로서는 자유로운 몸이라는 거군. 당신 자신이 후원할 생각은 없는 거요?"

"그건 저의 스타일이 아닙니다."

레오가 냉랭하게 대꾸했다. 성공적인 후원자가 되려면 영향력과 부 이상의 것이 필요했다. 그래서 귀족들은 성공할 만한 예술가를 잡기 위해 혈안이 되었고 그 중에서도 카리락 공작은 가장 목숨걸고 덤벼드는 사람이었다. 그의 관심을 불러일으킬 수 있다면, 크리스티앙은 좋은 발판을 얻게 될 것이다.

"좋아, 좋아."

카리락이 고개를 주억거렸다.

"그 문제를 좀더 얘기해 봅시다."

그때 예배당 안에 기대감 어린 웅성거림이 번졌다. 레오가 문 쪽으로 시선을 돌렸다. 충혈된 눈 안에 황금의 번득임만이 들어왔다. 그러나 그것이 점차 까만 머리 위에 다이아몬드 관을 쓰고 창백한 얼굴로 다가오는 코델리아의 모습으로 변해갔다. 그의 옆을 지나치면서 그녀의 시선이 그와 마주쳤다. 그 눈동자가 이글이글 타오르는 화로 속의 새카만 숯덩이 같았다. 그런 다음 그녀는 앞으로 나아갔고 오르간 소리가 점점 사그라들면서 공작과 함께 제단 앞에 섰다.

크리스티앙은 예식이 시작되는 순간 살그머니 예배당 안의 어두운 곳으로 숨어 들어갔다. 물론 초대를 받지는 못했지만, 코델리아를 위해 여기 와야만 할 것 같았다. 그녀에겐 결혼식을 지켜봐 줄 과거의 존재가 아무도 없었다. 앙투아네트는 아직도 콩피에뉴에 남아 있었고 자작은 크리스티앙만큼 코델리아를 알지 못했다. 그는 그들의 과거를 함께 나누지 못한 낯선 인물이었다.

대리석 기둥 뒤의 어둠 속에서 그는 제단 앞의 한쌍을 지켜보았다. 공작이 은빛 레이스로 테두리를 두른 크림색 예복을 입고 당당히 서 있었다. 넓은 어깨와 튀어나온 배. 한때 근육질이었을 싶을 강인한 몸매가 서서히 시들어가는 모습이었다. 하지만 그의 태도에는 권위와 영향력을 행사하는 것에 익숙한 사람으로서의 자신감이 넘쳐흘렀다. 그에 비하면 코델리아는 황금빛 드레스 차림에 다이아몬드 관을 쓰고 있음에도 불구하고 너무나 연약하고 미약해 보였다.

공작이 그녀의 손을 잡아 그 손가락에 반지를 끼워주었다. 코델리아도 똑같이 남편에게 반지를 끼웠다. 크리스티앙은 앞좌석에 앉아 있는 키어스턴 자작을 바라보았다. 자작의 표정은 돌로 조각해 놓은 석상 같았다. 온몸이 경직되었고, 난간을 움켜쥔 그의 손가락 관절이 하얗게 변해 있었다. 코델리아가 사랑한다고 고백했던 남자. 코델리아의 말대로라면, 자신의 감정을 인정하지 않음으로써 그 사랑을 거부했던 남자. 그런데 이 엄숙한 순간 어두운 예배당 안에서 레오 보몬트는 고통이라고 묘사할 수밖에 없는 감정을 인정하고 있는 듯했다.

신랑과 신부가 통로로 돌아 나왔다. 코델리아의 얼굴은 전보다 더욱 창백해졌다. 남편의 소매에 손을 올려놓은 채 이번에는 레오가 있는 곳으로 시선을 돌리지 않고 똑바로 바닥만을 내려보았다. 그녀는 이 예식을 마음에서 밀어내려 노력했다. 빈에서 치렀던 예식과 너무나 비슷하면서도 소름끼칠 정도로 다른 결혼식. 레오가 이곳에 있다는 의식이 너무나 압도적이었기에 그의 체취조차 느낄 수 있을 것 같았다. 그녀는 울고 싶었다. 모든 게 다 잘못되었다고 비명을 지르고 이건 말도 안 된다고 고함을 질러대고 싶었다. 하지만 그 어느 것 하나 할 수가 없었다.

예배당 밖의 뜰로 나서자, 신선한 저녁 공기가 숨막힐 것 같던 향내와 엄숙한 분위기를 몰아냈다. 이제 그녀는 주위 환경에서 자신을 격리시켜 버린 채 축하 인사들과 베르사유에 입성한 신참을 평가하는 호기심 어린 눈동자들을 거의 인식하지 못하고 단지 미카엘 공작이 거대한 장벽처럼 버티고 있다는 것만을 절실히 느끼고 있을 뿐이었다.

"저의 축하를 받아주십시오, 공작부인."

레오의 목소리가 그녀를 현실로 일깨워 놓았다. 그녀는 화들짝 그를 올려다보았다. 그의 얼굴은 마치 무표정한 가면 같았다.

코델리아가 절을 올렸다.

"감사합니다."

한순간 무기력한 감각에 집어삼켜질 것만 같았다. 그의 품으로 뛰어들어가 이곳에서 데리고 나가 달라고, 이 악몽 같은 현실을 지워달라고 애원하고 싶었다.

"우리의 피로연에 와 주겠지요, 레오?"

미카엘 공작이 미소를 지었다. 그는 아주 즐거워 보였다. 웨딩 드레스를 입은 신부의 모습이 꽤나 사랑스러웠을 뿐만 아니라 소매를 붙잡은 그 작은 손이 순결한 처녀답게 바들거리고 있다는 것이 앞으로의 즐거운 밤을 예고해 주었다. 그는 자신의 소유임을 알리듯 코델리아의 손을 매만졌다.

그 동작을 보면서 레오는 또다시 쓰디쓴 담즙을 삼켜야 했다.

"초대에 응하지 못한다 해도 이해해 주시오."

그가 정중하게 고개 숙이며 대답했다.

"오, 그럴 수야 있나. 당신이 이 일에 얼마나 수고를 해주었는데. 코델리아, 당신도 부탁해 보구려. 여행하는 동안 자작에게 신세를 많이 졌잖소. 피로연에 참석하여 우리의 감사를 받아달라고 청해 보시오."

그녀의 뺨에서 핏기라곤 찾아볼 수 없었다. 그녀는 피로연이 끝난 후 첫날밤을 보내야한다는 사실이 두려웠으며 그 모든 걸 자신이 견뎌낼 수 없으리라는 걸 잘 알았다. 그런 상태에서 레오를 바라보아야 한다는 것은 너무나 가혹했다.

"제가 얼마나 감사하는지는 표현할 수 없을 정도랍니다. 하지만 키어스턴 경이 오랜 여행으로 피곤하실지도 모르겠어요."

"무슨 소리, 난 키어스턴 경이 하루 종일 말을 달리고도 밤새도록 춤을 추는 것도 보았다오. 자, 우리와 함께 하겠다고 대답해 주시게."

한동안 레오는 이 곤경을 모면할 방법이 생각나지 않았다.

마침내 그는 미카엘의 팔을 붙잡고 한쪽으로 이끌어내 낮은 목소리로 말했다.

"도저히 안 될 것 같소, 미카엘. 물론 행복한 일이긴 하지만…… 엘비라의 결혼식이 자꾸만 떠오르는지라 부득이 거절해야겠소."

미카엘이 마지못해 받아들였다.

"더 이상 고집할 수 없겠군. 그럼 조만간 우릴 방문해 주시겠소?"

"물론이오."

레오는 예의를 차리며 그 대화를 엿들어 보려 애쓰는 코델리아에게로 돌아갔다.

"난 이만 실례해야겠소, 마담. 다른 약속이 있어서. 다시 한 번 결혼을 축하드리며 두 분의 행복을 기원하겠소."

그녀는 턱을 치켜올리며 지금까지보다 더 힘있게 대꾸했다.

"곧 제 남편의 딸들을 방문해 주시겠지요? 그 아이들에 대한 애정이

각별하시다고 알고 있습니다.”

레오는 말없이 고개를 끄덕이고 몸을 돌렸다. 문득 몇 걸음 떨어진 곳에서 배회하고 있는 크리스티앙의 모습이 눈에 들어왔다.

“미카엘, 여기 크리스티앙 퍼코씨를 소개하겠소. 오스트리아 궁정 음악가의 제자로서 이곳에 처음 왔다오.”

그가 젊은 남자를 손짓해 불렀다.

“크리스티앙은 저의 친…… 제가 잘 아는 사람이에요.”

코델리아는 공작에게 절하는 크리스티앙에게 다정하게 미소지었다. 잠시 동안은 친구를 위해 할 수 있는 일을 생각하며 자신의 걱정거리를 잊어버렸다.

“스승이었던 폴리그니와 어려운 문제가 있었답니다, 그래서 지금 새로운 후원자를 필요로 해요. 키어스턴 경께서 친절하게도 한동안 후원해 주기로 하셨어요.”

그녀가 크리스티앙에게 한 손을 내밀어 앞으로 이끌었다.

미카엘이 크리스티앙에게 서릿발 같은 시선을 던져보냈다.

“내 아내와 아는 사이라고?”

“어렸을 때부터 알고 지냈어요.”

코델리아가 말했다.

“당신에게 물은 게 아니오, 마담. 끼어들지 마시오.”

미카엘이 차갑게 내뱉자, 코델리아의 얼굴이 새빨갛게 붉어졌다. 변명과 공격적인 말들이 입가에서 맴돌았지만, 최대한의 노력으로 눌러 참았다. 레오의 표정도 험악했고, 크리스티앙은 감히 말문을 열지 못했다.

“내 아내가 한낱 음악가의 제자와 어울린다는 건 아주 불쾌하오. 키어스턴 자작이 후원해 준다고는 해도, 내 아내는 당신과의 친분을 인정하지 말아야 하오.”

그가 레오에게 고개를 까닥이고는 휙 돌아섰다.

"갑시다, 코델리아."

그가 그녀의 팔을 잡아 끌어당겼다.

코델리아는 놀랍고 분한 표정으로 서 있는 크리스티앙과 험악한 얼굴의 자작을 쳐다보고 나서, 결연하게 말했다.

"나리, 그런 식으로 수치를 주는 건 너무하세요. 저의 친구들 앞에서 거칠게 절 끌고 가실 이유는 없다고 생각합니다."

"당신 친구들 중에 미천한 부류들을 포함시키지 마시오. 그리고 앞으로는 내 말에 끼어들지도 말 것이며 묻지 않았을 경우 함부로 의견을 드러내지 마시오. 그건 적당치 못할 뿐더러 난 사람들 앞에서 내 아내가 나서는 것을 참아줄 수 없소. 내 말 분명히 명심하시오."

그들은 미카엘의 저택으로 향하게 될 마차에 도착했다. 코델리아는 여전히 분노와 당혹감에 사로잡혀 있었다. 지금껏 이렇게 모욕적인 대접을 받은 적은 한 번도 없었다. 사람들은 언제나 그녀가 애기할 때 귀를 기울여 주었다. 그녀는 지적이고 재치 있게 행동할 줄도 알았으며 스스로 생각하는 데 익숙했다. 그런데 이 남자는 앞으로 벙어리가 될 것이며 견해조차 갖지 말라고 말하고 있지 않는가.

'오 맙소사, 앞으로 어떤 인생이 시작되려는 걸까?'

미카엘은 중대한 문제를 해결한 사람처럼 만족스런 표정으로 그녀를 마차 안에 들여보낸 다음, 자신의 의자에 내려앉으면서 약탈자 같은 시선으로 그녀를 응시했다. 코델리아는 등을 기대며 눈을 감아버렸다. 그 짐승 같은 시선을 참을 수가 없었다.

11

밤이 깊어지기 전 결혼식 하객들은 모두 공작의 저택에서 떠나갔다.
워낙 절제되고 점잖은 피로연이었던지라 외설스런 농담을 들으며 침
실로 향해야 하지 않을까 하던 코델리아의 두려움은 일단 진정되었다.

그녀는 공작의 먼 친척뻘인 노부인들 세 명에게 이끌려 위층으로
향했다. 그들은 어린 신부에게 지혜나 조언이나 용기 따위를 주는 일
에는 전혀 무관심한 채 결혼식 하객들에 대해서만 떠들어댔고 코델리
아는 어쩐지 그 대화의 방해꾼이 된 듯한 기분을 느껴야 했다.

"마틸드가 알아서 해줄 수 있을 거예요, 마담."

그녀는 속옷차림으로 몸을 떨며 입을 열었다. 도와주겠다고 자청했
던 노부인은 그녀의 잠옷을 든 채로 다음 할 일을 잊은 듯 마담 뒤 바
리의 머리모양에 대해서만 시시콜콜히 재잘거리고 있었다.

마틸드가 그 여자의 손에서 잠옷을 빼내며 중얼거렸다.

"우리 아가씨 감기 걸리시겠다구요."

르쥔 백작 부인이 그제서야 자신의 할 일을 알아차린 듯 눈을 깜박

이며, 속옷을 벗고 있는 코델리아에게 상냥하게 물어보았다.

"뭐라고 했어요?"

"관심 가져주셔서 감사하다고 말씀드렸어요, 마담. 하지만 이제부터 는 제 하녀가 알아서 할 수 있으니, 너무 늦어지기 전에 집으로 돌아 가셔야 할 거예요."

코델리아가 머리 위로 끌어올려진 속옷 때문에 헝클어진 머리 사이 로 대꾸했다.

"오, 그래도 우린 당신이 잠자리에 드는 걸 지켜봐야 해요. 공작께 서 그러길 원하신답니다."

백작부인이 동료들에게 시선을 돌리자 그들이 열심히 고개를 끄덕 여 보였다.

"하지만 이 하녀가 우리보다 더 능숙한 듯하니, 우린 여기 앉아서 기다릴게요."

코델리아는 인상을 찌푸리며 마틸드를 바라보았다. 마틸드가 고개 를 흔들어대며 코델리아의 머리 위로 풍성하게 레이스 달린 잠옷을 씌 워 주었다. 그녀가 신부의 머리를 빗겨주고 잠옷의 주름을 정리하고 침대를 준비하는 동안, 부인들의 수다는 쉴새없이 이어졌다.

"준비가 끝났습니다."

마틸드가 두 손을 앞으로 모아 쥐고 세 명의 여자를 노려보며 큰 소 리로 알려주었다. 공작의 앞에서는 비굴한 하인처럼 굴었지만, 이 수 다쟁이들에게 위축될 이유는 전혀 없었다.

"어머, 그럼 우리 할 일은 끝난 거네."

백작부인이 침대로 다가와 코델리아를 살펴보았다.

"좋은 꿈 꿔요."

"친절하게 신경 써 주셔서 대단히 고맙습니다."

그 비꼬는 듯한 말투에도 아랑곳없이 그들은 미소지으며 재잘재잘 사라져갔다.

“저 여자들이 무슨 쓸모 있는 일을 했는지 알 수 없군요.”
마틸드가 투덜거렸다.
“그런 생각이나 할까 모르겠어.”
잠시나마 코델리아의 눈에 떠올랐던 즐거움이 사라져갔다. 하얀 베개 위에 놓인 그녀의 얼굴이 몹시도 창백했다.
“이런 거 안 해도 된다면 좋겠어, 마틸드.”
“그런 소리 마세요. 이제 결혼하셨으니 남편과 관계를 가져야 해요.”
그녀가 코델리아를 다독거리며 작은 단지 하나를 건네 주었다.
“공작님이 들어오시기 전에 이 연고를 바르세요. 통증을 덜어줄 거예요.”
코델리아는 그 단지의 뚜껑을 열었다.
“이게 뭔데?”
“허브 연고예요. 남편이 사려 깊지 않을 경우 통증을 완화시키기 위해서죠.”
“사려 깊지 않게? 어떻게?”
코델리아가 향내 없는 연고를 손가락에 덜어냈다. 마틸드의 충고가 중요하다는 것은 알았지만, 아직까지도 어딘가 먼 곳 다른 나라에서 벌어지는 일인 것 같았다.
“자작님과 그 일이 있었을 때였다면 순결을 잃는 게 덜 고통스러웠겠죠. 하지만 아내에게 신경 써 주는 남자는 드물어요. 그러니까 빨리 연고를 발라요. 공작님이 곧 들어오실 거예요.”
코델리아는 그 말대로 연고를 바르면서도 이 모든 것이 자신의 일이 아닌 다른 사람의 현실인 것만 같았다. 그녀가 마틸드에게 연고를 돌려주고 그 연고가 마틸드의 주머니 속으로 들어갔을 때 방문이 열렸다.
공작의 뒤로 신랑을 신방으로 안내하는 들러리인 듯한 두 남자가 서 있는 것이 보였다. 미카엘이 그들에게 무슨 말을 하자 웃음소리가 터지고 다음 순간 문이 닫혔다. 미카엘이 방 안으로 걸어 들어왔다. 정교하게 수놓은 로브 차림의 그는 커다란 침대에 미동도 없이 창백하게 누워 있는 신부를 내려다보며 약탈자 같은 눈빛을 번득거렸다.

"나가거라."

비음 섞인 목소리가 거칠게 울렸다.

마틸드는 흘깃 침대를 바라보며 코델리아에게 결연하게 고개를 끄덕여 보이고는 조용히 문을 닫고 나갔다. 밖으로 나선 그녀는 태피스트리가 걸린 벽의 어둠 속에 자리잡았다. 자신의 아가씨를 도울 방법은 아무것도 없었지만, 최소한 가까이에 있어주어야만 했다.

코델리아는 침대로 다가오는 남편을 공포스레 바라보았다. 그는 아무 말도 없이 탁자의 촛불을 훅 불어 끄고 육중한 침대 휘장을 내리닫았다. 그녀가 그 어둠에 안도할 사이도 없이 그가 실내복을 그대로 입은 채 침대 위로 기어올랐다.

다음의 끔찍한 시간이 이어지는 동안 그들은 한 마디도 하지 않았다. 그녀는 두려움과 혐오감에 휩싸여 마틸드의 연고에도 불구하고 몸이 열리지 않았다. 하지만 그녀의 저항이 오히려 미카엘을 즐겁게 한 듯했다. 그는 껄껄 웃어대면서 그녀의 열리지 않는 몸 속으로 과격하게 밀고 들어왔다. 그녀의 비명에도 아랑곳없이. 영혼까지 더렵혀지는 듯한 낯선 침입이었다. 그녀의 몸 안에 씨를 뿌려내며 만족스런 신음을 토해내고 나서야 그는 그녀에게서 빠져 나가 옆으로 드러누웠다.

그 육체적인 충격에 그녀의 몸은 걷잡을 수 없이 부들거렸다. 허리 위까지 올라간 잠옷을 흐느끼며 끌어내렸다. 다리 사이에 끈적끈적한 액체의 느낌이 혐오스러웠지만, 옆에 누운 남자가 다시 움직일까 두려워 감히 꼼짝할 수 없었다. 그녀는 떨림을 멈추고 숨결을 진정시키려 또한 목까지 차오르는 흐느낌을 삼키기 위해 안간힘을 쓰며 누워 있었다.

그 소름끼치는 공격은 그날 밤 내내 몇 번이고 되풀이되었다. 처음에 그녀는 필사적으로 그를 밀어대고 몸을 비틀어대며 허벅지를 열지 않으려 싸웠다. 하지만 그녀의 몸부림이 그를 더욱 흥분시키는 듯했다. 그는 그녀의 비명을 손으로 틀어막고 그녀의 손목을 머리 위로 붙잡아 올린 채 포악한 공격을 계속해댔다. 그녀가 미친 듯이 그의 손바닥을 깨물어 버리려 하자 그는 그녀를 홱 돌려 눕히고 다시 다리를 활짝 벌려 파고들었다.

다음 번에 그녀는 모든 것이 다 끝날 때까지 움직이지 않고 뻣뻣하게 누워 있었다. 이번에도 그는 야수 같은 신음소리 외에 아무 말도 하지 않았다. 잠들었을 때는 드르렁 코를 골아대다가 기력이 생기자 다시 그녀에게 덤벼들었다. 코델리아는 그대로 누운 채 부들부들 몸을 떨며 토할 것 같은 기분으로, 자신을 너무나 경멸스럽게 다루는 그 남자와 그리고 굴복할 수밖에 없는 자신의 무기력함에 흐느껴 울었다.

멜크에서 레오와 함께 했던 그 기억은 다른 세상, 다른 사람의 일이었다. 그녀는 이제 그 폭발할 듯한 쾌락의 끝을 알지 못할 것이며 사랑하는 사람과 함께 몸을 섞는 기쁨을 영원히 알지 못할 것이었다.

새벽녘이 되었을 때 코델리아는 어떻게든 이 결혼에서 도망쳐야 한다는 걸 알았다. 미카엘의 아내 자리에서 도망칠 수는 없다 해도, 유린되는 육신과 분리시켜 자신의 본모습을 지탱해야만 했다. 남편의 경멸스런 행동에서 자신을 떼어놓아 자아를 유지해야 했다. 그래야만 자신이 이렇게 파괴당한 육신 이상의 존재라는 믿음을 지닐 수 있을 것이다.

미카엘은 이제 깊이 잠들어 있었다. 코델리아가 조심스레 침대에서 빠져 나가 뿌연 새벽빛 속으로 들어섰다. 침대 위에도, 그녀의 잠옷과 허벅지에도 피가 얼룩져 있었다. 온몸이 갈기갈기 찢겨지고 부서진 느낌이었다. 그녀는 늙은 노파처럼 힘겹게 세면대로 움직여갔다.

"코델리아? 뭐하는 거요?"

미카엘이 눈을 깜박이며 일어나 앉았다. 그가 침대 휘장을 활짝 열어젖혀 시트를 확인했다. 그의 입가에 득의만면한 승리감이 떠올랐다. 그는 젖은 수건을 들고 있는 코델리아를 바라보다 또다시 잠옷의 혈흔을 포착했다. 그리고 다시 겁탈당할까봐 두려워하는 그녀의 공포를 알아차렸다.

"하녀의 도움이 필요하겠군."

그가 늘어지게 기지개를 켜며 침대에서 빠져 나왔다. 그의 실내복이 넓게 벌어지자, 코델리아는 황급히 시선을 피했다.

미카엘이 기분좋게 웃어제꼈다. 그녀에게 손을 뻗어 턱을 톡톡 건드리고, 그녀가 움츠러들자 다시 만족스럽게 웃음을 터트렸다.

"나한테 저항하지 말아야 하오, 코델리아. 이젠 날 즐겁게 해주는 법도 배워야지."

"어젯밤에는 즐겁지 않으셨나요?"

그녀의 목소리는 딱딱했지만, 기분좋은 상태의 미카엘은 자신이 원하는 방식으로만 들어넘겼다.

"처녀가 줄 수 있는 만큼의 즐거움이었지."

그는 허리띠를 다시 묶으며 경쾌하게 대꾸했다.

"이런 일에 적극적으로 나서라는 건 아니오. 다만 좀더 순순히 몸을 여는 법을 배워야 해. 그럼 날 완벽하게 만족시킬 거요."

그가 튕기는 듯한 걸음걸이로 문을 향했다.

"하녀를 부르시오."

코델리아는 침착을 되찾으려 애쓰며 닫혀진 문을 노려보았다. 그런 다음 더러워진 잠옷을 벗어내고 몸을 닦아내기 시작했다. 살갗을 한꺼풀 벗겨내려는 듯이 세차게 문질러댔다.

밤새도록 그 자리를 지키고 있던 마틸드는 공작이 방에서 나오자마자 앞으로 나아갔다.

"마님께 들어가봐도 될까요, 나리?"

"이런! 어디서 튀어나온 거야? 하녀를 부르라고 말한 게 방금 전인데."

"전 몇 시간 동안 기다리고 있었습니다, 나리."

"흐음. 최소한 충성스럽긴 하군. 그래, 그녀에게 도움이 필요할 테니 들어가 보거라."

그가 또다시 만족스런 미소를 지으며 문 쪽을 가리켰다. 코델리아는 자신의 남편이 대단히 정력적이라는 사실을 알았을 것이다. 이렇게 흥분되었던 게 얼마만인지, 이렇게 정력이 왕성하게 넘쳐흘렀던 때가 언제였는지 기억나지도 않았다. 분명 엘비라의 부정을 의심하기 시작하기 전이었으리라.

하지만 그건 다 지나간 일이었다. 그는 새로운 신부를 얻었고 새로운 인생의 전기를 맞이했다. 코델리아는 그를 실망시키지 않을 것이다. 미카엘은 그렇게 확신했다.

마틸드는 어슴푸레한 방안으로 달려들어갔다.

"나리께서 대단히 즐거워 보이시더군요."

"역겨운 인간이야."

코델리아가 격하게 중얼거렸다.

"다시는 그자의 손길을 견딜 수 없을 거야."

마틸드의 예민한 눈은 코델리아의 청회색 눈동자에 나타난 충격과 마비된 얼굴을 알아차렸다.

"그런 말씀 마세요. 싫든 좋든, 이제 그분은 아가씨 남편이에요. 그건 남편으로서의 권리를 가질 수 있다는 뜻이죠. 다른 모든 여자들처럼 아가씨도 그걸 받아들여야 해요."

"어떻게? 어떻게 그런 걸 받아들일 수 있겠어?"

코델리아가 흘러내린 머리를 쓸어 올리는 사이, 그 손목의 멍자국을 본 마틸드의 표정이 굳어졌다.

"어디 좀 봐요."

“괜찮아. 그냥 더럽혀진 느낌일 뿐이야. 목욕하고 싶어.”

“우선 그것을 좀 살펴본 다음에 하인을 부를게요.”

마틸드의 목소리가 험악했다. 코델리아의 멍자국과 긁힌 자국들을 빠짐없이 살펴보는 동안 그녀의 얼굴은 점점 더 험악해졌다.

“처음부터 난폭하게 굴었군요.”

마침내 마틸드가 중얼거리며 문 옆의 줄을 잡아당겼다.

“그 남자에게 무언가 음험한 면이 있을 줄은 알았지만.”

“내가 반항했기 때문에 다친 거야.”

코델리아가 힘없이 말했다.

“네, 아가씨가 그러는 거야 당연하지요. 하지만 다른 방법들도 있는데…….”

마틸드가 혼잣말처럼 덧붙이고는 호출을 받고 들어온 하녀에게 지시를 내렸다.

“목욕물을 준비해 줘요……. 아침식사도.”

“아무것도 못 먹어. 음식 생각만 해도 속이 메슥거려.”

“안 돼요. 무엇이든 먹고 기운을 차려야 해요. 비참한 기분으로 허우적대는 건 아가씨답지 않아요.”

이유가 얼마나 정당하든지 간에, 마틸드는 그런 연약함을 받아줄 수 없었다. 코델리아가 남편의 행동에 영향받지 않고 살아남으려면 기력을 되찾아야 했다.

“목욕하고 든든히 식사한 다음에 이 집안에서 여주인으로서 할 일을 하셔야 해요. 우선 집사장 무슈 브리옹을 다뤄야 한다더군요. 가정교사도 신경써야 해요.”

“가정교사는 왜?”

마틸드의 기운찬 어조에 코델리아의 목소리에도 어느새 힘이 실렸다. 그녀는 하룻밤에 무너질 만큼 물렁한 여자가 아니었다. 이 새로운 인생에 비참한 부부관계만 있는 것은 아니었다. 오늘밤 다시 벌어진

그 일에 불안해진다 하더라도 하루 종일 두려움에 떨고 있을 수만은
없었다.

옷을 고르고 있던 마틸드가 옷장에서 돌아섰다.

"가정부 말로는 한심한 노처녀라고 하더군요. 자신이 하인들과 어울
릴 만한 위치가 아니라고 생각하는지, 거의 혼자서만 지낸대요. 공작
의 먼 친척뻘이라더군요."

"그럼 아이들은?"

코델리아가 힘없이 침대 끝에 내려앉았다.

"다른 하인들은 그 애들을 거의 보지 못한대요. 가정교사 혼자서 맡
고 있다더군요."

마틸드가 실내복을 들고 침대로 다가왔다. 코델리아는 그 깨끗한 로
브 속으로 팔을 끼워 넣었다.

"공작이 딸아이들에게 어떻게 하는지 물어봤어?"

마틸드는 피묻은 잠옷을 뭉쳐들었다.

"거의 만나지도 않는대요. 하지만 육아실을 지배하는 건 주인나리라
더군요. 가정교사는 마담 드 네브리라는 이름인데, 공작 앞에서 꼼짝
도 못한대요. 가정부가 그렇게 말했어요. 이 집안은 기분이 좋지 않아
요. 모두들 공작을 무서워해요."

"그럴 만한 이유가 있겠지."

코델리아가 눈살을 찌푸렸다.

"내가 물어봤을 때 왜 레오가 말해주지 않았을까? 말할 기회를 충분
히 주었는데."

"아마 몰랐던 거겠죠. 남자들이란 바깥 세상과 집안에서 전혀 다른
모습을 드러내기도 해요. 아가씨는 이 집에서 그 본색을 알게 될 테구
요."

"하지만 레오의 여동생도 여기서 살았잖아? 그런 걸 잘 알았을 텐데
왜 오빠에게 말하지 않았을까?"

"그걸 어떻게 알겠어요?"

마틸드는 중요치 않다는 듯이 머리를 흔들었다.

"우린 우리 문제를 처리해야 한답니다."

코델리아는 이런 문제를 다루는 마틸드의 능력을 절대적으로 신뢰했다. 지금까지 유모가 어떤 식으로든 난감해 하는 경우는 본 적이 없었다. 그 생각이 그녀에게 새로운 활력과 용기를 전해주었다.

"옷 입고 나서 육아실에 가봐야겠어."

그녀가 테이블 위의 쟁반에서 따끈한 빵을 집어들었다. 침실에 붙은 작은 욕실에서는 하인들이 열심히 구리 욕조에 물을 채우고 있었다.

"뭘 입어야 할까? 환하고 밝은 색이었으면 좋겠어. 아이들에게 답답하게 보이고 싶지 않아."

마틸드는 과연 세상의 어느 누가 코델리아를 답답하게 보겠는가를 생각하며 미소지었다.

코델리아가 안도의 한숨을 내쉬며 뜨끈한 물 속으로 몸을 담갔다. 마틸드가 그 위에 허브잎과 향긋한 액체를 뿌려주자, 그 즉시 쓰라리고 아픈 부분들의 통증이 사그라들었다. 그녀는 욕조 테두리에 머리를 기대고 눈을 감은 채로 기운을 북돋아주는 허브향을 깊숙이 들이마셨다.

마틸드가 욕조 옆으로 식사 쟁반을 가져다 주었고, 코델리아는 따뜻한 물 속에서 빵과 뜨거운 초콜릿을 우물거리면서 천성적인 낙천주의를 다시 불러일으켰다. 어젯밤은 정말 지옥 같았다. 하지만 이제 최악의 상황을 알았으므로 어떤 일이 있을지 두려워하는 것은 끝났다. 게다가 지금은 육아실에 있는 작은 소녀들을 만나야 했다. 그 아이들이 겁을 내고 있지는 않을까?

마담 드 네브리는 대단히 기분이 고약해 보였다. 새벽 동이 트자마자 육아실로 들이닥쳐 찬물로 목욕하라는 명령을 내린 순간부터 실비와 아멜리아는 끔찍한 하루가 될 것임을 짐작할 수 있었다.

"하지만 너무 추워요."

실비가 잠옷 차림으로 맨바닥에 서서 몸을 떨어댔다. 아직 너무 이른 시간이라 쌀쌀한 밤공기가 남아 있을 뿐 아니라 열린 창문으로 바람까지 쳐들어왔다.

"너희 아버지께서는 너희가 조금의 불편함 쯤은 참도록 가르치라고 하셨어."

마담은 아이의 머리를 틀어올려 정수리에다 힘껏 고정시켰다. 사실 공작은 버릇없이 가르치지 말라고만 했을 뿐이지만, 가정교사는 자기 마음대로 그 지시를 바꾸어 해석했다.

머리가죽이 잡아당겨지고 핀들이 살 속으로 찔러 들어오자 실비가 다시 애절한 소리를 냈다. 유모는 대단히 못마땅한 표정으로 아이를 번쩍 들어 얼음장 같은 물 속으로 첨벙 떨어뜨렸다. 자신의 쌍둥이가 당하는 모습을 지켜보던 아멜리아는 좀더 엄숙한 표정으로 자신의 차례가 되기를 기다렸다.

그들은 어젯밤 침대에 누워서 마차 바퀴 구르는 소리와 아래층 문들이 열리고 닫히는 소리와 희미한 음악 소리들을 들었다. 파티에 차려진 음식들을 상상해 보려 했지만, 항상 맛없고 똑같은 음식만 먹어봤던지라 레오 삼촌이 가끔씩 가져다주곤 했던 딸기와 초콜릿이 가득한 식탁밖에 떠올릴 수 없었다.

"이리 와라, 아멜리아."

여전히 깍깍거리는 실비를 물 밖으로 끌어내 수건을 감아준 다음 성마르게 손가락을 퉁겼다. 그녀의 얼굴은 대단히 신경질적이었다. 입술과 코끝에 잉크로 그려놓은 것처럼 파란 혼적이 감돌았고, 두 뺨에는 주홍색이 번져 있었다.

수건을 감고 나자 실비의 흐느낌은 가라앉았다. 아멜리아가 새파래진 입술로 이를 달달거리며 물에 잠겼다가 비누칠을 당하고 다시 씻겨지는 동안, 실비의 살갗에 돋은 소름과 떨림이 가라앉았다.

하지만 옷을 입고 난 후에도 그들은 따뜻하지 않았고, 빵과 버터와 미적지근한 차뿐인 아침식사도 별 도움을 주지 못했다. 루이즈가 차를 마시는 동안 그녀의 파란 코끝이 점차 분홍빛으로 변해가고 있었다. 두 뺨도 점점 붉어졌다. 소녀들은 언제나처럼 그녀의 차 속에 무언가가 첨가되었다는 것을 알아차렸다.

"오늘은 지리를 공부할 거다."

루이즈가 지시봉으로 커다랗고 둥근 지구본을 가리켰다.

"실비, 영국을 찾아서 수도 이름을 맞혀보거라."

실비는 그 울퉁불퉁하게 굴곡진 선들을 들여다보았지만 모든 게 다 똑같아 보였다. 그래서 눈을 딱 감고 아무데나 손가락으로 짚어보았다.

루이즈는 코안경을 쓰고 그 부분을 살폈다. 그녀 자신도 영국을 찾아내라고 하면 알아맞히기 힘들었지만, 최소한 실비가 지적한 산악지대는 영국이 아닐 것이었다.

그 순간 문이 활짝 열리며 우중충한 방안으로 화려하게 반짝거리는 색채가 들이닥쳤다.

"안녕. 내 이름은 코델리아야. 너희들을 만나러 왔어."

소녀들은 청록색 드레스를 입은 까만 머리 소녀를 보며 입을 떡 벌렸다. 그 여자가 미소짓고 있었다. 빨간 입술에 폭 빠져버릴 것만 같은 커다란 푸른 눈동자였다.

그녀가 몸을 굽혀 실비에게 손을 내밀었다. 레오한테 리본 색으로 구별한다는 말을 들은 적은 있었지만, 자세히 기억나지 않았다.

"넌 실비니, 아멜리아니?"

"실비예요. 쟤가 아멜리아구요."

코델리아는 아이의 너무나 작은 손이 신기했다. 너무나 엄숙하게 자신을 쳐다보고 있는 두 소녀가 경이롭기까지 했다.

"공작부인, 여기 오신다는 연락을 못 받았는데요."

그 쌀쌀한 목소리에 코델리아가 똑바로 일어섰다.

"당신이 아이들의 가정교사로군요. 마담 드 네브리, 맞죠?"

이 불쾌해 보이는 여자를 따돌리는 게 이득이 되지 않으리라 판단하며 코델리아가 상냥하게 미소지었다.

"그렇습니다, 공작부인. 하지만 오신다는 연락을 못 받았는데요. 공작님께서 아무런 지시도 하지 않으셨습니다."

그녀는 자신이 상상했던 공작부인과 너무나도 다른 모습에 충격을 받았지만 그 놀라움을 숨기려 노력했다. 눈앞의 공작부인은 방금 공부방에서 뛰쳐나온 듯한 소녀인 데다가 아름다웠다. 아무리 편협한 시선으로 바라본다 해도 그 생동감 있는 아름다움을 부인할 수는 없었다.

"그렇겠죠. 그분은 내가 여기에 온 것도 모르실 거예요."

코델리아가 쾌활하게 말을 이었다.

"복잡한 형식을 차리지 않고 아이들을 만나는 게 더 나을 것 같았어요."

그녀는 여전히 입을 헤벌린 채 자신을 바라보고 있는 소녀들에게 시선을 돌렸다.

"우리 친구할까? 난 그랬으면 좋겠는데."

그녀가 다시 손을 뻗어 두 소녀의 손을 잡았다.

"네, 좋아요."

두 소녀가 동시에 대답했다.

"레오 삼촌은 아세요? 삼촌도 우리 친구예요."

"그럼, 알지. 그러니까 우리 모두 친구가 될 수 있겠다, 그렇지?"

그녀가 사근사근하게 가정교사를 대화에 포함시켰다.

"남편에게 키어스턴 자작이 자주 조카딸들을 방문한다는 말을 들었어요."

루이즈는 꼼짝도 않고 서 있었다.

"그렇긴 하지요. 하지만 공작부인, 지금 아이들은 수업을 받던 중이었습니다."

"어머, 나와 처음 만난 날인데 수업을 받아야 하다니 너무하네요."

코델리아가 코를 찡그리며 지구본을 살펴보는 척 가정교사 옆으로 다가섰다.

"지리를 가르치시는 건가요?"

"네."

루이즈가 쌀쌀맞게 대답했다.

코델리아는 자신의 의심이 맞았음을 알았다. 그 여자한테서 소금에 절인 청어 냄새가 났다. 아침 9시밖에 안 되었는데 술을 마신 것이 분명하다. 딸들의 가정교사가 술을 마신다는 사실을 미카엘이 알고 있을까? 하지만 당분간은 말하지 않을 생각이었다. 이 집안에 대해 배워야 할 게 아주 많았으니까.

"그럼 이만 나가봐야겠군요. 하지만 점심식사 전에 아이들을 내 방으로 보내주셨으면 좋겠어요. 당신은 함께 오지 않으셔도 되구요."

가정교사에게 화사한 미소를 지어 보였다.

"한 시쯤이 적당하겠군요."

그녀가 아이들에게 입을 맞추었다

"우리 친하게 지내보자."

그녀는 몽롱하게 기분 좋아진 실비와 아멜리아, 그리고 고드름처럼 얼어붙어 있는 가정교사를 남겨둔 채로 떠나갔다.

"글씨 연습하거라."

루이즈는 펜과 종이가 있는 테이블을 손가락질하고 나서 텅 빈 벽난로 옆에 털썩 내려앉아 반짝이는 쇠살대에 비친 자신의 모습을 바라보았다. 은근슬쩍 주머니에서 작은 병을 꺼내어 한 모금 들이켰다. 공작이 새신부의 이런 갑작스런 방문을 용납했을 리 없었다. 그는 의식과 절차를 철저하게 지키는 사람이었다. 그런 미카엘 공작이 어떻게 이런 경박하고 특이하며 생기 넘치는 신부를 맞아들인 것일까?

　루이즈는 다시 한 모금 더 들이켰다. 그녀가 아는 한, 공작은 오랫동안 그런 성질을 참아낼 남자가 아니었다.

　코델리아는 저택의 중앙부로 돌아와 구불구불한 계단을 내려가 동굴 같은 홀에 들어섰다.

　어디에선가 홀연히 무슈 브리옹이 나타나 그녀에게 고개를 숙였다.

　"지시하실 일이 있으십니까, 공작부인?"

　"그래요. 집 안을 둘러보고 싶어요. 가정부와 주방장도 만나보고 싶고요."

　코델리아의 미소가 따뜻하긴 했지만, 집사장은 이 새로운 여주인이 만만한 상대가 아니라는 걸 알 수 있었다.

　"주방장이나 가정부에게 지시하실 일이 있으시면 제가 전해드리겠습니다."

　코델리아는 고개를 저었다.

　"그럴 필요 없어요, 무슈 브리옹. 그런 것쯤은 내가 할 수 있답니다. 정오쯤 내 방으로 오라고 전해주세요. 자, 이젠 집 안을 안내해 주시겠어요?"

　"코델리아, 무슨 일이오?"

　남편의 목소리에 그녀가 몸을 돌렸다. 그는 복도 왼편의 문가에 서 있는 그는 식사중이었던 듯 왼손에 냅킨을 들고 있었다. 그녀의 시선이 그 손에 고정되었다. 두꺼운 손가락에 잿빛 털들이 북실거리는 각진 손. 그 손이 지나쳐간 흔적을 기억하며 그녀는 뼛속까지 움츠러드는 느낌이었다. 최대한의 노력으로 그녀는 간신히 뒷걸음질치지 않을 수 있었다.

　"무슈 브리옹에게 집 안을 안내해 달라고 부탁하던 참이었어요."

　미카엘은 생각에 잠겼다가 흠잡을 만한 일이 아니라고 판단했다.

"좋을 대로 하시오. 한 시간 후에 서재에 있을 터이니 그리로 와주기 바라겠소, 마담."

코델리아는 예의를 갖추고 남편이 식당으로 돌아갈 때까지 기다렸다가 집사장에게 돌아섰다.

"가볼까요?"

무슈 브리옹이 고개를 숙였다. 예전의 마님처럼 세련되거나 은근한 면은 없었지만, 묘한 힘이 느껴졌다. 마음만 먹으면 이 집안에서 자기 편을 끌어 모을 수 있으리라.

"어디부터 가고 싶으십니까, 마담?"

한 시간 후 새로운 여주인을 서재로 안내할 때까지 무슈 브리옹은 여전히 공작 부인에 대한 판단을 내리지 못했다. 하인들에게 충격적일 만큼 친근하게 대하면서도 집안에 대한 질문들은 콕콕 정곡을 찔러대곤 했다. 그는 자신의 짐작을 확신했다. 강인한 의지력이 잠재해 있는 숙녀였다.

코델리아가 서재로 들어서자 미카엘은 신중하게 펜촉을 닦아 정확히 압지 끝부분에 내려놓은 다음 탁자에서 일어났다.

"본 것들이 마음에 들었으리라 믿소, 마담."

코델리아는 방 안으로 들어갈 용기가 나지 않았다. 남편 가까이로 한 걸음도 더 다가서고 싶지 않았다.

"아름다운 저택이에요. 특히 작은 살롱의 부셰 작품이 감탄스러웠어요."

이 남자와 평이한 대화를 해나가는 법을 배워야 했다. 밤의 겁탈자와 낮의 남편을 분리시켜야 했다. 그렇게 하지 못한다면 그의 구둣발 아래 짓밟히는 개미처럼 되어버릴 것이다.

미카엘이 탁자로 돌아서서 아주 정확한 손놀림으로 쓰고 있던 페이지에 모래를 뿌리고 털어낸 다음 노트를 덮었다.

"화랑에 있는 렘브란트 보았소?"

"네, 하지만 전 카날레토가 더 마음에 들어요."

그녀는 그가 노트를 들고 장 밑의 상자로 가셔가 주머니의 열쇠로 상자를 열고 주의 깊게 노트를 집어넣은 다음 다시 잠그는 모습을 지켜보았다. 상자 안에 들어 있는 것은 보지 못했지만, 노트를 넣고 잠근다는 것이 이상하게 느껴졌다. 하지만 이내 외교적인 비밀이나 정보가 들어 있을 수도 있다는 생각이 들었다. 대사라는 지위는 외교관일 뿐만 아니라 자기 나라 군주의 스파이기도 하지 않은가.

"카날레토가 괜찮기는 하지. 그러나 렘브란트보다 주제면에서 경박하오."

코델리아는 반박하지 않고 방안을 둘러보다가 벽난로 위의 초상화에 시선을 고정시켰다. 그 여자가 누구인지 즉시 알 수 있었다. 눈동자가 개암나무빛이 아닌 푸른색이긴 했지만, 표정이나 코의 생김새, 관능적인 입술이 레오 보몬트와 아주 흡사하게 닮았다.

"당신의 전부인인가요?"

그녀는 지대한 호기심으로 그 관능적인 모습을 살펴보았다. 레오의 쌍둥이를 본다는 것이 어쩐지 레오와 연결되는 것 같았기에 짜릿한 흥분도 느껴졌다.

"그렇소. 프라고나르의 작품이지."

공작의 말투는 더 이상의 질문을 용납하지 않는 것이었지만, 코델리아는 시선을 떼지 않았다. 그 부드러운 팔뚝과 빛나는 금발 머리를 만져보면 그 여인의 성격을 느낄 수 있을 것 같았다. 그녀 또한 지옥 같은 밤 때문에 고통받았을까?

"제 팔찌와 똑같은 걸 끼고 있군요."

그녀는 깜짝 놀라며 자신의 팔찌를 들어올렸다.

"쌍둥이를 낳았을 때 내가 선물했던 거요."

미카엘의 목소리는 이제 무척이나 쌀쌀맞았다.

“값비싼 예술 작품이라 약혼 선물로 적당할 것 같았소. 더 이상 그 얘기는 하지 마시오.”

코델리아는 다시 자신의 팔찌와 엘비라의 팔찌를 번갈아 살펴보았다.

“장식이 다르네요. 저건 비취로 만든 하트인가요?”

미카엘의 입술이 가늘어졌다. 더 이상 얘기하지 말라고 했는데도 계속하는 이 여자는 멍청한 걸까, 아니면 고집스러운 걸까?

“이제 그 팔찌는 당신 소유요. 난 왕세자비의 결혼식 동안 베르사유에 체재할 일에 대해서 의논하고 싶소.”

코델리아는 섬세한 다이아몬드 슬리퍼를 매만졌다. 이 남자는 엘비라에게 주었던 팔찌 장식을 다른 것으로 대치한 것을 사려 깊다고 생각하는 듯했다. 하지만 아무리 아름답다 해도 죽은 여자의 보석을 차고 다니는 것은 매우 이상한 느낌이었다.

“키어스턴 자작에게 베르사유에 당신의 숙소가 있다고 들었어요.”

무의식적으로 손목의 뱀 문양을 매만지며 그녀가 입을 열었다.

“그렇소, 폐하께서는 감사하게도 삼 층에 나의 숙소를 배정해 주셨소. 부족함이 없다는 걸 알게 될 거요.”

파리 외곽으로 50킬로미터쯤 떨어진 베르사유의 그 거처는 국왕의 총애를 받거나 매우 세력이 큰 자들에게만 배정되는 것으로 알려져 있었다.

“그곳에 키어스턴 자작의 숙소도 있나요?”

“그는 마담 뒤 바리의 총애를 받지. 그녀의 도움으로 바깥쪽의 작은 방을 하나 얻어냈소.”

그곳이 그리 편안할 것처럼 들리지는 않았지만 독신 남자에게는 충분할 것 같기도 했다. 그녀의 심장이 두근거렸다. 최소한 그도 베르사유에 함께 있게 될 것이다.

“가정교사에게 응접실로 아이들을 데려오라고 지시하겠소. 그곳에서 인사를 나누면 될 거요.”

중요하지도 않은 질문을 받는 것이 못마땅한 듯 미카엘이 화제를 바꾸었다.

“아, 아이들은 이미 만나보았어요.”

코델리아가 쾌활하게 말했다.

“제가 아까 공부방으로 찾아갔었답니다. 아주 사랑스런 아이들이었어요.”

“뭘 어쨌다고?”

미카엘이 놀란 시선으로 노려보았다.

코델리아는 이것 또한 실수였을까를 고민하며 힘겹게 침을 삼켰다.

“당신이 불쾌해 하실 줄은 몰랐어요. 전 단지 아이들을 어서 만나고 싶었던 거예요.”

그녀는 자신에게 다가오는 미카엘을 바라보면서 뒷걸음질치지 않기 위해 모든 노력을 기울였다.

“그런 문제를 혼자서 처리하지 마시오. 이 집에서는 내가 주인이니, 내 규칙을 따르시오. 알겠소?”

“하지만…… 공부방을 찾아간 것이 어떻게 당신 권위를 거역하는 일이겠어요?”

“내 허락 없이는 아무것도, 절대 아무것도 하지 말란 말이오. 이 집에서 내 허락 없이 움직일 수 있는 사람은 아무도 없소.”

그의 두 손이 닿아오자, 그녀의 뱃속에 섬뜩한 떨림이 생겨나기 시작했다.

“하인들은 그렇겠지만, 전 당신 아내에요.”

이 남자에게서 물러서지 않으리라. 두려움을 보이지도 않으리라.

그의 손가락이 팔뚝을 힘껏 움켜쥐며 어젯밤의 기억을 되살려 놓았다. 그녀는 어젯밤 끔찍한 어둠 속에서 맡아야만 했던 것과 똑같은 그 체취에 숨이 막힐 것 같았다. 게다가 그는 다시 그녀를 상처 입히고 있었다.

"당신도 하인들과 마찬가지로 내 지배하에 있어야 하오. 그 사실을 잊어버린다면 심각한 결과를 초래하게 될 거요. 알겠소?"

코델리아는 입을 꾹 다물고 고개를 돌려버렸다. 이젠 너무나 가까워진 그의 존재로 인한 혐오감으로 기절할 것 같았다.

"대답하시오!"

그가 다그쳤다.

"이 손 좀 놓아주세요."

그가 들을 수 있는 대답은 오직 그뿐이었다.

"대답하라구!"

"그럼 제가 이해할 수 있도록, 당신의 딸들에게 제가 어떤 역할을 해야 하는 것인지를 설명해 주세요."

그녀는 팔의 고통을 무시하며 삼촌에게 하던 식으로 대항했다. 삼촌에게 굴복해본 적이 없으니 이 남자에게도 굴복하지 않을 것이다.

"키어스턴 자작은 내가 그 애들의 엄마가 되기를 바라는 것 같았어요. 당신 명령이 있을 때에만 아이들을 만나게 된다면 어떻게 그런 역할을 감당할 수 있겠어요?"

미카엘은 그녀가 위축되지 않았다는 사실에 충격을 받았다.

"그 애들한테는 어머니가 필요치 않소. 교육과 일상적인 관리에 대해서는 가정교사가 책임질 것이오. 하지만 가정교사는 궁정 생활에 경험이 없으니, 그 애들을 궁정 생활에 적응할 수 있게 준비시키고 또한 그 애들의 약혼을 준비하는 것이 당신 역할이오. 그러므로 당신은 그 애 들의 일상에 끼어 들 필요가 없소. 알겠나?"

"약혼하기에는 너무 어린 나이가 아닌가요?"

"그건 당신이 상관할 바 아니오."

그가 거칠게 그녀를 흔들어댔다.

"당신 의견은 마음속에 담아두시오. 하지만 한 가지 설명하자면, 난 그 애들을 가장 유리하고 영향력 있는 가문과 결합시킬 생각이오. 유럽의 가장 지체 높은 가문도 현실적으로 불가능하지 않소. 작센 가보다 못한 가문을 택하는 왕실의 자녀들도 있거든."

코델리아 자신은 어쩔 수 없이 가문 때문에 희생당해야 했지만, 두 아이들을 그런 운명에서 벗어나게 할 수는 없는 걸까? 어쩌면 가능할 수도 있었다. 하지만 남편에게 노골적으로 반항하는 방법으로는 아니었다. 지금은 전략적으로 물러나야할 때였다.

"물론 그것은 아이들 아버지가 결정해야 할 일이지요."

그녀가 시선을 내리깔았다.

"이런 반항은 당신에게 아무 득이 되지 않을 거요, 부인. 알겠소?"

그는 그녀의 굴복을 받아낼 결심이었다. 어젯밤 자신의 밑에서 뭉개졌던 그 연약한 느낌이 되살아났다. 그녀의 저항쯤은 아주 쉽게 제압할 수 있었다. 아직 어린 나이이니 실수하는 경우도 있겠지만, 그걸 고쳐주는 것이 그의 의무이자 책임이었다.

'대답하지 않는군.'

서재 안에 긴장된 침묵이 짙은 안개처럼 두텁게 내리깔렸다.

문에서 나는 노크 소리에 그들 둘 다 움찔했다. 그는 그녀의 팔을 풀어내고 난폭하게 휙 돌아섰다.

"무슨 일이야?"

"키어스턴 자작님이 오셨습니다, 나리."

무슈 브리옹이 알렸다. 레오는 오랜 친구로서의 습관으로 허락의 말이 떨어지기 전에 서재로 들어섰다. 파란 선이 그려진 승마용 망토를 제외하고 모두 까만색의 옷차림이었다. 한 손에 레이스 달린 장갑을 들고 다른 손은 무의식적으로 칼자루를 향해 움직였다. 그의 시선이 얼음처럼 날카로워졌다.

코델리아의 심장이 빠르게 고동치며 손바닥이 축축해졌다. 그녀에게 찍힌 미카엘의 흔적을 알아볼 수 있을까? 그 공포의 흔적을 볼 수 있을까? 그가 알아서는 절대로 안 된다.

“미카엘 공작. 공작 부인. 인사드리겠습니다.”

그가 고개를 숙였고 그녀도 예의를 갖추었다. 그가 그녀의 손을 붙잡았을 때 그녀의 피부는 뜨겁게 타올랐다. 그녀는 한순간 시선을 들어올려 그를 바라보았다. 그의 단호한 시선 속에 질문이 담긴 것을 읽었지만 대답해 줄 수 없었다. 그저 예의바른 미소로 손을 빼내며 시선을 피해버렸다.

“환영하오, 레오. 어젯밤에 못한 축배를 들어야겠군.”

마키엘이 바에 있는 와인병을 집어들었다.

“코델리아, 당신도 한 잔 하지.”

그건 명령이었다. 코델리아가 와인잔을 받아들었다. 묘한 침묵이 흐른 후, 레오가 잔을 들어올리며 조용히 입을 열었다.

“두 분의 행복을 위하여.”

코델리아는 아까와 똑같이 예의바른 미소로 술잔을 입술에 갖다댔다. 레오의 말이 진심이라는 걸 알았다. 그들 사이에 어떤 감정이 있든 간에 그는 그녀의 행복을 기원할 것이다.

미카엘이 술을 들이키고 화답했다.

“고맙소.”

코델리아는 더 이상 일초도 견딜 수 없었다. 거의 입에 대지도 않은 술잔을 내려놓았다.

“두 분이 허락하신다면 전 이만 방으로 돌아가겠습니다. 정오에 요리사와 가정부를 만나보기로 했거든요.”

“당신은 집안의 일상적인 일에 관여할 필요 없소, 마담.”

미카엘이 날카롭게 말했다.

“당신 의무에 대해서는 이미 설명했잖소. 거기에 자신의 할 일을 잘 아는 하인들을 다루는 것은 포함되어 있지 않소.”

“하인들이 자신의 여주인을 만나볼 필요쯤은 있지 않을까요, 나리?”

그녀가 또다시 그에게 반항하고 있었다! 미카엘은 자신의 귀를 믿을 수 없었지만 레오의 앞에서 행동을 취할 수가 없었다. 그가 위협적으로 한 걸음 다가섰다.

"내가 필요하다고 생각하는 부분은 이미 들었을 텐데."

레오는 한순간 그녀가 움찔하는 것과 동시에 그녀의 눈 속에 깃드는 표정을 알아보았다. 엘비라의 눈 속에도 똑같은 그림자가 담겨 있었다. 그녀의 웃음소리가 자주 들리지 않는다는 걸 알아차렸을 당시의 그림자. 하지만 그가 물어볼 때마다 그녀는 화제를 바꿔버렸고 그 그림자는 재빠르게 사라져 버리곤 했었다. 그가 그것을 보았는지 확신할 수 없을 만큼 아주 빠르게. 하지만 지금 그는 그 그림자를 분명히 보았다. 코델리아는 감정을 숨기는 데 능숙하지 못했다.

"당신 뜻대로 되어야겠지요, 나리."

코델리아는 긴장된 목소리로 중얼거리며 절을 올렸다.

"이만 실례하겠습니다, 키어스턴 자작님."

그녀의 뒤로 조용히 문이 닫혔다.

12

레오는 걱정을 숨긴 채로 한 시간 가까이 미카엘 공작의 곁에 머물러 있었다. 코델리아가 벌써부터 남편의 성미를 거슬렀다는 것은 그리 놀랍지 않았다. 미카엘은 크리스티앙과의 만남에서 강력하게 아내를 다스리겠다는 의지를 분명히 내비쳤었고 코델리아가 그런 일을 쉽사리 받아들이지 않으리라는 것도 알고 있었다. 하지만 대체 무슨 일이 있었기에 그녀의 눈에 두려움이 생겨났을까? 엘비라의 눈에서 그와 똑같은 표정을 정말로 보았던 것일까?

하지만 미카엘에게 그런 혼란스런 추측을 내보이지는 않았다. 레오는 평소처럼 궁궐의 사소한 소문들을 얘기하고 이따금씩 공작이 솔깃해 할 만한 유익한 정보를 흘려 보냈다.

엘비라가 죽은 뒤, 레오는 미카엘에게 노는 것 좋아하고 모든 이의 호감을 받는 사람이란 인상을 심어주기 위해 열심히 노력해 왔다. 미카엘의 딸들에게 신뢰를 줄 수 있을 만한 삼촌, 아버지의 권위를 깎아내리지 않고 아버지의 결정에 끼어들지도 않는 삼촌처럼 보이고자 애썼다. 그가 너무 지나친 관심을 내보이면 미카엘이 아이들을 만나지도 못하게 할 것을 잘 알기에.

엘비라의 아이들을 지켜보는 것은 레오에게 있어서 가장 중대하고 의미 있는 일이었다. 그래서 고국인 영국으로 돌아가지 않고 파리에 남아 있는 것이었다. 미카엘이 아이들에게 아무 애정을 지니지 않았으며 가장 높은 값에 팔아넘길 물건쯤으로 생각한다는 걸 알고 있었다. 때가 되면 아이들의 행복을 위해 싸울 것이지만, 그때가 오기까지는 관대하고 해를 끼치지 않는 삼촌으로 남아 있어야만 했다.

하지만 이제 레오는 두 아이들뿐 아니라 코델리아의 행복까지 미카엘에게 의지해야 한다는 것을 절감해야 했다.

"국혼식 때 부인과 동행하실 건가요?"

그는 허벅지 위에 한쪽 무릎을 올려놓은 채 와인을 홀짝였다.

"집사장에게 삼 일 후에 함께 출발할 거라고 알려두었소."

"그럼 그때 만나뵙기로 하지요. 자비로우신 폐하께서 나에게도 국혼식에 참석하라고 제안해 주셨다오. 마담 뒤 바리가 고집했던 모양이오."

레오가 술잔을 내려놓고 가볍게 웃으며 일어났다.

공작도 따라 일어나며 시큰둥하게 대꾸했다.

"난 폐하의 총애를 얻기 위해 창녀에게 아첨해야 한다는 사실이 못마땅하오."

"하지만 코델리아가 그렇게 하길 바라겠지요?"

레오가 온화하게 미소지었다.

"물론 예의는 갖춰야겠지. 하지만 그녀가 마담 뒤 바리의 테두리에 들어가야 할 이유는 없소. 전혀 필요치 않은 일이오."

"그 말도 맞소."

레오가 애매한 대꾸로 끝을 맺었다.

"잠시 아이들을 만나볼까 하는데. 그 애들을 본 지가 벌써 몇 주일이나 지났군요."

미카엘 공작이 차갑게 말했다.

"아이들은 아주 바쁜 하루를 보내고 있는 듯하더군. 코델리아가 아침에 아이들을 직접 찾아갔다오."

미카엘과 코델리아와의 사이에 긴장감이 아마 그 때문이었던 것 같았다. 레오는 미카엘이 스스로 일을 해결하는 코델리아의 방식을 좋아하지 않았으리라는 걸 알 수 있었다.

"코델리아에게 다소 충동적인 성향이 있긴 하더군요. 하지만 언제나 선한 동기에서 나온 행동들이라오."

미카엘은 그 말에 놀라움과 짜증을 동시에 드러냈다.

"그럴지도 모르지."

"아이들의 시간을 오래 빼앗지 않겠소."

레오가 편안한 미소를 지으며 떠나갔다.

뒷계단을 통해 공부방으로 들어갔을 때 그는 가정교사만을 볼 수 있었다.

"실비와 아멜리아 아가씨는 공작부인과 함께 계십니다. 공작부인이 왜 저더러 동행하지 말라고 하셨는지 이해할 수가 없어요. 그건 무척이나 비상식적인 일인데다가 공작께서 그런 일을 용납하시리라 생각지도 않습니다."

가정교사는 비통한 분개를 터트리느라 잠시 그에 대한 적대감을 잊어버렸다.

코델리아가 무슨 일을 벌이는 걸까? 레오는 알 수 없었다. 가정교사의 숨결에서 술기운을 알아채고는 미카엘이 지금껏 그 사실을 모르고 있었을까 생각해 보았지만, 어차피 공작은 그런 낌새를 느낄 만큼 피고용인과 가까이에 자리하지도 않았을 것이었다.

"아이들이 그곳에 얼마나 머물게 되겠소?"

"모릅니다."

가정교사가 두 손을 들어올렸다.

"전 한 시에 아이들을 마담의 내실로 보내라는 지시밖에 들은 바가 없습니다. 아마 지금쯤 같이 식사하고 있겠지요. 그러면서 저더러 무슨 사려 깊은 행동을 가르치라는 겁니까? 하인들이 식사를 들고 올라왔을 때 먹을 사람이 없다는 것만 알게 되었습니다. 저더러 어쩌라는 겁니까? 공부방에서 혼자 식사하라구요? 잠시 휴식시간이 주어진 거라면, 전 이렇게 손가락이나 비틀고 앉아 있는 것보다 할 일이 더 많은 사람입니다."

레오는 지루하게 그녀의 열변을 듣고 있었다. 마침내 루이즈가 자신이 신뢰하지도 않고 좋아하지도 않는 사람에게 속내를 들키고 말았다는 것을 깨닫고 얼굴을 붉히자 그가 입을 열었다.

"당신이 물어보기만 하면, 공작부인께서 분명히 의도를 말씀해 주시리라 믿소. 내가 알기로 그녀는 솔직한 성격이라오."

가정교사의 얼굴이 새빨개졌다.

"공작께서 무어라 말씀하실지 두고 보겠습니다."

레오는 차갑게 고개를 끄덕이고 나서 공부방을 나섰다. 코델리아가 짧은 시간 내에 꽤 많은 소란을 불러일으킨 것 같았다. 가정교사를 적으로 만들고 남편을 화나게 했으며 게다가 앞으로도 그런 과정은 멈출 것 같지 않았다. 그녀는 엘비라처럼 문제를 일으키지 않고 자신의 목적을 달성해가는 은근하고 교묘한 재치를 지니지 못했다. 코델리아는 젊고 직선적이었다.

하지만 정말로 엘비라가 그런 문제를 피해갈 수 있었을까? 불현듯 그 의문이 그의 마음을 불안하게 했다. 여동생이 미카엘을 감당할 수 없었으리라는 생각은 해본 적이 없었다. 레오 자신은 이기적이고 경직된 미카엘을 좋아하지 않았으나, 엘비라가 그 결혼을 기꺼이 받아들였었다. 그녀는 오빠의 걱정을 웃어넘기며 베르사유에서의 높은 지위가 답답한 남편을 참아내는 보상이 될 거라고 말했었다. 엘비라는 자신의 문학 살롱을 갖고 싶어했다. 마담 드 퐁파두르의 친구로서 엘비라는 영리한 여자가 휘두를 수 있는 베르사유의 힘과 영향력에 매료되었고, 프로이센 대사와의 결혼을 그 영향력에 접근하는 수단으로 생각했었다.

엘비라가 감당하지 못하는 사람은 한 명도 없었다. 언제나 사근사근한 방식으로. 그리고 미카엘은 언제나 헌신적인 남편인 것처럼 보였다. 그러므로 레오는 엘비라가 가끔씩 이상하게 가라앉아 있는 이유의 원인에 대해 공작을 전혀 의심치 않았다. 엘비라가 언제나 그럴 듯한 이유를 말해주기도 했고, 코델리아에게처럼 공작이 엘비라에게 거칠게 대하는 모습을 본 적도 없었다. 하지만 미카엘이 두 번째 아내를 아직 교육받아야 할 아이로 보는 것 또한 의심의 여지가 없었다. 그들의 나이차를 생각하면 납득 못할 바도 아니었지만 그렇다 해도 그의 거친 태도는 여전히 신경에 거슬렸다.

중앙 계단을 내려와 첫번째 층계참에 도착했을 때 복도의 열린 문틈으로 아이들의 목소리가 흘러 나왔다.

그는 그 방을 알고 있었다. 한때 엘비라가 거처했던 방. 갑자기 그 안으로 들어가는 것이 망설여졌다. 마지막으로 여동생을 보았을 때 그녀는 생생하게 살아 있었다. 아직도 그녀의 웃음소리와 뺨에 닿았던 작별 키스를 느낄 수 있었다. 그런데 다음에 보았을 때 그녀는 한때 풍성하던 금발머리가 듬성듬성해진 채 해골 같은 모습으로 관 속에 누워 있었다. 그 짧은 시간 동안 그 정도로 한 인간을 황폐하게 만들 수 있었던 게 도대체 무엇이었을까?

그는 문으로 걸어갔다. 쌍둥이가 동시에 경쟁하듯이 목소리를 높이고 있었다. 레오의 얼굴에 미소가 떠올랐다. 아이들이 지금처럼 거리낌없이 수다떠는 모습은 본 적이 없었다. 더 이상 생각할 것도 없이 그가 열린 문 안으로 들어섰다.

낮은 의자에 앉은 코델리아와 그 옆 바닥에 무릎 꿇고 앉은 두 소녀. 한 아이가 실뜨기 무늬를 만들어 그 작은 손으로 다른 소녀에게 넘겨주려 애쓰고 있었다.

코델리아는 레오의 존재를 직감적으로 감지하며 시선을 들어올렸다. 그녀의 얼굴에서 핏기가 사라졌다가 되돌아왔다. 그리고 아이들의 머리 너머로 미소지었다. 그의 가슴을 뒤흔들어놓을 만큼 정직하게 갈망과 열정을 뿜어내는 사랑의 미소였다. 또한 그녀를 뒤흔들어 현실을 일깨워주고 싶을 만큼 위험한 미소였다. 그는 돌아서서 도망쳐 버리고 싶었다.

"레오 삼촌!"

아멜리아, 리본 색깔로 아멜리아일 것으로 짐작되는 소녀가 먼저 그를 알아보았다. 쌍둥이가 재빠르게 일어나 예의를 갖추었다. 아멜리아의 손에 여전히 실뜨기가 남아 있었다.

"키어스턴 자작님."

코델리아도 일어나서 예의를 갖추었다.

"예상치 못한 기쁨이로군요."

그녀의 목소리가 꿀처럼 달콤했고 눈동자는 가장 짙은빛의 사파이어였다. 아까의 어두운 그림자는 더 이상 찾아볼 수 없었다.

"아이들을 만나고 싶었소."

그는 건조하고 침착한 목소리를 내려 안간힘을 썼다.

"공부방에 들렀더니 마담 드 네브리가 당신과 함께 있다고 알려주더군."

그는 코델리아의 불타는 시선을 피해 쌍둥이를 쳐다보았다.

"나의 작은 아가씨들은 어떠신가?"

"아주 좋아요, 고맙습니다."

그들이 합창을 하며 다시 절을 올렸다. 움직여도 된다는 허락을 기다리는 듯했다. 코델리아는 아이들이 무얼 기다리는 것인지 알 수 없었다. 그 아이들이 호소하는 눈으로 자신을 쳐다보았을 때에야 가정교사가 없을 때는 자신이 지시해야 한다는 사실을 알아차렸다.

"우린 서로를 알아 가고 있는 중이었어요."

그녀가 아이들의 어깨에 손을 올려놓으며 말했다.

"하지만 벌써 당신은 이 아이들의 오랜 친구시죠?"

"레오 삼촌은 엄마가 돌아가신 후부터 우리의 친구가 되어주셨어요."

아멜리아의 자세가 부드럽게 풀어지며 레오의 한 손을 붙잡았다.

"그때 우린 아기들이었어. 그런데 어떻게 친구였는지 알 수 있니?"

실비가 레오의 다른 손을 잡으며 코웃음쳤다.

"아기들은 친구가 될 수 없어."

"아니야. 아기도 친구가 될 수 있죠, 레오 삼촌?"

레오가 웃음을 터트렸다.

"안 될 이유는 없을 것 같구나."

"거봐, 내 말이 맞지!"

아멜리아가 자신의 쌍둥이를 툭 찌르며 의기양양해 했다.

실비는 성난 얼굴로 되받아쳤다.

"아기들은 말도 못하는데 어떻게 친구가 될 수 있어?"

"너희들 내가 뭘 가져왔는지 보고 싶지 않니?"

레오가 두 소녀의 말다툼을 가로막으며 주머니에 손을 집어넣었다.

그가 양쪽 주머니에서 얇은 종이로 싼 꾸러미를 하나씩 꺼내자, 소녀들이 흥분한 탄성을 지르며 집어들었다.

"우와, 내 건 조랑말이야!"

실비가 작은 도자기 조각을 들어올렸다.

아멜리아는 자신의 꾸러미 속에서 작은 고양이를 꺼내들었다.

"어머나, 예뻐라. 야옹이라고 이름을 붙여줘야지."

그녀가 그 야옹이를 뺨으로 들어올려 부드럽게 문질렀다.

"아이들이 도자기 동물들을 수집한다오."

레오가 코델리아에게 설명해 주었다.

"갖고 놀 게 거의 없는 것 같더군요. 그나저나 그 가정교사가 찬성할까요?"

레오가 씨익 웃었다.

"그녀가 찬성하든 말든 전혀 신경 쓰지 않는다오."

코델리아가 그의 손을 붙잡자 그는 재빨리 빼냈다. 한동안 침묵이 감돌고 나서, 레오가 나지막이 입을 열었다.

"남편에게 처음부터 자신을 드러내는 게 현명한 것 같지는 않소."

코델리아는 정면의 문에 그려진 그림을 뚫어져라 응시하다가 대꾸했다.

"옳다고 생각되는 일을 할 뿐이에요. 그 사람은 아이들에게 엄마가 필요하지 않다고 말하지만, 난 아이들의 친구가 되고 싶어요. 그 사람이 싫어하든 말든 난 그게 옳은 일이라고 믿어요."

"당신 말은 맞소. 하지만 조심스럽게 나아갈 필요가 있소."

코델리아가 갑자기 몸서리를 쳤다. 그녀의 눈 속에 그림자도 스쳐갔다. 하지만 다음 순간 태연스레 어깨를 으쓱였다.

"난 옳은 일을 하는 게 두렵지 않아요, 레오."

그가 주제를 바꿨다.

"미카엘이 국혼식 때 당신을 베르사유에 데려간다고 하더군."

"그곳에서 당신을 만날 수 있을까요?"

그녀는 주제가 바뀐 것에 안도감을 숨기지 않았다.

"나도 참석할 예정이오."

"저…… 크리스티앙을 위해서 노력해 주실 거죠?"

그녀는 그의 시선을 마주보기가 두려운 것처럼 고개를 돌린 채였다. 한번도 사람의 눈을 쳐다보는 걸 두려워한 적이 없는 그녀였는데…….

"카리락 공작이라는 점찍어둔 후원자가 있긴 하오."

그는 불안감을 드러내지 않고 사교적인 어조로 대꾸했다.

"레오 삼촌, 마담 드 네브리가 허락하면 우리를 마차에 태워주실 수 있으세요?"

수줍게 다가서는 두 소녀한테 관심을 돌릴 수 있다는 것이 참으로 반가웠다.

"내가 허락해 주면 물론 갈 수 있구말구."

코델리아가 말하면서, 반박해 보라는 듯이 턱을 치켜들고 레오를 바라보았다.

"그럼 당신이 마담 드 네브리보다 더 중요한 분인가요, 마담?"

아이들이 놀란 시선을 던졌다.

코델리아는 그 질문을 생각해 보고 나서 원기왕성하게 눈을 반짝거렸다.

"물론이지. 내가 너희들의 새엄마니까. 그리고 날 마담이라고 부르지 마. 내 이름은 코델리아야."

레오가 목기침을 했다.

"아이들이 부르는 호칭에 대해서는 미카엘 공작에게 물어봐야 할 거요. 나름대로 의견이 있을 터이니."

코델리아는 눈살을 찌푸렸지만, 그 말이 옳다는 걸 알았다. 자신의 목표를 이루려면 까다롭게 전쟁터를 골라야 했다.

"레오 삼촌의 말씀이 맞을 것 같구나. 그럼 너희 아버지께 여쭈어보기로 하자."

"우리를 마차에 태워주실 수 있으세요, 레오 삼촌?"

엘비라와 똑같은 두 쌍의 눈동자가 애절하게 그를 올려다보았다.

"오늘은 마차를 가져오지 않았으니 다음으로 미뤄야겠구나."

"그럼 우리 모두 말을 타면 어떨까?"

코델리아가 들뜬 목소리로 제안했을 때 누군가 열린 문 안으로 들어섰다.

하인이 절을 올렸다.

"마담 드 네브리가 아가씨들이 위층에서 식사하실 건지 알고 싶으시답니다, 마님."

코델리아가 머뭇거리는 사이 레오가 재빠르게 대답했다.

"물론이오, 이기씨들은 금방 올라갈 거요."

그가 두 소녀의 손을 붙잡고 장난스럽게 입을 맞췄다.

"아가씨들과 작별해야 하다니 내 마음이 쓸쓸하군요."

실망스러워하던 소녀들이 금세 낄낄거리며 웃음을 터트렸다. 아이들이 공손하게 예의를 갖추고 나서 넓은 치맛자락을 너울거리며 방에서 걸어나갔다.

코델리아는 옆 테이블의 부채를 집어들어 손바닥에 톡톡 두드렸다.

"남편은 내 역할이 아이들 약혼을 준비하는 거라고 했어요. 내가 그 애들을 사랑하거나 그 애들과 친해지는 건 바라지도 않는 거예요."

아이들에 대한 미카엘의 차가운 무관심을 생각하며 레오의 입술이 굳어졌다. 하지만 그는 자신의 불편한 마음을 내색하지 않았다.

"미카엘은 엄격한 교육을 신봉하는 사람이오. 당신이 아이들의 생활을 개선해 주고 싶다면, 아주 조금씩 노력해야 할 거요. 평소처럼 충동적으로 나가면 아무것도 얻을 게 없소."

"그건 당신 여동생의 경험에 근거한 충고인가요?"

코델리아는 대답을 듣고자 하는 열의를 보이지 않기 위해 부채를 펼쳐 부쳤다. 이 사람이 엘비라의 결혼생활에 대해 얼마나 알고 있었을까?

"이건 친구로서 충고하는 거요. 몇 년간 당신 남편을 알아왔던 사람으로서."

들고자 했던 대답은 아니었다. 하지만 그가 상황을 잘 알면서도 그녀를 이런 감옥으로 밀어 넣었으리라고는 믿어지지 않았다. 어쩌면 엘비라의 결혼생활은 달랐을지도 모른다. 그녀는 코델리아보다 현명하고 경험이 많은 여자였으니까. 미카엘의 행동이 코델리아에게 거칠어지는 것도 그런 이유 때문인지 모른다.

레오는 마치 자석에 이끌리는 것처럼 그녀에게 다가갔다. 그녀에게 가까이 갈수록 위험이 커진다는 걸 알았지만, 친구로 남겠다고 약속한 이상 자신의 감정이 두렵다는 이유로 그녀를 모른 체할 수는 없었다. 그녀의 두 손을 붙잡고 그가 진실되이 말했다.

"당신이 행복해지길 바라오, 코델리아. 미카엘 공작과의 결혼이 당신의 이상과 맞지 않겠지만, 현실을 받아들이면 나름대로 좋은 점들도 있소. 베르사유의 여러 즐거움들이 당신을 기다리고 있다오. 남편에게 반항하지만 않으면 새로운 인생을 즐길 수 있을 거요."

"네, 그렇겠지요."

코델리아는 시선을 피한 채로 중얼거리고는 손을 잡아 빼 머리를 매만졌다.

레오가 다시 그녀의 손을 잡아 손목에 난 멍자국을 살펴보았다.

"이게 어떻게 된 거요?"

코델리아는 손을 풀어내려 애썼다.

"오늘 아침에 욕조에 부딪혔어요. 밖으로 나오다가 미끄러졌는데, 비누 아니면…… 다른 게…….."

그녀는 거짓말을 할 때마다 너무 늘어져 버리는 자신의 말버릇을 생각하며 입을 다물었다. 마틸드가 거짓말은 간단할수록 좋다고 하지 않았던가. 물론 마틸드에게가 아니라 삼촌에게 하는 거짓말이었지만.

레오는 여전히 눈살을 찌푸렸지만 더 이상의 추궁 없이 그녀의 손목을 놓아주었다.

"난 이제 가봐야겠소. 한시라도 빨리 카리락 공작과 크리스티앙을 만나게 해줄 생각이라오."

그는 생기 넘치는 미소로 보답을 받았다, 그가 알고 있었던 활기찬 코델리아의 모습으로.

"어머나, 근사해요. 당신이 도와주시리라 믿고 있었어요."

"그토록 날 믿어주다니 감동적이군. 그럼 베르사유에서 봅시다, 코델리아."

그녀가 고개를 끄덕이며 예전에 그가 떠나던 때처럼 쓸쓸한 미소를 지었다. 그녀는 다시 혼자가 되었다. 이 집안에는 친구도, 그녀를 지지해 줄 사람이 하나도 없었다. 하지만 마틸드가 있었다. 그녀의 존재는 일개 대대보다 더 가치가 있었다.

그 생각에 기운을 북돋으며 코델리아는 창가의 쿠션에 앉아 안뜰을 내다보았다. 삼면이 정원으로 펼쳐져 있고 거리쪽을 향한 커다란 정문이 다른 한 면에 자리잡았다. 레오가 그녀의 왼편 중앙문에서 빠져 나왔다. 그가 잠시 계단 위에 멈춰 서서 손바닥에 장갑을 톡톡 내리쳤다. 너무나 낯익은 그 몸짓에 견딜 수 없는 갈망이 치밀어올랐다. 지옥 같은 첫날밤을 견뎌내고 고통과 굴욕감으로 가득 차 있는 지금 사랑의 행위가 절실하게 그리웠다. 이 순간 우정이나 사랑과 상관없는 적나라한 갈망만으로 레오를 원했다. 그의 살결을 느끼며 그의 체취를 맡으며 그의 맛을 음미해 보고 싶었다. 그의 몸을 받아들여 그의 일부, 그의 소유가 되고 싶었다. 그러한 사랑의 환희를 경험한 적은 없다 해도, 그녀는 그것이 실재하리라는 것을 확신할 수 있었다.

그녀의 입에서 낮은 신음이 새어나왔다. 그녀는 차가운 창유리에 이마를 기대고서 혀로 그 유리를 핥아보았다. 레오의 매끄러운 배를 애무하듯이. 그의 단단한 허벅지가 손바닥 밑에 놓이고 손가락에 그의 불끈거리는 육체가 고동치는 것을 느낄 수 있었다. 그는 남편에게 유린당해 버린 그 즐거움을 그녀에게 되찾아줄 수 있으리라.

"밖에 흥미로운 것이라도 있소, 마담?"

그녀가 화들짝 고개를 돌렸다. 그녀의 남편이 얼음장 같은 표정으로 문 앞에 서 있었다. 그녀의 에로틱한 꿈은 칠흑처럼 어두운 현실로 깨어났다. 지금 저 밖에서 말에 오르고 있는 레오가 아닌, 이 악몽 같은 남자가 바로 현실이었다.

"공상에 빠져버린 모양이에요."

"나쁜 습관이군. 내 눈에 뜨인 나쁜 습관들이 벌써 한 두가지가 아니오."

그가 방으로 들어와 문을 닫았다.

"마담 드 네브리의 보고로, 당신이 또다시 내 지시를 어겼다는 걸 알게 되었소."

코델리아는 다소 어지러운 느낌으로 일어섰다. 미카엘의 눈에 이상한 표정이 담겨 있었다. 분노와 함께 묘한 만족감, 그리고 그녀의 뱃속을 얼어붙게 만드는 굶주린 기대감 같은 것이.

"아이들과 친해지고 싶었을 뿐이에요, 나리."

"난 내 허락이 있을 때만 아이들을 만나라고 지시했소. 그런데 당신은 일부러 아이들의 일상을 어지럽히고 공부방에서 데리고 나와 가정교사에게 불복종하도록 부추겨서……."

"아뇨, 그런 게 아니에요."

"내 말을 가로막지 마시오."

그의 눈에 깃든 무시무시한 기대감이 더욱 강해지는 것 같았다.

"내 지시를 어겼소, 어기지 않았소?"

이 남자를 이해시킬 방법이 없었다. 코델리아는 턱을 치켜들고 단호하게 그의 시선을 마주보았다.

"나리께서 그렇게 말씀하신다면 더 이상 어쩔 수 없습니다. 하지만 전 새엄마로서의 의무에 충실했다고 생각해요."

"그 의무들은 나의 지시에 따라 규정되는 것이오. 그걸 가르쳐줘야겠군. 이리 오시오."

그가 코델리아의 침실 문으로 걸어갔다.

"이리 오시오."

긴장된 정적 속에서 그 말이 채찍처럼 반복되었다. 그가 문을 열었다.

“무얼 하시려는 거예요?”

그녀의 떨리는 목소리에 두려움이 노출되었다.

다시 그의 눈에 끔찍한 만족감이 너울거렸다.

“당신에게 자신의 위치를 알게 해주려는 거요. 이리 오시오!”

그가 문을 활짝 열었다.

코델리아는 그의 옆을 지나 자신의 침실로 들어섰다. 그가 그녀의 뒤로 따라 들어와 문을 잠갔다.

레오는 크리스티앙이 묵고 있는 숙소를 향해 센 강의 강둑으로 말을 달렸다. 하지만 벨 에트왈에 도착하기도 전에, 무슨 생각엔가 골몰하며 걷고 있는 크리스티앙과 마주쳤다.

“크리스티앙?”

크리스티앙이 걸음을 멈추고 눈을 깜박이며 그를 올려다보았다.

“아, 키어스턴 자작님.”

그가 여전히 멍한 표정으로 미소지었다.

“코델리아 생각을 하고 있었어요. 그녀가 걱정스러워서 견딜 수가 없군요.”

레오가 말에서 내려 고삐를 감아쥐었다.

“옆골목에 좋은 술집이 하나 있네. 갈증을 풀어내면서 조용히 얘기해 보자구.”

크리스티앙이 그의 옆으로 다가섰다.

“그녀를 만나보셨나요? 그녀의 남편, 그 공작은…… 너무 엄격한 것 같더군요. 그런 장소에서 그런 식으로 말하다니. 전 너무 걱정이 돼서 밤새 한숨도 못 잤습니다.”

“그녀도 그 정도로 당신을 걱정하고 있다네.”

레오는 자신의 불안을 크리스티앙에게 털어놓는 것이 망설여졌기에, 그저 태연스레 대꾸해 줄 뿐이었다.

술집 밖에서 꼬마아이에게 말고삐를 넘긴 다음 레오는 먼저 크리스티앙이 낮은 문으로 들어갈 때까지 정중하게 기다려 주었다. 안으로 들어선 크리스티앙은 어둠침침하고 바닥에 톱밥이 널려 있는 곰팡내가 나는 술집을 어리둥절하게 쳐다보았다. 자작이 했던 말과는 다르게 그리 기분좋은 장소인 것 같지 않았다.

"라울, 여기 와인 한 병!"

레오가 지저분한 카운터에 서 있는 앞치마를 두른 사내에게 한 손을 들어올렸다.

"항상 마시던 걸로."

그가 의자를 빼내고 검을 갈무리하며 자리에 앉았다. 장갑을 벗어 테이블에 내려놓고 나서 크리스티앙에게 미소지었다.

"믿기 어렵겠지만, 여긴 파리의 어느 곳보다도 탁월한 술창고를 구비하고 있다네. 귀족들조차 이보다 넓은 술창고를 지니지는 못했을 거라구."

주인장이 씨익 웃으며 테이블에 먼지 낀 술병을 하나 내려놓고, 별로 깨끗해 보이지 않는 앞치마로 두 개의 잔을 닦아 술병 옆에 툭 떨어뜨렸다.

"맞는 말씀이십니다요. 하지만 그걸 다 어디서 들여오는지는 묻지 마십시오."

그가 긴 코르크 마개를 뽑아낸 다음, 경건한 표정으로 코르크 냄새를 맡고 술병 입구에도 코를 킁킁거렸다. 또다시 경건하게 술잔 하나에 약간을 따라 휘휘 돌리고 나서 그 술잔을 레오에게 쑥 내밀었다.

레오가 한 모금 맛보더니 기분좋은 한숨을 내쉬었다.

"천국의 맛이로군."

주인장이 고개를 끄덕이며 두 잔을 가득 채웠다.

"치즈하고 빵을 좀 가져다 드리겠습니다. 이건 벌컥벌컥 마시는 술이 아닙니다요."

"저 사람은 베르사유 궁의 시종들에게도 한수 가르칠 수 있을 만큼 와인 전문가라오."

레오가 다시 와인을 한 모금 들이키고 발목을 꼬며 뒤로 기대어 앉았다. 주인장이 딱딱한 빵과 치즈 한 덩이를 갖다 놓고 돌아갈 때까지 그는 좀처럼 대화의 문을 열지 않았다.

크리스티앙은 최선을 다해 인내심을 끌어 모았다. 와인 따위에는 관심이 없었을 뿐더러, 격식을 차려 맛보는 것 또한 시간 낭비로만 생각되었다. 그대신 그는 치즈 한 조각과 빵을 맛있게 우물거렸다. 언제나 배고픈 듯한 기분이었으므로 그는 음식을 마다하는 경우가 극히 드물었다.

"카리락 공작에 대해서 들어봤나?"

마침내 레오가 입을 열었다.

"네, 빈에도 잘 알려진 후원자지요."

"그 사람이 자네에게 관심을 갖고 있는 것 같네."

레오는 맞은편의 거의 손대지 않은 술잔을 흘깃 보며 다시 자신의 잔을 채웠다.

크리스티앙이 또 한 조각 잘라내고 있던 치즈에서 그에게로 놀란 시선을 들어올렸다.

"정말입니까? 그게 사실입니까?"

"그렇다네."

레오가 미소지었다.

"오늘 오후에 자네를 데려가기로 약속했는데……. 물론 자네 시간이 괜찮다면."

"물론이죠. 제가 무슨 다른 할 일이 있겠습니까? 저에게 너무나 친절하시군요. 당신에게 폐를 끼치고 싶지 않은데……."

"하지만 코델리아는 자네를 위한 일에 조금의 망설임도 없지. 좋은 친구를 두었네."

"저도 그녀를 위해서라면 무엇이든 할 겁니다."

크리스티앙의 눈에서 기쁨이 사그라들었다.

"아무래도 그 남편이 마음에 걸려요. 불안한 느낌이 듭니다."

'나도 마찬가지라네.'

하지만 레오는 그 말을 입 밖에 내지 않았다.

"미카엘 공작은 코델리아와 삼십 년 이상의 나이차가 나지. 그가 아내를 자신에 맞게 길들이고 싶어하는 건 피할 수 없는……."

"하지만 코델리아는 길들여지는 여자가 아니에요."

크리스티앙이 주먹으로 테이블을 쿵 내리쳤다.

"그녀와 어느 정도 시간을 보냈으니 당신도 잘 아시잖습니까. 그녀는 독립적인 개성을 지녔다구요."

레오는 흔들거리는 테이블 위로 술병을 단단히 붙잡았다.

"그건 알고 있네. 하지만 그녀는 어떤 식으로든 적응해야 해. 크리스티앙, 자네도 그 점을 받아들여야 하네."

"그 사람은 왜 우리가 대화하는 것까지 가로막는 겁니까? 제가 비천한 음악가라는 건 알지만, 공작의 후원을 받게 되면 궁전에 들어갈 거라구요. 전 궁전에서 연주할 겁니다. 그런데 왜 우릴 얘기조차 못하게 하는 겁니까?"

"미카엘 공작은 사회적인 신분에 매우 예민하네. 프로이센적인 성격이지. 하지만 두 사람이 서로에게 익숙해지면, 코델리아가 그를 다룰 수 있으리라 믿네. 그때까지는 자네가 거리를 유지하는 게 현명할 거야. 자네를 위해서도 코델리아를 위해서도, 카리락은 미카엘 공작의 친한 친구라네. 이번 기회를 놓치고 싶지는 않겠지?"

"결혼한 후로 그녀를 만나보셨습니까?"

크리스티앙이 음울한 시선을 들어올렸다. 아까 물어보았지만 아직 대답을 듣지 못했다.

"오늘 아침에."

레오는 침착하고 단조로운 어조를 유지하며 와인을 들이켰다.

"그녀는 괜찮던가요?"

"물론. 베르사유에 가기를 고대하고 있었지."

크리스티앙은 여전히 미심쩍은 표정이었다.

"제가 직접 얘기할 수 있다면 좋을 텐데……. 그녀에게 편지를 써도 될까요?"

"나에게 맡기면 전달해 주겠네."

레오는 자신이 왜 우편배달부 노릇까지 하려는 것인지 알 수 없었다. 친한 친구의 편지를 받고서 기뻐할 코델리아의 모습이 떠오르지만 않았다면…….

크리스티앙의 얼굴이 환하게 밝아졌다.

"그럼 어서 가서 편지를 써야겠군요. 오후에 만나 뵐 때 전해드리겠습니다."

레오가 고개를 끄덕여 보였다.

"세 시에 데리러 가겠네."

크리스티앙이 감사의 말을 되풀이하며 사라져버렸고, 어느새 레오는 허공만을 바라보며 남아 있었다. 자신의 불안감을 지워버리지 못한 채로.

"주인장!"

그가 떠들썩한 분위기 너머로 목청을 높였다.

"한 병 더 주게. 그리고 나하고 함께 마시자구. 오늘은 와인하고 말 동무가 필요해."

13

코델리아가 드넓은 베르사유 궁의 안뜰에 내려섰을 때는 늦은 아침 시간이었다. 새벽녘에 출발하여 50킬로미터 남짓의 거리를 좁은 길에 일렬로 늘어선 채 몇 시간을 나아가야 했다. 파리 시민의 절반 이상이 왕세자의 결혼을 보러 몰려든 것 같았다. 상인들과 평민들이 우아하게 차려 입은 대신들과, 깃털 달린 머리장식에 옆으로 180센티미터의 간격이 필요할 만큼 넓은 드레스를 입은 여인들 사이에 뒤섞여 있었다.

베르사유 궁은 그 자체가 하나의 도시였다. 수많은 문들이 커다란 방들로 연결되었고, 그 사이사이로 제복 입은 하인들의 오만한 시선이나 대신들의 무심한 태도에도 아랑곳없이 평민들이 드나들었다. 파리의 시민들은 국왕을 아버지와 같이 여겼으므로 그 아버지의 궁전과 즐거움은 자신들의 것이기도 했다. 그중에서도 왕실의 결혼식은 놓칠 수 없는 사건이었다.

코델리아는 북적대는 소란 속에 서서 무슈 브리옹이 나타나기를 기다렸다. 이곳 파리의 시민들은 하나같이 왕세자비를 사랑하게 된 듯했다. 그녀의 사랑스러움과 아름다움을 칭송하며, 건강한 후계자를 생산해낼 수 있으리라고 떠들어댔다.

남편이 뒤로 다가서서 어깨에 손을 올리자, 코델리아는 몸서리치지 않기 위해 안간힘을 썼다. 이젠 아주 사소한 반항이 가혹한 처벌을 낳는다는 것과 함께, 두려움의 흔적이 그를 흥분시킨다는 것도 알게 되었다. 그는 침대 휘장을 어둡게 내려뜨리고 그녀의 몸을 처벌하며, 그녀의 저항하는 육체를 야만적으로 제압했다. 그녀가 혐오감과 굴욕감으로 철저하게 몸을 떨어댈 때에야 비로소 자신의 클라이맥스에 도달한 다음 만족스런 미소를 지으며 자신의 방으로 돌아갔다.

하지만 오늘 아침에는 아내를 다스리는 변태적인 기쁨보다 다른 일에 더 골몰해 있는 것 같았다.

"이 난장판에서 빠져 나가야겠소."

그가 향료병을 코에 대고 까다롭게 킁킁거렸다.

"고약한 냄새로군. 브리옹이 우리 숙소로 안내해 줄 테니, 예배당에 갈 시간이 될 때까지 거기서 기다리시오. 난 폐하께 예를 올리러 가봐야 하오."

그는 여전히 향료병을 코에 들이댄 채로, 고래고래 고함치며 사람들 사이로 길을 내는 하인의 호위를 받으며 사라졌다.

"이쪽으로 오십시오, 마님."

무슈 브리옹이 궁궐 안으로 연결된 계단을 향해 출발했다. 굽이 높은 구두를 신은 코델리아의 보폭을 감안하여 아주 천천히 걸으면서 길을 만들어갔다. 공작부인의 모습을 놓치게 되면 다시 찾기까지 몇 시간이 걸려야 할 것이다. 자칫 잘못하면 공작부인이 이 광활한 궁전의 통로와 계단들 사이에서 길을 잃어버릴 수도 있었다. 이곳에 처음 오는 사람들은 반드시 지도가 필요했고, 그 양피지에 시선을 고정시킨 채 복도에서 복도를 종종걸음치는 사람도 자주 볼 수 있었다.

북쪽 계단 위에 위치한 공작의 숙소는 넓고 우아했다. 왕실의 숙소와 아주 가깝기도 했다. 수많은 연못들과 갖가지 색채로 단장한 정원들이 내려다 보였다. 각각의 정원을 구별하기 위해서 수로 양쪽으로는 격자 세공의 아치들이 늘어서 있었다. 베네치아 풍으로 장식된 창문들과 밤이면 환하게 밝혀질 작은 전구들도 볼 수 있었다.

각각의 의상실이 딸린 두 개의 침실이 살롱으로 연결되었고, 그 살롱 한쪽에는 식당으로 사용할 수 있는 구역과 개인 요리사가 식사를 준비할 수 있는 작은 부엌까지 구비되어 있었다. 하인들의 거처는 그 부엌의 뒤쪽에 마련되었다.

몇 분 뒤 미카엘 공작의 서재에 있었던 상자를 짊어진 하인과 함께 마틸드가 도착했다.

"세상에나, 몇 킬로미터는 걸어온 것 같아요."

마틸드가 숨을 헐떡거리며 의자에 내려앉아 손으로 부채질을 해댔다.

"넓기도 넓은 데다가 사람은 또 어찌나 많은지! 움직일 수도 없을 정도에요. 여제님이 보시면 무어라 말씀하실지 모르겠다구요."

그녀가 혼란스럽고 광활한 베르사유보다 질서정연한 쉰브룬을 더 좋아한다는 것은 분명했다.

코델리아는 상냥하게 동의의 말을 중얼거리며 하인 프레데릭이 공작의 의상실 안으로 상자를 들여놓는 모습을 지켜보았다. 공작이 어디에든 갖고 다닐 정도라면 저 상자 안에 정말 중요한 서류가 들어 있는 모양이었다.

"드레스를 단장해 드려야겠군요. 머리도 헝클어졌어요."

마침내 마틸드가 의자에서 일어났다.

마틸드가 진주 달린 아이보리색 페티코트 위에 넓게 펼쳐진 진홍색 드레스를 정성스레 입혀준 것이 오늘 새벽 네 시였지만 오랜 마차 여행 후라 코델리아의 옷차림은 흐트러져 있었다.

"커피 한 잔 마셨으면 좋겠네요. 가능할까요, 무슈 브리옹?"

집사장이 머뭇거렸다. 주인의 모든 필요를 충족시키는 것이 자신의 책임이었지만, 아직 하인들과 요리사들이 도착하지 않았다. 아마도 사람들 사이를 뚫고 나오느라 허덕이고 있을 것이었다.

"지금 부엌을 이용할 수 있을지 모르겠군요, 마담."

"아, 그건 나한테 맡겨요. 부엌이 어딘지만 가르쳐주세요."

마틸드가 자신만만하게 두 손을 흔들었다.

무슈 브리옹은 이 마틸드라는 여자가 평범한 하인이 아니라는 것과 함께 자신의 권위가 미치지 않는다는 것을 일찌감치 감지한 바 있었다. 사실 하인들은 공작부인의 몸종을 조금쯤 두려워했다. 비록 그녀가 언제나 거만하지 않게 상냥한 태도를 유지하긴 했지만 가끔씩 그 날카로운 눈매에 섬칫해졌기 때문이었다.

코델리아는 여성적인 벽지로 꾸며진 침실로 걸어 들어갔다. 엘비라가 사용했을 때도 지금과 똑같았을까? 아니면 공작에게 실내장식을 바꿀 만큼의 세심함이 있었을까? 그녀의 입술이 곧바로 굳어졌다. 세심함이란 미카엘 공작에게 절대적으로 결여된 성격이었다.

자신의 의상실을 살펴보던 코델리아는 문득 충동적으로 공작의 방으로 연결된 문을 밀어젖혔다. 작은 창문 밑에 그 상자가 놓여 있었다. 그녀가 머뭇머뭇 방으로 들어갔다. 금지된 구역을 침입하는 느낌이었다. 저택에 있을 때에도 그의 침실에 발을 들여본 적이 없을 뿐만 아니라 들어가보고 싶다고 생각한 적도 없었다. 그녀의 얼굴이 다시금 굳어 일그러졌다.

그 상자 위로 고개를 숙였을 때, 놀랍게도 자물쇠가 풀어진 채 매달려 있는 것을 발견했다. 미카엘이 잠그는 것을 잊어버렸던 걸까? 아니면 여행중에 실수로 열린 것일까? 그녀는 호기심을 이기지 못하고 감미로운 공포감에 휩싸여 뚜껑을 열고 그 안에 정돈된 남편의 비밀들을 바라보았다.

여벌인 듯한 열쇠 하나가 자주색 책 위에 놓여 있었다. 그녀는 그 열쇠를 집어 자물쇠에 맞춰보았다. 완벽하게 들어맞았다. 한 가지 아이디어가 머릿속을 스쳐갔다. 그녀는 자주색 책을 들어올려 제목을 읽어보았다.

'악마의 약'

이게 무슨 뜻일까? 페이지를 열어보는 순간 그녀의 입이 떡 벌어졌다. 독약 설명서…… 숨을 쉬지도 못한 채로 그 책장을 넘겼다. 수십 가지 방식으로 일개 군단이라도 처치할 수 있을 만한 독약들, 그 각각의 사용법과 효과들이 소름끼칠 정도로 객관적이고 상세하게 적혀 있었다.

도대체 미카엘이 무슨 목적으로 이런 책을 가지고 있는 걸까? 독약의 제조비법에 대해서 지적인 흥미가 있는 걸까? 그녀도 한때 그런 부분에 매혹되었던 적이 있었다. 루크레치아 보르자(로마시대의 정숙한 부인으로 황제의 아들 섹투스에게 겁탈당함)…… 카테리나 데 메디치(이탈리아 피렌체 명가의 둘째딸로 프랑스의 앙리 2세와 결혼)…… 그런 사람들이 독약으로 자신의 적을 교묘하게 제거하지 않았던가. 독을 묻힌 장갑, 입술 연고, 향수들. 하지만 역사적으로 독이란 여자들의 무기였다. 미카엘 같은 남자가 흥미를 가졌다는 건 꽤나 이상하다고 할 만했다.

그녀는 그 책을 내려놓고 다시 상자 안의 내용물들을 살폈다. 연도별로 늘어서 있는 노트들. 가장 최근의 노트를 끄집어냈다. 자주색 리본으로 표시되어 있는 어제 날짜가 펼쳐졌다. 그건 일기장이었다. 그녀는 날짜를 확인하고 내용을 읽어 내려갔다. 아내를 다뤘던 그의 행동들과 그의 흥분 정도까지 역겨울 정도로 꼼꼼히 묘사되어 있었다. 그의 쾌감은 아내에게 가하는 고통과 수치심의 정도에 따라 등급이 매겨졌다. 그의 가학적인 태도에 의심을 품기는 했었지만 이젠 차갑고 객관적인 묘사가 그 증거로 눈앞에 드러나 있었다. 마치 의학적인 분석 보고서처럼.

그녀는 몸서리를 치며 노트를 떨어뜨렸다. 남편의 일기장에 또 어떤 내용들이 적혀 있을까? 이 안에서 엘비라에 대해서도 찾아낼 수 있으리라. 그가 엘비라도 자신과 똑같이 다루었는지 알고 싶었다.

"맙소사, 아가씨! 뭐하는 거예요?"

마틸드의 충격 어린 목소리가 그녀를 빙글 돌아서게 했다. 마틸드가 음식 쟁반을 움켜쥔 채 문 앞에 서 있었다.

"궁금해서 견딜 수가 없었어."

코델리아의 얼굴이 새빨갛게 달아올랐다.

"경멸스런 짓인 줄은 알지만……."

그녀가 갑자기 돌아서서 읽고 있던 일기장을 되돌려놓고 작은 열쇠를 집어들었다. 세면대로 달려가서 물렁한 비누 속으로 꼭 찍어 눌렀다.

"내가 미쳤나봐. 끔찍한 짓이긴 하지만 꼭 알고 싶은 게 있어서 그래."

그녀는 거의 자신을 다독거리듯이 장황하게 중얼거리며 열쇠에 묻은 비누기를 닦아낸 다음 원래의 자리로 돌려놓았다.

마틸드는 걱정 어린 표정으로 그 모습을 응시하고 있었다.

"공작님이 아시면……."

"그런 생각은 하기도 싫어."

코델리아가 몸서리를 쳤다.

"빨리 돌아가자."

그녀가 자신의 의상실로 달려가 연결된 문을 닫았다. 심장이 쿵쾅거리며 손바닥도 땀에 젖어 어느새 축축해졌다. 조심스럽게 비누 조각을 세면대에 올려놓았다. 열쇠 자국이 선명하고 깊게 찍혀 있었다.

"열쇠 복사하는 방법 알아, 마틸드?"

"대체 무슨 짓을 하는 거죠, 아가씨?"

마틸드는 쟁반을 내려놓고 허리춤에 양손을 올린 채 한껏 눈살을 찌푸렸다.

"그 남자는 작은 핑계거리만 생겨도 아가씨를 잡아먹으려 들 거라구요."

마틸드는 쓰디쓴 표정으로 입술을 꾹 다물었다. 코델리아에게 심각한 문제가 생기지 않도록 조절하면서 공작을 다룰 만한 방법이 아직 떠오르질 않았다. 학대를 즐기는 그 남자의 성향이 성적인 즐거움과 연결되어 있었다. 그는 아주 사소한 구실만 찾아내도 어두운 침대 휘장 안에서 아내를 처벌하려 할 것이다.

"알아, 하지만 난 그 사람한테 꺾이지 않을 거야."

코델리아가 단호하게 내뱉었다.

"저 상자 안에 비밀이 담겨 있어. 그게 도움이 될지도 몰라. 그 사람에 대해서 알아내는 게 무슨 해가 되겠어?"

마틸드는 의심스레 고개를 흔들면서도 비누 조각을 조심스레 손수건에 싸서 앞치마 주머니에 집어넣었다.

"열쇠를 만들어 드릴게요. 자, 이젠 머리를 단장하셔야죠."

그리고는 마법처럼 만들어낸 커피와 과일 바구니, 그리고 패스트리가 담긴 쟁반 쪽으로 손짓했다.

"무엇이든 드셔야 해요. 피로연 때까지 배를 채울 수 있는 기회가 없을 거예요."

그녀의 손이 코델리아의 머리 위에서 바쁘게 움직였다.

"앙투아네트는 지금 어떤 기분일까?"

코델리아가 아몬드 케이크를 우물거리며 말했다.

"무슈 브리옹한테 들었는데, 앙투아네트는 아까 10시 30분에 도착했는데 아직 왕비의 침실 공사가 끝나지 않아서 다른 방으로 들어가야 했대. 콩피에뉴처럼 여기도 정리가 안 된 모양이야. 다른 궁전들도 다 똑같은 걸까?"

"공주님께서는 괜찮으실 거예요."

마틸드가 마지막 핀을 입에서 꺼내어 까만 머리채 속으로 찔러 넣었다.

"누구든 그분에게 먹도록 설득할 수 있기를 바랄 뿐이죠. 그분은 너무 흥분할 때면 모든 걸 다 잊어버리잖아요. 제단 앞에서 기절이라도 하면 큰일이에요."

이 순간 친구와 함께 있을 수 있다면 얼마나 좋을까. 결혼식 준비를 하면서 곁에 친한 친구 하나 없다는 건 앙투아네트에게 힘겨운 시련이리라. 코델리아는 그녀보다 자신이 훨씬 더 나이든 기분이었다. 앙투아네트가 그녀보다 18개월이 어리긴 해도 과거에는 나이차를 생각해 본 적이 없었는데.

30분 후, 미카엘 공작이 숙소로 들어섰다. 코델리아는 말끔하게 정돈된 모습을 망치지 않으려 조심하며 살롱에 서 있었다. 하지만 공작의 머릿속에 가장 먼저 떠오른 것은 아내에 대한 생각이 아니었다.

"브리옹, 내 상자 가져왔나?"

"의상실에 갖다 놓았습니다, 나리."

공작이 의상실 안으로 성큼성큼 걸어 들어갔다. 코델리아는 앞으로 살그머니 다가가 열린 문틈으로 지켜보았다. 상자를 보자마자 공작이 격분한 고함소리를 내질렀다.

"브리옹! 브리옹! 이 상자 누가 건드렸나?"

"나리, 무슨 말씀이신지……. 뭐가 잘못되었습니까?"

통통한 얼굴에 접시만큼 휘둥그래진 눈을 하고 브리옹이 부엌에서 달려나왔다.

"상자가 열려 있잖아! 이걸 봐! 자물쇠가 풀어져 있지 않냐구!"

그가 지팡이를 들어올리자, 브리옹은 집사장의 위엄을 죄다 내던지고 벽 쪽으로 움츠러들었다.

"나리, 전 손대지 않았습니다. 프레데릭이 마차에서 옮겨다 놓은 후로 전 근처에 가지도 않았습니다."

그가 쭈뼛쭈뼛 문 쪽으로 뒷걸음질쳤다.

“프레데릭은 어디 있나?”

공작의 지팡이가 과격하게 의자를 내리갈겼다.

코델리아는 재빨리 창가로 달려가 그런 소동을 전혀 알지 못하는 것처럼 정원을 내려다보았다.

브리옹이 다른 희생양을 찾았다는 사실에 안도하며 프레데릭을 소리 높여 불러들였다. 하인이 부엌에서 달려나왔다.

“무슨 일입니까? 제가 뭘 잘못했습니까?”

브리옹이 공작의 의상실 쪽으로 고갯짓을 했고, 프레데릭은 불안하게 걸음을 옮겼다. 코델리아는 다시 아까의 그 자리로 돌아가 벌어지는 상황을 훔쳐보았다. 보기 좋은 광경은 아니었다. 머리끝까지 화가 치밀어오른 공작이 불쌍한 하인을 사정없이 지팡이로 때리고 있었다. 프레데릭이 결백을 주장하는데도 공작은 계속해서 그의 어깨를 후려갈겼다.

다음 순간 그 발작적인 분노가 흔적도 없이 사라져버렸다. 새하얗게 질린 얼굴의 하인들이 의상실에서 빠져 나가 비교적 안전한 하인들의 거처로 숨어 들었고, 의상실에는 침묵만이 감돌았다. 코델리아가 더 가까이 다가가 보았다. 미카엘이 상자 앞에 무릎을 꿇고 머리를 처박기라도 할 듯이 꼼꼼히 살피고 있었다. 그녀의 심장이 다시 두방망이질치기 시작했다. 그녀가 무언가를 헤집어놓은 건 아닐까, 혹시 흔적을 남겨놓은 건 아닐까?

마침내 미카엘이 고개를 들어올렸다. 뚜껑을 닫고 자물쇠를 잠근 다음 열쇠를 주머니에 집어넣었다. 그는 철저하게 무표정한 얼굴로 살롱에 돌아왔다. 관자놀이에서 파닥거리는 맥박만이 방금 전의 무시무시한 분노를 짐작케 했다.

“왕세자비가 한 시에 의회 내각실에 도착할 예정이오. 우린 즉시 헤라클레스 살롱에 가 있어야 하오.”

그는 자신의 아내를 비판적으로 뜯어보고 있었다.

"헤라클레스 살롱에 중요한 의미라도 있나요?"

코델리아는 턱을 치켜올렸다. 자신의 옷차림에는 아무런 문제가 없으므로 그에게 비판적인 시선을 받아야 할 이유는 없다.

"예배당 바로 앞에 있는 방이오. 우리 거기서 왕족들을 따라 예배당으로 들어가게 될 거요. 커다란 명예지."

그가 눈살을 찌푸렸다. 턱을 곧추세운 것이 마음에 들지 않았다. 분명히 지적해 주어야 할 태도였지만, 지금은 시간이 없었다. 그가 입을 꾹 다문 채 팔을 내밀었다.

거울의 방에 이미 화려한 복장의 대신들이 양쪽으로 늘어서 있었다. 미카엘은 그 사이로 당당하게 걸어가며 그의 시신을 잡으려 애쓰는 자들을 무시하고 몇몇 사람에게만 아는 체를 했다.

그들은 의전실을 구성하는 줄줄이 이어진 방들을 통과해 갔다. 그곳 또한 약간의 여유 공간도 없이 다닥다닥 붙어 있는 남녀들이 일렬로 정리되고 있었다. 왕실 예배당 바로 앞에 위치한 국왕의 허락을 받아야만 들어설 수 있는 헤라클레스 살롱은 그나마 덜 복잡했다. 공작이 작게 고개를 숙이며 방의 맨 앞부분으로 걸어갔고 코델리아도 그의 신호를 받아 여러 번 예의를 갖추었다.

그 명예로운 사람들 중에 키어스턴 자작이 끼어 있었다. 은색 실로 풍성하게 수를 놓은 에메랄드빛 예복 차림이었다. 그 빛깔이 그의 개암나무빛 눈동자를 더욱 강조해 주었다. 마담 뒤 바리의 옆에 서 있던 그가 시선을 들어올려 맞은편의 공작 부부에게 인사했다. 근심에 싸인 그의 눈이 무언가를 묻는 듯했다. 국왕의 애인은 미소지으며 살짝 예의를 갖추었고 코델리아도 똑같이 인사를 올렸다.

결혼한 후로 코델리아는 두 번 레오를 만나보았었다. 두 번째 만났을 때 그는 크리스티앙의 편지를 전해주고 대단히 마지못해 하며 그녀의 답장을 받아갔었다. 그때 그녀는 빛이 닿지 않는 어두운 곳에 서서 초조하게 목에 걸린 어깨걸이를 매만져댔다. 마틸드의 노력과 덕지덕지 뿌려놓은 가루분도 그 밑의 커다란 멍자국들을 가리기에는 역부족이었다. 그녀는 그를 조금이라도 더 빨리 떠나보내고 싶어했고, 그런 그녀의 행동에 그는 대단히 당혹스러워했었다.

이제 코델리아는 손바닥에 손톱을 박아 넣으며 그의 탐색하는 시선에 태연스런 미소를 지어 보이려 애썼다. 레오가 알아서는 안 된다. 그가 불안해 하는 것을 알 수 있었다. 그의 턱과 입술에 긴장감이 배어 있었고 어깨도 굳어 있었다. 그녀는 흘깃 남편을 쳐다보았다. 얇은 입술과 다소 살이 오른 얼굴, 차가운 눈동자. 자신의 몸에 닿았던 그 축축한 손, 그녀를 짓뭉개던 그 몸이 떠올랐다. 실컷 만족하고 난 후 다시 기력을 회복할 때까지 돌아누워서 코를 골던 모습도 기억났다. 그녀는 몸서리를 치지 않으려 두 눈을 질끈 감았다.

트럼펫 소리가 울려 퍼지고, 여기저기에서 동요가 일어났다. 사람들이 몸을 내밀어 다가오는 왕실의 행렬을 지켜보았다.

앙투아네트는 아주 자그마했다. 다이아몬드에 휘감겨 있는 모습이 마치 어린애처럼 보였다. 하지만 주위를 돌아보며 우아하고 위엄 있게 가신들의 예를 받아 주었다. 오히려 그녀의 옆에 있는 왕세자가 신부보다 더 불안해 보였다. 한순간 앙투아네트의 눈이 코델리아의 시선과 마주쳤을 때, 코델리아는 그 푸른 눈에 담긴 번득임이 웃음기인지 눈물인지 판단할 수 없었다.

결혼식이 진행되는 동안, 피로연이 열리기 전까지 국왕과 대신들의 무료함을 달래주기 위해 곳곳에 게임 테이블이 설치되었다. 밧줄로 엮은 가로대가 군중들을 너무 가까이 오지 못하도록 막았고 그 너머로 시민들은 왕족들의 놀이를 열심히 쳐다보았다. 비가 심하게 내리기 시작했으므로 정원에 있던 사람들까지 안으로 들어와, 향긋한 양초 냄새와 함께 젖은 천 냄새가 번져들었다.

국왕의 테이블에서 레오와 미카엘 공작이 함께 어울렸다. 왕세자비를 포함한 레이디들도 카드게임에 여념이 없었다. 코델리아는 주사위를 던질까 카드게임을 할까 생각하며 테이블 사이를 거닐었다. 남편의 곁을 지나치려는 찰나 왕이 카드에서 시선을 들어올렸다.

"작센 공작부인. 우리 테이블에 합석하는 게 어떻겠소? 카드할 줄 모른다면 남편에게 행운이라도 던져주구려."

국왕이 기분좋게 웃어보였다.

"저도 게임을 할 줄 안답니다, 폐하."

코델리아의 눈동자가 갑자기 날카로워졌다. 랜스커넷(독일 기원의 카드게임)은 빈에서 많이 해보았던 게임이었다. 그녀와 앙투아네트는 약간의 교묘한 기술들을 익혀 대공들의 코를 납작하게 만들어주곤 했었다.

하인이 의자를 끌어다 주자 그녀는 진홍빛과 아이보리색 치맛자락을 정리하며 사뿐히 내려앉아 테이블 너머로 화사한 미소를 지어 보였다.

레오가 그 표정을 알아차렸다. 장난스럽고 다소 교활하게 들떠 있는 표정. 마차 안에서 주사위 놀이를 했을 때와 특별했던 그날 밤 체스판 위에서 보았던 표정을, 지금 대신들과 구경꾼들에 둘러싸여 있는 왕의 테이블에서 다시 보았다.

그가 경고하는 시선을 쏘아보냈지만, 그녀는 햇살처럼 미소지으며 카드를 집어들었다.

"쇤브룬에서는 이 정도로 구경꾼이 많지 않았겠지요, 공작부인? 오스트리아 궁정은 다소 폐쇄된 곳이잖소."

"전 대단히 주의 깊은 시선 속에서 게임하는데 익숙하답니다, 자작님."

그녀가 다시 화사한 미소를 지어 보였다.

레오는 무심한 듯 앉아 있는 미카엘을 흘깃 바라보았다. 그는 자신의 아내가 함께 하길 바랄 것이다. 사교적인 기술이기도 할 테니.

국왕이 익살스런 미소를 지으며 말했다.

"여긴 판돈이 높다오, 공작부인. 하지만 물론 남편이 대주겠지요. 결혼 선물로. 그렇지 않소, 공작?"

미카엘은 경직된 미소를 지으며 주머니에서 가죽 지갑을 꺼내어 아내에게 건네주었다.

"당신이 솜씨 있게 게임한다면 몇 판은 견딜 수 있을 거요."

"제 솜씨가 대단히 좋다는 것을 곧 아시게 될 거랍니다."

그녀가 조용히 대꾸하며 지갑을 열었다. 테이블 위에 1루이 금화를 하나 내놓고 능숙한 손놀림으로 자신의 카드를 펼쳤다.

레오는 신음하며 자신의 카드를 들어올렸다. 이 재난을 피해갈 방법은 없는 듯했다.

코델리아는 계속해서 게임에 승리했다. 그녀는 대단히 진지하게 게임을 풀어나갔고, 판돈을 거둬들일 때만 그가 익히 알고 있는 승리에 찬 외침을 터트렸다. 그녀가 환호하며 주위를 둘러볼 때면, 국왕조차도 웃어대며 영리하긴 해도 수치심 없는 승리자라고 농담을 던졌다.

하지만 미카엘의 얼굴은 점점 어두워져갔다. 계속해서 그의 돈은 아내의 팔꿈치 옆에 쌓여갔다. 그녀는 끊임없이 남편에게 승리의 미소를 보내며 그 순간순간을 즐거워했다. 나중에 앙갚음해 주리라는 공작의 다짐조차도 그녀의 고소해 하는 얼굴을 바라보며 느껴야 하는 그의 패배감을 보상해 주지 못했다. 그녀가 다소곳하고 얌전하게 굴었다면 어떻게든 견딜 수 있었을 터이지만, 이 노골적인 환희는 참아낼 수가 없었다.

레오는 반지 낀 그녀의 하얀 손을 지켜보며 어떤 수법을 쓰는 것인지 알아내려 애썼다. 소매가 팔꿈치만 덮을 정도였기에 카드를 숨긴다는 것은 불가능했다. 갑작스레 이상한 움직임을 보이지도 않았고, 위험스러울 정도로 승리가 계속된다는 생각이 들 때마다 다음 세 판을 연달아 져가며 그런 의심을 피해갔다.

그녀에게는 단순히 이기는 것보다 더 진지한 목적이 있었다. 레오가 그걸 파악하기까지는 한참이 걸렸다. 그녀는 그럴 듯한 시기에 지긴 했지만, 남편에게는 단 한번도 지지 않았다. 남편보다 우월한 솜씨로 그의 돈을 모조리 긁어냈다. 그녀가 만족스럽게 미소지을 때마다 미카엘의 얼굴은 점점 납덩이처럼 굳어져갔고, 테이블의 모든 사람들이 그녀의 즐거움을 함께 하며 웃어댐으로써 그녀의 남편은 알게 모르게 비웃음의 대상이 되어갔다.

그녀가 남편이 하사했던 돈의 일부를 남편에게 빌려주겠다고 제안했을 때는, 테이블이 그야말로 들썩거리는 웃음바다로 변했다.

국왕이 껄껄 웃어대며 말했다.

"꼼짝없이 당했군, 공작. 이렇게 예쁜 소녀인데도 날카로운 가시가 있어. 나중에 판돈을 되찾아야 할 경우가 생기면 부인에게 부탁하게나."

미카엘은 그저 얄팍하게 미소지었다. 레오는 저 온화한 표면 밑에 부글거리는 적대감과 긴장을 느끼는 사람이 자기 혼자뿐이라는 것이 믿어지지 않았다. 마침내 레오가 기분좋게 패배를 인정하며 마지막 동전을 코델리아에게 밀어주고 나서 왕에게 물러나도 되겠냐는 허락을 구했다.

"현명한 자는 떠날 때를 아는 사람이라고 배웠어요."

코델리아가 재빨리 입을 열었다.

"저도 이만 물러나고 싶은데, 허락해 주시겠습니까? 제 행운이 다한 것 같답니다."

"우리의 복수를 받아주지 않을 셈이오? 어쩔 수 없이 다음으로 미뤄야겠군."

국왕이 자신의 카드를 내려놓았다.

"여러분, 난 피로연이 열리기 전에 잠시 쉬어야겠소."

테이블에 앉았던 나머지 사람들도 자리에서 일어났다. 국왕이 살롱을 가로지르며 새 손자며느리에게 팔을 내밀었다.

"같이 가자꾸나, 얘야."

코델리아는 게임에 집중한 탓에 머리가 아파 오긴 했지만 들뜬 흥분으로 가득 차 있었다. 나중에 처벌을 받지만 그만큼의 가치는 있었다. 국왕이 떠나가는 사이 손가방에 돈을 집어넣은 다음 그녀는 미카엘의 호출이 떨어지기 전에 재빨리 테이블에서 떠나갔다.

반짝이는 거울들과 윤기 흐르는 대리석 바닥, 풍부한 태피스트리와 절묘한 그림들이 이 궁전의 첫인상이었지만, 그보다 더한 것들이 있으리라 생각하며 궁전을 살펴보기로 결심했다.

그녀는 줄줄이 이어진 방들을 따라 조심스럽게 움직여갔다. 거대한 거울의 방이 방향을 혼란스럽게 만들었으므로 잠시 멈춰 서서 거울에 비치는 촛대들의 영상을 바라보았다. 반짝거리는 보석으로 치장한 가신들과 구경꾼들이 한데 엉킨 복잡한 풍경이 거울에 비쳐 두 배로 늘어났다. 마치 보슈(Hieronymus Bosch ; 15세기 네덜란드의 화가)의 지옥화 속에 들어와 있는 듯한 느낌이었다. 회랑에서 들려오는 소리들이 천장까지 떠올랐다가 목소리들과 주사위 소리와 불협화음을 이루며 반향되었고, 그 위로 음악가들의 삼중주 소리가 스며들었다.

코델리아는 회랑 끝에 이르러 대기실로 들어섰다. 비에 젖은 정원을 내다보며 불꽃놀이를 연기해야 할지 논의하는 몇몇 사람들뿐인 이곳은 그나마 조용했다. 그 방 너머의 긴 창문들이 늘어선 복도가 아래층과 정원 입구로 통하는 길인 듯싶었다. 그녀가 그쪽으로 걸음을 옮겨갔다.

진홍빛과 아이보리색 형체가 지나치는 것을 보았을 때, 레오는 같이 있던 사람에게 실례를 구하고 다른 사람들이 그들의 대화를 듣지 못한 거리까지 그녀를 뒤따라갔다.

그가 그녀의 손목을 잡아 돌려세우며 다그쳤다.

"도대체 무슨 짓을 한 거요?"

그녀는 여전히 흥분에 들뜬 표정으로 대꾸했다.

"당연히 랜스커넷이죠. 그 게임을 하던 게 아니었던가요?"

"어떻게 한 거요?"

그는 그녀의 장난기에 화답해 주지 않았다. 발각되었을 경우 무슨 일이 일어날지에 대한 생각밖에 할 수 없었다.

"난 이겼어요. 아주 간단한 거죠."

"빌어먹을, 코델리아! 어떻게 한 건지 말하시오!"

"어머, 그렇게 성질내지 말아요, 레오."

그녀가 그의 팔에 한 손을 올려놓았다.

"나쁜 일은 일어나지 않았고 난 미카엘을 벌레처럼 짓밟아줬어요. 그렇죠?"

그녀가 씁쓸하게 입술을 뒤틀었다.

레오는 그 씁쓸함에 충격을 받았다. 코델리아는 악의적인 여자가 아니었다. 교활하게 장난을 쳐대긴 해도, 앙심을 갖고 행동하는 여자는 아니었다. 단호하고 솔직하며 가끔 엉뚱하긴 하지만 씁쓸해하는 것은…… 전혀 어울리지 않았다.

"그 사람 납덩이같았어요, 그렇죠? 재미있지 않았어요? 모두가 그를 비웃어대고 난 그자를 이겼어요. 그 사람한테 절대로……."

불현듯 그녀의 말이 중단되었다. 자신이 누구에게 말하고 있는 것인지를 문득 깨닫고 조심성을 잃어버렸다는 사실을 알아차린 것이다.

"무슨 말을 하려던 거였소, 코델리아?"

레오가 그녀의 손을 힘주어 잡으며 조용히 물었다.

"무슨 말을 하려던 거였소?"

그녀는 시선을 피하며 웃어넘기려 애썼다.

"그냥 횡설수설한 거예요. 너무 흥분하면 이렇다니까. 아주 지독한 습관이에요. 당신도 내가 얼마나 이기는 걸 좋아하는지 알죠? 내가 너무 도취돼 있었나봐요."

"무슨 문제가 있는 거요, 코델리아?"

그의 시선은 그녀를 꿰뚫어볼 듯 날카로웠다.

"아니에요. 무슨 문제가 있겠어요? 내 행동을 아무도 눈치채지 못했는데."

"내가 그걸 물어본 게 아니잖소. 무언가가 잘못됐어. 그게 뭐요?"

"잘못된 건 없어요. 당연히 없지요. 마침내 난 동화 속 같은 이곳에 와 있어요. 이 장소를 달리 뭐라고 표현하겠어요? 내가 상상했던 것보다 훨씬 환상적인 걸요. 어서 정원을 둘러보고 싶……."

"그만! 당신이 숨기려는 게 대체 뭐요?"

미카엘이 엘비라에게도 그녀와 똑같이 대했을지는 모르지만, 엘비라가 오빠에게 털어놓지 않은 것이 분명했다. 코델리아는 이제 그 점을 확신할 수 있었다. 레오는 진심으로 당황하며 걱정스러워했다. 자신의 여동생을 무척이나 사랑했을 텐데, 그 동생이 남편의 손에 고통받았으리라는 걸 그녀가 죽은 후에 알게 된다면 아마 견디지 못할 것이었다.

그의 관심을 분산시킬 방법이 단 하나 있었다.

"당신에 대한 사랑을 숨기려는 거예요."

그녀가 간단하게 말했다.

"난 지금의 남편과 결혼했고 다른 남자를 사랑해요. 그게 바로 문제예요, 레오. 다른 건 없어요. 당신이 항상 알고 있던 그대로예요. 내 마음은 갈가리 찢어진답니다. 난 남편과 같이 있어야 해요, 언제나. 언제나. 침대에서도……."

"그만하시오."

그는 그 장면이 상상되려는 걸 막기 위해 두 귀를 틀어막고 싶었다. 그가 그녀의 손을 떨어뜨렸다.

"현실에 적응하지 못하면 당신만 비참해질 뿐이오, 코델리아. 그걸 모르겠소?"

그녀는 냉소적으로 눈썹을 들어올렸다. 미카엘 공작과 함께 하는 현실보다 더 비참한 건 없을 것이다.

"크리스티앙과 카리락 공작은 얘기가 잘 되었나요?"

너무 갑작스레 주제가 바뀌어 당혹스럽긴 했지만, 헛된 사랑보다는 크리스티앙에 대해서 얘기하는 편이 훨씬 수월했다. 코델리아가 괴로워하는 이유가 그것이었다면, 레오가 도와줄 수 있는 일은 아무것도 없었다.

"카리락이 관대한 제안을 한 것 같소."

그가 감정 없는 목소리로 대답했다.

"결혼 잔치가 벌어지는 동안 아마 크리스티앙도 베르사유에 오게 될 거요. 카리락이 그를 선보이고 싶어할 테니까."

"크리스티앙과 얘기할 수 있는 방법이 있을까 모르겠군요."

코델리아가 생각에 잠겼다.

"미카엘은 참석해야 할 접견이나 모임이 많을 테니, 계속해서 날 감시할 수는 없을 거예요."

그녀가 갑자기 고개를 흔들며 환한 미소를 지어 보였다.

"이만 실례해야겠어요. 화장실에 볼일이 생겼거든요."

그녀가 레이디들을 위해 마련된 방들의 한 구역으로 움직여갔다. 하지만 그녀의 미소는 수정처럼 맑고 화려하게 레오의 곁에 머물러 있었다.

레오는 창가로 걸어가 비에 젖은 정원을 내려다보았다. 그녀는 왜 미카엘이 자신을 감시한다고 생각할까? 남편은 감시인이 아니지 않은가. 그녀는 무언가를 숨기고 있었다, 분명 거짓말을 하고 있었다. 하지만 이유가 무엇일까?

14

"마틸드는 어디 있는 거지?"

코델리아는 자신의 방에 있는 소녀를 노려보았다. 소녀가 절을 올리며 얼굴을 빨갛게 물들였다.

"모르겠습니다, 마님. 무슈 브리옹이 저에게 마님을 돌봐드리라고 하셨어요. 옷시중을 들어드릴까요?"

그녀는 코델리아를 마치 별세계의 생명체인 것처럼 바라보며 불안하게 앞으로 나아왔다.

코델리아가 발길을 돌려 두 개의 촛불만이 밝혀진 살롱으로 되돌아나갔다.

"무슈 브리옹!"

폐가 터져 나가도록 소리친 다음 그가 즉시 나타나지 않자, 그녀는 또다시 소리쳤다. 손가락 관절이 하얘지도록 두 손을 마주잡은 채로 창가에서 문까지 쉴새없이 걸어다녔다.

"마님, 부르셨습니까?"

늦은 시간임에도 불구하고 완벽하게 제복을 갖춰 입은 브리옹이 부엌에서 나타났다. 그가 걱정스레 코델리아를 바라보았다.

"마틸드는 어디 있어요? 왜 내 방에 저 소녀가 있는 거죠?"

그녀의 목소리가 찢어질 듯이 높아져 자신의 목소리처럼 들리지 않았다.

집사장이 불안하게 고개를 숙였다.

"공작님께서 엘지에게 마님 시중을 들게 하라고 지시하셨습니다."

"마틸드는 어디 있어요?"

그녀가 한 걸음 다가서자 그는 무의식중에 뒤로 물러났다.

"공작님께서 다른 곳으로 가라고 하셨습니다."

브리옹이 새하얗게 질린 얼굴과 불타는 눈동자로 다가서는 코델리아를 보며 사죄하듯이 두 손을 쥐어짰다.

"어디로? 어디로 간 거죠?"

"공작님께서 말씀하지 않으셨습니다."

"하지만 마틸드는, 마틸드는 무슨 말인가 했을 거예요."

마틸드가 아무 말 없이 사라진다는 건 상상할 수도 없었다.

"전 만나보지 못했습니다, 레이디. 제가 마지막으로 보았을 때는 마님 침실에 있었는데, 공작님께서 피로연 전에 올라오셔서 그녀와 얘길 하셨고 그후로는 그녀를 보지 못했습니다."

코델리아는 하늘이 무너지는 느낌이었다. 이건 현실이 아니야, 이런 일이 일어날 리 없어.

"그녀의 소지품은 그것도 다 가져갔나요?"

"그런 것 같지는 않습니다."

다행스럽게도 그는 공작부인이 진정하기 시작하는 것을 보았다. 그녀의 눈에서 광기가 서서히 사라져가고 목소리도 평상시의 톤으로 되돌아왔다.

"짐을 어디로 보내달라는 말도 없었나요?"

"없었습니다, 레이디."

코델리아가 천천히 고개를 끄덕였다.

"알았어요. 고마워요."

그녀가 몸을 돌려 자신의 방으로 돌아가 조용히 문을 닫았다.

엘지는 방 한가운데 서서 불안하게 문을 쳐다보고 있다가 다시 나타난 코델리아에게 입을 열었다.

"이제 옷시중을 들어드릴까요, 마님?"

코델리아는 그 말을 듣지 못한 듯, 손톱을 깨물며 이리저리 헤매 다녔다. 왜 미카엘이 마틸드를 쫓아버렸을까? 어떻게 그 일에 성공했을까? 마틸드가 쉽사리 자신을 포기할 리 없는데. 분명 카드 테이블에서 망신당하고 나서 곧바로 이리로 올라왔던 게 틀림없으리라. 그랬으면서도 피로연이 진행되는 저녁 시간 내내 그녀에게 한 마디도 하지 않았다.

오페라 하우스에서 열린 피로연은 10시에 시작하여 새벽이 될 때까지 끝도 없이 이어졌다. 미카엘은 그녀의 옆에 앉아 주위의 다른 사람들하고만 대화를 나누었다. 모두가 낯선 인물이었고 남편이 소개시켜 주지도 않았으므로, 그녀는 마치 눈에 보이지 않는 존재가 된 느낌이었다. 왕세자와 그의 신부가 오페라 하우스에서 빠져 나가자, 공작은 차가운 목소리로 먼저 방에 돌아가 있으라고 딱 한 마디 했다.

코델리아는 자신에게 선택의 여지가 없다는 것을 분명히 알았기에, 조용히 예의를 갖추고 빠져 나왔다. 그런데 침실에 들어서자 마틸드가 사라지고 없는 것이다, 미카엘이 계획했던 대로.

머리가 다시금 지끈거리기 시작하면서 온몸이 피로감으로 욱신거렸다. 거의 24시간 동안 궁정 예복을 입고 있었고, 그 육중한 무게와 꽉 조인 코르셋이 피로감을 더해주었다. 오늘밤은 이런 문제에 신경 쓰기에는 너무나 피곤한 상태였다. 마틸드를 만나고 싶었다. 미카엘이 마틸드에게 무슨 짓을 했을까 하는 생각이 머릿속에서 벌떼처럼 윙윙거렸다. 누군가 마틸드를 제압할 수 있으리라고는, 마틸드에게 옳지 않은 일을 강요할 수 있으리라고는 생각해 본 적도 없었다. 그 남자가 어떻게 그녀를 떠나가게 만들었을까?

"이제 옷을 벗겨드릴까요, 마님?"

엘지가 다시 용기를 내어 물어보았다. 그녀는 자신이 해야 할 일만을 알 뿐 이런 상황에서 반응하는 방법은 알지 못했다. 그렇지만 이 임무를 수행하지 못한다면 그 이유가 무엇이든 간에 처벌을 받게 될 거라는 건 의심의 여지가 없었다.

"그래…… 그래, 도와줘."

코델리아가 힘없이 중얼거렸다.

엘지는 다행스러워하며 앞으로 달려와, 조심스런 동작으로 단추와 고리, 그리고 레이스를 풀어냈다. 코델리아는 도와줄 생각도 못한 채, 무슨 일이 벌어진 것일까만을 생각하며 뻣뻣하게 서 있었다. 엘지가 들어올린 하얀 로브 속으로 팔을 끼워 넣고 나서 그녀는 화장대 앞에 앉아 머리핀을 빼내기 시작했다.

"제가 해드릴게요, 마님."

엘지가 다급하게 뛰어왔다.

"레이디를 모셔본 경험이 없어서…… 제가 제대로 하고 있는 것이길 바랄 뿐입니다."

그녀가 핀들을 뽑아내고 상아로 만든 빗을 집어들어 풍성한 검푸른 빛 머리채를 빗어내리기 시작했다.

코델리아는 여전히 생각에만 골몰해 있었다. 마틸드는 돌아올 것이다. 공작이 가로막는다 해도 반드시 돌아올 것이다. 그럴 힘만 남아 있다면.

그 순간 그녀의 뒤에서 문이 열리며 거울 속으로 문가에 서 있는 남편의 모습이 보였다. 검을 풀어내긴 했지만 예복을 그대로 갖춰 입은 채, 프로이센의 황금 문장까지 어깨걸이에 고정되어 있었다.

그녀는 자리에서 일어나며 로브를 바짝 여몄다.

"마틸드는 어디 있습니까, 나리?"

억양 없는 어조임에도 불구하고 그녀의 눈동자는 분노와 경멸로 가득찼다. 두려움의 흔적은 없었다. 지금 그녀는 두려움의 경지를 넘어서 있었다.

"당신의 몸종은 바뀌었소."

그의 얼굴에 독사 같은 미소가 떠올랐다.

"내가 말했잖소, 당신에게는 늙은 유모보다 경험 많은 몸종이 필요하다고."

"그렇군요. 엘지는 이전에 몸종 노릇을 해본 적이 없다고 고백하던데, 그럼 아마 다른 방법으로 필요한 지식을 습득했나 보군요. 귓전으로 들어서 아는 걸까요, 아니면 꿈속에서 배운 걸까요?"

미카엘의 연한 눈동자가 불투명한 색으로 짙어졌다. 일순 그는 자신의 귀를 믿을 수 없었다. 한낱 계집애에게 이런 조롱섞인 비난을 듣다니, 그것도 하인 앞에서. 그의 뺨 근육이 실룩거리며 이마의 맥박이 세차게 뛰기 시작했다. 그의 눈빛이 차갑고 무시무시하게 변했다.

코델리아는 지금 이 순간처럼 그의 분노가 극에 달한 적이 없다는 걸 알았다. 필사적으로 반항심을 유지하려 애써도, 뱃속에서 두려움의 전율이 일어나기 시작했다. 그녀는 그 섬뜩한 눈을 똑바로 바라보려 노력했다. 설마 더 이상 더 심한 꼴을 당하기야 하겠는가?

"당장 나가거라!"

그가 돌처럼 굳어 있는 엘지에게 홱 시선을 돌리자, 소녀는 낮은 비명과 함께 빗을 떨어뜨리고 밖으로 달려나갔다.

미카엘이 문을 쾅 닫고 그녀에게 다가왔다. 그녀는 여전히 턱을 치켜든 채 그의 눈을 마주보면서 그 자리에 버티고 서 있었다.

"당신을 꺾어주겠소, 마담. 방자하게 날뛰는 암망아지를 길들이듯 당신을 길들여주겠소."

그가 코델리아의 벨벳 로브를 활짝 벌렸다. 그의 시선이 뽀얗게 벌거벗은 나신, 지난번 소유당했던 흔적이 아직 남아 있는 나신을 훑어보았다.

한 시간 뒤 공작은 콧노래를 흥얼거리며 자신의 의상실로 들어섰다. 그의 시종이 잠자리를 살피기 위해 기다리고 있었다. 목적을 달성하기 위해 필요한 이상으로는 옷을 벗지 않았으므로, 그는 나직하게 콧노래를 부르며 하인에게 옷을 내맡겼다. 시종은 공작에게 실내복을 입히고 다른 지시를 내려달라는 듯이 두 손을 모아쥔 채로 기다렸다.
"코냑 한 잔 따라놓고 나가거라."
하인이 그 명령에 따른 다음 공손하게 절을 올리고 조용히 방에서 물러났다. 주인 나리의 곁에서 물러날 수 있다는 것이 너무나 다행스러웠다. 공작부인의 침실에서 들리던 그 흉칙한 소리들을 듣지 않을 수가 없었다.
미카엘은 단번에 코냑을 들이켰다. 옷을 갈아입는 동안 습관적으로 챙겨두었던 열쇠를 들고 상자로 다가가 자물쇠를 딴 다음 현재의 일기장을 꺼내들었다. 다시 잔을 채워 술을 홀짝이며 일기장을 들춰보았다. 그의 입술이 굳어졌다. 도대체 오늘 아침에는 상자가 어떻게 열리게 되었던 것일까? 실수라고 생각할밖에 수 없었다. 어찌되었건 누군가가 손댄 흔적은 없었으니까. 이제껏 그렇게 소홀했던 적이 없었으니 그 실수에 대한 설명은 하나뿐이다. 전날 밤 한시라도 빨리 아내에게 달려가기 위해 서두르느라 자물쇠 채우는 걸 잊었던 것이리라.
그는 침실로 걸어가 탁자 위에 일기장을 내려놓았다. 그런 다음 상자로 돌아가 1765년 일기장을 꺼내 들었다. 그 내용을 읽어갈수록 그의 입술은 점점 더 가늘어지고 눈살도 더욱 찌푸려졌다. 온통 엘비라가 활짝 피었다느니, 갈수록 아름다워진다는 등의 헛소리뿐이었다. 그 아름다움으로 얼마나 남편을 기만하고 배신했을까?

그는 일기장을 덮고 다시 술을 들이켰다. 그 일기장을 상자 안으로 돌려놓고 탁자로 돌아왔다. 현재의 일기장에 오늘의 날짜를 적은 다음, 국혼식과 그뒤의 피로연 등에 대해서 상세하게 적어 나갔다. 그리고 한 시간 전, 아내와의 사건도 빠짐없이 묘사했다.

이윽고 그가 압지 위에 펜을 내려놓고 그 위로 번지는 잉크를 물끄러미 들여다보았다. 코델리아는 엘비라만큼이나 만족스럽지 못한 아내가 되어가고 있었다. 하지만 엘비라에게는 실패했다 해도 이번만은 실패하지 않으리라. 이번만큼은 반드시 살려 두고 길들일 것이었다.

코델리아는 동그랗게 몸을 말고 침대에 누워 있었다. 격하게 몸을 떨어대며 흐느낌을 삼켰다. 평소보다 훨씬 더 가혹했다. 공작이 분노에 싸여 있으면 좀더 견디기 쉬울 줄 알았는데…… 그는 그런데 냉혹하게 그녀의 자아조차 인정하려 들지 않으며 그녀를 영혼도 없고 정신도 없는, 하찮은 벌레처럼 취급했다.

절대 그 남자에게 만족을 주지 않겠다고 그렇게 맹세했었는데, 최악의 순간에 비명을 터트리고 말았다. 이제 그녀는 자기 혐오감에까지 시달려야 했다. 어쩌면 그녀가 그런 취급을 당할 만한 존재인지도 모른다. 겁쟁이 같은 움츠림으로 그 일을 자초한 건지도 모른다는 참을 수 없는 역겨움이 치밀어올랐다. 바닥에 쭈그리고 앉아 매질당한 짐승처럼 두려움에 떨며, 충격과 자기 혐오로 무기력하게 토악질을 해댔다.

뱃속이 비워지고 식은땀이 온몸으로 번지자, 그녀의 머릿속은 오히려 맑아졌다. 구토가 육체뿐 아니라 정신까지 깨끗하게 해주었다. 그녀는 비틀비틀 일어나서 싸늘한 나신을 가리기 위해 옷가지를 찾아보았다. 찢겨진 채 바닥에 버려진 로브를 집어들어 걸치고, 어두운 방안을 둘러보았다. 창문은 까만 네모의 형체였지만, 그 너머에 아주 흐릿한 빛이 숨어 있는 걸 보았다.

잠들 수가 없었다. 그 침대로 돌아가고 싶지 않았다. 마틸드를 만나고 싶었다, 상처 입은 아이가 어머니를 찾듯이 그렇게 간절하게 마틸드를 원했다.

그녀는 방을 떠나 복도로 나섰다. 촛불들이 버려진 공간을 비추었고, 등뒤로 문을 닫고 나자 크나큰 안도감과 해방감이 찾아들었다. 그녀에게 족쇄를 채우던 감옥에서 빠져 나왔다. 어디로 갈지, 무엇을 할지는 생각나지 않았다. 그저 안뜰이 내려다 보이는 창턱 위로 힘겹게 기어올랐다. 그녀는 로브를 가슴 위로 여미고 끌어올린 무릎에 머리를 기댄 채로 새벽을 기다렸다. 마틸드를 기다렸다.

하늘에 새벽빛이 밝아올 무렵 레오는 카드실을 떠났다. 코냑을 많이 마셨다. 쉴새없이 자신을 괴롭히는 불안감에서 벗어나기 위해 카드게임과 코냑과 동료들에게 의지해야 했다. 무슨 이유에선지, 엘비라와 코델리아를 분리시켜 생각할 수 없었다. 두 여자가 하나의 끈으로 묶인 존재인 것 같았다. 엘비라는 그의 쌍둥이 여동생이었고 그는 무조건적으로 그녀를 사랑했다. 그녀의 행복을 지키는 것이 그의 책임이었는데, 그 책임을 다하지 못했을 수도 있다는 생각이 그를 괴롭혀댔다.

코델리아는 몇 주 동안 우연히 그의 인생에 끼어들었던 여자였다. 그는 그녀를 갈망했다. 진실로 정직해진다면 그 사실을 인정할 수 있었다. 하지만 코델리아를 향한 그의 느낌은 욕망이나 책임감만으로는 설명되지 않았다.

그는 술기운 속에서도 여전히 혼란스럽고 강박적인 생각에 사로잡혀 북쪽에 위치한 자신의 방으로 향했다. 문득 묘한 마음의 변화가 생겨, 그는 작센 공작의 숙소가 있는 복도 쪽으로 방향을 바꾸었다. 그 방에 가까워질수록 그의 불안감은 점점 커져갔다. 마치 대리석 복도에 늪지의 독기가 모락모락 피어오르는 것 같았다.

문들을 통과하고 모퉁이를 돌아 다시 문들을 지나쳤다. 다음 순간 그는 성마르게 어깨를 으쓱이며 왔던 길로 되돌아가려 몸을 돌렸다. 그가 멈춰 섰다. 천천히 돌아서서 다시 걸어갔다. 창턱에 웅크려 있는 형체, 아무 미동도 없는 형체가 눈에 띄었다.

풍성한 검은 머리를 풀어헤친 채, 무릎 위에 올려진 얼굴이 반대 방향을 향해 있었다.

"코델리아 여기서 뭘 하는 거요?"

그가 그녀의 어깨에 한 손을 올려놓았다.

그녀가 화들짝 고개를 돌렸다. 입고 있는 로브보다 더 하얀 얼굴에서 그녀의 눈동자가 검은 구덩이처럼 공허해 보였다.

"마틸드를 기다리고 있었어요."

레오가 눈살을 찌푸렸다.

"복도에서? 그녀가 어디에 있소?"

"몰라요. 미카엘이 내보내 버렸어요. 하지만 마틸드는 날 떠나지 않을 거예요. 난 알아요."

그는 그녀의 뺨에 난 멍자국을 보았다. 그리고 자신이 그렇게도 부인하려 애썼던 진실의 정체를 알아차렸다. 그가 서서히 그녀의 목깃을 옆으로 벌렸다. 하얀 살결 위로 손가락 자국들이 찍혀 있었다. 그는 깊이도 없는 분노의 나락으로 떨어져, 분노의 파도에 휩쓸리며 엘비라의 모습을 보았다. 그녀의 눈에 깃든 그림자를 보았다. 그리고 모든 용기와 웃음을 잃어버린 코델리아를 보았다.

그가 그녀를 품으로 안아 올렸다.

그녀를 안고 조용한 복도와 텅빈 계단을 지나는 동안, 그의 심장은 분노로 터질 것 같았다. 그녀는 그의 목에 팔을 감고서, 시체처럼 창백한 두 뺨에 새까만 속눈썹을 드리운 채 규칙적으로 숨을 내쉬었다.

가파른 돌계단 위에서 그는 좁은 나무문을 열었다. 침대와 옷장, 세면대, 두 개의 의자, 그리고 좁은 창문 밑에 원형 탁자가 자리잡은, 그야말로 독신자용 숙소였다.

침대로 내려지자 코델리아의 눈이 열렸다. 놀라고 두려워하는 듯하다가 서서히 그녀의 시선이 맑아지며 안도감이 번져갔다.

그가 그녀의 몸 밑으로 손을 뻗어 벨벳 로브를 벗겨냈다. 그녀의 몸을 살펴가면서 그의 입술과 눈동자가 갈수록 험악해졌다. 미카엘이 얼마나 심하게 그녀를 상처 입혔는지 확인했다. 하지만 몸보다도 정신에 더 깊은 상처가 가해졌다는 걸 알 수 있었다. 용기있고 생기 넘치는 그녀의 자아에 손상이 가해졌음을…….

코델리아는 그의 시선을 받으며 미동도 없이 누워 있었다. 마침내 몸이 따뜻해지고 떨림도 진정되었다. 레오의 분노와 고통이 확연하게 느껴졌다. 그녀의 팔과 다리를 들어올리고 돌려눕히는 그의 손길이 비둘기 날개처럼 부드러웠지만, 시선만큼은 무시무시했다.

그녀가 나지막이 입을 열었다.

"그자가 엘비라에게는 이러지 않았을 거예요. 그녀는 나와 다르니까. 그를 자극하지도 않았겠지요."

코델리아는 그의 정신적 고통을 감지해냈다. 그가 그녀의 뺨을 매만지자 그녀는 미소지었다.

"내가 카드게임에서 그를 이겼기 때문이에요. 내가 그를 웃음거리로 만들었기 때문에 마틸드를 쫓아 버린 거예요."

그녀가 뺨에 닿은 그의 손바닥에 입술을 부볐다.

"날 안아줘요."

레오가 침대에 내려앉아 그녀를 품에 안았다. 앙상한 잎새처럼 너무나 연약했다. 그녀가 그의 크러뱃을 풀어내고 그의 목에서 고동치는 맥박에 입을 맞추며, 욕망과 갈망의 달콤한 숨결을 뿌려냈다.

"나에게 진짜를 보여줘요. 파괴되지도 굴욕적이지도 않는, 예전에 당신이 조금 맛보게 해주었던 그걸 지금 보여주세요. 레오, 제발."

그녀는 장난기나 유혹의 흔적 없이 진심으로 애원했다.

"날 다시 완전한 나로 만들어줘요."

그녀가 그의 입술에 키스했고, 그의 손은 저절로 그녀의 굴곡을 어루만졌다.

그의 손길 아래 그녀가 다시 살아나는 것 같았다. 시든 꽃봉오리가 갑작스런 햇살을 받은 것처럼, 그녀의 몸에 다시 생명력이 불어넣어졌다.

그는 미카엘의 낙인이 찍힌 그 흔적 위로 깃털처럼 부드럽게 손가락을 움직였다. 자신의 행동이 옳다는 걸 알았다. 그녀의 몸에서 미카엘의 낙인을 지워버려야만 그녀가 치유될 수 있었다.

"정말로 이걸 원하오?"

그가 조용히 물었다.

"상처받은 후에 너무 빠를 수도 있소."

그녀는 자신의 맥박이 빠르게 고동치는 걸 느낄 수 있었다. 그의 눈 속에 통째로 빨려들어갈 것 같았다.

"제발요."

그녀가 속삭였다. 고통과 두려움의 잔재가 남은 애원이었지만, 그 눈 속의 욕구만큼은 분명했다. 정열이나 부드러움을 향한 욕구가 아니라, 폭력으로 짓이겨진 상처를 치료하고픈 욕구.

그가 그녀의 얼굴을 감아쥐고서 두 뺨과 턱선을 어루만졌다. 그녀를 아프게 할까봐, 혹시라도 공포를 불러 일으킬까봐 두려웠다. 머뭇머뭇 그녀의 젖꼭지 위로 손가락을 스치며 그녀의 눈에 놀라움이나 두려움이 나타나는지 지켜보았다. 그 어느 것도 보이지 않자 고개 숙여 그녀의 젖꼭지를 입 속으로 빨아들였다. 그리고는 그것이 단단하게 오똑 설 때까지 애무했다.

코델리아는 그의 어깨에 머리를 기댄 채 그의 무릎에 안겨들었다. 자신의 몸이 연약하게 열리는 것을 느꼈다. 레오와 함께 있으면 안전하다는 것을, 사랑의 환희가 기다리고 있으리라는 것을 알 수 있었다. 단 한번 그 환희에 가까이 간 적이 있었지만 오늘밤은 그 끝까지 맛보게 되리라.

그의 입술이 젖가슴에서 목덜미로 미끄러졌다.

"당신을 아프게 할까 두렵소. 정말 괜찮겠소?"

"날 만져주세요, 부탁이에요."

그녀가 속삭였다. 움직일 수 있을 것 같지 않았다. 햇살 아래 고양이처럼 나른하면서도 그 밑으로 뜨거운 피가 흐르고 있었다.

레오의 손이 그녀의 허벅지 사이로 움직였다. 또다시 그녀가 긴장할까봐 머뭇거렸지만, 그녀의 몸은 이미 나긋하게 열려 있었다. 가슴이 빠르게 들썩거리고 그의 손길을 받은 민감한 봉우리가 단단해졌다. 그는 그녀의 얼굴을 응시했다. 감겨진 눈 밑으로 관능적인 입술과 발그레해진 뺨을 볼 수 있었다.

"코델리아?"

그녀가 눈을 뜨며 그의 손길에 몸을 꿈틀거렸다.

"사랑해요, 레오."

그는 젖은 손을 그녀의 배 위로 움직이며 그녀의 입술에 키스했다. 이번에는 다급하게 그녀의 입술로 혀를 밀어댔고 그 즉시 그녀의 입술이 벌어졌다. 그의 혀가 그 달콤한 입 속으로 스며들어가자, 그녀도 자신의 혀로 그의 혀를 맞아들였다.

코델리아의 몸은 무엇을 해야 할지 어떻게 반응해야 할지 스스로 깨우치는 듯했다. 그녀가 그에게 벌거벗은 나신을 밀어대며 요동했다.

레오가 고개를 들어올리자, 그녀는 그에게 살며시 미소지었다.

"때가 된 건가요?"

"당신이 원한다면."

그가 조용히 그녀의 표정을 살폈다. 그녀는 그의 입술을 손가락으로 매만지며 관능적인 몸짓으로 대답해 주었다.

레오가 그녀를 침대에 누이고 재빠르게 옷가지를 벗어냈다. 코델리아는 벌거벗은 남자의 몸을 제대로 본 적이 없었다. 그의 날씬하고 강인한 몸매, 탄탄한 배와 날렵한 엉덩이, 곱슬곱슬한 체모 사이로 우뚝 솟아 있는 그것과 길고 단단한 허벅지를 응시했다. 한순간 폭력적인 침입자에게 방어하듯이 그녀의 몸이 죄어들었다.

레오가 침대에 앉아 그녀의 배를 어루만지자 그녀의 긴장은 다시금 풀려 유연한 반응을 보였다. 그는 신호를 기다렸고 그녀가 그 신호를 내주었다. 그녀가 그의 발기한 부분으로 손을 뻗어 그 감촉과 형태를 느껴보았다. 그의 낯선 육체를 자신의 것으로 알아나갔다. 허벅지 사이의 촉촉한 부분으로 그를 이끌었다. 이 남자를 몸속으로 받아들이고 싶었다. 육체와 정신을 하나로 결합시키고 싶었다.

그는 그녀의 몸 밖에서 자신을 억제하며 그녀의 눈을 강렬하게 응시했다.

"지금의 느낌을 말해보시오, 코델리아."

그는 그녀의 육체적인 반응보다 더한 것을 끌어내고 싶어했다. 그녀가 얼마나 이것을 원하는지, 얼마나 필요로 하는지 듣고 싶었다. 그녀의 필요에 의해서가 아니라면, 그녀는 결코 치유되거나 완전해지지 못할 것이다.

"당신을 원해요. 당신이 필요해요. 사랑해요, 레오."

그녀의 눈동자에는 아무런 망설임도 없었다.

"당신이 내 안에 들어오길 간절히 바라고 있어요."

그는 그녀의 허벅지를 받쳐쥐고 엉덩이를 감싸안으며 그녀의 몸속으로 밀고 들어갔다.

그가 자신의 몸속에서 움직이는 것을 느끼는 동안, 코델리아는 높고 높은 곳으로 치달아 올랐다가 황금빛 창공의 실크처럼 가볍게 나풀나풀 떨어져 내렸다. 자신의 흐느끼는 신음소리가 저 먼 곳에서 들려오는 것 같았다. 땅으로 살포시 내려앉으며 몸속으로 환희의 물결이 흘러내리자 미친 듯이 레오에게 매달렸다. 그도 이제 자신의 환희를 찾아 그녀의 달콤함을 음미하며 다시, 또다시 움직였다. 다음 순간 그가 몸을 빼내어 자신의 정액을 뿌려냈다.

그가 그녀의 위로 숨가쁘게 쓰러지자 그녀는 그의 등을 어루만졌다.

마침내 레오가 몸을 굴러 옆으로 드러누웠다. 한 손을 그녀의 배에 걸치고 다른 손으로는 자신의 눈 위를 덮었다. 통렬한 후회나 죄책감, 쓸쓸한 자기 혐오가 찾아들기를 기다렸지만 귀한 선물을 주고 받은 것처럼 더할 수 없는 기쁨뿐이었다.

"당신이 사랑해 준다면 난 무엇이든 견딜 수 있어요."

코델리아가 자신의 배 위에 놓인 손을 쓰다듬으며 속삭였다.

"당신이 다시 날 강하게 만들어줬어요, 레오. 원래의 내 모습을 되찾아 주었어요."

그는 천장을 올려다보며, 기쁨과 자신감이 수액처럼 빠져 나가는 것을 느껴야 했다. 이 여자를 사랑하면서 어찌 미카엘에게 돌려보낼 수 있단 말인가?

"당신을 미카엘에게서 빼내올 거요."

그가 말했다.

"하지만 계획을 세워야 해. 성급하게 행동하면 일을 그르치게 될 거요. 우릴 뒤쫓는 일은 너무나 쉬울 테고 미카엘은 도망친 아내에게 무슨 짓이든 할 권리가 있소. 무슨 말인지 알겠지, 코델리아?"

그가 일어나 앉아 그녀의 얼굴을 감싸쥐었다.

"내 말 무슨 뜻인지 알겠소?"

코델리아가 고개를 끄덕이며 미소지었다.

"네, 기다릴게요. 참을게요."

그녀가 그의 얼굴을 매만졌다.

"당신의 사랑을 알게 된 이상 더는 괴롭지 않을 거예요. 이젠 그 무엇도 날 건드릴 수 없어요."

그는 고개를 흔들며 무겁게 한숨을 토해냈다. 그저 마음의 힘만으로는 자아를 지키지 못하리라는 것을 그는 잘 알았다.

“이제 당신은 돌아가야 하오. 가능한 한 빠른 시일 내에 당신을 빼낼 거요. 하지만 지금은…….”

“네, 알아요.”

그녀는 생기 넘치는 미소를 지어 보였다. 원래의 코델리아 다운, 그가 사랑하지 않으려 안간힘 쓰던 그 미소를.

“마틸드에게 무슨 일이 생겼는지 알 수만 있다면…….”

갑자기 그녀의 미소가 공포로 대치되었다.

“그 자가 마틸드를 죽이진 않았겠죠? 설마 감옥에 가둔 건 아닐가요?”

“그랬을 리는 없소.”

레오는 속마음과 다르게 자신있게 대꾸해 주었다. 미카엘이 살인까지야 저지르진 않았겠지만 성가신 하인을 어두운 지하감옥에 처넣는 것은 그리 어려운 일은 아니었다.

그가 서둘러 옷을 챙겨입는 동안, 코델리아도 로브를 걸쳤다. 그녀의 혈색이 되돌아와 하얀 로브가 창백함이 아닌 화사한 아름다움을 돋보이게 해주었다.

“내가 안아서 데려다주겠소. 바닥이 얼음장처럼 차가울 테니.”

그녀는 반대하지 않고 그의 품에 안겨들었다. 그녀를 안는 느낌이 아까와는 많이 달랐다. 잎새같은 연약함이 아니라 더 강하고 단단해진 듯했다.

“난 미카엘을 이길 수 있어요.”

코델리아가 그의 귀에 속삭였다.

“난 그 남자보다 강해요. 난 자신의 힘을 느끼기 위해 다른 사람을 짓밟을 필요가 없어요. 기필코 그자를 눌러줄 거예요.”

“그렇게 하려다가 지난번에 무슨 일이 일어났었지?”

그는 코델리아의 생기가 돌아온 것을 다행스러워하는 만큼이나 위험스러움 또한 깨달아야 했다.

“조심할게요. 다시는 똑같은 실수 안 할 거예요.”

작센 공작의 숙소가 있는 복도로 접어들자, 코델리아의 몸이 굳어졌다. 레오의 입술도 경직되었다. 그녀를 지옥으로 돌려보내야 하는 자신이 아무리 혐오스럽다 해도, 지금으로는 선택의 여지가 없었다. 한동안은 방법이 없을 것이다.

그들이 문으로 다가갔을 때 아직 빛이 스며들지 않은 어둠 속에서 형체 하나가 튀어나왔다.

“마틸드?”

코델리아가 레오의 품에서 바둥바둥 빠져 나가 두 팔을 벌리고 선 그 여인에게 달려갔다.

“괜찮아요, 아가씨, 괜찮아요.”

마틸드가 그녀의 머리와 등을 쓰다듬으며 그 너머로 날카롭게 자작을 살펴보았다. 그의 표정에서 필요한 것을 모두 알아낸 듯, 그녀가 험악한 인상으로 고개를 끄덕였다.

“그 사람이 무슨 짓을 했던 거야, 마틸드?”

코델리아가 고개를 들어올렸다.

“혹시 다치지 않았어?”

“아뇨.”

마틸드가 씩씩하게 대답했다.

“하지만 그자는 추천장도 없이 돈 한푼 쥐어 주지 않고 날 쫓아냈어요. 그래도 걱정 마세요. 그 인간은 날 아가씨한테서 떼어놓지 못해요.”

“어떻게 하려고? 어디로 갈 거야? 돈이라면 내가 줄 수 있어, 하지만…….”

“이 궁전 안에는 이 한 몸 숨어 있을 만한 곳이 충분하답니다. 사방에 계단과 우묵한 틈새들이 있지요. 난 이 근처에 있을 거예요. 아가씨 눈에 뜨이지 않는다 해도 내가 지켜보고 있다는 걸 기억하세요.”

그녀는 조용히 떠나지 않으면 절도죄를 뒤집어씌워 한평생 감옥에서 썩을 줄 알라는 공작의 위협을 털어놓지 않았다. 다시 공작의 눈에 띄게 된다면 그 위협이 현실이 될 것이다.

그러나 그녀가 말하지 않았음에도 코델리아는 충분히 짐작하고도 남았다. 코델리아가 애원하는 듯이 레오를 바라보았다.

"내가 마틸드를 보살피겠소."

그가 마틸드에게 시선을 돌렸다.

"내가 계획을 세울 때까지 코델리아한테는 당신이 필요하오. 숨을 곳을 마련해 주겠소. 두 사람이 만날 수 있도록 방법을 궁리해 봅시다."

마틸드는 코델리아와 자작을 신중하게 쳐다본 다음 고개를 끄덕였다. 이번에는 만족스러운 고갯짓이었다.

"이렇게 될 수밖에 없었죠. 이렇게 될 줄 알고 있었어요. 나의 아가씨는 하나의 사랑밖에 모르거든요, 자기 어머니하고 똑같이."

그녀가 다시 코델리아를 끌어안고 키스했다.

"내가 그 인간의 코를 납작하게만들 일을 만들어볼게요. 이젠 걱정하지 말아요."

코델리아의 호기심이 즉시 솟아올랐다.

"그게 뭔데?"

마틸드는 영리한데다 아주 교묘한 기술들까지 알고 있었다. 마틸드와 미카엘이 한판 붙는다면, 코델리아는 언제라도 자신의 유모에게 돈을 걸 것이었다.

"기다리세요."

"내 말 잘 들으시오, 코델리아."

레오가 입을 열었다. 그는 코델리아만큼 마틸드의 능력을 신뢰하지 못했다. 그런 능력을 믿는다 해도, 그녀가 즉각적인 해결책을 제시한 것도 아니었다.

"다시는 그를 자극하지 않겠다고 약속해 주시오."

"그 인간이 날 꺾었다고 생각하게 놔둘 수는 없어요."

그녀가 과격하게 대꾸했다.

"한동안은 자존심을 죽여야 하오. 내가 계획을 세울 때까지만."

그는 그녀의 턱을 잡아 자신을 바라보도록 했다.

"아주아주 조심할게요."

그녀가 수긍했다.

"그걸로는 충분치 않소! 날 사랑하오?"

"잘 아시잖아요."

"당신은 이 엄청난 상황을 내 손에 맡겼소, 그렇지?"

"그래요, 하지만……."

"그러니까 내 말대로 따르시오. 그렇지 않으면 난 당신을 도울 수가 없소. 알겠소, 코델리아?"

그녀는 망설였다. 그가 원하는 대답을 해주고 싶었지만, 미카엘에게 환상으로라도 승리감을 안겨주고 싶지는 않았다. 그때 뒤쪽 복도를 따라 발소리가 들려왔다. 대리석 위로 또각또각 부딪히는 구둣소리. 목소리가 점점 가까워졌다. 그 중 하나는 미카엘과 친한 대신의 목소리였다. 레오가 움직이기도 전에, 코델리아는 하얀 유령처럼 숙소 안으로, 마틸드는 어둠속으로 사라졌다.

레오는 나지막이 욕설을 중얼거렸다. 코델리아의 약속을 받아내지 못했다. 자신이 한 남자에게 가장 무거운 짐인 신뢰와 사랑을 지게 했다는 것을 이해하지 못하는 걸까? 그는 엘비라를 위해서도 그 짐을 받아들였지만 떨어뜨리고 말았다. 똑같은 식으로 코델리아를 실망시키지는 않을 것이다. 하지만 그녀가 일부러 위험을 끌어들인다면 어떻게 그녀를 보호할 수 있단 말인가?

코델리아는 살롱의 문을 닫았다. 부엌문 앞에 서 있던 무슈 브리옹이 맨발에 실내복 차림인 공작 부인을 보며 놀라워했다. 코델리아는 안으로 걸어 들어가 그의 눈을 똑바로 마주보았다. 모든 하인들이 어젯밤 그녀의 침실에서 벌어진 일을 알고 있으리라. 미카엘이 기분 내킬 때마다 하인들을 얼마나 학대하는지 그녀도 알고 있었다. 이제 그녀는 흔들림 없는 시선으로 집사장에게 동맹을 청했다.

무슈 브리옹이 절을 올렸다.

"안녕히 주무셨습니까, 마담."

그가 태연스레 테이블 위의 장식을 정리하며 말을 이었다.

"나리께서는 아직 커피를 들이라 하지 않으셨습니다."

코델리아가 미소지었다.

"고마워요. 엘지에게 10분 후에 날 깨우라고 전해줘요."

무슈 브리옹이 다시 절을 올렸고 코델리아는 자신의 방으로 들어갔다. 로브를 벗고 차가운 침대에 올라 이불을 덮었다. 그녀의 얼굴에 스르르 미소가 떠올랐다. 부서지지 않으리라. 사랑을 얻은 이상 부서지지 않으리라. 이제 사랑이 무엇인지 알았다. 그것이 힘이었다. 사랑의 힘이 그녀를 지켜줄 것이다.

15

코델리아는 아침 열 시가 될 때까지 침대에 누워 있었다. 그저 행복하고 나른할 뿐이었다. 이렇게 꿈꾸듯이 누워 있을 수 있으니 굳이 일어날 필요는 없었다. 하지만 10시에 왕세자비가 부르신다는 연락이 도착했다. 지난 몇 주 간 형식적으로만 대해야 했던 친구와 단둘이 만날 수 있다는 희망에 더 이상 게으름을 피울 마음이 남아 있지 않았다. 앙투아네트의 경험과 그녀의 새 신랑에 대한 이야기가 너무나도 궁금했다.

그녀는 평상복 차림으로 남편에게 그 연락을 전하기 위해 살롱으로 걸어나갔다. 아침식탁에 앉아 있던 그가 고개를 들어올렸다. 그의 시선이 그녀를 훑어보며 어젯밤에 남겨둔 흔적을 찾고 있었다. 그녀의 광대뼈에 시퍼런 멍이 들었고 목덜미에는 손가락 자국들이 남아 있었다. 그의 눈에 승리감과 만족감이 번득였다.

하지만 이내 그의 시선은 당혹스러움으로 바뀌었다. 자신의 아내가 분명 겁에 질린 패배자처럼 보여야 할 텐데 그렇지 않다는 것을 알아

차린 것이다. 오히려 전보다 더 강해진 것처럼 그녀에게서 강인함이
발산되고 있었다.

그녀가 차갑게 그의 시선을 받아내고 나서 깍듯하게 예의를 갖췄다.

"안녕히 주무셨습니까, 나리."

그녀가 왕세자비의 전언을 내보였다.

"왕세자비가 절 부르셨어요. 당신이 아시고 싶어할 것 같아서요."

그는 그 종이를 받아들고 훑어본 다음 싸늘하게 말문을 열었다.

"당신이 시녀처럼 궁전에서 많은 시간을 보내는 건 원치 않으나, 왕
세자비의 호의를 받아두는 것도 나쁠 건 없겠지."

"그녀는 내 친구에요. 우정은 정치적인 전략이 아닙니다."

그녀가 턱을 치켜올렸다. 그자를 혐오하고 경멸한다는 것을 보여줄
작정이었다.

그의 눈살이 찌푸려졌다.

"내 분노를 일으키는 게 현명하지 못하다는 걸 아직도 깨우치지 못
했나?"

"그걸 깨우치기란 쉽지 않을 듯합니다, 나리."

그녀가 또다시 오만하게 예의를 갖추며 대꾸했다.

그가 자리에서 일어나 성마른 표정으로 다가들었다.

"깨우치게 될 거요, 틀림없이."

"엘비라도 당신을 화나게 했었나요?"

그 말을 하는 즉시 그녀는 후회했다. 레오에게 일부러 미카엘을 자
극하지 않겠다고 약속했는데, 이미 늦어 버렸다. 그가 손바닥으로 그
녀의 입술을 찰싹 때렸다.

"나의 인내심을 시험하는군, 마담."

맞은 입술이 심각할 정도로 아픈 것은 아니었지만, 거기에 잠재된
폭력은 가히 충격적이었다. 그녀의 눈에 불안감이 되살아났고 그도 그
것을 보았다. 어서 그의 곁에서 떠나가는 것이 상책이었다.

"허락하신다면 전 이만 왕세자비를 방문할 준비를 하겠습니다."

그는 대답도 없이 몸을 돌려 테이블로 돌아갔다.

코델리아는 자신의 방으로 돌아와 살살 입술을 매만지며 거울을 들여다보았다. 부풀어 오르거나 멍이 들지는 않았다. 하지만 광대뼈의 멍자국은 확연히 눈에 띄었다. 이걸 숨기려 노력해야 할까? 앙투아네트가 그냥 넘어가지 않을 텐데.

"어떤 옷을 꺼내야 할까요, 마님?"

엘지의 목소리에 코델리아가 화들짝 일어났다. 그 소녀가 옷장 뒤에 서서 초조하게 두 손을 비틀고 있었다. 코델리아는 억지로 미소를 지어 보였다. 그녀가 마틸드가 아니라고 해서 탓할 수는 없지 않은가.

"내가 골라볼게."

코델리아는 옷장으로 다가가 옷들을 뒤적였다. 목을 가릴 만한 드레스가 필요했다. 요즘 유행하는 패션은 목이 깊게 패인 것이었지만, 그녀는 초록빛 페티코트 위로 벌어진 사프란 드레스를 찾아냈다. 넓은 레이스 칼라에다 모슬린 어깨걸이가 있으니 무수한 멍들을 숨기는데 도움이 될 것이다.

엘지가 조심스럽게 드레스를 받아들었다.

"머리에 가루분을 뿌릴까요, 마님?"

"아니, 난 그런 거 싫어해. 어쩔 수 없는 경우도 있긴 하지만."

"레이스는 얼마나 단단히 묶을까요, 마님?"

엘지가 코르셋을 가지고 다가섰다.

코델리아는 한숨을 눌러 참았다.

"내가 그만하라고 할 때까지. 그보다 우선 스타킹을 가져와."

"하얀색 실크 스타킹 말씀인가요?"

"그래."

코델리아가 고개를 끄덕였다. 다른 종류의 스타킹이 없을 텐데, 엘지가 아직 옷장과 서랍의 내용물들을 잘 모르는 모양이었다.

무수한 질문과 실수를 받아주며 한 시간이 지난 후에야 그녀의 준비가 끝났다. 엘지는 코델리아의 멍든 부분에 대해서 아무 말 없이 조용히 가루분 상자를 가져다 놓았다. 코델리아가 광대뼈 위로 가볍게 솔질을 했다. 퍼런 부분이 완전히 가려지지는 않았지만, 목과 팔뚝의 흔적들은 보이지 않을 테니 핑계 하나쯤은 만들어낼 수 있으리라.

무슈 브리옹이 왕세자비의 임시 숙소로 그녀를 안내하기 위해 기다리고 있었다. 오늘 아침 묘한 만남이 있은 후 처음 보는 순간이었다. 그녀는 자연스럽게 미소지으며 아침인사를 전했고, 그의 엄숙하던 얼굴에 공모자 같은 미소가 떠올랐다.

"잘 주무셨습니까, 마담?"

"친구가 있다는 걸 아는 것보다 더 좋은 휴식은 없지요, 무슈 브리옹."

"옳으신 말씀입니다, 레이디."

그가 그녀를 위해 문을 잡아주었다.

코델리아의 도착을 알리는 소리가 들리자, 앙투아네트는 평상복 차림으로 벌떡 일어났다.

"오, 코델리아, 얼마나 보고 싶었는지 몰라. 어서 내 방으로 들어가자."

그녀는 자신의 조언자인 노아이유 백작 부인에게 반쯤은 반항하는 듯한, 반쯤은 애원하는 듯한 표정을 보냈다. 프랑스의 왕세자비라는 새로운 신분에도 불구하고, 아직 이 뻣뻣한 조언자를 두려워하는 듯했다.

"30분밖에 시간이 없습니다, 오페라 관람하실 준비를 하셔야 합니다."

"페르세우스(메두사의 목을 잘랐다는 전설 속의 영웅) 말이야?"

앙투아네트가 작은 코를 찡그렸다.

"그건 너무 심각해, 음악도 따분하고."

"폐하께서 선택하신 겁니다."

백작부인은 다른 사람이 있다는 것을 감안하여 그 말만 했다.

"폐하께서 선택하셨다고 해도, 난 지루하고 무거운 작품이라고 생각해."

앙투아네트는 내실 문을 닫고 마침내 친구와 둘만 남게 되자 키득대며 말했다. 그리고는 코델리아를 힘껏 끌어안았다.

"정말이지 너하고 얘기하고 싶었어. 사람들이 나에 대해서 뭐라고 하니? 무슨 말이라도 들었어?"

"모든 눈이 너한테 쏠렸는걸. 아름답고 우아하고 침착하다고 칭찬들이 자자하더라. 루이 오거스트를 운 좋은 사내라고 부러워해."

앙투아네트가 긴의자에 내려앉았다.

"넌 첫날밤 어떻게 보냈어, 코델리아?"

코델리아도 그녀의 옆에 앉았다. 편안하게 대답할 수 있는 질문이 아니었다.

"너하고 똑같지, 뭐."

앙투아네트가 고개를 흔들었다.

"난 아무 일도 없었어! 전혀 아무 일도. 남편이 문 앞에서 키스해 주고 나서 가 버렸다니까. 그리고는 돌아오지도 않았어."

코델리아가 믿을 수 없다는 듯이 친구를 바라보았다.

"아직 결혼이 완성되지 않았다는 말이야?"

"그래."

왕세자비가 무기력하게 어깨를 으쓱였다.

"나 어떻게 해야 되는 거니?"

"네 밑의 레이디들이 알고 있을 거야."

"그래, 내 남편 밑의 신사들하고. 이 일이 폐하의 귀에 들어가고 말 거야. 하지만 그건 내 잘못이 아니었어, 그렇지 않아?"

앙투아네트가 코델리아의 손을 움켜잡았다.

“남편을 유혹하려면 어떻게 해야 해? 난 아기를 가져야만 한다구.”

“난 남편을 유혹할 필요가 없었어. 그 사람 혼자서 알아서 했지.”

코델리아가 신랄한 어조로 중얼거렸다.

“그런데 내 남편은 나한테 매력을 느끼지 못하나봐.”

앙투아네트가 슬프게 부르짖었다.

“말도 안 돼. 그런 경우라 해도, 왕세자는 아이를 낳기 위해서 너와 동침해야 돼.”

“그렇긴 해. 그럼 문제가 뭘까?”

“글쎄…… 어쩌면 왕세자도 아직 동정이라 두려워하는지도 몰라.”

“어머니께 편지를 보내볼까? 하지만 그건 너무나 민망한 일이야, 코델리아. 내가 어딘가 부족해서 그런 건 아닐까.”

“너한테는 아무 문제도 없어. 문제가 있다면, 루이 오거스트한테 있을 거야.”

“어머나, 조용히 해!”

앙투아네트가 입술 위로 손을 올리며 웃음을 참아냈다.

“왕세자에 대해서 그런 식으로 말하면 안 되는 거야.”

코델리아도 씨익 웃었다.

“우리끼린데 상관없잖아.”

“내 곁을 떠나지 말아줘.”

앙투아네트가 진지하게 코델리아의 손을 부여잡았다.

“난 너무 외로워. 어떻게 헤쳐나가야 할지 모르겠어. 노아이유도 아무 도움이 안 돼. 그 여자는 설교 아니면 수다만 늘어놓고 아주 거만하게 굴어. 너무나 뻣뻣해서 하루 종일 세탁실에 있었던 여자 같아.”

코델리아는 그 목소리에서 울음기를 알아차리며 친구를 끌어안았다.

“다 잘 될 거야.”

“남편과의 사이에서 아기가 태어나면 말이지.”

어린 나이임에도 불구하도, 그녀는 자신이 오스트리아와 프랑스 사이의 동맹을 굳건하게 해줄 프랑스의 후계자를 낳기 위해 황태자와 결혼한 사실을 잘 알고 있었다. 프랑스 백성들이 두 나라 사이의 오랜 적대감을 묻어 버릴 수 있도록 아기는 반드시 태어나야 한다.

"넌 어때? 네 남편에 대해서 말해봐."

왕세자비는 이제 자신의 재빠른 변덕에 이끌려 코델리아에게 관심을 돌렸다.

"어머나, 뺨은 왜 그래? 어디 부딪혔어?"

그녀가 조심스레 멍자국을 만져보았다.

그들 사이에 못할 말은 없었다.

"내 남편의 손에 부딪혔다고나 할까."

코델리아가 대꾸했다.

"그게 무슨 말이야? 그 사람이 잔인하게 굴었단 말이야?"

"미카엘 공작이 부부 침실에 흥미를 보여주지 않으면 내가 아주 행복해 할 것이라는 점만 말해둘게."

앙투아네트는 경악한 표정을 감추지 못했다.

"내가 폐하께 말씀드려 볼까?"

"안 돼, 절대 안 돼! 폐하께서는 그런 일에 끼어들지 않으실 거야. 남자는 자기 기분대로 아내를 다룰 권리가 있어. 폐하께서 그런 언급을 하시면 그 남자가 무슨 짓을 할지 모른다구."

"하지만 너무 끔찍하잖아."

앙투아네트는 테이블 위의 난초 꽃병을 깨뜨려 버릴 듯이 노려보았다.

"무슨 방법을 찾아야 해. 아이들한테는 어때? 그 사람, 아이들한테도 잔인하게 굴어?"

"아니, 그런 것 같지는 않아. 가정교사한테만 맡겨놓는걸."

코델리아가 눈살을 찌푸렸다.

"그것도 문제야, 앙투아네트. 그 사람은 내가 아이들의 친구가 되지 못하게 막아 버려. 난 아이들에게 궁정 예법을 가르치고 약혼을 준비해 주기만 하면 된대. 아이들을 사랑하거나 같이 놀아주는 건 금지사항이야."

"그럼 엄마라고 할 수도 없잖아?"

앙투아네트가 분개하며 반문했다. 그녀 자신의 인생에서 어머니가 가장 중요한 인물이었고 많은 면에서 여전히 그러하다는 것을 알기 때문이었다.

"그 애들은 정말 사랑스러워. 아주 똑같이 생겼는데 웃음소리가 듣기 좋아. 하지만 말린 자두 같은 얼굴의 가정교사와 소름끼치는 묘지 안에 틀어박혀 있는데 웃을 일이 뭐가 있겠니."

앙투아네트의 눈이 갑자기 밝아졌다.

"나한테 생각이 있어. 그 애들을 여기 데려오면 어떨까?"

"여기에? 베르사유로? 미카엘이 허락하지 않을 거야."

"하지만 난 왕세자비야. 베르사유에서 제일 높은 레이디라구. 난 누구에게든 명령할 수 있어, 네 남편에게도."

"어떻게 하려는 거야?"

코델리아의 눈도 기대감으로 반짝거렸다.

"네 남편에게 딸아이들을 만나고 싶다고 말하는 거야. 너한테 아이들 얘기를 많이 들어서 만나보고 싶어졌다고."

"아이들을 이곳에 데려오게 하겠다는 거야?"

"그래."

"앙투아네트, 정말 대단해."

코델리아가 앙투아네트를 끌어안고 입을 맞췄다.

"잘 될지도 모르겠다."

"물론 잘 될 거야."

앙투아네트가 짐짓 오만하게 대꾸했다.

"폐하께서 날 사랑하시니, 필요하다면 그분 도움을 받을 수도 있어.

당장 명령서를 적어줄 테니까 네가 가져가.”

“그건 좋은 생각이 아닌 것 같아.”

코델리아가 생각에 잠겼다.

“난 그런 나쁜 소식의 연락책이 되고 싶지 않아. 그 사람은 그런 명령을 대단히 불쾌해 할 테고, 나한테 전달받는 것도 싫어할 거야. 자존심 상해할 걸.”

“그래, 그 말도 일리가 있어.”

앙투아네트가 곰곰이 생각해 보고 나서 두 손을 맞잡았다.

“그럼 오페라 하우스에서 내가 너희 부부를 자리로 불러들일게. 그때 아이들 얘기를 꺼낸 다음에 공작에게 궁궐로 데려오라고 하는 거야. 어때?”

“근사해.”

코델리아가 만족스레 고개를 끄덕였다.

“넌 정말 진실한 친구야, 앙투아네트.”

“달리 또 도와줄 거 없을까? 널 상처 입히는 남자와 어떻게 살 수 있겠니?”

코델리아는 앙투아네트의 걱정이 진심이라는 것을 알기에, 하마터면 레오와의 사건을 말할 뻔했다. 레오가 빼내주기로 했기 때문에 무엇이든 견딜 수 있다고 말할 뻔했다. 하지만 그 비밀은 누구에게도 발설할 수 없었다.

“상황이 나아질지도 몰라. 기분 좋지도 않은 얘기는 이제 그만하자.”

“그래.”

앙투아네트가 동의하며 다른 가벼운 주제로 바꾸었다.

“나, 마담 뒤 바리를 인정하지 않기로 결심했어.”

“왜?”

“헤픈 여자잖아. 어머니께서도 그런 사람을 궁궐에 들이지 않았어. 그러니 나도 그 여자 때문에 모욕당할 이유가 없어.”

앙투아네트가 자신만만하게 쳐다보는 모습은 그녀의 어머니를 연상시켰다. 코델리아는 앙투아네트가 곤란한 지경에 빠지리라는 걸 예상할 수 있었다.

"그 사람은 폐하의 총애를 받고 있어. 그녀를 모욕하면 폐하를 모욕하는 것과 마찬가지라구."

앙투아네트는 완고하게 입술을 오므리며 고개를 흔들었다.

"그 여자는 부도덕해, 폐하께서는 죄를 저지르는 것이고. 애인을 두고 있는 한 폐하는 고해성사도 못하실 거야. 폐하의 영혼이 구원받도록 도와드리는 것이 나의 신성한 의무야."

앙투아네트는 이상한 생각에 집착하는 경향이 있었다. 여제께서는 자식들에게 강한 믿음과 종교적인 확신을 심어주긴 했지만, 지극히 실용주의적이셨는데……. 이렇게 밀고 나가면 앙투아네트만 웃음거리가 될 뿐이었다.

"그런 문제는 아주 신중하게 생각해야 해. 단순히 도덕적인 문제만이 아니라구."

"나의 믿음이 요구하는 바를 행하는 거야. 난 부도덕적인 여자를 인정할 수 없어."

코델리아는 더 이상 이 문제를 언급하지 않기로 결정했다. 어쩌면 결혼 축하연이 벌어지는 와중이라 앙투아네트의 태도가 눈에 띄지 않을지도 몰랐다.

"마담, 옷 갈아입으실 시간입니다."

노아이유 백작 부인이 예고도 없이 불쑥 방으로 들어왔다.

"그럼 나중에 만나자, 앙투아네트."

코델리아가 자리에서 일어나 키스한 다음 깊이 절을 올렸다.

"물러가는 것을 허락해 주십시오, 마담."

앙투아네트가 키득거렸다.

"장래의 프랑스 왕비에게는 세 번 절해야 하는 거야."

코델리아가 뒤로 물러나며 세 번 절을 올렸다. 앙투아네트는 오만하게 고개를 기울이며 그 장난을 받아주다가 까르르 웃음을 터트렸다.

코델리아는 미소를 머금은 채 왕실의 거처를 떠나왔다. 복도에 소근거리는 대신들과 종종걸음치는 하인들이 있었다. 무슈 브리옹이 공작의 거처로 돌아오려면 하인을 불러 에스코트를 받으라고 했었지만, 혹시 이 순간 남편의 감시에서 벗어날 수 있지 않을까? 그래, 모험을 걸 만한 가치는 있었다.

어느 길로 가야 하는 걸까? 레오의 품에 안겨 갔었던 탓에 그 길이 분명하게 기억나지 않았다. 그의 방으로 가는 동안 그녀는 거의 무의식 상태였고, 돌아오는 길에는 침대에서의 기억으로 몽롱한 상태였다.

그녀는 계단 밑에 서 있는 하인에게 다가가 하인의 절을 받으면서 입을 떼었다.

"키어스턴 자작의 거처가 어딘지 아나요?"

"바깥 계단 쪽에 있습니다, 마담."

"더 정확히 설명해 줄 수 있을까요?"

하인의 시선이 날카로워졌다. 낯선 결혼식 하객들 중에서 이 귀부인이 누구인지는 알지 못했으나, 베르사유에서의 오랜 경험상 비밀스런 냄새가 난다는 걸 알아차렸다.

"제가 안내해 드리겠습니다, 마담."

"그럴 필요 없어요. 위치만 설명해 줘요."

그녀는 열심히 귀를 기울였다. 비교적 직선코스인데다가, 길을 잃어버리면 누구에게든 물어볼 수 있으리라. 고개를 끄덕이고 나서 그녀는 하인의 호기심 어린 시선을 받으며 사람들 속으로 사라져갔다.

긴 대리석 복도를 가로질러 넓고 얕은 대리석 계단을 올라가는 동안 이따금씩 하인 몇 명과 종종걸음치는 대신들과 마주쳤을 뿐이었다. 베르사유의 사람들은 모두가 정신없이 바빠 보였다. 그들이 가로질러야 할 긴 거리와 참석해야 할 모임들을 생각한다면 이상한 일도 아닐 것이다.

레오의 숙소가 위치한 계단에 접어들었을 무렵, 코델리아는 몇 킬로미터를 걸어온 듯한 기분이었다. 하지만 걸어오면서 길을 익혀두었으므로 자신의 숙소까지 돌아갈 수 있으리라 확신했다.

그 좁은 나무문에 노크하려 손을 들어올렸다가 그녀는 마음을 바꿔 대담하게 문을 밀어보았다. 방이 텅 비어 있었다. 안으로 들어가서 조용히 문을 닫았다. 그런 다음에야 안도의 한숨을 내쉬었다. 잠시나마 염탐하는 시선들에서 벗어났다. 그녀는 황홀하게 작은 방을 둘러보았다. 모든 것이 기억하던 그대로였고, 레오의 흔적으로 가득 차 있었다. 그의 머리와 몸이 닿았던 침대와 베개를 살며시 만져보았다.

옷장을 열어, 그의 피부를 만지는 것 같은 느낌으로 옷가지를 어루만졌다. 콩피에뉴에서 입었던 벨벳 코트가 눈에 띄자 그 옷감에 뺨을 부벼보았다.

"코델리아, 여기서 뭐하는 거요?"

그녀가 껑충 뛰어오르며 돌아섰다. 레오가 문가에 서 있었다.

"무슨 일 있었소?"

그가 문을 닫고 그녀에게 다가섰다.

"아무 일 없어요."

그녀가 그의 허리를 힘껏 끌어안았다.

"아무 일도 없었어요. 그냥 그 일이 진짜였는지 확인하고 싶었어요. 꿈은 아니었죠? 당신, 정말로 날 사랑하는 거죠, 레오? 꿈이 아니었다고 말해줘요."

"꿈은 아니었소. 하지만 당신은 이곳에 오면 안 되오, 코델리아."

"누구한테도 들키지 않았어요."

그녀가 그의 허리를 풀어주고 발끝을 들어올려 입맞추었다.

"꿈이 아니었다는 걸 증명해줘요."

그 사파이어 같은 눈동자에 담긴 정열이 너무나 관능적이라 레오는 자제력을 잃어버릴 것 같았다. 그녀가 작은 한숨을 쉬고 그의 품에 파고들면서 키스해 달라는 듯 얼굴을 들어올렸다.

그가 그녀의 입술에 키스하자, 그녀는 그의 품에서 풀려나면 바닥으로 쓰러질 듯 온몸을 그에게 의지했다.

침대에 몸을 누이며 그녀는 그의 입술을 끌어내려, 가장 달콤한 꿀을 마시듯이 탐욕스럽게 그의 입술을 마셨다.

그가 목에 감긴 그녀의 손을 풀어내고 침대에 무릎을 대고 올라왔다. 커다란 치마테가 들어올려진 채 혀로 입술을 축이며 그를 쳐다보는 코델리아는 더할 수 없이 유혹적이었다. 그녀의 치마를 허리 위로 끌어올리자, 레이스 달린 가터에 싸인 뽀얀 허벅지와 조그마한 배꼽과 은밀한 부분이 드러났다.

그가 그 모습을 탐닉하는 동안, 그녀는 엉덩이를 들썩이며 허벅지를 열었다.

거칠고 뜨거운 숨결을 토해내며 그녀의 손이 바쁘게 그의 바지를 풀어갔다. 그의 단단하게 부푼 육체가 드러나자 그녀는 그 안에 고동치는 욕망을 느끼며 그것을 감싸쥐었다. 촉촉하게 젖은 끝부분을 살짝 매만지며 그녀가 미소지었다. 그리고 엉덩이를 들어 자신의 몸속으로 그를 이끌었다. 마치 언제나 이런 방식을 알아왔던 것처럼.

그 결합은 기쁨의 물결이었다. 폭발적인 환희로 둘 다 신음을 내질렀다. 레오가 그 신음을 입술로 막아내며 그녀의 몸속에서 서서히 움직였다. 이 순간을 좀더 끌어보고 싶었지만 더 이상 견딜 수 있을 것 같지 않았다.

"안 돼요……. 안 돼요."

그가 빠져 나가려 하자 그녀가 다급하게 그의 입술에 대고 속삭였다.

"그대로 있어요."

그 또한 영원히 이 천국 같은 몸속에 남아 있고 싶었다. 자신의 폭발할 것 같은 환희를 그녀에게도 느끼게 해주고 싶었다. 하지만 조심성이 승리했다. 그가 다시 그녀에게 키스하며 그녀의 몸에 전율이 흐를 때까지 견뎌보다가 급기야 자신을 빼낸 채로 절정에 몸을 떨었다. 감각의 파도에 사로잡혀 그가 그녀의 몸 위로 풀썩 쓰러졌다. 그의 심장이 그들 사이의 살갗을 뚫고 그녀의 심장에 다가갈 듯이 격하게 고동쳐댔다.

그녀는 눈을 감고서 그의 머리를 어루만졌다. 집에 온 것처럼 평화로웠다. 그녀의 갈증이 한순간 해소되었고 레오를 향한 사랑도 표현해냈다. 그리고 그의 몸이 마음의 사랑까지 보여주었다는 더할 수 없는 기쁨을 맛보았다.

천천히 레오가 고개를 들어올리고 무릎으로 일어나며 그녀를 내려다보았다.

그녀가 장난스레 미소지었다.

"나, 이런 일을 아주 금방 배우는 것 같지 않아요?"

그녀가 머리 위로 손을 뻗자 한 줄기 햇살이 손목의 뱀 모양 팔찌를 가로질렀다. 그녀의 하얀 피부에 다이아몬드 슬리퍼가 반짝거렸다.

그는 그녀의 손목을 잡아 그 팔찌를 살펴보았다. 이브를 유혹했던 뱀. 아담을 유혹했던 이브.

그런데 레오는 결과를 뻔히 알면서도 그 사과를 베어물었고 이제 이 여자에게 마음을 내주었다. 이젠 이 사랑을 가슴에 안고 그녀를 지켜야 한다.

"무슨 생각 해요? 아주 심각해 보여요."

그녀가 살며시 그의 입술을 매만졌다.

그는 미소지었다.

"사랑의 짐에 대해서 생각했다오. 자, 일어나서 옷을 갖춰 입으시오. 당신은 빨리 돌아가야 하오."

코델리아가 일어나 치마를 정돈하고 헝클어진 머리도 매만졌다. 거울 속으로 자신의 빨간 입술과 반짝거리는 눈을 볼 수 있었다.

"방종해 보여요."

그녀가 다소 놀란 목소리로 말했다.

레오는 그녀의 뒤에서 어깨에 손을 올리며 거울 속으로 그녀를 바라보았다.

"앞으로는 위험한 모험을 하지 마시오, 코델리아. 알겠소?"

"불필요한 모험은 하지 않을게요……. 마틸드에게 안전한 장소를 찾아주셨어요?"

"그녀는 지금 크리스티앙과 같이 있소. 나중에 만나게 해주겠소."

그의 대답은 짤막했다.

"당신, 또다시 심사가 꼬이셨군요. 당신이 나한테 화내는 거 싫어요."

"그럼 내 말대로 하시오. 당신은 사람을 아주 불안하게 만드는 아이라구."

"난 아이가 아니에요."

그녀가 장난꾸러기처럼 키득댔다.

"아이들은 내가 아는 걸 모르죠. 내가 할 수 있는 걸 아이들은 할 수 없어요."

그녀가 그에게 키스하고는 다시 손으로 키스를 날려보내며 문을 빠져 나갔다. 레오는 텅 빈 공간에 남아 머리를 흔들어댔다.

16

숙소로 돌아간 그녀의 앞에 험악한 표정의 미카엘이 기다리고 있었다.

"어디 갔던 거요?"

그의 어조에 간신히 억누른 폭력이 담겨 있었다. 레오가 모험하지 말라고 경고하지 않았던가. 게다가 아무리 미카엘에게 반항하고 싶다고 해도 다시 매를 맞는 건 싫었다.

그녀가 예의바르게 절을 올렸다.

"왕세자비의 부름을 받았습니다, 아까 말씀드렸던 대로."

"그녀의 거처에서 떠난 게 한 시간 전이잖소."

그가 그녀에게 다가들었다.

"당신을 데려오라고 하인을 보냈는데, 벌써 떠났다는 말만 듣게 되었소."

"왕세자비와 헤어지고 난 후에, 정원을 산책했어요. 어젠 둘러볼 시간이 없었거든요."

미카엘은 그녀의 말을 믿어야 할지를 아직 결정하지 못했다. 다소 헝클어진 차림새에 머리도 풀어진 듯했다.

"단정치 못하군, 마담. 내 아내가 옷 입은 채로 자다 일어난 것처럼 보이는 건 내 자존심이 허락하지 않소."

옷 입은 채로 잤다고? 얼마나 딱 들어맞는 표현인가, 코델리아는 웃음을 터트릴 뻔했다. 하지만 지금은 결코 즐거워할 만한 상황이 아니었다.

"바람이 불더군요. 게다가 너무 늦어진 걸 알아차리고 여기까지 서둘러 돌아왔어요. 그래서 옷차림이 흐트러졌을 거예요."

코델리아의 예의바르고 공손한 태도에도 불구하고, 미카엘은 그녀가 정말로 꺾인 것인지 확신할 수 없었다. 그 화사한 파란 눈동자 밑에 무언가 신경에 거슬리는 부분이 있었다.

엘비라를 통해 아름다운 여자의 간계와 책략들을 조심해야 한다는 걸 이미 배운 바 있었다. 수작을 부리려 할 때 여자가 가장 순진해 보인다는 것을.

"허락하신다면 전 침실로 돌아가 차림새를 정돈하겠습니다."

그녀가 또다시 공손하게 예의를 갖췄다.

미카엘은 차갑게 그녀를 바라보았다. 그녀가 고개를 들고 흔들림 없는 시선으로 그를 마주보았을 때에야 그는 자신의 짐작이 맞았음을 알았다. 그녀는 그에게 제압당한 것이 아니었다.

"30분 후에 오페라를 관람하러 가야 하오. 준비하시오."

그가 경멸스레 손을 내저었고, 코델리아는 엘지를 자신의 방으로 불러들였다.

그녀가 다시 살롱으로 나왔을 때, 미카엘 공작은 탁자에 앉아 무언가를 적고 있었다. 코델리아는 문 앞에 멈춰 서서 숨죽인 채 그를 지켜보았다. 이 남자가 또 일기를 쓰는 것일까?

갑자기 그가 매서운 얼굴로 홱 돌아보았다.

“뭘 기웃거리는 거요?”

“그런 게 아니라, 전 방금 여기 들어왔어요. 당신을 방해하고 싶지 않았어요.”

그는 공책을 모래로 닦은 다음 탁 덮었다. 한 걸음 다가서자 코델리아는 그것이 장부라는 걸 알았다.

“가계 장부를 일일이 점검하시나요?”

생각보다 먼저 그 말이 입으로 튀어나왔다.

“필요하다고 생각할 때는.”

그의 얼굴에 차가운 분노가 떠올랐지만, 이번에는 그녀 때문이 아니었다.

“와인 대금이 실제량과 맞지 않는 것 같을 때나 내가 마신 와인이 사들인 와인보다 적다고 느껴질 때.”

그가 장부를 탁자 서랍에 집어넣고 잠갔다. 그리고는 의상실로 걸어가 쾅 문을 닫았다.

무슈 브리옹이 그런 짓을 한 걸까? 모든 하인들이 그러기는 했다. 여기서 한 병 저기서 한 병쯤 없어진다 해도 귀족의 커다란 살림살이에 표시나지는 않을 테니까. 하지만 브리옹이 과연 공작에게 들키지 않을 정도로 영리할 수 있을까? 미카엘이 그런 의심을 품은 거라면 증거를 찾으려 할 것이 틀림없었다.

미카엘이 차갑고 초연한 표정으로 돌아와서는 그녀에게 팔을 내밀었다. 그리고 왕가가 도착하기 전에 자리잡기 위해 오페라 하우스로 종종걸음치는 다른 사람들 사이에 합류했다.

오페라 하우스의 기붕 사이마다 거울을 뒤에 배치한 샹들리에가 현란한 풍경을 증폭시켰다. 내벽의 암청색 벽지와 어울리는 푸른 밧줄에 육중한 크리스털 샹들리에가 매달려 있어, 관람석 위로 그 화려한 빛을 뿜어냈다. 웅장함에 익숙해 있는 코델리아조차도 이 장관에 대해서는 마땅히 묘사할 말이 떠오르지 않았다. 보석 박힌 옷과 풍성한 장식을 갖춘 대신들의 모습이 불빛에 사로잡혀 더욱 반짝거렸다. 웅성대는 목소리들이 절묘하게 그림 그려진 천장으로 올라갔다가 오케스트라의 다양한 선율 속으로 빠져들었다.

공작은 인사를 나누며 느릿느릿 자신의 부스로 전진해 갔다. 코델리아도 그의 속도에 맞춰 인사말과 예의를 갖추면서 열심히 주위를 살펴보았다.

그들 부스에는 공작부부의 자리만 빈 채 모든 좌석이 메워져 있었다. 코델리아는 넓은 치마테를 위해 특별 제작된 의자에 앉아 부채를 펼쳐들고 주위를 둘러보았다. 미카엘이 동료들과 대화하고 있었으므로 잠깐 동안은 감시망에서 벗어날 수 있었다.

오케스트라석에서 걸어다니는 크리스티앙이 눈에 띄었다. 그녀가 벨벳 천을 댄 난간에 몸을 기울이고, 남편에게 얼굴이 보이지 않도록 옆으로 부채를 부쳐대면서 열심히 눈으로 신호를 보냈다. 그가 그녀쪽으로 다가오려다가 그 신호를 알아차리고 주위를 둘러보더니 멈춰 섰다. 그의 격분헤 찬 시선이 그녀의 남편 쪽으로 향했다. 언제나 온화하기만 하던 크리스티앙이 지금은 살인이라도 저지를 듯했다. 마틸드와 한지붕 아래 있으면서 그녀의 상황을 알게된 것이리라.

코델리아는 너무나 창피했다. 다른 사람들한테 자신의 수치스런 밤이 알려지는 걸 어떻게 견딜 수 있을까? 그녀는 언제나 낙관적이고 자신만만하며 강했다. 하지만 크리스티앙은 그냥 남이 아니지 않은가. 앙투아네트도 마찬가지다. 그들은 그녀의 친구이고, 친구에게 위로와 도움을 구하는 것은 부끄러운 일이 아니었다. 언제나 강할 수는 없는 일. 그녀도 때로는 약한 모습을 보일 수 있었다.

그녀가 입놀림으로 메시지를 보내자, 크리스티앙이 재빨리 고개를 끄덕인 다음 오케스트라석으로 되돌아갔다.

그녀의 맞은편 부스에 레오가 나타났다. 그가 다이아몬드와 터키석으로 단장한 진홍빛 터번을 쓴 여자에게 무슨 말인가 건네자, 그녀는 부채로 그의 손목을 때리며 웃어댔다. 레오는 살짝 미소지으며 자리에 내려앉았다. 의례적으로 그가 미카엘의 부스를 향해 고개를 숙여 보였다. 미카엘이 인사를 돌려주었고 코델리아도 고개를 숙였다.

그녀는 그들 사이의 공간에도 불구하고 레오의 긴장감을 느낄 수 있었다. 그렇지만 미카엘은 저 두 남자의 적대감을 알아차리지 못하는 듯했다. 편안하게 코담배갑을 꺼낼 뿐이었다. 사실 궁궐의 규율은 가신들간의 공공연한 적대감을 금지하고 있었다. 그런 행위는 국왕을 모욕하는 것으로 간주되었으므로, 남자들은 증오심을 불태우면서도 겉으로는 사교적으로 얼굴을 마주해야 했다.

왕가가 도착하자, 그녀도 다른 사람들과 마찬가지로 자리에서 일어났다. 국왕과 그의 가족이 왕실 부스에 자리잡자, 전체가 다시 내려앉으며 음악이 시작되었다.

지루한 오페라였다. 음악도 무겁고 따분했다. 앙투아네트는 의자에서 들썩거리며 옆사람들에게 소곤거리곤 하다가, 1막이 끝난 후 휴식 시간에 발레가 공연되자 발딱 일어나 앉아 유심히 지켜보았다.

그 발레에 시선을 모으고 있던 코델리아는 특별히 한 소녀의 독무에 매료되었다. 우아하고 절묘하며 솜씨가 탁월한 발레리나였다. 홀린 듯이 앉아 있는 크리스티앙의 모습이 문득 눈에 들어왔다. 고개를 한쪽으로 기울인 채 세상을 잊어버리고 음악에만 집중한 듯했다…… 아니면 무대에 홀려 있는 걸까?

혹시 크리스티앙이 저 무용수에게 관심이 있는 것일까? 그녀는 흥미를 갖고 그 생각 속으로 빠져들었다. 그들은 환상적인 조화를 이룰 수 있으리라. 크리스티앙의 음악과 그 소녀의 영감 어린 춤. 어쩌면 작업 파트너 이상이 될 수도 있을 것이다. 크리스티앙에게도 그의 천재성과 온화함을 사랑해 주고 그를 보살펴줄 사람이 필요했다. 그의 비관적인 우울함을 떨쳐줄 사람이 필요했다. 코델리아가 항상 그의 곁에 남아서 도와줄 수도 없으니까. 레오가 그녀를 빼내게 되면…… 그녀는 주먹을 모아쥐며 한순간 깊이 숨을 들이쉬었다.

"저 무용수, 대단히 재능있다고 생각지 않으세요?"

그녀가 뒤에 앉은 남자에게 말을 걸었다.

"궁전에 자주 들어오는 무용수인가요?"

"운 좋게도 폐하의 시선을 사로잡았다오."

페브르 공작이 대답했다.

그의 부인이 부채를 펼쳐들며 웃음을 흘렸다.

"그게 무슨 뜻인지 모르는 사람은 없죠. 클로틸드는 조만간 사슴의 뜰로 가게 될 거예요."

국왕의 여인들을 모아놓는다는 장소. 그건 코델리아의 계획과 전혀 어울리지 않았다.

미카엘 공작이 입을 열었다.

"독실한 신앙심을 지닌 상인의 딸이라더군요. 그녀의 아버지는 그녀가 무대에 서는 걸 대단히 싫어했다고 하오. 그러니 딸을 사슴의 뜰로 보내려 하지 않을 거요, 아무리 국왕의 애인이 될 수 있다 해도."

"하지만 어느 누가 감히 군주의 뜻을 거역하겠소?"

페브르 공작이 낄낄거렸다.

"그 소녀들은 마담 뒤 바리가 선택하는 거 아닌가요?"

코델리아가 휘둥그래진 눈으로 물었다.

"보통은 국왕께서 직접 고르신답니다."

공작부인이 알려주었다.

미카엘은 그런 대화가 마음에 들지 않는 듯 불편하게 몸을 움직였다.

"발레를 자주 즐기시나요, 나리?"

코델리아가 미소를 지으려 애쓰며 물었다.

"난 오페라가 더 마음에 드오."

"특별히 페르세우스를 좋아하시는 건가요, 아니면 오페라를 다 좋아하시나요?”

미카엘이 대답하려는 찰나, 하인 한 명이 부스 안으로 고개 숙인 채 걸어 들어왔다.

“왕세자비께서 작센 공작부부의 방문을 청하십니다.”

미카엘은 기분이 좋은 듯했다. 아내의 영향력으로 왕세자비의 관심을 끌었다고 생각하는 것이리라. 하지만 이제 곧 그 즐거움이 사라질 거라 생각하니 코델리아는 고소하기 그지없었다.

그녀가 그의 팔에 손을 얹고서 왕실 부스를 향해 나아갔다.

국왕이 상냥하게 미카엘을 맞이하고 나서 코델리아에게 손을 내밀었다.

“또 다른 빈 소녀가 오셨군. 탁월한 카드게임 상대이기도 하고. 쇤브룬에서 온 두 소녀로 인해 내가 무척이나 즐거워하고 있음을 알려주고 싶소.”

코델리아가 절을 올리고 그 손에 입을 맞추었다. 왕세자는 오만함이라기보다 불안감으로 뻣뻣하게 목례했고 앙투아네트도 국왕과 똑같이 손을 내밀어 인사를 받아들였다.

“지난밤 랜스커넷 게임에 대단한 성공을 거두었다고 들었어요, 코델리아. 그 기술을 나에게도 알려주어야 해요.”

왕세자비의 눈이 반짝거렸다.

“마마께서도 솜씨가 좋으신 걸로 알고 있습니다.”

코델리아가 미소를 감추며 대답했다.

앙투아네트가 의미심장하게 코델리아의 손가방을 쳐다보자 코델리아는 은근히 고개를 끄덕여 보였다. 그 안에는 작은 거울이 들어 있었다. 손바닥에 쥐고 다른 사람의 팔걸이에 태연스레 손을 얹어놓아도 눈에 띄지 않을 만큼 작은 거울이었다.

“오페라 관람이 즐거운가요?”

앙투아네트가 화제를 바꾸었다.

"대단히 진지하고 무거운 작품이라고 생각됩니다."

코델리아의 대꾸를 듣자마자 국왕이 너털웃음을 터트렸다.

"공작부인도 다른 사람들처럼 이 오페라를 지루하다고 느끼는 거요?"

"저의 안목이 부족한 탓이겠지요, 폐하."

국왕이 또다시 껄껄 웃어댔다.

"이런이런, 날 놀리는 게로군. 미카엘 공작, 자네도 신부의 놀림을 받은 적이 있던가?"

"제 아내는 대단한 유머감각을 지니고 있습니다, 폐하."

마음속으로는 얼마나 분하고 짜증스러울까? 아마 그 말이 목구멍을 불태우는 것 같으리라. 그것이 코델리아의 생각이었다. 하지만 그녀는 부채 너머로 남편에게 미소지었다.

"제 남편은 무척이나 친절하답니다."

"공작, 당신의 아이들에 대해서 듣고 싶어요."

앙투아네트가 맑은 목소리로 입을 열었다.

"빈에서 출발하기 전에, 코델리아와 난 어머니 역할에 대해서 많은 얘기를 나누었답니다. 아이들이 새어머니를 좋아하던가요?"

예상치 못한 질문에 미카엘은 몹시도 당황하며 고개 숙였다.

"저의 딸들은 착실하지요. 마땅히 새어머니를 존경할 겁니다."

"그 아이들을 만나보고 싶군요. 결혼 축하연이 벌어지는 동안 베르사유에 머물 수 있을까요?"

미카엘이 미처 정신을 수습하기도 전에 앙투아네트가 재빨리 국왕에게 시선을 돌렸다.

"제가 아이들을 초대해도 되나요, 할아버님? 궁으로 들이는 저의 첫번째 손님이랍니다."

국왕이 손주며느리의 뺨을 토닥였다.

"아주 좋은 생각이구나. 아이들만큼 기분좋은 손님은 없지. 당장 아이들을 불러들이시오, 공작. 우리가 기쁘게 맞이하겠소."

국왕의 환영을 받는다는 건 아이들뿐만 아니라 그 아버지에게도 명예로운 사건이었다. 미카엘이 절을 올리며 감사의 인사를 아뢰는 사이, 코델리아는 앙투아네트와 눈짓을 교환했다.

"공작께서 직접 데려오시는 게 낫겠어요. 공작이 안 계시는 동안 부인은 제가 잘 보살펴드리겠습니다."

앙투아네트가 은혜라도 베푸는 듯이 화사하게 미소지었다.

"좋은 생각이죠, 할아버님?"

"네가 원하는 대로 하려무나."

국왕이 자비롭게 답해주었다.

"둘이서 더 많은 시간을 보낼 수 있겠구나."

"그렇게 될 수 있다면 기쁘겠습니다."

앙투아네트가 말했다.

"저에게도 더할 수 없는 기쁨입니다."

코델리아가 예의를 갖췄다. 그 옆에서 미카엘은 자신의 감정을 숨기려 안간힘을 쓰고 있었다. 어찌된 일인지, 5분 만에 그는 일시적으로 궁에서 쫓겨나게 됐고 자신의 아내는 왕세자비의 옆자리로 끌어올려졌다. 왠지 조종당한 기분이었다. 왕세자비와 아내를 의심스레 쳐다보는 순간, 그는 그들 사이의 은밀한 미소를 알아차렸다.

코델리아가 왕세자비의 옆에 머물게 된다면 그녀는 오랫동안 그의 감시망을 벗어나게 된다. 그는 그녀를 따라 여인들의 구역으로 들어갈 수도 없고 왕실의 명령에 불복할 수도 없었다. 밤 시간을 제외하고 코델리아를 관리할 시간이 사라지는 것이다.

이 어린 여자가 생각보다 더 영리한 것일까? 엘비라보다 더? 그의 등줄기로 싸늘한 한기가 흘러내렸다.

새로운 방문객들이 도착했으므로 그들은 왕실 부스에서 빠져 나왔다. 앙투아네트가 코델리아의 손을 부여잡았다.

"내일 아침에 나에게 와줘요, 코델리아. 공작의 두 따님들을 어떻게 환영해야 할지 생각해 보자구요."

코델리아가 동의하며 인사를 올렸다. 원래 계획보다 앙투아네트가 한 걸음 더 나아가긴 했지만 하룻밤이나 이틀밤 남편 없이 지내게 된다는 사실이 싫을리는 없었다.

오케스트라가 2막의 시작을 알릴 무렵, 미카엘은 경직된 채 그녀를 에스코트했다.

"잠시 실례해도 될까요, 나리? 휴게실에 갔다와야겠습니다."

그는 벼락이라도 내릴 듯한 얼굴이었지만, 국왕의 후원을 받은 왕세자비의 명령을 갖고 어떻게 코델리아를 비난할 수 있을 것인가. 그녀가 그 계획에 포함되었다 해도 노골적으로 반대할 수 없는 입장이었다. 그는 대꾸하지 않고 성큼성큼 부스 안으로 들어가 버렸다.

그녀는 복잡한 극장 로비로 빠져 나왔다. 무대의 공연보다 자기들끼리 수다떨고 잡담하는 걸 즐거워하는 사람들이 많이 나와 있었다. 그리고 숙녀들의 휴게실 입구를 반쯤 가리고 있는 칸막이 옆에서 크리스티앙이 기다리고 있었다.

그녀는 그를 쳐다보지 않고 그 칸막이의 수놓인 장식에 시선을 고정시켰다.

"괜찮아?"

크리스티앙이 사람들에게서 시선을 돌리지 않은 채 입술만 달싹거렸다.

"그 나쁜 자식이……. 난 생각하는 것조차 견딜 수가 없어, 코델리아."

"난 견딜 수 있어."

그녀가 안심시켰다.

"나에겐 친구들과 사랑이 있으니까 뭐든 견딜 수 있어. 너와 레오와 마틸드가 있잖아."

그녀의 목소리가 사뭇 떨렸다.

"마틸드를 나한테서 빼앗아간 게 가장 지독했어, 크리스티앙. 그녀가 없으면 난 그 지옥에서 혼자뿐이야."

"마틸드의 편지를 가져왔어. 여기."

크리스티앙의 손이 뒤쪽으로 움직였다.

코델리아는 태연스레 손을 움직여 작은 유리병과 접힌 종이를 받아들었다. 그 안에 딱딱한 무언가가 끼워져 있었다.

"이건 뭐야?"

"나도 몰라. 편지 안에 설명이 있겠지. 내가 도와줄 수 있는 일이 없을까, 코델리아?"

그의 속삭임이 비통하게 터져 나왔다.

"걱정하지 마. 네가 옆에 있는 것만으로도 행복한걸."

그녀는 쾌활하게 화제를 바꿨다.

"아까 독무를 추던 소녀 어때?"

"요정 같더군."

크리스티앙의 갈색 눈에서 잠시나마 우울함이 사라졌다.

"이름이 클로틸드래. 아버지는 마을 상인이고. 소개받아 보는 게 어때? 음악실 단원들 중에 그녀를 아는 사람이 있을 거야."

"하지만 그녀가 나한테 무슨 관심을 보이겠어? 후원자한테 의지하는 음악가에 불과한 걸. 나랑 있으면 지루해할 거야."

"바보! 넌 누구보다도 장점이 많아, 게다가……"

"휴게실로 들어가!"

그의 다급한 속삭임이 그녀의 말을 가로챘고, 더 이상 지체않고 그녀는 칸막이 뒤의 여자들 속으로 숨어 들어갔다.

크리스티앙도 옆으로 고개를 돌린 채 대신들 사이로 파고들었다. 미카엘 공작이 로비 입구에 서서 눈살을 찌푸리며 사람들을 훑어보고 있었다.

코델리아는 두 개의 칸막이로 막은 화장실을 지나 화려하게 단장된 살롱의 구석으로 들어갔다. 마틸드의 편지 속에 작은 열쇠 하나가 들어 있었다. 짜릿한 흥분에 싸여 손가방에 열쇠를 집어넣었다. 이젠 기회만 찾으면 된다. 편지에는 그녀의 침대로 찾아오기 전에 남편의 코낙에 유리병 속 액체를 세방울 떨어뜨리면 금세 깊은 잠에 빠질 거라고 적혀 있었다.

코델리아는 그 물병도 가방 안에 갈무리한 다음 양초 불길에 메모지를 갖다댔다. 그 메모는 불길에 사로잡혀 쪼그라들며 회색 재로 화했다. 몇몇 사람들이 호기심 어린 시선을 보냈지만, 그녀는 전혀 이상한 일이 아닌 것처럼 태연스레 미소만 지었다.

휴게실을 나서자마자 미카엘의 모습이 눈에 들어왔다. 그녀의 뱃속에 또다시 떨림이 시작되었다. 크리스티앙이 제때 경고한 걸까? 설마 들킨 건 아니겠지? 억지 웃음을 지어 보이며 그녀가 남편에게 움직여 갔다.

"화장실에 줄 선 여자들이 너무 많았어요, 나리."

그 노골적인 어휘에 그가 불쾌한 표정을 지었다.

"들어갑시다. 부스에 일행들만 내버려두는 건 무례한 짓이오."

그날 오후 내내, 코델리아는 손가방을 지그시 눌러 물병의 형태를 확인했다. 이게 정말로 미카엘을 잠들게 한다면 밤에 한 번 이상의 공격을 견딜 필요가 없으리라. 그리고 그녀에겐 열쇠도 있었다. 며칠 만에 처음으로 인생을 자기 뜻대로 해나갈 수 있다는 자신감이 생겨났다. 이젠 그녀에게도 힘이 있었다. 무기력한 희생양이 될 필요가 없었다.

이제 조금만 참고 기다리면 레오와 같이 베르사유를 떠나게 되리라…….

하지만 어떻게? 그녀는 짐을 꾸려 훌쩍 떠나 버리면 그만인 평민이 아니었다. 밤을 틈타 몰래 도망치지 않는다면, 프랑스 국경을 넘기 위해 여권이 필요하다. 또한 추적도 받게 될 것이다. 간통은 범죄였다. 남편의 곁을 떠나는 아내뿐만 아니라, 그녀를 도와주고 부추긴 사람 또한 중대한 범죄자로 간주되었다. 만약 붙잡히면, 미카엘은 재판을 거치지 않고 그들을 죽일 권리가 있었다. 아니면 그는 레오만 죽이고, 그녀에게 훨씬 더 가혹한 처벌을 내리려 할 수도 있었다.

그런 생각들에 빠져 공연시간을 다 보내고, 마침내 합창이 끝나자 그녀는 다른 사람들처럼 민첩하게 자리에서 일어났다.

"숙소까지 데려다주겠소, 그 다음에 난 친구들을 만나러 가야 하오."

미카엘이 차갑게 입을 열었다.

"그러실 필요 없어요, 수고를 끼쳐드리고 싶지 않아요."

코델리아는 다소 지나치게 열성적으로 말했다.

"수고가 아니오. 당신이 혼자서 궁궐을 헤매 다니는 건 마땅치 않소. 오늘 아침 같은 일은 두 번 다시 없어야 하오."

코델리아는 입술을 깨물었다. 그 말은 그녀를 계속 감시하겠다는 뜻이리라. 그는 그녀를 숙소로 밀어 넣고 한 시간 내로 돌아올 테니 나가지 말라는 명령을 남긴 채 떠나갔다.

코델리아가 줄을 당겨 무슈 브리옹을 불러들였다.

"지시할 일이 있으십니까, 레이디?"

코델리아가 창 밖을 물끄러미 내다보고 있다가 몸을 돌렸다. 부드러운 밤공기의 정원이 어서 오라고 손짓해대는 것 같았다.

"차 한 잔 가져다 주겠어요?"

"즉시 대령하겠습니다, 마담."

그가 절을 올리고 물러가려 했다.

"아참, 무슈 브리옹?"

"네, 마담?"

"당신의 재고 목록과 계산서를 점검하는 게 현명할 것 같아요."

그녀가 태연스레 말했다.

"가능한 한 빨리. 특히 와인 창고 건을 포함해서요."

그는 날카롭게 그녀를 쳐다보았다. 그의 뺨으로 붉은 기운이 번지며 눈에도 공포의 흔적이 나타났다. 그녀는 그저 미소만 지었다. 그가 목기침을 했다.

"당장 확인하겠습니다."

잠깐의 침묵이 흐른 후 그가 절을 올렸다.

"감사합니다, 레이디."

"선의는 선의로 보답받아야 하지요, 무슈 브리옹."

그녀가 고요하게 말하며 창 쪽으로 돌아섰다.

"지당하신 말씀입니다, 마담. 즉시 차를 대령하겠습니다."

그녀의 뒤에서 문이 닫혔다.

코델리아는 살포시 미소지었다. 동맹군을 만드는 것이 적을 만드는 것보다 훨씬 더 기분좋았다. 그리고 미카엘의 가혹한 규율하에 있는 사람들은 그들의 동맹군이 누구인지 알 필요가 있었다.

17

"영향력 있는 친구를 두니 좋긴 좋구나."

다음날 아침 왕세자비의 내실로 들어서며 코델리아가 활기차게 입을 열었다.

"그거야 당연하지."

앙투아네트가 으스대며 대꾸했다. 다음 순간 그녀의 표정이 진지해졌다.

"그를 완전히 쫓아낼 수 있으면 좋을 텐데. 그 사람이 널 학대한다는 건 생각만으로도 끔찍해. 왜 폐하께 말씀드리지 못하게 하는 거야?"

"이유를 잘 알잖아."

코델리아가 슬리퍼를 벗어 던지고 소파에 웅크려 앉았다. 치마테와 코르셋이 없는 평상복 차림이라 더할 수 없이 몸이 가뿐했다.

"그런 말이 귀에 들어가면 폐하께서 분노하실 거야. 그분이 불쾌한 얘기를 싫어하시는 거 알잖아."

그녀가 옆 테이블에서 포도송이를 집어 올렸다.

"지금쯤 폐하께서 아실 텐데 어쩌면 좋을까? 내 남편이 나와 동침하지 않은 거 말이야."

앙투아네트가 자은 가위로 포도알을 떼어내고 오물거렸다.

"난 너무 당혹스러워. 모두가 그 얘기를 수군대고 있을 거야. 내가 아이를 갖지 못하면, 이 결혼을 무효로 하고 날 고향으로 보내버릴지도 모르잖아. 수치스럽게 빈으로 돌아가는 걸 상상할 수 있겠니? 버림받은 아내로 말이야. 너무 끔찍해."

"그런 일은 없을 거야. 잘못된 것을 바로잡기만 하면 돼."

"하지만 나한테 잘못이 있는 거면 어떡해?"

앙투아네트가 슬프게 부르짖었다.

"어떻게 그럴 수 있겠어? 넌 아름다워, 여제님의 딸이고 황제의 여동생이야. 게다가 젊고 매력적이야. 이 나라의 백성들 중 반이 이미 널 사랑하게 됐고, 국왕께서도 예뻐하시잖아."

앙투아네트의 표정이 밝아졌다.

"맞아, 그런 것 같기는 해, 그렇지?"

코델리아가 슬며시 미소지었다. 앙투아네트의 우울함은 언제나 몇 마디 칭찬이면 풀어지곤 했다.

"너의 남편이 딸들을 데리러 가는 것에 대해서 화내지 않았어?"

왕세자비는 평소의 쾌활함을 되찾으며 물었다.

"화가 나기야 했겠지만 나한테 뭐라고 하지는 않았어. 사실 어젯밤에는 내 침실에 오지도 않았단다."

"아하."

앙투아네트가 의미심장하게 고개를 끄덕이며 코델리아가 건네주는 찻잔을 받아들었다.

"어젯밤 폐하께서 가신들에게 사슴의 뜰에서의 즐거움을 허락하셨대. 네 남편도 그 중에 끼어 있지 않았을까?"

“글쎄.”

코델리아는 커피를 홀짝이며 생각해 보았다. 사슴의 뜰에는 미카엘이 분노를 토해내다 지칠 만큼 많은 여자들이 있었다. 어쩌면 다음날 아침 왕세자비와 약속이 되어 있는 아내에게 손대는 것은 현명하지 않다고 판단했을지도 모른다.

“그런 말은 어디서 들었어?”

앙투아네트의 얼굴이 살짝 붉어졌다.

“마담 뒤 바리가 노아이유 백작부인에게 하는 말을 엿들었어.”

“엿들었다구? 어머나, 그런 수치스런 짓을!”

코델리아가 웃음을 터트렸다.

“마담 뒤 바리에게 아는 척도 하지 않겠다면서, 그녀의 말을 엿들었단 말이야?”

“적어도 난 국왕의 테이블에서 속임수를 쓰지는 않아.”

앙투아네트가 반박했다.

“너, 어떻게 감히 그런 짓을 한 거니?”

“평소 같았으면 못했겠지. 하지만 남편의 코를 납작하게 눌러주고 싶어서 참을 수가 없었어.”

그녀는 생강쿠키를 하나 집어들어 커피에 적셨다.

“거울을 쓴 거야?”

“그래, 아주 완벽하게 먹혀들었어. 키어스턴 자작조차도 눈치채지 못했다니까.”

“그 사람이 무슨 눈치를 채겠어?”

“여행하는 동안 두 번이나 들켰는걸. 살짝 깎은 주사위 말이야. 그 사람 엄청나게 기분 나빠했어.”

“널 누가 말리겠니, 코델리아.”

코델리아가 깔깔 웃어댔다. 지금 이 순간은 쇤브룬의 응접실에 둘만 앉아 있을 때와 똑같은 기분이었다. 앙투아네트 또한 웃음을 터트렸고, 그 바람에 그들은 문이 열리는 소리를 듣지 못했다.

"듣기 좋은 소리로구나."

그들이 발딱 일어났다. 국왕이 자애로운 표정으로 문가에 서 있었다. 그 뒤에 노아이유 백작부인이 못마땅한 표정으로 버티고 있었다.

"폐하, 여기까지 납시어 주시다니…… 영광입니다."

앙투아네트가 더듬거리며 절을 올렸다. 코델리아는 이미 깊숙이 절을 올린 채로, 어떻게 해야 신발을 되찾아 신을 수 있을지 고민하는 중이었다. 국왕 앞에 평상복 차림으로 나선 사람이 있다는 얘기는 들어본 적이 없었다. 게다가 맨발이라니, 그건 엄청난 무례이자 모욕이었다. 폐하께서 오실 줄을 예상하지 못했기 때문이기도 했지만, 과연 그런 변명이 받아들여질지 의심스러웠다.

"작센 공작부인, 대단히 매력적인 모습이군. 일어나시오."

국왕이 손짓으로 명령을 내렸다.

"왕세자비와 긴히 할 얘기가 있으니 자리를 비켜주기 바라오."

다행히도 코델리아는 뒤로 물러나면서 슬리퍼를 챙겨 신을 수 있었다. 방을 빠져 나오면서 앙투아네트의 놀란 얼굴을 살짝 쳐다보았다. 아무리 손자며느리라 해도, 국왕이 예고도 없이 찾아온다는 것은 범상치 않은 일이었다.

그녀는 다급하게 발길을 재촉했다. 지금 입고 있는 복숭아빛 평상복이 마음에 들긴 하지만, 이젠 정식으로 차려 입어야 할 시간이 되었다. 두 손으로 치마를 모아쥔 채, 종종걸음칠 필요 없이 자유롭게 움직일 수 있는 것을 다행스러워하며 계단을 달려올라갔다. 계단 위에서 모퉁이를 돌아서는 순간, 레오와 정면으로 충돌해 버렸다.

"어머나, 제가 앞을 잘 보지 못했어요!"

코델리아가 엉겁결에 그의 허리를 부둥켜안았다.

"하지만 날 구해주신 분이 당신이라니 너무나 운이 좋군요."

그녀는 그를 끌어안은 채로 시선을 들었다.

"폐하 앞에서 내가 맨발이었다면 믿으시겠어요?"

그녀의 웃음 가득한 얼굴을 보며, 레오는 다시 쇤브룬에서 꽃을 던졌던 그 태평하고 장난스럽던 소녀의 모습을 찾아냈다. 하지만 그 밑에 어두움이 깔려 있다는 걸 알고 있었다. 코델리아는 예전의 그 소녀로 돌아가지 못할 것이다. 짧은 시간 동안 너무나 많은 환상들이 산산조각나지 않았던가.

"코델리아, 이 손 놓으시오!"

그가 뒤를 돌아보며 다그쳤다. 다행히도 복도는 비어 있었다.

"싫어요."

그녀가 또다시 키득거렸다.

"당신은 다시 나의 대리 남편이 되었으니까 내가 넘어지지 않도록 도와야 할 의무가 있어요."

"그게 무슨 말이오?"

그의 얼굴에 어찌할 수 없는 미소가 떠올랐다. 그녀는 참으로 매력적이었고, 얇은 모슬린 드레스 밑으로 느껴지는 몸이 따뜻하고 부드러웠다.

"미카엘은 폐하와 왕세자비의 명령으로 여길 떠났답니다. 폐하를 알현할 수 있도록 아이들을 데려와야 하거든요. 당신도 그 얼굴을 봤어야 하는데……. 겉으로는 황공하다고 말했지만 속으로 이를 갈고 있었다구요. 남편이 떠났으니 이제 난 대리 남편의 에스코트를 받아야해요. 아참, 내일 아침에 사냥 모임도 있죠? 어서 빨리 아침이 되었으면 좋겠어요, 말을 타본 지도 벌써 일년이 넘은 것 같아요."

그녀는 여전히 그의 허리를 감아안고서, 따뜻하고 달콤한 숨결을 뿌리며 열심히도 재잘거렸다. 그는 그녀의 터키석 같은 눈동자 속에 자신의 모습이 비치는 것을 볼 수 있었다.

"오늘밤 당신한테 갈 수 있어요."

그녀의 목소리는 관능적인 기대감으로 나직해졌다.

"우린 밤새도록 함께 있을 수 있어요, 레오. 당신 방에 가도 되죠?"

그는 도대체 무슨 말인지 이해할 수가 없었다. 수수께끼 같을 뿐이었다. 그녀의 커다란 눈동자가 마법 같은 노래를 부르며 관능적인 유혹을 걸어왔지만, 둘 중 한 사람은 정신을 차려야 했다. 그가 웃음을 섞어가며 그녀의 손을 풀어내려 애썼다.

"코델리아, 이곳이 어딘지를 명심하시오!"

"아직 균형을 못 잡겠는 걸요."

그녀가 장난스레 말하며 손가락에 더욱 힘을 가했다.

"대리 남편으로서, 날 부축해 주는 게 당신 의무라구요."

레오가 다시 주위를 둘러보았다. 복도 끝에 두 명의 대신들이 나타났고, 통로 맞은편에 문 하나가 열려 있었다.

"이리 오시오!"

그가 그녀의 손목을 움켜쥐고 그 방으로 달려들어가 문을 닫았다.

"당신은 정말 못말리는 여자요."

"여기 있으면 안전한 거죠?"

코델리아가 재빨리 그의 뒤로 움직여 문을 잠갔다.

"자, 이젠 긴장 푸세요. 아무도 우릴 방해하지 못할 거예요."

그는 아무 대꾸 없이 입술만 뒤틀었다. 그녀가 문에 기대선 채 초롱초롱한 눈으로 그를 바라보았다.

"사랑해요, 레오."

"내가 어쩌다가 당신을 사랑하게 돼버렸을까."

그가 그녀를 끌어안고 세차게 입술을 눌렀다.

"자, 이제 처음부터 차근차근 말해주겠소?"

"여기가 무슨 방일까요?"

코델리아는 대답할 생각은 않고 흥미롭게 주위를 둘러보았다.

"창고 같네요."

레오는 목덜미를 문지르며 무심히 주위를 살펴보았다. 코델리아의 표현이 딱 맞았다. 층층이 쌓인 가구와 상자들, 천으로 덮은 그림들, 먼지 낀 바닥에 흩어져 있는 액자들. 몇 년간 사용하지 않은 방인 듯했다. 베르사유에는 많은 사람들이 사용하는 복도에도 이런 장소들이 널려 있었다.

그가 다시 원래의 질문으로 돌아갔다.

"아까 복도에서 재잘거린 헛소리들이 다 무슨 얘긴지 설명해 보시오."

"헛소리가 아니에요. 내가 한동안 미카엘을 쫓아내는데 성공했고, 아이들이 곧 이곳으로 올 거라는 말이에요. 그리고 오늘밤 밤새 우리가 같이 지내도 된다는 거죠!"

그녀가 먼지 구름을 자욱하게 일으키며 낡은 천 위에 털썩 주저앉았다.

"미카엘이 어디에 간 거요?"

"아이들을 데리러요."

그녀가 앙투아네트의 영리한 계획에 대해서 설명했다.

"난 여기 있는 동안 아이들의 인생에 많은 변화를 만들어줄 생각이에요. 왕세자비와 국왕께서 관심을 보이시면, 아이들은 가정교사보다 나의 보살핌을 받아야 하지 않겠어요?"

레오가 눈살을 찌푸렸다.

"이론상으로는 그렇지. 하지만 미카엘이 현실적으로 어떻게 반응할지 모르오. 그가 언제쯤 돌아오겠다고 했소?"

"그런 말 없었어요, 하지만 최소한 24시간은 걸리겠지요. 오페라를 본 후로 그 사람은 나한테 한 마디도 안 했어요. 어젯밤 내 침실에 오지 않았으니까 어디에 있었는지도 모르겠고, 오늘 아침에 일어나보니 새벽에 떠났다고 무슈 브리옹이 말하더군요."

그녀가 벌떡 일어섰다.

"우린 오늘밤 함께 지낼 수 있어요."

“브리옹이 당신의 부재를 알아차릴 거요.”

“아, 브리옹과 난 동맹관계인 걸요.”

그녀가 자신만만하게 고개를 끄덕였다.

“난 방어체계를 만들고 있는 중이랍니다.”

그의 시선이 날카로워졌다.

“무슨 뜻인지 설명해 보시오.”

그녀가 간단하게 집사장과의 암묵적인 동맹관계에 대해서 요약해 주었다.

“난 정치적인 술책에 익숙해져 가고 있어요.”

그녀가 또다시 고개를 끄덕여 보였다.

그 잘난 척하는 표정에 웃음을 터트리면서도, 그는 감탄을 금할 수 없었다. 아직 어린 나이임에도 코델리아는 놀라울 만큼 영리했다.

“자정에 내 방으로 오시오.”

그는 무심한 척 말했지만, 마음속에서 무모한 흥분의 조류가 용솟음 쳤다. 오늘밤 코델리아에게 그녀가 죽을 때까지 잊혀지지 않을 기억을 만들어주리라.

“기다릴 수 없을 것 같아요. 자정까지 어떻게 기다리죠? 지금은 오전 11시밖에 안 됐는데.”

“기다림에는 그만큼의 보상이 따른다는 걸 알게 될 거요.”

그의 눈에 황금빛 불길이 타오르고 있었다.

코델리아는 다리가 버터처럼 녹아내리는 것 같아 다시 털썩 앉았다. 그도 지저분한 소파 위로 내려앉으며 갑작스레 화제를 바꾸었다.

“이제 우리 다른 문제를 의논합시다. 나와 함께 떠나게 되면, 당신은 망명생활을 감내해야 할 거요. 유럽의 모든 궁궐에 그 스캔들이 퍼지게 될 터이니 우릴 받아들여줄 곳은 없소. 게다가 당신은 항상 남편에게 붙잡힐 수도 있다는 두려움 속에서 살아가게 될 거요. 무슨 뜻인지 이해할 수 있겠소, 코델리아?”

"그럼요, 나도 그런 문제를 생각해 봤는 걸요. 우리 둘만 살 수 있는 거죠? 당신 영지나 그런 데서요? 영국에 영지가 있으신가요?"

"물론이오. 하지만 당신이 그런 생활에 대해 아직 잘 모르는 것 같은데……"

"아뇨, 알아요. 당신과 함께, 당신을 사랑하면서 사는 거잖아요. 우리 둘이서요. 그보다 더한 행복은 없을 거예요."

그 말에 동의해 주고 싶었지만, 그는 현실을 분명하게 알려주어야 할 의무가 있었다. 사랑의 열정이란 영원히 지속되지 않는다. 코델리아의 정열이 그 결과를 감내하면서 평생 이어지리라고 어떻게 확신할 수 있겠는가?

"코델리아, 이런 문제는 잘 생각해 봐야 하오. 당신은 이제 겨우 열여섯이오. 영국 시골에 묻혀 수치스럽게 살아가는 것에 금세 싫증이 날 수도 있소. 우리에게 아이라도 생기게 된다면 그 아이들은 사생아가 될 거요. 그런 생각 해봤소?"

"아뇨."

이제 그녀의 눈동자에서 경쾌함이 사라졌다.

"우리가 그 애들을 충분히 사랑해 준다면……"

"어렸을 때는 그걸로 충분할 수도 있지. 하지만 그 아이들은 평생 오명을 짊어지고 살아가야 한다오. 그 점을 생각하시오, 코델리아."

"그럼 아이를 낳지 않으면 되죠. 우리한테는 예쁜 쌍둥이가 있잖아요? 그 애들을 미카엘에게 남겨둘 수는 없어요."

모든 일이 너무나 빨리 일어나 이 지독한 사랑 외에는 생각할 겨를이 없었으나, 당연히 그 아이들도 이 사랑의 일부가 되어야 했고, 그들과 미래를 함께해야 했다.

레오가 그녀의 손을 붙잡았다.

"그자의 본색을 알아버린 이상 그 애들을 여기 남겨둘 수는 없소. 난 엘비라의 아이들을 보호하겠다고 스스로 다짐해 왔소."

“알아요. 그러니까 제 말은……”

“코델리아, 잘 들으시오! 한 남자의 아내를 데려가는 것과 아이들을 데려가는 건 전혀 다른 문제라오. 당신이 사라졌을 경우, 미카엘이 이혼하고 다른 부인을 맞아들이려 할 수도 있는 일이오. 하지만 아이들을 데려가는 건…… 그건 죽음으로 처벌받게 될 범죄요. 미카엘은 절대로 아이들을 포기하지 않을 거요.”

“그럼 우린 아주 멀리 떠나서 신분을 감추고 살아가야겠군요.”

그녀가 간단히 말했다.

레오는 눈살을 찌푸린 채 먼지투성이 바닥을 내려다보았다.

침묵이 길어지자 코델리아는 불안하게 침을 삼킨 다음 깊이 심호흡을 했다.

“날 데려가고 싶지 않은 거예요, 레오? 그게 더 나을 거라고 생각하는 거예요? 물론 이해할 수 있어요. 아이들은 당신 핏줄이니 더 우선적으로 고려해야 하겠죠.”

“아니, 내 마음은 변하지 않았소.”

그가 고개를 들어올렸다.

“단지 당신에게 이 일의 어려움을 일깨워주는 거요. 난 동화 속 마법사가 아니오, 나에겐 마술 지팡이가 없다오.”

“그건 알아요.”

그녀가 작은 목소리로 중얼거렸다.

“당신은 빈으로 돌아갈 수도 없을 거요……”

“당연하죠! 삼촌이 곧바로 날 미카엘에게 돌려보낼 텐데요.”

“내 말은 빈으로 돌아가는 게 불가능하다는 거요. 내가 당신 여권을 얻어낼 수 있다 해도, 여행하는 동안 가명을 써야 할지도 모르오. 영국에 도착하면 내 여동생 부부가 당신을 받아줄 거요.”

그의 찌푸림이 깊어졌다. 엘리자베스는 낭만적인 상상으로 가득한 여자이니 그 계획에 환호하며 달려들 것이다. 하지만 그녀의 남편 프랜시스는 충동적인 성향이 아니었다. 간통을 저지른 여자, 그것도 분노한 남편과 그녀의 가문이 추적에 나설 만한 여자를 자기 집에 들이고 싶어하지 않을 가능성이 컸다. 오스트리아 여제의 대녀이자 공작의 아내인 코델리아는 일반적인 평민의 신분이 아닌 것이다.

"당신도 나하고 같이 갈 거죠?"

그녀가 조심스레 물었다.

"당장은 안 되오. 우리가 함께 사라지면 의심하는 자들이 생길 거요."

"아이들은 어떻게 할 건가요?"

"빼낼 방법이 생길 때까지는 지속적으로 만나봐야 하오. 그러니 난 아이들 가까이에 있어야 하오."

"그렇군요."

그녀가 힘겹게 침을 삼켰다. 레오는 그녀를 사랑했다. 남편에게서 구해주려 할 만큼 사랑했다. 하지만 여동생의 아이들에 대한 사랑과 책임이 더 우선이었다. 그녀는 그 점을 이해했으므로 반박하지 않았다. 친구와 사랑하는 이에 대한 성실함을 그녀보다 잘 이해하는 사람이 누구겠는가. 레오는 사랑과 책임 사이에서 해결책을 찾아내야 했다. 그리고 그녀가 그를 도와줄 수 있는 방법은 단 한 가지 뿐이었다.

그녀가 똑바로 일어나 앉아 그를 응시했다.

"당신의 사랑이 있는 한, 난 무엇이든 견딜 수 있어요, 레오. 당신이 가까이에 있어준다면 이 결혼도 참을 수 있어요. 나한테는 마틸드와 크리스티앙, 앙투아네트, 그리고 당신이 있어요."

그녀의 눈동자가 눈물과 확신으로 반짝거렸다.

"아이들을 같이 데려갈 방법이 생길 때까지 내가 미카엘 옆에 남아 있을 게요. 당신이 날 버리지만 않으면, 난 뭐든지 참아낼 수 있어요."

그 사랑이 코델리아가 이 상황을 견딜 수 있게 만들어준다 하더라도, 그는 그녀가 미카엘에게 고통받으리라는 것을 견뎌낼 자신이 없었다. 가능한 한 빨리 그녀를 엘리자베스에게 보낸 다음 아이들에 대해서 걱정하는 편이 더 나았다. 하지만 코델리아가 가지 않겠다고 고집한다면 보다 은밀하게 계획을 세워나가야 했다.

"내가 방법을 찾아보겠소. 하지만 당신이 현실에 대해서 좀더 신중하게 생각하길 바라오. 일단 엎질러진 물은 다시 주워담을 수 없소."

"알아요. 내가 그걸 모를 거라고 생각하는 건가요?"

그녀가 그의 두 손을 힘껏 부여잡았다.

"난 주워담길 바라지 않을 거예요, 레오. 영원히."

"영원이란 아주 긴 세월이라오."

그는 온화하게 미소지으면서, 머릿속으로 열심히 생각을 정리했다. 사슴의 뜰에 파리 경찰국과 연줄이 닿는 여자가 하나 있었다. 신중하게 접근한다면 여권을 얻어내 2주일 안에 코델리아를 파리에서 빼낼 수 있을 것이다.

하지만 일단, 지금 그들에게는 함께 할 수 있는 하룻밤이 기다리고 있었다. 앞으로 펼쳐질 짜릿한 영상들이 그림처럼 눈앞에 떠올랐다.

"당신이 원한다면 오늘 오후에 마틸드와 만날 수 있게 해주겠소."

사해와도 같이 고요한 그의 목소리에 코델리아는 레오의 관능적인 생각들을 눈치채지 못했다.

"좋구말구요. 마틸드를 만나고 싶어요."

그녀가 그의 뺨에 손바닥을 갖다댔다.

"우린 해낼 거예요, 레오. 틀림없어요."

어린아이의 이상적인 확신일까? 아니면 못말리는 낙관주의자의 확신일까? 그는 그녀의 손바닥에 입술을 눌렀다.

"자정 종이 울린 후에 나에게 오시오."

그가 그녀의 턱을 들어올려 키스했다.

"이제 당신은 나가야 하오."

그가 그녀를 일으켜 세우고 문을 열어 살짝 복도를 살펴보았다.

"가시오, 뒤돌아보지 말고."

5분을 기다린 후에 그 자신도 태연스레 복도로 걸어나왔다. 그의 관능적인 상상의 나래 너머에 준엄한 현실이 일룩져 있었다.

미카엘은 파리로 향하는 좁은 길을 달리며 덜컹거리는 마차 안에 앉아 있었다. 가죽 상자 위에 발을 올려놓고 팔짱을 낀 채 어두운 마차 안을 노려보았다. 비좁은 교차로에서 멈춰 설 때마다 호기심 어린 시선과 무례하게 살펴보는 눈길들이 집중되는 걸 피하기 위해 창문의 가죽 커튼들을 모두 닫아놓았다.

두 명의 수행원들이 열심히 길을 뚫어보려 노력했음에도 불구하고 그들의 앞길은 소떼를 몰고 가는 농부들로 인해 자주 가로막혔다. 그 농부들은 시큰둥한 표정으로 작센 가의 문장이 박힌 금박 마차를 응시했고, 한두 명은 남몰래 커다란 바퀴 밑으로 침을 뱉기도 했다.

마차의 속도가 다시 느려지자 미카엘은 욕설을 중얼거렸다. 아직도 자신이 결혼 축하연 한 중간에 아이들을 데리러 파리로 달려가고 있다는 사실이 믿겨지지 않았다. 자신이 공부방을 갓 나온 두 계집애들에게 농락당했다는 것을 믿을 수가 없었다. 그 오만방자한 왕세자비는 자신의 역할을 완벽하게 해냈다. 그녀와 코델리아가 눈짓을 교환하던 장면이 생생하게 떠올랐다. 감히 미카엘 작센 공작을 비웃다니. 하지만 마지막에 웃는 사람은 바로 내가 될 것이라고 애써 자신을 달랬다.

왕의 명령에 불복종할 수는 없다 해도, 어떻게든 코델리아를 베르사유에서 떼어놓아야 했다. 그렇게 된다면 아이들도 궁궐에 남아 있을 이유가 없어질 것이다. 그 세 명을 파리의 집으로 데리고 돌아와 확실하게 묶어두리라. 우선 코델리아가 궁전에서 떠날 수밖에 없는 상황을 만들어야 한다. 낙마 같은 우연한 사고를 만드는 것은 적당한 하수인을 고르기만 하면 식은 죽 먹기였다.

하지만 그건 어디까지나 일시적인 해결책일 뿐이었다. 코델리아는 엘비라처럼 전혀 만족스럽지 못한 아내가 되어가고 있었다. 아직까지는 그녀와의 잠자리가 즐겁다 해도, 그런 욕구가 오래가지는 않을 것이다. 그에게는 아들이 필요했다. 일단 원하는 아들을 얻고 나서 처리하리라. 베르사유를 떠나 프로이센으로 돌아갈 수만 있다면 간통죄를 뒤집어씌워 수녀원으로 쫓아낼 수 있을 것이다. 그 정도면 고집 세고 경박한 계집에게 적당한 처벌일 뿐만 아니라 깔끔한 해결책이기도 했다. 하지만 프랑스에서 떠나기까지 시간이 걸릴 뿐더러 프리드리히 대제에게 청원을 올려야 하고……. 그러나 추진해 볼 가치는 있었다.

마차가 또다시 덜커덩거리자 그는 무의식적으로 상자 위에 발을 올려놓으며 눈을 감았다.

그가 파리 저택에 도착했을 때는 늦은 오후였다. 미리 달려간 전령이 그의 도착을 알렸으므로, 집 안은 미카엘의 까다로운 눈에도 흠잡을 데가 없었다. 무슈 브리옹 대신에 부집사장이 공손하게 절을 올렸다.

"식사는 언제 하시겠습니까, 나리?"

"나중에."

공작이 짜증스레 손을 내저었다.

"서재로 클라레(보르도산 적포도주)를 가져오고 마담 드 네브리를 불러들이거라."

부집사장은 열심히 오리구이 요리를 하고 있을 요리사에게 식사가 늦춰진다는 것을 알리고 하인 하나를 공부방으로 올려보냈다.

루이즈는 머리에 터번을 감고 어깨에 담요를 두른 채 손에는 묵직한 약병을 들고 있었다. 한기가 들어 몸이 으슬거렸다. 테이블에 앉은 쌍둥이들은 글씨 연습중이었다. 닫아둔 창문 너머의 잔뜩 흐린 하늘과 어울리게 방안에도 음울한 침묵이 감돌았다.

"나리께서 서재로 들라 하시오."

하인이 문 앞에서 오만한 어조로 알렸다. 그녀는 하인들의 호의나

존경을 받지 못하는 입장이었다.

쌍둥이들이 호기심 어린 시선을 들었고, 루이즈는 코웃음치며 하인을 노려보았다.

"미카엘 공작은 베르사유에 계셔."

"아니. 지금 서재에서 당신을 들라 하셨소."

하인도 똑같이 코웃음을 쳤다. 방 안에는 온통 브랜디 냄새와 함께 그녀가 정기적으로 마셔대는 허브약 냄새가 코를 찔렀다. 그가 조롱하듯이 고개 숙인 다음 문을 열어둔 채 떠나갔다.

루이즈가 벌떡 일어나서 머리에 감긴 터번으로 손을 올렸다.

"맙소사. 공작께서 무슨 일로 갑자기 돌아오셨을까? 이런 모습으로 어떻게 인사를 드린담? 내 가발 어딨지? 오, 세상에, 이 낡은 옷은 또 어떻게 해!"

쌍둥이들이 가정교사의 허둥대는 모습을 흥미진진하게 지켜보았다. 아버지가 예기치 않게 돌아오셨다 해도, 그들은 저녁에 인사드리는 시간만 견뎌내면 그만이었다.

루이즈는 부산스럽게 가발을 뒤집어썼다.

"나리를 기다리시게 하면 안 되는데, 오, 이 낡은 옷차림으로 어떻게 갈 수 있담? 대체 무슨 일이실까?"

쌍둥이들은 아무 말 없이 재미있는 구경거리를 지켜본 다음, 마침내 가정교사의 다급한 발소리가 복도로 멀어지자, 펜을 내려놓고 동시에 일어나 덩실덩실 춤을 추었다. 그것이 감시자가 사라졌을 때마다 자유를 축하하는 그들만의 의식이었다.

"코델리아도 아빠와 함께 오셨을까?"

숨이 가빠진 아멜리아가 의자에 내려앉으며 입을 열었다.

"그래, 그럴 거야!"

그녀의 쌍둥이는 여전히 방 한가운데에서 춤을 추며 소리쳤다.

"레오 삼촌도 같이 오셨을 거야!"

아멜리아가 다시 벌떡 일어나 쌍둥이의 손을 움켜잡고 빙글빙글 원을 그렸다. 칙칙한 일상을 밝게 해줄 두 사람의 이름을 외쳐대며 즐겁게 웃어댔다.

"그럼 금방 우릴 보러 오시겠네."

실비만큼 튼튼하지 못한 아멜리아가 바닥에 털썩 주저앉았다.

실비도 치마 밑으로 앙상한 두 다리를 드러내며 그 옆에 주저앉았다.

"그랬으면 좋겠다, 그랬으면 좋겠다!"

"그랬으면 좋겠다."

"바닥에 앉아서 뭐하는 거냐?"

루이즈의 호된 목소리가 그들의 꿈을 산산조각냈다. 그들은 비틀비틀 일어나 치마를 털어내며 두 손을 맞잡고 서서, 뉘우치는 표정으로 가정교사를 바라보았다.

루이즈는 충격에 휩싸인 사람 같아 보였다. 가발이 삐뚤어지고 분 바른 뺨에는 빨간 열기가 올라 있었다.

"자리에 앉아서 공부 계속하거라."

그녀가 열린 문으로 휙 돌아서서 찢어질 듯이 소리쳤다.

"마리, 마리……. 어디 있어?"

"여기 있습니다, 마담."

육아실 하녀가 달려들어왔다.

"아가씨들의 제일 좋은 옷들을 챙기거라, 여행에 필요한 짐을 챙겨."

하녀가 입을 떡 벌린 채 쳐다보았다. 공작의 딸들은 가정교사와 공원을 산책할 때나 키어스턴 자작과 이따금씩 외출할 때 외에는 결코 이 집에서 나가는 경우가 없었다.

"멍청이처럼 왜 그러고 서 있는 거냐? 어서 짐을 싸라니까."

"네, 마담."

소녀가 예의를 갖추고 종종걸음쳐 나갔다.

"우리가 어디로 가게 되나요, 마담?"

실비는 이 엄청난 사건에 놀라 쓴맛도 잊은 채 습관적으로 손톱을 깨물었다.

"너흰 신경 쓰지 말고 공부나 해. 안 그러면 저녁식사 없을 줄 알아."

쌍둥이들은 착실하게 의자에 앉았지만, 테이블 위로 흥분과 질문이 섞인 시선을 교환했다. 무슨 일이 일어나는 걸까?

루이즈는 병마개를 따고 이 가혹한 하루를 견뎌내기 위해 한껏 액체를 들이켰다. 국왕과 왕세자비를 만나러 베르사유에 가게 되다니! 공작은 몹시도 불쾌한 얼굴로, 대부분의 시간은 그녀가 방 안에서 아이들을 보살펴야 할 것이며 사람들 앞에 나설 때에만 공작부인이 아이들을 책임지게 될 것이라고 말했었다.

공작부인의 짓이 틀림없었다. 그 비정상적이고 경박한 여자가 세심하게 정돈해 놓은 자신의 세상을 뒤죽박죽으로 만들어버렸다. 아이들의 일상은 흐트러질 테고, 공작부인이 아이들의 버릇을 다 망쳐놓을 게 뻔했으며, 그 책임은 자신이 져야 할 것이다. 소름끼치고 끔찍한 일이었다. 게다가 그녀는 지금 대단히 몸이 안 좋은 상태였다. 공작은 그녀의 훌쩍이는 코와 물기 있는 눈을 알아차리지도 못했다. 지시를 내리는 동안 그녀를 거의 쳐다보지도 않았다. 낡은 옷차림에 대해 걱정할 필요조차 없었던 것이다.

그녀는 가발을 쓰고 있다는 것도 잊어버리고 다시 터번을 머리에 감기 시작했다. 실비가 웃음을 터트리며 고개를 파묻었고 아멜리아는 테이블 밑으로 쌍둥이를 걷어찼다.

루이즈는 매섭게 그들을 노려보다가 거울 속에 비치는 자신의 모습을 알아차렸다. 서둘러 가발을 벗은 다음 다시 터번을 감아갔다.

18

자정을 알리는 종소리가 들리자, 코델리아는 부채로 하품을 가리는 척하며 자신의 파트너에게 실례를 구했다. 지금 돌아가지 않으면 마차가 호박으로 변해버릴 거라고 농을 던지자, 그녀의 파트너는 미소지으며 그녀를 무도회장 문으로 안내해 주었다.

코델리아는 육중한 수정 크리스털 샹들리에 밑에 눈부시게 돌아가는 사람들의 무리를 둘러보았다. 레오의 모습은 보이지 않았다. 벌써 나간 걸까? 그녀를 기다리지 않고? 어쩌면 국왕이 침소에 드는 의식을 지키고 있는 건지도 모른다. 국왕이 가신들에게 둘러싸여 잠옷을 입고 침소에 드는 그 우스꽝스러운 의식은 아침에도 똑같이 되풀이되었다. 국왕은 몇 시간 전에 옷을 입고 깨어나 있었으면서, 가신들을 위해 다시 침대에 들었다가 공식적으로 옷을 차려 입어야 했다.

하지만 그 의식이 진행된 다음에는 왕실을 의식할 필요가 없다는 것이 좋은 점이긴 했다.

대기실로 들어서자 음악가들의 연주를 들으며 카드게임에 열중해 있는 몇몇 사람들이 눈에 띄었다. 아까 저녁 때 크리스티앙이 국왕을 위해 연주했었는데, 그건 대단한 명예였을 뿐만 아니라 국왕께서도 찬사를 내려주셨다. 물론 크리스티앙의 후원자인 카리락 공작은 자랑스러운 표정을 감추지 못했다. 불확실했던 크리스티앙의 미래는 이제 단단하게 안정된 듯했다. 하지만 그에 비하여 한때 너무나 굳건하게만 보였던 코델리아 자신과 앙투아네트의 미래는 얼마나 불안해져 버렸는가.

그런 음울한 생각들은 조용한 복도를 걸어 좁은 계단을 올라가는 동안 서서히 사라져갔다. 이제 그녀는 점점 더 레오에게 가까이 다가서고 있었다.

그의 방문이 살짝 열려 있었다. 코델리아는 흘깃 뒤를 돌아보았다. 아무도 보이지 않았다. 그 층의 다른 방문들은 모두 닫혀 있는데 왜 레오의 방문만 열려 있는 걸까? 코델리아는 문에 가볍게 손을 올려놓았다. 레오가 잠시 어디 나간 것일까? 오래 걸리는 일이었으면 문을 열어놓지 않았을 것이다. 혹시 방 안에 하인이 들어와 있는 건 아닐까? 하지만 그녀가 올 걸 알면서 레오가 하인을 불렀을 리는 없었다. 손에 힘을 가하자 문이 스르르 안쪽으로 열렸다.

방 안으로 한 걸음 들어섰다. 아무도 없었다. 열린 창가에서 커튼이 나풀거렸다. 경대와 선반 위로 몇 개의 양초들이 밝은 빛을 뿌려주었다. 테이블 위에는 반쯤 찬 술잔과 술병이 놓여 있었다.

"레오?"

그녀가 다시 발을 한 걸음 떼었다. 가슴이 두근거리고 머리가죽이 죄어들었다. 분명히 방안에 누군가 있는 듯한 느낌이었다.

무언가 그녀의 눈앞으로 휙 스치는 듯하더니 어느새 그녀의 눈은 부드러운 벨벳으로 가려졌다.

"레오?"

스카프가 그녀의 머리 뒤로 묶이고, 조용히 문 닫히는 소리가 들렸다.

"두려워하지 마시오."

욕망이 잠재되어 있는 레오의 목소리였다.

"두렵지 않아요."

그녀는 조용히 서서 방향감각을 찾아보려 애썼다. 그녀의 흥분감은 이제 알지 못하는 위험 속에 발을 디뎠다는 감각과 섞여들었다.

자신의 앞에 선 그의 존재를 감지한 그녀가 두 손을 내밀었다. 그는 벌거벗고 있었다. 그녀의 심장고동이 더 빨라졌다. 그녀 자신은 무수한 단추와 고리가 달린 코르셋, 치마테, 세 개의 페티코트에다 묵직한 아이보리색 호박단 드레스까지 차려 입고 있었다. 갑자기 자신의 옷가지가 강렬하게 의식되었다. 허벅지의 가터와 실크 스타킹, 낮은 목선 위로 젖가슴을 가리고 있는 레이스. 그 모든 것들 밑에 자리잡은 자신의 육체.

그녀의 손이 그의 몸 위로 움직였다. 눈이 보이지 않게 된 지금, 그녀의 손가락은 극도로 예민해졌다. 그의 가슴과 젖꼭지를 찾아나가면서 그 굴곡들을 매만져갔다. 그녀가 손가락을 핥아 그 젖은 손가락으로 그의 젖꼭지를 애무했다. 단단하게 솟아오르는 것이 느껴졌다. 그녀는 그의 숨결에 귀기울였다. 그 어느 때보다 깊은 정적 속에서 모든 소리를 들을 수 있었다. 작은 촛불이 너울대는 소리, 양탄자에 긁히는 자신의 신발소리, 그의 갈비뼈에서 우묵한 곳으로 손을 내릴 때 들려오는 그의 거친 숨소리. 그녀는 젖은 손가락으로 그의 배꼽을 어루만지며 두 손으로 그의 허리를 감싸안았다.

그가 그녀의 머리를 붙잡아 밑으로 끌어내렸다. 그녀가 무릎을 꿇고 그의 엉덩이를 감싸쥐며 배에 코를 부볐다. 그녀의 혀가 탄탄한 배 위에서 배회하다가 다음 순간 그의 우뚝 솟은 육체를 찾아내 입 안으로 빨아넣었다. 그 단단하게 고동치는 줄기를 얼굴과 입으로 애무했다. 그의 흥분한 체취를 들이쉬면서 혀끝으로 그의 맛을 음미했다.

　레오는 더할 수 없이 황홀하게 그녀를 내려다보았다. 검은 벨벳으로 눈을 가린 모습이 너무나 자극적이었다. 그의 육체 한 부분에 온 정신을 몰입하면서 그녀가 고개를 젖혀 우아한 목의 곡선을 드러냈다. 그의 혈관 속으로 깊은 힘이 솟아올랐다. 그들의 환희를 영원히 함께 나눌 수 있을 듯한 강인한 힘을.

　코델리아는 그에게 환희를 줄 수 있는 자신의 힘을 느꼈다. 자신의 손가락과 혀로 그의 기쁨을 느낄 수 있었다. 그의 몸을 흠모하며 자신이 하고 있는 행위를 만끽하며, 가장 가벼운 애무만으로도 그를 한계로 몰아댈 수 있다는 것에 황홀해했다……. 그가 거친 신음소리를 토해내며, 폭풍우 속의 유일한 닻인 양 자신의 머리가 움켜잡고 있는 그 순간이 황홀했다.

　마침내 그의 손에서 힘이 빠져 나갔다. 그녀는 그의 배에 머리를 기댄 채 그대로 있었다. 그가 한없이 부드럽게 그녀의 뺨을 쓰다듬고 턱을 들어올리고 나서, 그녀의 손을 붙잡아 일으켰다.

　"스카프를 풀고 싶소?"

　코델리아는 고개를 저었다.

　"당신만 괜찮다면 난 이대로 있고 싶어요."

　레오가 미소지으며 그녀의 입술에 키스했다. 그녀의 입에서 자신의 체취를 맡을 수 있었다.

　"대단한 연인이로군, 당신은."

　"당신은요?"

　"난 비상 수단을 써야겠는걸."

　그가 그녀의 손을 잡아끌자 그녀는 앞이 보이지 않는 상태로 머뭇머뭇 나아갔다.

　"자, 여기 가만히 있으시오."

　그의 손이 풀려나가더니 갑자기 그가 사라졌다. 하지만 한순간일 뿐, 그는 그녀의 뒤에 서서 드레스 고리에 손을 올렸다. 그가 서둘지 않고 천천히 고리와 단추와 매듭을 푸는 동안, 그녀는 미동도 없이 서 있었다. 이윽고 그녀의 몸에 속옷과 코르셋과 스타킹과 가터와 신발만이 남았다. 선선한 밤공기가 맨살에 닿는 것을 느끼며 그녀는 거울을 보는 것처럼 선명히 자신의 지금 모습을 상상할 수 있었다.

코르셋 레이스가 풀리길 기다리고 있던 그녀가 놀란 숨을 삼켰다. 싹둑 소리와 함께 코르셋이 떨어져 나갔다.

그의 손이 뒤에서부터 얇은 속옷을 모아 쥐며 그녀의 젖가슴을 안아들었다. 그녀의 목에 입을 맞추고 턱선을 따라 혀를 움직이다가 그녀의 귀를 핥아갔다. 그의 혀가 귓속으로 파고드는 순간 코델리아의 몸이 부르르 떨렸다. 그는 그녀의 숨결이 거칠어지는 것을 알았지만 오랫동안 귓불을 깨물어 부드럽게 잡아당기며 귀 뒤로 혀를 찰싹이고 그 안에 살짝살짝 혀를 들이밀었다가 그녀의 전율이 시작되자마자 후퇴하면서 오랫동안 애무를 계속했다. 스카프로 가려진 눈이 그녀의 모든 감각과 순간순간의 기대감을 극도로 끌어올렸다. 그녀는 그를 느낄 수만 있을 뿐, 그 애타는 감각이 언제 끝날지 알지 못했다. 그의 혀가 그녀를 고통과 황홀경 사이를 미칠 듯이 드나들게 하는 동안, 그녀의 몸이 꿈틀꿈틀 요동쳐댔다.

코델리아는 더 이상 견딜 수 없는 감각에 몸을 빼내려 했다. 하지만 그 꿈틀거림으로 흥분은 점점 더 커져갔고 그 감각은 이제 온몸으로 번져나갔다.

마침내 그가 고개를 들어올렸을 때, 그녀는 자신의 몸 속에서 고동치는 열기와 전율에 지쳐 그에게 축 늘어졌다.

"옷을 마저 벗으시오."

그가 한 걸음 뒤로 물러났고, 그녀는 홀로 차가운 공간 속에 서 있었다.

그녀가 신발을 벗어내고 스타킹 신은 발로 양탄자에 내려섰다. 슈미즈 자락을 걷어올려 가터를 풀고 스타킹을 발목까지 돌돌 말아 내린 다음 발을 빼냈다. 그가 자신의 모든 동작을 지켜보고 있다는 걸 알았지만, 그의 시선이 어떨지는 상상할 수 없었다.

그녀가 스타킹을 바닥에 던져놓고 일어났다. 레오는 어디에 있을까? 뒤에 있을까, 아니면 앞에? 그의 존재를 느껴보려 애쓰며 그녀는 가만히 서 있었다. 그의 숨소리조차 들리지 않았다. 그녀가 천천히 돌아서서 허공으로 두 손을 움직였다. 아무것도 잡히지 않았다.

"원한다면 스카프를 풀어도 되오."

그녀의 뒤에서 목소리가 들려왔다. 그녀가 빙글 돌아섰다.

"아뇨……. 아니, 싫어요. 당신 어디 있어요?"

"어째서 풀고 싶지 않은 거요?"

그가 창조해낸 세계로 끌어들이는 유혹적인 초대의 목소리였다.

"아주 색다른 느낌이에요……. 모든 게 새로워요. 마치 처음 경험하는 것처럼."

"속옷을 벗으시오."

코델리아는 얇은 옷자락을 머리 위로 들어올려 벗어냈다. 창으로 들어오는 산들바람이 뜨거운 살갗을 식혀주었다.

"뒤로 돌아서시오."

그녀가 돌아서서 기다렸다, 그가 언제 어디에 손을 뻗어올지 기대하면서. 침묵뿐이었다. 완전한 어둠뿐이었다.

레오는 그녀의 날씬한 등과, 혀로 핥아보고 싶은 날렵한 어깻죽지와 등줄기, 오목하게 휘어진 허리와 넓게 퍼진 엉덩이와 탱탱한 두 개의 둔덕을 응시하며 숨죽인 채 서 있었다. 그녀의 몸이 이미 준비를 갖추고 황홀한 기대에 빠져 있으리라는 것을 알고 있었다.

그의 손가락이 어깻죽지를 살짝 스치자, 그녀가 작은 비명을 내질렀다. 그녀의 어깨에 한 손을 올리고 엄지손가락으로 등줄기를 나른하게 쓸어 내렸다. 엉덩이 위로 손바닥을 펼쳐 허벅지 사이로 손을 미끄러 뜨렸다. 코델리아의 몸이 부들거렸다. 그는 그녀의 어깨를 붙잡은 채 그녀의 몸이 준비되어 있음을 확인하며 손가락을 움직여갔다.

그의 혀가 우묵한 목덜미를 따라 쓸어가며 한 손으로 살며시 젖가슴을 감아쥐고 젖꼭지를 애무했다. 그의 또 다른 손가락은 그녀의 단단해진 속살을 쉼없이 자극하면서 그녀의 몸을 활짝 열어놓았다.

코델리아는 더 이상 자신의 어느 부분이 반응하고 있는 것인지 알지 못했다. 육체가 물처럼 변하여 어딘가 다른 세상에서 떠다니는 듯했다. 그녀의 시야는 이제 내부로 집중되어 자신의 혈관 속에 흐르는 피와 욕망으로 부풀어오른 아랫부분과 두근대는 심장까지도 볼 수 있을 것 같았다.

그 순간 폭발적인 환희가 찾아들었다. 화산이 폭발해 버린 것처럼, 그녀의 살갗이 불타오르고 핏줄기가 용암으로 녹아들며 황홀한 무아지경으로 빠져들었다.

그녀가 감각들이 헤매다니는 동안 레오가 그녀를 앞으로 밀어냈다. 그녀의 배가 부드러운 소파의 팔걸이에 닿아 접혔다. 그가 그녀의 엉덩이를 움켜쥐고 그녀의 몸 속으로 밀고 들어왔다. 불길에 기름을 부은 것처럼, 아직 가시지 않은 환희에 새로운 감각이 밀려들었다. 자신이 누구인지, 여기가 어딘지 알 수 없었다. 오직 레오의 몸과 결합되어 있는 그 부분만이 강렬하게 의식되었다.

레오는 한없는 힘이 솟아나는 걸 느꼈다. 육체적인 한계까지 끌고 올라갈 수 있다는 자신감. 자신의 연인을 무한대의 정점으로 끌어올리고픈 욕구에 불타올랐다. 그녀에게 영원히 그 누구도 지워버릴 수 없는 이 황홀한 기억의 낙인을 새겨놓고 싶었다.

미카엘이 그녀의 연약함을 이용해 착취했던 곳, 그곳에 완벽한 기쁨을 보여줄 것이다. 그녀의 등과 엉덩이를 어루만지며 손톱으로 긁어가자 그녀의 등이 휘어지며 그를 죄어왔다. 그녀의 몸이 요동쳤다. 그는 잠시 후퇴했다가 다시 깊숙하게 전진해갔다. 그녀의 몸이 경련을 일으키는 동안에도 그는 끝까지 자제력을 놓지 않았다.

코델리아가 소파 쿠션 속으로 흐느낌을 토해냈고, 그는 다시 그녀의 몸 속에서 움직이기 시작하며 그녀의 배 밑으로 손을 뻗어 매만졌다. 그녀의 배가 탱탱해지며 또다시 환희가 결집되었고, 작은 물방울들이 폭포수로 변해가는 듯이 그녀의 몸으로 전율이 쏟아져 흘러갔다. 그 폭포수가 터지기 직전 그는 몸을 빼냈다. 그리고는 그녀의 몸을 돌려 그녀의 다리를 어깨 위로 들어올리며 다시 돌진해 들어갔다.

코델리아는 어둠 속에 남아 육체의 한 부분에만 모든 신경을 집중시켰다. 더 이상 견딜 수 없다고 생각했다, 이렇게 강렬한 환희를 더 이상은 견딜 수 없으리라고 생각했다. 하지만 곧 그렇지 않다는 걸 알게 되었다. 지금뿐만이 아닌 앞으로도 오랫동안.

별빛이 희미해지고 창 밖의 하늘에 발갛게 새벽빛이 번지기 시작할 때까지 그들은 자신들의 그 찬란한 세계에 빠져 있었다. 하지만 마침내 레오의 자제력이 한계에 다다랐다. 코델리아가 그의 무릎에 걸터앉아 입술을 벌리며 고개를 젖혀 몸 속의 근육으로 그를 죄어대고 있었다.

마지막 순간 레오는 털썩 드러누워 그녀의 몸을 떼어냈다.

코델리아는 땀에 흠뻑 젖은 채 엎드렸다. 움직일 수도 생각할 수도 없었다. 레오가 그녀의 머리를 돌려 스카프를 풀어냈을 때는, 한참동안 어둠에 익숙해져 버린 눈에 비치는 세계가 오히려 어색하게 느껴졌다. 하지만 몇 번쯤 눈을 깜박였을 뿐 그녀는 기진맥진한 채 그대로 곯아떨어졌다.

레오는 코델리아의 가슴과 허리에 손을 올려놓았다. 자신의 몸이 침대 속으로 푹 꺼져버릴 것 같았다. 방 안의 뿌연 새벽빛을 인식하며, 잠들어버리면 위험하다는 걸 알면서도 그의 눈이 무겁게 감겼다.

그가 화들짝 깨어났다. 복도에서 걸어다니는 발소리와 사람들의 목소리가 들려왔다. 아래쪽 안뜰에서는 철야 순찰병의 교대를 알리는 트럼펫 소리가 울려 퍼졌다.

"맙소사!"

그가 몸을 일으켜 옆자리에 잠들어 있는 코델리아를 내려다보았다. 불안한 와중에서도 어찌할 수 없는 미소를 지으며 그녀의 얼굴에 흩어져 있는 머리카락을 쓸어주었다. 너무나 아름다웠다. 그리고 완벽한 사랑의 파트너였다. 한번도 반대하지 않고 지치지도 않으며 그가 원하는 바를 완벽하게 충족시켰다.

그녀는 어느새 너무나도 견고한 사랑의 끈으로 그를 묶어놓았다. 어떻게 이 어린 소녀가 단 몇 주만에 그의 이성을 마비시킬 수 있었을까?

그의 시선이 그녀의 팔찌에 닿았다. 그걸 끼지 않은 모습을 본 적이 없었다. 엘비라도 항상 그 팔찌를 끼고 다녔었다. 아름답긴 하지만 왠지 혐오스런 느낌을 담은 묘한 장신구. 그런데도 두 명의 소유주들은 거의 그 팔찌를 풀어내지 않았다. 그것이 미카엘과 결혼한 상징일까? 혐오스런 사내와의 결합을 상징하는 걸까? 코델리아는 그 결합을 풀어내기 위해 매일매일 몸부림치고 있었다. 엘비라도 그랬을까? 엘비라도 똑같이 고통받았을까? 그녀에게도 이 팔찌가 혐오스런 결합의 상징이었을까?

코델리아가 꿈틀거리더니 화들짝 눈을 떴다. 그의 얼굴에 깃든 어두움을 그녀는 알아차렸다.

"왜 그래요? 엘비라에 대해서 생각했어요?"

그녀가 그의 뺨을 어루만졌다.

그녀의 직감적인 통찰력은 신비스러울 정도였다. 그는 그녀의 손목을 잡아내려 팔찌를 응시했다.

"이건 왜 항상 차고 다니는 거요?"

코델리아가 눈살을 찌푸렸다.

"모르겠어요. 끼고 있다는 사실조차도 잊어버리고 있었어요. 엘비라의 팔찌였다는 건 알아요. 그녀의 초상화에서 봤거든요…… 이게 마음에 들지 않나요?”

“그렇소. 그녀도 그걸 풀어낸 적이 없었소.”

코델리아가 유심히 팔찌를 살펴보았다.

“이건 아주 독특해요. 이것과 비슷한 건 세상에서 아마 없을 거예요. 쇤브룬의 세공업자도 그렇게 말했어요. 하지만 약간 사악해 보이긴 해요.”

“이브의 유혹이지. 당신은 왜 고통밖에 없는 이 결혼의 선물을 차고 다니는 거요?”

코델리아의 눈살이 더욱 찌푸려졌다. 이 팔찌를 그런 식으로 생각해 본 적은 없었다. 왠지 자신의 손목에 있어야 할 것 같았을 뿐이었다.

“당신이 싫다면 끼지 않을게요.”

그녀가 천천히 말했다.

“하지만 갑자기 풀어버리면 미카엘이 이상하게 여기지 않을까요?”

“그렇겠지. 상관없소. 그냥 이상한 디자인이라고 생각했을 뿐이오.”

그가 침대에서 빠져 나왔다.

“하지만 지금 중요한 건 당신이 들키지 않고 숙소로 돌아가는 일이오. 벌써 다들 깨어난 모양이오.”

코델리아는 방 한가운데 버려진 옷가지들을 걱정스런 눈빛으로 바라보았다.

“저걸 다시 입을 수는 없어요.”

“선택의 여지가 없겠는걸. 이리 오시오, 내가 도와주겠소.”

코델리아가 조심스레 몸을 일으켰다.

“아야, 아파라. 대체 왜 이러는 거죠?”

레오가 웃음을 터트렸다.

“상상력을 동원해 보구려. 위로가 될지 모르겠지만, 고통받는 사람이 당신만은 아니라오.”

“말에 탈 수 있을지 모르겠어요.”

　그녀가 투덜거리다가, 재빨리 그의 목을 끌어안고 벌거벗은 젖가슴을 그에게 밀어붙였다.
　"오늘 우리가 사냥하러 가는군요."
　레오는 완전히 밝아진 창 밖을 내다보았다.
　"한 시간도 채 안 남았을 거요. 얌전하게 구시오, 코델리아."
　그가 그녀의 팔을 풀어내고 속옷을 그 팔에 안겨주었다.
　"서두르시오."
　코델리아가 속옷을 머리 위로 뒤집어쓰며 신음을 흘렸다. 어젯밤 같은 격정적인 사랑에 대가가 없을 수야 없겠지.
　"스타킹과 가터는 신지 않을래요. 내 치미 밑을 들여다볼 사람은 없을 테니까……. 코르셋은 어쩌죠? 레이스가 끊어져버렸으니 입을 수도 없고."
　그녀가 첫번째 페티코트에 발을 들이밀었다.
　"그건 내가 처리하겠소."
　레오가 실내복을 걸치고 창가로 다가갔다. 북적거리는 말들과 군사들이 새로운 하루를 알리고 있었다.
　코델리아는 스타킹과 가터를 둘둘 말아들고서 맨발에 신발을 신었다.
　"지금 상황에서 최대한 차려 입었어요. 이젠 나갈까요?"
　"아니, 기다리시오."
　그가 한 손을 들어올리고 문을 열어 계단과 복도를 둘러보았다.
　"됐소, 뛰어가시오!"
　코델리아가 문으로 달려와 그의 목을 끌어안고 어젯밤과 똑같이 정열적으로 키스했다. 그는 굴복해 버리고 싶은 심정이었지만, 그럴 수 없다는 걸 잘 알았다. 그가 다소 거칠게 그녀를 밀어냈다.
　"제발, 코델리아! 우리에겐 한 시간도 남지 않았소."
　그가 그녀를 문 밖으로 밀어내고 쾅 문을 닫았다.

코델리아는 낄낄대며 춤추듯이 계단을 내려갔다. 밤새 기력을 다 쏟아냈음에도 불구하고 에너지와 활력이 넘쳐나는 것 같았다. 게다가 레오와 하루종일 같이 있을 수 있는 하루가 기다리고 있지 않은가, 말에 타야 하긴 하지만. 그녀의 인상이 찌푸려졌다. 마틸드라면 이 통증을 가라앉히는 방법을 알 텐데. 그런데 지금 그녀에게는 마틸드 대신 착하기만 할 뿐 멍청한 엘지밖에 없었다.

그래도 지금 상태에서 최선을 다해야 했다. 마틸드 역시 그러길 바랄 것이고, 이 비참한 상황이 영원히 지속되지도 않을 것이다. 이제 곧 미카엘한테서 도망칠 수 있을 테니까.

그녀가 숙소의 복도로 접어들었을 무렵, 하녀 한 명이 바쁘게 걸어가다가 예의를 갖추어 인사했다. 그러면서 이른 아침에 파티용 드레스를 입고 높은 굽에 휘청거리며 걸어가는 레이디를 이상한 듯이 쳐다보았다. 코델리아는 상냥하게 미소짓고는 그녀가 사라질 때까지 기다렸다가 자신의 숙소문을 열었다.

살롱은 비어 있었다. 어젯밤 엘지에게 기다리지 말라고 말해두었었고, 무슈 브리옹은 그녀가 밤새 돌아오지 않았다는 것을 알았다 해도 신중하게 처리해 줄 것이었다.

그녀는 자신의 침실로 들어가 옷을 벗어 구석으로 뭉쳐 넣은 다음, 잠옷을 입고 차가운 침대로 뛰어올랐다. 줄을 잡아당겨 하인을 호출하고 나서 이불을 덮고 누웠다.

몇 분 후 하녀가 아침식사 쟁반을 들고 도착했다.

"목욕을 해야겠어, 엘지. 한 시간 내로 사냥에 참가해야 하니까 서둘러야 해. 뜨거운 물 좀 준비해 줘."

그녀가 이불을 걷어내고 침대를 빠져 나왔다.

엘지가 사라진 뒤, 코델리아는 뜨거운 초콜릿을 잔에 따르고 왕성한 식욕으로 식사했다. 며칠 동안 굶은 듯한 기분이었다. 그녀가 호밀빵 사이에 두꺼운 햄을 몇 개 겹쳐 먹어대는 동안, 엘지는 욕조에 목욕물을 채우느라 분주했다.

코델리아는 마틸드의 허브 주머니를 뒤적여 냄새를 맡아가며 근육통에 효과가 있는 허브를 찾아보았다.

"이게 맞는 것 같아."

물 위로 그 잎사귀를 뿌리고 욕조 안으로 들어가자 기분좋은 한숨이 새어나왔다.

"승마복 꺼내 줘, 엘지. 에메랄드빛 초록색이야, 까만 깃털 달린 삼각모자하고."

45분 뒤, 코델리아는 바깥 뜰에 모여 있는 사냥 모임에 합류했다. 레오는 이미 말에 올라앉은 채 하인이 건네주는 이별의 잔(말 타고 떠나기 전에 마시는 술)을 마시고 있었다.

"안녕하시오, 공작부인. 잘 주무셨으리라 믿소."

"아주 잘 잤어요, 고맙습니다."

그녀가 가뿐하게 미소지으며 마부의 손바닥을 딛고 말에 올랐다.

"다시 말을 타게 되니 즐겁죠, 코델리아?"

몇 발짝 떨어져 있는 왕족들 사이에서 앙투아네트의 목소리가 울려나왔다.

"이리 와서 우리와 같이 타요."

코델리아는 레오에게 실망스런 시선을 던지고는 왕세자비의 호출에 응했다. 국왕이 그녀를 유쾌하게 맞이했고, 왕세자는 시선을 외면한 채 고개만 끄덕였다.

사냥꾼의 뿔나팔 소리가 울려 퍼지자, 멋들어지게 차려 입은 남녀들이 이른 아침 햇살에 마구들을 반짝이며 울창한 숲 속으로 말을 몰기 시작했다.

19

나무들 사이로 넓은 길이 뻗어 있었다. 파릇파릇한 잎사귀들은 초록과 황금빛을 뽐내고 있었고, 어제 내린 비로 젖은 잔디는 향긋한 풀냄새를 풍기며 수백 개의 말발굽 아래 짓밟혔다. 힘차게 앞으로 달려나가는 날렵한 사냥개들 뒤로 사냥꾼들이 조랑말을 재촉했다. 숲덤불을 휘저어대는 몰이꾼들의 동작에 새들이 날아오르고 겁에 질린 토끼들이 뛰어다녔다.

코델리아는 한 시간 동안 앙투아네트의 옆에서 말을 달렸으나, 왕세자가 신부에게 말을 걸기 시작하자 눈치 빠르게 뒤로 물러나왔다. 왕세자는 자신의 신부를 알아가기 위해 엄청난 용기를 끌어올린 듯했다. 하지만 코델리아는 바로 뒤에서 말을 달리는 레오에게 다가가기 위해 별다른 용기가 필요치 않았다.

그가 모자를 벗어 형식적으로 인사했다.

"말 타는 게 즐거우시리라 믿소, 공작부인."

"대단히 즐거워요."

그녀도 똑같이 형식적인 태도로 대꾸했다.

"전 벌써 꿩을 두 마리나 잡았답니다."

그녀의 얼굴에 지난번 게임에서 이겼을 때와 똑같은 노골적인 승리감이 드러났다. 하지만 이번에는 아무런 속임수도 없이 정확하고 깔끔하게 목표물을 명중시켰고, 그녀의 활에 맞은 새들은 땅으로 곤두박칠쳐 사냥꾼의 자루 안으로 갈무리되었다.

"나도 보았소. 당신은 솜씨 좋은 궁사요, 다소 뻔뻔스럽긴 하지만."

코델리아가 키득대며 안장 위에 가로놓여진 활에 또 하나의 화살을 메겼다. 한 손으로 말고삐를 쥐고 다른 손으로는 활과 화살을 움켜쥔 모습에서 자신만만한 분위기가 풍겼다. 그녀의 목소리가 은밀하게 낮아졌다.

"레오, 왕세자가 아직까지 결혼을 완성시키지 않은 이유를 혹시 아세요?"

"그게 무슨 말이오?"

그는 믿을 수 없다는 표정이었다.

"정말이라니까요. 가엾은 앙투아네트는 지금 어쩔 줄 몰라하고 있어요. 매일 밤 신랑이 신부의 방문 앞에서 떠나간답니다. 누군가 폐하께 그 사실을 보고드린 모양이에요, 그래서 어제 폐하께서 왕세자비의 내실에 찾아왔던 거예요. 내가 평상복 차림으로 신발도 안 신고 있었을 때 말이에요. 그분이 대단히 완곡하고 부드럽게 말씀하시긴 했지만, 앙투아네트는 무엇이 잘못되었는지 모른다는 걸 인정하는 게 너무나 당황스러웠다는군요."

"맙소사! 그 가엾은 소녀가 그런 일에 대해서 무얼 알 수 있겠소? 왕세자에게 의사가 필요할지도 모르겠군."

"폐하께서 진찰을 지시하실 것 같다더군요. 그래서 그녀는 지금 조바심 속에 기다리고 있어요. 왕손을 잉태해야 하잖아요."

"그렇겠지."

    파리의 시민들과 마찬가지로 그 또한 이 결혼의 현실을 모를 리 없
었다.

    순간, 지금까지 무시해 버리려 애쓰던 '혹시 코델리아가 미카엘의
아이를 임신했을지도 모른다'는 생각이 머릿속을 스쳐 지나갔다. 코델
리아가 미카엘에게 아들을 낳아준다면, 어쩌면, 미카엘이 그 후계자와
교환하는 조건으로 그녀를 보내줄 수도 있었다. 하지만 과연 코델리아
가 자신의 아이를 포기할 수 있을까? 그런 남자의 손에 자식을 맡겨놓
는다는 것을 어찌 상상이나 할 수 있을까? 미카엘은 그 아들에 대한
권리를 갖기 위해서라면 하늘과 땅이라도 움직이려들 것이다. 그 아이
들의 생득권을 포기하고 세상으로부터 고립되어 살아가지 않는 한, 안
전이나 평화란 있을 수 없었다. 그 아이들은 성인이 되어서 누려야 할
평범한 선택조차도 가질 수 없이 모든 권리를 박탈당할 것이다. 아무
죄도 없는 무기력한 아이들에게 어떻게 그런 미래를 전해줄 수 있단
말인가? 하지만 또 어떻게 코델리아에게 미카엘 공작과의 생지옥 같
은 결혼생활을 견뎌내라고 말할 수 있겠는가?

    우선은 눈앞의 일부터 처리해야 한다! 그는 무작정 앞으로 달려나가
려는 생각의 고삐를 당겼다. 그녀가 임신한 상태라는 게 분명해지고
나면 그때 가서 생각해 보리라.

    그들의 행렬은 마차들이 기다리고 있는 더 넓은 도로로 접어들었다.
마담 뒤 바리가 자신의 레이디들과 함께 지붕 없는 마차에 올라앉아
있었다. 국왕이 그녀에게 인사했고 왕세자도 아버지의 애인에게 고개
숙였다. 하지만 왕세자비만은 다른 쪽을 쳐다보았다.

    "앙투아네트, 어째서 그렇게 어리석은 짓을 하는 거니."

    코델리아의 탄식하는 목소리에, 레오의 상념이 중단되었다.

    "그녀가 무슨 짓을 한다는 거요?"

    레오도 이제 주변에서 번져가는 웅성거림을 알아차렸다.

    "그녀는 마담 뒤 바리를 인정하려 들지 않아요. 궁궐에서 부도덕한

행동을 묵과하면 안 된다는군요. 술파티 한가운데의 까다로운 수녀처럼 앉아 있는 것 좀 보세요!”

갑자기 레오의 말이 들썩거렸다. 그는 말을 신성시키며, 자신의 말을 흥분시킨 것이 무엇인지 확인하기 위해 아래를 내려다보았다. 누더기를 걸친 작은 소년이 멈칫멈칫 다가서고 있었다.

“뭐하는 거냐?”

그가 날카롭게 다그쳤다.

소년이 고개를 흔들었다.

“암것도 아녀요, 나리. 말이 예뻐서요.”

아이가 구슬프게 코델리아를 쳐다보았다. 움푹 패인 눈과 땟국물 흐르는 얼굴이 영양실조로 비쩍 말라 있었다.

“너 배고프니?”

코델리아가 충동적으로 물었다.

아이가 고개를 끄덕이며 지저분한 소매로 코를 문질렀다.

“자, 이거 받아.”

코델리아는 아이의 손에 동전 하나를 들려주었다. 갈퀴 같은 손가락으로 재빨리 그걸 움켜쥔 그 아이는 이리저리 말발굽을 피하며 말들 사이로 사라져갔다.

“가엾어라. 파리 백성들의 얼굴을 본 적 있으세요? 생명도 없고 희망도 없어 보여요. 오스트리아에는 그런 사람들이 그리 많지 않았는데.”

“영국도 마찬가지라오.”

레오가 대꾸했다.

“물론 가난한 자들이 있긴 하지만, 여기처럼 심각하진 않았던 걸로 기억하오.”

“앙투아네트도 이런 걸 알아차렸을까요? 어머나, 그녀가 저에게 신호하고 있어요. 하루종일 붙잡아두려는 게 아니라면 좋겠는데.”

그녀는 마담 뒤 바리의 마차 옆쪽에 동떨어져 있는 왕세자비에게
다가갔다.

"나한테 무슨 말이든 해."

앙투아네트가 다급하게 속삭였다.

"다들 저 창녀한테 말을 거느라 나에게 신경도 쓰지 않아!"

"그 창녀는 국왕의 애인이란다. 불행히도 너보다 더 이 궁궐에서 영
향력이 세."

앙투아네트가 금세 뾰로통해졌다.

"어머나, 나한테 훈계를 늘어놓을 거라면 그냥 가 줘. 너하고 얘기
하고 싶지 않아."

코델리아는 앙투아네트의 성질이 곧 가라앉고 사과하게 될 거라는
걸 알았지만, 그냥 고개를 끄덕이고 되돌아갔다.

"저기요, 마님!"

공터 옆의 나무 사이로 낮은 목소리가 들려왔다. 아까의 그 거지 소
년이었다.

"엄마가 아주 아파요, 마님. 도와줍쇼."

"그래, 그럼 돈을 줄 테니까……."

아이가 격하게 고개를 흔들었다.

"돈 말구요, 마님이 가주십쇼."

거지가 돈을 마다한다는 게 이상했다. 코델리아는 호기심에 이끌려
앞장서라고 신호한 다음 아이의 뒤로 따라나섰다. 순간, 아이가 울창
한 숲 속으로 달려 들어가더니 홀연히 사라져버렸다.

코델리아는 말고삐를 잡아 쥐고 주위를 둘러보았다. 아이를 소리쳐
불러보았지만, 딱따구리의 나무 쪼는 소리와 까마귀 울음소리만 들렸
다. 나뭇잎이 울창하게 우거져 햇살이 비치지 않는 데다가 젖은 이끼
와 썩은 이파리 냄새가 풍겨왔다.

코델리아는 불안해지기 시작했다. 루세트 또한 그런 느낌이었는지

우아한 머리를 쳐들어 킁킁거렸다.

"그만 돌아가자. 꼬마가 장난을 쳤나봐."

코델리아가 암말을 재촉하는 순간, 눈 깜짝할 사이에 나무들 사이로 두 명의 사내가 모습을 드러냈다. 한 남자는 루세트의 굴레를 움켜잡았고 다른 남자는 등자를 붙잡았다.

코델리아는 거의 무의식적으로 손에 들고 있는 활시위를 당겼다. 루세트의 굴레를 잡고 있던 사내가 쇄골뼈 밑에 화살을 맞고는 비명을 내지르며 뒤로 물러났다.

두 번째 화살은 첫번째보다 더 빠르고 정확했다. 그녀의 등자를 잡고 있던 사내가 손을 떨군 채 자신의 팔뚝에 박힌 화살을 멍하니 쳐다보았다.

"일어서, 루세트!"

코델리아가 지시하자, 암말은 앞발을 공중으로 번쩍 들어올렸다. 두 남자가 공포스런 얼굴로 풀썩 주저앉았다.

"맙소사!"

레오가 단검을 손에 든 채 먼지와 나뭇잎들을 뒤로 날리며 전속력으로 달려왔다. 레오의 말이 멈추는 것과 동시에 코델리아의 말도 다시 네 발로 내려섰다.

"강도예요."

다급한 상황이 지나고 나서야 코델리아의 목소리가 사뭇 떨려났다.

"꼬마아이가 날 이리로 유인해 놓고 사라졌어요. 돈을 빼앗을 생각이었나봐요."

"당신이 사라지는 걸 보았소."

레오가 말에서 내려 두 사내들 앞에 우뚝 섰다.

"저희를 보내주십쇼, 나리. 붙잡히면 목이 잘릴 겁니다요."

"네놈들이 저 레이디에게 하려던 짓은 결코 죽음을 피할 수 없을 것이다."

그가 차갑게 내뱉으며 장갑 낀 손으로 날카로운 단검의 칼날을 매만졌다.

"아닙니다요, 저 분을 죽이려 한 게 아니라 그냥 말에서 떨어지게만……."

사내가 레오의 얼음장 같은 시선에 주춤주춤 뒤로 물러났다.

"그들을 보내주세요, 레오."

그가 놀라 돌아보았다.

"보내주라고? 당신이 무슨 봉변을 당할 뻔했는지 아오?"

"그들은 배가 고팠던 거예요."

그녀가 단호하게 말했다.

"가족이 다 굶주렸던 거예요. 아까의 그 꼬마도 한가족이었을 거구요."

그녀가 가죽 주머니를 꺼내들어 두 남자 사이의 땅바닥으로 던졌다.

"이거 받아요."

그들은 자신의 눈을 믿을 수 없다는 듯 그 주머니를 쳐다보기만 했다.

레오가 단검을 칼집에 집어넣고 말에 올랐다. 화살에 맞은 상처가 경미하지 않았으므로 어느 정도의 처벌은 가했다는 판단이 섰다.

"다음부터는 당신의 인정 많은 충동을 자제해 주시오."

숲 밖으로 말을 움직이며 그가 말했다.

"헐벗은 아이들한테는 독기가 있소."

"그건 그 애들 잘못이 아니에요."

그는 코델리아를 물끄러미 응시했다. 그녀에게는 여러 가지 다양한 일면들이 있었다. 다이아몬드의 수많은 단면들처럼. 또한 다이아몬드처럼 소중하기도 했다. 그녀에게 무슨 일이 벌어질 뻔했는가 생각하니, 그의 피가 차갑게 얼어붙었다. 하지만 사냥의 여신은 자신의 몸을 훌륭하게 방어해낼 능력이 있는 것 같았다. 그렇다 해도 그녀의 얼굴은 창백하고 손놀림도 다소 불안정했다.

"궁으로 돌아갑시다."

"사냥에서 빠시라구요?"

그녀가 놀란 표정을 지었다.

"당신은 오늘 하루 충분한 흥분을 맛본 것 같소."

"전 그렇게 허약하지 않아요. 몸이 약간 떨릴 뿐이에요. 다치지도 않았는 걸요. 우리 경주할래요? 이제 곧 나팔이 울릴 거예요."

레오는 잠시 머뭇거리다가 그녀의 뒤로 따라나섰다. 그녀가 다친 것 같지는 않았어도, 이 사건에서는 어딘지 불쾌한 냄새가 났다. 베르사유의 숲에서 왕의 사냥모임을 방해하는 강도질은 사형으로 처형될 만한 중죄였다. 게다가 사냥하러 나오는 귀족들은 돈이나 보석을 많이 휴대하지 않았다. 그래, 이 사건에는 분명히 이상한 점이 있었다.

아멜리아와 실비, 마담 드 네브리가 탄 마차는 공작의 마차 뒤로 덜커덩거리며 굴러갔다. 쌍둥이들은 견디기 힘들 정도로 흥분한 상태였지만, 가정교사의 험악한 표정과 위협 때문에 얌전하게 굴어야 했다. 창 밖으로 매혹적인 풍경과 사람들이 지나치는 동안, 그들은 서로의 손을 잡고 마차가 흔들릴 때마다 다리를 달랑거리며 나란히 앉아 있었다.

마침내 가정교사가 졸기 시작하자, 그들은 좌석 위로 기어올라 창 밖을 내다보며 가정교사의 잠을 깨우지 않을 정도로 나지막이 속닥거렸다.

마차가 베르사유 궁의 거대한 정문을 통과할 무렵, 루이즈는 화들짝 일어나 앉아 가발을 매만지며 아이들을 살폈다. 쌍둥이들은 무릎 위에 손을 올려놓은 채 내내 얌전히 있었던 듯한 모습이었다. 그녀가 두어 번 기침을 하고는 작은 병 속의 내용물을 재빨리 들이키고 나서 창 밖을 내다보았다. 어스름한 햇살 아래 반짝이는 빨간 지붕들과 문들, 웅장하게 펼쳐진 황금빛 건물들은 생전 처음 보는 장관이었다.

마차 계단이 내려지자마자 쌍둥이들은 하인의 손을 무시하고 깡충 바닥으로 내려섰다. 서로의 손을 꼭 붙잡고 주위를 둘러보았다. 마치 개미가 된 기분이었다. 눈앞에 펼쳐진 어마어마한 황금 궁전에, 아이들은 공포스러워하며 서로의 손을 더욱 움켜잡았다.

공작은 이미 도착하여 무슈 브리옹과 얘기를 나누고 있었다. 자신의 딸들을 흘깃 쳐다본 그는 조그만 여자애들이 공포스러워 하는 것은 당연하다고 생각했다. 이곳은 어린애들에게 어울리는 장소가 아니었다.

"아이들을 데려가거라."

그가 브리옹에게 말했다.

"방은 준비되었겠지?"

"네, 나리. 공작부인께서 왕세자비의 동의하에 직접 감독하셨습니다."

"공작부인의 건강은 괜찮으신가?"

미카엘이 코담배를 약간 집어 올리며 부드럽게 물었다.

"아주 좋으십니다, 나리."

미카엘이 재채기를 하며 손수건으로 코를 닦았다.

"오늘 사냥하러 나가지 않았던가?"

"나가셨습니다. 즐거운 하루를 보내셨다고 들었습니다, 나리."

그는 분노와 실망감을 간신히 억제했다.

"폐하께서는 사냥에서 돌아오셨나?"

"한 시간 전에 돌아오셨습니다, 나리."

"그럼 당장 인사드리러 가야겠군."

미카엘이 딸들을 쳐다보지도 않고 성큼성큼 걸어나갔다.

공작이 절을 올리자, 게임 테이블에 앉아 랜스커넷을 즐기며 그날의 사냥에 대해 얘기하고 있던 국왕이 시선을 들어올렸다.

"아, 돌아왔군 그래. 아이들을 데려왔나? 왕세자비가 몹시도 만나고 싶어한다네."

"지금은 가정교사와 함께 있습니다만 즐거이 왕세자비를 섬길 것입니다, 폐하."

"그럼, 그래야지. 자네의 아내를 찾아보고 싶겠지? 우리와 함께 사냥에 참가했는데 활솜씨가 아주 놀랍더군. 굉장히 인상적이었어……. 두 마리의 새를 떨어뜨렸다네."

그는 방안을 돌아다니며 인사를 나누고 새로운 소문거리들에 귀기울였다. 왕세자비가 레이디들과 함께 게임하고 있었음에도 코델리아의 모습은 보이지 않았다. 그는 하인이 들고 있는 쟁반에서 와인잔을 집어들고 정원이 내다보이는 창가로 걸어갔다. 수로를 따라 베네치아 풍 창처럼 만들어놓은 곳에 불빛들이 이제 막 밝혀졌다.

멍청한 얼간이들! 그 계획은 바보라도 할 수 있을 만큼 간단했다. 그저 편지에서 묘사한 대로 실수 없이 목표물을 찾아내 수행하면 그만이었다. 말에서 떨어뜨린 다음 머리를 한 대 내리치고, 그녀가 사라진 걸 알고 수색대가 출동할 때까지 몇 시간쯤 숲속에 누워 있게만 만들면 되는 것이었다. 그런데 어떻게 실패할 수가 있단 말인가?

"나의 조카딸들이 새로운 숙소에 대단히 흥분해 있겠군요."

미카엘이 빙글 몸을 돌렸다. 레오가 사근사근한 미소를 짓고 있었다.

'빌어먹을 멍청이 같으니라구.'

이 자는 궁궐이 자기 조카딸들에게 완벽하게 적당한 장소인 줄 아는 모양이었다. 세심하게 정돈해 놓은 일상이 단번에 무너지고 해로운 영향을 받게 될 거라는 생각은 한번도 못했겠지. 공작은 철저하게 우롱당한 이 상황에 대해 잡담을 교환할 만한 인내력이 없었다. 그가 고개 숙이며 딱딱하게 대꾸했다.

"가정교사가 부적당한 흥분을 자제시킬 것이라 믿소."

그리고는 그대로 걸어가 버렸다.

레오의 피가 분노로 치솟아 올랐다. 미카엘은 지금 즐거운 기분이 아닌 듯했다. 분명했다, 그 화를 코델리아에게 풀어내려 할까? 그는 초조한 심정으로 주머니 시계를 흘깃 점검했다.

5시. 사슴의 뜰에 있는 여자들이 준비를 시작하는 시간이었다. 하지만 아직 방문객들이 없을 터이니, 타티아나에게 가짜 여권을 얻어낼 수 있는지 물어볼 기회를 찾을 수 있을 것이다.

미카엘은 치밀어오르는 분노에 이를 갈면서 자신의 거처로 향했다. 그곳에 자신의 아내가 평소처럼 완고하고 반항적이고 말쌍한 모습으로 자리잡고 있으리라.

그가 들어서자, 의상실의 거울을 바라보며 앉아 있던 코델리아가 즉시 일어나서 예의를 갖추었다.

"잘 다녀오셨습니까, 나리?"

그는 그 인사를 받아주지 않았다.

"오늘 아침에 사냥을 나갔던가?"

"네, 꽤 성공적이었어요."

그녀는 오만한 태도로 다시 거울 앞에 앉아 무릎 위에 두 손을 마주 잡았다.

"폐하께서도 칭찬해 주셨답니다."

"불쾌한 일은 없었소?"

그가 그녀의 반응을 살피며 날카롭게 시선을 고정시켰다.

코델리아는 재빨리 머리를 굴렸다. 습격당할 뻔했다는 말을 한다면, 그는 그 강도들을 붙잡으려 수색대를 결성할 테고 붙잡은 후에는 한 점의 자비심도 보이지 않을 것이다. 아내에게 아무 관심이 없다고 해도, 그는 자기 가족에게 가해진 범죄를 처벌하지 않고 넘어갈 사람이 아니었다.

그녀가 어깨를 으쓱였다.

"별다른 일은 없었습니다."

그의 연한 눈동자에 짜증이 스쳤다.

"사냥은 안전한 활동이 아니오. 당신이 그만두어야 한다는 생각이 들기 시작하는군."

코델리아는 그가 예상한 대로 경악한 표정을 지었다.

"그만두다니요?"

"당신이 아이라도 임신했으면 어쩌겠소. 나의 후계자에게 위험이 닥치게 할 수는 없지."

코델리아는 자신이 임신한 상태인지 아닌지 알지 못했으나, 그가 자신을 괴롭히는 데서 즐거움을 얻는 것임을 알았다. 그에게 불행한 모습을 보여 만족을 주지는 않으리라 결심했다.

"당신 말씀이 옳겠지요."

그녀가 무심한 척 어깨를 으쓱였다.

"아이들은 지금 숙소에 자리잡았습니다. 만나러 가실 건가요?"

미카엘이 버럭 분노를 터트렸다.

"그럴 생각 없소. 그 애들은 왕실에서 호출하는 경우가 아니면 가정교사와 함께 있을 것이오. 왕실을 찾아갈 때에는 당신이 동행할 수 있으나 그 때에도 경호원이 따를 것이오."

"경호원이라뇨? 베르사유에서 무슨 위험이 닥칠 수 있겠어요?"

"당신은 내 명령대로 따르면 돼, 알아듣겠소?"

"물론입니다, 나리."

그녀가 자리에서 일어나 다시 오만한 태도로 절을 올렸다. 그가 한 손을 들어올리며 험악하게 다가서다가 문득 멈춰 서서 독사 같은 미소를 지어보였다.

"이 일에 대해서 오늘밤 처벌받게 될 것이오, 마담. 준비하시오."

그가 발길을 돌려 밖으로 나갔다.

그녀의 뱃속에 익숙한 공포가 퍼득거렸지만, 코델리아는 단호하게 그 감각을 짓눌렀다. 마틸드가 준 약병이 있지 않은가. 미카엘은 그녀

에게 찾아올 때 언제나 코냑 잔을 들고 왔었다. 그 잔을 들고 침대 옆
에 서서, 그녀가 두려움을 감추려 안간힘 쓰는 모습을 기다릴 것이었
다.

다짐에 다짐을 거듭했음에도 불구하고 그녀는 공포를 드러내지 않
으려는 시도에 번번이 실패하고 말았다. 하지만 다시 그런 일은 없을
것이다. 지금부터 그는 두려움의 떨림 이상을 보지 못하리라. 오늘밤
에 마틸드의 물약을 마시게 될 테니까.

20

미카엘은 자정이 지난 후 자신의 의상실로 들어섰다. 그 문을 잠그고 아내의 의상실로 연결된 문도 잠갔다.

그런 다음 상자를 열어 자주색 책을 꺼내들었다. 일기장의 칙칙한 가죽장정과 너무나 대비되는 그 책을 집어들고서 책등의 금박 글씨를 매만졌다.

'악마의 약'

대단히 유용한 책이었다. 우연한 사고가 실패해 버린 지금, 이 안에서 해결책을 찾을 수 있으리라. 언제나 직접 처리하는 편이 정확하고 확실했다. 간단한 명령 하나 수행하지 못하는 바보들에게 의지해 봤자 아무런 쓸모가 없었다.

엘비라와 같은 치명적인 병을 일으키고 싶지는 않았다. 독을 탄 음식이 적당할지도 모른다. 치명적이진 않지만, 대단히 불쾌할 만한 병을 일으켜야겠지. 임신 가능성을 배제할 수 없으므로 태아에 피해가 가지 않을 만한 방법을 찾아야 했다.

그는 그 책을 덮어 상자로 되돌려놓은 다음 자물쇠를 잠갔다. 그리고는 의상실 문을 열고 시종을 불러들였다. 아내의 의상실에서는 아무 소리도 들리지 않았다. 저녁때 왕가가 연주회장을 떠나자마자 그녀에게 방으로 돌아가 있으라고 했으므로, 지금쯤 침대에 누워 있을 것이다. 아까 남편의 기분을 건드렸다는 걸 알 테니 두려움에 떨며 기다리고 있으리라. 그의 사타구니에 흥분이 일렁거렸다.

"코냑!"

그가 손가락을 퉁겨 시종에게 지시했다.

술을 깊이 들이키자 그 불 같은 액체가 그를 진정시켜 주었다. 일단 코델리아를 베르사유에서 데리고 나가면 나머지는 어려울 게 없다. 특히 황태자비를 포함한 그녀를 아는 모든 사람들로부터 완전히 격리시키리라. 그녀에게 오는 편지를 일체 없애버리고, 그녀가 완전히 고립되었을 때 기분 내키는 대로 처리할 생각이었다.

갑자기 그의 눈살이 찌푸려졌다. 레오 보몬트가 문제를 일으킬 수도 있었다. 코델리아가 갑작스레 고립된 것에 대해 곤란한 질문을 해올지도 모른다. 하지만 레오 정도는 다룰 수 있었다. 그는 아이들한테 관심이 있을 뿐이니, 아이들에 대해서 몇 마디 던져주고 나면 더 이상 코델리아에게 신경 쓰지 않을 것이다. 그가 코델리아와 만날 때마다 항상 미카엘 자신이 동행하면 될 테고.

그 남자는 속이기 쉬운 상대였다. 미카엘은 그 정도쯤 처리할 자신이 있었다.

미카엘의 목소리가 들리는 순간, 코델리아는 살갗이 바싹 죄어드는 기분이었다. 남편이 15분이나 20분 정도 시종과 같이 있을 것이고 그 다음에는 그녀를 찾아오리라. 그녀의 손이 바들바들 잠옷의 단추를 잠갔다. 쓸모없는 짓인줄 알면서도 어쩔 수가 없었다.

오늘 오후에 마틸드를 만났을 때 잠드는 약이 30분이나 45분 정도

흐른 후에 효과가 있을 것이라고 들었다. 하지만 30분이라면 처벌을 가하기에 충분한 시간이었다. 견뎌내야만 했다. 오늘밤은 단 한 번 뿐일 테니, 그 생각을 한다면 건딜 수도 있으리라. 이전에 건뎌온 것보다 더 힘들 게 뭐가 있겠는가.

그런 다짐에도 불구하고 옆방에서 남편과 시종이 움직이는 소리가 들리자 그녀의 뱃속에는 긴장이 쌓여갔다. 손바닥에 땀이 솟아나고 심장이 쿵쾅거렸다.

하지만 방문이 열리고 남편의 실루엣이 가느다랗게 드러나자 때 그녀는 오히려 싸늘하게 침착해졌다. 그녀는 얼른 엄지와 집게손가락으로 마개를 따내며 작은 약병을 감아쥐었다.

미카엘이 방문을 닫고 안으로 들어섰다. 그가 술잔을 들고 다가오자 코델리아가 침대 옆으로 일어섰다.

"어서 오십시오, 나리."

미카엘은 놀라워했다. 여느 때와 마찬가지로 코델리아가 침대에서 기다릴 줄 예상했던 것이다. 하지만 다음 순간 그의 입술이 뒤틀렸다. 아내의 행동을 자비를 구하는 것으로 받아들였다. 때늦은 애원이긴 했지만, 기분이 나쁘지는 않았다.

그가 그녀의 앞에 우뚝 섰다. 그 차갑고 냉혹한 시선에 그녀가 눈을 내리깔았다. 방안에 침묵이 이어지는 동안 그는 그녀의 두려움이 매순간 자라나는 것을 지켜보았다. 옆 테이블에 술잔을 내려놓고 그녀의 머리채를 휘어잡아 집어삼킬 듯 공격적인 키스로 그녀의 입술을 짓눌렀다.

코델리아는 그 열기와 사향내를 느끼며 정신을 차리려 안간힘 썼다. 한 손을 옆으로 움직여 아까 봐두었던 술잔의 자리를 찾아갔다. 그 테두리를 매만지며 세 방울을 계산하여 떨어뜨렸다. 하지만 정확한 양이 들어갔을지 확신할 수 없었다. 이 약에 아무런 냄새나 맛은 없지만 너무 많이 넣으면 그가 알아차릴 수도 있다고 마틸드가 경고했었다. 그녀는 손가락으로 더듬더듬 마개를 덮고 잠옷자락으로 약병을 숨기고 나서, 그의 손아귀에서 빠져 나가려 발버둥치며 그가 원하는 반항을 시작했다.

그가 갑자기 고개를 들어올려 그녀를 돌려세우고 침대로 밀어 넘어뜨렸다. 그녀의 작은 등을 무릎으로 누른 채 술잔을 잡아 내용물을 단번에 들이켰다. 그녀는 약병 쥔 손을 몸 밑에 끼워 넣었다. 그가 잠옷을 들어올려 그녀의 몸으로 파고들자 그녀는 두 눈을 질끈 감고 이불자락에 이를 박아 넣었다. 고통과 굴욕의 비명이 새어나가지 않도록 필사적으로 노력했다. 이제 곧 끝날 것이다…….

30분 후, 코델리아는 남편의 숨소리에 귀기울였다. 그의 묵직한 체구가 침대를 내리눌러, 그쪽으로 몸이 쏠리지 않도록 뻣뻣하게 굳어 있어야 했다. 그의 숨결이 변했다. 숨소리가 깊어지고 코고는 소리도 시작되었다. 그의 몸도 좀더 무겁고 무력해진 것 같았다. 그녀는 시험삼아 그를 만져보았다. 그의 살결이 축축했다. 그는 움직이지 않았다. 침대 휘장을 열어 달빛이 들어오도록 만들었지만, 그는 여전히 움직이지 않았다.

그녀는 팔꿈치를 대고 몸을 일으켜 그의 얼굴을 살펴보았다. 근육 하나 실룩거리지 않는 것이 흡사 가면을 쓴 것 같았다. 그의 입술에 손을 대보아도 반응이 없었다.

그녀는 목까지 튀어오르는 심장을 억누르며 침대 밖으로 빠져 나왔다. 그래도 그는 움직이지 않았다. 매트리스 밑으로 손을 넣어 열쇠를 꺼내들었다. 심장이 너무나 두근거려 그 소리에 그가 깨어나지 않는 것이 신기할 정도였다. 하지만 마틸드가 자신의 역할에 소홀했을 리는 없었다.

작은 열쇠를 손에 쥐고서 침대 위의 형체에 시선을 고정시킨 채 슬금슬금 뒷걸음질쳤다. 미카엘이 갑자기 몸을 굴려 베개 속으로 머리를 파묻었다. 그녀의 몸에 식은땀이 흘렀다.

그의 코고는 소리가 다시 방 안에 울려 퍼졌다. 그녀는 꼼짝도 못한 채 미카엘을 내려다보았다. 웅얼웅얼대긴 하지만 코고는 소리가 여전했다. 아마 몇 시간 동안 깨어나지 않으리라.

계획했던 그 일을 하려면 지금 해야 했다. 코델리아는 자신의 의상실을 지나 미카엘의 의상실로 들어갔다. 문을 닫고 램프를 켜서 심지를 낮게 내린 다음 상자 앞에 무릎꿇고 앉았다. 열쇠가 청동 자물쇠 안으로 정확하게 맞아 들어갔다. 찰칵 소리와 함께 자물쇠가 벌어졌다. 그녀는 뚜껑을 들어올렸다. 지난번과 똑같이 일기장들 위에 독약 책이 얹혀져 있었다.

그녀의 손이 주저 없이 1764년 일기장으로 향했다. 엘비라가 죽기 전해. 떨리는 손으로 첫 페이지를 펼쳤다.

갑자기 고통스런 짐승의 울부짖음 같은 소리가 그녀의 침실 쪽에서 울려 퍼졌고, 그녀의 손에서 공책이 털썩 떨어졌다.

'오, 하나님!'

그녀는 얼어붙은 채 그가 들이닥치는 순간을 기다렸다. 또다시 침실에서 울부짖음이 터져 나왔다. 하지만 그는 들이닥치지 않았다.

그녀가 천천히 움직이기 시작했다. 다리가 너무나 후들거렸지만 간신히 일어나 침실문 쪽으로 다가갔다. 문을 열어 고개를 내미는 순간 그녀의 심장이 멎어버렸다.

미카엘이 침대에 일어나 앉아 있었다. 그의 휘둥그래진 눈이 문을 향하여 그녀에게 초점을 맞추고 있었다. 코델리아는 이를 달달 떨며 그의 다음 행동을 기다렸다. 하지만 그는 앉은 채로 노려볼 뿐이었다. 그리고 서서히, 아주 서서히, 그녀는 그가 자신을 쳐다보는 게 아니라는 걸 알아차렸다. 그의 눈이 커다랗게 뜨여 있지만 그녀를 쳐다보는 것이 아니었다. 깨어난 것이 아니라, 무시무시한 악몽에 사로잡혀 있는 것이다.

그녀는 너무나 큰 안도감에, 하마터면 바닥으로 주저앉을 뻔했다.

마틸드의 약이 잠들게 하는 것 뿐 아니라 영혼 속의 악마까지 불러내는 모양이었다.

코델리아는 미카엘의 의상실로 돌아가 떨어진 일기장을 집어들고 상자에 등을 기대어 내려앉았다. 방안에 페이지 넘어가는 소리와 시계 소리만이 가득했다. 1764년의 내용을 읽어가면서 그녀는 점점 소름끼치는 공포에 젖어들었다.

미카엘의 기록은 지독하리만치 상세했다. 1764년 2월에 처음 엘비라의 간통을 의심하기 시작하면서, 의심할 만한 흔적과 확신할 만한 순간들을 빠짐없이 기록해 놓았다. 그녀를 지배하기 위한 침실에서의 시도들도 코델리아 자신의 묘사에서 읽은 것처럼 역겨울 정도로 세밀했다. 엘비라도 그녀와 마찬가지로 고통받았다. 그녀가 애인을 둠으로써 자신의 복수를 감행한 것일까.

아내에 대한 그의 적개심은 날이 갈수록 커져갔다. 그 일기장을 읽는 것은, 아내가 자신을 속이고 바람피운다는 생각에 집착한 한 남자의 마음속을 여행하는 것과도 같았다. 하지만 명백한 증거는 적혀 있지 않았다. 미카엘이 그런 장면을 보았던 것일까……. 아니면 광기 어린 질투심으로 만들어낸 상상일 뿐일까?

코델리아는 시간과 공간, 두려움마저 잊어버렸다.

1764년 일기장을 되돌려놓고 다음해 일기장을 끄집어냈다. 그리고 엘비라의 죽음에 대해서 읽었다. 그녀의 뱃속으로 싸늘하고 끔찍한 공포가 스며들었다. 엘비라가 쇠약해져 가는 과정. 먹은 것을 토해내며 힘을 잃어가고, 아름다운 머리카락이 듬성듬성 빠지고, 눈앞이 흐릿해지며, 진통제를 먹어도 가라앉지 않는 지독한 고통들. 그녀의 증상들이 냉담하고 잔혹하게 설명되어 있었다. 그 효과를 일으키는 독약과 용량까지도.

미카엘은 아내가 죽기 전까지 정확히 하루에 세 번씩 독약을 먹였다. 그러면서도 그녀의 죽음에 대해서는 소름끼칠 정도로 간단하게 적어 놓았다.

'오늘 저녁 6시 30분, 엘비라가 간음의 대가를 치루었다.'

코델리아는 공책을 덮고 텅 빈 난로 안을 멍하니 쳐다보았다. 기름이 다 떨어져버린 램프의 심지가 희미하게 파득거렸다. 일기장을 되돌려놓고 독약책을 꺼냈다. 엘비라를 죽게 만들었던 그 독약의 설명서를 찾아보고 싶었다. 하지만 역겨움과 혐오감을 견딜 수 없어 책을 덮고 말았다. 그걸 만진 것만으로도 손이 더럽혀진 기분이었다. 사악한 살인자의 영혼을 들여다본 것으로 인해 그녀 자신도 철저하게 오염돼 버린 기분이었다.

그 책을 돌려놓고 모든 것이 제자리에 놓였는지 확인하는 동안 그녀의 머릿속에는 단 한 가지 생각뿐이었다. 미카엘의 손아귀에서 자신과 아이들을 빼내야 한다는 것. 도망쳐서 당면해야 할 위험이 얼마나 크건 간에, 미카엘의 집에서 시시각각 당면해야 할 위험과는 비할 바가 아니었다. 이곳에는 전혀 미래가 없다는 걸 안다면, 레오의 망설임도 연기처럼 사라져버릴 것이다.

그녀는 마지막으로 의상실을 둘러본 다음 램프를 끄고 자신의 침실로 돌아왔다. 미카엘은 다시 눈을 감고 누워 있었다. 매트리스 밑으로 열쇠를 밀어 넣고 나서 침대 주위에 휘장을 쳤다.

새벽이었다. 레오와 몇몇 남자들이 멧돼지 사냥을 떠날 시간. 미카엘도 참석할 예정이었지만, 그녀는 그를 깨우려 애쓰지 않았다. 차라리 자신이 잠드는 약을 적정용량보다 많이 탔기를 그래서 저 괴물이 영원히 깨어나지 않기를 바랐다. 하지만 그의 코고는 소리는 죽음과는 거리가 멀어 보였다.

그녀는 실내복으로 몸을 감싸고 안락의자에 앉아 하인들을 부를 만한 시간이 되기를 기다렸다. 방금 읽었던 단어 하나하나가 그녀의 마음에 또렷하고 명료하게 새겨졌다. 남편이 깨어났을 때 어떻게 대해야 할까? 어떻게 알고 있는 사실을 모르는 척 행동해야 할까? 약간의 의심만으로도 그는 그녀 또한 죽이려들 것이다.

미카엘은 햇살에 눈이 부신 걸 느끼며 깨어났다. 어젯밤 진탕 술을 마셨던 사람처럼 머리가 지끈거리고 몸도 납덩이처럼 무거웠다. 한순간 여기가 어디일까를 생각하며 환한 햇살에 눈을 깜박였다. 그제서야 아내의 침대라는 것을 알아차렸다. 밤새껏 이 침대에서 자버린 게 틀림없었다. 그가 고개를 돌렸다. 자신의 옆자리는 비어 있었다.

벌떡 일어나 앉았다……. 그 갑작스러운 동작에, 머리가 깨질 듯 아파왔다. 눈이 뻑뻑하고 입안은 버석거렸다. 어제 이 침대로 오기 전에 술을 마음껏 들이키긴 했지만 평소보다 많이 마셨다고는 할 수 없는데. 그가 머리를 부둥켜안고 생각을 해보려 애썼다.

"일어나셨군요."

코델리아의 목소리가 그의 필사적인 생각 속으로 끼어들었다.

"어디 편찮으신가요, 나리? 안색이 안 좋아 보이세요."

그 차가운 목소리에 걱정의 기색이라곤 없었다.

그는 고통스럽게 고개를 들어올렸다. 잠옷 차림에 머리를 늘어뜨린 코델리아가 침대 옆에 서 있었다.

"몇 시나 됐소?"

"아홉 시가 지났어요."

"아홉 시?"

그는 늦잠을 자본 적이 없었다.

"몸이 불편하신 모양이군요. 감기에 걸리셨나요?"

그녀가 냉담하게 그를 쳐다보았다.

"헛소리 마시오. 난 평생에 단 하루도 아파 본 적이 없소."

그가 이불을 밀치고 일어났다. 갑자기 방이 빙글빙글 돌아가면서 다리가 몸을 지탱해주지 못했다. 그녀의 말대로 병에 걸린 것일까?

"당신 시종을 부를게요."

코델리아가 하인 호출용 줄을 잡아당겼다.

"어떻게 된 거지? 어젯밤에? 무슨 일이 있었소?"

미카엘이 쉰 목소리로 다그쳤다. 그의 마음에 흐릿한 두려움이 관통해갔다. 무언가 끔찍한 일이 벌어진 듯한 느낌이었다. 차갑고 끈적끈적한 불안감이 엄습해왔다.

"별다른 일은 아무것도 없었습니다, 나리. 당신이 곧바로 잠들어버린 것 외에는."

그녀의 어조에 경멸이 담겨 있었지만, 그는 그녀의 무례함을 알아차리지 못할 정도로 정신이 어지러웠다.

그가 천천히 고개를 흔들었다. 무언가 잘못되었다. 지독히도 잘못되었다. 그의 시종이 노크를 하고 방으로 들어섰다.

"무슨 일이 있으십니까? 오늘 아침 사냥에 참석하지 않으셨잖습니까, 나리."

사냥! 어떻게 아침까지 잘 수 있었을까? 어떻게 국왕과의 사냥 모임을 놓칠 수가 있었단 말인가? 그의 평생에 이런 경우는 처음이었다.

"날 부축하거라."

그가 거칠게 명령하고는, 시종의 팔에 의지한 채 일어나서 로브를 여몄다.

"뜨거운 밀크 펀치와 스테이크를 가져오너라. 거머리도 가져오너라, 피를 뽑아내야겠다."

그가 흘깃 묘한 시선으로 코델리아를 쳐다본 다음 시종에게 의지하여 걸어나갔다.

코델리아는 험악하게 미소지었다. 마틸드에게 미카엘의 병이 얼마나 지속될지 물어봐야겠다. 미카엘이 한동안 침대에 누워 있을 수밖에 없다면, 상황은 좀더 쉬워질 것이었다.

시계가 9시 반을 알렸을 때 그녀는 엘지를 불러들였다. 10시쯤 멧돼지 사냥 갔던 모임이 돌아올 것이다. 네 시간 정도면 아무리 사냥을 좋아하는 왕이라도 만족스러워할 테니까.

"회색 드레스를 꺼내 줘, 엘지."

그녀의 지시에 따라, 엘지는 아침식사 쟁반을 내려놓으며 예의를 갖추었다.

"보라색의 페티코트와 같이 입는 드레스 말씀인가요, 마님?"

"그래, 어제 네가 수선했던 거."

코델리아는 커피에 브리오슈 빵을 적시며 끈기 있게 대답해 주었다.

"그럼 푸른 실크 구두를 신으시겠군요."

자랑스럽게 말하는 엘지에게 코델리아가 미소지었다.

"맞았어."

엘지가 활짝 웃으며 뜨거운 물을 대야에 채우고 주인 마님의 잠옷을 벗기며 긴밀한 어조로 물었다.

"머리는 어떤 식으로 단장해 드릴까요? 부젓가락으로 말아드릴까요?"

코델리아가 황급하게 고개를 저었다. 지난번에 생각 없이 맡겼다가 몇 가닥의 머리카락이 타버리는 불상사가 생기지 않았던가.

"그냥 풀어서 리본으로 묶는 게 낫겠어."

10시에 그녀가 살롱으로 나섰을 때, 무슈 브리옹이 테이블 위의 최근 잡지들을 정리하고 있었다.

"공작님은 어떠세요?"

그녀가 거울에 비친 자신의 모습을 점검하며 물었다.

"의사를 불렀습니다. 지금은 침대에 누워 계십니다."

브리옹이 눈도 깜박이지 않고 대답했다.

"날 찾으시거든, 왕세자비를 방문하러 갔노라고 말씀드리세요. 왕세자비께서 오늘 아침 아멜리아와 실비를 만나보고 싶어하실 거예요."

"알겠습니다, 마담."

그가 절을 올렸고, 코델리아는 미소지었다. 서로 고개를 끄덕여 보이고 나서 집사장이 그녀를 위해 문을 열어주었다.

코델리아는 높은 굽의 구두와 넓은 치마테가 허락하는 한 빠르게 움직여 정원으로 나갔다. 사갈길을 따라 걸으며 마구간 뜰로 연결된 옆문을 통과해 갔다.

5분 후 왕을 선두로 한 사냥 모임이 마구간 뜰에 도착했다. 그들은 온통 피범벅이었고, 그들과 동행했던 마부들은 멧돼지와의 격투에 사용했을 칼과 창들을 들고 있었다. 궁지에 몰려 미쳐버린 짐승과의 싸움에 분명 피가 난무했으리라.

너무 위험하고 잔혹한 사냥이었으므로 여자들은 멧돼지 사냥에 나서지 않았다. 개와 말들이 종종 죽어나가고 엄니에 받친 사냥꾼들은 절름발이가 되기도 했다.

오늘 아침의 사냥은 꽤나 성공적이었던 모양이었다. 몰이꾼들이 두 개의 장대에 피가 뚝뚝 떨어지는 멧돼지 한 마리를 매달고 있었다. 사냥개들이 보상을 기다리며 그 주위를 맴돌았다. 피 냄새가 너무나 역겨워서, 걸을 수 있었던 때부터 사냥에 따라나섰던 코델리아조차도 속이 메슥거릴 정도였다.

레오는 두 번째 무리에 끼어 있었다. 피 묻은 옷에 진흙투성이 부츠 차림. 아마도 멧돼지와 정면으로 맞붙었던 사람들 중 한 명이었던 듯했다. 그것은 그리 놀랍지 않았다. 오히려 놀라운 것은 그가 그냥 말 위에 안전하게 남아 있었기를 바라는 그녀 자신의 마음이었다.

"작센 공작부인."

국왕의 부르심에 그녀가 재빨리 몸을 돌려 절을 올렸다.

"우린 아주 근사한 시간을 보냈다오. 그런데 왜 작센 공작이 참석하지 않았던 게요?"

코델리아가 우아하게 몸을 일으켰다.

"병이 난 듯합니다. 사냥에 참가하지 못한 것에 깊은 유감을 표시했습니다, 폐하."

국왕이 눈살을 찌푸렸다.

"병이 났다고? 심각한 건 아니겠지요?"

"네, 전혀 심각하지 않습니다, 폐하."

코델리아가 황급하게 대답했다. 왕 앞에서 병을 입에 올리는 일은
찌푸림을 받아 마땅한 일일 뿐더러 죽음을 화제로 삼는 것은 금지되었
다. 왕의 지붕 아래 죽은 시신을 놓아두는 것이 절대적인 금지사항이
었으므로, 밤 사이에 세상을 하직한 사람이 있다면 왕께서 아시기 전
에 시신을 치워야 했다.

"그럼 저녁때쯤 만날 수 있겠군."

국왕이 시종에게 말에서 내려달라는 신호를 보냈다.

코델리아는 다시 절을 올리고 물러났다. 레오가 국왕에게 존경을 표
하기 위해 가발을 쓰지 않은 모습으로 한쪽에 서서, 손바닥에 채찍을
두드리고 있었다.

"미카엘이 아프다니, 어떻게 된 거요?"

그가 낮은 목소리로 물었다.

"마틸드의 약 때문이에요. 급히 당신에게 할 말이 있어요. 대단히
중요한 일이에요, 레오."

그녀는 공포를 드러내지 않으려 애쓰며 그의 시선을 피해 다른 곳
에 시선을 고정시켰다.

하지만 레오는 공포의 낌새를 알아차렸고, 그래서 몹시도 불안해졌
다. 공포에 두려워하는 것은 코델리아답지 않았다. 그가 주위를 둘러
보고 나서 속삭였다.

"월계수 미로에 가 있으시오, 거기서 만납시다."

"빨리 오셔야 해요, 레오."

그녀가 종종걸음쳐가자, 그는 자신의 지저분한 손과 피로 얼룩진 옷
을 내려다보았다. 옷을 갈아입어야 했다. 이런 차림새로 정원에 나타
난다면 사람들의 시선이 쏠릴 것이다.

코델리아는 월계수 미로 입구에서 30분 동안 기다렸다. 개발되지 않은 고립된 지역인 데다가 언덕에서 정원을 내려다볼 수 있기 때문에 사람들이 나타나면 쉽게 알아차릴 수 있었다.

레오는 어디에 있을까? 어젯밤 알아낸 진실을 어떤 식으로 말해야 할까? 레오가 여동생을 돕지 못했다는 것을 알았을 때 어떻게 견딜 수 있을까?

언덕으로 올라오는 그의 모습이 보였다. 푸른 선이 그려진 아이보리색 코트 차림에 가발이나 가루분을 뿌리지 않은 자신의 머리결 그대로였다. 끔찍한 대화를 목전에 두고 있으면서도, 그녀의 몸으로 정열이 번져가며 발가락이 간질거렸다. 그는 참으로 아름다웠다. 그런 그가 그녀를 사랑했다. 그녀는 누군가가 아래쪽에서 바라볼 수도 있다는 점을 고려하여 미로 안쪽으로 숨어 들어갔다. 너무 멀어서 그녀를 알아볼 수는 없을 테지만, 약간의 가능성조차도 위험했다.

레오가 정상에 올라 경관을 구경하는 것처럼 주위를 둘러보았다. 그런 다음 태연스레 미로 안으로 걸어 들어왔다.

"무슨 일이오?"

그가 조용히 물었다. 창백해진 얼굴에 목소리도 굳어 있었다.

코델리아는 두 손을 비틀어대며 적당한 표현을 궁리해 보았지만, 아무 생각도 나지 않았다.

"미카엘이 엘비라를 독살했어요."

불쑥 그 말이 튀어나왔다.

"미안해요, 이런 식으로 말하려던 게 아니었는데."

그의 얼굴이 가면처럼 무표정해졌다.

"뭐라고 했소?"

코델리아는 입술을 축이며 두 손을 내밀었다. 하지만 그는 거칠게 그 손을 뿌리쳤다.

"어젯밤 미카엘의 일기를 읽었어요. 매일매일 자세하게 기록해 놓았더군요. 엘비라에 대해서도요……."

그녀가 무기력하게 손바닥을 들어올리며 말을 멈췄다.

"말하시오. 기억나는 대로 전부 다."

"전부 기억할 수 있어요."

그녀가 고통스럽게 말을 이었다.

"난 기억력이 아주 좋아요……."

그녀가 미카엘의 일기장 내용을 전달하는 동안 레오는 높은 월계수 수풀 사이의 좁은 통로를 걸어다니기 시작했다. 그녀의 말이 다 끝났을 때도 그는 계속해서 서성거렸다. 그들은 서서히 검은 심연 같은 침묵으로 떨어졌다.

"혹시…… 엘비라가 애인을 두었을 가능성이 있나요?"

코델리아는 더 이상 침묵을 견딜 수 없었다.

레오의 죽어버린 눈에 번쩍 생기가 돌아왔다.

"가능한 일이지. 그게 이 살인과 무슨 상관이 있소?"

"아뇨. 그냥……. 미안해요."

그가 갑자기 내뱉었다.

"독이라구! 많은 수단 중에서, 그런 비열하고 치사한 방법을 썼단 말이야!"

이 순간 코델리아는 무슨 말을 해야 할지, 무슨 행동을 해야 할지 알 수 없었다. 레오에게 접근할 수가 없었다. 그가 그녀를 밀어내는 것 같았다. 가슴이 아팠다. 그에게 손을 뻗어 위로해 주고 싶었지만, 지금 그의 비통함과 분노는 그녀의 사랑의 힘으로도 달랠 수 없다는 것을 잘 알았다.

"혼자 있고 싶소!"

코델리아는 소리 없이 언덕을 내려가 연못 사이를 거니는 귀부인들 사이로 섞여들었다.

레오가 발길을 돌렸다. 미로 안으로 깊숙이 들어가는 그의 눈에 어느새 눈물이 고였다. 하늘에 대고 비명을 질러대고 싶었지만, 높은 월계수 울타리 사이의 좁은 골목을 걸어가며 절망적으로 손바닥을 내려질 뿐이었다.

레오는 자신을 원망하고 비난했다. 알았어야 했다. 그들 사이에는 설명할 수 없는 정신적인 교감으로 연결되어 있었음에도 불구하고…… 어렸을 때, 그들은 서로 떨어져 있으면서도 상대방의 행동이나 느낌을 신비롭게 알아내곤 했었다. 엘비라가 극심한 열병으로 고통받으며 생사의 갈림길을 넘나들었을 때, 레오는 학교 기숙사에서 잠자다가 화들짝 깨어났다. 이상한 내면의 풍경을 들여다보는 것 같았다. 부드러운 불빛이 비치는 검은 터널. 그 빛의 초대를 거절하려 안간힘 쓰느라 숨쉬기조차도 힘들었다. 온몸이 전쟁을 치르듯이 마구 뒤틀렸고, 그 빛이 희미해지고 나서야 그는 완전하게 깨어났다. 땀으로 흠뻑 젖은 채, 몇 시간 동안이나 처절한 싸움을 벌인 것처럼 지독히도 피곤했었다.

그는 멀리 떨어져 있던 엘비라와 보이지 않는 손을 맞잡고 죽음과 대항해 싸웠던 것이었다. 그런데 그녀가 남편에게 독살당하여 죽어갈 때, 그는 로마에서 있었고 아무런 불안감도 느끼지 못했다.

어떻게 그녀를 버릴 수 있었단 말인가? 그들 사이의 영적인 끈이 언제 어떻게 끊어지고 말았을까?

미로 안으로 들어가는 그의 얼굴에 걷잡을 수 없는 눈물이 흘러내렸다. 죄책감과 말할 수 없는 슬픔의 눈물이었다. 그들은 서로의 끈이 떨어지고 있다는 것을, 쌍둥이로서의 교감을 포기해 가고 있음을 알고 있었다. 각자의 인생을 살아가면서 그 점을 받아들이고 인정했다. 하지만 지금 엘비라가 죽은 후 처음으로 레오는 그 영적인 교감을 다시 느꼈다. 자신의 일부가 진정 사라져버렸다는 뼈저린 상실감을……

21

새벽녘 새들의 노랫소리가 들리며 국왕의 사냥 모임이 출발했을 무렵, 아멜리아는 실비를 쿡쿡 찔러 깨웠다. 실비가 눈을 뜨면서 발딱 일어나 앉았다.

"여기가 어디야?"

그녀가 파란 벨벳 벽지와 금박 천장으로 장식된 낯선 방을 둘러보았다. 열린 창문을 통해 신선하고 향긋한 산들바람이 불어 들어왔다.

"궁전이잖아, 바보야."

아멜리아가 그녀의 옆으로 일어나 앉으며 속삭였다.

"우린 국왕 폐하를 만나게 될 거야."

어제의 기억이 되살아나자 실비의 입이 동그랗게 벌어졌다.

"코델리아와 같이."

그들은 다른 사람이 있을 때에만 코델리아에게 마담이라는 칭호를 붙이기로 했다.

"그래, 마담 드 네브리가 아니라."

아멜리아는 터져 나려는 웃음을 억누르기 위해 베개로 입을 틀어막았다.

"자리 비꾸자, 실비."

그녀가 쌍둥이 위로 넘어가려 했다.

"여기서는 안 돼. 국왕폐하를 만나야 하잖아?"

"그분은 알지도 못할걸. 아무도 모를 거야."

아멜리아가 실비를 옆으로 밀쳐냈다.

하지만 실비는 여전히 못마땅한 표정이었다. 아버지를 속이는 것도 언제나 성공적이었고 공부방이나 육아실에서 장난치는 것은 괜찮았지만 국왕 폐하 앞에서 그런 장난을 친다는 건…… 있을 수 없는 일이었다.

"코델리아는 어떻게 하고?"

"그녀도 알아채지 못할걸."

아멜리아가 허풍으로 자신의 불안감을 감추었다.

"우리말고는 아무도 모를 거야. 항상 그랬잖아."

그 순간 문이 열리며 평상복 차림의 가정교사와 하녀가 들이닥쳤다.

루이즈는 아침 인사도 없이, 누워 있는 자리만으로 쌍둥이를 구별했다. 꾹 다문 입으로 하녀에게 지시를 내리고, 밀치고 꼬집는 것으로 아이들에게 의사를 전달했다. 아이들의 머리를 박박 빗어 땋은 다음 핀들을 찔러 넣고 머리가죽이 벗겨질 정도로 리본을 힘껏 잡아맸다. 그 다음에는 무감각한 인형들을 다루는 듯이 거칠게 옷을 입혔다.

작은 코르셋과 빳빳한 페티코트와 넓은 치마테 위로 묵직하게 수놓인 드레스를 차려 입히고 나서, 루이즈는 침실 옆의 작은 살롱으로 두 소녀를 내몰았다. 미끈거리는 소파 위에 나란히 앉히고 떨어지지 않도록 발받침을 버텨놓더니 손끝 하나 움직이지 말라고 엄격하게 지시했다. 왕세자비를 방문하러 떠날 때까지 그 자리에서 꼼짝 말고 기다리라고 했다.

두 소녀가 놀란 시선을 교환했다. 선반 위의 금박 시계바늘을 읽을 줄 모른다 해도, 아직 너무 이른 시간이라는 건 확실했다. 게다가 분명 코델리아는 왕세자비가 일찍 일어나는 분이 아니니까 오전 11시에 데리러 오겠다고 했었다.

루이즈는 쌍둥이들을 감시하라고 하녀에게 명령한 다음 자신의 옷을 갈아입으러 방으로 들어갔다.

"아침 안 먹여줄 거야?"

실비의 배에서 꼬르륵 소리가 울려나왔다.

"전 모르겠어요, 아가씨."

육아실 하녀가 대답했다. 그녀도 배고픔을 견딜 수 없었지만, 이 숙소에는 부엌이 딸려 있지 않았다. 게다가 이 거대한 궁전 안에서 식사를 어떻게 주문해야 하는지, 물이나 장작을 어떻게 구해야 하는지 알지 못했다. 바스티유 감옥의 죄수처럼 필요한 것 하나 구할 방법이 없었다.

30분 후에 루이즈가 다시 돌아왔다. 그녀의 뺨에 의심스런 홍조가 떠올라 있었다.

"우리한테 아침식사를 안 주실 건가요, 마담?"

"우리 배고파요."

아멜리아와 실비가 거의 동시에 입을 열었다.

루이즈 또한 배가 고팠지만, 베르사유의 돌아가는 방식에 대해서는 하녀만큼이나 아는 바가 없었다. 어제 저녁 식사는 방으로 전달되었으므로, 식사 주문하는 방법을 알 필요가 없었고 알아내지도 못했다. 하지만 아이들 앞에서 그런 사실을 인정할 수야 있겠는가.

"기다리거라. 약간의 자제력은 영혼에 도움이 된다."

그녀가 초연한 척 대꾸했다.

그후로 네 시간 동안 두 소녀는 놀랍게도 가정교사가 자기들에게 음식을 줄 방법을 모른다는 걸 알아차렸다. 그들은 손끝 하나 움직이

지 못하고 소파에 나란히 앉아 있었고, 가정교사는 허기를 가라앉히기
위해 술병을 살짝살짝 들이키며 그 중간에 깜박깜박 졸았다. 하녀는
살롱과 침실을 정돈하고 나서 비참하게 문 옆에 서 있었다. 닫혀진 문
밖에서 다급한 발소리들과 중얼대는 목소리, 이따금씩 외침소리가 들
려왔다. 음식 냄새도 풍겨왔다. 창문 아래 뜰에서는 말발굽과 수레바
퀴 소리, 병사들의 목소리와 트럼펫 소리들이 울려 퍼졌다. 이 거대한
궁전의 모든 사람들은 바깥 계단의 작은 살롱에 위치한 신참자들을 전
혀 기억하지 못하는 듯했다.

회색 드레스와 보라색 페티코트 차림의 코델리아가 방으로 들어설
때까지 네 명의 여자들은 그 상태 그대로였다.

"잘 잤니, 애들아?"

그녀가 소녀들의 손을 붙잡으며 동그란 볼에 입을 맞추었다.

"어머나, 왜 이렇게 차갑니!"

그녀가 놀란 소리를 냈다.

"이렇게 화창한 날 왜 이렇게 손들이 차가운 거야?"

의자에서 눈을 깜박이며 일어서는 가정교사에게 그녀가 비난의 시
선을 던졌다.

"아이들이 얼어붙었어요. 몸을 덥혀 줄 차라도 주었어야죠."

"우리 배고파요!"

아이들이 동시에 외쳤다.

"배고파? 아침을 먹지 않은 거니?"

루이즈가 흥 코웃음쳤다.

"공작께서는 아이들에게 자제력을 훈련시켜야 한다고 생각하십니
다."

"그 말은 충분히 일리가 있군요. 하지만 아이들을 굶기라고 하지는
않았을 텐데요."

코델리아가 잠시 루이즈를 쳐다보고 나서 창백한 육아실 하녀를 흘

깃 보았다.

"혹시 식사 주문하는 방법을 몰랐던 건가요?"

그녀가 빙글 돌아서서 문 옆의 줄을 잡아당겼다.

"이 줄이 우리 숙소와 연결되어 있어요. 이걸 잡아당기면 프레데릭이 달려왔을 테고, 원하는 바를 말하기만하면 되는데."

"알고 있습니다, 마담. 하지만 아이들에게는 훈련이……."

루이즈가 입술을 삐죽 내밀었다.

"곯은 배로 하루를 맞이하는 게 아이들한테 좋을 리 없잖아요. 오늘은 아주 길고 피곤한 하루가 될 거예요. 그런데 아이들 좀 보세요. 유령처럼 창백해 보이잖아요. 얼마나 오래 여기 앉아 있었던 거죠?"

"이른 아침부터였습니다, 마담."

육아실 하녀가 굶주린 배와 가정교사의 당황하는 태도에 용기를 내고 대담하게 끼어들었다.

코델리아가 루이즈를 노려보며 싸늘하게 쏘아붙였다.

"당신 권위를 남용했다고밖에 말할 수 없군요, 마담. 당신은 아이들을 고문하기 위해서가 아니라 보살피기 위해서 여기 있는 거예요!"

그녀가 회색과 분홍색의 치맛자락을 휘날리며 문 쪽으로 돌아섰다.

"프레데릭, 아이들에게 초콜릿과 브리오슈빵과 잼을 갖다 줘. 하녀에게도 식사할 수 있도록 조치해주고."

프레데릭이 하녀와 함께 나가고 나자 방안에 침묵이 자리했다. 가정교사는 성난 개구리처럼 가슴을 들썩이며 분을 참고 있었다. 아이들은 소파에 앉은 채 호기심과 흥분이 뒤섞인 눈으로 코델리아의 얼굴을 쳐다보았다. 코델리아는 열심히 머리를 굴리며 작은 살롱 안을 걸어다녔다. 이 새로운 인생에서 규칙 하나를 깨뜨려, 동맹을 맺는 대신 가정교사에게 전쟁을 선포하고 말았다. 하지만 이렇게 밉살스러운 여자를 어떻게 견뎌낼 수 있단 말인가?

그녀가 걸음을 멈추고 물끄러미 아이들을 응시했다. 무언가가 이상했다. 뭐가 잘못된 것일까?

"공작부인, 도저히 그냥 넘어갈 수가 없군요."

마침내 가정교사가 분노를 터트렸다.

"나의 친족 미카엘 공작은 이 아이들이 갓난아기였을 때부터 나에게 맡겨왔고……."

코델리아는 그녀의 말을 가차없이 잘라버렸다.

"프레데릭, 쟁반 여기 내려놔."

그녀는 루이즈를 가구의 하나쯤인 양 무시하며, 하인에게 이런저런 지시를 쏟아냈다. 하인은 그녀의 지시에 따라 쟁반을 내려놓고 두 개의 의자에 쿠션을 올린 다음 아멜리아와 실비를 그 위로 앉히고 냅킨을 펼쳐 뜨거운 초콜릿을 따라주고 빵 바구니를 건네주었다.

코델리아는 그 테이블 옆에서 빵을 잘라 잼을 발라 아이들에게 건네 주었다. 미적지근한 차와 빵과 버터뿐이었던 평소와 너무나도 다른 그 진수성찬에 쌍둥이들은 정말로 용기를 북돋아야 할 필요가 있었다.

루이즈는 자신이 이 식사에서 제외된 것을 알아차리는 순간, 쾅 문을 닫으며 자신의 방으로 들어가버렸다. 코델리아가 그 문에 대고 혀를 쏙 내밀자 초콜릿을 마시던 쌍둥이들이 켁켁 기침을 해댔다.

"내 드레스에 얼룩이 졌어!"

아멜리아가 보디스에 묻은 초콜릿 자국을 문지르며 울부짖었다. 웃고 싶었던 마음은 이 재난으로 인해 흔적도 없이 사라졌다.

"그 정도는 괜찮아."

코델리아가 냅킨에 침을 발라 얼룩을 닦아주었다.

"아무도 알아차리지 못할 거야."

작은 얼룩을 살피기 위해 뒤로 물러났을 때, 그녀는 다시 한 번 당황스레 눈살을 찌푸렸다.

"하지만…… 하지만 우린 왕세자비를 만나야 하잖아요."

"왕세자비께서는 그런 것쯤 다 이해해 주실 거야."

코델리아는 당혹스런 순간을 떨쳐내며 아이를 안심시켰다.

"하지만…… 하지만 국왕 폐하는요?"

똑같이 생긴 두 쌍의 눈이 그녀에게 고정되었다.

"국왕 폐하가 뭐 어떻다는 거냐?"

문에서 또 다른 목소리가 들려왔다.

"레오 삼촌!"

아이들이 동시에 탄성을 외쳤다.

그가 문을 닫으며 말했다.

"폐하께서 나의 조카딸들을 보고 싶다며 날 보내셨단다."

그의 표정은 침착하고 태도도 평화로웠다. 그의 눈만이 마음속 진실을 짐작케 했다. 아무런 빛도 없이 절망에 가까운 분노가 이글거리는 눈동자. 코델리아는 그가 자신을 탓하고 있음을 알아차렸다. 그의 반응이 그럴 것이라는 걸 알고 있었지만 그 쓰디쓴 수렁에서 그를 헤어나게 할 방법이 생각나지 않았다. 평범한 위로의 말조차 지금의 그에게는 모욕일 것이었다.

"그럼 더 이상 지체하면 안 되겠군요."

그녀가 조용히 말했다. 자신의 눈에 연민과 두려움이 담겨 있으리라는 걸 알기에 그의 눈을 애써 쳐다보지 않았다. 그녀의 시선은 그에게 더한 부담만 안겨줄 것이다. 그녀는 한 아이의 입에 묻은 초콜릿과 다른 아이 손가락의 잼을 닦아주었다.

가정교사의 방문이 열리더니, 루이즈가 말없는 비난을 담아 그들을 노려보았다.

레오가 권위 있게 입을 열었다.

"두 아가씨들을 폐하께 데려가야 하오. 옷차림에 문제가 없는지 살펴보시오."

"공작부인께서 저의 도움 따위는 필요치 않다고 분명히 하셨습니다."

루이즈가 앙다문 잇새로 내뱉었다.

"공작부인께서는 누구의 도움도 없이 아이들을 보살필 수 있다고 믿으시더군요. 비록 제가 4년 동안 공작님이 만족하실 정도로 보살펴 왔지만요."

코델리아가 짤막하게 말했다.

"당신이 어떤 불만을 갖고 있든, 여긴 그런 불만을 터트릴 장소가 아니에요."

그가 두 소녀를 의자에서 일으켜 세우고 치맛자락과 어깨걸이를 정돈해 주었다.

아멜리아는 여전히 옷에 묻은 얼룩이 신경 쓰이는지, 가정교사에게 불안한 시선을 던지며 손톱으로 그 자리를 긁어댔다.

"가자."

레오가 두 아이의 손을 잡았다.

"폐하를 기다리시게 하면 안 된단다."

루이즈는 그들이 방을 떠날 때까지 그 자리에 꼼짝도 않고 서 있다가, 갑자기 테이블로 달려갔다. 그리고는 아이들이 남겨놓은 빵을 입 안에 쑤셔넣으며 차가워진 초콜릿을 마시는 사이사이에 잼을 떠먹었다.

직접 공작에게 호소할 생각이었다. 그는 틀림없이 이 일을 자신의 권위에 손상이 간 것으로 간주하리라. 그가 자신의 젊은 신부를 하인 다루듯 강력한 지배력으로 주무른다는 것은 집안에 잘 알려진 소문이었다.

손등으로 입 주위의 부스러기를 털어내고 자신의 술병 속 액체를 쭉 들이킨 다음, 텅 빈 벽난로 옆에 내려앉았다. 공작부인이 키어스턴 자작과 손을 잡은 게 분명했다. 그러니 이젠 공작에게 호소하는 길밖에 남지 않았다. 새엄마와 삼촌이 한통속이 되었다는 건 아버지로서 참을 수 없는 상황이리라. 작센 가문은 언제나 미카엘 공작만이 홀로 다스려왔다.

"알았다!"
복도를 걸어가던 코델리아가 갑자기 소리치면서 멈춰 섰다. 그리고는 아이들을 자세히 들여다보았다.
"아멜리아가 실비의 리본을 달았어, 실비가 아멜리아의 리본을 달았고."
"뭐라구?"
레오가 아이들을 손을 떨어뜨리고 놀란 얼굴로 쌍둥이를 쳐다보았다. 아이들이 손으로 입을 틀어막은 채 키득거렸다.
"그걸 어떻게 알아요?"
"음, 그냥 봐서는 알 수 없지. 하지만 실비의 목덜미에 점이 있어."
그녀가 아멜리아 리본을 단 소녀의 목덜미를 매만졌다.
"내 말이 맞지?"
아이들이 여전히 낄낄거리며 고개를 끄덕였다.
"이럴 수가! 얼마나 자주 이런 장난을 쳤던 거냐?"
레오가 고개를 흔들었다.
아이들은 대답하지 않고 두 손으로 얼굴을 가렸다.
"그런 식으로 사람들을 속이는 게 재미있었나 봐요."
코델리아의 말을 듣는 레오의 얼굴에 한순간 미소가 번졌다. 가정교사뿐 아니라 미카엘조차 자신이 누구에게 말하고 있는 것인지 몰랐다고 생각하니 우스꽝스러웠다. 그 게임이 아이들의 황량한 날들을 밝게 해주었을 게 틀림없었다.
"날 몇 번이나 속인 거냐?"
그가 다그쳤다.
"한 번도 없어요. 한 번도!"
아이들이 동시에 합창을 했다.

“왠지 믿을 수가 없는 걸. 하지만 관찰력 뛰어난 새엄마 덕분에 다시는 그런 짓을 못하겠구나.”

다시 걸음을 옮기면서 그의 미소는 사라졌다.

“이틀 내로 당신과 아이들의 여권을 얻어낼 거요.”

그는 거의 입술을 움직이지 않은 채 그녀를 향해 속삭였다.

“아이들을 베르사유에서 데리고 나갈 핑계를 찾아야 하오. 그럼 탄로나기 전까지 몇 시간의 여유가 생길 거요.”

“마틸드가 우리와 함께 갈 거예요.”

마치 그 이야기를 계속하고 있었던 것처럼 반응하며, 그녀도 소리나지 않게 중얼거렸다. 물론 그녀에게는 선택의 여지가 없었다. 언제 어떤 방식으로 떠날 것인지 결정할 수도 없었다. 또한 레오가 그들과 함께 떠나지 못하리라는 말을 들을 필요도 없었다. 미카엘은 분명 그 일에 레오가 관련되어 있으리라 의심하겠지만, 그에게 증거를 주어서는 안 되었다. 아이들의 안전은 그녀가 책임져야 할 것이었다.

아이들은 가르침 받은 대로 미끄러지듯이 걸어가며 어른들의 손에 매달려 휘둥그래진 눈으로 주위를 들러보았다. 국왕의 접견실에 많은 사람들이 북적거렸지만, 레오가 비서관에게 한 마디를 전하자 왕세자 부부와 국왕이 앉은 자리까지 가느다란 통로가 생겨났다. 아멜리아와 실비는 사람들 사이에 파묻혀 다리와 치마테에만 시선을 고정시킨 채 고급스런 비단과 벨벳에 뺨을 스치면서 작은 발로 종종걸음쳤다. 이 드레스의 바다에서 길을 잃어버린다면 자신들의 애타는 목소리조차 들리지 않을 것이기에, 필사적으로 두 어른들의 손을 움켜잡았다.

폐쇄된 공간 밖으로 나온 경험이 없는 그들은 자신의 발만을 쳐다보며 국왕 앞으로 나아갔다. 코델리아가 깊은 절을 올릴 때에야 예의를 갖춰야 한다는 것을 기억했을 뿐이었다.

앙투아네트가 몸을 내밀어 아이들을 불러들였다.

“나한테 맛있는 사탕과자가 있단다.”

그녀가 케이크와 패스트리 쟁반을 든 하인에게 손짓했지만 아이들은 감히 움직이지 못하고 레오와 코델리아를 올려다보았다. 국왕이 껄껄 웃으며 접시에서 두 개의 과자를 꺼내어 각기 하나씩 나눠주고 나서 기분좋게 마담 뒤 바리에게 시선을 돌렸다.

접견이 끝났음을 알리는 신호와 함께 앙투아네트가 자리에서 일어났다.

"아이들과 같이 다른 데로 가는 게 낫겠어요, 코델리아. 당신도 같이 가시겠어요, 키어스턴 자작?"

그 마지막 말은 다소 성마르게 터져 나왔다. 레오가 국왕의 오른편에 서 있는 마담 뒤 바리와 애기하던 중이었기 때문이었다.

레오는 정중하게 미소지으면서도 눈썹을 치켜올리며, 오만하게 턱을 치켜들고 왕의 애인을 외면해 버리는 앙투아네트에게 절을 올렸다.

"분부만 내려주십시오."

"그럼 우리와 함께 동행해 주세요."

앙투아네트가 가볍고 장난스런 목소리를 내려 노력했지만, 이미 마담 뒤 바리에 대한 노골적인 냉대를 회복하기에는 늦어 있었다. 마담 뒤 바리가 입술을 오므린 채 창백해진 얼굴로 노려보았고 국왕 역시 대단히 불쾌한 표정이었다.

"나의 어머니께서는 내가 창녀와 섞이길 바라지 않으실 거야."

왕 주위의 아첨꾼들 무리에서 벗어나며 그녀가 반항적인 어조로 중얼거렸다.

"여제께서는 자신의 딸이 예의바르게 행동하길 기대하실 겁니다."

레오가 입을 열었다. 자신의 비참한 심경에도 불구하고, 겁 없는 소녀가 엄청난 실수를 저지르는걸 보고만 있을 수는 없었다.

"당신이 마담 뒤 바리를 적으로 만든다면, 그건 궁궐을 어지럽히고 싶어하는 자들에게 이용당하는 결과를 초래할 것입니다. 폐하께서도 기뻐하지 않으실 겁니다."

“난 나의 양심을 따를 뿐이에요. 하나님께서 알려주신 양심이죠.”

앙투아네트가 오만하게 선언했다.

“정원으로 가서 아멜리아와 실비에게 예쁜 공작들과 연못을 보여주기로 해요.”

국왕을 알현하는 시련에서 벗어나 흥미롭게 이색적인 환경을 살피던 쌍둥이들이 기쁨의 탄성을 터트렸다.

레오는 냉소적으로 고개 숙이며 더 이상 노력하지 않았다. 그에게는 훨씬 더 중대한 문제들이 있었다.

“전 이만 실례해야겠군요.”

그가 성큼성큼 걸어나갔다.

앙투아네트는 전혀 신경 쓰지 않았다.

“오늘 오후에 콘서트를 열 거야. 아이들도 데려와, 코델리아. 시뇨르 크리스티앙 퍼코씨가 연주할 거야. 무용수도 한 명 있을 테고.”

“무용수?”

“그래, 클로틸드라는 이름이던데. 그가 특별히 요청한 모양이야.”

“아하.”

크리스티앙이 그 무용수에게 접근할 용기를 냈던 모양이었다. 코델리아가 아이들에게 시선을 돌렸다.

“음악 교습을 받고 있니, 실비?”

실비가 코를 찡그렸다.

“마담 드 네브리가 가르쳐줘요.”

“하지만 그녀는 제대로 연주할 줄 모르는 것 같아요. 괴상한 소리가 나거든요.”

아멜리아가 한 마디 덧붙였다.

“맞아, 전혀 음악소리 같지 않아. 시끄럽기만 하다구.”

아이들이 허공에다 건반 누르는 시늉을 하며 장난스런 목소리로 노래불렀다.

"어머나, 분명히 즐겁지 않겠구나."

코델리아의 뇌리에 문득 기막힌 아이디어가 떠올랐다.

"너희들을 위해 좀더 나은 음악 선생님을 찾아볼게. 여자들은 누구나 악기 연주를 배워야 해, 그렇지 않니, 앙투아네트?"

왕세자비가 열성적으로 고개를 끄덕였다.

"노래와 춤도 배워야지. 얼마나 재미있는지 너희도 알게 될 거란다."

쌍둥이들은 그다지 신뢰가 가지 않는 표정이었지만, 곧 정원에 도착했으므로 음악 교습에 대한 생각을 저 멀리로 날려보냈다.

"오늘은 나리를 접견하실 수 없소."

무슈 브리옹이 숙소 앞의 복도에 서서 루이즈에게 알렸다. 등 뒤로 문을 붙잡아 그녀가 안으로 들어가는 것을 효과적으로 봉쇄했다.

"그럼 언제 만나뵐 수 있죠?"

루이즈는 거만하게 다그쳤다. 자신은 일반 하인들과 격이 다른, 공작의 친족이었다.

"나리께서 아무 말씀도 없으셨소. 방으로 돌아가서 나리께서 부르실 때까지 기다리시오."

브리옹이 방으로 들어가 문을 닫으려 했다.

"공작님께 내가 뵙고 싶어한다고 전해주시겠어요?"

루이즈가 필사적으로 애원하는 동안 문은 그녀의 코앞에서 문이 닫히고 더 이상의 반응은 없었다.

그녀는 복도로 숨어 들어갔다. 브리옹이 적당한 시간 내에 공작에게 자신의 말을 전해줄 것 같지 않았다. 분명 최대한 빨리 말씀드려야 할 중대한 사안이었다. 수년 동안 지켜온 자신의 권위가 모욕당할 만한 거라면 공작님의 입으로 직접 듣고 싶다고 말할 참이었다. 공작은 그녀의 위치를 이해해 줄 것이다. 공작부인은 아직 너무 어려서 잠시 아이들의 어머니 노릇을 하는 걸 재미있어 하는 모양이지만, 분명 곧 싫증을 내고 궁궐의 즐거움을 찾아 떠날 것이다. 그럼 그 버르장머리 없고 실망감에 찬 아이들을 가정교사인 자신이 맡아야 할 터이다.

그녀는 해야 할 말을 중얼중얼 되뇌이며 문 밖에서 서성거렸다. 대리석 바닥 위에 구두소리를 높이며 지나치는 귀족들이나 재잘거리며 종종걸음치는 하인들 무리 속에서 침착한 모습을 보이려 애썼다. 하지만 모두가 할 일이 바쁜 듯, 촌스러운 가발과 유행에 뒤떨어진 옷차림으로 서 있는 그녀에게 시선 한 번 돌리지 않았다.

루이즈는 걱정스레 주머니 시계를 확인했다. 거의 한 시가 다 되었으니 아이들이 돌아올 것이다. 방으로 돌아가야만 했지만, 공작이 나타나리라는 희망을 버리지 못했다. 접견할 수 없다는 건 안에 계시긴 하다는 뜻이리라. 브리옹, 그 심술궂은 인간한테 조롱당했다고 생각하면서 그녀의 인상이 험악해졌다.

하인 하나가 끈으로 묶은 스패니얼 두 마리를 데리고 걸어왔다. 그 개들이 멈춰 서더니 가정교사의 치맛자락에 코를 킁킁거렸다. 그 하인은 경멸스런 눈빛으로 루이즈를 위아래로 훑어보더니 그녀를 자선이 필요한 가난한 귀족, 혹은 상급 하인쯤으로 판단한 듯했다. 비록 막강한 집안의 상급 하인이 되기에는 옷차림이 다소 촌스러웠지만. 그가 가죽끈을 느슨하게 풀어내자, 축축한 개코가 루이즈의 페티코트 밑으로 기어들어왔다. 그 하인은 짐승들을 거둬들일 생각도 없이 무심하게 주위를 둘러보기만 했다.

"저리 가!"

그녀가 벽에 달라붙으며 소리쳤다.

하인이 씨익 웃었다.

"당신과 친해지고 싶은 모양인데요."

"저리 데려가라니까! 끔찍한 짐승들이야."

"부르고뉴 공작님 앞에서는 그런 말 마십시오. 큰일이 날 걸요. 이 개들을 자식들보다 더 소중히 여기시거든요."

그녀는 하인이 놀려대는 걸 알면서도 벽에 찰싹 달라붙어 낑낑대는 개들을 털어내려 애쓰는 것밖에 도리가 없었다. 너무나 화가 나서 눈물이 터지려 했다. 작센 저택에서 자신이 하인들의 농담 대상이라는 건 알고 있었지만, 처음 보는 자까지 왜 이런 짓을 한단 말인가.

"마담 드 네브리!"

공작부인의 목소리가 밉살스런 하인 뒤에서 울려나왔다.

"무슨 일이에요? 맙소사, 그 개들을 치워요. 마담이 싫어하는 걸 모르겠어요?"

하인은 그 목소리의 권위를 알아차리고는 앞머리를 매만지며 개들을 끌고 사라졌다. 코델리아가 붉어진 얼굴의 루이즈를 살펴보았다.

"아이들은 지금 하녀와 같이 있어요. 식사와 휴식을 취한 다음에 왕세자비의 음악회에 참석해야 해요."

공작부인의 차갑고 거만한 어조에 루이즈는 다시금 자신의 불만을 기억해 냈다. 그녀가 몸을 곧추세우고 입을 앙다물었다.

"당신이 아이들을 책임지셔야 할 겁니다, 공작부인. 저의 존재가 필요치 않다는 걸 분명히 하셨잖아요."

"그래서 내 남편에게 그 문제를 상의하러 온 건가요?"

코델리아가 눈을 가늘게 뜨며 물었다.

루이즈가 움찔했다.

"나의 친족과 이 문제를 명확히 하고 싶군요."

코델리아는 한동안 말없이 눈살을 찌푸렸다.

"나하고 잠시 걸읍시다, 마담."

그녀는 가정교사의 팔을 붙잡고 복도를 걸어다.

"잘 들어요. 내 남편은 언제나 당신에게서 술에 쩔은 냄새가 난다는 것을 알아차리지 못했겠지만, 다른 사람들은 모두 그걸 알고 있어요. 나와 키어스턴 자작, 무슈 브리옹, 그리고 심부름하는 아이까지 모두가 다요."

루이즈를 격분한 신음을 내지르며 붙잡힌 팔을 빼내려 했다. 하지만 공작부인은 가냘픈 체구치고는 꽤 힘이 셌다.

"그런 말은 듣지 않겠어요……."

"들어야 할 걸요, 마담. 난 이이들의 생활과 교육적인 모든 면에 끼어들 생각이에요. 당신이 이 일을 미카엘 공작에게 일러바치지 않고 날 방해하려 하지 않는다면, 나도 공작에게 딸들의 가정교사가 술고래라는 것을 알리지 않겠어요. 그 일이 알려졌을 경우 결과는 누구보다 당신이 더 잘 알겠죠."

루이즈는 작살에 찔린 생선처럼 헐떡거리며 얼굴을 일그러뜨렸다. 조그만 술병을 홀짝홀짝 마시는 습관이 탄로났다는 생각은 한 번도 해본 적이 없었다. 자신에게 술냄새가 난다는 것을 알지 못했다. 충혈된 눈과 이따금씩 불안정해지는 걸음걸이와 자주 조는 습관이 그 사실을 드러냈다는 것도 짐작조차 못했다. 두 아이와 함께 공부방에만 틀어박혀 있었으므로 완벽하게 안전하다고 생각했었다.

"무슨 말인지 이해하나요, 마담?"

코델리아가 부채를 부치며 매섭게 다그쳤다. 한편으로는 루이즈와 함께 계속 걸어가면서 아는 얼굴을 만날 때마다 미소와 예의를 갖추어 인사했다.

"당신과 나의 침묵을 교환하는 거예요."

루이즈는 머리가 어지러웠다. 이 순간, 그 어느 때보다 술 한 모금이 간절했다.

"난…… 그런 비난을 부인할 겁니다. 어떻게 나한테 그런 식으로 말할 수 있습니까."

그녀가 간신히 목소리를 찾아냈을 때, 코델리아는 짧게 웃음을 터트렸다.

"부인하기에는 너무 많은 목격자들이 있는 걸요, 마담. 내가 요구하기만 하면 그들이 나서서 증명해 줄 거라구요. 잘 알다시피, 당신은 그리 인기있는 인물이 아니잖아요.”

그녀가 갑자기 전략을 바꾸어 달래듯이 덧붙였다.

“난 아이들을 위해 최선을 다하고 싶을 뿐이에요, 당신처럼요. 아이들이 행복해지도록 우리 함께 노력해 봐요.”

루이즈의 반응은 애매 모호한 신음뿐이었지만 코델리아는 자신이 이겼다고 판단했다.

“내일부터 시작하기로 해요.”

그녀가 쾌활하게 말했다.

“아이들에게 나의 음악가 친구를 소개해 줄 생각이에요. 음악 교습을 시킬 만큼 대단히 능력있는 친구죠. 아이들의 솜씨가 좋아지면 공작님이 매우 기뻐하실 거예요. 아, 물론 그 칭찬은 당신이 듣게 되겠지요.”

그녀가 복도가 둘로 갈라진 곳에서 멈춰 섰다.

“그럼 우리 합의가 된 거겠죠?”

루이즈는 얼굴을 빨갛게 물들이며 아무 대답도 하지 못했다. 동의한다는 듯 고개를 숙이고 나서 붙잡힌 팔을 빼내고 종종걸음쳐갔다.

코델리아는 자신이 제대로 한 것일까 고민하며 아랫입술을 깨물었다. 당근과 채찍을 동시에 제안했다. 과연 루이즈가 침묵을 지켜 필요한 시간 동안 모른 체 넘어가줄까? 레오는 이틀 내로 여권을 얻어내겠다고 말했었다. 아이들을 미카엘 모르게 크리스티앙의 숙소로 데려갈 수만 있다면, 커다란 일보 전진이 될 수 있으리라. 루이즈가 그 음악 교습을 묵인해 주기만 한다면.

그녀는 생각에 잠긴 채 자신의 숙소를 향해 돌아갔다. 살롱에 들어서자 미카엘이 창백하고 수척한 모습으로 앉아 있었다.

“폐하께서 아이들을 보시며 매우 즐거워하셨습니다, 나리.”

그녀가 억양 없이 말했다.

“왕세자비는 아이들과 같이 정원을 산책하셨고, 오늘 오후의 콘서트에 데려오라고 청하셨어요.”

미카엘이 그녀를 노려보았다. 거머리가 너무 많은 양의 피를 빨아냈기 때문에 지금은 그녀에게 분노의 벼락을 내릴 기운조차 없었다.

“나도 함께 갈 거요.”

그는 혈관 속으로 피가 돌아오길 기대하며 밀크 펀치를 한껏 들이켰다.

코델리아가 절을 올렸다.

“몸이 괜찮으시다면요, 나리.”

“빌어먹을! 나는 멀쩡하오!”

그녀를 노려보는 순간 그의 머릿속에 소름끼치는 의심이 떠올랐다. 이 여자가 자신을 이렇게 만든 것이 아닐까? 마녀의 기술일까? 이 여자가 혹시 마녀일까? 말도 안 되는 상상이었지만 그런 생각들이 뇌리에서 떠나지 않았다. 잠을 자고 있는 사이 그의 몸에서 모든 기력이 빠져 나갔다. 의식을 잃고 있는 동안 끔찍한 영상들이 그를 괴롭혔고, 날이 환하게 밝은 지금도 여전히 공포스런 느낌이 남아 있었다.

이 여자가? 자신의 이 어린 신부가? 고집세고 반항적인 이 계집애가?

그의 섬칫한 시선을 받으며, 코델리아는 여우에게 붙잡혀버린 토끼가 된 심정이었다. 무슨 생각을 하길래 저렇게 무시무시한 눈빛을 하는 것일까. 엘비라도 저런 식으로 쳐다봤을까? 그녀를 죽이기로 결심했을 때?

‘오, 하나님. 제발 도와주세요.’

기도의 힘을 별로 믿지 않았던 그녀가 열심히 중얼거렸다. 그녀는 최대한의 의지를 동원하여 그 끔찍한 눈동자에 미소를 지어 보인 다음 실례를 구했다. 그리고는 자신의 침실에 들어가자마자 변기로 달려가 마치 공포를 몸에서 몰아내기라도 하는 듯이 헛구역질을 해댔다.

22

펜싱 선생은 상대의 연습용 펜싱 검이 어깨를 스치자, 칼을 내리고 뒤로 물러났다.

"대단하시군요, 키에스톤 자작님. 오늘은 발에 날개라도 다신 듯합니다."

레오는 고개를 흔들며 눈썹의 땀을 닦았다. 이른 오후, 대신들이 르클레르 선생과 펜싱 실력을 겨루는 마구간 너머 회랑은 꽤나 무더웠다. 레오는 보통 기회 닿을 때마다 하루에 몇 시간씩 르클레르와 펜싱 연습을 하곤 했지만, 오늘은 단지 즐기기 위해서가 아니라 더 중대한 목적이 있었다. 그의 엄청난 집중력과 눈동자의 포악함이 그 사실을 드러내고 있었다.

"결투를 준비하시는 겁니까, 나리?"

레크렉은 돌려서 말하는 법이 없는 사내였고 수년간의 경험상 결투하기 전의 징조들을 익히 알고 있었다.

레오는 그저 미소지으며 뒤쪽의 낮은 돌 위에서 물병을 집어들었다.

벌컥벌컥 들이키고 나서 머리 위로 차가운 물줄기를 쏟아부었다.

"누가 나리의 상대가 될지 동정을 금할 수 없군요."

르클레르가 레오의 손에서 물병을 받아들어 마셨다.

"한번 더 하시겠습니까? 돌진할 때 발놀림이 가끔씩 흔들리더군요."

왕세자비의 콘서트가 3시이니 아직 여유가 있었다. 검을 들어올리고 서로에게 목례한 다음, 다시 긴 회랑에는 칼날 부딪히는 소리와 발소리가 가득했다.

그 사이에, 펜싱을 연습하려는 다른 사람들이 도착했다. 몇몇은 짝을 이루어 시합을 시작했고, 다른 사람들은 펜싱 선생과 상대방의 겨루기를 지켜보았다. 레오는 관객의 시선을 의식하지 않으려 애쓰며, 상대편의 칼날 번득임만 노려보면서 허점을 찾았다. 진짜 결투를 벌일 때처럼 단칼에 상대를 항복시키려 했다. 펜싱 기술을 익히려는 남자들의 관심 어린 시선, 바스락거리는 치맛단과 여자들의 목소리, 펜싱에 관심 없는 남자들의 나른한 대화, 그 모든 것들을 머릿속에서 몰아내야 했다.

코델리아에 대한 생각도…….

그의 칼날이 흔들렸다. 그 순간 르클레르의 덮개 씌운 칼끝이 레오의 허점을 뚫고 들어와 우아한 원을 그리며 그의 갈비뼈를 찔렀다. 레오가 칼을 내려뜨리고 손을 내밀었다.

"잘 싸웠소, 무슈."

"눈빛이 흔들리셨습니다. 이유야 본인만이 아시겠지만."

레오는 고개를 끄덕이고 의자 위의 코트를 집어들었다. 아는 사람들에게 인사를 하고 다시 눈썹의 땀을 닦으며 신발을 신은 다음 잠시 창턱에 앉아 휴식을 취했다.

그의 평화로운 모습을 보는 사람들은 그가 자신의 실수 때문에 뜨겁고 격렬한 분노에 사로잡혀 있으리라곤 짐작조차 못하리라. 두려움으로 인한 분노. 자신의 죽음에 대한 두려움. 전적으로 정신을 집중해야만 미카엘을 패배시킬 수 있었다. 공작은 프로이센 군대에서 그 솜씨를 인정받은 탁월한 검술가였다. 나이가 들었으니 몇 달 만에 결투 대상 열 명을 처치해 버리던 시절보다야 몸이 둔해졌겠지만, 그래도 여전히 난공불락의 상대였다. 연습을 게을리하지도 않았으며 능히 사람을 죽일 수 있었다.

코델리아에 대한 생각을 모두 몰아내야만 했다. 그러려면 우선 아이들과 그녀를 안전하게 피신시켜야 했다. 레오가 미카엘의 칼 앞에서 쓰러지게 되면 코델리아와 아이들은 아무런 방어능력이 없었다. 영국에 도착할 수만 있다면 그의 여동생이 그들을 숨겨줄 것이었다. 그러면 한동안은 안전하리라. 적어도 고함과 비명의 여파가 가라앉을 때까지는.

공작을 죽이는데 성공했을 경우 코델리아가 자유로워지리라는 생각에 빠지는 건 절대적으로 위험했다.

엘비라의 복수를 해야만 했다. 코델리아를 자유롭게 해주고 엘비라의 딸들을 자신의 보호하에 감싸주어야 했다. 단 한 번의 칼날에 그 세 가지 목표가 달려 있었다. 하지만 지금은 엘비라의 복수에만 온 정신을 집중해야 했다. 법적으로 도덕적으로 정당하게 그녀의 살인자를 처벌하는 것만을 생각해야 했다. 그 이상의 미래, 코델리아와의 사랑이 가득한 생활, 아이들이 사랑과 안전한 환경 속에서 자라날 수 있다는 것을 생각하게 된다면 모든 것이 수포로 돌아갈 것이다. 그건 결투 도중 검을 떨어뜨리는 것과 마찬가지로 치명적인 허점이 되리라. 미카엘과의 목숨을 건 대결에서 정신집중이 그들의 생사를 결정할 것이다.

"펜싱 하는 걸 지켜봤습니다, 키어스턴 경."

레오가 시선을 들어올렸다. 크리스티앙이 머뭇머뭇 미소짓고 있었다. 그는 아직도 레오 앞에 설 때면 수줍어했다.

"다소 과격해 보이시더군요, 시합하는 게 아닌 것처럼."

레오는 창턱에서 내려섰다.

"관찰력이 뛰어나군. 자리를 옮기세. 의논할 문제가 있네."

크리스티앙은 그 초대에 감사하며 레오와 함께 동행하여 회랑을 나섰다. 하지만 이제 레오의 얼굴은 어두워졌고 눈동자도 암울하게 변하여 그를 보는 것만으로도 싸늘한 소름이 돋을 정도였기에, 크리스티앙은 불안감에 몸을 떨어야 했다.

그들은 연못 사이의 자갈길을 걸으며 주위의 다른 사람들처럼 대화를 시작했지만, 그건 평범한 대화가 아니었다.

"난 코델리아의 남편에게 결투를 신청할 걸세."

그 섬칫한 이야기를 하면서도 레오의 목소리는 완벽하게 침착했다.

"국왕 앞에서 정식으로 고발할 생각이라네. 그러니 코델리아가 여기에 남아 있어서는 안 돼. 내가 진다면 그녀는 당장 위험에 처하게 될 테니 두 아이들과 함께 프랑스를 떠나야 해."

"그자가 코델리아를 학대했기 때문에 결투를 신청하려는 겁니까?"

크리스티앙이 망설이며 물었다. 자작과 코델리아 사이에 어떤 관계가 성립된 것일까.

"아니. 난 그자를 살인자로서 고발할 거야. 그의 첫번째 부인, 내 여동생의 살인자로서."

크리스티앙의 입이 떡 벌어졌다.

"그자가 정말로 그런 짓을 했습니까?"

"그래."

레오는 격자세공에 걸린 장미 한 송이를 꺾어들었다.

"그자가 정말로 그런 짓을 했어. 난 내 여동생의 복수를 하는 게 나의 권리라고 주장할 거야."

"하지만 재판정에 세우면 더 안전하고 간단할 텐데요?"

"그럴지도 모르지. 하지만 그자가 내 동생을 죽였으니, 나도 그자를 죽여야만 해."

그의 목소리와 얼굴에는 아무런 감정도 섞이지 않았다. 마치 얼음

속에 갇혀 있는 평범한 인간이 닿을 수 없는 얼음 조각으로 변한 것처럼, 극한의 분노에 사로잡힌 남자의 모습이었다.

"제가…… 제가 어떻게 하면 되겠습니까?"

"내가 죽게 되면 마틸드와 코델리아와 내 조카들을 자네가 에스코트해서 해안으로 데려다주게. 도버 해협을 건널 수 있도록 힘써 주게. 미카엘 공작이 추적할지도 몰라. 필요한 서류와 여권을 준비해 두겠지만 다른 모습으로 변장해야 할 거네. 코델리아를 위해 그 일을 맡아줄 수 있겠나?"

"그럼요, 물론입니다. 하지만 코델리아가 다르게 처리하려 들지도 모르겠어요. 그녀는 항상 그렇거든요."

그는 레오를 실망시킬까봐 두려운 듯 엄숙한 표정이었다. 처음으로 레오의 얼굴에 미소가 나타났다. 스치는 듯한 미소였지만 그것이 다소 크리스티앙을 안심시켰다.

"그래, 그럴지도 모르지. 하지만 그녀가 필요한 방법을 강구한다면 자네가 협조해 주게."

"최선을 다하겠다고 약속드리겠습니다."

크리스티앙이 충동적으로 레오의 손을 움켜쥐었다. 레오도 그 손을 힘있게 잡아주었다.

"고맙네, 친구."

그는 크리스티앙의 손을 잠시 흔들어주고 나서 손에 들고 있던 장미를 바닥으로 내던졌다. 짧게 고개를 끄덕인 다음 돌아서서 궁을 향해 성큼성큼 걸어갔다.

크리스티앙은 무심결에 그 장미를 주워들었다. 정자 안의 낮은 돌벤치에 앉아 그 섬세한 꽃향기를 들이켰다. 카리락 공작에게 잠시 떠날 수 있게 해달라고 허락을 얻어야 하리라. 그의 밑으로 들어간 지 얼마 되지 않았으므로 분명 불쾌해 할 것이다. 당연히 카리락 공작에게 진실을 말할 수는 없으니 적당한 핑계를 만들어야 했다. 하지만 자작이

언제 그 폭탄을 떨어뜨릴 것인가? 그 시기를 묻지 않았던 자신이 한탄
스러웠다. 앞으로 하루, 아니면 일 주일, 아니면 한 달을 기다려야 할
지…… 알 수 없는 일이었다.

그가 주머니 시게를 흘깃 쳐다보고 나서 놀란 나머지 자리에서 벌
떡 일어났다. 3시에 콘서트 연주를 해야 하는데 벌써 2시 반이 지났다.
늦어서는 안되었다. 그는 정신없이 내달려, 타원형의 작은 음악실에
숨을 헐떡이며 도착했다.

이마의 땀을 닦으며 하프시코드(피아노의 전신 건반악기)를 살펴보았
다. 아름답게 세공한 나무와 미끈한 상아 건반으로 이루어진 우아한
악기였다. 자작과의 혼란스런 대화를 마음 저편에 묻어두고 푸른 벨벳
의자에 앉아 몇 개의 건반을 눌러보았다.

"악기가 마음에 드십니까, 시뇨르 퍼코씨?"

"좋군요, 고마워요."

크리스티앙이 주위에서 배회하는 하인에게 무심히 대답해 주었다.
그는 자신의 뒤에서 금박 의자들을 정렬하고 유리병과 과일, 파이, 사
탕 접시를 준비하는 하인들의 행동들을 거의 의식하지 못했다.

"잠시 일어나 주시겠습니까? 양탄자를 걷어야 하거든요."

하인이 사죄하듯이 중얼거렸다.

크리스티앙이 화들짝 정신을 차리고 일어나자, 터키산 양탄자가 돌
돌 말아져 매끈한 떡갈나무 바닥을 드러냈다.

"왜 걷어내는 거요?"

"마드모아젤 클로틸드의 무용을 위해서지요."

어떻게 그걸 잊을 수 있었을까? 크리스티앙의 얼굴에 미소가 떠올
랐다. 그 자신이 오늘 오후에 클로틸드가 춤출 수 있게 해달라고 자신
의 후원자인 카리락 공작에게 요청하지 않았던가. 크리스티앙은 아직
그녀가 자신을 어떻게 생각하는지 알지 못했다. 새끼사슴처럼 수줍음
이 많은 소녀. 하지만 그는 능숙한 사냥꾼과 같은 인내심을 발휘할 수

있을 것 같았다.

그가 테라스로 열린 창 쪽으로 다가갔다. 언제나처럼 고요한 풍경이 내다보였다. 잔디와 오솔길 위로 다채로운 색상의 모자와 드레스를 입은 형체들이 우아하게 흔들리고 그 옆의 남자들이 입은 실크와 새틴이 늦은 오후의 햇살 아래 보석처럼 반짝거렸다.

모든 것이 너무나 화려하고 인공적이었다. 경박하게 살아가는 인생들. 그 누구의 머릿속에도 진지한 생각은 없는 듯했다. 사냥과 도박, 파티와 춤, 그리고 아침에 눈을 떴을 때부터 동이 틀 때까지 끝도 없는 소문들을 떠들어댈 뿐이었다.

문득 레오의 얼굴과 목소리를 기억하며 그의 등줄기로 전율이 흘러내렸다. 자작의 깊고 차가운 분노에는 인공적이거나 피상적인 면이 전혀 없었다. 그의 복수는 돌멩이 하나가 회랑의 거대한 거울을 깨뜨리는 것처럼 이 고요하고 정돈된 세계를 산산조각 낼 것이다. 그리고 크리스티앙에게 맡겨진 책임 또한 농담이나 환상이 아니었다. 살인자로부터 코델리아와 두 아이들을 구해야 하는 생명이 걸린 일이었다.

지난번 코델리아가 마틸드를 만나러 자신의 숙소에 찾아왔을 때, 그는 자작과 코델리아 사이에 특별한 일이 일어났으며 조만간 깨져버릴 수밖에 없는 위험한 상황이라는 걸 감지했다. 레오와 코델리아와 마틸드만이 하나의 테두리 안에 뭉쳐져 그들만의 지식과 경험을 공유한 듯했고, 자신은 그 테두리에서 배척당한 느낌이었다. 하지만 이제 그도 그 안에 받아들여졌다. 그에게도 역할이 맡겨졌다. 단호한 의지가 가슴속에서 부글거리며, 마치 다른 사람이 된 듯한 용기와 자신감이 샘솟아 올랐다.

"죄송합니다만……, 어떤 음악을 연주하실 계획이신가요?"

뒤에서 들려오는 조심스런 목소리에 크리스티앙이 몸을 돌렸다. 소박한 하얀 옷차림의 갈색 머리 소녀, 뒤로 묶은 머리가 계란형의 얼굴을 드러내고 있었다.

“아, 클로틸드.”

그가 기쁘게 미소지었다. 이 연약한 소녀의 옆에 있으니 자신의 힘과 경험이 황홀하리만큼 분명히게 자각되있다.

“안녕하십니까.”

그녀가 우아하게 절을 올렸다.

“두려워할 거 없어요.”

그는 그녀의 턱을 들어올려 부드럽게 미소지어 보였다. 그 섬세하고 여린 그녀의 눈동자에는 그를 향한 경외감으로 가득 차 있었다.

“전 왕실의 모임에서 춤춰본 적이 없어요.”

“걱정할 거 없어요. 내가 어떤 곡을 연주하길 바라나요?”

그가 부드럽게 그녀의 손을 붙잡아 하프시코드 쪽으로 이끌었다.

“어떤 춤을 출 생각인지?”

“당신이 원하시는 곡으로 정하세요.”

클로틸드는 여전히 몸을 떨며 대답했다. 크리스티앙은 자신이 숲 속의 겁먹은 생명체에게 피난처를 마련해 주는 든든한 나무처럼 자라나는 느낌이었다.

그가 하프시코드 앞에 앉으며 그녀를 옆으로 끌어 앉혔다.

“카발리의 발레곡을 연주할 테니 아는지 들어봐요.”

클로틸드가 한쪽으로 고개를 기울인 채 그의 연주에 귀기울였다. 그녀의 얼굴에 환한 미소가 떠올랐다.

“잘 아는 곡이에요.”

“그럼 이 곡으로 합시다.”

크리스티앙도 환한 미소를 보냈다.

“몇 살이죠, 클로틸드?”

“열네 살이에요.”

왕세자비와 같은 나이. 하지만 이 그녀가 훨씬 더 어리고 순진해 보였다.

음악실 옆방에서 웅성거림이 시작되었다. 왕세자 부부와 수행원들이 입장하는 동안 크리스티앙과 클로틸드가 공손하게 절을 올렸다. 왕세자비가 고개를 끄덕인 다음 첫번째 줄에 자리잡고 앉았다.

코델리아는 카나리아색 실크 드레스에, 목과 귀에 토파즈를 달고 남편의 에스코트를 받으며 입장했다. 쌍둥이들이 바닥에 시선을 고정시킨 채로 슬금슬금 주위를 둘러보기도 하면서 그 뒤를 따랐다.

앙투아네트가 높은 목소리로 코델리아를 불러들였다.

"이리 와서 내 옆에 앉아요, 코델리아. 아이들도."

코델리아가 남편을 흘깃 쳐다보았다. 그의 얼굴은 아직 잿빛인데다 이마에 땀방울이 솟아나긴 했지만, 눈동자는 언제나처럼 차가웠다.

"자리를 옮기는 걸 허락해 주십시오, 나리."

그녀가 형식적으로 말하고 나서 아멜리아와 실비를 앞으로 데려갔다.

아이들이 왕세자비와 코델리아의 발치 의자에 내려앉았다. 코델리아가 예의를 갖추자, 왕세자는 금박 의자 위에서 불안하게 들썩이며 간단히 고개만 끄덕였다. 상냥한 태도는 아니었지만, 아내의 옆에 앉아 있는 것이 편치 않은 모양이었다. 그들은 나란히 옆에 앉아 있으면서도 미소나 손길을 교환하는 일이 매우 드물었다. 왕세자가 부부관계에 관심이 부족하다는 소문은 이제 궁궐 전체에 알려져 있었다.

미카엘은 왕실의 뒤쪽 두 번째 줄에 자리잡았다. 아내의 뒤통수와 가느다랗게 뻗은 목덜미를 볼 수 있었다. 코델리아가 전에 친구라고 주장했던 그 젊은이가 오늘 연주할 음악가임을 알아차리고는 그의 입술이 굳어졌다. 코델리아를 베르사유에서 떼어놓아야만 했다. 그런데 빌어먹게도 기운이 없어서 적당한 계획을 세우기가 힘들었다. 하지만 그녀를 끊임없이 감시해야 한다는 건 분명했다. 그는 험악하게 팔짱을 끼고 뚫어져라 앞을 노려보았다.

몇 분 후 레오가 음악실로 들어섰다. 문가에 서서 잠시 주위를 둘러보았다. 코델리아가 남편과 떨어져 왕세자비의 옆에 자리잡은 것을 보며, 사람들 앞에서는 미카엘이 아무 위협도 가하지 못하리라는 것을 알면서도 안도했다.

"네가 남편과 떨어져 있고 싶어할 것 같았어."

앙투아네트가 나지막이 속삭였다.

"크리스티앙을 불러 줘. 그에게 할 말이 있거든. 남편이 그와 얘기하는 걸 금지시켰어."

코델리아의 부탁에 따라, 앙투아네트가 크리스티앙을 불러들였다. 크리스티앙이 다가와서 깊이 절을 올렸다.

"마마, 크나큰 영광이옵니다."

"과거의 친구를 지원하는 건 언제나 기쁜 일이지요."

앙투아네트가 남편에게 고개를 돌렸다.

"전하, 크리스티앙 퍼코씨를 소개해 드리겠습니다. 제 어머니의 특별한 후원을 받은 음악가랍니다."

왕세자가 가볍게 고개를 끄덕이며 미소라고 할 수 있을 만큼 입술을 움직였다. 크리스티앙이 코델리아에게도 절을 올렸다.

그녀는 미소지으며 그에게 손을 내밀었고, 그의 손안에 아주 은밀하게 접은 쪽지를 전달했다. 크리스티앙이 하프시코드 쪽으로 돌아갔다.

청중들이 잠자리를 덤불 숲에 찾아 날아든 새들처럼 웅성대며 자리잡았다. 이윽고 크리스티앙이 청중에게 인사를 올리며 무용수를 앞으로 내보내 소개했다.

"귀빈 여러분, 클로틸드는 수줍음이 많습니다. 하지만 그녀의 공연에 매혹되시리라 확신합니다."

그가 연주를 시작했다. 춤추는 소녀를 위해 연주했다. 그 영감 어린 음악의 마법으로 소녀가 자신을 잊도록 만들었다. 지금까지는 코델리아와 자신을 위해서, 창작의 고통과 자기 비판에 휩싸여 연습을 해왔지만, 평생에 처음으로 다른 사람을 위해 연주했다. 그가 눈동자를 반짝이며 절묘하게 손가락을 움직이는 동안, 청중들은 그 음악의 화신처럼 선율에 맞춰 날아다니는 소녀의 춤에 매혹되었다.

잠시나마 코델리아는 뒤통수에 닿는 남편의 시선을 잊을 수 있었다. 하지만 크리스티앙의 손이 건반 위에 고요히 내려앉았을 때 다시 목덜미의 솜털이 쭈뼛해졌다. 미카엘이 연약하게 드러난 그녀의 목을 응시하며 어떤 식으로 상처 입힐지 궁리하고 있을 것이다. 제자리에 앉아 있는 것만으로도 힘이 들었지만, 아직은 달아날 수 없었다. 계획이 완성되지 않았다. 미카엘에게 붙잡혀 돌아오는 일이 생기지 않도록 세심한 부분까지 철저하게 준비해야 했다.

남편이 다가오는 것을 느끼자 그녀는 본능적으로 몸을 굳히며 두 소녀의 어깨에 손을 올렸다.

"공연이 즐거웠으리라 믿소, 마담."

미카엘이 냉담하게 입을 열었다.

"대단히 즐거웠어요."

그녀가 온화하게 대꾸하며 자리에서 일어났다.

"공주님들께서 아이들을 만나보고 싶어하시오. 데려가서 인사드리시오."

그가 코담배를 약간 집어들며 무감각한 시선으로 딸들을 쳐다보았다. 아이들은 다급하게 일어나 서로의 손을 꼭 붙잡은 상태였다.

"어른들 세계에 아이들이 있는 것이 못마땅하지만, 왕가의 기분을 상하게 하지는 말아야겠지."

코델리아가 조롱하듯이 예의를 갖추고 아이들의 손을 붙잡아 국왕의 결혼하지 않은 딸들이 있는 곳으로 나아갔다. 그들은 창가에 서서 석상처럼 부동자세를 취하고 있는 하인의 쟁반에 놓인 맛좋은 파이와 샴페인을 즐기고 있었다. 코델리아가 아이들을 데리고 다가가자 그들이 동시에 몸을 돌렸다.

"어머나 예뻐라. 똑같이 생긴 인형들이네. 아몬드 사탕 하나 먹어보렘.”

아델라이드 공주가 접시에서 두 개의 사탕을 집어 쌍둥이들의 입에 쏙 집어넣었다. 신비와 아멜리아는 놀란 얼굴로 받아먹었다. 이 매혹적인 궁전에 도착한 이래 그들은 언제나 왕가 사람들에게서 사탕을 받아먹어야 하는 모양이었다. 공주들이 칭찬을 쏟아내는 동안, 그들은 맛있게 사탕을 빨아먹으며 필요할 때마다 예의를 갖추어 절을 올렸다.

“세상에, 이 애들을 어떻게 구별하죠?”

소피 공주가 두 손을 맞잡고 흥분된 목소리로 재잘거렸다.

“아주 어려운 일이지요. 키어스턴 자작이 인사드립니다.”

레오가 대답하며 공주들에게 절을 올렸다. 그리고는 코델리아에게 시선을 돌렸다.

“왕세자비께서 부르시오, 공작부인. 내가 에스코트해 주겠소.”

“그 동안 우리가 아이들을 데리고 있을 게요.”

소피 공주가 말했다.

“예쁜 아기들, 나하고 같이 가자. 노래하는 새를 보고 싶지 않니?”

“나에게는 원숭이 한 마리가 있단다. 아주 재미있는 녀석이야.”

루이즈 공주도 한몫 거들었다.

언제나 새로운 즐거움을 찾아 다니는 공주들은 이제 작센 공작의 쌍둥이에게 관심을 쏟기로 작정한 듯했다. 그 흥미가 오래 지속되지는 않겠지만, 미카엘은 딸들이 왕실의 관심거리가 되는 것에 반대할 생각이 없었다.

코델리아는 레오의 팔에 손을 올리고 따라나섰다.

“나한테 계획이 있어요.”

그녀가 낮은 목소리로 속삭였다. 온화한 표정과 낮은 목소리를 유지하기만 하면 사람들 무리 속에서 비밀을 교환하는 것이 가장 이상적이었다. 이곳 사람들은 솔깃한 소문거리가 아닌 한 다른 사람의 말에 전혀 주의를 기울이지 않았다.

"음악 교습을 핑계삼아 아이들을 크리스티앙의 숙소로 데려갈 생각
이에요. 가정교사도 협조해줄 거구요. 크리스티앙에게 그 계획을 적은
쪽지를 전해줬어요. 그는 최선을 다해 우릴 도와줄 거예요."

"잘 됐소. 내일 오후 당신과 아이들은 궁에서 나가도록 해요. 아무
것도 가져가지 말고 곧장 마틸드와 크리스티앙에게 가시오. 그들이 모
든 걸 준비해 줄 거요."

"당신은 뭘 하실 건가요?"

레오는 대답하지 않았다.

"마담, 분부하신 대로 공작부인을 모셔왔습니다."

"고마워요. 피케(카드게임의 일종)를 하려던 참이었어, 코델리아."

앙투아네트가 카드 다발을 흔들어 보였다.

"우리가 함께 게임한 게 몇 년은 된 것 같아."

"두 분이 다른 사람들에게 하듯이 서로를 속이는지 궁금하군요."

레오가 코델리아를 위해 의자를 빼내주며 한 마디 했다.

"모함하지 마세요, 키어스턴 경."

앙투아네트의 뺨이 살짝 붉어졌다.

"무슨 근거로 그런 말씀을 하시는 거죠?"

"공작부인과 오랜 여행을 함께 했기 때문이지요."

레오가 미소지으며 대답했다.

"앙투아네트와 난 서로를 속일 필요가 없어요."

코델리아는 그가 지시한 대로의 역할에 충실하며 고개를 위엄 있게
기울였다. 그는 그녀가 아무 일 없는 듯 태평스럽게 즐기길 바라고 있
었다.

"우린 다른 사람들의 속임수에 대항하기 위해서 그런 전략을 개발
했던 거예요. '눈에는 눈으로'란 말도 있잖아요."

그녀는 그 말을 하면서 흘깃 뒤돌아보았고 그녀의 눈이 다른 의미
를 전달했다. 레오는 미소지으며 고개를 숙인 다음 다른 무리들 쪽으

로 움직여갔다.

게임 테이블들이 설치되었다. 아이들은 공주들과 어디론가 사라진 듯했고 미카엘은 휘스트(카드게임의 일종) 테이블에 앉아 있었다. 의사에 똑바로 앉아 있는 것조차 힘들어 보이고 어깨도 축 늘어진 모습이었다. 레오는 그제서야 마틸드의 약에 대해서, 그리고 병이 났다고 전하던 코델리아의 말을 기억해 냈다. 그때 이후로 너무나 극단적인 일들이 일어났으므로 까맣게 잊고 있었다.

미카엘의 뒤쪽 테이블에 세 명만이 앉아 있었으므로 레오는 그리로 다가갔다.

"제가 합류해도 되겠습니까? 아니면 다른 동료를 기다리십니까?"

"아니오. 부디 앉으시지요."

남자 하나가 경쾌하게 빈 의자를 가리켰다. 미카엘이 흘깃 뒤돌아보며 레오에게 목례해 보였다.

'유령처럼 창백하군.'

레오는 그가 지금 상태로는 결투를 치를 수 없으리라는 것이 마음에 걸렸다. 상대가 완벽하게 건강해질 때까지 기다리라는 명령을 듣게 될 터인데.

하지만 레오의 고집대로 밀고 나갈 수도 있었다. 결투를 신청했을 때 코델리아는 위험지대 밖에 있어야 했다. 모든 것이 해결될 때까지 그 문제는 국왕의 심판에 맡겨지게 될 것이다.

그는 카드를 집어들었다. 가능한 한 가장 극적인 방법으로 고발을 공표하리라. 내일 오후 무대에서의 공연이 끝난 후에. 연설할 내용은 이미 준비되었다. 바로 내일, 이 궁궐의 다음 세대까지 기억하게 될 커다란 사건이 일어날 것이었다.

그가 10 위에 스페이드 에이스를 올려놓은 후 한 판이 돌아갔다. 그의 팔에 조그마한 손이 와 닿았다.

"레오 삼촌."

그가 의자 옆에 나란히 서 있는 쌍둥이를 내려다보았다. 아이들이 예의를 갖춘 다음 환영받을지 확신하지 못하는 듯 진지하게 그를 쳐다보았다.

"마담 코델리아가 인사드리고 오랬어요. 특별히 여쭤볼 말도 있고요."

"이 아이들이 당신의 조카딸들인 모양이군요, 키어스턴 경."

미망인인 한 공작부인이 오페라 글라스를 들어올려 아이들을 살폈다. 아이들은 가루분 바른 머리에 타조 깃털들이 매달린 모양에 놀라워하며 그 깃털들이 샴페인 잔 위로 위태롭게 까닥거리는 것을 빤히 응시했다.

"예의를 갖추거라."

레오가 부드럽게 재촉하자, 그들이 서둘러 절을 올렸다.

"우리가 여기 있어도 되나요?"

아멜리아가 그의 옆에 가까이 다가서서, 엘비라와 똑같이 애원과 장난기가 섞여 있는 눈동자로 그를 올려다보았다.

"다른 분들이 반대하지 않으신다면."

그가 옆 테이블의 미카엘을 흘깃 쳐다보았다. 미카엘은 자신의 딸들이 와 있는 것을 알지 못하는 듯했다.

"괜찮구말구요. 사탕 하나씩 먹으렴, 애들아."

공작부인이 두 개의 초콜릿 사탕을 집어들자, 이제 경험이 많아진 소녀들은 입을 벌려 사탕을 받아먹고 예의바르게 미소지었다.

"여권이 뭐예요, 레오 삼촌?"

사탕을 꿀꺽 삼키고 나서 실비가 물었다.

새로운 카드를 받아들려던 레오의 손이 얼어붙었다.

"왜 묻는 거냐?"

"삼촌이 마담 코델리아에게 우리 걸 얻어주겠다고 했잖아요. 그거 선물인가요?"

“무슨 얘기를 하는 건지 모르겠구나.”

레오는 카드를 살피며 애써 웃음을 터트렸다.

“엉뚱한 말을 하는 아이들은 선물을 받지 못한단다.”

아이들이 낙담하는 표정이었지만, 어쩔 수 없었다. 그가 지시했다.

“이제 새어머니에게 돌아가거라. 내 게임에 방해가 되는구나.”

그들은 실망스레 절을 올리고 떠나갔다. 하지만 하인이 내려준 접시에서 딸기 파이를 집어들 정도의 여유는 있었다.

“예쁜 아이들이네요.”

공작부인이 입을 열었다.

“친어머니를 쏙 빼닮았군요. 눈동자도 똑같고.”

그녀가 미카엘의 등에 대고 말을 이었다.

“공작, 당신 딸들이…… 아주 예쁘군요……. 어머니를 많이 닮았어요. 그녀가 평화로이 잠들었기를.”

그녀가 신실하게 성호를 그었다.

미카엘이 뒤돌아보았다. 그의 눈동자에는 아무 표정도 없었다.

“그런 말씀을 해주시다니 친절하시군요, 마담.”

그가 다시 자신의 테이블로 고개를 돌렸다.

23

　미카엘은 지나가는 하인의 접시에서 버건디 잔을 집어들고 단숨에 들이켰다. 한 시간 동안 벌써 네 잔째였다. 하지만 의사의 견해와 달리 그것조차도 기력을 회복시켜주지 못하는 듯했다. 여전히 기운이 없는 데다가 손까지 떨려왔다.

　"기력을 찾으셨나요, 나리?"

　코델리아의 목소리가 들렸다. 오늘 저녁 그녀의 눈동자는 푸른빛보다 회색에 가까워 불투명한 회색 드레스와 거의 비슷해 보였다. 양쪽의 치맛자락이 위로 끌어올려져 진주알 박은 초록빛 속드레스를 드러냈다. 검은 머리에 에메랄드 관을 쓰고 목에도 그와 어울리는 목걸이를 했다. 그녀의 손목에는 뱀모양 팔찌가 걸려 있었다. 그녀가 우아하게 팔을 움직일 때마다 다이아몬드 슬리퍼, 은 장미와 에메랄드 백조가 촛불빛에 반짝였다.

　엘비라는 저 묘하고도 어딘지 사악한 느낌이 나는 디자인의 팔찌를 항상 차고 다녔다. 자신에게 밀려드는 남자들의 찬사를 자랑스러워하듯이 저 팔찌도 자랑스러워했다. 코델리아도 어쩐일인지 저 팔찌를 떼어놓지 않으며 마치 부적이라도 되는 듯 무의식적으로 그걸 어루만지곤 했다.

그 팔찌를 볼 때마다 그는 끔찍한 불운이 그의 인생으로 찾아들었다는 확신을 갖게 되었다. 열심히 그 팔찌를 차고 다닌 여자 둘이 모두 간교하고 부도덕했다.

현기증이 밀려들자 그는 의자 등을 움켜잡았다.

"아직 건강이 회복되지 않으신 모양이에요. 숙소로 돌아가시는 게 어떨까요?"

코델리아가 다시 입을 열었다. 물론 그가 죽어 넘어진다 해도 눈 하나 깜짝하지 않으리라.

오늘밤 그가 그녀의 침대로 찾아들지 않으리라는 건 확실했다. 현재 상태로는 무리일 것이다. 그녀는 노래라도 부르고 싶은 심정이었다.

그런데 그가 그녀를 응시하자 낯익은 역겨움과 떨림이 시작되었다. 그는 그녀를 증오했다. 그 눈의 악의가 여느 때보다도 더 지독했다. 마치 그녀의 영혼 속까지 꿰뚫어보는 듯했다.

"때가 되면 내가 알아서 돌아갈 것이오. 그리고 적당한 때가 되면 당신에게도 찾아갈 것이니 기다리시오."

그녀가 그의 눈을 견디다 못해 시선을 피해버렸다. 오늘밤 그에게 아무런 힘도 없으리라 생각했었지만, 더 이상은 안심이 되지 않았다.

미카엘이 입술을 뒤틀며, 붙잡고 있던 의자로 무겁게 내려앉았다.

'여권이라구?'

아이가 여권에 대해서 레오에게 재잘거렸었다. 삼촌이 줄 선물?

레오 보몬트는 빈에서부터 코델리아를 에스코트해 왔다. 23일 동안. 관계를 형성하기에 충분하고도 남을 시간이었다. 그녀가 결혼생활의 은밀한 비밀을 고백했을까? 당연히 연인에게 그런 일을 다 고해바쳤으리라. 그리고 그 충동적인 연인은 그녀를 빼내기로 계획했으리라.

아까 딸아이의 질문을 들은 후로, 의심이 살찐 구더기 같이 미카엘의 머릿속에서 꿈틀거렸다. 엘비라는 교활하고 남편에게 불성실했다. 그 오빠라고 다를 게 있겠는가? 미카엘은 엘비라의 오빠인 레오를 좋아한 적이 없었다. 그를 이용하긴 했지만, 진심으로 믿은 적은 한 번도 없었다. 엘비라가 죽고 난 후로는 더더욱 의심스러웠다. 레오에게는 수상쩍은 면이 있었다. 게다가 아이들에 대한 헌신적인 관심은 지나칠 정도였다. 어떤 남자가 궁극적인 목적도 없이 보상받지 못할 상대에게 관심을 쏟아붓겠는가?

한번 일어난 의심은 엘비라 때와 마찬가지로 시간이 갈수록 점점 커졌다. 미카엘의 머릿속은 그 생각으로 가득 들어차 소용돌이치던 의심은 확신으로 변했다. 완벽하게 논리적이고 이성적인 판단이었다.

레오가 아이들을 유괴하려 한다. 게다가 코델리아도 데리고 도망치려 하는 것이다. 미카엘은 자신의 생각이 옳다는 걸 알았다. 엘비라 때에도 틀림없었다. 그의 본능은 언제나 틀림없었다. 그의 습관이나 선택이나 권위에 위협될 만한 일을 그는 언제나 직감적으로 알아차렸다. 어렸을 때부터, 아주 작은 아이였을 때조차 그는 맞서 싸우는 방법을 알고 있었다.

본능에 따라 행동하는 것은 언제나 옳았다.

결혼 첫날밤 아내는 분명 처녀였다. 그건 어머니의 무덤에 대고라도 맹세할 수 있었다. 하지만 만약 그 후에 다른 남자와 몸을 섞은 거라면…… 어쩌면 지금 레오 보몬트의 아이를 임신했을 가능성도 있다. 다른 놈의 사생아에게 작센의 이름을 붙여주지는 않으리라. 그는 후계자를 원했다. 그 혈통에 단 한점의 의문도 없어야만 했다.

오늘밤 그걸 분명히 하리라. 그런 다음 레오를 처리하리라. 그가 눈을 감았다. 머리가 지끈거렸다. 의자에 머리를 기대봤지만, 레오 보몬트와 아내의 뽀얀 살결이 뒤엉키는 장면이 뇌리에서 떠나가지 않았다. 그 영상들이 그의 마음속에 걷잡을 수 없는 분노를 일으켰고, 그 분노

때문에 토해버릴 것 같았다. 그의 손가락이 의자 팔걸이를 움켜잡았다.

"공작, 상태기 안 좋아 보이는군요."

미카엘의 눈이 번쩍 뜨였다. 국왕의 시종 하나가 걱정과 불쾌함을 담아 그를 살피고 있었다.

"폐하께서 알아차리셨습니다."

그 말의 의미는 분명했다. 평소처럼 활기차게 사교적인 모습을 보이지 못할 거라면, 그 불쾌하고 허약한 몸뚱이를 국왕의 앞에서 치우라는 뜻이었다.

미카엘이 힘겹게 몸을 일으켰다.

"좀 피곤한 모양이오. 폐하께 내가 물러갔다고 아뢰어주시오."

그는 한 걸음 한 걸음 내딛는 데에만 온 정신을 집중시키며 살롱 문으로 걸어갔다.

교활한 코델리아가 저주를 씌운 것일까? 아무리 말도 안 된다고 부인하려 해도 그 의심은 사라지지 않았다. 마녀의 비법이 비이성적이라 해도 엄연히 실재하고 있지 않은가. 코델리아의 몸종인 마틸드라는 여자. 마녀가 있다면 바로 그 여자이리라. 그 여자가 쫓겨나면서 그에게 저주를 걸었을지도 모른다. 그 여자를 찾아내야 한다. 어딘가 으슥한 골목에서 굶주린 채 배회하고 있으리라. 멀리 가지는 못했을 것이다.

그는 비틀비틀 자신의 숙소로 들어가 브리옹에게 코냑을 따르라고 지시했다. 그런 다음 의상실로 걸어 들어가 문을 잠갔다. 아내가 위층으로 올라오기 전에 준비해야 할 것이 있었다.

레오는 눈살을 찌푸린 채 떠나가는 미카엘을 지켜보았다. 무겁고 기력없는 발걸음이라는 건 분명했다. 레오는 마틸드의 약이 원망스러웠다. 그 약으로 인해 미카엘이 기력을 잃지만 않았다면 미카엘을 당장 파멸로 몰아갈 수 있을 텐데. 그자가 다시 건강해질 때까지 기다리라는 명령 따위는 듣고 싶지 않았다.

미카엘이 여권에 대한 말을 들었을까? 아까 아멜리아의 목소리는 아주 나지막했었다. 미카엘이 평소의 습관을 깨고 아이의 말에 귀기울였을 리는 없지 않을까? 딸들의 재잘거림에 관심 한 번 준 적 없었던 사내가 그 말 한 마디만을 놓치지 않았을 리는 없지 않을까? 하지만 만약에 들었다면…….

그렇다 해도 달라질 건 없었다. 내일 연극이 끝난 후에 공개적으로 고발할 것이다.

"레오, 미카엘이 떠났어요."

어느새 코델리아가 그의 옆으로 다가왔다.

"그 사람이 날 그냥 내버려두고 갔다는 게 믿어지지 않네요."

그는 그녀를 끌어안고 싶었다. 그녀의 달콤한 입술을 마시며 부드러운 몸을 느끼며 향긋한 체취를 들이키고 싶었다. 그녀가 그 기분을 눈치채고는 자신의 갈망을 되돌려 보냈다.

"우리 어디로 갈까요?"

너무나도 코델리아다운 반응에, 그는 웃음이 터질 뻔했다. 앞뒤 가릴 것도 생각할 것도 없이, 레오의 욕구에 맞춰 반응할 뿐이었다. 하지만 이제 웃으며 사랑할 시간은 지났다. 그들의 미래가 보장될 때까지 그런 시간은 다시 오지 못하리라.

그가 고개를 흔들며 그녀의 정직한 얼굴에 실망이 자리잡는 것을 보았다.

"귀여운 사람, 우리에겐 모험을 걸 여유가 없소. 회랑이나 함께 산책합시다."

그가 팔을 내밀었고, 그녀는 실망감을 되삼키며 그 팔을 붙잡았다.

"당신한테 내일 무슨 계획이 있는 거죠? 나한테 말해주세요."

사람들 사이로 움직여가며 그녀가 입을 열었다.

그는 우묵한 창가에 멈춰 서서 밖을 내다보는 척하며 허공에 대고 입술을 달싹였다.

"아까 말한 대로, 내일 오후에 당신과 아이들은 마틸드와 크리스티앙에게 가 있으시오."

"왜요?"

"예행 연습을 하는 것으로 생각하시오."

그의 목소리가 조용하며 권위적이었다.

"가정교사가 협조해 줄지, 별탈 없이 당신들이 궁에서 떠날 수 있는지를, 그리고 그 일이 진짜 현실로 닥쳤을 때 아이들이 어려움 없이 받아들일 수 있는지 확인해야 하오. 이해하겠소, 코델리아?"

"그런 깃 같아요."

그녀는 애매하게 대답했다. 어째서 레오가 무언가를 숨기고 있다는 기분이 드는 걸까? 그녀가 그를 똑바로 쳐다보았다.

"나한테 거짓말하는 건 아니겠죠, 레오?"

"내가 왜 거짓말을 하겠소?"

코델리아가 어깨를 으쓱였다.

"글쎄요."

레오는 다시 걸음을 옮겨갔다. 내일 오후에 어떻게 해서든 코델리아와 아이들을 극장에 들어오지 못하게 해야 했다. 아이들이 아버지가 자기들 친어머니에게 한 짓을 조금이라도 눈치채서는 안 되었고, 무엇보다도 그가 하려는 일을 알아차린다면 코델리아가 충동적으로 그들의 관계를 밝혀 결투 신청의 의미를 바꿔놓을 수도 있었다. 일단 결투가 받아들여지고 장소가 선정되고 나면, 그녀와 아이들은 영국으로 출발해야 하리라. 혹시라도 그가 잘못될 경우를 대비해서……

하지만 그런 일은 없을 것이다. 굳건한 의지가 그의 가슴속에서 용솟음쳤다.

코델리아가 그의 팔에서 손을 빼내며 다소 높아진 목소리로 말했다.

"당신 나한테 거짓말하는 거죠? 난 느낄 수 있어요. 당신 눈을 보면 알 수 있어요.”

그가 고개를 저었다.

“당신이 피곤해서 그럴 거요, 코델리아. 어젯밤 한숨도 못 잤을 거 아니오. 게다가 오늘은 길고도 힘든 하루였으니.”

그 말이 모두 사실이기는 했다. 하지만 그녀의 직감도 옳았다.

“당신이 날 믿어주지 않는다면 어쩔 수 없는 일이겠죠.”

그녀의 눈에 상처가 드러났다.

“난 무조건 당신을 믿으니까 당신 말대로 따를 거예요. 그럼 이만 가보겠어요.”

그녀가 예의를 갖추고 종종걸음쳐 떠나갔다.

레오는 더 이상 자신이 어떻게 해야 할지 알 수 없었다. 코델리아의 예리한 직감이 원망스러웠다.

레오의 곁에서 멀어지자 심한 피로감이 코델리아를 휩쓸었다. 피곤하고 실망스럽고 이젠 외롭기까지 했다. 마틸드를 만나고 싶었다. 침대로 가서 마틸드가 건네주는 뜨거운 우유를 마시고 라벤더에 담근 천에 이마를 적시고 싶었다, 이불을 덮어주며 모든 게 잘 될 거라고 말해줄 마틸드가 필요했다.

그런데 그녀에게는 엘지뿐이었다. 착하지만, 긴장이 풀려나가도록 부드럽게 머리를 빗어주지도 못하고 그녀의 긴장된 목과 어깨의 근육을 풀어줄 솜씨도 없는 소녀.

웬 어린애 같은 생각이람! 코델리아는 호되게 자신을 다그쳤다. 레오의 말대로, 부족한 잠과 극심한 긴장 때문일 것이다. 이 불길한 예감이나 상처 입은 느낌 따위 다 접어버리고 잠을 청하자. 레오가 거짓말 했을 리는 없다. 그가 무슨 이유로 거짓말을 하겠는가? 그녀가 지치고 심란한 상태이기 때문에 헛된 상상에 잠긴 것뿐이리라.

그녀가 단호하게 숙소를 향해 나아갔다. 적어도 오늘밤은 미카엘에게 당하지 않아도 될 테고, 가엾은 엘지도 나름대로 최선을 다하고 있었다.

그녀가 침실로 들어가 엘지에게 미소지어 보이고는 소파에 털썩 주
저앉았다.

"신발 좀 벗겨 줘, 엘지. 꼼짝도 못하겠어."

"마님! 왜 이렇게 무리하셨어요?"

엘지가 냉큼 달려와 서툰 솜씨로 코델리아의 묵직한 드레스와 코르
셋을 풀어주고 잠옷을 입혀주었다.

"머리 빗겨드릴까요, 마님?"

"그래, 아주 부드럽게 해줘."

코델리아가 경대 앞에 앉았다. 머리가죽이 팽팽하게 잡아당겨진 느
낌이었다. 엘지가 애써 노력하긴 했지만, 그녀는 어차피 마틸드가 아
니었기에 잠시 후 결국 코델리아가 빗을 받아들고 직접 머리를 빗었
다.

그녀는 안도의 한숨을 내쉬며 침대로 기어올랐다.

"촛불 끄고 휘장 닫아 줘."

하녀가 그 명령을 수행하는 동안 코델리아는 금세 깊은 잠속으로
빠져들었다.

미카엘은 의상실의 안락의자에 앉아 졸면서 코델리아가 깊이 잠들
기 만을 기다렸다. 오늘밤엔 아내를 제압할 만한 힘이 없었으므로 그
녀가 잠들 때까지 기다려야 했다. 엘비라의 경우에는, 처음 약을 먹일
때 그녀가 대단히 좋아하는 샴페인을 이용했었다. 며칠 후 그 효과가
시작되었을 때 그 여자는 저항할 기력조차 낼 수 없었고, 그의 독살
계획을 짐작치도 못했다. 죽기 몇 시간 전에야 그녀의 공허한 눈 속에
그 깨달음이 나타났었다.

하지만 코델리아에게는 자신의 의도를 숨길 이유도 숨기고 싶은 마
음도 없었다.

시간이 2시에 가까워지면서 그의 고갈되었던 기력이 차차 회복되기 시작했다. 깜박깜박 졸다가 깨어날 때마다 몸은 점점 강해졌고 자신감이 되살아났다. 의자에서 일어섰을 때에도 더 이상 어지럽지 않았다. 어떤 사소한 병에 걸렸던 게 틀림없었다. 마녀의 주문이었다고 상상하다니 어리석었다. 육신의 쇠약함이 머리까지 멍청하게 만들었던 모양이다.

궁궐 안은 조용했다. 그의 숙소 또한 쥐죽은 듯 고요했다. 하인들은 이미 물러갔고 코델리아도 한 시간 전에 잠자리에 들었다. 지금쯤 곤히 잠들어 있으리라.

그는 네 개의 가느다란 밧줄을 집어들고 그 강도를 시험해 보았다. 이것으로 코델리아의 사지를 묶을 계획이었다. 그 밧줄을 팔에 걸치고 경대 위에 놓여 있던 은잔을 집어들었다. 냄새를 킁킁 맡아보는 그의 입가에 미소가 떠올랐다. 새빈(향나무속 약용식물)의 즙. 치료자와 산파들에게는 '수치를 가려주는 약', '날씬한 몸매와 평판을 회복시켜 주는 약'으로 알려져 있었다. 오늘밤 그의 목적에 딱 어울리는 재료였다.

그가 소리 없이 코델리아의 의상실을 통과하여 침실문을 열었다. 열린 창문에서 흐릿한 달빛만이 스며들 뿐 방안은 어두웠다. 침대로 걸어가 머리맡의 휘장을 옆으로 밀쳤다. 코델리아가 하얀 이불을 덮고 똑바로 누워 깊이 잠들어 있었다. 편리하게도 두 팔을 머리 위로 올린 상태였다.

그는 그녀가 정신을 차리기 전에 재빨리 침대 뒤로 움직여 그녀의 오른쪽 손목을 침대 기둥에 붙잡아맸다.

코델리아는 뭔가 이상하고 강압적인 힘이 가해진다는 느낌에 깊은 잠에서 빠져 나오려 했다. 몽롱하게 무엇이 잘못된 것일까 알아내려 애쓰는 동안, 그녀의 다른쪽 손목마저 밧줄에 묶여졌다.

"비명을 지른다 해도 달려와 줄 사람은 없을걸."

미카엘의 차가운 목소리가 긴 터널을 통과해온 듯이 들려왔다. 그녀가 화들짝 몸부림치며 꿈틀거리는 순간 그의 모습이 눈앞에 나타났다. 그는 악의를 담은 시선으로 그녀를 내려다 보고 있었다.

'맙소사, 이 남자가 무슨 짓을 하려는 걸까? 널 죽이려는 거야.'

그녀가 미친 듯이 손목을 빼내려 애쓰며 두 발로 그를 걷어찼다. 그는 한쪽 발목을 움켜잡고 만족스런 웃음을 터트렸다. 그의 쾌감은 그녀의 저항이 클수록 더욱 높아졌다.

그가 그녀의 발을 쭉 잡아당겨 침대 끝에 묶었을 때 마침내 그녀의 입에서 비명이 터져 나왔다.

"안 돼!"

하지만 그 비명이 잦아들기도 전에 그녀의 다른 발까지 묶여버렸다. 그녀는 이제 공포에 젖은 얼굴로 사시나무처럼 몸을 떨어대며 사지를 활짝 벌린 채 누워 있었다.

그가 침대 머리맡에 내려앉았다.

"자, 내가 마실 것을 주겠소. 그걸 빨리 받아마실수록 이 불편이 빨리 끝날 거요."

창백하게 질린 얼굴로 그녀가 머리를 흔들어댔다.

'이 남자가 나도 엘비라처럼 죽이려는 거야.'

다시 비명을 질러보려 했지만 엄청난 두려움에 목이 막혀버렸다. 그가 은잔을 들이대며 그녀의 코를 두 손가락으로 바싹 집었다. 그녀의 입이 벌어지는 순간 그가 그녀의 목구멍으로 그 내용물을 쏟아부었다. 들이마시는 숨과 함께 그 내용물도 목구멍으로 넘어갔다. 씁쓸한 맛이 나는 액체였다.

그는 그녀가 마지막 한 방울을 모조리 삼킬 때까지 그녀의 코를 쥐고 있다가 풀어주었다.

"사생아를 낳게 할 수는 없지. 당신 뱃속에 들어있는 게 무엇이든 아침까지 남아 있지 않을 거요. 그리고 이후로 교활한 창녀 같은 당신은 내 아들을 낳을 때까지 밤낮으로 내 밑에 깔려 있어야 할 거요."

그녀는 방금 겪은 공포와 두려움에 젖어 멍하니 그를 쳐다보았다.

"깊이 반성하라구."

그가 밧줄을 풀어내고 독사 같은 미소를 지었다.

"편안한 밤이 되지는 못할 거요. 하지만 그게 당신한테 딱 어울리는 처벌이지."

그가 걸어나갔다. 살롱으로 연결된 문을 잠근 다음 그녀의 의상실로 들어갔다. 그녀는 그 문이 잠기는 소리를 들었다. 그리고 혼자 남았다.

오, 맙소사. 도대체 저 남자가 나한테 무얼 먹인 걸까? 그녀는 모든 이성을 집어삼킬 듯이 덤벼드는 공포를 제압하려 안간힘을 쓰며 한 말을 기억해 내려 했다.

'사생아를 낳게 하지 않겠다.'

이제 그녀는 그가 한 짓의 정체를 알았다. 그녀에게 낙태시키는 약을 먹인 것이다. 사생아를 제거할 수 있는 약. 그가 레오와 그녀의 관계를 알아차린 것이 틀림없다. 하지만 어떻게 알았을까? 지금 임신한 상태인지는 알 수 없었으나, 너무나 아이러니한 일이었다. 그녀가 만약 임신을 했다면, 그 아이는 바로 미카엘의 아이일 텐데. 레오는 언제나 신중했으니까.

그녀가 일어나 앉아 방을 둘러보았다. 그 효과가 언제부터 시작될까? 무슨 일이 벌어질까? 낯선 약이 그녀의 뱃속에서 고통과 파멸을 주려 작용하고 있다는 생각은 너무나 끔찍했다. 새카만 공포의 안개 속으로 집어삼켜질 것 같았다. 하지만 그녀는 의지력을 끌어모아 그런 생각들을 밀쳐냈다.

비명을 지르면 어떨까? 아무 일도 일어나지 않으리라. 미카엘이 문을 다 잠가버렸고 열쇠도 가지고 있었다. 하인들은 긴긴 밤 시간 동안 이 방에서 들리는 비명소리에 익숙해진 데다가, 또한 주인님의 성질을 건드리고 싶어하지 않을 것이다. 그녀와 동맹을 맺은 브리옹조차도 자기 생계가 걸린 일이니 나서려 하지 않을 것이다.

그녀는 쓰디쓴 눈물을 삼키며 마음을 비우고 잠을 청하려 노력했다. 단 10분조차도 하룻밤과 같이 길게 느껴졌다.

새벽이 되기 직전 경련이 시작됐다. 그녀는 고통스레 히리를 꺾으며 신음했다. 일상적인 달거리의 통증보다도 더 격심한 고통이었다. 갑자기 온몸의 기력이 빠져 나가 움직이기는커녕 무슨 일이 벌어지고 있는지조차 살필 수가 없었다. 몸 밑의 이불이 금세 축축하고 끈적해졌다. 몸이 축 늘어져버려 손끝 하나 까딱할 수 없었다.

'출혈로 죽고 말 거야, 이 침대에서 무기력하게.'

코델리아는 입을 열어 비명을 터트렸다. 목이 아플 때까지 지르고 또 질렀다. 실롱에서 소리들이 들려왔다. 목소리와 발자국 소리. 문고리가 돌아갔지만 열리지 않았다. 그녀가 다시 비명을 내질렀다.

의상실 문이 활짝 열리며, 미카엘이 성큼 들어섰다.

"소란 피우지 마시오!"

그가 이불을 들춰 그녀의 몸 밑에 있는 빨간 덩어리를 응시했다. 그런 다음 만족스럽게 그녀의 얼굴을 바라보았다.

"사생아를 낳지 못하게 됐군."

코델리아는 아무런 힘도 남아 있지 않았지만 또다시 비명을 질렀다. 그것만이 할 수 있는 유일한 행동이었다. 고통과 공포와 증오를 담아 비명을 내질렀다.

미카엘이 다시 피를 내려다보았다. 분명히 너무 많았다. 이 여자를 과다출혈로 죽게 할 생각은 없었다. 아직 끝내지 못한 일이 있지 않은가. 그가 살롱 문을 열어젖히고 고함쳤다.

"브리옹, 의사를 불러와."

코델리아가 한 팔로 간신히 몸을 일으켜 헝클어진 머리칼 사이로 그를 노려보았다.

"내가 죽는 걸 원치 않는다면 마틸드를 데려와요."

있는 힘을 모두 쥐어짜 천천히 그 말을 내뱉었다.

“마틸드가 치료법을 알 거예요.”

그녀가 털썩 침대로 쓰러졌다.

미카엘은 망설였다. 그녀를 죽게 하려던 것은 아니었다. 상처와 처벌을 내려주고, 그녀의 몸에서 자신의 핏줄이 아닌 생명을 짜내고 싶었을 뿐이었다. 게다가 이 여자한테는 아직 끝내지 못한 일이 있었다.

“그녀가 어디 있지?”

고통중에서도 코델리아는 마틸드의 행방을 알리는 것이 그들의 계획을 위태롭게 하리라는 걸 알았다. 하지만 죽고 싶지 않았다. 마틸드만이 그녀를 도와줄 수 있었다. 미카엘이 그 주소를 알아내려는 것일 수도 있었지만, 모험을 감행할 수밖에 없었다.

“마을의 블루 보어 여인숙에.”

생명이 찢겨져나가는 듯한 고통에 그녀는 의식을 잃어버렸다.

다음에 눈을 떴을 때, 그녀의 흐릿한 시야에 마틸드의 얼굴이 비쳤다. 걷잡을 수 없는 눈물이 터져 나왔다. 마틸드가 그녀의 뺨에 부드럽게 입맞추었다.

“괜찮아요, 아가씨. 이젠 괜찮아요.”

“내가 죽는 거야?”

“절대 아니에요. 이제 곧 출혈이 줄어들 거예요.”

“어떻게?”

“나한테 방법이 있죠. 일어나서 이걸 마셔요.”

그녀가 코델리아의 겨드랑이에 팔을 끼워 일으켜 앉혔다.

시트는 깨끗했고 그녀의 잠옷도 새것으로 바뀌어 있었다. 이 방 어디에도 피와 고통으로 얼룩진 공포의 흔적은 없었다. 마틸드가 입에 대주는 빨간 액체를 제외하고는.

“이게 뭐야?”

코델리아가 본능적으로 혐오감이 일어나는 그 액체를 밀어냈다.

“마셔요. 기운을 차려야 하잖아요.”

"이거 피야?"

"몇 가지 다른 것도 들어갔죠."

코델리아는 질끈 눈을 감고 그 역겨운 냄새의 액체를 들이켰다. 이 상하게도 그리 지독한 맛은 아니었다. 또한 피 냄새도 나지 않았다.

"한 시간마다 이걸 마셔야 해요."

마틸드가 잔을 치워내고 코델리아를 자리에 눕혀주었다.

"마틸드?"

"네?"

"나…… 혹시 유산한 거야?"

"임신한 상태였다고 하긴 어려워요."

마틸드가 씩씩하게 대답해 주었다.

"미카엘은 어디 있어?"

"그 창녀한테서 태어난 후레자식 같은 놈 말인가요! 내가 조만간에 그 인간을 끝장내고 말겠어요."

"여기 있어?"

"아뇨. 폐하를 접견하러 갔어요. 그가 돌아오기 전에 난 여기서 사 라져야 해요."

"그 사람이 무슨 말을 했어?"

"아가씨가 유산한 것 같으니 조치를 취하라고만 하더군요."

"그 남자가 나한테 이상한 걸 먹였어. 그게 뭔지 모르겠어. 하지만 그 남자가 레오에 대해서 아는 건 분명해."

마틸드는 시선을 들어올려 알 수 없는 눈으로 한동안 코델리아의 얼굴을 응시했다. 그런 다음 고개를 끄덕이고 똑같이 심오한 표정으로 자신의 할 일을 해나갔다. 어디든 갖고 다니는 가죽 가방에 자신의 소 지품들을 챙겨넣었다.

"그 여자애, 겉보기만큼 맹한가요?"

마틸드가 고갯짓으로 응접실을 가리켰다.

코델리아의 얼굴에 힘없는 미소가 스쳤다.

"그래, 하지만 착하고 열심이야."

마틸드가 쯧쯧 소리를 냈다.

"그 애가 약 먹이는 방식을 알아듣도록 최선을 다해볼게요."

"나한테 말해. 이젠 기운이 좀 나는 것 같아."

"아가씨는 엄청난 양의 피를 쏟아냈어요. 그러니 보충을 해줘야 해요."

마틸드가 빨간 액체 담긴 병을 흔들어 보였다.

"다 없어질 때까지 이걸 한 시간마다 드세요. 그리고 다시 평소 달거리할 때보다 많은 양의 피가 터지면 저 아이를 나한테 보내세요."

코델리아가 고개를 끄덕였다.

"마틸드, 레오가 아이들을 오늘 오후에 궁 밖으로 데려가라고 했어. 가정교사는 음악 교습 받으러 간다고 생각할 거야. 어제 크리스티앙에게 메모로 오늘 세 시에 아이들을 숙소에 보내달라는 통지를 가정교사에게 보내라고 했어. 내가 직접 아이들을 데려갈 계획이었지만, 지금은 불가능하잖아. 당신이 아이들을 데려가 주겠어?"

"그럼요, 나한테 맡기세요."

마틸드가 그녀의 얼굴을 쓸어주었다.

"이 토끼장 같은 건물 어디에 아이들이 있는지만 알려주세요."

코델리아가 정확히 위치를 설명해 주자, 마틸드는 고개를 끄덕였다.

"그 일은 내가 처리할게요. 이젠 안색이 좀 돌아왔군요. 통증은 어때요?"

"둔한 통증 정도야."

"하루 종일 누워 있고 나면 내일쯤 말끔히 나을 거예요."

그녀가 자신의 아가씨에게 입맞추고 뺨을 토닥였다.

"우린 성공할 수 있어요, 두려워하지 마세요."

코델리아가 힘없이 미소지어 보였다. 마틸드가 미카엘에 대해서 분통을 터트리지 않는 것이 놀랍긴 했지만 마틸드는 가끔 가다 사람을 놀라게 하곤 했다. 그녀는 다시 한 번 입을 맞추고 나서 의상실로 걸어 들어갔나. 그곳에서 마치 빈푼이를 대하듯이 엘지에게 느릿느릿 설명해 주는 목소리가 들려왔다.

미카엘에게 도망치지 못한다면 어떤 삶이 있을 수 있을까. 전에도 분명했던 사실이었지만 이젠 더더욱 분명해졌다. 미카엘은 그 뒤틀리고 사악한 마음에 필요하다고 생각되는 일이면 무엇이든 못할 짓이 없는 사내였다.

레오에게 무슨 계획이 있다는 것도 확실했다. 그는 그녀가 베르사유에서 떠나야만 하는 이유를 설명해 주지 않았다. 그의 말이 모두 진실이라고 믿어보려 해도 그렇지 않다는 걸 알았다. 코델리아는 눈을 감으며 생각에 빠져들었다. 오늘 네 시에 마담 드 퐁파두르의 극장에서 공연이 있을 것이다. 앙투아네트는 왕실의 고관들뿐 아니라 아이들까지 참석할 수 있었던 쉔브룬의 연극을 되새기며, 그 극장의 장식과 절묘한 디자인에 감탄을 터트렸었다.

그 이후 일상적인 저녁 파티가 열릴 때까지 다른 모임은 없었다.

레오는 왜 그녀가 그 연극에 참석하지 않기를 바랐을까?

"도와드릴 게 있을까요, 마님?"

엘지가 침대 옆에서 절을 올리며 물었다.

"그래, 저 병에 든 역겨운 약 좀 따라 줘."

이 침대에서 빠져 나가 극장에 가려면, 가능한 모든 힘을 끌어 모아야 했다.

정오쯤 숙소로 돌아온 미카엘 공작은 자신의 아내가 평화롭게 잠들어 있는 걸 보았다. 그 유모가 할 일을 제대로 처리하고 명령대로 사라진 모양이었다. 그는 코델리아를 살펴보았다. 뺨에 발그레한 홍조가 되돌아왔다. 그 유모가 이 일을 해내지 못했다면 평생 바스티유에 처넣을 생각이었지만, 성공을 했으니 보상해 주어야 하리라. 그는 그녀가 눈앞에 어슬렁거리지 않는 한 신경 쓰지 않기로 결심했다.

코델리아의 눈이 파르르 열리고 한순간 그 푸른 눈동자에 적나라한 두려움이 떠올랐다.

"상태가 호전된 것 같군."

그녀가 미약하게 고개를 끄덕였다. 기운 없는 모습을 보여야만 이 남자가 그녀를 혼자 내버려둘 것이다.

"계속 누워 있으시오."

그가 돌아서서 침실을 빠져 나갔다.

그녀는 몇 시간 동안 침대에 누워 있었다. 그리고 4시가 가까워졌을 때 간신히 몸을 일으켜 극장으로 향했다.

24

"코델리아는 어딨어요?"

마틸드와 쌍둥이가 블루 보어 여인숙에 들어서자, 스피넷(소형 하프 시코드) 앞에 앉아 있던 크리스티앙이 벌떡 일어났다.

"자작이 그녀도 함께 올 거라고 했는데."

그가 머리를 손으로 긁어올렸다. 레오가 이 막중한 임무를 맡긴 후 부터 계속해서 느껴왔던 걱정과 불안이 얼굴에 드러나 있었다.

"오늘 아가씨는 침대에 누워 있어야 해요."

마틸드가 아이들의 모자끈을 풀어주며 대꾸했다.

"어디 아픈가요? 자작이 저녁때까지 그녀를 여기 묶어두라고 했다 구요."

"아픈 게 아니라, 여자들만의 고통 때문이에요."

마틸드의 노골적인 대답에 크리스티앙의 얼굴이 확 붉어졌다.

"자, 그렇게 서 있지 말고 아가씨들과 인사하세요."

크리스티앙은 마음을 다잡았다. 왠지 마틸드의 옆에 있으면 걱정을 늘어놓을 수가 없었다. 그가 진지하게 자신을 쳐다보고 있는 두 소녀에게 시선을 돌렸다.

"콘서트에서 당신을 봤어요, 무용수도 있었을 때."

아이들 중 하나가 말했다.

"그 여자는 아주 예뻤어요. 우리도 그렇게 춤출 수 있다면 좋을 텐데. 코델리아가 교습을 받을 수 있을 거라고 했어요."

"이쪽이 아멜리아, 이쪽은 실비에요."

마틸드가 아이들을 차례로 소개했다.

아이들은 놀란 눈으로 서로를 쳐다보았다. 오늘 아침에 이름을 바꾸었던 데다가 마틸드는 그들을 한두 번밖에 본 적이 없었는데, 어떻게 그들을 정확히 구별해 냈을까?

마틸드가 미소지었다.

"날 속일 수는 없답니다."

"우와."

아이들이 동시에 합창했다.

크리스티앙은 다소 당황스런 표정이었지만, 아이들의 손을 붙잡고 열성적으로 흔들어댔다.

"내가 너희들에게 음악을 가르치기로 했어."

"알아요."

아이들이 똑같이 코를 찡그렸다.

"음악을 좋아하지 않니?"

크리스티앙이 경악하며 물었다. 그들 나이쯤에 그는 벌써 작곡을 하고 하프시코드를 능숙하게 연주할 줄 알았던 것이다.

"마담 드 네브리가 우리한테 소질이 없다고 했어요."

"하지만 마담 솜씨도 형편없어요. 전혀 음악 같은 소리가 나지 않는걸요."

두 아이가 각기 재잘거렸다.

“이리 와보렴.”

크리스티앙이 스피넷 쪽으로 아이들을 이끌어 놓은 다음 의자에 앉았다.

“잘 듣고 음악처럼 들리는지 말해봐.”

그가 경쾌한 분위기로 연주를 시작했다. 하지만 이번만큼은 음악도 그를 달래주지 못했다. 코델리아도 함께 오기로 되어 있었는데. 계획이 변경되면 어떻게 이 책임을 다할 수 있겠는가? 키어스턴 자작이 오늘 오후에 당장 출발할 필요는 없을 거라고 말했지만, 그는 만반의 태세를 갖추고 있었다. 신호를 받자마자 출발할 수 있도록 마차 한 대와 두 마리의 말을 준비해 놓았다. 마틸드가 아이들이 입을 남자아이용 옷들과 코델리아가 입을 마부용 바지를 준비해 놓았다. 여권과 서류들도 모두 크리스티앙이 가지고 있었다.

그런데 코델리아가 오질 않았다. 코델리아 없이는 떠날 수 없었다. 그는 당황스럽고 걱정스러웠다. 이 일은 예상치 못한 사태가 없더라도 충분히 위험했다.

그는 마지막 건반을 누른 다음 눈앞에 보이는 벽을 뚫어져라 쳐다보았다. 마틸드가 별로 걱정하지 않는 걸 보면, 이번이 그저 예행연습인지도 모른다. 떠날 때가 되면 코델리아도 이리로 올 것이다. 그럼 모든 것이 계획대로 진행될 것이다. 예행연습에서 불안감을 누르지 못한다면, 진짜 실행할 때에 어떻게 해나갈 수 있겠는가?

그가 의자에서 빙글 돌아앉아 뒤에 서 있는 아이들을 바라보았다.

“어때, 음악처럼 들리니?”

아이들이 동시에 고개를 끄덕였다.

“연주하는 법을 배우고 싶어?”

쌍둥이들이 또다시 열성적인 끄덕임으로 대답했다.

“그럼 여기 앉아, 네가…… 실비니? 네가 먼저 해봐.”

“난 아멜리아예요.”

"아, 하여튼 네가 먼저 해. 지금까지 얼마나 배웠는지 알아보자."

크리스티앙이 두 아이의 쿵쾅거림을 고통스럽게 듣고 있는 동안, 마틸드는 부지런히 방안을 돌아다니며 정리했다. 그 평화로운 얼굴에 험악한 마음속 생각은 드러나지 않았다. 코델리아를 그 괴물의 손아귀에 혼자 남겨두는 것은 그녀의 인생에서 가장 괴롭고 힘든 일이었다. 하지만 그녀 또한 레오의 계획을 들었으므로 코델리아가 너무 일찍 빠져나올 수 없다는 걸 알았다. 결투가 공식화되기 전에 떠나는 것은 안전하지 않았다. 더구나 지금처럼 연약한 상태로 코델리아가 병상을 떠나온다면 의심스런 소문이 번질 것이다.

마틸드의 입술이 굳어졌다. 코델리아의 몸에서 그 정도로 한꺼번에, 심각하게 피를 빼낼 수 있는 건 단 한 가지밖에 없었다.

새빈.

공작이 강제로 그 새빈 즙을 먹였던 것이리라.

마틸드는 낙태시키는 것을 수도 없이 봐왔으므로 죽어버린 태아의 흔적을 분명히 알 수 있었다. 하지만 오늘 아침 코델리아의 피에서는 그런 파편 하나 발견되지 않았다. 미카엘 공작은 무의미하게 그 엄청난 시련을 코델리아에게 안겨주었다.

코델리아는 마담 드 퐁파두르가 국왕의 즐거움을 위해 세운 극장 뒤켠에 서 있었다. 자리에 앉고 싶은 마음이 간절했지만, 모습을 들키지 않으려면 어둠 속에 머물러 있어야 했다. 그 연극은 떠들썩했던 결혼 축하연을 지낸 후 좀더 자극적인 즐거움을 원하는 대신들에게 별다른 흥미를 끌지 못했다. 국왕조차도 끄덕끄덕 졸고 있었고 왕세자 부부는 지루하고 권태로워하는 듯이 보였다.

코델리아는 약간 더 앞으로 움직여 관객들을 살펴보았다. 그녀의 남편이 왕실 부스 맞은편 첫번째 열에 앉아, 무대에 전혀 관심이 없는 듯 눈을 감고 있었다. 코델리아는 이제 다시 두려움 없이 그의 얼굴을 바라볼 자신이 생기지 않았다. 어젯밤 그가 그녀를 꺾어놓았고 그도 그 사실을 알고 있었다. 갑자기 피로감이 엄습하며 다리의 힘이 풀렸다. 그녀는 기둥을 움켜잡고 그 차가운 돌에 뺨을 기댄 채 무력감이 사라지기를 기다렸다. 연극이 끝나고 자신이 왜 여기 참석하면 안 되었던 건지 알아내기만 하면…… 침대로 돌아갈 수 있었다.

그녀의 시선이 앞줄에 앉아 동료들과 웃으며 대화하는 레오를 찾아냈다. 그는 미카엘 공작쪽으로 눈길 한번 돌리지 않고 아무런 걱정이 없는 사람처럼 행동했다. 그가 코델리아에게 벌어진 일을 알고 있을까? 아니면 그녀가 예정대로 크리스티앙의 숙소에 가 있을 거라고 생각할까?

연극이 끝나자 드문드문 박수소리가 터지며 관객들이 떠날 채비를 갖추었다. 그 순간 레오가 자리에서 일어나 무대 위로 가볍게 뛰어올랐다.

코델리아는 심장이 거칠게 두방망이질치는 걸 느끼며 의식을 놓치지 않으려 안간힘 썼다. 기둥에 매달려 무대 위의 그 날씬한 형체만을 응시했다.

레오가 무대 끝쪽으로 걸어가 국왕에게 절을 올렸다.

"폐하, 한 가지 청원드릴 것이 있습니다."

그의 목소리가 명료하게 울려 퍼지자, 관객들은 부산한 움직임을 멈추고 시선을 고정시켰다. 국왕이 놀란 표정을 지었다. 가신들이 끊임없이 친족이나 연금에 대해서 청원을 해오긴 하지만 언제나 개인적으로, 혹은 대신들을 통하여 들어왔을 뿐이었다.

"다소 당황스럽군, 키어스턴 자작."

국왕이 푸른 벨벳 난간에 두 손을 얹었다.

"우리에게 연극 3막을 보여주려는 게요?"

그가 기분좋게 미소짓자, 주위의 사람들이 예의바르게 웃음을 터트렸다.

레오는 눈꺼풀 하나 근육 하나 움직이지 않은 채로 입을 열었다.

"폐하, 전 여동생의 살인자에게 공식적인 무기의 심판으로 복수할 수 있는 오빠의 권리를 주장하고자 합니다."

객석에서 그 즉시 놀란 외침소리가 터져 나왔다. 모두들 서로를 쳐다보기만 할 뿐 누구 하나 입을 열지 못했다.

"그건 농담이겠지, 자작?"

국왕의 목소리에 불쾌함이 깃들었다. 궁궐 안에서의 분쟁은 왕실 법으로 금지되어 있었다.

"아닙니다, 폐하."

레오가 고개 돌려 똑바로 미카엘 공작을 쳐다보았다.

"전 미카엘 폰 작센 공작이 그의 전처 레이디 엘비라 보몬트를 독살했다는 증거를 갖고 있습니다."

아까보다 더 놓아진 놀란 외침소리와 함께 모든 시선이 미카엘 공작의 자리로 향했고, 그는 창백한 얼굴로 꼼짝도 하지 않았다.

어둠 속에서 코델리아는 정신을 수습하려 몸부림쳤다. 레오의 말이 무슨 뜻일까? 공식적인 무기의 심판이란 도대체 무엇을 뜻하는 것일까?

"그 증거란 것이 무엇이오, 키어스턴 경?"

"작센 공작 자신의 일기장입니다."

미카엘이 끈 달린 꼭두각시처럼 튕겨오르며, 자신도 모르게 공포에 젖은 눈으로 국왕을 쳐다보았다.

"이 증거에 대해서 반박할 말이 있으시오?"

국왕이 싸늘하게 공작을 응시하며 다그쳤다. 모든 시선이 미카엘에게 닿아 있었다. 그는 관심의 초점이 되었다. 가장 탁월한 음악과 시, 혹은 위엄 있는 산문에도 관심을 보이지 않던 사람들이 완전히 침묵하고 있었다.

미카엘은 메마른 입술을 축이며 할 말을 찾아 헤매면서 자리에서 일어났다. 아래쪽에는 자신을 고발한 사내가 진홍빛과 황금빛의 무대를 배경으로 조용히 서 있었다.

극장 안은 바스락 소리 하나 없이 고요했다. 다음 순간 국왕이 싸늘하게 입을 열었다.

"우리의 조사관들에게 그 증거를 보여줄 수 있겠소, 키어스턴 경?"

"네, 폐하. 하지만 전 전통적인 결투의 권리를 주장하겠습니다."

레오가 미카엘을 올려다보았다. 그 얼음장 같은 눈초리가 공작의 뼛속까지 파고들었다.

"작센 공작? 키어스턴 자작의 결투 신청을 받아들이겠소?"

국왕의 질문을 받은 후, 미카엘은 국왕에게 절을 올리고 레오에게도 고개 숙였다.

"전통적인 규칙에 따라 저의 결백을 증명해 보이겠습니다, 폐하."

"고발당한 자로서, 무기를 선택할 권리는 당신에게 있소."

"검으로 하겠습니다, 폐하."

코델리아는 손바닥에 힘껏 손톱을 박아 넣었다. 머리가 빙글빙글 돌고 있었다. 비명을 터트리며 레오에게 달려가 그를 바닥으로 끌어내리고 싶었다. 어떻게 이런 짓을 할 수 있을까? 모든 걸 다 위험에 빠뜨리는 짓을. 그의 생명, 그들의 미래, 그리고 아이들까지……. 그 칼날이 레오를 쓰러뜨릴 수도 있는데 그것이 무슨 복수가 될 수 있단 말인가?

그가 이 결투 신청을 그녀에게 보여주고 싶지 않았던 것도 당연했다. 이건 자살행위였다.

"결투는 내일 동틀녘 마을 광장에서 치러질 것이다."

국왕이 선포했다.

"이 일이 매듭지어지고 나의 허락이 있을 때까지 두 사람은 베르사유 궁 밖에 머물러 있으라."

국왕과 왕세자 부부의 퇴장에 경의를 표하며 모든 사람들이 일어났다.

충격과 공포에 빠져버린 코델리아는 밀려나오는 사람들 틈에 섞여 휘청휘청 입구로 움직여갔다. 미카엘이 돌아오기 전에 침대에 누워 있어야 했다. 생각을 정리하는 동안만이라도, 미카엘에게 아무것도 모르는 것처럼 보여야 했다.

레오가 그녀를 버리고 있었다. 그가 미카엘의 손에 죽게 된다면, 그건 순전히 그녀의 잘못이었다. 하지만 부들거리는 다리로 숙소를 향해 가는 동안 미칠 듯한 분노와 배신감이 들끓기 시작했다. 레오는 이 모든 일이 터지기 전에 아이들과 그녀를 궁 밖으로 내보내려 했다. 그들에게 도망칠 방법을 마련해 주려 했다. 하지만 도망치는 게 다 무슨 소용이란 말인가? 필요하다면 일 년이라도 레오를 기다릴 수 있었지만, 그가 결투에서 죽어버린다면 아무런 미래도 없지 않은가. 이 결투를 신청함으로써, 그는 그녀를 버리고 있었다. 개인적인 복수 때문에 그들의 행복까지 버린 것이다.

미카엘의 칼에 맞아 피 흘리며 바닥에 쓰러지는 레오의 모습이 머릿속을 가득 채웠다. 레오가 이길지도 몰라. 그러나 결투에 확신이란 있을 수 없다.

그녀가 다급함과 피로감으로 숨을 헐떡이며 숙소로 들어섰다. 무슈 브리옹이 놀라워하다가 이내 걱정스레 그녀를 바라보았다.

"마담…… 무슨 일이 있으십니까?"

"엘지를 들여보내줘요."

그녀가 비틀비틀 자신의 방으로 들어서며 거울에 비친 자신의 모습을 보았다. 브리옹이 그렇게 충격 받은 이유를 알 수 있었다. 새하얗게 질린 얼굴에 커다랗게 드러난 눈, 머리카락은 이리저리 헝클어져 있었다. 유령을 보고 도망쳐온 사람처럼.

그녀는 땀이 괸 손으로 더듬더듬 고리와 단추들을 풀기 시작했다.

엘지가 방으로 달려들어왔다.

"마님, 안색이 너무나 안 좋아 보이세요. 의사를 부를까요?"

"아니, 침대에 눕도록 도와줘."

5분 후 코델리아는 고통스럽게 쿵쾅거리는 심장을 진정시키려 애쓰며 침대에 누웠다. 너무나 지친데다가 여전히 몸에서 피가 흘러나오는 것이 느껴졌다. 하지만 오랫동안 서 있었음에도 불구하고 더 심각해진 것 같지는 않았다.

살롱 문이 쾅당 닫히며 미카엘의 야만적인 목소리가 울려 퍼졌다.

"브리옹, 짐을 꾸려 마을의 콕드오르 여인숙으로 보내. 프레데릭한테 거기서 기다리라고 해. 당장! 얼간이처럼 서 있지 말란 말이야."

코델리아는 숨죽인 채 기다렸다. 다음 순간 문이 활짝 열리며 미카엘이 들이닥쳤다.

"나가!"

그가 엘지에게 손짓하자 겁먹은 소녀가 예의를 갖추고 달려나갔다.

미카엘이 침대로 다가들었다. 싸늘한 눈동자로 그녀를 꿰뚫어버릴 듯이 내려다보았다.

"어느 정도 알고 있지?"

그의 목소리는 놀라울 정도로 부드러웠다.

코델리아는 아무 말 없이 고개를 돌려버렸다.

그가 그녀의 얼굴을 붙잡고 되돌려 놓았다.

"당신이 그자와 같이 꾸민 일이지? 그놈이 일기장에 대해서 어떻게 알았나?"

그의 손가락이 그녀의 턱을 고통스럽게 움켜쥐고 있었지만, 그녀는 두려움을 보여주지 않을 작정이었다.

"무슨 말씀인지 모르겠군요, 나리. 전 침대에 누워 있었어요. 당신이 지시하셨잖아요."

"그 교활한 혀에 난 속아넘어가지 않아."

그가 그녀에게로 가까이 얼굴을 들이댔다.

"난 당신의 빌어먹을 연인을 죽여버릴 거요. 더러운 창녀 같은 당신

은 내가 끝내도 되겠다고 결정 내릴 때까지 내 손에서 달아나지 못할
거요.”

그의 입술이 거의 그녀의 입술과 맞닿았다.

“알아듣겠나?”

“알아들었어요.”

그녀가 역겨움을 참으며 간신히 입을 열었다.

“그 대신 당신도 내가 결코 꺾이지 않으리라는 것을 알아두세요. 죽
기 전까지는.”

그가 웃어제끼며 그녀의 턱을 풀어놓았다.

“난 이미 당신을 꺾었소, 부인. 그걸 알아차리지 못했나?”

그가 몸을 세웠다.

“당신과 아이들은 즉시 파리로 떠나야 하오. 거기서 날 기다리시오.
난 당신 연인을 죽여버린 다음에, 그곳으로 가겠소.”

“그를 어떻게 죽일 계획인가요?”

그는 험악한 표정으로 그녀를 노려보았다.

“그걸 모른다는 거요?”

“제가 어떻게 알겠습니까?”

그녀는 침착하게 그의 시선을 마주보았고, 그 얼굴의 확신이 흔들리
는 모습에 만족감을 맛보았다.

“내일 아침 동이 틀 때, 내 칼날이 그 자의 몸통을 꿰뚫을 거요. 당
신에게 직접 보여주지 못하는 게 유감이지만, 훗날을 기약하며 참아야
겠지. 당신의 빌어먹을 연인 덕분에 우린 국왕의 불쾌한 심기가 가라
앉을 때까지 이 궁궐에 환영받지 못하는 존재가 됐소.”

그의 입술이 한쪽으로 휘어졌다.

“이젠 왕세자비도 당신을 보호해 주지 못할 거요.”

그는 그녀의 반응을 기다렸지만, 그녀는 그의 확신이 더더욱 흔들릴
때까지 무심하게 그를 응시한 채로 있었다. 다음 순간 그가 휙 돌아서

서 그녀의 의상실 쪽으로 갔다.

코델리아는 자신이 한 인간을 이토록 증오할 수 있으리라고 상상해 본 적이 없었다. 하지만 미카엘은 인간이 아니라 악마, 지옥에서 기어 나온 괴물이었다. 자신이 태어났던 불구덩이 속으로 돌아가야 하리라. 레오가 그를 지옥 불길 속으로 되돌려 보내줄 것이다. 그녀는 그 외의 다른 결과에 대해서 생각하려 들지 않았다. 계획을 세워 파리로 돌아 가지 않을 만한 방법을 찾아야 했다. 그녀는 여기 머물러야 했다. 그 일이 일어날 때 이곳에 있어야 했다. 그리고 아이들도 안전한 장소로 옮겨야 한다. 그녀가 직접 갈 수는 없으니 마틸드가 그 일을 맡아줘야 하리라. 그녀는 지금 그 어느 곳으로도 떠날 수 없었다.

그녀가 정신없이 계획을 구상하고 있을 때, 엘지가 은쟁반에 담긴 편지를 경건하게 들고 들어왔다. 왕세자비의 인장이 찍힌 편지였다.

"왕세자비 마마의 서신입니다, 마님."

코델리아가 그걸 집어들어 밀봉된 부분을 뜯어냈다. 내용은 아주 간 단했고 누군가가 대필한 듯했다. 분명 노아이유 백작부인이었으리라.

친애하는 작센 공작부인, 폐하께서 허락하실 때까지 당신의
방문을 받을 수 없을 것 같기에 깊은 유감을 표합니다.
마리 앙투아네트

코델리아는 우정의 끝을 알리는 그 형식적이고 차가운 단어를 응시 하며 입술을 깨물었다. 문득 구석에 접혀진 부분이 있음을 발견하고 그 부분을 펼쳐보았다.

나로선 어쩔 수가 없어. 하지만 널 언제나 사랑할 거야.
너의 친구가

코델리아는 그 편지를 입술에 대고 짧게 이별의 입맞춤을 전했다. 이 일이 끝난 후에 앙투아네트에게 연락할 방법을 찾아보겠지만 언제나 비공식적인 통로를 거쳐야 할 것이다.

엘지는 이 엄청난 사건들에 놀라워하며 침대 옆에 서 있었다. 그녀의 눈에 가엾은 마님에 대한 동정이 가득 담겼다. 하루 아침에 아이가 유산되고 미망인이 될 수도 있는 처지에 놓이다니.

"모두들 공작님이 뛰어난 검술가라고 했어요, 마님. 지금까지 한 번도 결투에서 진 적이 없으시대요. 열 달 동안 열 명의 상대를 죽인 적도 있다더군요……. 비록 그때는 훨씬 젊으셨겠지만."

"마실 차 좀 갖다줘, 엘지."

마음을 더 무겁게 만드는 엘지를 내보내고 나서, 그녀가 울음을 터트렸다.

무슈 브리옹이 문을 열고 들어와 머뭇머뭇 말문을 열었다.

"공작님께서 즉시 마님과 두 아가씨들을 파리로 모시라고 지시하셨습니다. 준비하실 수 있으시겠습니까?"

"무슈 브리옹, 난 파리로 돌아가지 않을 거예요. 아이들도 마찬가지구요."

코델리아가 선언했다.

"하지만, 마님!"

"당신에게 피해가 가지 않도록 할게요. 약속해요. 공작이 이번 결투에서 살아남게 되면 당신이 떠날 수 있도록 충분히 보상해 주겠어요."

그녀가 이불을 걷어내고 힘겹게 일어나 경대 위의 보석함을 열었다.

"우선 이걸 받아두세요."

그녀가 사파이어 반지를 그에게 내밀었다.

"팔 만한 곳을 알고 있나요?"

브리옹이 고개를 끄덕이며 천천히 반지를 받아들었다. 그는 좋은 값을 쳐주면서도 아무 질문도 하지 않을 만한 장소를 알고 있었다. 이 정도 물건이면 자신이 자라났던 마을로 돌아가 근사한 여인숙을 차릴 수도 있었다.

"제가 어떻게 하길 바라십니까, 마님?"

"공작에게 우리가 출발했다고 전하세요. 마부에게 마차를 마을로 몰고 가라고 하세요. 마차가 떠나는 모습이 보이도록 당신도 그 안에 타고 있어야겠죠. 아, 마담 드 네브리도 데려가는 게 좋겠군요. 그녀에게 아이들을 데리러 간다고 말하면 될 거예요. 마을을 지나갈 때, 가능하다면 공작이 머무는 여인숙을 지나치도록 하세요, 그가 불러세울 수 없을 만한 속도로. 가정교사와 함께 파리로 가든 다른 곳으로 떠나든 그건 당신이 알아서 하세요. 난 상관하지 않을 거예요."

그녀가 더 이상 힘을 내지 못하고 털썩 의자에 주저앉았다.

"알겠습니다, 마님."

브리옹이 깊이 고개를 숙였다.

"마님을 보필하는 것이 즐거웠다는 점을 말씀드리고 싶군요."

코델리아가 놀라워하며 미소지었다.

"고마워요, 브리옹."

"행복한 결과가 있기를 바라겠습니다."

"고마워요."

그가 떠나가자, 그녀는 의자에 등을 기댔다. 브리옹이 제 역할을 다해줄 것으로 확신했다. 그러면 미카엘에게 위협당할 걱정도 없었다.

그럼 이제 레오를 만나러 가야 했다. 그에게 자신이 한 일을 알려주고 아이들을 떠나보내야 했다. 그녀의 눈이 감겼다.

레오는 어떻게 이런 일을 할 수 있을까? 그들의 사랑, 미래를 이렇게 희생시킬 수 있단 말인가?

그에게는 죽은 여동생에 대한 사랑이 그들의 사랑과 미래보다 더 우선인 걸까?

25

"코델리아는 어디 있소?"

크리스티앙의 숙소로 들어서자마자 그는 그 생기 넘치는 존재가 이곳에 없다는 것을 직감적으로 알아차렸다.

"레오 삼촌!"

아이들이 스피넷 의자에서 발딱 일어났다.

"우린 음악을 배우고 있었어요. 아주 많이 배웠어요. 그렇죠, 선생님?"

아이들이 확답을 구하듯 크리스티앙을 쳐다보았다. 비난보다는 칭찬하는 수업 방식을 택했던 탓에 어느새 그는 헌신적인 두 제자를 갖게 되었다.

레오가 아이들에게 미소를 지어보일 여유도 없이 다시 다그쳤다.

"코델리아는 어딨소?"

"침대에 누워 계십니다, 나리."

마틸드가 평상시처럼 고요한 태도로 대답했다.

“아프다는 거요?”

“여자들만의 고통이죠. 푹 쉬어야 합니다.”

레오는 그녀를 응시하며 그 내답을 이해해 보려 애썼다. 코델리아와 함께 말을 타고 사랑을 나누며 많은 날을 함께 보냈었지만, 그녀가 ‘여자들만의 고통’으로 괴로워하는 모습은 한 번도 본 적이 없었다.

“그녀가 하루 종일 누워 있단 말이오?”

그의 목소리에 걱정이 배어들었다.

마틸드가 고개를 끄덕였다.

“제가 아는 한은 그렇습니다, 나리. 전 이른 오후까지 아가씨 곁에 있다가 이리로 돌아왔습니다.”

“계획대로 됐습니까?”

크리스티앙이 머뭇머뭇 물었다.

레오가 가볍게 고개를 끄덕였다.

“폐하께서 내일 동틀녘으로 지정해 주셨네. 아이들과 코델리아는 지금 당장 떠나야 해. 그럼 12시간 이상 앞설 수 있어.”

“하지만 코델리아가 없지 않습니까?”

“마틸드, 그녀를 데려오시오. 공작도 나와 마찬가지로 궁궐 밖으로 쫓겨났으니, 방해할 사람은 없을 거요.”

‘혹시 그가 마을까지 코델리아를 데리고 나왔으면 어쩌지?’

“빌어먹을! 코델리아가 왜 협조해 주지 않는 거야!”

레오가 소리쳤다. 부당한 비난이라는 건 알았지만 지금은 참을 수 없을 정도로 화가 치밀었다. 뒤늦게 자신의 조카들이 다소 상처 입은 시선으로 자신을 쳐다보고 있는 걸 알아차렸다.

“그건 나쁜 말 아닌가요, 레오 삼촌?”

실비이리라 짐작되는 소녀가 입을 열었다.

“뭐가?”

“빌어먹을, 그거 말이에요.”

"아멜리아!"

그녀의 쌍둥이가 소리질렀고, 그들은 이내 키득키득 웃음을 터트렸다.

"저기 코델리아가 옵니다."

레오는 크리스티앙이 내다보고 서 있는 창가로 걸어갔다. 코델리아가 거리 모퉁이를 돌아서고 있었다. 승마복 위에 검은 망토를 걸치고 얼굴엔 두건을 뒤집어썼다. 이젠 계획대로 실행할 수 있으리라는 생각에 그의 불안이 가라앉았다.

하지만 그녀가 문을 열어젖히고 응접실로 들어섰을 때, 그 눈 밑의 검은 그림자와 고통스레 일그러진 입술과 너무나도 허약해 보이는 모습을 보며 그가 화들짝 앞으로 달려나갔다. 마치 마틸드를 기다린다면서 창턱에 웅크리고 있었을 때와 비슷해 보였다. 그날 밤이 한 참 전의 일인 것만 같은데, 겨우 일 주일밖에 지나지 않았다는 것이 믿기지 않았다.

"당신, 병이 난 거요?"

그가 그녀의 두 손을 붙잡았다.

"어쩌자고 이렇게 달려온 거요?"

그녀가 여기 오지 않았다고 짜증냈던 일은 어느새 다 잊어버리고, 오직 그녀가 느끼고 있을 고통만이 가슴 아플 뿐이었다.

"병이 난 게 아니에요!"

그녀가 성마르게 내뱉었다.

"적어도 그건 중요한 게 아니에요. 무슨 짓을 한 거예요, 레오?"

무작정 비난할 생각은 아니었는데, 그 말이 먼저 튀어나왔다.

"난 거기 있었어요……. 그곳에서 당신이 하는 말을 들었어요."

"전 아이들을 데리고 정원에 나가 있을 게요."

마틸드가 크리스티앙에게 눈짓을 보내며 아이들을 끌고 밖으로 나갔다.

레오는 그녀의 손을 풀어놓고 창가로 갔다.

"거기에 오지 말아달라고 했잖소."

"당신은 날 속였어요."

그녀는 울고 싶었다. 이렇게 감정적으로 굴려던 게 아니었는데, 일 말의 이해심마저도 다 날아가버렸다.

그가 왼쪽 뺨으로 지는 햇살을 받으며 하얀 손을 창턱에 올려놓은 채 창가에 섰다. 그녀는 부들거리는 손으로 두건의 끈을 풀러 벗어냈다. 까만 망토와 대조되는 청록색 드레스가 공허한 눈 밑의 거뭇함과 창백한 얼굴을 더욱 두드러지게 했다.

"당신을 속인 게 아니오. 당신의 신뢰를 부탁했을 뿐이오."

그가 단호하게 말했다.

"당신의 있는 말이나 행동 때문에 나의 결투를 방해받고 싶지 않았소."

"그래서 나한테 말하지 않은 건가요?"

그녀의 목소리가 씁쓸했다.

"말할 수 없었소."

"내가 무슨 말을 할지 뻔했기 때문이겠죠. 그런 짓 하지 말아요, 레오. 미카엘과 대결하지 말아요. 당신이 이길 수 없을지도 몰라요."

그녀가 애원하듯이 두 손을 내밀었다.

"결투하지 말아요, 제발."

그는 그녀의 손을 잡아주지 않았다.

"난 이 일을 해야 하오. 코델리아. 동생의 살인자에게 복수할 거요."

"하지만 당신이 죽게 되면 복수고 뭐고 없는 거잖아요!"

그녀는 절망에 빠져 위엄이나 이해심 따위 다 내던지고 그의 팔을 움켜잡았다.

"당신이 죽게 될지도 몰라요. 엘비라도 죽었어요. 그럼 미카엘은 아무 처벌도 받지 않고 살아남게 돼요."

"이것이 내가 선택한 방식이오. 나의 운을 믿어볼 거요."

그의 목소리가 갑자기 차갑고 냉담해졌다.

그녀의 손이 옆으로 툭 떨어졌다.

"그냥 그의 일기장을 증거로 넘겨주면 안 되나요? 왜 평범한 방식을 택하지 않는 거예요?"

그녀의 목소리에 패배감이 짙게 깔렸다.

"그럴 수 없소."

그가 간단히 대꾸했다.

"난 이해할 수가 없어요."

"어차피 인간이란 서로를 완벽하게 이해하지 못하오, 코델리아. 내 기분을 당신이 이해해 주리라 기대하지 않소. 엘비라가 이해해 주는 것으로 난 족하오."

엘비라는 박수를 보낼 것이다. 그녀가 기쁘게 고개를 끄덕이는 모습이 눈에 보이는 것 같았다. 그들은 말하지 않아도 언제나 서로의 마음을 이해했었다.

코델리아의 눈동자가 북받치는 감정으로 인해 짙어졌다.

'그래, 그에게는 죽은 여동생에 대한 사랑이 우리 사랑과 미래보다 더 우선이었던 거야.'

"날 사랑하지 않는군요."

그녀가 조용히 중얼거렸다.

그는 그녀의 지독한 아픔을 느꼈지만, 그녀를 이해시킬 수 있는 방법은 아무것도 없었다.

"당신을 사랑하오. 하지만 동생의 복수를 해야 하오. 그 일이 끝나면, 우린 모든 걸 갖게 될 거요."

"모든 걸 잃게 될지도 모르죠."

아무런 희망이 없다는 것을 둘 다 알았다. 레오의 목소리가 이제 차분해졌다.

"당신과 아이들은 오늘밤 떠나도록 하시오. 아침쯤이면 멀리 가 있을 수 있소."

"아이들만 떠날 거예요. 난 가지 않아요."

"코델리아!"

"내가 당신의 행동을 받아들였으니 당신도 내 행동을 받아들여야 해요. 피할 수 없는 일이라면 난 당신이 죽는 걸 지켜볼 거예요."

그녀가 두건을 둘러쓰며 돌아섰다.

"크리스티앙과 마틸드가 아이들을 보살펴줄 거예요. 미카엘은 아이들이 파리로 돌아간 줄 알고 있으니까 당분간은 걱정할 필요 없어요. 미카엘이 살아남는 경우 나에게 닥치게 될 일은 중요치 않아요. 도망칠 수 있다면 도망치겠어요. 그래야 당신이 더 편안하게 죽을 수 있다면요."

그녀가 뒤도 돌아보지 않고 떠나갔다.

레오는 떠나가는 그녀의 모습을 지켜보기 위해 창으로 시선을 돌렸다. 그의 가슴이 새카맣게 비어 있었다. 모든 감정과 느낌들이 고갈되었다.

그는 코델리아에 대한 생각을 몰아냈다. 그녀의 말이 머릿속에 남아 있었지만, 단지 언어로서 존재할 뿐이었다. 그 말을 한 여자와 그 언어는 아무런 연관이 없다. 코델리아에 대한 생각, 미래에 대한 생각은 생명을 건 싸움에 끼어들어서는 안 된다. 그의 동기와 목적의 순수함을 어지럽히는 건 아무것도 없어야 했다. 그래야만 엘비라의 복수를 이룰 수 있으리라.

코델리아가 아래층으로 내려갔을 때, 마틸드와 크리스티앙과 아이들이 정원에서 돌아오는 중이었다. 코델리아의 얼굴은 유령처럼 창백했고 그 커다란 눈동자에는 고통이 가득했다.

"오, 아가씨!"

마틸드가 달려와 그녀를 끌어안았다.

"다 잘 될 거예요. 내가 약속할게요, 다 잘 될 거예요."

코델리아가 머리를 흔들었다.

"난, 그 사람이 날 사랑하는 줄 알았어. 내가 이렇게도 사랑하는 데…… 그 사람은 어떻게 꼼짝도 안 할 수 있는 건지 모르겠어. 그 사람 너무나 차가웠어, 너무나. 어떻게 그럴 수 있을까, 마틸드?"

"중대한 임무를 눈앞에 둔 남자들을 여자가 이해하기란 쉽지 않답니다."

마틸드가 그녀의 목덜미와 등을 어루만져주었다.

"내가 바보였던 걸까?"

코델리아의 목소리가 쓸쓸하게 흘러 나왔다.

"나 혼자 착각에 빠져 있었던 걸까?"

그녀는 마틸드의 품에서 빠져 나가 완고한 표정을 지었다.

"오늘밤 크리스티앙과 같이 아이들을 데리고 출발해야 해."

"아가씨는 여기 남으실 건가요?"

마틸드는 그 대답을 이미 알고 있었다.

"그럼 나도 여기 남을 거예요."

"안 돼, 당신은 아이들과 같이 가야 해."

코델리아가 크리스티앙 쪽으로 몸을 돌렸다. 그는 고통스럽고 무기력한 얼굴로 서 있었고 두 아이들은 심각하게 이 광경을 지켜보고 있었다.

"서류 갖고 있지, 크리스티앙?"

"그래, 물론이야. 하지만 너도 같이 가야 해. 자작이 그래야 한다고 말했어."

그는 권위적인 목소리를 내려 애썼지만, 한 번도 코델리아에게 해본 적 없는 역할이었기에 시작하기도 전에 그 결과를 알고 있었다.

"레오에게 나는 남아 있겠다고 말했어. 하지만 아이들은 떠나야 해."

"우리가 어디로 가는데요?"

실비가 외쳤다.

코델리아는 그들의 손을 붙잡고 내려앉았다.

"모험을 떠나는 거야. 영국에 있는 니희 임마의 동생을 방문하러 갈 거야. 엘리자베스 이모란다."

"우리 아버지도 아세요?"

아멜리아가 두려운 듯이 입술을 떨었다.

"그래."

코델리아가 확고하게 대답했다.

"나도 나중에 따라갈게. 너희가 배에 타기 전에 도착할 수 있을 거야."

"우리가 배를 타요?"

아이들의 눈에서 불안감이 사그라들었다.

"모험이라고 했잖아. 아주 재미있을 거야. 걱정할 건 아무것도 없어. 그렇지, 크리스티앙?"

아이들이 확답을 듣기 위해 즉시 크리스티앙을 올려다보았다.

"물론이지. 재미있을 거란다."

그는 경쾌하게 대답하려 애썼다.

"그리고 마틸드가……."

"난 여기 남을 거예요."

마틸드가 굼뜨게 가로막았다.

"첫 단계는 이 젊은이가 감당할 수 있을 거예요. 우리가 금방 따라 잡을 거니까."

"하지만 마틸드……."

"난 여기서 할 일이 있어요. 이제 나가봐야겠군요. 아가씨는 침대로 돌아가서 쉬세요. 아침까지 날 만날 수 없을 거예요."

그 말을 끝마치자마자 마틸드는 성큼성큼 여인숙 밖으로 걸어나갔다.

코델리아는 힘없이 관자놀이를 문질렀다.

"미안해, 크리스티앙. 너 혼자 애들을 데리고 출발해야겠어."

"하지만……, 난 유모가 아니라구!"

그가 경악한 표정으로 머리카락을 긁어올렸다.

"너밖에 없잖아. 아이들은 아무 말썽도 일으키지 않을 거야. 그렇지, 애들아?"

코델리아의 시선을 받으며 소녀들이 열심히 고개를 끄덕여 보였다.

"남자아이들처럼 입힐 거니까, 레이스나 단추 때문에 걱정할 필요는 없어. 넌 친척을 방문하기 위해 여행하는 남자아이들의 선생이 되는 거지. 그럼 사람들 눈에 띄지 않을 거야. 네가 연관되었으리라 의심하는 사람도 없을 테고. 우리가 함께 여행하는 것보다 훨씬 안전해."

그녀는 크리스티앙이 대꾸하기도 전에 아이들에게 시선을 돌렸다.

"남자아이들 옷을 입고 싶지 않니? 여자들 옷보다 훨씬 재미있단다. 나도 항상 그렇게 생각해왔어. 입기 편하고, 달리거나 뛰거나 나무에 기어오를 수도 있어."

그 상상도 못했던 행동들의 나열을 들으며 아이들 입이 떡 벌어졌다.

코델리아가 크리스티앙의 손을 힘껏 움켜잡았다.

"부탁해, 크리스티앙. 우정을 위해서."

그것은 그가 거절할 수 없는 부탁이었다. 그리고 그녀의 말도 완벽하게 논리적이었다. 두 명의 남자아이들과 선생을 찾으려는 사람은 없을 것이다.

"아이들 옷을 입혀줘. 마틸드 방에 준비돼 있어. 난 마차와 서류를 챙길게."

그녀가 발끝을 들어 그에게 입맞추었다.

"내가 칼레로 찾아갈게. 하지만 날씨가 괜찮고 즉시 통행권을 얻게 되면 기다리지 말고 출발해. 그럼 도버(영국 항구)에서 날 기다려."

무슨 일이 생기는 경우, 그녀는 어떻게 해서든 마틸드와 함께 그곳에 도착할 것이었다. 그들은 크리스티앙과 어린아이들보다 훨씬 빨리 여행할 수 있었다.

크리스티앙이 심각하게 고개를 끄덕였다. 영국까지 항해해야 한다면, 카리락 공작의 후원을 더 이상 받을 수 없으리라. 칼레까지의 여행이야 핑계를 댈 수 있겠지만……. 하지만 이 급박한 상황에서 개인적인 이해 득실은 무시할 수밖에 없었다.

30분 후 한 명의 선생과 두 명의 얌전한 남자아이들이, 두 마리 말이 이끄는 특징없는 마차에 올라 마을을 떠났다.

코델리이는 해가 뜨길 기다리기 위해 궁궐로 돌아갔다.

콕드오르 여인숙의 주방에 마틸드가 앉아 있었다. 공작에게 쫓겨난 후 안면을 익혀두었던 요리사가 오늘 저녁에는 특별히 더 그녀를 환영했다. 마을 전체가 그날의 사건들과 내일 결투에 대한 이야기로 들썩거렸다. 하인들은 가장 사소한 얘깃거리조차도 성스런 복음이나 되는 듯이 경청했고, 마틸드는 필요하다면 그 이야기들을 최대한으로 자아낼 수 있었다.

공작의 시종인 프레데릭도 부엌에 앉아 이런 저런 질문에 답해 주었다. 당연히 가엾은 공작부인이 포악한 남편의 손에 고통당했던 얘기는 빠뜨릴 수 없는 소재였다.

"어머나, 가엾어라."

요리사가 소나무 테이블 위의 패스트리 반죽을 밀방망이로 철썩철썩 내리치며 한 마디 거들었다.

"겨우 열여섯 살이라면서. 맞죠, 마틸드?"

"그렇다니까."

마틸드가 불 위에 걸린 수프 냄비를 휘휘 저었다.

"양처럼 순하고 순진한 아가씨인걸."

“그런데도 공작한테 용감하게 맞섰다구요.”

맥주잔에 코를 처박고 있던 프레데릭이 다시 입을 열었다.

“브리옹도 아주 감탄했다니까요.”

따뜻하고 맛있는 냄새가 감도는 주방에 또다시 한숨소리와 수근대는 소리가 가득찼다.

“자작이 그를 죽이게 되면 우린 어째야 하지? 그 인간이 유언장에 우리 몫을 챙겨줄 리도 없는데.”

프레데릭이 시큰둥하게 내뱉고는 그 말도 안 되는 상상에 웃어제꼈다.

마틸드는 그저 조용히 미소지으며 수프를 휘저었다.

위층의 개인 응접실에서 미카엘이 저녁식사를 하고 있을 때, 여인숙 주인이 노크를 하고 안으로 들어섰다.

“불편한 점 없으십니까, 나리?”

그는 자기 가게에 이렇게 유명한 귀족이 들어왔다는 만족감과 호기심으로 눈을 반짝거렸다. 오늘 그의 술집은 몇 달치 장사를 하루만에 해치우고 있었다.

“별로.”

미카엘이 양파와 함께 볶은 양고기 한쪽을 집어들었다.

“클라레나 한 병 더 갖다주게.”

“네, 나리. 당장 대령하겠습니다.”

남자가 빈 병을 챙겨들었다.

“더 필요한 건 없으신가요?”

“없네. 술 한 병 하고, 내 하인에게 새벽 4시에 날 깨우라고 전하게. 아침식사는 소고기와 맥주로 하겠네.”

주인장이 공손하게 절을 올렸다. 공작의 전설적인 결투 실력이 과장은 아니었던 모양이었다. 결투장에 나서면서 배를 든든히 채우고 갈

정도면 그만큼 자신이 있다는 뜻이었다.

그가 프레데릭에게 지시사항을 전달하자, 하인은 투덜거리며 고개를 끄덕였다. 주방에서 새벽 3시부터 준비를 시작할 테니 그 시간에 못 맞출 위험은 없었다.

마틸드는 의자에 기대어 앉아 몇 시간 잠을 청하기로 했다.

미카엘은 마지막 남은 와인을 술잔으로 쏟아부었다. 허공을 응시하며 천천히 술을 들이켰다. 눈동자뿐 아니라 머릿속도 명료했다. 겨우 와인 두 병에 흐트러질 리는 없었다. 결투가 있기 전날이면 그는 언제나 술을 많이 마셨다. 그것이 그의 긴장을 풀어주었다. 그의 시선이 방 안을 헤매다가 자신을 몰락으로 끌어갈 뻔했던 가죽 상자에 닿았다. 레오가 그 일기장을 어떻게 읽었는지는 여전히 의문이었지만, 이젠 문제되지 않았다. 그 자존심 강한 멍청이가 결투라는 불확실한 길을 선택함으로써 복수할 수 있는 유일한 기회를 놓쳐버렸으니까.

그의 시선이 벽에 세워져 있는 긴 가죽 상자로 움직여갔다.

'레오 보몬트에게는 불확실한 길이지만, 나에겐 그렇지 않지.'

미카엘이 흐릿한 미소를 지으며 술 한 모금을 더 들이켰다. 승리할 확률이 얼마나 높든지 간에, 그는 그 기술에만 생명을 맡길 생각이 없었다. 레오의 검술 실력이 뛰어나지는 않다 해도, 젊고 몸이 가벼운데다가 힘도 넘칠 터이니 분명 유리한 점이 있었다. 그리고 미카엘은 불확실한 승산에 모험을 걸지 않았다.

술잔을 내려놓고 일어나 상자로 걸어갔다. 그 상자 안에 들어 있는 두 개의 검을 끄집어냈다. 은 손잡이가 달린 날카로운 칼날. 손에 파고들 만한 보석이나 조각은 없었다. 그저 매끄럽고 차가운 금속일 뿐이었다. 그는 손으로 그 무게를 가늠해 보고 앞으로 쭉쭉 찔러본 다음, 엄지손가락으로 그 뾰족한 칼끝을 만져보았다.

와인을 두 병이나 마셨음에도 그의 우아한 동작이나 속도는 흔들리지 않았다. 그가 만족스럽게 미소지었다. 고발낭한 자로서, 자신에게 익숙한 무기로 싸울 수 있다는 건 큰 이점이었다. 이 무기를 다뤄본 적이 없는 레오는 우선 무게와 손잡이의 느낌에 적응해야 하리라. 하지만 그 이점으로도 충분치 않았다.

5분간의 연습을 마치고, 미카엘은 검 하나를 조심스레 테이블에 올려놓았다. 다른 검을 벽에 세워둔 후 그 옆의 가죽상자를 열었다. 상자 안에서 작은 유리병을 꺼내고 가죽 장갑을 낀 다음 테이블쪽으로 돌아섰다.

한손으로 검을 집어들고 유리병 뚜껑을 열어 그 칼끝을 유리병 안에 살짝 담갔다. 아무런 표정도 없는 그의 얼굴에서 눈동자만이 수정처럼 차가운 빛을 발했다.

큐라레(인디언이 화살촉에 칠하는 독약)는 상처에 아주 작은 양만 묻는다 해도 마비와 죽음을 불러일으킨다. 살짝 베어내기만 하면 레오는 비틀거리기 시작할 것이고 피로에 지친 것처럼 그의 움직임이 느려진 틈을 타 우아하게 승리를 거머쥘 수 있으리라. 아무도 그가 반칙을 했으리라고는 의심하지 못할 것이고, 정정당당한 승부처럼 보일 것이다. 공작은 예전 같은 평판을 유지하게 될 테고 자작은 실력 없는 검술가라는 것을 증명하게 될 것이다. 그것으로 미카엘의 결백은 증명될 것이다. 물론 입방아의 소재가 될 테고 국왕이 한동안 궁궐 출입을 허락지 않겠지만, 그는 기다릴 수 있었다. 코델리아가 있으니까. 아무 보호도 받지 못하고 혼자뿐인 코델리아. 미카엘 혼자만의 여자.

그는 주머니에서 실을 꺼내어 벽에 세워진 깨끗한 칼날 손잡이에 그 실을 묶어놓았다. 그런 다음 장갑 낀 손으로 아주 조심스럽게 두 개의 무기를 상자 안에 집어놓고 닫았다.

침실로 들어가 신발을 벗고, 옷을 다 갖춰 입은 채로 누웠다. 미소띤 얼굴과 차갑고 섬뜩한 눈빛으로.

아래층 주방에서는 이따금씩 장작 타오르는 소리와 똑딱거리는 시계소리, 프레데릭의 코고는 소리만이 울려 퍼졌다. 마틸드는 약간의 잠을 청한 후 상쾌하게 깨어났다. 그녀가 시계를 확인했다. 공작이 아침식사를 받을 때까지 한 시간 정도 남았다.

하녀 한 명이 졸린 눈을 부비며 나타나, 램프의 불을 밝히고 화로를 새로 지폈다. 다른 하인들도 하품을 하며 속속 나타났다. 프레데릭이 깨어나 늘어지게 기지개를 켜고 나서 어슬렁어슬렁 밖으로 나갔다.

그가 돌아왔을 때, 요리사가 테이블 위의 쟁반을 손짓해 보였다.

"공작님 아침식사야."

프레데릭은 쟁반을 흘깃 들여다보았다. 시뻘겋게 채 익지 않은 고기와 딱딱한 빵과 맥주였다. 머리에 이었다가 뒤집어진다는 건 생각만 해도 끔찍했기 때문에, 어깨에 짊어지고 공작의 방으로 향했다.

그 사이 마틸드는 화로 안에 똘똘 말린 종이를 떨어뜨렸다. 종이에 남아 있던 하얀 가루가 불길에 닿아 쉭쉭거렸다. 부엌을 나서서 새벽의 회색빛이 번진 마을을 통과하여 궁궐의 거대한 안뜰로 걸어나갔다.

코델리아는 이미 깨어나 옷을 차려 입고 있었다. 엘지를 부르지도 않고 혼자서 평범한 푸른 드레스를 입었다. 이제 궁궐에서 환영받지 못하는 존재가 되었으므로 정식으로 갖춰 입을 필요는 없었다. 만나는 사람들 모두 그녀를 외면해 버릴 것이다. 차가운 물로 얼굴을 씻고 나서 머리를 땋아 머리장식 안으로 고정시켰다. 이 모든 일을 무의식적으로 처리했다. 그녀의 마음과 영혼은 온통 레오에게 가 있었다. 이 싸늘한 새벽에 결투 준비를 하고 있을 레오. 그와 함께 있을 수만 있다면 얼마나 좋을까. 하지만 그가 원하지 않으리라는 걸 알았다. 그녀는 레오를 인생과 영혼의 떨어질 수 없는 일부로 생각했지만 레오에게는 그녀를 포함시키지 않은 인생이 따로 있었다. 그녀가 권리를 주장할 수 없는 과거. 코델리아는 그로 인해 자신의 과거를 모두 털어냈는데, 레오는 그렇게 하지 못했다.

마틸드가 들어서자 그녀는 화들짝 돌아섰다.

“어디 갔었어?”

그녀가 한숨을 내쉬며 마틸드의 품으로 뛰어들었다.

“나, 너무나 외로웠어.”

“알아요, 아가씨. 하지만 할 일이 있었어요.”

마틸드가 그녀를 떼어내고 유심히 살펴보았다.

“출혈은 어때요?”

“거의 멈췄어.”

코델리아는 눈살을 찌푸렸다. 마틸드가 어떤 상황에서든 굳건하고 평온하다는 건 알지만 오늘 아침에는 지나치리만큼 무심한 듯했다. 코델리아의 고통에 동정조차 보여주지 않았다.

“그럼 출발하자구요.”

마틸드가 코델리아의 어깨에 망토를 둘러주었다.

“이게 필요할 거예요. 새벽 공기가 차가워요.”

광장은 이미 수많은 인파로 빽빽히 들어차 있었다. 그 사이로 행상인들이 파이와 와인을 팔며 돌아다녔다. 밤 사이 긴의자들이 층층이 설치되었고, 왕가의 일원들은 벨벳 닫집 아래 모여 있었다. 코델리아는 머리 위로 두건을 내려쓰고 마틸드와 함께 사람들 사이를 비집고 들어가 맨 앞에 자리잡았다.

미카엘이 태연하게 광장에 서 있었다. 그 옆에서 두 명의 근위대원들이 검을 점검했다. 뾰족하고 치명적인 칼날에 베이지 않으려고 장갑을 꼈지만 그들은 그 중 하나가 얼마나 치명적인지는 알아내지 못했다.

레오가 에스코트를 받지 않고 혼자 광장으로 들어섰다. 두 남자가 서로 인사를 교환하고 코트를 벗은 다음 왕가 앞으로 걸어가 국왕에게 절을 올렸다.

“올바른 자에게 하나님의 정의가 실현되고 죄인에게 하나님의 자비가 내리기를 바라오.”

국왕이 결투의 시작을 선포했다.

코델리아는 광장 한가운데만을 뚫어져라 응시할 뿐이었다. 온몸이 마비되어 버린 것처럼 움직이지도 못하고도 겨우 숨만 쉬고 있었다. 주위 사람들은 존재하지 않고 그녀 혼자 차가운 허공에 떠 있는 듯했다.

두 남자가 형식적인 경례를 한 후 천천히 움직이기 시작했다. 새로 깔린 광장의 모래 위에서 원을 그리며 서로를 주시하며 때를 기다렸다. 미카엘은 자신의 승리를 보장하게 될 첫번째 칼날을 서두르지 않았다. 승리를 확신했으므로 관중들의 시선을 즐기며 싸울 수 있었다.

지평선 위로 붉은 태양이 솟아오르고 있었다. 레오의 칼날이 춤을 추기 시작했다. 오로지 상대방의 번득이는 칼날에 시선과 정신을 집중시켰다. 두려움은 없었다. 아무 느낌도 없었다. 나이든 미카엘이 자신보다 더 빨리 지칠 것이므로, 상대를 지치게 만들어야 한다는 것만을 생각했다. 계속해서 그를 움직이게 만들고 너무 가까워지지 않게 거리를 유지하면서 그를 압박해야 했다.

미카엘은 무슨 일이 벌어지고 있는지를 깨닫기까지 오랜 시간이 걸렸다. 자신이 이 결투를 조절하고 있다고 생각했는데, 갑자기 공격이 아닌 방어만 하고 있다는 것을 깨달았다. 어느 사이에 이렇게 된 것인지 알 수 없었으나 그는 이제 벽을 등진 것처럼 궁지에 몰린 느낌이었다. 이 광장 전체가 그들의 무대라는 걸 알면서도. 그가 공격을 받아넘기며 살짝 찌르는 척하다가 불쑥 공격해 들어갔다. 하지만 레오가 뒤로 껑충 물러나는 바람에 칼날은 그의 셔츠만 스쳐갔다.

레오의 숨결은 아직 거칠어지지 않았다. 손에 쥐고 있는 칼날처럼 그의 눈동자가 반짝거렸다. 순간 레오의 발이 미끄러지며 한쪽 무릎이 땅에 부딪히자 미카엘의 칼날이 그의 오른쪽 소매를 관통해 들어왔다. 광장의 긴장된 침묵이 웅성임으로 깨졌다. 하지만 레오는 민첩하게 일어나 뒤로 물러섰다. 미카엘이 미처 알아채기도 전에 레오는 왼손으로 검을 바꿔들었고, 미카엘은 갑자기 새로운 상대, 왼손잡이와 싸워야 하는 입장이 되었다.

오른손으로 잡았을 때처럼 확실하거나 빠르지는 않지만, 레오는 왼손 공격이 약간의 이점도 있다는 걸 알고 있었다. 미카엘이 그 변화에 익숙해지기 전, 바로 이 순간을 이용해야 했다.

미카엘이 앞으로 움직였다. 아까 그의 살을 베어냈을까? 피 한 방울 보이지 않았지만, 약간의 긁힌 상처만으로도 충분했다. 태양빛이 눈앞을 가리는 것만 같아, 그가 눈을 깜박였다. 그 태양빛이 상대방을 공격하도록 뒤로 물러났다. 그의 눈앞이 흐려졌다. 소매로 눈을 닦아내고 싶어도 그럴 시간이 없었다. 태양을 등지고 서서 시야를 깨끗하게 하려고 그가 다시 눈을 깜박였다. 하지만 여전히 흐릿했다. 레오는 춤추는 연기 같았고 그의 칼날은 번득이는 번개였다. 미카엘은 본능만으로 싸워야 한다는 걸 알았다. 두려움이 스멀스멀 기어들었다. 아지랑이 같은 영상을 떨쳐내려 애쓰며, 이제 곧 레오가 흔들리기를 기도하며 고개를 흔들었다. 아까 분명히 살을 베어내지 않았던가? 제발, 피 한 방울이라도 보여주길.

그 순간 그의 시야가 기적처럼 또렷해졌다. 하지만 그 또렷한 빛은 흐릿했을 때와 마찬가지로 시야를 가려버렸다. 눈에 무언가 이상이 생긴 게 분명했다. 그의 손이 자신도 모르게 눈으로 올라갔다.

코델리아는 돌처럼 굳어진 채, 마틸드의 들썩이는 몸과 미약한 숨결을 느꼈다.

미카엘이 두려움과 혼란에서 벗어나려 애쓰는 동안, 레오는 칼날을 쭉 뻗으며 돌진해 들어갔다. 시야가 다시 흐릿해지기 직전 미카엘은 상대의 허점을 발견해냈다. 상대방의 방어를 깨뜨릴 정도로 충분한 힘을 실어 공격을 감행했다. 하지만 레오는 민첩하게 움직였고 그들의 칼이 무의미하게 쨍그랑 부딪혔다. 미카엘의 팔이 쭉 뻗어 있었다. 균형을 잡으려 하는 그 순간 레오의 반격이 가해졌고 그의 칼날이 미카엘의 팔 밑으로 스며들어 갈비뼈 사이로 깊숙이 파고들었다. 레오가 천천히 뒤로 물러나며 칼을 빼냈다.

미카엘의 칼이 모래 위로 툭 떨어졌다. 그가 상처를 움켜쥔 채 무릎을 꿇었다. 그의 손가락 사이로 핏물이 번져나왔다.

광장에는 숨소리 하나 들리지 않았다. 코델리아도 움직이지 못했다. 너무나 순식간에 일어난 일이라, 미카엘이 쓰러졌음에도 여전히 공포에 휩싸인 상태였다. 레오가 패배자의 앞에 우뚝 섰다.

처음 사람들의 함성이 터지는 순간 그녀가 광장으로 달려나갔다.

"안 돼!"

레오의 나직한 명령에 실린 힘이 그녀를 멈춰 세웠다. 이 일은 아직 끝나지 않았다. 그녀는 죽어 가는 남편 앞에서 공개적으로 레오를 포옹할 수 없었다.

그녀가 그들의 옆에 서서 미카엘을 내려다보았다. 여전히 무릎을 꿇은 채 자신에게서 피가 나고 자신이 상처 입을 수 있다는 걸 믿을 수 없다는 듯이 상처를 움켜쥐고 있었다. 그의 눈동자 초점이 묘하게 흐려져 있었다.

"내 칼에 피를 흘렸나, 레오? 그걸 말해 줘."

미카엘이 나지막이 물었다.

레오는 자신의 찢어진 소매를 흘깃 쳐다보았다. 피부에 흠집 하나 나지 않았다. 그 사이 미카엘이 남은 힘을 모아 떨어진 칼을 집어들고 적을 향해 찔렀다. 코델리아가 반사적인 동작으로 재빠르게 그 칼을 걷어찼다. 옆으로 쓰러지는 미카엘의 셔츠 속으로 자신이 던졌던 그 칼날이 파고들었다.

레오는 쓰러진 상대를 경멸스레 응시했다.

"불명예 속에 죽어 가시오, 공작."

그 말은 저주처럼 들렸다. 그 지독한 조롱에 움찔하며 미카엘의 눈이 파득거렸다. 그는 자신의 살 속에 독약 묻힌 칼날이 박혀 있는 걸 느꼈나. 그 상처에서 검붉은 피가 새어나가며 그의 눈이 스르르 감겼다.

다음 순간 사람들이 움직이기 시작했다. 의사와 근위대원들이 땅바닥에 쓰러져 죽어 가는 남자 주위로 몰려들었다.

레오가 차가운 표정으로 비켜섰다. 코델리아가 그를 향해 다가가자 그는 한 손을 들어올려 정지시켰다.

레오는 모래 깔린 광장을 가로질러 국왕에게 절을 올렸다. 그의 목소리가 광장에 울려 퍼졌다.

"정의가 실현되었습니다, 폐하. 다가가 궁궐에서 떠날 수 있도록 허락해 주십시오."

"허락하겠소, 키어스턴 자작."

국왕이 일어나서 가족을 대동하고 떠나갔다. 앙투아네트가 남편의 시체 옆에 홀로 서 있는 코델리아를 슬프게 돌아보았다.

레오의 목소리가 들려왔을 때 코델리아의 얼어붙은 핏방울 같던 마비 상태가 풀어졌다. 그는 베르사유에서 떠날 수 있게 해달라고 말했다. 국왕의 손님은 허락 없이 궁을 떠날 수 없다는 게 규칙이었다. 하지만 그가 그녀의 곁에서도 떠나려는 걸까? 지금 그는 전혀 낯선 남자였다. 그녀가 보았던 모습, 그들 사이에 있었던 말들로 인해, 그녀는 더 이상 그에게 무엇을 기대해야 하는지 알지 못했다.

그가 그녀를 향해 걸어왔다. 우울한 그림자를 씻어내고 반짝이는 눈동자와 더 젊어 보이는 모습으로. 처음 만났을 때의 그 모습이었다. 그녀가 장미를 던지고 그가 웃음을 터트렸을 때의 그 모습이었다. 그때 이후로 길고 긴 세월이 흘렀다. 공포와 정열과 혼란의 긴 시간이……. 그녀가 그 시절의 어린아이에서 전혀 낯선 여자로 변할 만큼의 시간이.

그녀는 그 영겁의 시간이 끝나길 기다렸다. 그녀의 행복을 끝내거나, 아니면 새로운 인생을 알리는 말이 전해지길 기다렸다.

레오가 그녀의 손목을 잡았다. 뱀모양의 팔찌가 감긴 손목. 그가 팔찌를 풀어 솟아오르는 태양빛에 닿아 반짝이는 그것을 내려다 보았다. 다이아몬드 박힌 슬리퍼와 은 장미가 빛을 뿌려냈다. 에메랄드 백조도 더욱 짙은 초록빛으로 빛났다. 레오에게는 죽음과 불명예의 기억만을 되새기는 보석들……. 그것은 그의 아내가 간직할 만한 보석이 아니었다. 그들의 미래로 함께 가져갈 보석이 아니었다.

"다시는 이걸 끼지 마시오."

그가 미카엘의 시체 옆으로 내려앉아 아직 체온이 남아 있는 손바닥을 펼쳐 그 안에 팔찌를 내려놓고 그 손가락들을 오므렸다.

"이 자에게 이 불명예의 상징을 무덤까지 가져가라고 하시오."

그가 일어나서 자신의 따뜻한 손으로 코델리아의 차가운 손을 붙잡고 미소지었다. 그녀에게 처음으로 보여주는 미소였다.

"이제 나와 함께 갑시다, 코델리아."

그녀는 그 활기찬 눈동자를 올려다보며 뼛속까지 따뜻함이 번져가는 걸 느꼈다.

"그럼 날 사랑하세요?"

"오, 믿음이 부족한 자여."

그가 그녀의 얼굴을 감싸고 키스했다. 베르사유의 모든 주민들 앞에서, 아직 남아 있는 귀족들 앞에서. 코델리아는 이 입맞춤으로 그가 과거를 내려놓았음을, 어두운 복수와 허황된 궁정 생활의 끈을 잘라내고 미래를 끌어안았다는 걸 알았다.

에필로그

칼레, 피셔맨 여인숙

"얘들아, 어디 있니?"

크리스티앙이 여인숙에 맞붙어 있는 어두운 헛간 안을 들여다보았다. 뒤에서 비쳐오는 햇살 속에 건초와 짚더미에서 날리는 먼지들이 자욱하게 날아다녔다.

"실비! 아멜리아!"

그런 식으로 불러도 주위에 들을 사람이 아무도 없었으므로 그가 나지막이 소리쳤다.

"어디 있는 거냐? 저녁 먹어야지."

그가 조용히 서서 귀를 기울였다. 헛간 구석의 가마니에서 생쥐 한 마리가 쪼르르 달려나갔다.

아멜리아는 쌍둥이에게 입술에 손가락 하나를 올렸다. 웃음이 새나가지 않도록 손으로 입을 틀어막은 채 다락의 건초더미 속으로 더 깊숙이 기어들어갔다. 아래층에서 크리스티앙의 발소리와 함께 짜증스레 자신들의 이름을 부르는 소리가 들렸다. 그때 콧속을 간지럽히는 건초에 실비의 입에서 재채기가 터져 나왔다.

크리스티앙은 다락을 흘깃 쳐다보고는 한숨을 내쉬며 사다리를 올라갔다. 사다리 위에서 낮은 다락을 살펴보았다. 건초 속에 파묻힌 두 개의 형체가 바로 코앞에 있었다. 그가 한 손을 뻗어 아멜리아를 끌어 냈다. 그녀를 어깨에 들쳐메고 두 번째 형체를 똑같은 방식으로 끌어 냈다. 실비가 눈을 반짝이며 질질 끌려나왔다.

"내가 재채기 하지 않았으면 찾지 못했을 걸요."

크리스티앙이 그녀를 사다리 밑으로 내려보내고 아멜리아를 어깨에 걸쳐맨 채로 사다리를 내려왔다.

"왜 재채기를 한 거야?"

아멜리아가 엎어진 상태로 따졌다.

"일부러 그런 게 아니라구, 멍청아."

크리스티앙이 아멜리아를 바닥에 내려놓고 엄격한 표정을 지으려 애썼다. 하지만 별로 자연스러운 표정이 아니었다.

"마담 부세가 저녁을 준비해 놨어. 그녀를 기다리게 하는 건 예의에 어긋나는 짓이다, 날 이렇게 찾아 헤매게 한 것도 그렇고."

그는 절망 비슷한 시선으로 아이들을 살펴보았다. 모자는 어디론가 사라져버렸고, 건초가 듬성듬성 박힌 머리카락이 얼룩덜룩한 얼굴 위로 헝클어져 있었다.

크리스티앙에게 재난을 안겨준 건 바로 그 머리였다. 남자아이로 변장하려면 머리를 땋아 모자 속으로 집어넣어야 했는데, 코델리아한테 땋는 법을 배웠음에도 그의 민감한 음악가적 손은 그 부드러운 금발 머리를 땋을 때에 한해서는 서툴기 그지없었다.

"모자가 어디 간 거냐?"

아멜리아의 손이 머리로 올라갔다.

"없어졌네요."

"내 것도."

실비가 고개를 끄덕이며 확인해 주었다.

"어디서 잃어버렸냔 말이다."

"건초더미에 떨어진 게 틀림없어요."

아멜리아가 대답했다.

크리스티앙은 사다리를 흘깃 쳐다보았다. 모자 없이 여인숙 안으로 들어갈 수는 없으므로 가서 찾아보아야 했다. 하지만 그가 다락에 올라간 동안 이 쌍둥이를 어쩌면 좋을까? 그가 등을 보이는 순간 또다시 달아나버릴 텐데.

"아멜리아, 네가 가서 찾아보거라."

그가 실비를 가리키며 지시했다. 누가 누구인지 구별하는 것을 포기한 지는 이미 오래였다. 다른 무엇보다도, 그들이 가끔씩 이름 바꾸기 게임을 한다는 걸 확신했기 때문이었다. 이제 그는 대부분의 경우 아이들 이름을 마구잡이로 불러댔다. 별다른 문제가 없었을 뿐만 아니라 아이들도 신경 쓰지 않는 것 같았다.

그가 쌍둥이 하나의 손을 붙잡고 기다리는 동안, 실비가 사다리를 기어올라갔고 승리에 찬 외침소리를 터트렸다.

"찾았어요!"

흥분에 들뜬 아이가 발을 헛디뎌 곤두박질치자 그가 얼른 달려가 받아들었다.

"가만히 있거라."

그는 헝클어진 머리카락과 씨름을 벌인 끝에 모자를 뒤집어씌우는 데 성공했다. 무명바지와 모직 재킷 차림에 지저분한 얼굴과 땟국물 흐르는 손을 한 모양새는 영락없는 남자아이들이었다.

그가 아이들을 헛간에서 내몰아 마구간 뜰로 들어섰을 때, 두 마리의 말이 그들을 향해 달려왔다.

“레오 삼촌이야!”

“코델리아도 왔어!”

쌍둥이가 꺅꺅 소리를 질러댔다.

크리스티앙은 안도의 한숨을 푹 내쉬었고, 무거운 책임을 벗어낸 어깨가 기운없이 축 늘어졌다.

아이들이 말에서 내려서는 레오의 품으로 달려들었다. 레오는 이 활기찬 인사에 기뻐하는 동시에 놀라워했다. 뻣뻣하게 형식을 차리며 억눌려 있던 이들이 옷차림 하나로 이렇게 바뀐 것일까.

아이들이 레오와 코델리아를 번갈아 쳐다보며, 그 동안의 흥분된 사건들과 마주쳤던 사람들, 그리고 여인숙 앞에 정박해 있는 배들에 대해 열심히 재잘거렸다.

“맙소사, 수다쟁이 한 쌍이로군!”

마틸드가 마부의 팔을 붙잡고 조심스럽게 마차에서 내렸다.

“마틸드 아줌마도 왔다!”

소녀들이 동시에 소리쳤다.

“우리 모두 영국으로 가는 거예요?”

“아니.”

크리스티앙이 지나칠 정도로 재빠르게, 아주 열성적으로 그 질문에 대답했다.

“가엾어라.”

그것이 즉시 코델리아의 관심을 끌어당겼다.

“많이 지쳐 보여. 그 정도로 지독했어?”

크리스티앙이 웃으면서 그녀의 따뜻한 포옹을 받아들였다.

“아니, 그렇진 않아. 하지만 한시도 방심할 수가 없었다니까. 생각보다 훨씬 어렵더라구.”

“선생님은 우리 머리를 잘 땋지도 못해요.”

아멜리아가 말했다.

"그래도 잠자기 전에 재밌는 얘기를 해주셨잖아."

실비가 현명하게 반박했다.

"마담 드 네브리보다는 훨씬 나아. 그녀는 성경책만 읽어줬잖아."

"맞아, 욥기만 읽어줬어. 그 사람이 얼마나 착한지는 몰라도 계속 나쁜 일들만 생기던걸. 그게 공평한 일이라고 생각하세요?"

엘비라와 똑같은 두 쌍의 눈동자가 레오를 향했다.

"그런 것 같지는 않구나. 크리스티앙, 자네에게 커다란 빚을 졌네."

"별말씀을요."

젊은 음악가가 얼굴을 붉히며 코델리아의 머리 너머로 레오의 눈을 마주보았다. 그 걱정스런 질문에 레오가 단호하게 고개를 끄덕여 보였다.

'다 끝났네.'

"전 파리로 돌아가야겠습니다."

"우리와 함께 영국으로 가지 않을래?"

코델리아가 눈부신 햇살을 손으로 가리며 그를 바라보았다.

"아, 안 되겠구나. 클로틸드가 기다리고 있을 테니. 너의 후원자도. 당연히 돌아가야 할 거야."

"우리 아버지도 영국에 오시나요?"

아멜리아의 질문에 한순간 침묵이 흘렀다. 레오가 무릎을 꿇고 앉아 아이들의 손을 붙잡았다.

"너희 아버지가 사고를 당하셨단다."

"죽었어요?"

실비가 불쑥 물었다.

"우리 엄마처럼?"

"그래."

레오는 그 아이들을 품에 안았고, 아이들은 그 소식을 생각하며 손가락을 빨았다.

그런 후에 실비가 입을 열었다.

"하지만 삼촌과 코델리아는 우리랑 같이 갈 거죠?"

"그래. 이제 우린 한가족이 되는 기야."

코델리아가 레오의 옆으로 내려앉으며 소녀들의 심각한 얼굴에 미소지어 보였다.

"너희 둘하고, 레오하고, 나랑 마틸드."

"마담 드 네브리는 아니구요?"

"그래. 그녀는 파리로 돌아갔어."

잠시 침묵이 흐르고 나서, 아이들은 레오의 품에서 빠져 나가 두 손을 맞잡고 빙글빙글 맴을 돌기 시작했다.

코델리아가 웃음을 터트리며 일어섰다.

"당신 여동생을 비방하는 건 아니지만요, 레오, 저 아이들이 정말 미카엘의 딸일 수 있을까요?"

레오는 그 춤추는 아이들을 응시하며 생각에 잠기는 척했다.

"아닐 것 같군."

"이러다간 잠자기 전에 눈물까지 흘려버리겠구나."

마틸드가 빙글빙글 도는 아이들에게 다가섰다.

"자, 들어가자. 저녁식사가 준비되어 있을 거야."

"아, 저녁식사는 오래 전부터 응접실에서 기다리고 있지요. 마담 부세가 무슨 일이 생겼나 하고 걱정하고 있을 거예요."

크리스티앙이 한 마디 했다.

"이제 그만 진정하고 들어가자."

마틸드가 양떼를 몰듯이 여인숙 안으로 아이들을 휘휘 밀어댔다.

크리스티앙, 레오, 코델리아는 미소지은 채 저물어 가는 장밋빛 햇살 아래 서 있었다.

"우리한테 찾아와 줄 거지?"

코델리아가 크리스티앙의 손을 붙잡았다.

“가끔. 편지도 쓸세.”

그가 그녀의 손을 힘있게 마주잡았다.

“나도 편지 쓸게. 클로틸드와 결혼할 거야?”

“응.”

그들은 미소를 나누었다.

“행복해야 해.”

“너도 행복해질 거야.”

“그래.”

그녀가 레오를 돌아보았다.

“내가 어떻게 행복하지 않을 수 있겠어? 이런 행운이 찾아왔다는 걸 믿을 수가 없어. 나한테 자격이 있는 건지 모르겠어.”

“무슨 소리야. 지금까지 네가 고생한 걸 생각하면…….”

“다 끝난 일이야.”

그녀가 크리스티앙의 입술에 손가락을 갖다댔다.

레오가 그녀의 뒤로 다가와 어깨에 손을 올렸다.

“잘 가게, 크리스티앙. 내가 자네에게 큰 빚을 졌다는 점을 잊지 말게……. 언제든 내가 도울 수 있는 일이 생길 때면.”

크리스티앙은 레오의 손을 잡고 힘차게 악수한 다음 여인숙으로 들어갔다.

“정말 다 끝났군요.”

레오가 혼잣말처럼 중얼거리는 그녀의 귀에 키스하자, 코델리아는 빙글 몸을 돌려 그의 목을 끌어안으며 그의 입술을 찾았다.

“아니, 내 사랑. 이제부터 시작이라오.”

<끝>

로맨틱 타임스가 격찬한 제인 페더의

보석 시리즈 3부작

로맨틱 타임스가 보석 같은 작가라고 격찬한 제인 페더의 〈보석 시리즈 3부작〉은 하나의 팔찌에 달린 3개의 보석 장식과 관련된 이들의 운명과 사랑을 그려낸 작품이다. 역사적 격동기를 배경으로 하여 유럽을 넘나들며 화려한 스펙트럼을 뿜어내는 이 3부작은 진정한 제인 페더의 정수를 보여줄 것이다.

The Silver Rose - 은빛 장미

적으로 만나 사랑으로 다가온 그대!

앙숙인 레이븐스피어 가문과 호크스무어 가문 사이의 분쟁을 보다못한 앤 여왕은 애리얼 레이븐스피어에게 호크스무어 백작과 결혼하라는 명을 내린다.
한편, 애리얼의 이기적인 오빠들은 이 기회를 이용해 호크스무어 가를 파멸시킬 계획을 세운다. 억지 결혼을 하고 만 애리얼은 증오하던 적인 호크스무어와 사랑에 빠지고 모든 남자들이 오빠들 같지 않다는 사실을 깨닫게 되나 음모는 계속되고……

보석 시리즈 3부작은 다이아몬드 슬리퍼 -
은빛 장미 - 에메랄드 백조로 이어집니다!

<u>최고의</u> 이야기꾼
아이리스 요한슨의 신작!

THE GOLDEN BARBARIAN

열사의 사막에서 온 황금빛 야만인을 만나다!

억압적인 권력자인 아버지에게 학대받으며 자란 어린 테스.
'황금빛 야만인'이라 불리는 사막 부족 세디칸의 셰이크
갈렌은 그런 환경에서도 꿋꿋하고 강인한 그녀를 보고
미래를 계획한다.
6년 후. 이제 정략 결혼의 도구가 될 운명의 테스에게
갈렌이 나타나 계약 결혼을 제안한다. 정치적으로 그녀의
배경이 필요하니 자신과 결혼하여 3년간만 같이 살아 주면
그녀가 무엇보다도 갈망하던 자유를 주겠노라고.
순전히 실리적인 목적으로 한 결혼이었으므로 서로에게 아무
기대 없던 그들.
그러나 신비로운 사막의 도시에서 테스는 강한 전사라고만
여겨 왔던 갈렌의 또 다른 면을 발견하고 그에게 강하게
끌리기 시작하는데……

그대 곁에 와서야 나는 진정한 사랑과
자유를 얻을 수 있었습니다.